de PERLE *et de* CORAIL

Mara Rutherford

de PERLE *et de* CORAIL

Tome 1 : La Fiancée varéniane

Traduit de l'anglais (États-Unis)
par Céline Morzelle

La Martinière j. FICTION

Couverture : Shutterstock/Stocksy
Design : Mary Luna
Illustration : Allan Davey
Direction artistique : Kathleen Oudit
Édition originale publiée par Inkyard Press

ISBN : 979-10-401-1031-6

Conforme à la loi n° 49-956 du 16 juillet 1949 sur les publications destinées à la jeunesse.

www.editionsdelamartiniere.fr

À John, pour m'avoir offert le monde.
Et à Sarah, pour m'avoir toujours ramenée vers la maison.

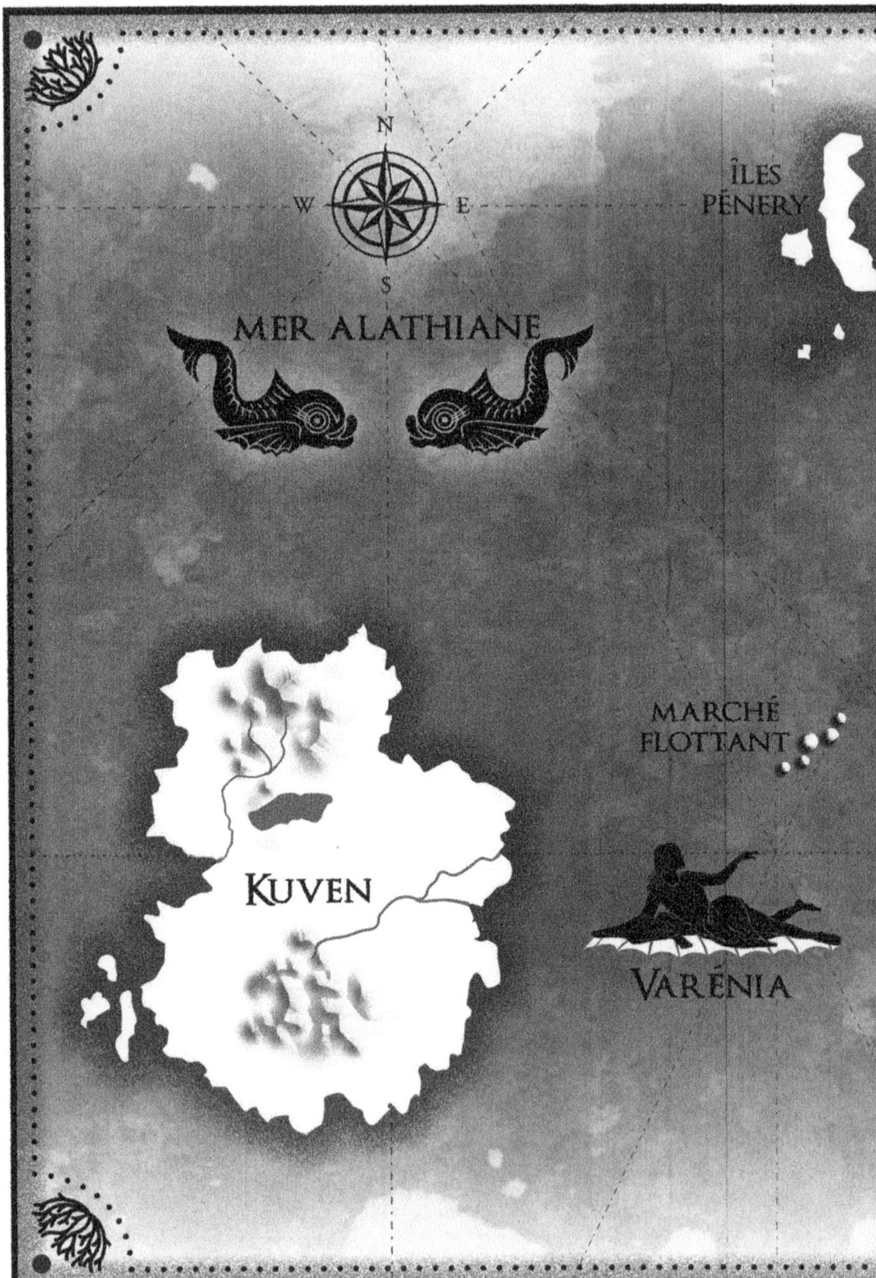
N
W
E
S
ÎLES PÉNERY
MER ALATHIANE
MARCHÉ FLOTTANT
KUVEN
VARÉNIA

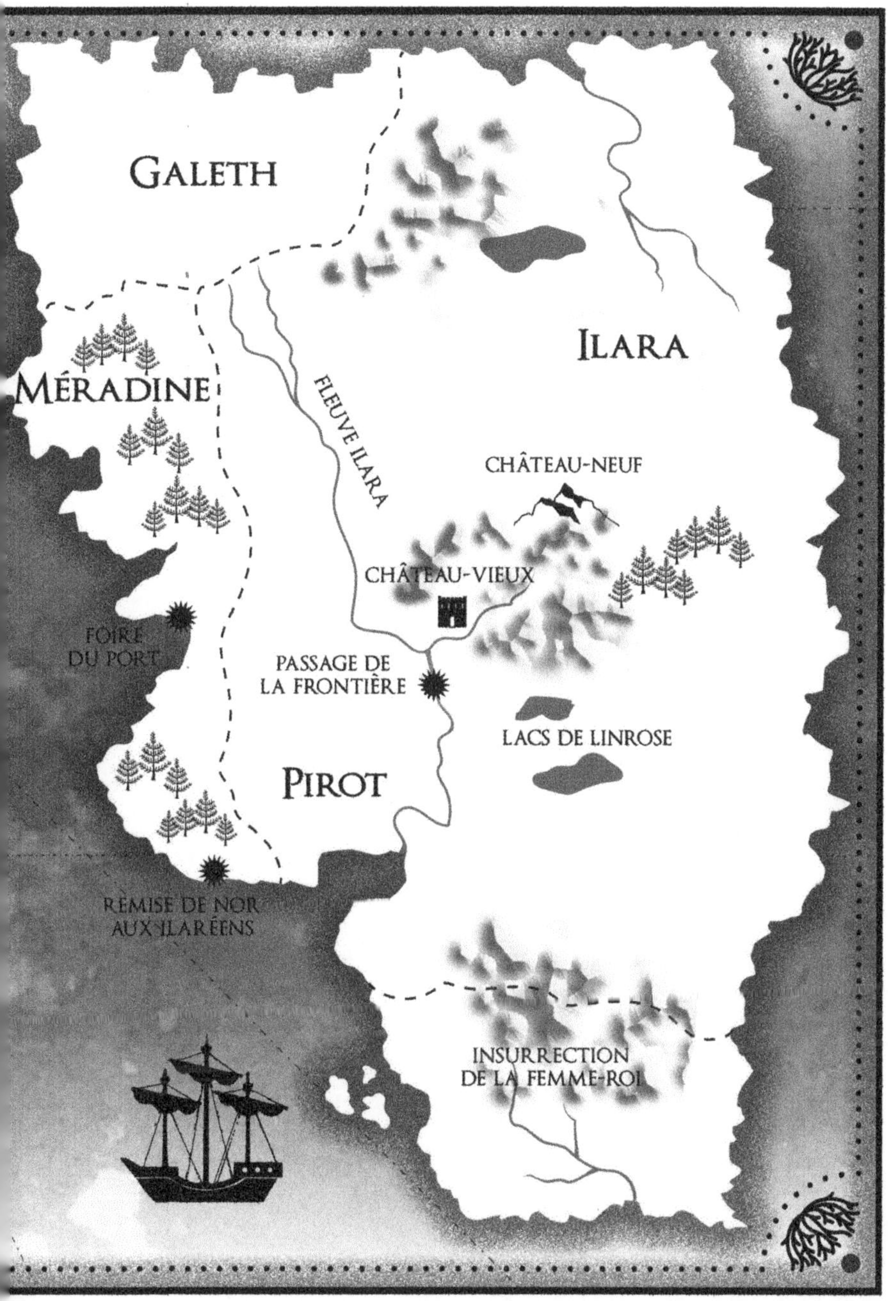
GALETH
ILARA
MÉRADINE
FLEUVE ILARA
CHÂTEAU-NEUF
CHÂTEAU-VIEUX
FOIRE DU PORT
PASSAGE DE LA FRONTIÈRE
LACS DE LINROSE
PIROT
REMISE DE NOR AUX ILARÉENS
INSURRECTION DE LA FEMME-ROI

Chapitre 1

Parfois, je me demande si ce sont nos noms qui ont déterminé nos destinées, ou bien l'inverse. Nor et Zadie : corail et perle. Des ressources précieuses aux yeux de notre peuple, toutes deux suffisamment ravissantes pour orner le cou des reines. Mais si la perle est prisée pour son lustre, son galbe, son absence de défauts, il n'en va pas de même pour le corail. Lui croît tordu. Sous sa forme naturelle, on peut difficilement le considérer comme beau.

Cependant, Zadie et moi étions nées égales en beauté, en grâce et en esprit. Aux dires des anciens, nous étions les plus charmantes fillettes à avoir jamais vu le jour à Varénia. Partout où elle se rendait, Mère nous exhibait avec fierté dans la barque en bois familiale où ma jumelle et moi allions passer le plus clair de notre enfance. Elle protégeait notre peau mate des coups de soleil en nous coiffant de chapeaux à large bord. Elle ordonna aussi à Père d'émousser chaque coin pointu de nos meubles et refusa de sacrifier un seul de nos cheveux de jais à une paire de ciseaux. Tous les soirs, elle nous inspectait, à l'affût de la moindre égratignure ou éraflure, qu'elle badigeonnait ensuite d'huiles et de baumes tout en nous réprimandant pour notre imprudence.

Après tout, même si les Varénianes présentaient autant de variétés de chevelures qu'il y avait de poissons dans les mers – de la cascade de boucles au flot de mèches lisses, et du blond le plus pâle à l'ébène –, même si leur peau, toujours satinée et éclatante, se déclinait en une infinité de nuances, du doré au brun cuivré, les canons de beauté, dans notre village, s'avéraient plus exigeants qu'ailleurs. Chez nous, une jeune fille se devait d'arborer des traits symétriques et bien proportionnés, un teint impeccable et, enfin, un regard vif et curieux mais qui ne soit pas non plus trop franc. En définitive, pour véritablement se démarquer, il lui fallait atteindre rien de moins que la perfection.

Car à Varénia, la beauté n'était pas qu'une affaire de chance.

À chaque génération, notre apparence déterminait qui, parmi nous, accéderait au rang de princesse.

— Nor ! cria Zadie.

Elle me tira en arrière pour m'obliger à descendre du rebord du bateau, où j'oscillais en équilibre sur un pied.

— Tu as perdu la tête ? Ce n'est pas le moment de risquer de se blesser.

Je me grattai le crâne. Mon cuir chevelu me faisait mal car Mère avait serré mes tresses particulièrement fort, pour me punir d'avoir oublié mon couvre-chef, la veille. Elle vivait depuis toujours dans la peur que le soleil fragilise le soyeux de nos crinières ou – les dieux nous en préservent ! – qu'il ne fasse apparaître sur nous la moindre tache de rousseur. Mais ces temps-ci, lorsque sa voix perçante résonnait dans mon esprit, les grognements rageurs de mon ventre vide suffisaient à la noyer. Cela faisait des heures que ma sœur et moi cherchions des huîtres, en vain.

Zadie – la plus obéissante de nous deux – me donna une petite tape sur la main.

— S'il te plaît, par pitié pour notre mère, tiens-toi correctement. Tu sais à quel point la cérémonie la préoccupe.

Ah, la cérémonie. Y avait-il eu un seul instant où Mère ne s'en était pas préoccupée ? Chaque journée sans nuage passée à l'ombre de notre maison de bois sur pilotis, chaque fois que je n'avais pu sortir plonger en quête de perles à cause d'une mer trop agitée... c'était à la cérémonie et à l'obsession de notre mère à ce sujet que je les devais.

« Notre royaume à nous n'a pas de frontière », aimait à affirmer Père, campé sur l'étroit balcon de notre maison, la main en visière tandis qu'il scrutait l'horizon. C'était peut-être vrai pour lui, mais notre quotidien, à Zadie et moi, nous rappelait constamment que l'héritier d'Ilara finirait par être en âge de se marier. Et l'heure était venue. Il ne restait plus que trois jours avant que les anciens ne désignent comme future princesse la plus jolie des filles de Varénia, ainsi qu'il en était coutume depuis des siècles.

La dernière élue était partie vingt ans plus tôt, lorsque le roi n'était encore qu'un prince et que les bancs d'huîtres n'avaient pas encore été décimés. De l'avis de Mère, cependant, la jeune femme était loin d'être aussi belle que ma jumelle ou moi. Avant l'incident, Mère taquinait souvent les anciens en leur disant qu'ils seraient obligés de nous envoyer ensemble à la rencontre du prince héritier et de le laisser choisir par lui-même, puisque nous étions aussi impossibles à distinguer l'une de l'autre que deux poissons-plumes argentés.

À présent, bien sûr, il n'y avait plus de mystère quant à celle qui serait désignée. Tout ce qui me séparait de la couronne, c'était une infime cicatrice rose sur ma pommette droite. N'importe où d'autre sur mon corps, une telle imperfection – plus petite qu'une perle vréniane – aurait pu passer inaperçue. Mais à côté des joues immaculées de Zadie, il était impossible d'ignorer cette marque irrégulière sur la mienne. Heureusement, j'avais eu sept ans, depuis cette mésaventure, pour me préparer à ne pas être l'élue, sept années relativement affranchies des précautions permanentes de notre mère – en tout cas comparée à ma sœur.

Je me laissai retomber sur les coussins qui tapissaient le fond de notre embarcation et levai le regard vers le ciel tacheté de nuages.

— Es-tu prête ? demandai-je.

— À quoi ?

Feignant de ne pas avoir compris, Zadie rabattit ses jupes sur ses chevilles exposées.

— À quitter Varénia. À quitter Mère et Samiel.

À me quitter, moi.

— Rien ne garantit que je serai choisie. Tu es aussi belle que moi, et tu ne tombes jamais malade. En plus, j'ai entendu dire qu'Alys aussi avait ses chances.

Je haussai un sourcil dubitatif.

— D'après Mère, même avec ma cicatrice, je suis plus jolie qu'Alys ne le sera jamais. Comment l'a-t-elle exprimé, déjà ? « La pauvre n'aura qu'à sourire et à la simple vue de sa dent de guingois, le prince filera se réfugier derrière sa nourrice. »

Zadie fronça les sourcils.

— Mère ne devrait pas proférer de telles méchancetés. Alys n'y peut rien.

— Mère non plus, répliquai-je avec un sourire désabusé.

Ma sœur tira des flots l'une des lignes accrochées au rebord de la barque, avant de considérer d'un air dépité le minuscule alevin qui se tortillait à l'extrémité. Bien que personne ne veuille l'admettre, nous pratiquions une pêche trop intensive dans nos eaux, et ce depuis des années. Zadie déposa délicatement la créature scintillante sur sa paume, lui ôta l'hameçon, puis la relâcha. Elle était trop chétive pour être consommée. Et pour l'utiliser comme appât, encore aurait-il fallu qu'il y ait de plus grosses prises à ferrer.

— Je sais que Mère peut être difficile, mais elle souhaite simplement le meilleur pour nous, reprit Zadie au bout d'un moment. Tout ce qu'elle-même n'a pas pu avoir.

Une demi-douzaine de commentaires narquois me vinrent aussitôt à l'esprit, mais je les gardai pour moi.

— Tu as sans doute raison.

Si je ne le lui avais jamais dit en face, j'étais malgré tout certaine que ma jumelle serait l'élue, et la seule de nous deux à poser un jour le pied sur la terre ferme – ce dont je rêvais pourtant depuis l'enfance. Parce que, avec ou sans cicatrice, Zadie possédait une beauté que je n'aurais jamais. Là où les Varénians passaient leur vie à traquer les imperfections – que ce soient celles des perles ou celles des individus – ma sœur, elle, ne voyait que le bon, en toutes circonstances. La semaine précédente, par exemple, alors que je déplorais les dégâts infligés à notre maison par une tempête passagère, elle s'était tout de suite mise à observer le ciel, dans l'espoir d'y déceler des arcs-en-ciel.

Résultat, même quand notre Mère se révélait détestable, Zadie lui trouvait toujours une excuse des plus gentilles.

Jamais je n'aurais pu me montrer si bienveillante ni faire preuve d'un cœur aussi pur. Et cette certitude même m'était douloureuse.

— Moi, je pique une tête, déclarai-je en regrettant de ne pas pouvoir me débarrasser de mes pensées aussi aisément que de mes jupes.

Zadie jeta un coup d'œil inquiet alentour. Adolescentes en âge de se marier, nous n'étions pas censées dévoiler nos jambes nues en public. Mais plonger avec ses jupes n'était pas seulement incommode, c'était surtout dangereux. Avant, à l'époque où la mer foisonnait d'huîtres, presque toute la récolte était assurée par les jeunes hommes.

Dorénavant, les femmes comme les filles leur donnaient un coup de main dès que possible. Dans notre famille, avec Père qui pêchait déjà tous les jours et sans frères pour assumer cette responsabilité, nous n'avions tout simplement pas le choix. Même Mère se gardait de trop se plaindre de la situation : elle savait à quel point nous avions besoin du supplément d'argent que pouvait rapporter notre collecte.

— Tu m'accompagnes ? demandai-je.

— Le sel va nous assécher la peau. Mère le verra.

— Allez ! La dernière à trouver une huître devra préparer le dîner de ce soir ! lançai-je à ma sœur avec un grand sourire, les mains sur les hanches.

Pour être tout à fait honnête, nous ne pouvions pas nous permettre de retourner bredouilles à la maison. Pas si nous voulions manger la semaine suivante. Mais il était plus facile de prétendre que tout cela n'était qu'un jeu dont ne dépendait pas notre survie.

— Prête ?

Zadie eut beau secouer la tête, ses doigts avaient déjà commencé à dénouer le cordon de ses jupes. Elle tira sur sa tunique pour s'en couvrir les cuisses.

— Tu es vraiment diabolique, soupira-t-elle.

Mais elle s'élança du bateau pour s'enfoncer dans l'eau cristalline. Je plongeai à sa suite et tandis que je la dépassais puis filais vers le fond de l'océan, je laissai la pression augmenter peu à peu dans mes tympans, étouffant la petite voix qui, dans ma tête, répondait :

Je sais.

Quelques heures plus tard, j'étais en train de remuer le contenu d'une marmite de ragoût de poisson fort peu consistant lorsque Samiel entra dans la maison, le corps encore luisant d'eau de mer d'avoir nagé jusqu'à chez nous. Sami était notre meilleur ami, le seul garçon du village à avoir jamais osé jouer avec nous quand nous étions enfants. Car même si notre mère s'avérait effroyablement stricte, notre père se trouvait être le meilleur ami du gouverneur. Ce dernier n'étant autre que le père de Sami, celui-ci avait été préservé des remontrances de Mère.

— Ne me dis pas que Zadie a trouvé une huître avant toi ! plaisanta-t-il en me voyant.

Il avait l'esprit de compétition, comme moi, mais cette fois-ci, ma jumelle avait en effet eu de la veine. L'huître en question reposait sur une petite table en bois flotté à proximité, déjà écaillée et, malheureusement, dépourvue de perle.

Monnaie principale de Varénia, les extraordinaires perles roses que l'on ne trouvait que dans les huîtres de nos eaux s'étaient elles aussi raréfiées dernièrement, alors même que l'attrait des Ilaréens à leur égard ne cessait de croître. Ces merveilles servaient à fabriquer des bijoux pour la noblesse, mais elles pouvaient aussi être réduites en poudre et intégrées à la composition de crèmes pour la peau ou autres cosmétiques. Beaucoup des famillesvarénianes possédaient d'ailleurs un petit pot d'onguent thérapeutique à base de perles. Mais il restait réservé aux urgences puisque, de toute façon, à force d'évoluer dans l'eau réputée pour conférer aux précieuses pépites leurs propriétés exceptionnelles, la plupart d'entre nous jouissaient naturellement d'une santé de fer. Suite à l'accident, Mère avait tenu à étaler quotidiennement de cette pommade sur ma cicatrice, dans l'espoir de l'estomper au maximum. Elle n'avait arrêté qu'après avoir compris qu'elle ne disparaîtrait jamais complètement.

— Regarde ce que j'ai ramené pour Zadie.

Sami laissa tomber sur la table un bouton en laiton terni qui atterrit à côté de la coquille d'huître évidée. J'émis un petit sifflement réprobateur. La loi ne nous autorisait à commercer qu'avec l'Ilara pour nous procurer tout ce que la mer ne pouvait nous offrir : des vêtements aux fruits et légumes en passant par les outils, les livres ou encore les barriques d'eau douce. Même notre bois de chauffe venait d'Ilara. Sami faisait cependant figure d'exception parmi les villageois. Il n'hésitait pas à marchander, souvent en secret – et dans la plus grande illégalité –, avec nos cousins, les Galethiens. Plus d'un siècle auparavant, les membres d'un petit contingent de Varénians, après avoir accosté sur le littoral au péril de leur vie, avaient volé des chevaux ilaréens et fui vers le nord. Ces chevaux étaient devenus le socle même de la culture galethienne, tout comme l'océan avait été le nôtre. Ce n'était pas un hasard si les Ilaréens nous surnommaient « les enfants des vagues ». C'était d'ailleurs exactement ainsi qu'ils nous considéraient : des enfants.

Ils bénéficiaient de ressources dont nous ne pouvions que rêver. Pas seulement d'eau douce et de nourriture en abondance, mais aussi d'armes sophistiquées et d'hommes par milliers. De temps à autre, un Varénian désespéré tentait de fouler le sol ilaréen, alléché par l'idée d'une existence plus facile, loin des caprices de la mer. Mais les soldats qui patrouillaient les berges avaient généralement vite fait de lui régler son compte une fois pour toutes. Peut-être quelques-uns en avaient-ils réchappé, mais enfreindre les lois ilaréennes ne mettait pas seulement en danger ceux qui s'y risquaient. En représailles, sans grand effort, le royaume d'Ilara pouvait décider d'éradiquer notre peuple en un tournemain. Et il ne manquait pas de nous le rappeler au quotidien, dans la manière dont il traitait avec nous.

Même si, en réalité, tout ce qui venait du continent me fascinait, je poussai le bouton du doigt en feignant l'indifférence.

— Qu'est-ce que tu veux que Zadie fasse de ton cadeau ? Qu'elle l'utilise pour fermer un pantalon qu'elle ne porte pas ?

— Je vais lui confectionner une cape, qu'elle pourra emporter avec elle quand elle partira. Elle aura froid, en Ilara.

Sami était aussi convaincu que moi que Zadie serait choisie lors de la cérémonie. C'était d'ailleurs probablement aussi dur à accepter pour lui que pour moi, car lui aussi l'aimait. Il l'avait toujours aimée. Et je soupçonnais Zadie de partager ses sentiments, mais comme ils savaient tous les deux qu'elle s'en irait un jour épouser le prince, leur relation avait été vouée à ne jamais dépasser le stade de l'amitié.

— C'est vraiment gentil, répondis-je. Mais tu ne devrais pas faire affaire avec les Galethiens. Si on t'attrape, tu seras pendu.

— J'en déduis donc que je ne dois pas me faire prendre, dit-il avec un sourire révélant des dents aussi blanches que des coquillages contre sa peau bronzée.

À Varénia, les garçons ne portaient pas le même fardeau que les filles – du moins en ce qui concernait les cicatrices et les coups de soleil. Cependant, il leur incombait de subvenir aux besoins de leur famille, une tâche qui devenait de plus en plus ardue. L'année passée, deux perles auraient suffi à nourrir un foyer pendant un mois. À présent, il en fallait le double, alors même que la qualité des produits que l'on troquait contre elles diminuait. J'avais appris depuis longtemps à ne pas poser de questions sur nos rapports commerciaux avec l'Ilara. C'était aux anciens de s'occuper de ce genre de problèmes, pas à moi. D'après Mère, d'autres sujets beaucoup plus importants requéraient toute mon attention. L'éclat de ma chevelure ou la longueur de mes cils, par exemple.

Pourtant, cela ne m'avait jamais empêchée de m'interroger sur le monde au-delà de Varénia.

— Quelles sont les nouvelles, au Galeth ?

— Le bruit court qu'il y aurait une révolte dans le sud de l'Ilara.

— Rien de nouveau.

Sami secoua la tête.

— Sauf qu'elle s'aggrave. Le roi Xyrus refuse d'accorder un laissez-passer aux réfugiés qui se dirigent vers le nord, alors que les Galethiens les accueilleraient à bras ouverts.

— Ils feraient n'importe quoi pour renforcer leur armée.

— C'est plus compliqué que ça. Autrefois, eux aussi étaient des réfugiés.

Je tournai le bouton entre mes doigts. Il était gravé d'une petite fleur aux nombreux pétales. J'avais déjà entendu parler des roses, mais je n'en avais jamais vu. J'essayai de me représenter un univers où un objet aussi insignifiant qu'un bouton était malgré tout jugé digne d'un tel degré de savoir-faire.

— Il est magnifique, conclus-je avant de le laisser retomber dans la coquille d'huître vide. Comme Zadie.

La main de Sami se posa sur mon épaule. J'appuyai ma joue contre.

— Qu'est-ce qu'on va devenir sans elle ? murmurai-je.

Il y eut un silence, puis Sami toussa.

— J'imagine que toi et moi, on n'aura plus qu'à se marier. Ensemble.

Ma cuillère en bois s'abattit sur ses phalanges, et il se hâta de récupérer sa main.

— Tu pourrais être le dernier garçon disponible dans tout Varénia, jamais je ne t'épouserais.

— Et pourquoi pas ? s'étonna-t-il, une paume plaquée sur le torse, affectant d'être offensé.

— Parce que tu es mon meilleur ami. Et pire encore, le futur gouverneur.

— Là-dessus, je te rejoins. Tu ferais une bien piètre femme de gouverneur.

D'un geste vif, il chipa une datte séchée qui traînait sur la table, avant de s'empresser de bondir hors de portée de ma cuillère.

— Recommence, et je te jure qu'on ne se mariera pas. Tu seras obligé de te rabattre sur Alys.

Il fit la grimace.

— Imagine un peu nos enfants avec leurs crocs de requin. Ma mère ne s'en remettrait pas.

Zadie apparut alors dans l'encadrement de la porte, les sourcils froncés.

— Vous êtes tous les deux diaboliques, vous le savez ? Alys est adorable et loyale. Celui qui l'épousera pourra s'estimer heureux.

— Tu as raison, pardon.

L'intervention de ma sœur m'avait calmée. Je savais mieux que quiconque ce que ça faisait d'être jugée sur son apparence.

Zadie ramena sa chevelure mouillée d'un côté de son crâne, puis l'essora au-dessus du seau dans lequel on rinçait la vaisselle, afin de récupérer l'eau qu'elle avait utilisée pour son bain. Sur ordre de Mère, elle avait interdiction de dormir avec du sel dans les cheveux, même si l'eau douce en provenance d'Ilara coûtait cher et n'était censée servir qu'à boire ou cuisiner.

— Mais est-ce qu'un être diabolique t'offrirait ceci ? lui demanda Sami en lui présentant le bouton de laiton dans son écrin de nacre naturelle.

Ma jumelle eut beau laisser échapper un hoquet de surprise, elle n'en croisa pas moins les bras sur sa poitrine.

— Probablement, vu qu'un honnête individu n'aurait jamais pu se procurer une chose pareille.

Sami me jeta un regard par-dessus son épaule, puis s'approcha davantage de ma sœur.

— Mais ça te plaît, pas vrai ? Je t'en prie, dis oui. Je

voulais te faire une cape, à emporter en Ilara. Il fera froid, dans les montagnes.

— Rien ne dit que je partirai, répliqua-t-elle avant que sa posture ne se détende malgré tout. Et de toute façon, où trouverais-tu le tissu nécessaire ?

— Un honnête homme ne révélerait jamais ses sources.

— Un honnête homme n'aurait pas de sources, Sami.

Je faisais semblant de remuer le ragoût – même dilué à l'eau de mer, il y en aurait à peine assez pour notre famille de quatre – tout en suivant la scène d'un œil discret. J'étais soulagée que Zadie n'ait pas reproché à notre ami d'avoir gaspillé de l'argent qui aurait pu être dépensé en nourriture. Cela dit, ils auraient mieux fait de s'éloigner l'un de l'autre, pour leur propre bien. Sans ma cicatrice, peut-être aurais-je été celle choisie pour partir en Ilara. Sami et Zadie auraient alors eu le droit d'épouser qui bon leur semblait, tandis que j'aurais pu découvrir du monde davantage que la gravure d'une rose sur un bête bouton de laiton destiné à une autre que moi.

Sans doute dans une autre vie, pensai-je amèrement. *Mais pas dans celle-ci.*

— Quel est ce délicieux fumet ? demanda soudain Père.

Il venait d'entrer derrière Zadie, et Sami s'éloigna d'elle en hâte. À en croire la croûte de sel sur son front et sur ses joues gercées par le vent, notre père revenait tout juste d'une virée de pêche en eaux profondes.

— Le même que tous les soirs, répondis-je. À moins que… Tu as attrapé quelque chose aujourd'hui ?

L'air triste, il fit non d'un bref signe de la tête. Mon estomac se mit aussitôt à gronder en réaction. Pour qu'on ne l'entende pas, je me dépêchai de tapoter ma cuillère sur le bord de la marmite.

— Ce n'est pas grave, Père. De toute manière, la dernière fois que Zadie nous a cuisiné du poisson, la maison a empesté pendant une semaine.

Sami s'esclaffa. Zadie fit mine d'être froissée et le poussa gentiment. Même notre père ne put retenir un petit sourire face à mes efforts pour égayer l'atmosphère.

Nos parents avaient bien remarqué la façon dont Sami et Zadie se comportaient l'un envers l'autre – impossible de ne pas s'en apercevoir –, mais Père se montrait un peu plus tolérant que Mère à cet égard. Pour elle, rien ne devait distraire son enfant du but ultime qu'elle lui avait fixé, à savoir être couronnée reine, objectif qu'elle-même n'avait pas réussi à atteindre. Si, vingt ans plus tôt, cet honneur était revenu à une autre jeune femme, Mère n'avait pas l'intention de laisser l'histoire se répéter. Je restais son plan de secours mais, au cours de l'année écoulée, plus il était devenu clair que ma pauvre sœur parviendrait jusqu'à la cérémonie indemne, plus Mère avait concentré sa vigilance sur elle.

Père s'éclaircit la gorge, puis se tourna vers Sami, qui se dépêcha de cacher le bouton dans son dos.

— Je crois que ton père te cherche. Si j'ai bien compris, il ne te trouvait nulle part, tout à l'heure, alors que tu étais censé livrer du bois à tes tantes ? dit-il en haussant un sourcil, bien qu'on perçoive un certain amusement dans sa voix.

— Oui, monsieur, répondit malgré tout Sami. J'étais sur le point de partir.

Il déposa un baiser sur la joue de Zadie, puis un autre sur la mienne.

— À demain.

— Non, pas demain, objecta Père. Tu sais bien que les filles seront en pleine préparation pour la cérémonie.

Il n'était pas particulièrement impressionnant – du moins pas à mes yeux –, pourtant le garçon rougit.

— Ah oui, bien sûr. On se verra à la cérémonie, alors.

Si seulement Père avait pu quitter la pièce, afin que Sami puisse faire de vrais adieux à Zadie. Quand il la reverrait, elle serait fiancée au prince d'Ilara, ou tout comme.

— Au revoir, lançai-je en même temps que ma sœur lorsque notre ami gagna le balcon où une échelle de corde menait jusqu'aux vagues.

Notre maison, comme toutes celles de Varénia, était faite du bois de l'épave d'un navire, mais tous les trois ou quatre ans on la peignait d'un rose orangé, une teinte que Mère affectionnait et qui, parce qu'elle se repérait sans peine à l'horizon, nous permettait de retrouver facilement le bercail en journée, quand il n'y avait pas lieu d'y allumer une lanterne.

Père s'installa sur un tabouret bas, taillé lui aussi dans un bloc de bois flotté.

— Je vois que Nor se charge du repas, ce soir. Ce serait donc Zadie qui aurait trouvé cette huître ?

Il désigna d'un geste la masse de chair grise et luisante que j'avais déposée dans l'un de nos bols en porcelaine fêlés. Si certaines de nos possessions provenaient du commerce avec le continent, d'autres avaient été récupérées directement dans les restes de vaisseaux engloutis. Mère ne cherchait jamais à savoir comment je dégotais toutes ces choses, encore moins quand je ramenais un objet qui flattait sa vanité, tel qu'un miroir à main ou un peigne en écaille de tortue.

Zadie et moi échangeâmes un regard. Admettre que c'était elle qui avait déniché l'huître revenait à admettre qu'elle s'était baignée, en dépit des injonctions de Mère. Celle-ci comptait peut-être sur l'impressionnante somme qu'enverrait le prince à la famille de l'élue une fois le mariage célébré, sauf qu'en attendant, il fallait bien manger ! Et qui savait combien d'huîtres on parviendrait à ramener la semaine suivante ou même le lendemain ? Sami nous avait dit avoir vu son père et les anciens discuter à voix basse jusqu'à tard dans la nuit. Nous savions donc que la situation était plus désastreuse que ce que les adultes laissaient entendre.

— Non, c'est moi qui l'ai pêchée, mentis-je. Seulement, j'ai parié qu'il y aurait une perle à l'intérieur et j'ai perdu.

— Dommage. Enfin, bon, du moment que cette huître finit dans mon ventre, peu importe qui l'a trouvée ! répondit Père avant d'adresser un clin d'œil à Zadie, qui lui tendait le bol ébréché. Vous êtes de bonnes petites, toutes les deux.

Et tandis qu'il inclinait le récipient pour laisser glisser le mollusque dans sa bouche, ses « bonnes petites » vinrent se poster de part et d'autre de lui.

— Celle qui me sera ôtée me manquera, reprit-il. Mais j'ai toujours su que ce jour viendrait. C'est le prix à payer quand on épouse la plus jolie femme de Varénia.

Mère choisit ce moment pour pénétrer à son tour dans la maison depuis le balcon, tout en tressant ses cheveux eux aussi fraîchement lavés. Elle n'avait jamais plongé assez profond pour avoir besoin de se déboucher les tympans – technique qu'utilisaient pourtant beaucoup des Varénians d'âge mûr pour mieux supporter la pression – et avait, par conséquent, l'une des ouïes les plus fines du village. Aux coins de ses yeux et de ses lèvres ne se devinaient que quelques minces ridules, preuve des avantages qu'il y avait à toujours porter un chapeau (et à ne quasiment jamais sourire).

— Notre beauté est le reflet de la faveur qu'accorde Thalos à notre famille, déclara-t-elle en scrutant les flots de plus en plus sombres par la fenêtre.

À son ton, on aurait pu croire que le dieu des mers en personne nous observait. Quand une giclée soudaine d'eau salée jaillit d'entre les fentes du plancher, un éclair de satisfaction embrasa les iris de Mère.

— Nous l'honorerons de notre sacrifice, conclut Père.

Derrière son dos, je serrai la main de Zadie, priant pour que le soleil repousse indéfiniment l'heure de son coucher. On disait que l'océan n'offrait jamais de cadeau sans rien attendre en retour. Et Thalos était un dieu insatiable.

Chapitre 2

Les deux jours suivants se déroulèrent entre les murs jaunes de la grande maison du Conseil, en compagnie des autres filles en âge de se marier. Personnellement, je trouvais stupide de perdre deux journées entières à se préparer pour la cérémonie quand, de toute façon, certaines parmi nous s'y étaient employées depuis leur naissance. Chacun des anciens avait déjà arrêté son choix ; pour la plupart, nous aurions beau nous pomponner et nous apprêter, cela ne ferait aucune différence. Sachant que ma sœur me quitterait bientôt pour toujours, j'aurais préféré passer ce temps seule avec elle. Mais la coutume voulait que l'on se rassemble ainsi et, à Varénia, les traditions avaient autant de poids dans nos vies que l'océan lui-même.

Il régnait dans la maison une ambiance animée, presque trépidante, comme au sein d'une bande d'enfants à l'approche d'une fête. La salle où l'on nous avait installées résonnait du brouhaha des voix féminines, ponctué toutes les quelques minutes d'un éclat de rire. Aucune de nous n'était assez âgée pour se rappeler la dernière cérémonie en date, mais quelques-unes de nos mères, dont la mienne, étaient là pour superviser notre groupe. Pendant que nous jeûnions en nous prélassant dans une eau douce qui aurait dû être réservée à la consommation, elles nous racontaient leurs souvenirs. Zadie et moi, pour occuper ces heures interminables, nous enduisions mutuellement d'huile parfumée ou nous coiffions de tresses complexes, que nous défaisions aussitôt pour en réaliser de nouvelles.

J'en profitais aussi pour observer les autres filles – des connaissances amicales, pour la majorité. Dans un village aussi modeste et isolé que le nôtre, aucun visage n'était tout à fait inconnu, n'en déplaise à ma surprotectrice de mère qui avait pourtant mis un point d'honneur à nous tenir, ma sœur et moi, à l'écart des autres filles de notre âge. Souvent, le soir, elle nous expliquait comment certaines adolescentes n'avaient pas hésité à saboter leurs rivales par le passé en coupant leurs nattes au cœur de la nuit, en frottant des méduses urticantes sur leur peau radieuse, ou même en les brûlant à l'huile bouillante.

Les garçons étaient peut-être plus forts physiquement, mais les filles, disait-elle toujours, pouvaient se montrer deux fois plus vicieuses. Je n'avais jamais été témoin d'aucun comportement qui puisse étayer sa thèse, mais en même temps je n'avais pas assez fréquenté mes congénères pour pouvoir la contredire. Même si, entourée de Zadie et Sami, je n'avais jamais vraiment été seule, j'aurais aimé avoir l'opportunité de me faire davantage d'amies.

À mesure que le soleil s'éteignait à l'horizon, la nervosité et la tension des unes et des autres devenaient palpables. Les favorites, Zadie et Alys, s'étaient chacune assises entourées de leurs amies, qui les couvraient d'éloges tout en insultant la concurrence à voix basse.

— Peut-être que si Alys s'était retenue d'ouvrir la bouche ces dix-sept dernières années, le combat aurait été équitable, murmura une demoiselle blonde du nom de Minika. Malheureusement pour elle, elle est aussi bavarde qu'une mouette.

Je jetai un œil navré en direction d'Alys, dont la dent, en réalité, n'était que très légèrement de travers. Sa mère avait tenté de la redresser à l'aide d'un fil de pêche en crin de cheval, mais sans grand succès. Pourtant, avec sa chevelure auburn et ses prunelles vertes, Alys était indéniablement magnifique. Tout comme Ginia, qui arborait un teint mordoré sous d'épaisses boucles noires, ou Lunella, dont les grands yeux bleus et les traits délicats faisaient la fierté de sa famille. Comment les anciens parviendraient-ils à les départager, cela dépassait mon entendement. Autant essayer de choisir le plus beau coquillage…

Zadie lança à Minika un regard réprobateur, sans cesser de me tresser les cheveux – pour la énième et dernière fois, espérais-je en silence tant son ouvrage mettait mon crâne endolori au supplice.

— Ça suffit, les filles, trancha ma sœur. Alys est une amie. Elle est parfaite comme elle est. Si elle est choisie pour partir en Ilara, je prierai, et vous aussi, pour que Thalos la mène saine et sauve au rivage.

— Tu es trop gentille, répondit Lunella. Aussi douce et malléable qu'une seiche. Si tu n'y prends pas garde, le prince ne fera qu'une bouchée de toi.

Les joues de Zadie s'empourprèrent et elle replaça une mèche rebelle derrière son oreille.

— Comment imaginez-vous le prince ? demandai-je alors à la ronde, dans l'espoir de détourner un peu l'attention de ma jumelle. On en sait tellement peu sur les Ilaréens, alors qu'eux semblent tout connaître de nous.

— La beauté des femmes de chez nous, par exemple, ajouta Minika.

Mère s'était installée au centre de la pièce, sur l'un des coussins colorés qui tapissaient le sol d'un mur à l'autre. La salle était presque trop petite pour accueillir la trentaine de filles et chaperons que nous étions, sans parler de tout notre maquillage et de nos vêtements.

— C'est bien plus complexe que ça, intervint-elle. Et vous le savez.

Nous le savions toutes, en effet. Telle une trame de soie marine, l'histoire de Varénia était tissée dans le canevas de notre enfance si finement qu'on avait du mal à les distinguer l'une de l'autre. Ce qui ne m'empêcha pas, comme les autres, de me tourner vers Mère tandis qu'elle entamait le récit de nos origines. Après tout, il me paraissait opportun de le réécouter, ce soir-ci plus que tout autre, veille du jour où mon existence allait être chamboulée à jamais.

— Il y a bien des années, dans un pays au nom depuis longtemps oublié, gouvernait une reine sage et puissante. Elle donna naissance à une enfant qu'elle prénomma Ilara, en l'honneur de la déesse des cieux. Le sourire de cette petite était aussi rayonnant que la lune, et sa chevelure aussi sombre et chatoyante que la nuit. On disait même que son rire avivait l'éclat des étoiles. La princesse était adorée par ses sujets et, en retour, les chérissait tous autant qu'ils étaient. Un été, alors qu'elle venait d'avoir seize ans, elle se rendit sur la côte, en compagnie de sa famille. De somptueuses fêtes y furent organisées, où Ilara rencontra de nombreux charmants jeunes hommes, mais aucun aussi séduisant que le prince Laef, dont la contrée, Kuven, se trouvait à l'autre extrémité de la mer Alathiane. Après des semaines de rendez-vous clandestins et de baisers furtifs, il demanda à la jeune fille de l'épouser, ce qu'elle accepta avec joie. Mais en dépit de leur affection réciproque, la mère d'Ilara s'opposa à leur union. En effet, Kuven n'était qu'un petit royaume faible comparé à son territoire à elle, qui s'étendait à l'époque sur toute la largeur du continent. En outre, le père de Laef était un dirigeant cruel, qui exploitait les bienfaits de l'océan sans jamais rien lui rendre en retour. Et puis la reine, visant une alliance bien plus avantageuse, avait déjà prévu de marier sa fille avec le prince de quelque influent royaume oriental. Peu lui importait que cet héritier soit vieux et, d'après les rumeurs, pas particulièrement beau. La reine avait beau aimer Ilara de tout son cœur, elle ne pouvait se permettre de la laisser compromettre l'avenir du pays.

Alors que plusieurs des auditrices manifestaient leur désapprobation d'un grognement, Mère s'interrompit, les sourcils froncés.

— Dois-je vous rappeler l'importance du devoir ?

En prononçant ces mots, elle regardait fixement Zadie, même si personne ne comprenait mieux le poids des responsabilités que ma sœur. Celle-ci secoua cependant la tête d'un air solennel. De mon côté, je luttais pour me retenir de lever les yeux au ciel.

— Ilara et Laef s'en retournèrent donc chacun chez soi, reprit Mère. Mais le soir précédant le mariage redouté, chacun rassembla ses serviteurs les plus loyaux et vola un navire à ses parents. Lui n'avait que rarement navigué, et elle n'avait tout bonnement jamais pris la mer, mais ils s'aimaient trop pour rester séparés. Le lendemain de leur départ, leurs bateaux se rejoignirent au milieu des flots alathians. Plusieurs jours durant, ils restèrent au milieu de l'océan, sur le vaisseau de Laef, à savourer leurs retrouvailles. Puis, au bout d'une semaine, ils se marièrent, avec l'intention de repartir pour Kuven. Le père de Laef était en effet ravi de leurs noces, persuadé que la mère d'Ilara serait dorénavant forcée d'accepter une entente qui bénéficierait grandement à la plus petite de leurs deux nations.

« Lorsque le soleil se leva, le matin du départ, le rire de la princesse s'en alla ricocher tel un galet sur la houle et son prince l'enlaça pour l'embrasser. Les amants ne se doutaient pas que Thalos, le dieu de l'océan, les surveillait depuis quelque temps. Il avait compris que le couple apporterait une félicité sans mesure au roi de Kuven, un bonheur qu'il ne méritait pas. Et pour punir ce dernier de ne s'être jamais acquitté de son dû envers la mer, il jura d'enlever au fils de l'insolent ce qu'il avait désormais de plus cher : Ilara.

Un frisson parcourut soudain mon cuir chevelu tiraillé, et je me serrai un peu plus contre Zadie.

— Thalos fit alors naître des vagues titanesques, qui se mirent à ballotter les navires comme s'ils étaient faits de brindilles de bois flotté, poursuivit Mère. Les amoureux, cramponnés l'un à l'autre, firent le serment de mourir ensemble s'il le fallait. Mais Thalos en personne bondit sur la crête d'une vague plus haute que le mât du bâtiment et arracha la princesse des bras de Laef pour l'entraîner vers les profondeurs, dans son étreinte mortelle.

Dans l'assistance, toutes les têtes s'étaient tournées vers la maison du gouverneur, qu'on apercevait à travers la large fenêtre en encorbellement. Son faîte était orné de la figure de proue du vaisseau englouti d'Ilara – une jeune fille sculptée dans le bois, sa peinture depuis longtemps effacée par les vents marins, la main tendue vers le ciel comme pour espérer rattraper celle de son bien-aimé.

Je ne croyais pas à la légende que venait de nous conter Mère – du moins pas à la partie concernant Thalos, que je me représentais plus comme un esprit que comme un être de chair et d'os. Malgré tout, l'idée d'une romance interdite, de deux jeunes gens prêts à tout risquer pour être ensemble, avait toujours trouvé un écho en moi. Rencontrer un étranger venu d'une terre lointaine, abandonner son devoir et ses obligations par amour... C'était un fantasme dans lequel je me réfugiais souvent, quand la perspective de passer le restant de mes jours dans mon minuscule village menaçait de me terrasser.

Des murmures bruissaient parmi les filles. Même si nous connaissions toutes ce mythe, la manière dont Mère l'avait raconté m'avait donné la chair de poule : ma peau ressemblait à la dépouille creuse d'un oursin fossile.

— Qu'est devenu le prince Laef ? demanda l'une de nos camarades.

— Aussitôt qu'Ilara lui fut arrachée, il plongea à son secours. Personne ne le revit. On raconte que les premiers coraux de sang poussèrent à cet endroit précis, jaillis du cœur des deux amants qui, bien que séparés par la vie, avaient été réunis dans la mort.

C'était moi que fixait ma mère, à présent, et je m'efforçai d'ignorer les picotements qui parcoururent ma joue. Le corail de sang m'avait donné mon nom, mais aussi ma cicatrice – et il avait failli me tuer.

— Et les serviteurs ? s'enquit une autre fille.

— Loyaux jusqu'au bout. Ils avaient promis de veiller sur le prince et la princesse, et refusèrent donc de quitter le lieu de leur trépas. Ce lieu même où se dresse aujourd'hui Varénia. Ils allèrent jusqu'à signer un décret proclamant que plus aucun des leurs ne poserait le pied sur la terre ferme avant qu'une nouvelle princesse héritière ne voie le jour, remplaçant celle qu'ils avaient perdue.

— Et pourquoi envoie-t-on nos femmes en Ilara ?

Ma question me surprit moi-même. Elle avait beau me hanter depuis des années, je n'avais encore jamais osé la formuler à voix haute. Mais je n'aurais pu choisir meilleur moment, puisque face à un auditoire, au moins, Mère ne pourrait m'ignorer.

Elle me dévisagea en plissant les yeux, puis répondit :

— Pour se faire pardonner de n'avoir su protéger leur princesse, les serviteurs prirent d'abord l'habitude d'offrir des présents issus de l'océan à la mère d'Ilara, qui avait renommé son reinaume en l'honneur de sa défunte fille.

Cependant, dans les années qui suivirent, une épidémie ravagea le territoire. Des milliers de sujets moururent et beaucoup des femmes qui survécurent demeurèrent stériles. Jusqu'alors, le pouvoir monarchique s'était toujours transmis de souveraine en héritière, mais la reine n'avait plus de fille. Il ne lui restait qu'un fils souffreteux. Et lorsque celui-ci arriva en âge de se marier, on ne lui trouva pas une seule prétendante convenable. Néanmoins, Varénia, dont le nom, comme vous le savez, signifie « eaux fertiles », avait été épargné par la maladie. Lorsque les habitants du village envoyèrent une de leurs jolies jeunes filles livrer leurs perles et leur soie marine à la reine, le prince tomba amoureux d'elle. Ainsi fut instaurée la tradition de la fiancée varéniane.

Après la mienne vinrent encore d'autres questions. Les filles connaissaient les réponses, mais ce détail ne les arrêtait pas. Cela faisait partie du rituel.

Saturée de l'odeur âcre des parfums, l'atmosphère dans la salle était devenue étouffante et, bientôt, on ouvrit une des lucarnes du toit, afin de laisser entrer la brise. La lumière de la lune se déversa alors sur le visage et les cheveux de Mère. Notre pauvre mère qui, lors de sa propre cérémonie, avait cru jusqu'au dernier moment qu'elle serait choisie, pour finalement se voir détrôner par une autre. Père continuait de la surnommer « la plus belle fille de Varénia » et de remercier les anciens d'avoir été si bêtes. Sans leur aveuglement, répétait-il sans cesse, il aurait été forcé de la laisser à l'actuel roi d'Ilara. Mais la rancœur de Mère était trop grande pour que les douces paroles d'un mari aimant puissent l'apaiser. Rien n'aurait pu la dissiper. À part l'élection imminente de Zadie, peut-être. Parfois, je me demandais même si ce serait suffisant.

Cette nuit-là, comme ma sœur à mes côtés et toutes nos comparses, je me tournais et me retournais sur mon coussin dans la salle de la maison du Conseil. Il faisait trop chaud, l'air était trop oppressant. Ce qui se jouerait le lendemain était trop crucial pour que je réussisse à dormir. Même le clapotis régulier des vagues contre les pilotis qui soutenaient la bâtisse – un son qui, d'habitude, me berçait et m'aidait à trouver le sommeil – irritait mes nerfs déjà à vif.

Lorsque Zadie se mit à chuchoter, la chaleur de son souffle me caressa le cou.

— Je peux t'avouer quelque chose que je n'ai jamais avoué à personne ?

Je la regardai, le cœur battant un peu plus vite à l'idée qu'elle puisse m'avoir caché un secret. Moi, je lui disais absolument tout. Depuis toujours.

— Bien sûr.

— J'espère qu'Alys sera l'élue, demain.

Je ravalai une exclamation de surprise.

— Quoi ? Mais pourquoi ? Je croyais que tu voulais être choisie.

Les traits de ma jumelle avaient beau être noyés dans l'obscurité, j'imaginai sans peine son front se creuser de plis d'inquiétude.

— Ce que je veux, répondit-elle, c'est rester ici, avec toi. Et épouser Sami. Je l'aime, Nor.

À ces mots, une sensation glacée s'éveilla dans mon estomac, aussi visqueuse qu'une anguille. J'aurais, bien sûr, donné cher pour que Zadie demeure au village, pour qu'elle et Sami finissent ensemble. Mais quelle place me resterait-il dans la vie de ma sœur si ses souhaits s'exauçaient ?

— Je sais, dis-je simplement.

— Tu crois que les anciens la désigneront ? Elle est indéniablement belle, attentionnée et généreuse. Ces qualités doivent bien compter plus qu'une dent de travers, même à Varénia.

— Possible. Mais ne rêves-tu pas de devenir princesse ? De voir le monde ? Rien n'est pire que de se savoir coincée ici pour toujours, je t'assure.

— Varénia est ma maison. Samiel et toi êtes ma maison. Qu'est-ce que le monde aurait à m'offrir de plus ?

Des roses, pensai-je. Des chevaux, des châteaux, et toutes sortes de merveilles auxquelles je ne m'étais jamais autorisée à rêver. La question était plutôt : qu'est-ce que le monde n'avait *pas* à offrir ?

— Tu voudrais partir, toi, si tu étais choisie ? me demanda Zadie.

— Oui.

J'avais répondu sans l'ombre d'une hésitation, même si nous savions toutes les deux que mes désirs ne risquaient pas de devenir réalité.

— Que feras-tu, si tu es élue, demain ? repris-je.

Lorsqu'elle cligna des yeux, je les vis s'embuer à la lueur de la lune.

— J'irai. Mais ce sera mon corps qui partira, rien d'autre. Samiel a mon cœur, et toi, ma sœur adorée, tu as mon âme.

L'aube claire et dégagée qui se leva le jour de la cérémonie apporta autant de soulagement que d'appréhension. Au soir, après de nouvelles heures de préparation, nous sortîmes enfin sur la longue passerelle qui reliait la maison du Conseil à celle du gouverneur. J'étais heureuse de retrouver l'extérieur, de pouvoir respirer sans avoir à partager l'air avec vingt-neuf autres personnes. À mes côtés, en revanche, ma sœur tremblait comme une plume malmenée par le vent.

Toutes les filles avaient troqué leur tunique délavée par le soleil ainsi que leurs jupes tachées de sel contre une tenue d'apparat. Celle-ci se transmettait généralement de mère en fille depuis des générations. Seule ma jumelle se démarquait, dans sa robe flambant neuve faite d'une soie aussi rose que les sept perles sacrifiées par Mère pour l'obtenir – ce qui équivalait à deux mois de vivres et de fournitures.

Père, à sa décharge, avait essayé de la raisonner. *Zadie serait choisie même attifée du sac en toile de jute où l'on stocke notre grain !* avait-il argué.

Mais Mère ne l'avait pas écouté. *Du rose pour ma perle*, s'était-elle contentée de dire en tendant la toilette à Zadie avant de se tourner vers moi pour me remettre sa vieille robe de cérémonie, autrefois blanche. *Et du rouge pour toi, Nor. La couleur du corail qui t'a donné ton nom.*

Du corail... de sang, voilà le terme qu'elle n'avait pas voulu prononcer. Pourtant, le vêtement de batiste fraîchement teint donnait l'impression d'en avoir été imprégné.

De part et d'autre de la passerelle, la mer était envahie de barques. Des familles entières s'étaient entassées dans leur esquif pour assister à l'évènement. Certains s'enfonçaient d'ailleurs tellement dans l'eau qu'ils auraient chaviré si un jeune enfant avait soudain décidé de gigoter – ce que font généralement les petits.

Sami se tenait debout auprès de son père, le gouverneur Kristos, sur le seuil de leur maison peinte en orange foncé. La figure de proue du toit les recouvrait de son ombre allongée, ses prunelles vides rivées sur l'étendue de la mer. Je lançai un bref regard à mon ami, mais ses mâchoires se crispèrent et il baissa aussitôt les yeux vers ses pieds.

Grand et les épaules larges, son père arborait une épaisse barbe brune, striée çà et là d'argent.

— Bonnes gens de Varénia, commença-t-il. Depuis son humble fondation, notre village s'est toujours vu béni par l'océan. Non contentes de nous nourrir et de nous abriter, ses eaux nous ont rendus forts et résistants. Notre doyenne vient, comme vous le savez, de fêter son cent cinquantième anniversaire.

Les spectateurs se tournèrent par centaines vers le bateau amarré près de la passerelle où la doyenne – Grand-Mère Agathe – était assise, entourée de ses sept enfants déjà vieux ainsi que de ses innombrables petits et arrière-petits-enfants. Chacun de nous s'inclina avec respect.

— À présent, reprit Kristos, le temps est à nouveau venu d'envoyer l'une de nos filles en Ilara, où elle sera un jour couronnée reine. Si ce départ est une perte pour nous tous, c'est aussi un grand honneur, et nous n'agissons pas par nécessité mais par pure générosité.

Je faillis laisser échapper un rire amer, mais parvins à me maîtriser. Non, bien sûr, envoyer une fiancée n'avait rien d'une contrainte tant qu'on ne se souciait pas d'être définitivement privés d'eau et de vivres. J'ignorais quand la tradition varéniane qui consistait à livrer perles et promises aux Ilaréens était passée de pénitence à châtiment. Je ne savais pas non plus quand le vœu de ne plus poser un pied sur la terre ferme était devenu loi, et y contrevenir passible de mort. Mais une chose était certaine : si j'avais vraiment été libre de le faire, j'aurais ramé jusqu'à la côte depuis longtemps.

Le gouverneur s'avança vers les filles alignées sur les planches telles des breloques sur une chaîne.

— Les anciens se sont entretenus jusqu'à tard dans la nuit afin d'examiner cette question des plus importantes et d'arrêter leur choix.

Du coin de l'œil, j'observai les intéressés : un groupe de treize hommes et femmes installés dans des fauteuils devant la maison du gouverneur, tous remarquablement alertes compte tenu du fait qu'aucun n'avait moins de cent ans.

— Vénérable Néméa, voulez-vous nous annoncer le résultat de vos délibérations ? demanda Kristos à la femme assise au centre.

Blanche comme l'écume, la tresse de la vieillarde lui tombait jusqu'aux genoux. Ses jupes fanées traînaient dans son sillage quand elle se mit à remonter la passerelle à pas lents. Alys était celle qui se trouvait le plus près de la rangée des anciens, et je sentis la foule retenir son souffle lorsque Néméa arriva à sa hauteur.

Mais elle ne s'arrêta pas et, quelque part dans mon dos, je perçus un hoquet de stupeur, suivi d'un sanglot étouffé. Certainement la mère de la jeune fille, presque aussi ambitieuse que la nôtre. À peine Zadie, Alys et moi avions-nous quitté l'enfance pour entrer dans l'adolescence que nos mères nous avaient interdit de nous fréquenter. Ce qui m'avait toujours navrée car si quelqu'un à Varénia comprenait mon quotidien ou celui de ma jumelle, c'était bien notre principale rivale.

Zadie était à ma gauche. Néméa approchait de ma droite. Je gardai les yeux baissés, comme le voulait l'usage en présence des anciens. Bientôt, les savates fatiguées de la vénérable se glissèrent dans mon champ de vision et, l'espace d'un instant, je me surpris à me demander s'il y avait la moindre chance qu'elles s'immobilisent face à moi. Évidemment, ce n'était qu'un espoir aussi stupide qu'éphémère : l'instant d'après, Néméa fit halte devant ma sœur.

Il fallait être rien de moins que sa jumelle pour le remarquer, mais pendant une fraction de seconde la respiration de Zadie s'emballa. Je ne pus m'en empêcher : je redressai la tête. L'ancienne avait levé le bras et posé sa main noueuse sur l'épaule de ma sœur. Je balayai le public du regard à la recherche de nos parents. Leur barque se trouvait parmi les plus proches de la passerelle. Les yeux rivés sur Zadie, Mère n'essayait même pas de dissimuler le sourire triomphant qui s'étalait sur son visage.

— Zadie, déclara Néméa. Dans une semaine, tu te rendras en Ilara pour y épouser le prince Céren, faisant ainsi l'honneur de ta famille et de tout Varénia.

La nouvelle élue courba la tête et Kristos vint la coiffer d'une couronne de fleurs des mers aussi blanches que rares, symbole du véritable diadème qu'elle porterait bientôt. Puis, il déposa un baiser déférent sur chacune de ses joues.

— Ma chère enfant, nous te regretterons, souffla-t-il à voix si basse que personne à part Zadie et moi ne l'entendit.

— Ce sera réciproque, répondit-elle.

Le gouverneur se tourna ensuite vers les villageois.

— Les anciens ont parlé ! proclama-t-il. Maintenant, festoyons !

La foule explosa alors en acclamations et je dus serrer les poings, les bras plaqués contre mon corps pour me retenir d'attraper la main de ma sœur. Je jetai un œil en direction de Sami. Il affichait la même posture crispée que moi.

Il ne nous restait qu'une semaine, pas plus. Une semaine avant que Zadie ne nous soit arrachée à jamais.

Chapitre 3

Pendant que le reste du village débouchait cruche sur cruche de vin artisanal et félicitait nos parents, je me réfugiai sur la barque familiale, sous la maison du gouverneur. J'avais beau me répéter que si j'étais triste, c'était seulement pour ma jumelle, une infime part de moi s'apitoyait aussi sur mon propre malheur. Non seulement j'allais devoir passer ma vie à Varénia, mais en plus il me faudrait supporter ce calvaire seule.

— Nor ?

Je levai les yeux pour découvrir Sami, agrippé à l'échelle qui descendait de chez lui.

— Ça te dérange si je me joins à toi ? demanda-t-il. Je ne suis pas vraiment d'humeur à faire la fête.

Dès qu'il se laissa tomber à mes côtés dans le bateau, je fus prise d'une nouvelle crise de sanglots.

— Oh, Nor. Je t'en prie, ne pleure pas.

Mon ami m'attira à lui et me serra dans ses bras jusqu'à ce que je parvienne à me calmer. Selon l'une de nos vieilles légendes, les perles étaient en réalité les larmes de nos dieux, quand nos yeux de mortels, en revanche, ne versaient que de l'eau salée. Mais de cela, dans les parages, on en avait plus qu'assez.

— C'est ce qui pouvait arriver de mieux à Zadie et à votre famille, murmura Sami en écartant délicatement les cheveux de mon visage.

Abasourdie, je relevai la tête.

— Pardon ?

— C'est un honneur, Nor. Le plus grand honneur.

— C'est faux, et tu le sais très bien. Si cette distinction est un tel honneur, pourquoi les Ilaréens ne choisissent-ils pas la fiancée du prince parmi leurs propres filles ? Et si notre peuple est si extraordinaire, comment se fait-il qu'on ne soit pas les bienvenus sur le continent ?

— Nor…

Je me libérai de l'étreinte de mon ami pour m'asseoir sur l'autre banc de la barque.

— Elle t'aime, Sami. Elle me l'a avoué la nuit dernière. Et maintenant, elle va être obligée de nous quitter pour épouser un prince inconnu qui ne la rendra jamais heureuse.

À présent, c'était à son tour d'avoir l'air médusé.

— Elle m'aime ?

— Oui, répondis-je en essuyant mes dernières larmes du revers de la main. Elle affirme qu'elle ne veut pas partir d'ici et qu'elle veut se marier avec toi.

Sami demeura immobile pendant presque une minute.

— Dis quelque chose. Qu'est-ce que tu penses de tout ça ?

— Elle m'aime, répéta-t-il.

— C'est vraiment si dur à croire ?

— Un peu, oui !

Il commença à passer les doigts dans ses cheveux bruns avant de se rappeler qu'en cette importante occasion, il était censé rester tiré à quatre épingles.

— J'ai toujours espéré qu'elle m'aime, et je me suis même parfois autorisé à penser qu'elle avait des sentiments pour moi, reconnut-il. Mais à chaque approche que je tentais, elle me repoussait. J'en ai déduit qu'elle voulait partir en Ilara. Je croyais que toutes les filles en rêvaient.

— Fais-moi confiance, tu n'es pas le seul.

Il secoua la tête, puis baissa le regard.

— Mon père et le tien ont beaucoup discuté.

— Comme d'habitude, non ? répondis-je en triturant un fil lâche sur mon corsage.

— Cette fois, c'est différent. Mon père m'a annoncé hier soir que toi et moi, on devra bientôt...

Mes mains retombèrent sur mes genoux.

— On devra bientôt quoi ?

Sami se força à relever les yeux vers moi.

— Se marier.

Ses mots restèrent suspendus dans le vide entre nous, aussi lourds qu'un nuage d'orage.

— Se marier, répétai-je.

— Dès qu'on aura chacun dix-huit ans. C'est ce qu'ils ont toujours souhaité, je pense. Unir nos familles. Ils se sont toujours considérés comme des frères et ils le deviendraient pour de bon.

— Mais on ne peut pas se marier ! lâchai-je brusquement. Nous n'avons aucun sentiment l'un pour l'autre.

Il poussa un soupir exaspéré.

— L'amour n'est pas un prérequis au mariage, Nor. Tu crois vraiment que Zadie l'aimera, ce prince Céren ? dit-il en crachant le nom de cet inconnu comme on évacue un pépin amer.

— Mes parents se sont bien mariés par amour, et les tiens aussi ! Peut-être que si on leur parlait, si on leur expliquait ce que Zadie m'a confié la nuit dernière, ils changeraient d'avis.

Mais Sami semblait résigné d'avance.

— Ce sont les anciens qui ont pris cette décision, pas nos parents. Il s'avère qu'elle correspond à ce qu'ils espéraient, mais c'est tout.

Cette fois-ci, j'étais trop sidérée pour pleurer. Même sans savoir exactement à quoi ressemblerait mon avenir sans ma sœur, jamais je n'aurais imaginé qu'il prendrait un tour pareil !

Sami revint s'asseoir près de moi, la barque oscillant au gré de ses mouvements.

— Ça pourrait être pire, observa-t-il d'une voix douce. Ils auraient pu envisager de me fiancer à Alys, et toi à je ne sais qui. C'est ce que tu aurais voulu ?

Je serrai les poings dans les plis de mes jupes.

— Non, bien sûr que non. Simplement… C'est trop de chamboulements d'un coup. Ça me paraît insensé.

— En tout cas, avec moi, tu ne manqueras de rien. Et quand je serai gouverneur, je tiendrai tête aux Ilaréens, je ne serai pas faible comme mon père.

Du coin de l'œil, je lui décochai un regard sévère.

— Attention, Sami. Ton père reste suffisamment fort pour te zébrer le dos comme celui d'un serpent de mer s'il t'entend parler ainsi.

Il me passa alors un bras autour des épaules, et je compris immédiatement pourquoi il m'était impossible d'envisager de l'épouser : là où ses gestes envers Zadie avaient quelque chose de presque révérencieux – comme lorsqu'on manipule l'œuf fragile d'un oisillon à naître –, il se comportait avec moi comme un frère avec sa sœur. De manière trop assurée, sans aucune gêne. Un homme était censé envier jusqu'aux vagues qui caressaient le corps de sa bien-aimée, pas reposer son bras sur elle comme sur un coussin.

Je me dégageai.

— Je devrais aller retrouver Zadie. On n'a pas eu le temps d'échanger un mot.

J'avais beau être soulagée qu'il ne tente pas de me retenir, je m'interrogeai sur ce qu'il pensait réellement de ces soudaines fiançailles. Étais-je simplement, pour lui, le choix le moins rebutant après Zadie, ou croyait-il vraiment qu'il pourrait un jour m'aimer comme un mari aime sa femme ?

J'essayai de le regarder non plus comme mon meilleur ami, mais comme un beau parti. Il s'était paré ce soir-là de sa tunique et de son pantalon les plus élégants. Il avait passé une goutte d'huile dans ses cheveux qui, jusqu'à ce qu'il les décoiffe, avaient été peignés avec soin. Mais quand je m'attardais sur ses traits… je n'y voyais que le gamin espiègle de mon enfance. Celui qui, après avoir un jour lâché l'ancre de notre bateau sans l'attacher, m'avait fait porter le chapeau auprès de Père. Ou qui, une autre fois, m'avait volé ma tunique alors que je plongeais, m'obligeant à revenir au village en portant mes jupes comme une robe. Lorsque ses yeux – ourlés de ces longs cils noirs qui rendaient plus d'une fille verte de jalousie – rencontrèrent les miens, je ne ressentis rien de plus que le genre d'affection qu'on réserve aux membres de sa famille.

— Je passerai chez vous demain après-midi, dit-il. Quand vos parents seront sortis. Dis à Zadie… Dis-lui que les anciens ont fait le bon choix.

Je parvins à esquisser un faible sourire.

— Tu devrais le lui dire toi-même. Bonne nuit, Sami.

Je m'apprêtais à agripper l'échelle qui me ramènerait sur la passerelle, quand je sentis sa main sur la mienne.

— Tu sais, moi non plus, je n'ai rien demandé de tout ça.

Surprise par la froideur de son ton, je me rendis soudain compte que ma réaction face à ce qu'il venait de m'apprendre l'avait probablement blessé dans sa fierté. Il était bienveillant, beau, et il ferait un excellent dirigeant, le moment venu. N'importe quelle fille aurait dû s'estimer heureuse d'être promise à lui. Pourtant, il fallait qu'il comprenne aussi ce que j'éprouvais.

— Je ne suis pas ma sœur, Sami, lui répondis-je avec autant de douceur que possible.

— Je n'ai jamais dit que tu l'étais.

Son regard demeura encore planté dans le mien un instant, puis je me hissai hors de la barque, laissant mon ami seul dans l'obscurité.

L'annonce de Sami avait beau encore occuper la moindre de mes pensées, je me mis aussitôt en quête de ma jumelle. Je ne tardai pas à la repérer, entourée des filles de la cérémonie. Je fus satisfaite de constater qu'elle souriait, le brun doré de ses yeux embrumé des prémices de l'ivresse tandis qu'elle avalait une énième lampée de vin. En temps normal, nous n'avions pas le droit de boire, mais ce soir-là aucune des règles habituelles ne semblait s'appliquer.

— Comme tu dois envier ta sœur ! me lança tout à coup une femme de l'âge de ma mère dont j'avais du mal à distinguer les traits dans la pénombre. Elle va pouvoir quitter Varénia. Épouser un prince.

Comme si je n'étais pas au courant.

— Oui, madame. Elle a beaucoup de chance.

— Quand on pense que si tu ne l'avais pas sauvée de ce filet, il y a des années, et que tu ne t'étais pas coupé la joue par la même occasion, tu aurais pu être choisie ce soir… Comme ce doit être difficile de ne pas lui en vouloir !

Je dévisageai plus attentivement mon interlocutrice et, comme la veille, j'eus soudain la sensation qu'une anguille se tortillait dans mon estomac : c'était la mère d'Alys.

Contrairement à ce qu'imaginaient beaucoup des Varénians, à aucun moment je n'avais tenu Zadie pour responsable de la cicatrice dont j'avais hérité. Une marque sur la joue, c'était bien peu cher payé contre la vie de ma sœur. Non que je ne l'aie jamais enviée, ni que je ne me sois jamais demandé ce qu'aurait été mon existence sans cet incident. Mais je me consolais en général en me disant que s'il n'avait pas eu lieu, nous aurions passé notre temps à nous mesurer l'une à l'autre. Or, considérer ma jumelle comme un obstacle plutôt que comme ma meilleure amie m'était tout simplement inconcevable.

À essayer de ramener ces souvenirs douloureux à la surface, la mère d'Alys m'évoquait une limande remuant un banc de sable sédimenté depuis longtemps. Je les refoulai à leur place, au plus profond de ma mémoire. Se cramponner au passé était aussi vain que de tenter de retrouver deux fois la même vague, disait souvent Père.

— Je suis contente pour ma sœur, déclarai-je simplement avant de partir rejoindre Zadie.

Nous ne rentrâmes à la maison qu'une fois la nuit bien avancée, après que tout le monde eut éclusé suffisamment de vin pour oublier qu'il n'y avait pas eu de festin digne de ce nom, comme le voulait pourtant la coutume.

Mère dormait déjà à moitié quand Père la conduisit vers leur chambre, mais son sourire victorieux ne s'effaçait pas. Elle savourait sûrement les compliments qu'elle avait reçus dans la soirée, se délectant des regards jaloux des autres femmes, dont la majorité semblait désormais savoir qu'elle aurait bientôt pour filles non seulement une princesse, mais aussi une femme de futur gouverneur. Dans un endroit comme Varénia, les nouvelles se répandaient vite. Pourtant, il était évident que Zadie n'avait pas été prévenue de mes fiançailles prochaines : même éméchée, même épuisée sur le chemin du retour, elle m'avait paru encore portée par le courant d'allégresse qui égayait le village entier.

Je l'aidai à se déshabiller et l'étendis sur notre lit avant de m'occuper de replier nos robes avec soin. J'essayai de l'imaginer sanglée dans un corset en fanons de baleine et chaussée de talons hauts. Je n'avais jamais vu de tels accessoires, mais j'en avais entendu parler grâce à Sami, qui rencontrait toutes sortes d'individus sur le port, où il effectuait ses transactions illégales.

Seuls les négociants ilaréens se déplaçaient jusqu'au marché flottant où nous achetions nos provisions et ils ne faisaient jamais allusion à la vie dans leur pays. Polis, mais laconiques, ils concentraient leurs conversations sur les affaires qu'ils menaient avec leur drôle d'intonation saccadée. (Nous avions beau parler la même langue, j'avais toujours trouvé l'accent varénian plus chantant.) Malgré tout, au fil des années, j'avais glané en les observant de menus indices révélateurs des mœurs du continent, que ce soit dans leurs vêtements – raffinés mais jamais surchargés – ou dans leurs manières. Et pendant que Mère marchandait avec eux, j'en profitais souvent pour étudier les gravures ouvragées sur la coque de leurs bateaux qui représentaient des arbres, des rivières, des hommes, des chevaux et des dizaines d'autres créatures que je n'aurais même pas su nommer.

Si j'épousais Sami, peut-être pourrais-je un jour me rendre sur la côte avec lui et contempler toutes ces merveilles de mes propres yeux. La femme d'un gouverneur devait bien avoir davantage de libertés que la fille d'un simple villageois, n'est-ce pas ?

Nos tenues rangées, je tirai une couverture sur ma sœur. Rien que de songer au peu de temps qui nous restait, ma vue se brouilla de larmes. La mère d'Alys ne se rendait pas compte à quel point le destin s'était montré cruel en faisant de Zadie celle qui quitterait Varénia pour découvrir le monde, tandis que je serais condamnée à rester au village pour y épouser le garçon qu'elle aimait. Je m'essuyai les joues d'un geste rageur, effleurant sans le vouloir ma cicatrice. Sans elle, j'aurais sans doute été choisie, et Zadie aurait pu se marier avec Sami. Je n'en voulais pas le moins du monde à ma jumelle, mais je marmonnai à l'encontre de Thalos une bordée d'injures qui aurait fait rougir même mon trafiquant de meilleur ami. Ce qui nous arrivait était tellement injuste !

Après m'être allongée à côté de Zadie sur notre matelas rembourré de paille, je lui ôtai avec précaution sa couronne de fleurs des mers, puis me mis à dénouer ses tresses. Je pensais qu'elle dormait à poings fermés, quand soudain elle laissa échapper un soupir si las qu'on aurait cru entendre la voix de la vieille Néméa.

— Qu'est-ce qu'il y a ? chuchotai-je.

Le lit des parents avait beau se trouver de l'autre côté de la maison, nos chambres étaient seulement délimitées par des rideaux.

— C'est juste que, d'un coup, tout m'est revenu, répondit Zadie.

— Comment ça ?

— Ce que ce soir implique. Je m'étais permis de l'oublier quelques heures. De n'être qu'une fille en train de faire la fête avec ses amis.

Elle se retourna afin de me laisser m'attaquer à la deuxième moitié de son crâne, puis poursuivit :

— Je ne peux pas croire qu'il ne me reste qu'une semaine avant le grand départ. Et qu'après, je ne te reverrai plus. Ça me paraît impossible.

— Dans ce cas, faisons comme si ça l'était vraiment, dis-je en ravalant les larmes qui me montaient à nouveau aux yeux. On pourrait consacrer cette semaine à tous nos passe-temps favoris. Sans jamais mentionner la suite.

— Ça ne changerait rien.

— Non. Mais pleurer pendant sept jours non plus. Et puis je doute que le prince veuille d'une fiancée aussi bouffie qu'un poisson-globe.

Elle pouffa doucement. J'en avais terminé avec sa tignasse. Ses ondulations brunes, identiques aux miennes, s'étalaient désormais autour d'elle.

— D'accord, dit-elle enfin. Que veux-tu faire demain, dans ce cas ?

— Je veux regarder le lever du soleil avec toi.

— C'est dans deux heures, ça. Tu ne voudrais pas plutôt qu'on attende son coucher ?

— Pourquoi pas. Mais alors, avant, j'aimerais qu'on aille au récif et qu'on nage avec les tortues. Je veux mettre la main sur l'huître la plus grosse qu'on ait jamais trouvée, tellement énorme qu'elle contiendrait quatre ou cinq perles que Sami irait échanger contre des fruits frais. Et ensuite, je voudrais qu'on...

— Je pense que ça suffit pour une journée, Nor.

Non sans bâiller, je ramenai ma chevelure dans mon dos avant de me caler sur le flanc. Nous dormions souvent ainsi, face à face. Selon Mère, nous le faisions déjà dans notre berceau.

— Est-ce qu'on invite Sami ? demandai-je.

— Pas demain.

Soulagée, je souris. Je préférais, moi aussi, passer ce moment seule avec ma sœur. Sans songer ni à l'Ilara ni à mes fiançailles avec le fils du gouverneur. Rien d'autre ne compterait que ma jumelle et moi.

Père accepta de nous laisser la barque pour la journée, à condition qu'on promette de lui ramener des perles. En trouver n'était jamais garanti, mais ce matin-là j'avais un bon pressentiment. Aussitôt hors de vue de la maison, je me débarrassai de mon chapeau et nouai mes jupes entre mes cuisses. Il n'y avait pas d'autres bateaux alentour : la plupart des villageois – Mère, par exemple – cuvaient encore le vin de la fête. Zadie elle-même avait le teint légèrement vert, bien que je l'aie obligée à avaler une louche d'eau fraîche et un peu de gruau avant de la traîner jusqu'à notre embarcation.

Elle était à présent assise en face de moi, le visage abrité du soleil par le large bord de son chapeau. Ce n'était pas parce que la cérémonie était passée qu'elle devait se laisser aller à la même négligence que moi, avait grommelé Mère alors que nous nous apprêtions à sortir.

— Tu peux retirer ton chapeau, Zadie. Mère ne peut plus te voir.

— Je le ferai quand on approchera du récif, répondit-elle en gardant les yeux fixés sur l'eau. Inutile de prendre le moindre risque pour le moment.

Et quand tu arriveras sur le continent ? eus-je envie de demander. *Tu te décideras enfin à en prendre, des risques ?* Je m'étais juré de ne pas mentionner l'Ilara de la semaine, seulement... D'aussi loin que remontaient mes souvenirs, nos vies avaient toujours tourné autour de la cérémonie. Maintenant qu'elle avait eu lieu, de quoi aurions-nous bien pu parler en dehors du départ de Zadie ?

Sans même un nuage occasionnel pour l'éclipser de temps à autre, le soleil, haut dans le ciel, était impitoyable. Penchée en arrière par-dessus le rebord de la barque, je me mouillai la tête, puis me redressai, soupirant d'aise lorsque l'eau coula le long de mon cou. À compter de cet instant, c'était décidé, je garderais mes cheveux détachés et me laisserais bronzer autant que les garçons. De toute manière, nous finirions toutes par ressembler un jour à Néméa, avec sa chevelure blanche et sa peau semblable au jabot d'un pélican. Qu'y avait-il de si formidable dans le fait d'être belle si cela ne servait, au mieux, qu'à être expédiée loin de ceux qu'on aimait et, au pire, qu'à passer le restant de ses jours avec le sentiment de ne pas avoir été à la hauteur ?

Je me chargeais généralement de ramer, pour éviter que les mains de Zadie ne deviennent rêches et calleuses. Mais ce jour-là, nous n'étions pas pressées. Je me contentais donc de caresser la surface du bout des doigts, tout en laissant les vagues nous emporter vers le récif. Afin de prévenir autant que possible les frottements, le manche de nos pagaies était malgré tout enveloppé de tissu, et même lorsque, d'aventure, une ampoule se formait sur mes paumes, elle disparaissait vite. Si vite qu'en dépit de mon imprudence, je n'avais gardé aucune cicatrice depuis l'incident. De l'avis du docteur – et bien qu'il n'ait su nous donner davantage d'explications –, ces prodigieuses facultés de guérison m'étaient justement venues du corail de sang qui m'avait blessée.

— Bon ! lança soudain Zadie. Qui envisagerais-tu d'épouser ?

Malgré la chaleur, un frisson me parcourut l'échine.

— Pardon ?

— Eyo ? Je le trouve plutôt beau garçon. Et il semble toujours dénicher les perles les plus roses. Sa famille est mieux nourrie que la plupart, en tout cas.

C'était bien la première fois que Zadie me posait la moindre question au sujet d'un mariage. Elle savait qu'aucun des garçons du village ne m'intéressait. Que, quand je rêvais à mon avenir, je m'imaginais vivre sur le continent plutôt qu'à Varénia. Mais je ne pouvais pas évoquer Sami et ce que j'avais appris. Mieux valait que ma jumelle parte pour l'Ilara sans avoir connaissance de la nouvelle. La vérité ne pourrait que lui faire du mal.

Je décidai d'entrer dans son jeu. Au point où nous en étions, quel tort cela causerait-il à qui que ce soit ?

— Eyo est beau et il trouve beaucoup de perles, c'est vrai. Mais t'es-tu déjà approchée assez près de lui pour sentir son haleine ?

Zadie éclata de rire.

— Non. Pourquoi ?

— Elle pue le poisson pourri. Un homme à l'odeur pareille, on pourrait m'offrir toutes les perles de la mer Alathiane que je refuserais de l'épouser.

— Mais alors, dis-moi, qui sera digne de ma chère sœur ? Iano ?

Je secouai la tête.

— Trop court sur pattes.

— Jovani, alors ? C'est le plus grand de tout le village, et il n'a pas fini de pousser.

Je réfléchis un instant, non sans m'éventer avec mon chapeau. Jovani était grand et son haleine n'empestait pas. Il se montrait aussi redoutablement protecteur envers sa petite sœur, qui avait le même âge que Zadie et moi. Nous ne nous connaissions pas bien mais, avant la cérémonie, dans la maison du Conseil, j'avais entendu plusieurs filles parler de lui. D'après ce que j'avais compris, il vouait un respect sans faille à ses parents et avait la réputation d'être un travailleur acharné.

Non que ces qualités aient la moindre importance, cependant, puisque j'étais destinée à épouser Sami. Je me remémorai la façon dont il avait balancé son bras sur mon épaule, la veille. Aussitôt, l'anguille dans mes entrailles se remit à frétiller, et je répondis :

— Jovani, pourquoi pas !

Ravie de m'avoir trouvé un parti satisfaisant, Zadie applaudit.

— Quels beaux enfants vous aurez, tous les deux ! s'écria-t-elle avant que son sourire ne s'évapore.

Je savais exactement pourquoi : elle venait de se rendre

compte que ni elle ni moi ne verrions grandir les enfants de l'autre. Mais il était hors de question que ces pensées noires nous gâchent la journée. D'un œil distrait, je balayai l'eau près de la barque, juste à temps pour y voir nager une tortue, qui disparut aussi sec.

— On y est !

— Déjà ?

— Oui, regarde ! répondis-je, le doigt pointé vers l'endroit où les vagues changeaient de couleur, pile au-dessus du récif.

J'étais tellement trempée de sueur que je n'aurais pu me défaire de mes jupes plus rapidement. Enjambant tant bien que mal le rebord du bateau, je me laissai ensuite couler de près de deux mètres, puis demeurai suspendue sur place, en apesanteur au cœur de l'élément qui m'avait toujours offert la plus grande sensation de liberté. L'ancre s'enfonça dans l'eau un instant plus tard et j'attendis que Zadie me rejoigne.

Quand elle plongea, à quelques centimètres de moi seulement, les remous envoyèrent une myriade de bulles vers mon visage. Je pinçai ma sœur avant qu'elle ne puisse s'enfuir, puis nous restâmes immobiles un moment, les mains dans les mains, à nous regarder en souriant, comme si nous n'étions pas chacune en train d'essayer de tenir plus longtemps que l'autre. J'avais beau avoir sauté la première, mes capacités respiratoires étaient bien meilleures : Zadie fut bientôt obligée de se propulser vers la surface – non sans m'avoir tiré la langue au préalable.

J'émergeai quelques secondes après elle.

— Alors, quel est le défi, aujourd'hui ? La première à trouver une huître sera dispensée de préparation de repas ce soir et demain ?

— Ou la première à trouver une perle ? proposa ma jumelle. Une huître sans perle n'a aucun intérêt, si ce n'est celui de servir d'en-cas à Père.

Si j'aimais à penser que les huîtres qu'on lui ramenait lui donnaient la force de naviguer jusqu'aux eaux profondes où il pêchait, en vérité, notre père avait les côtes plus saillantes que les nôtres. Tous les soirs, après le dîner, il se tapotait le ventre en faisant mine d'être repu, mais plus nos portions, à ma sœur et moi, avaient grossi, plus les siennes s'étaient réduites.

— Très bien, dis-je. Marché conclu.

Sur ce, je pris une grande respiration avant de replonger, impatiente de remporter le défi.

Je repérai une première huître presque immédiatement. Même si le corail de sang qui se dressait à proximité était un bon signe, je gardai mes distances. La relation entre ces coraux et les huîtres était un mystère que nous acceptions, même si le corail s'avérait hautement toxique. Tout ce que nous savions, c'était qu'il rendait les perles roses. Or, une perle de cette couleur valait cinq de ces pâles cousines. Malheureusement, se couper au contact d'un corail de sang se révélait presque toujours fatal. Aux dires du docteur comme des anciens, le fait que j'aie survécu à ma blessure tenait d'ailleurs du miracle.

À cet endroit, il y avait eu un banc d'huîtres entier, par le passé. Seulement, à mesure que le prix des perles avait chuté, l'avidité de certains villageois avait décuplé, et ils l'avaient dépouillé. Raison pour laquelle Zadie et moi devions désormais miser sur le fond de l'océan, une quinzaine de mètres plus bas, pour espérer pêcher quoi que ce soit. De toute la puissance de mes membres, je fonçais vers l'huître que j'avais repérée quand j'en aperçus une deuxième, juste à côté. Incrédule face à ma chance, j'attrapai ma double prise avant de m'élancer vers l'air libre. Ni ma jumelle ni moi n'avions pris la peine de nous servir de galets pour nous lester ni de cordes pour nous remonter. Nous ne nous étions même pas mis d'huile dans les oreilles et la bouche afin de protéger nos tympans. Mais pour les hommes qui descendaient parfois jusqu'à plus de cent mètres, de telles précautions étaient indispensables.

Dès mon retour à la surface, je cherchai Zadie des yeux, mais ne la vis nulle part. Je laissai tomber mes huîtres dans la barque et m'apprêtais à remplir à nouveau mes poumons pour partir la retrouver, lorsqu'elle surgit à mes côtés.

— Tu as trouvé quelque chose ? demandai-je en faisant abstraction de la vitesse folle à laquelle battait mon cœur.

Sept ans s'étaient écoulés depuis l'incident, et pourtant je n'avais jamais cessé, depuis, de m'inquiéter pour elle. L'imaginer seule en Ilara, sans moi pour veiller sur elle, m'était presque insupportable. Elle soupira, puis lâcha dans la barque une grosse palourde.

— C'est tout ce que j'ai. Peut-être qu'avec ses barbes Mère pourra tisser un peu de soie marine. Je n'ai pas vu d'huîtres. Et toi ?

— J'en ai rapporté deux, qui attendaient tout près d'un bon gros corail de sang. J'ai bon espoir d'en dénicher d'autres dans les parages.

Zadie émit un grognement frustré.

— Je vais tenter ma chance à l'autre bout du récif. Et tu n'as pas intérêt à me suivre.

— Comme tu voudras. Moi, je replonge par ici. Crie si tu as besoin de moi.

— Et qu'est-ce qui te fait croire que ce sera le cas ? répliqua-t-elle en m'éclaboussant.

Sur ce, elle disparut, et je m'accordai quelques minutes pour que le rythme de mon cœur ainsi que celui de ma respiration ralentissent. Demeurer sous l'eau pendant de longues périodes exigeait un minimum de concentration et de calme. En apnée, il n'y avait pas plus dangereux que de perdre son sang-froid – Zadie et moi ne le savions que trop bien.

Une fois détendue, je remplis mes poumons d'air et plongeai cette fois un peu plus à gauche du corail de sang. Il n'était entouré que d'ossements. Même les poissons n'étaient pas assez bêtes pour s'en approcher. Je me demandai qui avait un jour été immergé là, son corps emmailloté dans un linceul et lesté de pierres. Était-ce quelqu'un que j'avais connu, ou le corail poussait-il en ces lieux depuis bien avant ma naissance ?

Je me souvenais très clairement de celui sur lequel je m'étais entaillé la joue. C'était l'un des plus massifs que j'avais jamais vus, un enchevêtrement colossal de ramifications rouges jaillissant d'une cage thoracique qui s'était fendue en deux. Du haut de nos dix ans, Zadie et moi étions jugées assez grandes pour sortir nager seules, même si, sur ordre de Mère, Sami nous accompagnait à chaque fois. Ce jour-là, il était resté dans la barque pour pêcher à la ligne, pendant que ma sœur et moi chassions les huîtres parmi les roches du fond de l'océan.

Et nous venions d'en repérer une, au même moment. Elle était énorme, sa coquille scintillant d'un éclat rosé probablement dû à l'impressionnant corail de sang qui poussait juste derrière. Nous savions parfaitement qu'il ne fallait pas s'aventurer trop près – les enfants varénians assimilaient cette règle bien avant que d'être autorisés à plonger. Mais cette huître était trop tentante.

Nous avions échangé un regard et, l'instant d'après, nous avions chacune foncé vers le mollusque, imaginant à l'intérieur une perle rose géante qui aurait suffi à nourrir notre famille pendant des mois. Obnubilées par l'huître, aucune de nous deux n'avait vu le filet de pêche pris dans les rochers voisins. J'avais atteint notre proie la première et m'étais retournée pour adresser un sourire satisfait à ma sœur. À cette époque-là, elle était encore intrépide et s'était élancée vers moi alors que nous n'allions pas tarder à manquer d'air. Je venais de me catapulter vers la surface d'un coup de pied, quand soudain j'avais senti ses ongles se planter dans ma cheville.

J'avais baissé les yeux pour constater qu'elle avait agrippé le filet de pêche pour mieux me tirer vers elle. Déroutée et furieuse, j'avais même eu le réflexe de lui frapper la main de mon pied libre, mais elle avait refusé de lâcher prise. Les poumons en feu, je m'étais finalement décidée à tenter de desserrer à la main l'étau de ses doigts, lorsque je m'étais rendu compte qu'elle ne s'était pas accrochée au filet de son plein gré. Un long crochet s'était pris dans sa tunique. Elle s'était cramponnée à moi pour m'appeler à l'aide.

La terreur qui se lisait sur son visage m'avait fait réagir sur-le-champ. Empoignant le filet, je m'étais tractée vers le fond, où j'avais aussitôt entrepris de déchirer son vêtement. Peine perdue. Elle avait commencé à paniquer, ce qui ne m'avait pas le moins du monde aidée à rester calme moi-même. Il avait cependant fallu que je m'y contraigne ou nous aurions toutes les deux péri. J'étais parvenue à récupérer le couteau à écailler que je portais sanglé à la cheville, et, à la seconde où j'avais lacéré les mailles du filet, Zadie, enfin délivrée, s'était ruée vers l'air libre. Mais dans sa précipitation, elle m'avait poussée en arrière. Droit vers le corail de sang.

Je n'avais jamais rien ressenti de pareil, pas même lorsque – plus jeune – je m'étais saisie du manche brûlant d'une poêle et que ma paume s'était mise à grésiller avant de se couvrir de cloques. Quand ma peau était entrée en contact avec l'une des branches rugueuses du corail, une douleur littéralement aveuglante m'avait assaillie. Ce qui n'était, au départ, qu'une sensation lancinante au niveau de ma joue s'était propagé dans tout mon crâne, puis le long de ma nuque, et jusqu'à ma poitrine. D'instinct, j'avais voulu reprendre mon souffle, inhalant une bonne quantité d'eau de mer par la même occasion. Je ne gardais aucun souvenir de la suite, mais Zadie me raconta plus tard qu'elle avait envoyé Sami à mon secours dès son retour à la surface, consciente qu'il serait bien plus rapide qu'elle.

J'étais revenue à moi dans la barque, après qu'il eut pompé l'eau de mes poumons. Le hurlement qui avait ensuite jailli de ma gorge avait été si assourdissant que mon ami avait failli tomber à la renverse. En pleurs à côté de moi, ma sœur n'avait cessé de s'excuser, mais j'avais été incapable d'enregistrer quoi que ce soit en dehors des élancements qui, partant de ma joue, irradiaient désormais mon corps entier. Le temps d'arriver à la maison, j'avais à nouveau perdu connaissance. Cette fois, il m'avait fallu deux jours pour me réveiller.

Notre vie ne fut plus jamais la même après cet accident. Mère me retint d'abord à la maison pendant des semaines, jusqu'à ce qu'une croûte se forme sur ma chair à vif, puis qu'une peau rose et tendre apparaisse en dessous. Elle devint de plus en plus obsédée par notre sécurité, et Zadie de plus en plus docile et prudente.

Quant à moi, j'avais à la fois perdu et gagné quelque chose, ce jour-là. Au début, ma cicatrice avait surtout été source de honte. Mais grâce à elle, j'avais aussi commencé à me rendre compte que la beauté – du moins telle que définie par mon peuple – était davantage un fardeau qu'une bénédiction. Ce don offrirait certes à l'une d'entre nous l'opportunité de quitter Varénia, mais… pouvait-on vraiment parler de liberté si on ne lui laissait pas le choix ? Je savais parfaitement ce que Zadie aurait répondu si quiconque avait pris la peine de lui poser la question.

Tandis que les images de mon accident regagnaient les tréfonds de ma mémoire, je ramassai une huître tout près de moi, puis regagnai la surface.

C'est alors que j'entendis un cri.

Chapitre 4

— Nor !

Je fis aussitôt volte-face. Un peu plus loin, Zadie se tournait et se retournait sur place en scrutant l'eau autour d'elle d'un air affolé.

— Qu'y a-t-il ? demandai-je alors que je fonçais déjà vers elle de toute la force de mes jambes.

— Une jouvencelle ! Thalos, ses tentacules sont sûrement partout !

Les jouvencelles comptaient parmi les méduses les plus venimeuses de l'océan, mais elles ne remontaient normalement à la surface que la nuit. Comme elles émettaient une subtile lueur bleue, il n'était pas difficile de les éviter à ce moment. Au soleil, en revanche, leur corps se fondait dans les eaux environnantes.

— Arrête-toi ! hurla Zadie à mon approche. Regarde !

L'ombrelle de l'animal – une espèce de bulbe quasi translucide – flottait tout près d'elle. Il ne faisait cependant qu'une soixantaine de centimètres de diamètre. Au moins, ce n'était qu'une petite jouvencelle. Ses longs tentacules devaient ondoyer tout autour, fins comme les cheveux d'une jeune fille, ce qui lui donnait d'ailleurs son nom.

Elle était sûrement morte, sinon je n'aurais pas su dire ce qu'elle faisait là à cette heure, mais même dans cet état, elle pouvait encore s'avérer dangereuse. Je m'enfonçai sous l'eau pour estimer l'envergure de ses tentacules. Le courant les emportait dans l'autre direction, loin de nous. Je poussai un soupir de soulagement, avant de remonter.

— Reviens vers moi, lançai-je à ma jumelle. Tout va bien se passer.

Elle m'obéit, et je m'éloignai moi aussi pour ne me retourner qu'une fois suffisamment loin de la méduse. Le temps de rallier notre barque, Zadie et moi étions toutes les deux épuisées.

— Tu n'as rien ? demandai-je en lui prenant la main.

— Non, ça va. Je sais que je n'aurais pas dû paniquer. Mais je suis revenue à la surface juste à côté d'elle, et ça m'a terrorisée. J'ai eu peur qu'elle...

Qu'elle te pique et te marque à vie.

— Ce n'est pas grave. Après tout, c'est moi qui t'ai dit de crier si tu avais besoin de moi, la taquinai-je.

Sur ces mots, nous nous hissâmes par-dessus le bord du bateau et nous laissâmes tomber au fond. La frayeur des quelques minutes écoulées refluait lentement. Du bout du pied, je tapai mollement dans les trois huîtres que nous avions récoltées.

— On s'arrête là ? suggérai-je.

— Mais je n'ai rien trouvé.

— Si, la palourde. Mère pourra utiliser la soie qu'elle en tirera pour les gants qu'elle te confectionne.

Le tissage de la soie marine était l'une des rares tâches manuelles dont s'acquittait notre mère. Les fils servant à fabriquer cette étoffe provenaient des barbes d'un type de palourdes spécifique. Si, sous l'eau, ils étaient bruns, ils viraient au doré à la lumière du soleil une fois traités de manière adaptée.

— Autrement dit, ce que j'ai ramené ne profitera qu'à moi, répliqua Zadie. Ce n'est pas vraiment ce que j'appelle une contribution à l'effort familial.

Sami avait bien proposé à Mère de vendre ses ouvrages au port – la rareté du produit lui conférait, dans certains cercles, encore plus de valeur que les perles –, mais elle avait toujours refusé. Contrairement aux coraux de sang et aux perles rosées qui n'existaient que grâce aux amants maudits de la légende et à tous les Varénians qui avaient suivi, la soie marine était un cadeau de l'océan. On ne pouvait donc que l'offrir, jamais la vendre.

Je donnai à Zadie la plus petite des huîtres.

— Tiens, on n'aura qu'à dire que celle-ci, c'est la tienne.

Nous rangeâmes ensuite notre butin commun à l'ombre d'un des bancs pour le garder au frais.

Aussitôt à la maison, fébrile, je m'empressai d'ouvrir le premier mollusque que j'avais trouvé au pied du corail de sang. Les cinq perles – toutes d'un rose éclatant – qui s'alignaient à l'intérieur m'arrachèrent un hoquet de surprise. Zadie était aussi bouche bée que moi.

— Elles sont magnifiques ! Cela fait des années que je n'en avais pas vu d'aussi belles ! souffla-t-elle en tendant la main vers la coquille avant de suspendre son geste. Ton huître devait être affreusement proche du corail.

Je haussai les épaules.

— J'ai été prudente.

— Nor…

Sans s'en rendre compte, ma jumelle avait porté les doigts à sa joue. J'avais eu beau lui assurer pendant des mois que ce n'était pas sa faute, elle se sentait encore coupable de ce qui m'était arrivé ce jour-là.

— Cet accident n'a plus aucune importance, Zadie. Tu as été choisie. Tu…

Je m'interrompis net. Je m'étais promis de ne pas mentionner l'Ilara. Non sans me forcer à sourire, je repris :

— Ma beauté, ou plutôt mon manque de beauté, n'a plus à être un motif d'inquiétude. Ni pour moi ni pour Mère, et certainement pas pour toi. Je peux devenir aussi laide que je le souhaite, à présent.

— Pas sûre que ça plaise à Jovani, répondit ma sœur en riant.

— Dans ce cas, qu'il se dépêche de me faire la cour.

— Mère serait enchantée d'avoir ses deux filles fiancées avant même leur dix-huitième anniversaire ! ajouta-t-elle avec un sourire.

Elle ne se rendait pas compte à quel point elle était proche de la vérité. Mais peut-être mon sort n'était-il pas encore scellé. Peut-être y avait-il une chance que nos parents comprennent, si je leur expliquais que je ne voulais pas épouser Sami. Je laissai les perles dans la coquille et déposai la chair de l'huître dans un bol, à l'intention de Père.

— Et où penses-tu que se trouve notre mère adorée, en ce moment ?

— Elle m'a prévenue juste avant qu'on parte qu'elle et Père avaient une affaire à traiter avec le gouverneur, cet après-midi.

Je faillis renverser le sac de grain que j'essayais désespérément de soulever.

— Est-ce qu'elle t'a dit quel genre d'affaire ?

— Non. J'imagine que ça concerne les préparatifs de mon voyage. L'émissaire ilaréen sera là dans…

— Six jours. Je sais.

— D'après Sami, ma cape est presque terminée. Il doit me la remettre ce soir.

Zadie avait défait ses nattes et se passait les doigts dans les cheveux. J'essayai de déchiffrer son expression. Était-elle au courant, pour Sami et moi ? Attendait-elle que j'y fasse allusion la première ?

— Je croyais qu'on avait prévu de ne voir personne, aujourd'hui.

Ses yeux se posèrent sur ses orteils nus. Si, en taille, je ne la dépassais que de l'épaisseur d'un petit doigt, mes pieds à moi étaient plus longs de presque une phalange. Même si tout le monde remarquait d'emblée ma cicatrice, il existait quantité d'autres menues différences entre nous deux. C'était Sami qui avait remarqué mes grands pieds quand nous avions douze ans. À cette époque, nous avions encore le droit de dormir ensemble, tous les trois, pendant que nos parents discutaient jusqu'à tard. Un soir, bondissant du lit, et sans autre lumière que celle de la lune pour éclairer ses observations, il s'était mis en tête de passer au crible chacune des parties de nos corps. *Les yeux de Nor sont plus étroits que ceux de Zadie*, avait-il commencé. *Les narines de Zadie sont plus rondes*. Il s'était ensuite gratté le menton, avant de laisser son regard glisser jusqu'à nos poitrines respectives. Elles n'avaient encore rien de celles de femmes et il ne s'était pas attardé bien longtemps. *Nor a des genoux plus cagneux que Zadie*, avait-il ajouté. Et avant qu'il n'ait pu comprendre ce qui lui arrivait, l'un de mes pieds trop longs lui avait atterri pile entre les jambes. Il n'avait plus jamais commis l'erreur de commenter mes genoux par la suite.

Ce n'était pas seulement que je n'avais pas apprécié d'être ainsi examinée par mon meilleur ami – avec Mère, j'avais l'habitude. Mais me voir comparée à ma jumelle s'était toujours révélé compliqué. Quand nous étions petites, il était arrivé que d'autres enfants, un sourire conspirateur aux lèvres, viennent me murmurer que j'étais la plus belle de nous deux. Zadie avait vécu la même chose. Et bien qu'il m'ait été impossible de ne pas éprouver une infime pointe de fierté sur le moment – notre apparence nous obsédait déjà –, je m'étais à chaque fois sentie offensée pour ma sœur. Parce que considérer que j'étais plus jolie revenait à affirmer qu'elle l'était moins. Or, pour moi, un compliment au détriment de ma jumelle n'en était pas un. Je n'avais pas envie qu'on ne juge mon physique qu'en fonction de celui de Zadie – ou de qui que ce soit d'autre, d'ailleurs. Je voulais qu'on me voie pour moi, et moi seule.

— Mais ça ne me dérange pas, repris-je enfin. Sami fait partie de la famille. Bien sûr qu'il peut nous rejoindre ce soir.

Quand Zadie releva les yeux vers moi, ses joues s'étaient empourprées.

— Tu as remarqué comme il a grandi, ces derniers temps ? Avant, il ne faisait que quelques centimètres de plus que nous, et maintenant, je suis obligée de lever la tête pour le regarder.

Je me mis à marteler le grain dans notre mortier à l'aide d'un pilon de bois. La farine grossière que j'en obtiendrais servirait à faire du pain qu'on cuirait dans notre four en terre. La miche se révélait toujours dure et sans saveur, mais elle aidait à nous remplir le ventre quand on la trempait dans le ragoût, surtout depuis qu'il était moins riche en poisson.

— En effet, il a dû grandir, répondis-je. Comme nous tous.

— Et sa voix. Je sais que ça fait un moment qu'elle est plus grave, mais maintenant…

— Arrête.

Le mot m'avait échappé avant que j'aie pu le retenir.

— Arrête quoi ?

Je me mordillai la lèvre, sans savoir quoi répondre. C'était peut-être égoïste, mais je préférais laisser à quelqu'un d'autre le soin d'annoncer mes fiançailles à ma sœur.

— Arrête de penser à lui de cette façon. Tu quittes Varénia dans six jours. Cela ne fera que rendre ton départ plus difficile.

Zadie se planta alors devant moi, pour me forcer à la regarder.

— Rien ne pourrait rendre mon départ plus difficile, tu m'entends ? répliqua-t-elle. Je l'aime et je suis obligée de l'abandonner pour devenir la femme d'un homme que je n'ai jamais vu, pendant que lui épousera Alys ou une autre fille du village. Rien que de l'imaginer, j'ai envie de mourir !

Estomaquée, je dévisageai ma sœur qui ne s'était jamais emportée contre qui ou quoi que ce soit.

— Zadie…

— Tu n'as aucun droit de me dicter quoi faire ou ressentir ! continua-t-elle d'une voix étranglée et les yeux pleins de larmes. Toi, tu as la chance de rester ici avec Père et Mère, et tu épouseras qui tu voudras. Tu n'as pas la moindre idée de ce que je traverse !

Sur cette accusation, elle fit volte-face, mais je la pris de vitesse et l'attrapai par son poignet si fin. Nous avions beau faire presque la même taille, sa gracilité me surprenait toujours. Me sentirais-je aussi fragile dans les bras de mon futur mari, fût-il Sami ou un autre ?

— Tu crois vraiment que c'est facile, pour moi ? demandai-je. Tu crois que ça me plaît de rester coincée au village pendant que tu pars découvrir le monde ? Je n'en ai aucune envie ! Et encore moins sans toi. Je donnerais n'importe quoi pour que tu puisses épouser Sami. Si je pouvais échanger de place avec toi, je le ferais sans la moindre hésitation. Mais ce n'est pas moi qui ai été choisie, Zadie.

Moi, je suis le coquillage parfait qu'on ramasse au fond de l'océan, mais qui révèle une fêlure lorsqu'on le retourne. Je suis l'étoffe présentant un accroc, qu'on rend au négociant pour réclamer un produit de première qualité. Dans l'esprit de tous, à Varénia, je suis toi, mais en mauvais état. Alors ne me dis pas que je ne sais pas ce que tu traverses.

Le sang me battait si fort aux tempes que je dus m'asseoir. Il était hors de question que je fasse part à ma sœur d'une seule de ces craintes et représentations anciennes que Mère m'avait transmises et dont j'avais mis des années à me débarrasser. Zadie n'était pas plus responsable que moi de la situation. J'aurais tellement voulu lui avouer ce qui se passait avec Sami, lui expliquer qu'à moi aussi on imposait un mariage dont je ne voulais pas. Mais je savais qu'elle ne verrait pas les choses de cette façon. À ses yeux, la nouvelle ne serait qu'une raison de plus de me jalouser, et je ne voulais pas risquer une dispute.

Je l'attirai dans mes bras et la serrai de toutes mes forces. Elle eut beau résister un moment, ses muscles ne tardèrent pas à se détendre. Elle se laissa aller à sangloter sur mon épaule jusqu'à ce que le craquement des pilotis qui soutenaient notre maison se fasse entendre. Mêlé au murmure grave de la voix de Père, le timbre plus aigu de celle de Mère nous parvint quelques secondes plus tard. Chacune à notre tour, nous nous empressâmes de recoiffer l'autre, puis d'essuyer les larmes sur ses joues. Peu de Varénians possédaient un miroir, mais Zadie et moi n'en avions jamais eu besoin.

— Alors ? demanda Père en émergeant de la trappe percée dans le plancher. La pêche a été bonne, aujourd'hui ?

— Regarde un peu ce que Zadie a attrapé, répondis-je en désignant les cinq perles roses.

Les deux autres huîtres n'en avaient produit que trois en tout, et leur couleur n'avait rien de comparable avec celle des premières.

Père haussa ses sourcils bruns.

— C'est Zadie qui a trouvé ces merveilles ?

— Rien d'étonnant de la part de notre perle porte-bonheur, roucoula Mère en s'approchant de nous et en posant une main sur l'épaule de l'intéressée.

Sa bonne humeur était des plus déconcertantes. Je sentais le regard de ma sœur sur moi, mais refusai de l'affronter.

— Elles compléteront la dot de Nor, ajouta Mère.

Ah oui, ma dot. Des années qu'elle en parlait. Elle avait commencé peu après mon accident, histoire de me faire comprendre clairement que, sans un bon trousseau, jamais elle ne réussirait à me marier.

— Calliopé, la réprimanda gentiment Père.

Mais elle l'ignora et cueillit une à une les perles dans leur coquille.

— Absolument époustouflantes. Où as-tu ramassé l'huître ?

— Près du récif, répondit Zadie.

— Elle a dû se développer tout près d'un corail de sang pour que ses perles aient une coloration si prononcée. Tu ne t'en es pas trop approchée, n'est-ce pas, Zadie ?

— Non, Mère. Nous sommes toujours prudentes.

— Bien. Maintenant, dépêchez-vous d'aller vous rincer. Nous dînons avec le gouverneur et sa famille, ce soir. Chez eux.

— Pourquoi ? demandai-je aussitôt.

Il n'était pas inhabituel qu'ils nous rendent visite, mais ils ne nous avaient encore jamais conviés pour le repas. C'était une faveur réservée à la famille.

Famille dont je ferais bientôt partie.

— Oh..., soufflais-je.

— Qu'est-ce qu'il y a ? s'enquit Zadie, dont les yeux passaient de Mère à moi. Il s'est passé quelque chose ?

— Kristos a une annonce à faire, dit simplement Père. Mettez les robes que vous avez portées lors de la cérémonie.

Je tentai de croiser le regard de Mère, afin de la supplier en silence de repousser ce dîner, mais elle ne me prêta pas attention. En fredonnant, elle se retira dans sa chambre et laissa le rideau retomber dans son dos. Zadie haussa un sourcil en me regardant de nouveau, puis gagna le pan ensoleillé du balcon, où le baquet d'eau fraîche destiné à notre bain avait été mis à tiédir.

— Père, dis-je à voix basse. On ne peut pas faire ça à Zadie. Pas maintenant. Ça la détruirait.

Il me regarda.

— Tu es au courant ?

— Samiel m'a tout raconté, juste après la cérémonie.

— Zadie a le droit d'être informée avant son départ, répondit-il avant de porter le bol d'huîtres à sa bouche pour avaler les trois d'un coup. Et puis, elle sera sûrement ravie que sa sœur devienne la femme du futur gouverneur. C'est un grand honneur pour notre famille.

Je posai une main sur son bras.

— Père. Elle l'aime.

Il ferma les yeux un bref instant.

— Je sais, Nor.

— Dans ce cas, attendons un peu pour officialiser ces fiançailles. Rien que six jours, pas plus. Un délai aussi court ne changera rien.

— Ta mère refuse d'attendre, répondit-il dans un souffle.

C'était donc sa décision à elle. Zadie lui avait pourtant donné tout ce qu'elle voulait : pourquoi la punir à présent ? Essayait-elle de creuser un fossé entre ses deux filles ? Je n'aurais pas été surprise outre mesure qu'elle tente de nous diviser. Sans doute même pensait-elle nous rendre service en coupant Zadie de tout ce qui faisait sa vie à Varénia pour que plus rien ne l'y retienne. Mais elle agissait sans se soucier de l'avis ou du ressenti des premiers concernés.

Sami. Peut-être que si j'allais lui parler, il saurait convaincre ses parents de patienter. La perspective d'une annonce si rapide ne devait pas l'enchanter plus que moi. Il aimait Zadie. Il voudrait à tout prix éviter de la voir souffrir.

J'avais déjà à moitié disparu sous la trappe quand Mère passa la tête par le rideau de sa chambre.

— Où vas-tu ? demanda-t-elle. On ne va pas tarder à partir.

— J'ai une urgence à régler. Je serai de retour dans quelques minutes.

— Il y a intérêt. Nous aurons besoin de la barque.

Si la maison du Conseil était reliée à celle du gouverneur par des passerelles de bois, beaucoup d'habitations, dont la nôtre, en étaient complètement séparées pour plus d'intimité – un luxe rare, à Varénia.

— Très bien, je vais nager, répondis-je.

Sur ce, je nouai mes jupes entre mes jambes et me laissai tomber dans l'eau sans aucune élégance. Le soleil qui commençait tout juste à se coucher jetait un voile orangé sur les vagues. Je ne pourrais pas le regarder décliner avec Zadie ce soir-là, mais ce que j'avais à faire s'avérait bien plus important.

Les lanternes qui pendaient au porche du gouverneur rendaient ma destination parfaitement visible, même dans la pénombre du crépuscule. Une fois sous la bâtisse, je me hissai jusqu'en haut de l'échelle, puis essorai mes habits ainsi que mes cheveux avant de frapper doucement à la porte. En temps normal, jamais je n'aurais osé me présenter en ces lieux dans cet état, mais je savais que si je m'arrêtais trop longtemps pour réfléchir à mon apparence, j'en perdrais tout mon courage.

Le battant s'ouvrit sur les traits incrédules de Sami.

— Nor ?

— Il faut qu'on parle, dis-je en pénétrant chez lui sans lui laisser le temps de réagir.

Je ne mettais que rarement les pieds dans cette maison, mais ses dimensions – du moins comparées à celles de notre foyer – ne manquaient jamais de m'impressionner. Ç'aurait dû être la future demeure de ma jumelle, pas la mienne.

— C'est à propos de Zadie.

Sami me rattrapa par le bras.

— Ce n'est vraiment pas le moment.

— Et ce sera mieux tout à l'heure, au dîner, peut-être ? Demande à ton père d'attendre qu'elle soit partie pour l'Ilara.

— Il n'est pas simplement mon père, Nor. Il est aussi gouverneur.

— Dans ce cas, j'irai le lui demander moi-même, rétorquai-je en me dégageant.

— Ce sont eux qui arrivent déjà ? lança Élidi, la mère de Sami, depuis la cuisine.

Leur demeure était la seule du village dont les pièces étaient délimitées par de véritables murs et non par des rideaux. Élidi et son mari apparurent ensemble dans l'entrée et, l'espace d'une seconde, ils me fixèrent abasourdis, déconcertés par ma présence. À moins que ce n'ait été mon accoutrement. Je pinçai le tissu de mes jupes trempées qui collait à mes jambes, regrettant soudain de ne pas être venue en bateau. Cependant, presque aussitôt, l'attention des parents de Sami se porta sur l'encadrement de la porte, dans mon dos.

Derrière moi, quelqu'un s'éclaircit la gorge.

Je me retournai pour me retrouver nez à nez avec celui qui attendait sur le seuil.

— Oh, par les dieux, murmurai-je pour moi-même.

L'homme n'était pas vieux – quelques années de plus que moi, pas davantage – et lorsque son regard parcourut mon corps, je pris encore plus amèrement conscience de mes vêtements mouillés. Nos yeux se croisèrent une seconde – une seconde affreusement humiliante –, puis les miens se baissèrent sur la flaque qui se formait petit à petit à mes pieds.

— Nor, que fais-tu ici ? s'écria Élidi en se dépêchant de me raccompagner au-dehors, obligeant le nouveau venu à s'effacer pour me laisser passer. Où sont tes parents et ta sœur ?

— Ils se préparent pour le dîner. Je voulais simplement parler à Sami.

— Nous avons de la visite.

Comme si je n'avais pas remarqué.

— Qui est-ce ?

— Kristos vous expliquera. Rentre chez toi et arrange un peu ta mise. Et je t'en prie, pour revenir, prends le bateau.

Je hochai la tête, puis descendis l'échelle en hâte. Pour une fois, je m'en voulais de ne pas avoir écouté ma mère. Pendant que je regagnais la maison à la nage, je me creusai la cervelle : qui pouvait bien être ce jeune homme ? À en juger par ses drôles de vêtements et l'attitude plus étrange encore de Sami et de ses parents, l'inconnu n'était pas du village. De toute manière, j'étais certaine qu'aucun homme à Varénia ne m'aurait regardée comme il l'avait fait. Je n'avais eu qu'un instant pour appréhender son apparence, mais je rougis au simple souvenir de ses yeux sur moi – qui s'étaient éternisés là où ceux de Sami ne restaient jamais.

— Où étais-tu ? demanda Zadie quand je surgis de la trappe.

— Nulle part.

— Tu ferais mieux de te changer, et en vitesse. Mère est quasiment prête.

Elle était en effet en train de se coiffer face à son miroir, sans cesser de chantonner à mi-voix. Savait-elle que le gouverneur recevait un étranger ? Était-ce la raison de son entrain ? Je me rinçai rapidement à l'eau douce, puis enfilai ma robe écarlate pendant que Zadie tentait de discipliner mes cheveux. Comme d'habitude, les siens étaient tressés à la perfection et son teint resplendissait contre le rose pâle de sa toilette. À côté de sa tenue, la mienne avait quelque chose de tapageur. Je me demandais d'ailleurs si Mère ne l'avait pas fait exprès.

— Les filles, venez ! déclara Père avant de nous aider chacune à rejoindre la barque.

J'atterris sans aucune grâce sur l'un des bancs, et croisai aussitôt les bras. J'aurais pourtant dû détacher les rames, les laisser partir au gré des courants, histoire d'au moins retarder l'inévitable. Hélas, les bras puissants de Père eurent tôt fait de nous mener jusqu'à la maison du gouverneur. Je me dévouai pour amarrer l'embarcation, prenant le plus de temps possible pour parfaire mon nœud. Je pouvais peut-être me sauver, me soustraire purement et simplement à ce dîner…

— Dépêche-toi, Nor, m'exhorta Mère comme si elle avait pu lire mes pensées honteuses.

La mine revêche, je me décidai enfin à gravir l'échelle. Pendant que Père et Kristos se serraient la main, Élidi nous conduisit – Mère, Zadie et moi – jusqu'à la salle principale. Sur la grande table dressée à l'intérieur – une vraie table qui, contrairement à la nôtre, n'avait pas été bricolée à partir de bouts de bois flotté – étaient disposés plus d'une demi-douzaine de plats différents. Il y avait là de petits monticules de raisin frais et scintillant, des cubes de melon, des figues en tranches, de délicates bouchées d'églefin sautées dans le bouillon, et plusieurs bols d'olives noires, vertes ou bien violettes. Cela faisait des années que je n'avais plus vu autant de nourriture, et la plupart de ces mets venaient du continent. Le gouverneur avait dû dépenser une fortune dans ce repas. Je le regardai gratifier Père d'une tape dans le dos tandis que Mère et Élidi s'étreignaient.

— Après tout ce temps, nous allons être frères, Pax ! s'exclama Kristos de son timbre tonitruant, qui semblait fait pour les discours.

À côté de moi, Zadie se raidit.

— De quoi parle-t-il ? murmura-t-elle.

J'étais prise au piège, tel un poisson dans un filet qui se refermait de toutes parts. Mais avant que j'aie pu réagir, l'étranger réapparut et tout le monde autour de moi s'inclina, comme au courant d'un secret que l'on n'avait pas souhaité me confier.

— Qui est-ce ? soufflai-je à ma sœur en m'empressant d'exécuter une révérence maladroite.

L'intervention du gouverneur m'éclaira enfin.

— Mes chers amis, permettez-moi de vous présenter notre hôte distingué, envoyé d'Ilara par le roi lui-même.

Le jeune homme s'avança vers Zadie et lorsqu'il la salua à son tour, j'aperçus cette fois l'emblème ilaréen brodé sur son pourpoint noir : le profil d'une jeune femme, à l'intérieur d'un cœur derrière lequel se croisaient deux dagues. L'inconnu prit la main de ma jumelle et la porta à ses lèvres.

— Mon nom est Talin, dit-il. Et vous devez être Zadie.

— Oui, monseigneur, répondit-elle d'une voix que j'entendis trembler légèrement. Et voici ma sœur, N…

— Nor, compléta-t-il à sa place.

Il me dévisagea de ses yeux d'aigue-marine puis esquissa un sourire narquois avant de continuer :

— Nous avons déjà fait connaissance, je crois.

Chapitre 5

Le regard de Mère se posa alors sur moi, pour me fixer avec autant d'intensité que celui du visiteur. *Qu'as-tu encore fait ?* semblait-elle demander en silence. Mais les explications devraient attendre. Le gouverneur nous invitait à passer à table et, bientôt, je me retrouvai installée entre Sami et Zadie, directement face à Talin. Dans ma tête fusait un million de questions : les Ilaréens envoyaient-ils toujours un émissaire après la cérémonie ? Était-il là pour s'assurer que Zadie était bien la plus belle fille de Varénia ? Et d'abord, qui était-il exactement pour le roi ?

J'avais beau être censée garder le regard humblement baissé comme le faisait ma sœur, je ne pouvais m'empêcher de risquer de temps à autre un œil en direction du visiteur. Il était grand et sa peau mate était d'une carnation similaire à la mienne. Ses cheveux châtains étaient striés du genre de mèches blondies par le soleil que Mère avait en horreur. Pourtant, même elle n'aurait pas trouvé à critiquer les traits réguliers et affirmés du jeune homme ni sa solide carrure. Ses yeux turquoise étaient à couper le souffle, et s'ils auraient dû être focalisés sur Kristos, à sa gauche, sur Père, à sa droite, ou au moins sur Zadie, je les surpris plus d'une fois posés sur... moi.

Élidi et Mère passèrent la majeure partie du repas sans parler, laissant, entre les plats, ce privilège aux hommes. Tout avait l'air frais et délicieux, mais j'étais trop préoccupée pour avaler quoi que ce soit. Mère ne songeait tout de même pas à annoncer mes fiançailles dans ces conditions... Si ?

— Les Ilaréens missionnent-ils systématiquement quelqu'un pour approuver la décision des anciens ? demanda bientôt Père.

Je me penchai en avant avec un peu trop d'enthousiasme, et Zadie planta son doigt dans ma cuisse. Talin posa sa fourchette et se tourna vers son voisin.

— Je ne crois pas, même si je n'avais évidemment jamais été confronté à cette procédure auparavant. J'imagine à quel point il doit être étrange, pour vous tous, de recevoir un Ilaréen pour la première fois.

— Cela doit être tout aussi étrange pour vous, j'en suis sûre, intervint Mère.

Elle n'avait jamais côtoyé plus proche de la royauté que cet homme-ci et elle paraissait savourer chaque instant de la soirée.

— Et que pensez-vous de notre Zadie ? ajouta-t-elle. Les anciens ont-ils fait le bon choix ?

Elle était tout bonnement incapable de résister à la tentation : il fallait qu'elle se pavane. Talin se fendit d'un sourire poli, mais qui ne gagna pas tout à fait son regard. Quelque chose me disait qu'il voyait parfaitement clair dans le jeu de ma mère, et je ne l'en appréciai que davantage.

— De toutes les jeunes Varénianes qu'il m'a été donné de voir, c'est incontestablement la plus jolie.

Mère se mit à rayonner... jusqu'à ce qu'elle saisisse le véritable sens des paroles de l'Ilaréen. Il n'avait vu que Zadie et moi. Même si ses propos étaient peu flatteurs à mon encontre, je dus me retenir de rire lorsque le ravissement de Mère commença à s'effacer.

— Le prince Céren est chanceux, poursuivit Talin. Je ne peux imaginer jeune fille plus charmante.

Je sentis Sami serrer les poings à mes côtés, mais sur la fin de sa phrase, l'émissaire avait laissé ses yeux dériver de Zadie vers moi. Je détournai les miens, ma cicatrice brûlante sur mes joues empourprées. La conversation reprit cependant, comme si personne n'avait rien remarqué.

— On mange particulièrement bien à Varénia, s'étonna Talin. Ce dîner est exquis.

Je coulai un regard appuyé à Sami, l'adjurant de rester calme, mais même en admettant qu'il l'ait aperçu, cela ne suffit pas à l'arrêter.

— Les circonstances sont exceptionnelles, monseigneur. Je vous assure qu'au quotidien nos repas ne ressemblent pas à ce dîner. C'est encore plus vrai pour le villageois moyen.

Kristos foudroya alors son fils d'un regard qui accomplit ce que le mien n'avait pu réaliser. Malgré sa bravade apparente, je ne concevais pas que Sami ose un jour tenir tête à son père.

Talin se racla la gorge.

— À combien s'élève la population vréniane ? demanda-t-il comme dans l'espoir de détendre l'atmosphère.

— Environ cinq cents âmes, intervint mon père.

Le gouverneur l'avait en effet chargé du recensement de ses ouailles.

— Nous sommes montés jusqu'à près de six cents par le passé, mais depuis quelques générations notre nombre diminue.

L'Ilaréen fronça les sourcils.

— Et pourquoi donc ?

Père regarda Kristos, et Sami fit de même. Ils connaissaient tous les deux la vérité : si les familles avaient de moins en moins d'enfants, c'était parce qu'elles ne parvenaient plus à les nourrir. Le gouverneur affecta cependant de sourire, même si la manière dont il découvrit ses dents s'apparentait davantage à une grimace.

— Notre invité n'a sûrement pas envie de parler démographie ce soir ! Nous sommes ici pour nous réjouir ! s'écria-t-il avant d'attraper l'un des pichets de vin.

Il remplit chacun des verres, y compris le mien et celui de ma sœur, puis leva le sien en nous incitant d'un geste à l'imiter.

— Non seulement notre magnifique Zadie ne va pas tarder à vous rejoindre en Ilara, mais nous avons encore une autre raison de rendre grâce aux dieux !

La coupe dans ma main vacilla dangereusement quand je compris ce qui allait se passer. Kristos se tourna vers Sami et moi.

— À Nor et Samiel. Votre union à venir comble mon cœur d'allégresse car, dorénavant, nos deux familles ne feront plus qu'une, comme j'en ai toujours rêvé. Thalos se montre plus que généreux envers nous tous.

Sur ce, il porta son verre à ses lèvres et en prit une gorgée. Père, Mère, Élidi et Sami l'imitèrent. Mais Zadie, elle, s'était tournée vers moi, et je me retrouvais paralysée sous son regard. Sami me donna un petit coup de coude.

— Bois.

— Je ne…

Je m'interrompis dans un hoquet de stupeur. Les yeux soudain révulsés, ma jumelle venait de s'effondrer au sol tel un sac de grain instable. Tout le monde bondit alors à son secours. Sauf moi. Sous le choc, je restai pétrifiée jusqu'à ce que Sami tente de m'attraper la main.

— Pas maintenant, murmurai-je en me dégageant aussitôt.

Père avait allongé Zadie sur le dos. Ses traits sans couleurs offerts au plafond, elle clignait des paupières dans le vague.

— Est-elle souffrante ? s'inquiéta Élidi, qui regardait autour d'elle d'un air désespéré. Elle n'est pas contrariée, au moins ?

— Contente-toi de respirer calmement, conseillait Père à ma sœur. Ça va aller.

La maîtresse de maison se tourna alors vers Mère.

— N'est-elle pas heureuse pour sa sœur ?

Mais Mère ne répondit pas : elle agitait vainement un éventail en papier devant le visage de ma jumelle. Le gouverneur saisit son fils par le bras et le força à se relever.

— Qu'est-ce qui lui arrive ?

— Rien. Elle a été prise de court, c'est tout.

— Y avait-il quoi que ce soit entre vous deux ? insista Kristos.

— Bien sûr que non ! s'indignèrent Sami et Mère à l'unisson.

Je levai les yeux vers Talin. Debout devant son couvert, il nous observait en silence, momentanément oublié de tous. Lorsque son regard rencontra le mien, il haussa un sourcil, comme pour me demander : *Et toi, qu'en penses-tu ?*

Qu'avait-il entendu de ma conversation avec Sami, au juste ? *Absolument tout,* semblait signifier son expression.

— Ce n'est rien, dit enfin Zadie en se redressant tant bien que mal. J'ai trop pris le soleil dans la journée, sans suffisamment m'hydrater. L'un de vous aurait-il la gentillesse de m'apporter un peu d'eau, s'il vous plaît ?

Élidi se précipita vers la cuisine pour en remplir un verre, qu'elle rapporta à ma sœur en hâte, menaçant de renverser la moitié de son contenu.

— Tiens, ma jolie. Il faut dire qu'il a fait terriblement chaud aujourd'hui, n'est-ce pas, Calliopé ?

Pour toute réponse, ma mère marmonna quelque chose dans sa barbe, puis écarta tout le monde afin de pouvoir aider ma sœur à se remettre sur ses pieds.

— Tout va bien. Pas vrai, Zadie ?

L'intéressée eut beau hocher la tête, ses yeux restaient obstinément baissés. À la crispation de ses mâchoires, je devinais que, malgré ses efforts, elle peinait à refouler ses larmes. Tandis que chacun regagnait sa place, Talin leva à nouveau sa coupe.

— À Nor et Samiel, dit-il.

Cette fois, je me forçai à trinquer, non sans grimacer lorsque le vin entra en contact avec ma langue. Il était bien plus fort que la cuvée coupée à l'eau qui avait été servie juste après la cérémonie. Talin me lança un regard amusé, les yeux pétillants derrière son verre. À côté de moi, Zadie avait soulevé le sien, mais elle le reposa sans avaler une goutte, sans ciller ni ébaucher le moindre sourire. Je mourais d'envie de lui assurer que je n'étais responsable de rien de tout ça, pas plus que Sami, et qu'aucun de nous deux ne voulait de cet arrangement. Mais tant que je n'étais pas seule avec elle, ce n'était pas envisageable.

Enfin, lorsqu'il ne resta plus rien dans les assiettes, les deux couples de parents se retirèrent pour discuter sur le balcon.

Talin, lui, paraissait ne pas savoir où aller. Il n'était certes pas un homme au même titre que Père ou Kristos, mais il n'était plus non plus un garçon comme Sami. J'étais sur le point d'emmener Zadie à l'écart pour pouvoir lui parler, quand il se planta devant moi. Déglutissant avec difficulté, je relevai les yeux, notant au passage les mèches trempées de sueur qui bouclaient sur sa nuque et ses tempes. Il devait cuire sous l'étoffe épaisse de son vêtement. Bien fait. Celui lui apprendrait à m'assaillir de sourires goguenards.

— Félicitations pour vos fiançailles, me dit-il à voix basse.

Son accent n'avait pas l'inflexion abrupte de celui des Ilaréens qu'on croisait au marché flottant. Le remercier lui aurait peut-être donné l'impression que j'acceptais de bon gré cette promesse de mariage, aussi me cantonnai-je à incliner la tête. Il se tenait si près de moi que l'ourlet de ma robe frôlait presque le bout de ses bottes noires. À proximité d'une teinte si sombre, le rouge de ma tenue semblait moins criard, tout à coup.

— Appréciez-vous votre séjour à Varénia ? demandai-je.

Ma propre voix me sembla timide et puérile. Quelqu'un comme Talin devait me trouver tellement fruste !

— Je ne suis pas ici depuis très longtemps, répondit-il. Seulement quelques heures. Mais l'hospitalité et la vitalité de votre village me font l'effet d'un répit en pleine tempête.

Je redressai la tête, surprise par ce singulier choix de mots. Ma confusion dut se lire sur mes traits, car il rouvrit la bouche avant que j'aie eu la possibilité de rebondir. Ce fut malheureusement le moment que choisit Élidi pour l'appeler depuis l'extérieur.

— Talin, je vous en prie, venez vous joindre à nous !

Se ravisant, il me salua d'un geste de la tête.

— Je vous prie de m'excuser, mademoiselle.

Et il rejoignit Élidi. Néanmoins, une fois sur le seuil, il me jeta un regard par-dessus son épaule, un discret sourire aux lèvres. Je me retournai, le rouge aux joues.

Toujours à la table, Zadie paraissait si petite, si seule. Honteuse d'avoir échangé avec l'envoyé d'Ilara quand j'aurais dû être auprès de ma sœur, je courus la rejoindre. Mais elle refusa de se tourner vers moi.

— Zadie, s'il te plaît, regarde-moi.

— Tu étais au courant de toute cette histoire, et tu ne m'as rien dit, rétorqua-t-elle au bord des larmes.

— Sami et moi, on venait à peine de le découvrir et nous avions encore l'espoir d'en dissuader les parents. Nous ne savions pas qu'ils prévoyaient d'annoncer la nouvelle dès ce soir.

Elle haussa un sourcil.

— Nous ? Vous êtes un « nous », maintenant ?

Je me penchai vers Sami, qui était assis en silence de l'autre côté de ma sœur. Quand il voulut lui prendre la main, elle la ramena sur ses genoux sans lui accorder un regard.

— On ne nous a pas laissé le choix, Zadie, se justifia-t-il. Tu sais bien que c'est toi que j'épouserais, si je le pouvais. Mais tu t'en vas.

— Tu dis ça comme si j'en avais envie, répliqua-t-elle en se décidant enfin à poser les yeux sur lui. Explique à ton père que tu m'aimes, que nous désirons nous marier. Il n'est pas obligé de m'envoyer en Ilara. Alys peut prendre ma place. Ou Nor.

La détresse qui perçait dans sa voix me déchirait le cœur.

— Le gouverneur non plus n'a pas son mot à dire, objectai-je. Et de toute manière, l'émissaire a vu à quoi tu ressemblais. Les anciens ne peuvent pas se contenter de prétendre qu'ils ont changé d'avis.

Les sanglots que Zadie retenait finirent malgré tout par déborder de ses cils pour se répandre sur ses joues.

— Et pourquoi pas ?

— Parce que tu es la plus belle fille que Varénia ait jamais connue, répondit Sami. Ils n'auraient pas pu en choisir une autre.

— Et pourtant, tu ne veux pas de moi.

De son index replié, il effleura la pommette de ma jumelle, capturant ses larmes. Je détournai le regard, préférant ne pas être témoin de ce geste si intime.

— Faire de toi ma femme est mon souhait le plus cher, dit-il. Mais, tous les trois, nous sommes prisonniers du dessein des dieux, comme des poissons dans le courant.

Zadie attrapa la tunique de notre ami.

— Alors bats-toi contre ce courant ! Change le projet des dieux. Ne les laisse pas m'arracher à toi !

Mais Sami ne put que l'attirer à lui, poser le menton sur sa tête, et la laisser sangloter contre son torse, plus malheureuse que jamais. Un mélange de colère et de désespoir s'empara de moi. Ce ne pouvait être le projet des dieux pour nous ! C'était trop injuste, trop ignoble !

Je sortis par la porte du fond de la maison et m'avançai sur la passerelle, où une bouffée de vent chaud m'accueillit aussitôt. Les pans vermeils de ma robe se mirent à claquer autour de mes jambes, tandis que mes tresses me fouettaient le visage. Malgré tout, les mains sur la balustrade qui avait jadis couru le long du vaisseau de la princesse Ilara, je m'exposai volontairement aux bourrasques, pour mieux crier ma prière à Thalos. Mais s'il m'entendit, il n'eut rien à me dire en retour.

Plus tard ce même soir, après que nous eûmes fait nos adieux au gouverneur et à sa famille pour rentrer à la maison, Zadie se coucha sur notre lit et me tourna le dos avant que j'aie pu prononcer un mot. Je l'avais pourtant vue prendre la main de Sami, un peu plus tôt, à l'insu des adultes. Elle lui avait donc pardonné, à lui… mais pas à moi. Il ne nous restait plus que cinq jours à passer ensemble. De combien d'entre eux la rancune de ma sœur allait-elle me priver ? Mes doigts hésitèrent un instant au-dessus de son épaule, mais, en les voyant, ma jumelle n'eut d'autre réaction que de s'éloigner encore un peu plus de moi, et je me retranchai finalement de mon côté du matelas. Dans le noir, je sentis ma propre rancœur me tirailler les entrailles.

Je n'avais rien voulu de ce qui arrivait ! Il fallait qu'elle s'en rende compte. Elle savait que je n'étais pas amoureuse de Sami, que je serais partie pour l'Ilara à sa place, si j'avais pu. Sa souffrance avait peut-être besoin d'un coupable, mais j'aurais autant aimé que ce ne soit pas moi !

Je dormis mal, cette nuit-là. J'avais parfois trop chaud, parfois trop froid et, le sommeil agité, je ne cessais de repousser mes draps pour les chercher à nouveau. Lorsque je me réveillai à l'aube, courbatue et épuisée, Zadie n'était plus dans la chambre. Je me rendis sur le balcon, quasi certaine de la trouver là, mais elle n'y était pas non plus.

D'un bleu foncé mêlé de gris, la mer qui pâlissait dans le lointain était calme. À l'horizon, le soleil paresseux s'extirpait lentement de l'eau. J'avais toujours adoré le regarder se lever ou se coucher – la beauté brute de la nature me fascinait. Pourtant, ce matin-là, mon estomac se souleva d'une façon qui ne devenait que trop familière. L'idée d'être condamnée à ce même spectacle pour cent années supplémentaires me rendait folle.

J'étais sur le point de me relever pour retourner à l'intérieur, lorsque je perçus un bruit, qui venait de sous la maison. Je m'approchai discrètement du bord du balcon et jetai un œil sous ses lattes.

Zadie était dans notre barque, en compagnie de Sami. Ils chuchotaient. J'ouvris la bouche pour interpeller ma jumelle, son nom s'apprêtait à me jaillir de la gorge, quand Sami se pencha en avant. L'instant d'après, ils s'embrassaient.

Pendant quelques secondes, je ne pus rien faire d'autre que les fixer, interdite. J'avais déjà vu des gens s'embrasser auparavant – surtout mes parents, mais aussi, à l'occasion, d'autres jeunes gens, lors de festivals ou sur leur bateau, lorsqu'ils se pensaient à l'abri des regards. Mais cette fois, il s'agissait de ma sœur et de mon meilleur ami. Et on ne parlait pas d'un bref baiser : ils ne s'étaient toujours pas décollés l'un de l'autre.

Je m'empressai de me redresser et feignis d'admirer la suite du lever du soleil. Si Zadie et Sami voulaient s'embrasser, qu'est-ce que ça pouvait me faire ? Je n'aimais pas Sami, pas de cette manière. Je ne rêvais pas de presser mes lèvres contre les siennes.

Cela dit, avais-je vraiment envie que ma jumelle embrasse mon futur mari ? La mine sombre, je me mis à triturer une écharde qui dépassait du bois. Mère serait horrifiée si elle l'apprenait. C'était un fait, même si je n'avais pas l'intention de lui révéler quoi que ce soit. J'avais beau ne pas vouloir que ma sœur quitte Varénia, une infime part de moi était aussi soulagée que son départ approche. Je ne me voyais pas supporter cette horrible situation beaucoup plus longtemps.

Zadie avait dû revenir dans la maison par la porte d'entrée, car quelques minutes plus tard, je l'entendis arriver à pas feutrés dans mon dos. Une couverture me tomba mollement sur les épaules, puis ma jumelle s'installa à mes côtés et nicha sa tête dans le creux de mon cou, où elle s'était toujours logée à la perfection. Elle sentait bon le feu de bois et le sel marin, en plus de son parfum naturel, qui n'était propre qu'à elle. L'idée m'effleura tout à coup que Sami, un jour, en viendrait peut-être à comparer aussi nos odeurs respectives. Je chassai cette pensée pour me perdre plutôt dans la contemplation des ombres que jetaient sur l'eau nos longues jambes qui se balançaient dans le vide.

Père et Mère dormaient et, à en juger par la quantité de vin qu'ils avaient bue la veille, ils ne se réveilleraient pas avant un bon moment. J'avais moi-même l'esprit encore un peu confus, en n'en ayant avalé qu'une minuscule gorgée.

— Nor ?

— Hmm… ?

Zadie releva la tête et cette soudaine absence de chaleur sur ma peau me rendit plus triste qu'elle n'aurait dû.

— Je suis désolée, pour hier soir.

— Tu n'as pas à être désolée de quoi que ce soit.

— Si. Je ne pensais qu'à moi, alors que tu n'as jamais souhaité non plus ce qui nous arrive. Et si Sami doit en épouser une autre, je suis contente que ce soit toi.

Je relâchai ma respiration, soulagée.

— Zadie ?

— Oui ?

— Moi aussi, je suis désolée.

— Je sais.

Chacune chercha alors à attraper la main de l'autre en même temps, et je sentis une larme tiède s'échapper de sous mes paupières fermées. Comment réussirais-je à affronter tous ces levers et couchers de soleil sans elle ? J'aurais presque aimé qu'on puisse simplement prendre le bateau pour mettre le cap au nord, en direction du Galeth. Là-bas, où personne ne nous connaissait, nous aurions pu nous reconstruire une vie ensemble, et notre avenir n'aurait appartenu qu'à nous. Mais je savais que ma sœur ne fuirait jamais son devoir et je ne pouvais le lui demander.

Lorsque nous retrouvâmes Sami, dans la journée, j'eus du mal à le regarder en face. Je l'avais toujours adoré de la même façon que j'aurais pu chérir un frère, si Zadie et moi en avions eu un. Bien que nos parents n'en aient jamais parlé, je présumais que Mère n'avait pas réussi à avoir d'autres enfants après nous. Et ce n'était pas plus mal. Je n'osais imaginer à quel point elle aurait été insupportable si elle avait eu d'autres filles.

Quand je remarquai la fréquence à laquelle le regard de Sami dérivait vers Zadie, le coin de ses lèvres se relevant en un sourire satisfait à chaque fois qu'il posait les yeux sur elle, je repensai à leur baiser et ce qu'il signifiait. Nombre de garçons avaient contemplé ma sœur ainsi auparavant, et je m'étais souvent demandé ce qu'on ressentait quand on était l'objet d'une telle attention. Le dîner de la veille m'avait apporté la réponse. J'avais fini par identifier l'expression de Talin. Loin d'être moqueurs, comme je l'avais d'abord cru, les sourires qu'il m'avait adressés traduisaient plutôt une sorte... d'admiration. Mais je ne savais pas quoi en faire.

Je me remémorai mon allure la première fois qu'il m'avait vue, la façon dont ma tunique et mes jupes mouillées moulaient les courbes de mon corps. Je n'étais plus une enfant et je n'en revenais pas d'avoir été assez bête pour me présenter à la porte du gouverneur accoutrée de cette manière. Mon manque de pudeur avait-il donné des idées à Talin ? Rien que d'y songer, j'en rougis si fort que Zadie s'inquiéta de savoir si j'allais bien. Peut-être était-ce pour cette raison que l'émissaire n'avait pas lorgné ma cicatrice : il était trop occupé par le reste de ma personne...

Pourtant, il n'avait pas non plus fixé ma joue plus tard, quand j'étais revenue correctement vêtue. Ses yeux ne s'y étaient pas arrêtés un seul instant – en tout cas, pas à ma connaissance. Sans doute les Ilaréens n'avaient-ils pas autant d'aversion que les Varénians pour les cicatrices. Quoi qu'il en soit, avec Zadie dans la salle, je ne comprenais pas comment l'attention de Talin avait pu constamment dériver sur moi. Peut-être qu'en dépit de tout, l'enseignement de Mère avait fini par rentrer. Dès notre plus jeune âge, elle nous avait appris à être féminines, à baisser le regard lorsqu'on nous complimentait – d'abord sur nos pieds, puis sur le côté, et en souriant légèrement –, à veiller à ce que nos tenues soient toujours ajustées et flatteuses, sans pour autant trop en révéler…

Ce n'est pas parce que vous n'êtes pas nées princesses que vous ne pouvez pas vous comporter comme telles, aimait-elle à dire. *Conduisez-vous comme deux têtes couronnées, et l'on vous traitera en conséquence.*

Malgré les nombreux défauts de Mère, il fallait admettre que sur ce point, elle avait vu juste. Le fait était que nous avions toujours été très bien traitées par le reste du village – y compris, bien sûr, par la famille du gouverneur. Cette bienveillance venait en partie de l'amitié entre Père et Kristos – qui remontait à leur propre enfance –, mais ça n'était pas la seule explication. Mère nous avait présentées au monde comme des créatures aussi rares et sublimes que deux fleurs des mers, et c'était ainsi que le monde nous voyait.

Je jetai un œil du côté de Sami et Zadie. Un sourire idiot aux lèvres, il la regardait préparer notre dîner, attentif au moindre de ses gestes. J'avais déjà vu mon père risquer sa vie à fouiller les épaves dans l'espoir de ramener à Mère quelque colifichet, simplement pour pouvoir ensuite la couver des yeux de la sorte tandis qu'elle s'en parait et se pomponnait devant son miroir.

J'avais envie de croire que mon mérite ne tenait pas seulement à mon apparence. Après tout, j'aidais à nourrir ma famille, je savais cuisiner et réparer nos filets de pêche. De temps à autre, je concluais même de bonnes affaires au marché. Mais celle qui rapporterait à notre famille la somme promise à la fiancée du prince – somme qui nous permettrait de manger et de nous vêtir pendant plusieurs années –, c'était Zadie. Uniquement grâce à sa beauté.

La beauté est un pouvoir, assurait Mère. Elle nous l'avait dit et répété, encore et encore, jusqu'à ce que cette affirmation nous paraisse aussi évidente que « le ciel est bleu » ou « l'eau mouille ». Je ne voulais pas penser que la valeur d'une femme ne dépendait que de son physique, et pourtant, dans ma tête, une petite voix tenace s'obstinait à poser toujours la même question : *Et si Mère avait raison ?*

Chapitre 6

Dans les jours qui suivirent, je n'eus pas le temps de repenser à Talin – qui s'était évaporé aussi discrètement qu'il était arrivé. J'avais en effet hérité de corvées supplémentaires, car Zadie devait poser pour un peintre. Il réalisait son portrait, qui serait ensuite envoyé en Ilara avant son arrivée. J'imaginais ce tableau, accroché à côté de ceux de toutes les autres Varénianes qui avaient un jour été choisies. Avaient-elles voulu partir ou bien avaient-elles eu, elles aussi, des raisons de vouloir rester ?

Le soir, Zadie passait en revue les quelques affaires rassemblées dans la malle que Père lui avait fabriquée. Le château du roi s'élevait au pied d'une chaîne de montagnes où il faisait bien plus froid qu'à Varénia, mais Mère avait insisté pour que ma sœur emporte les habits les plus raffinés possible (parmi lesquels sa robe de cérémonie rose, mais aussi la rouge que j'avais portée) ainsi que son peigne en écaille de tortue et le collier de perles blanches dont Père lui avait fait cadeau le jour de leur mariage. La malle contenait également la cape de voyage que Sami avait promise à Zadie, et qu'il venait de lui offrir. Cousue dans un épais velours vert, elle ne présentait aucune fioriture hormis le bouton de laiton qui servait de fermoir au niveau du cou.

— Je n'ai jamais rien touché de plus doux, dis-je en la caressant doucement.

— À part le dos d'une raie, peut-être.

— Peut-être, mais on ne pourrait pas en faire une aussi jolie cape.

Zadie eut un sourire crispé.

— Qu'y a-t-il ? demandai-je. Enfin, je connais la réponse, mais y a-t-il quelque chose en particulier qui te tracasse ? Un souci dont je pourrais t'aider à te débarrasser ?

Elle soupira.

— Je sais que c'est idiot, mais je n'arrête pas de penser qu'il va bien finir par se produire un quelconque miracle. Qu'on va trouver le moyen de retourner cette situation. C'est impossible, j'en suis consciente. Pourtant, je ne peux pas m'empêcher d'en rêver.

— Pour que les anciens t'autorisent à rester, il faudrait que tout à coup, tu cesses d'être aussi belle. Et on sait toutes les deux que cela n'arrivera jamais.

Pour être tout à fait honnête, depuis quelques jours, Zadie me semblait même encore plus éblouissante qu'auparavant.

La peine bonifie l'âme, m'avait un jour dit Père, après mon accident. Je m'étais alors déjà remise de la douleur et de la maladie infligées par les toxines du corail, mais je ne m'habituais pas à la sensation de la chair abîmée sur mon visage par ailleurs sans défauts. *Ceux qui n'ont jamais connu la souffrance ou l'épreuve restent d'un caractère aussi peu profond que les vagues qui meurent sur le rivage.*

Et où est le mal ? avais-je demandé.

Que trouve-t-on sous la surface de ces eaux superficielles ? avait-il répondu. *Rien. Pour voir l'océan s'animer, il faut plonger dans ses abysses. Et plus on s'y enfonce, plus leurs surprises et leurs mystères se révèlent à nous.*

Confrontée à cette réponse, j'avais froncé les sourcils avant de me blottir un peu plus contre lui, sceptique. Je n'avais jamais vu ces eaux peu profondes dont parlait mon père, mais je savais au moins une chose à leur sujet : on pouvait les traverser à pied pour rallier la côte. Or, aucune surprise, aucun mystère ne pouvait être plus grand que ceux que renfermait la terre. Du moins, pas à mes yeux.

Zadie replia sa cape, puis la reposa dans la malle.

— Je n'arrive pas à me défaire de l'impression que, d'une manière ou d'une autre, les dieux ont interverti nos sorts. Que je suis celle qui aurait dû rester...

— Et moi, celle qui aurait dû partir, terminai-je.

Je poussai un soupir désabusé.

— Que veux-tu ? Nous sommes jumelles, après tout. Même Père nous confondait quand nous étions bébés. Si ça se trouve, c'est moi qui suis Zadie et tu es Nor, dis-je avec un petit rire.

Avant l'accident, tout le monde avait du mal à nous distinguer. Il était d'ailleurs tellement fréquent qu'on m'appelle par le nom de ma sœur que j'avais gardé l'habitude d'y répondre aussi promptement qu'au mien. Par moments, je me sentais si proche d'elle que j'en étais intimement convaincue : nous étions chacune une moitié de la même personne. De même qu'on ne pouvait vivre avec un demi-cœur, je ne pouvais vivre sans elle.

Zadie sourit, mais lorsque nous nous couchâmes, ce soir-là, elle me tourna à nouveau le dos. Toute mon existence, l'une de mes plus grandes consolations avait été de savoir que même si le comportement de Mère me dépassait, même si je ne pouvais prédire ce que nous réservait l'avenir, au moins étais-je sûre de connaître ma jumelle sur le bout des doigts, presque mieux que moi-même. Elle était prévisible, fiable, honnête et d'une bonté sans pareille. Responsable et d'humeur égale, elle ne vous surprenait jamais en optant pour ce qu'on n'attendait pas d'elle. Elle était aussi droite que l'horizon, et aussi fidèle que le lever du soleil. D'aussi loin que je me souvienne, nous avions toujours su qu'un jour viendrait où nous serions séparées, et j'avais cru que Zadie s'y était préparée autant que moi.

Au beau milieu de la nuit, je me réveillai pour découvrir qu'elle avait disparu. Mon inquiétude s'évapora vite : elle était probablement de nouveau sous la maison, à embrasser Sami. J'essayai de me convaincre que je n'étais pas jalouse, mais… Et si je me révélais incapable d'embrasser un garçon correctement ? Comment Zadie pouvait-elle être certaine de s'y prendre de la bonne manière ?

Pendant dix-sept ans, elle avait été aussi étroitement liée à moi que ma propre chair. Pourtant, je commençais à me demander si je savais réellement qui elle était.

Quand je rouvris les yeux le lendemain matin, elle était revenue. J'observai un instant son visage en forme de cœur, ses traits détendus tant qu'elle dormait, et je m'interrogeai : Sami l'aurait-il aimée si elle avait été celle marquée d'une cicatrice ? La façon dont l'amour de ma mère à mon égard s'était émoussé après l'accident ne m'avait pas échappé. Même mon père avait changé de comportement. Alors que j'étais certaine que son affection pour moi n'avait pas faibli, il ne pouvait plus me regarder sans une pointe de tristesse ou de regret, comme s'il avait constamment devant lui deux versions de sa fille : celle d'avant le drame, et celle qu'elle était depuis.

Quand Zadie se réveilla, aucune de nous deux ne mentionna son escapade nocturne. Père était parti pêcher avec quelques-uns des autres hommes du village aux aurores, et Mère dormait encore.

— Que pourrait-on faire, aujourd'hui ? demanda ma sœur tandis que nous nous préparions pour la journée.

— Retourner ramasser des huîtres ?

— Mère n'aurait plus de barque et serait obligée d'emprunter celle des voisins. Ou de nager.

J'affichai un grand sourire.

— Raison de plus !

Nous restâmes dehors toute la matinée et, pendant ces quelques heures passagères, les choses me donnèrent l'impression d'être redevenues comme avant la cérémonie. À chacune des rares huîtres que nous aperçûmes, nous jouâmes à qui l'atteindrait la première, même si je laissai Zadie l'emporter une fois, comme je le faisais souvent. Nous repérâmes même une pieuvre tapie dans les rochers, que nous nous empressâmes d'arracher à sa cachette. Au moins, nous aurions autre chose que du ragoût pour le dîner !

Lorsque nous regagnâmes la maison, Mère s'y trouvait, comme nous nous en doutions. Étendue sur son lit, elle s'éventait, mais s'assit dès qu'elle nous vit franchir la trappe.

— Où étiez-vous ? protesta-t-elle. Sans le bateau, je suis coincée ici depuis ce matin !

— Nous voulions seulement passer un peu de temps ensemble, expliqua Zadie. Il ne nous reste que deux jours.

Les traits de Mère s'assombrirent.

— Je le sais bien. Et je me disais que, pour une fois, nous pourrions peut-être passer du temps toutes les trois.

Elle nous attira auprès d'elle et nous prit chacune sous un coude.

— Je n'arrive pas à croire que dans quelques semaines à peine, votre père et moi nous retrouverons seuls dans cette maison.

Je me dégageai de son étreinte en me trémoussant.

— Qu'est-ce que tu racontes ?

— Je parle de ton mariage, voyons. Avec Élidi, nous aimerions le célébrer le soir du solstice. Entamer une nouvelle vie et porter son premier enfant sous de tels auspices ne pourra que vous être bénéfique.

Zadie et moi échangeâmes un regard horrifié. Porter son premier enfant ? Je n'avais même pas dix-huit ans ! Je n'étais pas prête à me marier et encore moins à devenir mère !

— Je ne vois pas où est l'urgence, répliquai-je. Zadie viendra à peine de nous quitter. On ne pourrait pas attendre un peu ?

— Nous avons déjà de la chance que Sami ait accepté de t'épouser, Nor. Je ne pense pas qu'il soit sage d'attendre. D'autant qu'après le départ de ta sœur, la famille comptera une paire de bras de moins. Une fois que tu auras épousé Sami, nous serons assurés de ne manquer de rien, et toi encore plus que nous. Ne désires-tu pas nous mettre tous à l'abri du besoin ?

La principale motivation de ma mère était donc l'argent, pas mon bonheur. Je ne pouvais nier que nous avions du mal à nous en sortir, mais pas plus que toutes les autres familles du village. Surtout que, contrairement à certains, nous n'avions pas huit ou dix bouches à nourrir. Et puis, même si nos parents avaient eu l'infortune de ne pas avoir de fils – les garçons se révélant plus rentables sur le long terme –, Mère avait incontestablement réussi à tirer le meilleur parti de ses deux filles !

— Si, répondis-je malgré tout. Bien sûr.

— Parfait, conclut-elle. Nous annoncerons officiellement tes fiançailles dans deux jours, lors de la soirée donnée en l'honneur de Zadie. Ainsi, tout le monde à Varénia saura à quel point les dieux nous accordent leur bénédiction.

Cette nuit-là, je fus réveillée par les pleurs de Zadie.

— Que se passe-t-il ? m'inquiétai-je.

Je me redressai, puis tendis la main vers son côté du matelas. Seulement, là où elle aurait dû se trouver, mes doigts ne rencontrèrent que le vide.

— Où es-tu ?

— Là, répondit-elle.

Et lorsque mes yeux se furent habitués à l'obscurité, je la discernai, accroupie au pied du lit. Ses joues luisaient de larmes.

— Qu'est-ce qui ne va pas ? Il t'est arrivé quelque chose ? Tu es souffrante ?

— Non. J'ai... J'ai besoin de ton aide.

— Tout ce que tu voudras.

Mais elle demeura où elle était, à torsader fébrilement sa chevelure, qu'elle avait ramenée par-dessus son épaule.

— Mais ça peut sûrement attendre demain, non ? ajoutai-je.

Zadie se leva alors sans un mot et sortit de la chambre. Déroutée, encore à moitié endormie, je la rejoignis malgré tout sur le balcon.

— Qu'est-ce qu'il y a ? chuchotai-je. Qu'est-ce qui se passe ?

— Tu vas me détester si je te le dis. Mais ça ne m'arrêtera pas. Je ne peux pas aller en Ilara. Et j'ai besoin que tu m'aides.

Sur ce, elle sauta dans l'eau avant que je puisse la retenir et je fus bien obligée de plonger à sa suite, terrifiée à l'idée qu'elle essaie de se noyer. Cependant, elle filait déjà vers le large. J'aurais voulu lui crier de m'attendre, mais j'avais peur de réveiller la moitié du village au passage. Je me contentai donc de la suivre.

Au bout de ce qui me sembla une éternité, nous atteignîmes notre barque, ancrée à bonne distance de la maison.

— Tu m'expliques ce que tu manigances ? lançai-je entre deux halètements.

Je n'aurais jamais cru ma sœur capable de nager aussi vite. J'allais me diriger vers l'embarcation afin de me hisser à bord quand sa main s'interposa.

— Ne t'approche pas, Nor.

— Quoi ? Mais pourquoi ?

Ses yeux se posèrent sur une corde qui pendait du bateau pour disparaître dans l'eau.

— Qu'est-ce que c'est ? demandai-je.

Ma jumelle se mordit la lèvre.

— Ce que j'ai attrapé la nuit dernière.

— Pardon ?

Elle n'était donc pas allée retrouver Sami, en fin de compte.

— Une jouvencelle, ajouta-t-elle.

Non sans un hoquet de stupeur, je me propulsai en arrière, mettant un bon mètre entre le bateau et moi.

— Zadie, mais tu es folle ! Tu te rends compte à quel point c'est dangereux ? Elle ne t'a pas piquée, au moins ?

— J'ai utilisé un grand filet. Et je ne l'ai pas touchée. Je ne l'ai même pas regardée depuis que je l'ai capturée. Elle est restée ici toute la journée, lestée par une ancre. Je n'en suis pas certaine, mais je crois qu'elle est morte.

Aussitôt, je m'enfonçai sous la surface, persuadée que ma jumelle racontait n'importe quoi. Il était impossible qu'elle ait attrapé une jouvencelle. Elle n'aurait même pas su comment s'y prendre ! Pourtant, de fait, la méduse flottait bel et bien devant moi, scintillant faiblement derrière les mailles de sa prison. Je remontai à l'air libre et écartai mes cheveux de mon visage.

— Et qu'est-ce que tu as l'intention d'en faire, au juste ?

— Je vais m'en servir pour me mutiler. Les jambes. Comme Dido.

Dido était une fille que nous connaissions depuis l'enfance. Elle n'avait que huit ans quand ses mollets s'étaient empêtrés dans les tentacules d'un cadavre de jouvencelle qui avait dérivé jusqu'au village. Les Varénians avaient beau cicatriser remarquablement bien, sa peau était restée marquée à vie. Elle était l'une des rares filles de notre âge à ne pas avoir participé à la cérémonie. Mère se servait de son malheur comme d'un avertissement chaque fois que nous nous montrions trop imprudentes ou irréfléchies à son goût : *Vous ne voudriez pas finir comme cette pauvre Dido, n'est-ce pas ?*

— Pourquoi ? lâchai-je dans un souffle.

— Si le seul moyen pour moi de rester à Varénia, c'est de cesser d'être aussi belle, alors c'est ce que je vais faire.

Je fermai les yeux, me rappelant ce que je lui avais dit la veille et maudissant ma propre bêtise.

— C'est mon commentaire stupide d'hier qui t'a donné cette idée ? Ton plan te permettra peut-être de ne pas quitter Varénia, mais Sami ne sera jamais autorisé à t'épouser ! Sans compter que tu pourrais en mourir !

En réalité, les piqûres de jouvencelle n'étaient que rarement fatales, surtout parce qu'elles étaient évitables et que quiconque en frôlait une s'éloignait généralement de la créature aussi vite que possible. Si Dido n'y était pas parvenue, c'était parce que, encore enfant, elle ne nageait pas très bien, et que la méduse en question était particulièrement grosse.

Celle attrapée par Zadie s'avérait plus petite que celle que nous avions croisée près du récif, et les jeunes jouvencelles étaient réputées moins venimeuses que leurs congénères adultes. Mais s'exposer délibérément au poison de leurs tentacules ? Qui savait quelles seraient les conséquences ?

— Si tu vois une autre solution, je t'écoute, répliqua ma jumelle. Mais dans le cas contraire, je ne veux rien entendre. Je veux seulement savoir si tu vas m'aider ou pas.

Elle s'était exprimée d'une voix froide, insensible. Comme Mère. *Où est passée la sœur que je connais ?* avais-je envie de lui crier.

— Je ferais n'importe quoi pour toi, Zadie. Tu le sais. Mais je refuse de t'aider à te faire du mal.

Je m'apprêtais à repartir vers la maison, quand elle attrapa soudain mon bras, m'attirant à elle jusqu'à ce que nos deux fronts soient si proches qu'ils se touchent presque. Il y eut un moment de flottement, puis ses traits se froissèrent et elle se mit à pleurer.

— S'il te plaît, Nor. J'ai peur.

Pendant quelques secondes, je la dévisageai. J'essayai de m'imaginer désirer quelque chose au point d'être prête à m'infliger des lésions permanentes pour l'obtenir. Zadie n'avait jamais connu le genre de douleur que j'avais éprouvé. Elle ne pouvait pas comprendre ce qu'elle me réclamait.

D'un autre côté, elle m'avait vue souffrir. Elle savait ce que j'avais traversé. Et rien que d'être témoin de mon calvaire avait dû se révéler insupportable pour elle, comme ça l'aurait été pour moi si elle avait été à ma place. Pour me demander de faire ça, il fallait vraiment qu'elle soit au comble du désespoir.

Les cils brûlants de larmes contenues, je commençais à me rendre compte qu'en réalité, la douleur de Zadie était déjà innommable. Bien sûr, quitter Sami n'occasionnerait aucune blessure physique. Mais pour ma part, le simple fait de penser au départ de ma sœur me faisait l'effet d'un poignard en plein cœur. Or, elle devait ressentir la même chose, non seulement vis-à-vis de moi, mais aussi de lui. Je posai les yeux sur sa main cramponnée à la mienne, sur son bras au teint immaculé. Pendant plus de dix-sept ans, rien – pas même une écharde – n'était venu abîmer sa peau parfaite, et elle voulait que je l'aide à réduire tous ses efforts à néant en un instant ?

— Je ne peux pas ! m'écriai-je sans plus pouvoir retenir mes larmes. Je ne te ferais jamais une chose pareille, Zadie. Je suis désolée.

Je m'étais déjà éloignée de quelques mètres, quand elle me lança :

— Dans ce cas, je m'en chargerai moi-même !

Je me retournai juste à temps pour la voir sortir un couteau de la barque, puis disparaître sous la surface.

— Zadie, non !

Je plongeai à sa suite, la rejoignis pile au moment où elle attrapait le filet, et la tirai par l'épaule afin de l'obliger à me faire face. L'espace d'un instant, nous restâmes en suspension sous l'eau, le visage de ma jumelle reflétant ma propre frayeur, puis nous remontâmes à la surface.

— Je t'en prie, Nor ! cria-t-elle aussitôt. Si tu refuses de m'aider, reste au moins avec moi. Je n'y arriverai pas seule !

Je hochai la tête. J'avais beau me haïr moi-même d'avoir cédé, je savais que je me détesterais encore plus si je partais et qu'elle se blessait gravement en essayant de se débrouiller sans moi.

— Comment comptais-tu t'y prendre ? demandai-je d'une voix tremblante.

Si un peu de son inquiétude paraissait s'être dissipée, j'avais l'impression d'avoir tout absorbé.

— Je prévoyais de couper un des tentacules et de me le poser sur les jambes, répondit-elle. Il faudra le laisser un moment si je veux laisser une marque permanente.

Horrifiée, j'ouvris des yeux ronds.

— Mais comment tu le sais ?

Elle gagna l'autre flanc du bateau, s'éloignant ainsi de la méduse.

— C'est Mère qui me l'a dit, un jour. Elle m'expliquait que le plus important, si jamais je me faisais piquer, c'était de me débarrasser des tentacules au plus vite, puis d'utiliser un objet plat et rigide pour décrocher leurs dards de ma peau. Autrement, je me retrouverais avec des cicatrices pour toujours. Mais ne t'inquiète pas, ce n'est qu'une petite jouvencelle. À mon avis, elle n'a pas assez de venin pour me tuer.

— « À ton avis » ? glapis-je.

— Non, non. J'en suis sûre, affirma-t-elle.

Mais ce n'était guère rassurant.

— Et que va-t-on raconter aux parents ? Ou même au reste du village ?

— Que nous étions sorties faire une balade nocturne et que je n'ai pas vu la méduse. Personne n'imaginera que j'aie pu me faire ça volontairement.

Elle n'avait pas tort. J'avais moi-même du mal à y croire, alors que j'étais avec elle.

— Et si jamais Sami ne veut plus de toi ?

— Il m'aime, Nor. Je sais que ça ne changera pas.

Et moi, je ne savais que trop bien l'effet qu'une cicatrice pouvait avoir sur l'amour qu'on vous porte. Mais je n'avais pas le courage de le lui dire.

— Il reste le fils du gouverneur, dis-je malgré tout. Son père n'approuvera peut-être pas votre union.

Zadie secoua la tête.

— Si Sami veut m'épouser, ses parents l'écouteront. Et s'ils ne le font pas, nous nous enfuirons.

Je la regardai, abasourdie. J'avais moi-même envisagé de fuguer avec elle, mais je ne l'avais jamais cru réellement capable d'accepter.

— Tu en as discuté avec lui ?

— Non, mais je le sais, c'est tout. On s'est embrassés, Nor. Et c'était comme une promesse. Comme l'assurance qu'il m'aimait autant que je l'aime et qu'il ferait n'importe quoi pour moi. Je ne pourrais même pas te décrire ce que cela fait, de savoir que quelqu'un pourrait tout sacrifier par amour pour toi.

J'inspirai profondément, les mots de ma jumelle plantés comme autant d'hameçons acérés dans mon cœur. N'avait-elle pas toujours su que j'étais, moi, prête à tout pour elle ?

— Et pourtant, c'est à moi que tu demandes de l'aide. Pourquoi pas à Sami, s'il t'aime tant ?

Elle me tira à nouveau à elle.

— Parce que toi, tu es mon âme jumelle. Depuis toujours et pour toujours, c'est toi qui me connais mieux que quiconque. Parce que je te fais encore plus confiance qu'à Sami. Et parce que tu es la personne la plus forte que j'aie jamais rencontrée. Il n'y a que toi qui puisses m'aider.

— Peut-être, mais c'est déloyal de ta part de me le demander, répondis-je avant de laisser échapper un nouveau sanglot.

— Tu me protégeras, insista-t-elle à travers ses propres larmes. Tu l'as toujours fait, tu ne vas pas arrêter maintenant.

Je dus me mordre la lèvre pour m'empêcher de me remettre à pleurer de plus belle. Une part de moi en voulait à ma sœur de me mettre dans cette position, de me demander une chose pareille. Je n'avais qu'une envie : refuser, retourner me coucher et dormir pendant deux jours, jusqu'à ce que toute cette histoire soit derrière nous. Mais Zadie avait raison. Il n'y avait rien qu'elle puisse me demander que je n'aurais pas fait pour elle. Et si elle souhaitait vraiment se mutiler, je ne pouvais pas la laisser affronter cette épreuve seule.

— Je vais t'aider à récupérer ce tentacule, lâchai-je enfin. Mais seulement parce que j'ai peur que tu te fasses plus mal que nécessaire, pas parce que j'approuve.

— Je comprends.

Elle farfouilla un instant par-dessus le rebord du bateau, puis me tendit la plus tranchante des lances de Père ainsi qu'un petit filet destiné à la pêche des poissons de taille modeste.

— Sois prudente.

Je pris le filet, la lance, et plongeai sans attendre. Si l'ombrelle de la jouvencelle était restée captive du grand filet dans lequel Zadie l'avait piégée, quelques-uns de ses tentacules avaient fini par se faufiler au travers des mailles. Tandis que mes larmes se dissolvaient dans la mer, je m'efforçai de maîtriser le tremblement de mes mains. Il me fallut plusieurs tentatives avant de réussir à trancher quatre ou cinq de ces filaments diaphanes. Je les attrapai ensuite dans le petit filet, toujours sans trop savoir si c'était la chose à faire, et remontai vers la surface avec précaution, en tenant ma prise à bout de bras.

Zadie s'était munie d'un morceau de bois flotté.

— Je me suis dit que ce serait mieux de procéder ici, loin du village, histoire que personne ne m'entende crier, mais au cas où, je mordrai aussi dans ce bout de bois. Et on ferait mieux de se mettre dans la barque, au cas où je m'évanouirais.

Elle avait tout prévu. Peut-être même préparait-elle son coup depuis le jour où nous avions vu la première jouvencelle morte.

— Et ensuite ?

— Ensuite, on verra.

Je lâchai mon ballot de tentacules dans le bateau avant de m'y hisser à mon tour, me laissant tomber à côté de Zadie. Toutes les deux, nous ne portions que nos tuniques, de sorte qu'au clair de lune, l'eau de mer reluisait sur les longues jambes de ma sœur. Ses longues jambes encore intactes et parfaites… Il n'était pas trop tard pour rentrer à la maison et prétendre que rien ne s'était passé.

— S'il te plaît, Zadie, ne fais pas ça, implorai-je. Nous pourrions aller parler ensemble au gouverneur. Peut-être qu'il acceptera de me laisser partir à ta place.

Mais elle secoua la tête.

— Même si lui acceptait, Mère s'y opposerait. Elle a décrété que ce serait ma destinée.

Et elle estime que je ne suis pas assez belle, pensai-je. Elle ne prendrait jamais le risque de voir les anciens substituer finalement Alys à Zadie. Ma jumelle s'installa à une extrémité de la barque, puis plaça le bout de bois entre ses dents.

— Prête, annonça-t-elle en dépit de son mors.

Je ramassai le petit filet, où les tentacules ne scintillaient déjà presque plus. Quelle heure était-il ? Combien de temps avions-nous avant que les parents ne se réveillent et ne découvrent ce que nous avions fait ? Que dirait Mère ? Je savais que nos vies étaient sur le point de changer à jamais, et pourtant, je donnai le filet à Zadie. Je repensai aux blessures de Dido, que je n'avais aperçues qu'une fois, quand nous étions allées lui rendre visite quelques jours après son accident. Là où la jouvencelle l'avait touchée, sa chair était rose et boursouflée, comme si toute une colonie de vers rampait sur sa jambe. Rien qu'en imaginant ma sœur avec de telles cicatrices, je me remis à pleurer. Lorsqu'elle abaissa l'amas de tentacules vers ses cuisses, je fermai les paupières en grimaçant, prête à l'entendre hurler d'une seconde à l'autre, mais…

— Je n'y arrive pas.

Envahie par une vague de soulagement, je rouvris les yeux d'un coup.

— Dieux merci !

— Il faut que tu le fasses pour moi, Nor, dit Zadie après avoir ôté le bâton de sa bouche.

— Quoi ? m'exclamai-je avant de secouer violemment la tête. Hors de question. J'ai promis que je resterais avec toi, mais je ne peux pas le faire à ta place.

Ma sœur déposa alors le filet à côté d'elle et se laissa glisser de son banc pour s'agenouiller devant moi.

— Je t'en supplie, murmura-t-elle. Si on m'oblige à partir en Ilara, j'en mourrai de chagrin. Et si tu es condamnée à rester à Varénia sans moi, tu en mourras aussi. Peut-être pas avant un long moment, mais cette vie te tuera à petit feu. Je te connais, Nor. Tu ne seras jamais heureuse, ici.

— Arrête, bredouillai-je entre deux sanglots. Arrête de faire comme s'il était question de ce que je voulais. Je n'ai jamais voulu de cette situation !

Elle reprit le filet de tentacules et me le tendit si brusquement que j'en eus un mouvement de recul.

— Si tu m'aimes vraiment, alors tu m'aideras.

Je n'avais jamais vu Zadie dans cet état. Elle avait les yeux si écarquillés qu'on distinguait le blanc autour de ses iris. J'avais presque du mal à la reconnaître, tant elle était folle de détresse.

— Je t'en prie, ne dis pas ça, soufflai-je.

Elle resta cependant figée devant moi, frémissant de peur et de colère. *Un honneur*, disaient tous les villageois. C'était un honneur d'être l'élue, la plus belle, et d'épouser un excellent parti ! Mais pouvait-on encore parler d'honneur quand celle qui était censée en bénéficier finissait à genoux, terrorisée, suppliant qu'on l'épargne ?

— Je ne peux pas croire que ce soit vraiment ce que tu souhaites, Zadie. Je ne peux pas.

— C'est ce que je veux, Nor. Plus que tout au monde.

Me résigner à prendre la poignée du filet eut beau me demander un effort de volonté immense, je sentis aussitôt son soulagement comme s'il s'agissait du mien. Elle demeurait cependant si tendue que je n'aurais pas été étonnée qu'elle rompe tout à coup telle une ligne de pêche.

— Je t'aime, lui dis-je.

— Tu as été tout pour moi, répondit-elle d'une voix lourde d'émotion. Mes bras quand je n'avais pas le droit de ramer, mes jambes quand je n'avais pas le droit de plonger. Même ma langue quand je ne parvenais pas à me défendre face à Mère. À présent, j'ai besoin que tu sois mes mains, Nor.

Je me mordis à nouveau la lèvre pour étouffer mes pleurs. Si Zadie ne pouvait se résoudre à passer à l'action, il me fallait être l'aplomb qui lui faisait défaut. J'abaissai donc lentement le filet, jusqu'à ce que le tentacule qui en dépassait le plus se retrouve à osciller au-dessus de la cuisse nue de ma sœur... et j'hésitai à nouveau.

— Zadie, je...

Mais avant que j'aie pu l'en empêcher, elle attrapa mon poignet et tira dessus. Horrifiée, je me dégageai d'un geste brusque en lâchant le filet, mais les tentacules qui étaient entrés en contact avec sa peau y adhéraient déjà. Leurs minuscules dards avaient ferré leur proie et s'y agrippaient férocement.

Me mordre la lèvre ne suffisait plus. J'allai jusqu'à me mordre la main pour m'empêcher de crier. Toujours aussi bleus et opalescents, les filaments restaient accrochés à la jambe de ma sœur. Même lorsqu'elle commença à trembler, même lorsqu'elle se tordit de douleur, ils ne bougèrent pas d'un pouce. La chair de Zadie rougit, se couvrit de cloques puis, sous mes yeux effarés, les tentacules donnèrent soudain l'impression de s'y fondre.

— Enlève-les ! hurla enfin ma sœur. S'il te plaît, enlève-les !

— Mais comment ? criai-je.

Sans attendre la réponse, je puisai un peu d'eau de mer entre mes mains dans l'espoir de les ôter avec, mais ils ne se détachèrent que par fragments, emportant dans leur sillage des lambeaux entiers de peau. Je recommençai malgré tout et, dans mes efforts effrénés pour soulager Zadie au plus vite, je laissai l'un des morceaux de méduse me frôler le bras. La brûlure qu'il m'infligea fut si atroce que je m'autorisai enfin à crier. Et dire que la souffrance de ma jumelle devait être mille fois supérieure !

Désespérée, je l'attrapai sous les aisselles et la fit passer par-dessus le bord de la barque. Pendant que, d'une main, je l'empêchais de couler, de l'autre, à l'aide du plat de la lame de la lance, j'entrepris de racler sa cuisse pour en décrocher le reste des tentacules, tout en épargnant sa chair au maximum.

Le temps que j'y parvienne, Zadie avait perdu connaissance et l'eau autour de nous s'était assombrie, rougie par son sang.

Chapitre 7

Après que je l'eus remontée dans le bateau, nous restâmes un moment étendues au fond, tandis que je m'efforçais de reprendre mon souffle. Je ne pouvais me permettre de m'évanouir à mon tour alors que les paupières de ma jumelle demeuraient closes et elle si pâle, inanimée à mes côtés. Il fallait que je nous ramène à la maison sans tarder, mais je ramassai d'abord la lance afin de libérer du filet le cadavre de jouvencelle estropié et de le réduire en miettes.

Si la blessure de mon bras m'élançait à chaque coup de rame, elle était déjà en train de cicatriser. Ce n'était malheureusement pas le cas de la jambe de Zadie, que j'osai à peine regarder de tout le trajet. Les dommages se concentraient surtout sur sa cuisse droite, mais quelques fragments de tentacules avaient aussi effleuré la gauche, ainsi que le bas de son ventre. Son visage avait beau être blanc comme un linge sous la lune, ses blessures, elles, affichaient un rouge cru, même dans la pénombre. Le venin s'était introduit dans ses veines presque immédiatement, et elle était déjà brûlante de fièvre. À moins de la faire soigner rapidement, je craignais qu'elle puisse vraiment en mourir.

Puisqu'elle était inconsciente, c'était à moi qu'il revenait de réveiller nos parents, de leur expliquer ce qui s'était passé et de les aider à veiller sur elle. Et j'avais peur. Peur qu'ils me tiennent pour responsable de l'état de ma sœur, que le plan ne fonctionne pas et que les anciens décident de l'envoyer quand même en Ilara, ou d'envoyer Alys – ce que Mère me reprocherait également. J'avais peur pour Zadie, peur que Sami se révèle incapable d'ignorer ses cicatrices. Et pire que tout, j'avais peur pour moi. Parce que je n'avais pas simplement laissé la personne que j'aimais le plus au monde s'exposer au pire. J'y avais carrément participé, même si ma jumelle avait finalement dû me forcer la main.

Je ramai plus frénétiquement encore et, bientôt, notre maison fut en vue. Aussitôt que j'eus amarré la barque à l'un des pilots, j'essuyai les larmes sur mes joues et me précipitai en haut de l'échelle.

— Mère ! Père ! criai-je dans le noir. Au secours !

Je les entendis remuer de l'autre côté du rideau de leur chambre, mais pas assez vite à mon goût. Quand j'écartai le pan de toile, Père s'asseyait tout juste.

— Qu'y a-t-il, petite ?

Il nous appelait toujours « petite » lorsqu'il ne parvenait pas à déterminer à laquelle de nous deux il avait affaire.

— C'est Zadie…

La boule qui m'obstruait la gorge me contraignit à m'interrompre. Je n'avais jamais autant pleuré de ma vie, pas même lorsque le corail de sang m'avait entaillée.

— Elle s'est fait piquer par une jouvencelle.

Mère, qui s'était jusque-là contentée de grogner dans son sommeil, se redressa d'un coup.

— Quoi ? glapit-elle d'une voix rendue suraiguë par la terreur.

Les mains tremblantes, je l'aidai à se mettre debout.

— Nous étions en train de nager, et quand nous avons vu la méduse, il était déjà trop tard ! mentis-je, mon chagrin et ma terreur néanmoins bien réels. Zadie est dans la barque. Elle était trop lourde pour que je la porte jusqu'ici. Elle a perdu connaissance.

— Thalos, non ! hurla Mère.

Mes parents se ruèrent hors de la chambre. Un instant plus tard, Père sautait dans l'eau dans un grand bruit d'éclaboussures. Penchée par la trappe, Mère se remit à crier.

— Mon bébé ! Qu'est-il arrivé à mon ravissant bébé ?

À l'entendre, un souvenir me revint tout à coup en mémoire. Un souvenir datant de juste après mon accident. Ce jour-là, c'était moi qui reposais inerte au fond du bateau. *Qu'est-il arrivé à mon ravissant bébé ?* Quand elle m'avait vue, Mère avait hurlé la même chose. Soudain privés de forces, mes genoux semblèrent se liquéfier sous moi et je m'effondrai sur le plancher sans que personne ne le remarque.

Dans les maisons de nos voisins réveillés par les lamentations de Mère, les lanternes commençaient à s'allumer une à une. Père criait aussi, désormais, pour appeler à l'aide.

— Va chercher la vénérable Néméa ! lança-t-il en confiant délicatement Zadie à Mère à travers la trappe.

Il me fallut quelques secondes pour comprendre que c'était à moi qu'il s'adressait, mais je me forçai aussitôt à me relever, ravie d'avoir une excuse pour quitter les lieux. Je ne pouvais supporter la vue des cuisses de ma sœur et de l'horrible conséquence de nos actions.

De retour dans la barque, mon énergie en partie retrouvée, je me remis à ramer, avec plus d'ardeur que jamais. Je dus même m'obliger à m'arrêter devant chez Néméa plutôt que de continuer hors de Varénia, loin des cris de ma mère. Lorsque j'arrivai sous le porche de la vieille femme, elle passait justement la porte.

— Qu'y a-t-il, petite ?

— C'est ma sœur ! lançai-je, la respiration hachée. Elle a été piquée par une jouvencelle. Elle s'est évanouie.

— Zadie ? Non, c'est impossible !

Néméa disparut alors à l'intérieur pour revenir, un instant plus tard, chargée cette fois d'une lourde sacoche. Les soins d'un vrai docteur auraient été préférables, mais celui du village avait été attaqué par un requin l'année précédente, et il avait péri avant d'avoir terminé de former sa fille à son métier.

J'attrapai le sac de l'ancienne et l'aidai à descendre dans ma barque avant de repartir vers la maison aussi vite que possible. Le temps d'y arriver, plusieurs groupes de villageois s'étaient rassemblés autour, dans leurs bateaux respectifs. Guidées par les sanglots de Mère, Néméa et moi nous hâtâmes de rejoindre la chambre que je partageais avec ma sœur.

— Écartez-vous, ordonna la vénérable à mes parents en s'avançant vers la malade.

Elle tirait déjà des pots d'onguent et des bandes de tissu de sa sacoche. Toujours inconsciente, Zadie était étendue sur notre lit, les tempes trempées de sueur.

— Comment as-tu pu laisser faire une chose pareille ? s'emporta Mère dès qu'elle m'aperçut. Comment as-tu pu être assez sotte pour emmener ta sœur nager de nuit à quelques jours seulement de son départ ?

J'aurais pu répondre que c'était l'idée de Zadie, que j'avais d'abord refusé de la suivre. J'aurais pu avouer à Mère toute la vérité. Une part de moi en avait même envie. Mais quand mes yeux se posèrent sur la jambe de ma jumelle, sur les sillons creusés dans sa chair et le sang qui s'écoulait de sa cuisse, je sus que jamais je ne pourrais la trahir.

— Je suis désolée, Mère, dis-je alors à travers mes larmes. Nous n'avons tout simplement pas vu la jouvencelle. Elle devait déjà être morte.

— Avez-vous bien raclé tous les dards ? demanda Néméa.

— Oui, je crois. J'ai fait de mon mieux.

— Bien.

Sur ces mots, elle ouvrit un petit bocal en os de baleine rempli d'une pommade rose nacré qu'elle commença à étaler sur la blessure de ma sœur.

— Les perles l'aideront à se rétablir, mais je crains que les plaies ne soient trop profondes pour avoir la moindre chance de disparaître totalement.

À cette annonce, Mère redoubla de sanglots.

— Mais elle vivra ? s'inquiéta Père.

— Si nous réussissons à faire tomber la fièvre, oui.

Néméa m'envoya mouiller un linge d'eau fraîche et, avant de le placer sur le front de Zadie, elle me demanda de le laisser goutter entre ses lèvres ensanglantées, écorchées par les échardes du bâton qu'elle avait mordu quelques dizaines de minutes plus tôt. Si la vieillarde ne me quitta pas des yeux tandis que je tamponnais la bouche de ma sœur, elle ne posa aucune question. À genoux auprès de sa fille, Mère lui serrait les mains à s'en faire pâlir les jointures, marmonnant des prières à Thalos et à tous les autres dieux auxquels elle pouvait penser tout en se balançant d'avant en arrière. Père, quant à lui, faisait les cent pas.

Alors que Néméa avait commencé à panser la jambe de Zadie, je vis, par la fenêtre, qu'une foule s'était agglutinée sur notre balcon.

— Père, regarde.

Notre maison n'était pas faite pour supporter le poids de tant de monde. Il sortit donc expliquer aux curieux qu'ils pouvaient s'en aller, qu'il y avait eu un accident et qu'on leur en dirait plus au matin. Quand j'entendis la voix du gouverneur leur répéter poliment mais fermement de partir, une vague de soulagement me submergea.

Kristos pénétra bientôt dans la chambre, accompagné de sa femme et de son fils, et courut aussitôt au chevet de Zadie. Maintenant que tout le monde s'était groupé autour d'elle, on ne l'apercevait même plus. Les yeux de Sami rencontrèrent les miens.

— Nor, que s'est-il passé ? demanda-t-il en s'accroupissant à mes côtés.

— Nous étions sorties nager et elle s'est fait piquer par une jouvencelle morte. Je l'ai ramenée aussi vite que j'ai pu.

Sans hésitation, il m'attira alors dans ses bras et je m'y laissai réconforter un moment. *Quoi qu'il advienne, il prendra soin de ma sœur*, me répétai-je pour me rassurer.

Dans un coin, la mère de mon ami murmurait des paroles apaisantes à la mienne, qui n'en finissait pas de pleurer. Dans un autre, Kristos et Père s'entretenaient. Néméa venait de finir son bandage, et elle versait de l'eau dans une casserole. Je la regardai y ajouter ensuite une poignée d'herbes ainsi que plusieurs noix de la pommade rose, avant de mélanger le tout. Non sans le soutien de Sami, je me relevai et allai allumer le feu sous notre four en terre.

— Que préparez-vous, exactement ? demandai-je à l'ancienne.

— La crème à l'état pur traitera ses blessures, mais cette décoction agira sur la fièvre.

Lorsque la mixture se mit à fumer, la vieille femme en remplit un bol à l'aide d'une louche, et Père mit Zadie en position assise pour qu'elle soit en mesure de boire. Elle restait cependant encore aussi molle qu'un concombre de mer. J'eus l'impression de voir ses cils papillonner lorsqu'elle avala le remède, mais elle ne reprit pas connaissance. Et ça n'était sans doute pas plus mal : la douleur qu'elle aurait ressentie éveillée aurait été intolérable.

Une fois ses soins terminés, Néméa appela mes parents.

— Cette petite a besoin de repos, leur dit-elle. Elle ne peut se rendre en Ilara dans cet état, même en supposant que le prince veuille toujours d'elle. Les autres anciens et moi-même allons nous réunir d'urgence, dès demain, pour discuter de la suite des évènements.

— Elle va s'en sortir, répliqua Mère en se redressant de toute sa hauteur. Elle est née pour devenir princesse et elle partira pour l'Ilara dans deux jours, comme prévu. Vous l'avez choisie. Vous ne pouvez pas revenir sur votre décision.

Les yeux gris de l'ancienne se plissèrent.

— Comme je l'ai dit, nous en discuterons demain. Pour l'heure, nous devrions tous retourner dormir. Lorsque Zadie reviendra à elle, elle aura encore très mal. Continuez de lui donner de petites quantités de décoction. Si la souffrance est vraiment insupportable, qu'elle prenne aussi un peu de vin, mais pas trop.

— Elle va s'en sortir, répéta Mère.

Cette fois, cependant, Néméa ne répondit rien.

— Ramène-moi chez moi, mon garçon, dit-elle à Sami.

Il se plia instantanément aux ordres de cette femme qui devait pourtant ne faire que la moitié de sa taille.

— Je reviendrai dans la matinée, me lança-t-il juste avant de passer par la trappe. Prends soin d'elle.

Je me frottai les bras. Je portais toujours ma tunique trempée. Pourtant, je savais que le froid qui s'insinuait en moi demeurerait même après qu'elle aurait séché.

— Compte sur moi, répondis-je en hochant la tête.

Lorsque le soleil se leva, son rouge aussi vilain que celui des plaies de Zadie, nous étions déjà tous réveillés. Elle aussi. Elle n'avait cependant pas prononcé un mot.

Bercée par Mère qui lui écartait régulièrement les cheveux du visage, elle se contentait de sangloter. Sa fièvre n'était pas retombée, mais le fait qu'elle ait repris connaissance était un bon signe. J'étais parvenue à lui faire prendre de petites gorgées de décoction, même si elle se refusait à croiser mon regard. Père, lui, continuait d'arpenter la maison de long en large.

— Ils ne peuvent pas changer d'avis maintenant, répétait-il. Le roi tolérera sûrement qu'elle ait quelques marques sur la jambe.

Le commentaire me toucha en plein cœur, la balafre sur ma pommette soudain cuisante. Elle semblait pourtant si dérisoire, à présent, comparée aux blessures de Zadie. Mais aucune cicatrice, même étendue, n'avait jamais empêché une femme de subvenir aux besoins de sa famille, et je comprenais le raisonnement de ma sœur, qui avait voulu altérer drastiquement son apparence sans diminuer ses capacités physiques.

— Ne sois pas ridicule, Pax ! l'admonesta Mère. Quelques marques ? Non, cette fille est fichue !

— Calliopé, siffla Père. Assez.

Elle l'ignora pour me faire face.

— Comment as-tu pu laisser un tel drame arriver ? s'indigna-t-elle pour la centième fois. Deux jours avant son départ ! Sa vie entière, elle s'est appliquée à protéger sa beauté, et voilà qu'une seule de tes bêtises vient de nous faire tout perdre !

J'étais trop fatiguée pour tenir ma langue plus longtemps.

— Pas tout, rétorquai-je avec insolence. Je suis toujours la future belle-fille du gouverneur.

Si je m'étais attendue à une explosion de fureur, sa gifle me prit par surprise. Mes doigts se plaquèrent sur ma joue. Mère n'avait jamais levé la main sur nous. J'avais toujours suspecté que c'était plus par peur de laisser des marques visibles que par amour. Cela dit, elle-même écarquilla les yeux, comme choquée par son propre geste. Mais elle ne se démonta pas pour autant.

— Tu avais tout prévu, avoue-le ! m'accusa-t-elle. Tu as toujours été jalouse de ta sœur. Tu n'as jamais su te satisfaire de ta vie ici. Tu te crois supérieure à nous, et trop importante pour Varénia. Mais en réalité, dans les eaux de notre village, tu n'es rien de plus qu'un petit poisson insignifiant et sans éclat parmi tant d'autres. Tu crois vraiment que les anciens te choisiront plutôt qu'Alys ?

Père vint s'interposer entre nous deux.

— J'ai dit assez !

J'avais craint que certains puissent me soupçonner d'avoir mutilé ma jumelle exprès, mais… ma propre mère ? M'imaginait-elle vraiment capable d'une telle horreur ?

— J'aime Zadie plus que la vie elle-même ! me défendis-je en tentant vainement de masquer à quel point je me sentais vexée. Jamais je n'aurais l'idée de lui faire du mal pour prendre sa place ! Tu me connais, quand même !

Mais elle se détourna de moi.

— Non, je ne te connais plus.

Père me prit alors par la main et m'emmena sur le balcon.

— Dis-moi la vérité, Nor, dit-il dès qu'il fut certain que même l'ouïe affûtée de Mère ne pourrait distinguer ses paroles du vacarme des vagues. Était-ce vraiment un accident, ou bien Zadie s'est-elle infligé cette piqûre elle-même pour rester à Varénia et épouser Sami ? Je sais qu'elle l'aime et je me doute que c'est réciproque. Est-ce qu'elle t'a demandé de l'aider ?

Mon estomac me donna l'impression de sombrer comme une ancre. Était-ce si évident que ça ?

— C'était un accident.

Même au soleil, les iris de Père étaient d'un brun encore plus foncé que les miens, presque noir. Le vent souleva soudain ses cheveux, révélant son front légèrement dégarni qui lui conférait un air aussi sage que distingué.

— La vérité, Nor.

— C'était un accident, répétai-je lentement.

Derrière mes lèvres, pourtant, la véritable explication se débattait en hurlant, exigeant d'être libérée. Je m'obstinai à la ravaler.

— Très bien, dit Père en soupirant. Dans ce cas, nous verrons ce que décideront les anciens. Zadie devra probablement céder sa place à Alys ou à l'une des autres filles. Mais dans sa condition, je ne sais pas si Sami voudra d'elle.

— Il voudra d'elle. Il l'aime.

Dieux tout-puissants, voilà que je me retrouvais contrainte de pourfendre chacun des doutes que j'avais opposés à ma sœur la veille !

— Quand bien même, ses parents pourraient ne pas autoriser leur union, répondit Père avant de s'éclaircir la voix. Surtout maintenant que tout le village a été averti de ton mariage avec Sami au solstice. Tout ça grâce à ta mère.

Ma bouche s'entrouvrit de stupeur.

— Quoi ? Non ! Je ne peux plus épouser Sami ! Zadie en mourrait !

Père toussota à nouveau et se tourna vers l'océan au moment où je crus distinguer un semblant de larmes au bord de ses cils. C'était la première fois que je le voyais pleurer.

Je m'accoudai à ses côtés sur la balustrade, mais sans le regarder. Je craignais non seulement qu'il ait honte, mais aussi qu'il lise la honte dans mes propres yeux.

— Si Sami n'épouse pas Zadie, que deviendra-t-elle ? demandai-je au bout d'un moment.

— Je suppose que tout dépendra de ses cicatrices.

Je laissai échapper un gémissement étouffé.

— J'ai peur, Père.

Il me prit alors dans ses bras et caressa mes cheveux comme il le faisait quand j'étais petite, avant mon accident.

— Moi aussi, Nor. Moi aussi.

Les anciens convoquèrent nos parents à la maison du Conseil quelques heures plus tard. Je restai chez nous pour m'occuper de Zadie. Elle n'avait pas reperdu connaissance – c'était déjà ça – mais dormait. Même si elle ne m'avait toujours pas dit un mot, elle me tenait la main dans son sommeil. J'aurais voulu soulever ses bandages pour évaluer moi-même la gravité de ses blessures, mais je redoutais de perturber la cicatrisation. Néméa avait promis de revenir dans la soirée pour changer le pansement et appliquer davantage de baume sur les plaies. Au moins les petites égratignures sur l'abdomen de ma jumelle avaient-elles déjà l'air de guérir.

Elle se rétablirait. Il le fallait.

Elle cligna enfin des paupières avant d'ouvrir les yeux et j'allai lui chercher un verre d'eau fraîche.

— Comment te sens-tu ? demandai-je. Tu penses être capable de parler, à présent ?

— Oui, c'est bon, répondit-elle en acquiesçant.

— Tu n'es pas fâchée contre moi, n'est-ce pas ? Je ne supporterais pas que tu me reproches ce qui s'est passé, dis-je avant de serrer ses doigts entre les miens.

Le visage plus pâle que jamais, elle secoua la tête.

— Nor, évidemment que je ne t'en veux pas. C'était mon idée, pas la tienne.

— Tu regrettes ?

Elle essaya de se redresser un peu sur ses coussins, mais finit par s'affaisser mollement dessus.

— Je ne regretterai que si Sami choisit une autre femme.

À ces mots, je me raidis en me rappelant les propos de Père, un peu plus tôt. Si on tentait encore de me marier à Sami, je refuserais tout net.

— Nor ?

Comme si je l'avais fait apparaître rien qu'en pensant à lui, Sami ouvrit le rideau de notre chambre. Retrouvant tout à coup la force de s'asseoir le dos droit, Zadie s'empressa de lisser sa tunique.

— Qu'est-ce que tu fais ici ?

— Je suis venu prendre de tes nouvelles, évidemment.

Il s'assit en face de moi et prit l'autre main de ma jumelle.

— Comment vas-tu ?

— Un peu mieux. J'ai très mal, mais rien que de te voir, la douleur diminue déjà.

Instinctivement, je baissai le regard. Sans que je m'en rende compte, en quelques mois seulement, j'étais passée à la seconde place dans la liste des personnes les plus importantes pour Zadie. Sami se pencha et déposa un baiser délicat sur son front.

— Nous nous marierons dès que tu seras remise.

— Tes parents ont accepté ? s'enquit ma jumelle, rayonnante.

— Je ne leur ai pas encore parlé. Mais les anciens s'entretiennent avec eux en ce moment même, répondit-il.

Visiblement nerveux, il déglutit péniblement.

— Ils renoncent définitivement à m'envoyer en Ilara, c'est ça ? poursuivit Zadie.

— Je ne sais pas. Je n'ai pas eu le droit de rester dans la pièce. Mais j'ai quand même entendu la vénérable Néméa déclarer que tu pourrais bien ne pas survivre au voyage et que ce serait de toute manière une…

Sami s'interrompit à nouveau, laissant sa phrase en suspens. Je ne l'avais jamais vu aussi embarrassé.

— Une quoi ? insista ma sœur.

Il poussa un soupir.

— Une disgrâce pour notre peuple que d'envoyer au prince une fille aux cicatrices aussi affreuses.

Les yeux de Zadie se remplirent de larmes à ce commentaire, mais elle réussit malgré tout à esquisser un sourire.

— Plus rien de tout ça ne compte, tant que je peux être avec toi.

J'avais peut-être chuté à la deuxième place dans le cœur de ma jumelle, mais elle venait de passer du rang de beauté suprême de Varénia – un titre qu'elle avait porté pendant dix-sept ans – à celui de disgrâce. M'en remettant à nouveau à Thalos, je priai pour que les parents de Sami fassent preuve de bonté et approuvent son mariage avec Zadie. Après tout, ses blessures ne réduisaient en rien sa faculté à accomplir ses devoirs d'épouse. Tant qu'elles ne dérangeaient pas Sami, pourquoi les autres s'en seraient-ils souciés ?

Lorsqu'une voix familière nous parvint de sous le plancher, Sami et moi nous relevâmes d'un bond. Presque aussitôt, Père s'extirpa de la trappe, avant d'aider Mère à la franchir à son tour. Elle avait les traits tirés et son expression était indéchiffrable. Un instant plus tard, la main ratatinée de Néméa attrapa celle de Père, qui la hissa jusqu'à lui si facilement qu'on aurait pu croire les os de l'ancienne aussi creux que ceux d'un oiseau.

— Alors ? Que va-t-il se passer ? demandai-je.

Sami ne lâchait pas la main de son aimée. Ce fut Néméa qui répondit.

— Je suis désolée, mais je crains que nous n'ayons pas le choix. Quel que soit le risque pour sa vie, Zadie doit partir pour l'Ilara.

— Non !

Le cri de ma sœur résonna dans le silence stupéfait qui avait accueilli la nouvelle. Quand le regard de Sami croisa le mien, une conversation muette s'engagea aussitôt entre nous. Dans ses yeux noisette, je lus enfin la vérité : il aimait Zadie autant qu'elle l'aimait. Si elle s'en allait, aucun d'eux ne s'en remettrait jamais.

Aide-nous, semblait-il supplier. Et j'accédai à sa requête de la seule manière qui s'offrait à moi.

— Non, répétai-je d'une voix qui trahissait bien plus d'assurance que je n'en ressentais. Envoyez-moi à sa place.

Chapitre 8

Mère fut la première à réagir. Elle éclata d'un rire cruel.

— Ah ça, tu aimerais bien, n'est-ce pas ? cracha-t-elle avant de s'avancer vers moi à grands pas pour me ficher son doigt dans la poitrine. C'est ce que tu espérais depuis le début ! Même les anciens savent que tout est de ton fait !

Je repoussai sa main et me tournai vers Père.

— De quoi parle-t-elle ?

Il laissa échapper un long soupir exténué.

— Ils pensent que c'est toi qui as mutilé ta sœur.

— Quoi ?

Si mon indignation ne faisait aucun doute, j'étais intérieurement rongée par la culpabilité, tel un corail criblé d'anfractuosités.

— C'est ridicule ! m'exclamai-je pourtant. Zadie était là… Elle peut leur raconter ce qui s'est passé !

— Absolument, renchérit ma sœur dans mon dos. C'était un accident, Père. Un terrible accident, mais rien de plus. Jamais Nor ne pourrait ne serait-ce qu'envisager me faire du mal !

Mère se pencha alors à ses côtés.

— Tu n'es pas obligée de mentir pour la protéger, roucoula-t-elle. En dépit de ses efforts pour t'évincer, tu vas quand même devenir princesse.

— Les anciens ne peuvent-ils pas envoyer Alys ? intervint Sami.

— Ils le feraient, s'ils pensaient avoir le choix, répondit Père.

— Qu'est-ce que tu veux dire ? demandai-je en lui posant une main sur le bras.

Des cernes sombres étaient apparus sous ses yeux, et il avait le teint cireux, comme s'il avait vieilli de dix ans en une nuit.

— Il y a deux générations, l'élue s'est noyée quelques jours seulement avant son départ pour l'Ilara. Les anciens ont été contraints de choisir une autre fille à sa place. Mais lorsque le prince a découvert qu'on lui avait envoyé une fiancée de qualité inférieure, il a coupé notre ravitaillement en eau douce pendant un mois en guise de punition. Des dizaines de Varénians en sont morts, des enfants, principalement, expliqua Père avant de déglutir avec difficulté. Si nous envoyons Alys, les anciens craignent que les Ilaréens considèrent que nous les avons délibérément trompés.

Je savais qu'ils n'étaient pas tendres, mais une telle réaction semblait extrême, même venant d'eux.

— Qu'est devenue la fille qui avait été envoyée ?

Père secoua la tête.

— Nous n'en avons aucune idée. Mais le prince de l'époque a finalement épousé une Ilaréenne.

— Et qu'est-ce que vous croyez qu'ils feront d'une fille gravement blessée ? m'offusquai-je. Sami a entendu la vénérable Néméa dire que Zadie pourrait ne pas survivre au voyage !

— C'est vrai, reconnut l'ancienne. Mais leur émissaire a séjourné au village. Il a vu Zadie. Si c'est Alys qui arrive en Ilara, il croira à une duperie. Au moins, il sait que Zadie était en bonne santé il y a encore quelques jours. Le prince sera bien forcé d'admettre qu'il ne s'agit là que d'un regrettable accident.

— Et si, malgré tout, il n'est pas satisfait de cette situation ? Qu'est-ce qui l'empêchera de nous priver d'eau, de nourriture ou de bois ? lançai-je à la ronde avant de me retourner vers Néméa. Laissez-moi y aller à la place de ma sœur. Elle est trop faible pour partir.

— Et que fais-tu de ta cicatrice ? railla Mère. Cette abomination aussi, l'émissaire l'a vue.

Mère aurait pu dire qu'il m'avait vue, moi, mais non. À ses yeux, seule ma cicatrice comptait. Ceci étant, elle n'avait pas tort. Talin m'avait observée avec suffisamment d'attention. Il n'avait certainement pas oublié la marque sur ma joue.

Néméa gratta le grain de beauté qu'elle avait au menton. Elle paraissait en pleine réflexion.

— Je pourrais sans doute élaborer quelque chose pour la maquiller. Un genre de fard. J'ai déjà dit aux membres du Conseil que Zadie n'était pas en mesure de voyager, mais peut-être ont-ils besoin de la voir pour me croire. Cicatrice ou pas, je suis forcée de penser que le prince préférera une fiancée vivante plutôt que morte.

Mais Mère secouait la tête.

— Le prince n'est pas un des chalands naïfs du marché flottant. Remplacer un rouleau de belle étoffe par un produit de moins bonne qualité dès que ces idiots ont le dos tourné suffit peut-être à les berner, mais lui ne se laissera pas avoir. S'il découvre la supercherie…

— Ce n'est pas à vous de décider, l'interrompit Sami dans un grognement.

Je frissonnai, mais ce n'étaient pas ses mots qui me sidéraient. C'étaient ceux de ma mère. Car même si je me doutais depuis longtemps que c'était ainsi qu'elle me considérait – comme une version imparfaite de Zadie –, c'était la première fois qu'elle l'exprimait ouvertement.

— Accordez-moi quelque temps pour mettre au point le fard, reprit Néméa. Et pour tenter de convaincre le reste du Conseil. Après tout, plusieurs de mes homologues étaient d'avis qu'il fallait bannir Nor. Peut-être verront-ils cette solution-ci comme une sentence équivalente.

Elle me dévisagea.

— Tu penses vraiment que tu sauras prétendre être ta jumelle ?

J'étais trop estomaquée par l'évocation du bannissement pour émettre le moindre son, mais je parvins à hocher la tête.

— Bien, conclut l'ancienne. Passe me voir chez moi, ce soir. En attendant, tant que notre décision n'est pas prise, cette conversation ne sort pas de cette pièce.

Elle regarda Sami un instant, comme si elle s'apprêtait à lui demander de la ramener chez elle... avant de se raviser.

— J'emprunte ta barque, Samiel, décréta-t-elle simplement. Tu passeras la récupérer plus tard.

Une fois l'ancienne partie, Père se tourna vers moi.

— Ta sœur a passé dix-sept ans à se préparer à ce départ et vient seulement de comprendre qu'elle n'aura pas le courage de s'y résoudre, me dit-il à voix si basse que j'étais la seule à pouvoir l'entendre. Toi, tu as seulement deux jours devant toi. Tu es sûre de t'en sentir capable ?

Il savait. Il savait que Zadie n'avait pas été victime d'un coup du sort, mais il savait aussi que je n'étais pas coupable. Avait-il plaidé en ma faveur à la maison du Conseil ? Avait-il au moins essayé de me défendre face à Mère ? Face à ceux qui voulaient me bannir ? De mon vivant, seuls deux Varénians avaient été condamnés à cette peine – emmenés dans une petite barque puis abandonnés au large, sans rames –, l'un comme l'autre pour tentative de meurtre. Oh, par les dieux ! Les anciens pensaient-ils que j'avais essayé de tuer ma sœur ?

— Père..., soufflai-je en espérant que ce simple mot exprimerait toutes mes questions.

Mais il se contenta de me serrer le bras, avant de me faire pivoter vers Zadie et Sami.

— Ton père n'a pas encore décidé ce qu'il comptait faire de toi, mon garçon, dit-il. De l'avis des anciens, il ferait mieux de te marier à Alys, maintenant que l'honneur de Nor est mis en cause.

— Hors de question, répliqua Sami tandis que Zadie portait la main à ses lèvres.

— Ta mère était d'accord avec eux...

— La traîtresse, siffla Mère. Et dire que je la considérais comme une sœur.

— Mais Kristos a estimé qu'il nous fallait gérer un seul problème à la fois, poursuivit Père sans tenir compte de cette interruption. Il souhaite donc en discuter avec toi.

— Et moi ? demanda Zadie.

— Eh bien, quoi, toi ? fit Mère avec dédain.

— Personne ne se soucie de ce que j'ai à dire ? Les anciens ne jugent-ils pas bon de me demander mon opinion avant de traiter ma sœur de menteuse ou de m'expédier vers l'Ilara alors que je ne tiens même pas debout ? Il leur a vraiment fallu si peu de temps pour oublier mon existence ?

— Tu ne comprends donc pas ? s'écria Mère. Sans ta beauté, tu n'es rien ! Les femmes d'ici, c'est tout ce que nous sommes : de simples corps voués à cuisiner et à porter des enfants. Tu avais tout, et tu as laissé ta sœur gâcher ta chance ! Et maintenant, c'est elle qui deviendra reine pendant que je devrai te regarder passer le reste de ta misérable vie dans ma maison, à flétrir jusqu'à n'être plus qu'une vieillarde ! Je croyais pourtant t'avoir clairement expliqué l'importance de ton élection ! Je pensais que tu en saisissais l'enjeu ! Mais je vois à présent que ces dix-sept dernières années ne t'ont rien appris. Et tu vas payer cher ta bêtise.

Zadie semblait se ratatiner, rapetisser à chaque mot qui sortait de la bouche de Mère. J'avais toujours pensé que ses ambitions pour ma sœur découlaient d'une blessure d'orgueil, qu'il s'agissait pour elle de réparer le tort qui lui avait été causé vingt ans plus tôt. Pourtant, à l'évidence, le mal était plus profond que ça. Elle m'avait accusée d'être imbue de moi-même, mais c'était elle qui croyait qu'à Varénia les femmes n'avaient aucun intérêt en dehors de la symétrie de leurs traits et des courbes de leur silhouette. C'était elle qui croyait qu'être choisie pour rejoindre l'Ilara signifiait mériter mieux que la petite vie qu'on menait à Varénia et que les hommes du village. Était-ce pour cette raison qu'elle me méprisait à ce point ? Parce qu'elle pensait retrouver un peu d'elle en moi ? L'idée même me rebutait. Je n'étais absolument pas comme ma mère.

— C'est toi qui n'as rien appris ! crachai-je. Et c'est toi qui en subis les conséquences !

— Nor ! intervint Père en essayant de me retenir.

— Tu n'as jamais été lésée, Mère ! Tu penses qu'une fille ne vaut rien à moins d'être l'élue, et pourquoi ? Qu'y a-t-il d'honorable dans le fait d'être offerte à un roi qui maintient notre peuple dans l'isolement et la pauvreté ? Ou d'épouser un prince qui n'est même pas capable de choisir sa propre femme ? Tout le monde ici ne parle que d'honneur, mais il n'y a aucun honneur à être née belle ni à voir son destin déterminé par une dent de travers, un nez en biais ou une *cicatrice* !

— S'il vous plaît, ne vous battez pas ! implora Zadie, qui sanglotait à présent sans retenue.

Mais je l'ignorai. Ma colère avait attendu des années pour se déverser et il m'était impossible de l'arrêter. Autant essayer de figer les marées.

— Tu n'as vu en tes deux filles qui t'aimaient que les armes qui te serviraient à assouvir ta vengeance, sans jamais te rendre compte que l'ennemi n'existait pas !

— Tais-toi ! hurla Mère. Espèce de petite sotte ignorante et ingr...

— Et peut-être que je suis vraiment devenue cette arme ! continuai-je malgré l'étau des doigts de Père autour de mon biceps. Peut-être que je suis la lame aiguisée par ton amertume et venue te poignarder dans le dos !

Elle bondit alors en avant, mais Père me poussa sur le côté juste à temps pour l'empêcher de se jeter sur moi, et je m'écrasai au sol. J'eus beau me relever presque aussitôt, à peine consciente des élancements dans mes bras, je ne pouvais prétendre que je n'avais pas le cœur brisé. Si les anciens et ma Mère étaient si prompts à me croire capable du pire, qu'ils restent sur leurs certitudes ! Zadie pouvait dorénavant compter sur Sami. Moi, je partais en Ilara, où aucun Varénian n'aurait plus à souffrir ma présence. Et Père pardonnerait à Mère, comme il le faisait toujours, car même lui ne pouvait résister au pouvoir de sa beauté.

Après cette dispute, les heures s'écoulèrent au compte-gouttes. Sami s'éclipsa quelque temps pour s'entretenir avec son père. Néméa revint pour s'occuper des plaies de sa patiente et repartit en disant qu'au vu des circonstances, elles cicatrisaient correctement. Zadie passa le plus clair de l'après-midi à dormir. Mère, elle, gémissait et m'invectivait à n'en plus finir, se moquant bien de qui l'entendrait maudire son affreuse scélérate de fille, pendant que Père s'évertuait à la consoler.

Étendue dans notre barque sous la maison, une main par-dessus le bord, je m'efforçais de faire abstraction de ses insultes en me concentrant sur le clapotis des vagues contre les pilotis ou sur la façon dont les petits poissons qui vivaient à l'ombre de notre plancher essayaient de gober le bout de mes doigts. À l'abri du soleil, il faisait un peu frais, et je tentai d'imaginer la température dans les montagnes d'Ilara, si éloignées de tout ce que j'avais jamais connu.

Mère vénérait les dieux – pas seulement Thalos, mais aussi Astréa, déesse de la beauté, Spiros, dieu du climat, et bien d'autres encore. Je me fiais pour ma part aux esprits qui résidaient en toutes choses, que ce soit l'eau, le vol des oiseaux, ou l'air lui-même. Vivaces et merveilleux, ces éléments m'apparaissaient aussi sacrés que n'importe quelle entité invisible. Et nul doute qu'il y aurait aussi des esprits dans les montagnes. Mais seraient-ils bienveillants comme le poisson et le moineau qui m'étaient si familiers, ou bien changeants comme la mer qui nous nourrissait mais essayait parfois de nous tuer ?

Je roulai sur le ventre et tirai du fond du bateau le filet déchiré et la lance que j'avais utilisée pour mettre en pièces la jouvencelle morte. J'aurais pu remonter avec sur-le-champ et montrer à mes accusateurs que c'était Zadie qui avait tout orchestré, qu'elle aimait Sami, qu'elle refusait de partir et qu'il m'avait fallu choisir entre l'aider à se mutiler ou la laisser se tuer en le faisant seule. Peut-être Mère aurait-elle préféré une beauté décédée en martyre à une victime qui finirait vieille fille. Mais que serait devenue notre famille si Zadie avait péri ? Sans son témoignage, j'aurais sûrement été bannie pour le meurtre de ma propre sœur. Ce qui aurait été l'équivalent d'une mise à mort, puisqu'on ne pouvait s'attendre à survivre très longtemps dans une embarcation vide, sans eau ni nourriture. Il valait mieux avoir pour filles une célibataire et une princesse qu'une défunte et une condamnée, non ? Et puis, pour ce que nous en savions, Zadie serait peut-être autorisée à épouser Sami malgré tout. Auquel cas, Mère aurait tout de même et sa princesse et sa femme de futur gouverneur.

Mais pour l'heure, elle semblait incapable de voir au-delà de ses propres rêves avortés, et cela la déchirait. Elle avait passé sa vie entière obsédée par une couronne qu'elle n'avait jamais vue et un royaume où elle ne mettrait jamais les pieds. Elle était comme une magnifique maison sur pilotis, mais dont chacun des poteaux aurait été un mensonge. Accepter la réalité, c'était anéantir le fondement même de son existence. S'accommoder de cette nouvelle situation serait revenu à admettre que la vie pouvait continuer malgré tout.

À travers les lattes du plancher, je l'entendais sangloter sans relâche, tandis que Père lui murmurait des mots de réconfort. Mais que pouvait-il bien lui dire ? Rien ne changerait ce qui avait été fait.

Lorsque le soleil commença à descendre vers l'horizon, je pris les rames et ralliai la maison de la vieille Néméa. Je la trouvai en train de se préparer une sobre assiette d'algues et de poisson séché. À l'entrée de la pièce où aucun feu de cuisson n'avait été allumé, je regardai autour de moi, m'attendant à apercevoir quelques arrière-petits-enfants occupés à jouer dans un coin, ou bien une de ses petites-filles en train de faire le ménage. N'aurait-il pas dû y avoir quelqu'un pour prendre soin de cette femme qui avait déjà vécu un siècle un quart ?

— Permettez-moi de vous aider, dis-je en lui prenant son couteau des mains.

— Je te remercie.

Elle se laissa tomber sur un tabouret et s'y installa à son aise, ce qui ne manqua pas de faire craquer ses articulations.

— Je sais ce que tu penses, reprit-elle. « Mais où sont donc tous ses enfants et petits-enfants ? Pourquoi ne lui préparent-ils pas ses repas ? » Eh bien, je préfère vivre seule. Un jour, peut-être, quand j'aurai cent cinquante ans, je demanderai à un ou deux d'entre eux de venir habiter avec moi pour me donner un coup de main.

— Je ne suis pas coupable, lâchai-je alors à brûle-pourpoint.

J'avais beau ne pas être venue la voir dans le but de me justifier, je me rendais soudain compte à quel point il était crucial pour moi qu'au moins une personne en dehors de ma famille me croie.

Elle fit mine de ne pas m'avoir entendue et m'indiqua un seau rempli d'eau.

— Sers-m'en un verre, petite.

Je m'exécutai, puis m'assis sur le tabouret à côté du sien, l'obligeant à me prêter attention.

— Je suis innocente.

— Peut-être que oui, peut-être que non. Quoi qu'il en soit, je n'ai pas l'intention de perdre le peu de temps qu'il nous reste à ressasser ce qui appartient déjà au passé. Ça n'a plus d'importance, à présent.

— Pour moi, si. Il m'importe que les gens sachent que je n'ai pas attaqué ma sœur. Je serais prête à tout pour la protéger.

Ne l'avais-je pas prouvé sept ans auparavant ? Selon la loi varéniane, qu'il s'agisse d'un proche ou d'un étranger, quiconque se trouvait en danger devait être secouru. Laisser quelqu'un mourir alors qu'on pouvait le sauver aurait jeté le pire des déshonneurs sur la famille de celui ou celle qui était resté les bras croisés. Cette notion, ce sens de la responsabilité m'avaient été inculqués dès la naissance. Mais si j'avais sauvé ma jumelle, c'était parce que j'aurais, de toute manière, tout fait pour elle, même l'arracher aux griffes inflexibles de Thalos en personne.

— Elle aime le fils du gouverneur Kristos, m'a-t-on dit.

— Oui, répondis-je. Et il l'aime en retour.

Néméa soupira, puis attrapa un morceau de poisson séché.

— Si seulement l'amour était aussi essentiel que les gens l'imaginent.

— Et qu'est-ce que c'est censé vouloir dire ? répliquai-je un peu trop sèchement.

Je n'avais pas dormi ni mangé depuis que Zadie s'était blessée et je n'avais plus une once de patience en réserve.

— Mon mari nous a quittés il y a cinquante ans. Le brave homme a plongé trop profond, trop vite. Je l'aimais plus que tout. Mais l'amour romantique ne peut durer éternellement. Même si le temps et les circonstances ne s'en chargent pas, la mort finit toujours par nous séparer.

Je secouai la tête. Je n'étais pas là pour une leçon de philosophie.

— Les anciens vont-ils m'autoriser à me rendre en Ilara, oui ou non ?

Pour toute réponse, Néméa se pencha en avant et me tendit un petit pot en ivoire de narval.

— Tiens.

J'ouvris le couvercle et inspectai la pommade marron clair à l'intérieur. Elle dégageait une odeur infecte, proche de celle du guano.

— Qu'est-ce qu'il y a dedans ?

— Des algues brunes… entre autres.

Du bout de l'index, elle recueillit une noisette de baume, qu'elle étala sur ma joue.

— Il y a de quoi te regarder, sur le mur du fond.

Dubitative, je rejoignis l'endroit en question, pour me retrouver devant un grand miroir piqueté de points noirs, sans doute issu de la contrebande, ou bien tiré d'une épave. Je chassai de sa surface quelques cristaux de sel oubliés et contemplai mon reflet. Jusque-là, je ne m'étais jamais observée que dans le miroir à main de Mère.

J'avais l'impression d'être face à Zadie... et en même temps, pas vraiment. Je commençai par le haut. Sami n'avait pas tort : mes yeux étaient un peu plus étroits que ceux de ma jumelle. J'avais un nez droit, régulier, presque identique à celui de ma sœur, mais peut-être ses narines étaient-elles, en effet, légèrement plus rondes. Mes lèvres étaient pleines et roses, comme les siennes, en somme, quoique la double courbure en leur centre ait sans doute été un peu moins prononcée chez moi, et que...

Je m'interrompis dans un hoquet de stupeur. J'avais survolé ma cicatrice sans même la deviner ! Quand elle vit ma main balayer ma pommette, Néméa éclata de rire. Mais le fard s'effaça immédiatement sous mes doigts. Je me retournai vers l'ancienne.

— Ce n'est pas permanent ?

— Il peut tenir quasiment une journée, mais il lui faut quelques minutes pour bien prendre sur la peau. Sous l'eau, il se détachera au bout d'un quart d'heure seulement. Malheureusement, compte tenu du peu de temps qui m'était imparti, je n'ai pas pu faire mieux.

— Pourquoi ne m'avez-vous pas donné ce fard plus tôt ? demandai-je en retenant mes larmes.

Le visage ridé de la vieille femme apparut dans le miroir à côté du mien.

— Et dans quel but, petite ? Cacher une cicatrice ne la fait pas disparaître. Tout comme un joli visage ne peut dissimuler qui l'on est vraiment à l'intérieur.

Dans le reflet que nous partagions, nos regards se rencontrèrent. Celui de Néméa était du même gris que les nuages, alors que Zadie et moi avions hérité des iris délicatement dorés de notre mère. *De la couleur du miel*, nous avait un jour dit Sami. Mais comme aucune de nous deux n'en avait jamais vu et que notre ami nous avait décrit ce « miel » comme « une substance que fabriquent les insectes », ma jumelle et moi avions supposé que ce n'était pas un compliment.

— Est-ce que ça signifie que je pars pour l'Ilara ?

— Oui.

Je me tournai aussitôt vers l'ancienne, mais fus incapable d'articuler le moindre mot. Elle sourit, puis me tapota l'épaule.

— Maintenant, ma fille, tu devrais rentrer chez toi et te préparer à affronter le long voyage qui t'attend. Le château du roi se trouve à cinq jours de carrosse de la côte, et tu seras sûrement malade pendant une bonne partie du trajet.

Je la regardai, interloquée. Depuis mon intoxication au contact du corail de sang, je n'avais plus jamais été souffrante.

— Pourquoi ?

— Parce que tu n'as encore jamais mis les pieds sur la terre ferme. Tout y constituera un choc pour ton organisme, en particulier la nourriture. Même l'air est différent là-bas, dit-on. Et tu risques aussi d'avoir froid, bien que ceux qui t'escorteront soient censés t'apporter de nouveaux vêtements plus adaptés.

Je songeai à la cape de Sami. Me revenait-elle, à présent ? Les magnifiques étoffes dans la malle de Zadie, le collier de perles, le peigne... Étaient-ils pour moi ? Ou bien n'avais-je droit à aucun des cadeaux offerts à ma sœur ? Et que penserait la pauvre Alys de toute cette histoire, lorsqu'elle comprendrait que la couronne lui avait échappé à deux reprises, d'abord au profit de Zadie, puis au mien ?

— Et si jamais le roi découvre notre ruse ? murmurai-je, soudain angoissée. Est-ce qu'il punira tout Varénia ?

Néméa haussa une de ses épaules anguleuses.

— Probablement. Même si, de toute façon, au rythme où vont les choses, nous aurons tous péri d'ici cinq ans, emportés par la famine. Mais le roi devrait plutôt s'inquiéter de savoir qui, sans nous, lui fournira ses précieuses perles ?

J'en restai interdite. Aucun adulte n'avait jamais reconnu la gravité de notre situation de la sorte, ni souligné à quel point le roi dépendait de nous en des termes aussi abrupts.

— Pourquoi le gouverneur ne tient-il pas tête aux Ilaréens ? demandai-je. Ou bien les anciens ?

— Nous sommes trop vieux pour mener une révolution, petite. Et puis, que pouvons-nous bien faire, depuis Varénia ? Si nous cessons de le ravitailler en perles, le roi cessera de nous ravitailler tout court. Et si l'on nous prend à essayer de rallier la terre ferme, nous serons massacrés, dit Néméa avant de me tendre le pot de fard. Allez, file. Retourne chez toi. Les autres anciens ont déjà dû transmettre la nouvelle à ta famille, et tu veux certainement passer le plus de temps possible auprès de ta sœur.

J'obtempérai, mais tandis que je me dirigeais vers la porte les paroles de l'ancienne résonnaient dans mon esprit. En effet, que pouvait-on bien faire, depuis Varénia ?

— Et moi ? demandai-je en me retournant vers mon interlocutrice.

Elle me jeta un regard intrigué.

— Toi, petite ?

— Je vivrai là-bas, au sein même du château. Je pourrai parler au roi. Si je lui explique à quel point nous avons besoin d'aide, si je parviens à lui faire comprendre que sans davantage d'eau et de nourriture, il n'y aura plus personne pour récolter les perles… Il sera obligé de m'écouter. N'est-ce pas ?

Elle haussa à nouveau la même épaule.

— Peut-être que oui, peut-être que non, répéta-t-elle. Mais cette fois, elle souriait.

La nuit qui suivit, je ne réussis pas à dormir. D'ailleurs, je doutais que le reste de ma famille soit parvenue à trouver le sommeil, bien qu'en dehors des gémissements de Zadie la maison demeure plongée dans le silence. Tout au long de ces heures interminables, je gardai la main de ma sœur dans la mienne et lui murmurai que tout irait pour le mieux, que Sami et elle se marieraient, et qu'ils donneraient naissance à tout un tas de beaux bébés. Mais je ne savais pas si elle me croyait.

Pendant que mes lèvres évoquaient Zadie et sa vie future à Varénia, mon esprit, lui, vagabondait. Je me remémorai ma prière à Thalos, le soir du dîner chez le gouverneur, juste après ma rencontre avec Talin. J'avais demandé au dieu de m'envoyer en Ilara à la place de ma jumelle, de la sauver de ce destin dont elle ne voulait pas. Mais même si je l'avais invoqué d'abord au nom de ma sœur, je ne pouvais nier l'égoïsme qui se cachait derrière cette prière. Je ne souhaitais pas plus rester à Varénia et épouser Sami que Zadie ne souhaitait partir. Je refusais de passer ma vie à me demander si mon mari pensait à une autre chaque fois qu'il posait les yeux sur moi. Tout comme je ne me voyais pas contempler le même horizon, manger les mêmes choses ou croiser les mêmes personnes pendant tout un siècle. Avais-je provoqué tout ce qui nous arrivait, d'une manière ou d'une autre ? Thalos essayait-il de me punir de m'être montrée si hypocrite ? D'accord, je rêvais de quitter mon foyer, mais si j'avais su le prix qu'il me faudrait payer pour voir mon vœu exaucé, jamais je ne l'aurais formulé !

Au matin, je me levai dès que je pus distinguer le bleu des vagues à travers les fentes du plancher. Il ne me restait plus qu'une journée à Varénia. Le lendemain, dès l'aube,

Sami et le gouverneur m'emmèneraient près du rivage. Là, le capitaine de la garde du roi s'avancerait lui-même dans l'eau pour venir me chercher.

Mère s'obstinant à ne plus m'adresser la parole, c'était à Père qu'était revenu le soin de me donner toutes ces explications.

— Malheureusement, si ce soldat doute de ton identité, je ne sais pas ce qu'il adviendra de toi, conclut-il.

Un frisson me parcourut l'échine, mais je hochai la tête.

— Je comprends.

— En attendant, tu devrais sortir, profiter de ton dernier jour au village.

— Je ne crois pas que je pourrai profiter de quoi que ce soit en sachant Zadie si malade et Mère si fâchée, répondis-je.

Il me laissa me blottir contre son torse.

— Ta sœur guérira. Et ta mère te pardonnera.

— Pas avant demain.

— Non, sans doute pas. Mais un jour, tout rentrera dans l'ordre.

Sauf que je ne verrais jamais ce jour. Pas plus que je ne reverrais mes parents ni ma sœur.

— Va au moins trouver Sami, m'encouragea Père. Vois s'il a réussi à convaincre Kristos de le laisser épouser Zadie. Mon ami est un homme bon et je crois qu'il prendra la bonne décision.

Du bout de ma manche, je m'essuyai le coin des yeux.

— Oui, Père.

Avant de quitter la maison, je jetai un rapide coup d'œil dans ma chambre pour constater que Mère était en train de s'occuper de Zadie. Assurée que ma sœur ne manquerait de rien, je plongeai dans l'eau depuis le balcon. J'aurais pu prendre la barque, mais je préférais nager. La maison du gouverneur n'était pas bien loin, et qui savait combien de temps s'écoulerait avant que je puisse retrouver l'océan ? Une éternité, peut-être.

Lorsque j'arrivai à destination, Sami était assis sur la passerelle qui s'étirait devant chez lui.

— Des nouvelles ? lui lançai-je, la tête tendue hors des vagues.

Une famille passa à ce moment-là à quelques mètres de moi dans son bateau, et la mère se mit à me fixer d'un œil torve. Nul doute qu'elle me maudissait pour ce qu'elle pensait que j'avais fait à Zadie – ce que tout le monde pensait que j'avais fait. Relevant le menton, je soutins son regard. Une seconde plus tard, Sami atterrit à mes côtés non sans éclaboussures et la femme détourna enfin les yeux.

— Pas encore, répondit mon ami. Comment te sens-tu ? Mes parents m'ont rapporté ce que les anciens avaient décidé.

— Je m'en sortirai, lui assurai-je sans montrer ma peur.

Étrangement, Sami me paraissait plus vieux qu'avant, comme si les évènements des deux jours passés avaient eu raison des derniers vestiges de son adolescence.

— C'est ton père qui t'envoie ? demanda-t-il.

— Oui. Il a l'air persuadé que le tien autorisera le mariage. Qu'est-ce que tu en penses, toi ?

Il se coula dans l'ombre projetée sous sa maison et me fit signe de l'y suivre.

— À vrai dire, je ne sais pas. Ma mère s'oppose catégoriquement à ce que j'épouse Zadie.

— Pourquoi ?

— Elle croit que Thalos cherche à punir votre famille.

Je tressaillis.

— Et pour quoi, au juste ?

Il baissa les yeux.

— L'arrogance de ta mère.

— Je suis la première à admettre que ma mère est arrogante, mais Thalos n'a rien à voir avec ce qui est arrivé à Zadie ! rétorquai-je sans en être complètement convaincue moi-même.

Sami attrapa alors l'un des pilotis d'une main et me tira vers lui de l'autre, avec une brutalité que je ne lui avais jamais connue.

— Tu me fais mal, protestai-je en arrachant ses griffes de mon bras.

— Elle s'est fait ça elle-même, pas vrai ? demanda-t-il d'une voix dure.

Battant des pieds sur place, je restai un moment silencieuse, mon biceps encore endolori là où il l'avait serré. Zadie n'aurait certainement pas voulu qu'il découvre la vérité, mais... n'était-il pas en droit de la connaître ? Jamais ils ne pourraient construire leur vie ensemble avec un si terrible secret dressé entre eux.

— Oui, répondis-je finalement.

— Et tu l'as aidée ?

Non ! avais-je envie de hurler. J'aurais voulu ne même pas en entendre parler ! Mais je me rappelai ce que m'avait dit Zadie. Que si je refusais de faire ça pour elle, c'était que je ne l'aimais pas. Qu'elle se débrouillerait seule, si je ne restais pas. Et, moi non plus, je ne pouvais garder ce secret toute ma vie. Il fallait que je me confie à quelqu'un.

— Oui.

— Par Thalos, Nor ! Pourquoi ? rugit Sami.

Il frappa la surface et l'eau nous aspergea tous les deux.

— Parce que je n'avais pas d'autre choix ! Elle avait capturé la jouvencelle toute seule, elle l'avait attachée sous la barque ! J'ai voulu partir, mais elle a menacé de continuer sans moi si je la laissais. J'ai eu peur qu'elle se tue ! Et finalement, juste avant de lui poser les tentacules sur la cuisse, je me suis arrêtée, je n'arrivais pas à m'y résoudre, mais elle m'a forcé la main ! criai-je avant de m'essuyer les joues d'un geste rageur. Je ne suis pas coupable, mais oui, j'étais présente.

— Tu n'aurais pas pu l'en dissuader ? demanda Sami, les yeux humides de larmes.

— Tu ne crois pas que j'ai essayé ? répliquai-je, la respiration chevrotante et le regard implorant. Zadie est ma sœur, Sami, et elle me suppliait à genoux. Elle ne pouvait pas te quitter. Tu ne comprends donc pas ? Elle préférait mourir que de te quitter.

Même moi, elle aurait supporté de m'abandonner, ajoutai-je en pensée non sans une bonne dose de ressentiment. *Mais pas toi.*

— Et que se passera-t-il si mon père m'interdit de l'épouser ? Vous avez pensé à cette éventualité ?

Je ravalai mes larmes.

— Tu trouveras une solution, voilà ce qui se passera.

— Je suis le fils du gouverneur, Nor. J'ai des responsabilités.

Cette fois, ce fut à mon tour d'attraper mon ami.

— Et moi, je viens d'accepter de prétendre être une autre pour le restant de mes jours ! sifflai-je en enfonçant mes ongles dans sa chair jusqu'à ce qu'il grimace. Tu n'abandonneras pas ma sœur, c'est compris ?

Ses mâchoires se contractèrent.

— Je ne l'abandonnerai pas.

— Promets-le-moi.

Il détacha doucement mes doigts de son bras, puis me regarda droit dans les yeux.

— Je te le promets.

— Bien.

J'avais confiance en lui. Je n'avais aucune idée de comment il s'y prendrait, mais je savais qu'il se débrouillerait pour tenir son engagement.

— Il y a autre chose dont il faut qu'on discute, repris-je.

— Quoi ?

— Tu dis toujours que quand tu seras gouverneur, tu feras en sorte d'améliorer nos conditions de vie. Que tu résisteras à l'Ilara.

— Et c'est ce que je ferai, répondit-il.

Sans que je sache me l'expliquer, je le croyais soudain plus que jamais auparavant.

— Et si tu pouvais commencer dès à présent, sans attendre de succéder à ton père ? lui demandai-je.

— Comment ça ?

Je désignai du doigt le plus petit des bateaux de sa famille.

— Allons faire un tour.

Chapitre 9

— **Où va-t-on ?** s'enquit Sami quand je lui tendis les rames.

J'esquissai un sourire en coin.

— Au marché. Cette semaine, c'est toi qui offres l'eau et le grain à ma famille.

Mère ne m'avait rien demandé d'acheter, mais elle avait été trop accaparée par les blessures de Zadie et la haine qu'elle me vouait pour remarquer que nous commencions à manquer de presque tout. Mon toupet eut beau le laisser bouche bée, Sami se doutait qu'il valait mieux ne pas me contredire. Ce qui ne l'empêcha pas de secouer la tête.

— Tu es vraiment aussi têtue qu'une bernacle, aussi tyrannique qu'une…

Mon regard noir suffit à l'interrompre et, soudain, nous éclatâmes tous les deux de rire.

Je soupirai.

— Dieux, finis-je par lâcher avec un sourire. Notre couple n'aurait jamais tenu la route si nous nous étions mariés. Tu t'en rends compte, n'est-ce pas ?

— Oh, je n'en suis pas si sûr. Je crois qu'on s'en serait sortis.

Soudain gênée de la nudité de mes jambes alors que Sami m'avait déjà vue largement plus dévêtue, je rabattis mes jupes dessus.

— Je me suis rendue chez la vénérable Néméa, hier soir. Elle a fabriqué un fard pour ma cicatrice, mais j'ai peur de ce qui se passera si le roi découvre le subterfuge. Tu as entendu mon père : la dernière fois que les anciens ont tenté d'envoyer en Ilara une autre fille en remplacement, une contrefaçon, en somme, notre ravitaillement en eau douce a été coupé. Des dizaines d'enfants en sont morts.

Sami serrait les rames si fort que je craignais qu'elles ne se fendent entre ses doigts.

— Je sais. Et personne n'a réagi.

— Néméa m'a aussi avoué que, si rien ne changeait, d'ici cinq ans, nous n'aurions plus rien à manger. Nous avons épuisé les réserves de poissons dans nos eaux, et sans perles, que nous restera-t-il à monnayer ?

— Des coraux et des éponges ? suggéra-t-il, dubitatif.

— N'importe qui peut en trouver bien plus près de la côte. Et pour la pêche, les marchands ilaréens ont de gigantesques navires qui leur permettent de chasser la baleine et d'attraper d'énormes quantités de poissons d'un seul coup. Nous n'avons rien à offrir, en dehors des perles varénianes.

Sami soupira.

— Je ne sais pas ce qu'on peut y faire, Nor. J'ai essayé de convaincre mon père, mais il ne bougera pas. Personne ne se rebellera.

Sur cette sombre déclaration, il continua de ramer un moment en silence, jusqu'à ce qu'au-dessus de la crête des vagues, les contours du marché flottant apparaissent enfin. Ce qu'on qualifiait ainsi n'était en réalité qu'une enfilade de barges couvertes, reliées les unes aux autres. Il s'y vendait surtout des produits de première nécessité, mais on y trouvait aussi quelques excentricités, telles que des animaux de compagnie que personne à Varénia n'aurait eu les moyens de nourrir. Plus jeunes, Zadie et moi avions un jour supplié Sami de nous acheter un singe apprivoisé, et quand il avait refusé, ma jumelle s'était mise à pleurer. Si notre ami avait eu raison de ne pas céder, je le soupçonnais néanmoins de ne plus jamais avoir dit non à ma sœur après cet épisode.

— Peut-être que moi, je pourrais agir, avançai-je. Je serai sur le sol ilaréen, Sami. Je pourrai parler au roi. Je serai l'épouse du prince en personne. Quand je leur aurai expliqué la menace qui plane sur nous, ils seront bien obligés de se pencher sur le problème.

Mais il émit un grognement de dédain.

— Pourquoi ? Ils se moquent éperdument de nous et ils nous l'ont bien fait comprendre. Cet émissaire, Talin ? Il n'était pas là simplement pour vérifier que Zadie était à la hauteur.

À la simple évocation de ce nom, je sentis mes joues s'empourprer.

— C'est-à-dire ? demandai-je.

Sami jeta l'ancre pour nous empêcher de dériver davantage vers le marché, évitant ainsi que notre conversation ne parvienne jusqu'aux oreilles des négociants.

— Après votre départ, ce soir-là, il s'est mis à poser toutes sortes de questions à mon père. Il souhaitait voir la collection de perles de ma mère, qui lui a évidemment assuré qu'elle ne possédait rien de tel. Il y a belle lurette qu'elle m'a chargé de vendre presque tous ses bijoux pour pouvoir venir en aide aux familles les plus pauvres du village. Ensuite, il a insisté pour visiter la maison d'un « villageois moyen ». D'après lui, le roi s'intéresse beaucoup aux mœurs des Varénians.

— Par Thalos, mais pourquoi ?

— Aucune idée, répondit Sami en haussant un sourcil. Il a demandé à se rendre chez vous, mais Père a préféré l'emmener chez l'une de mes tantes.

J'éprouvai une pointe de déception en l'apprenant. J'avais été tellement occupée durant les quelques jours qui s'étaient écoulés que je n'avais pas souvent repensé à Talin. Pourtant, ses yeux cristallins étaient apparus plus d'une fois dans mes rêves. Je me demandai soudain si j'aurais l'occasion de le revoir, avant de me réprimander intérieurement pour mon inconscience. Talin serait la seule personne en Ilara susceptible de voir clair dans mon imposture, le seul que je devais au contraire espérer ne jamais recroiser.

— À ton avis, que cherchait-il ? demandai-je à Sami.

— Je pense que le roi l'a envoyé à Varénia parce qu'il ne nous fait pas confiance. Il croit que nous gardons les perles pour nous et que nous mentons quand nous affirmons qu'il y en a moins dans l'océan qu'il y a dix ans. Selon moi, c'est pour cette même raison qu'il n'arrête pas de faire baisser leur valeur.

— Mais qu'est-ce que tu racontes ? le coupai-je, perplexe. C'est l'équilibre entre l'offre et la demande qui détermine la valeur des perles, pas le roi.

— Je faisais affaire avec un Galethien, il y a quelques semaines, au nord du port, et il m'a certifié que les trafiquants ilaréens en obtenaient toujours le même prix qu'autrefois.

Je me penchai vers mon ami.

— Qu'est-ce que ça signifie, au juste ? Que la valeur des perles n'a pas chuté en Ilara, mais qu'on nous paie quand même moins pour nos efforts ?

Il acquiesça.

— Le roi pense sans doute qu'en faisant suffisamment pression sur nous, de nouvelles perles apparaîtront comme par magie. Il ne croit pas à leur extinction. Ou du moins, il ne veut pas y croire. Même si son émissaire lui rapporte en toute bonne foi ce qu'il a vu ici, rien ne garantit qu'il écoutera.

Était-il possible que Talin ne soit venu à Varénia que pour nous espionner ? Je me remémorai la façon dont il m'avait observée ce soir-là, la manière dont son regard avait semblé éveiller dans mon ventre une armée de papillons. Avais-je été naïve au point de prendre pour de la curiosité ou – plus humiliant encore – de l'intérêt ce qui n'était en fait que de la suspicion ?

— Tu ne vois donc pas ? poursuivit Sami. Nous avons beau travailler plus dur que jamais, notre économie ne prospère pas. Nous sommes moins bien lotis actuellement que nos arrière-arrière-grands-parents l'ont jamais été. Pourquoi, à ton avis ? Pourquoi n'avons-nous pas le droit de vendre nos biens à qui bon nous semble, comme tout le monde ?

— À cause de la princesse disparue, répondis-je avec un soupir exaspéré.

— Mais si tant est qu'elle soit vraie, cette histoire remonte à plusieurs centaines d'années ! La mort de cette fille ne concerne plus aucun des Varénians encore en vie aujourd'hui ! Depuis le début, les Ilaréens nous maintiennent délibérément dans la misère et l'impuissance !

— Je sais tout ça, Sami.

Son débit était si rapide que j'avais du mal à suivre.

— Et non seulement ils nous contrôlent, mais en plus, nous sommes tenus de leur envoyer nos plus belles femmes pour qu'ils en fassent leurs reines ! S'ils nous jugent à ce point inférieurs à eux, pourquoi leurs princes veulent-ils tous d'une fiancée varéniane ?

— Je n'en sais pas plus que toi ! l'interrompis-je en criant.

Pendant quelques secondes, nous restâmes assis en silence dans le bateau qui oscillait paisiblement de droite à gauche. Je me posais toutes ces questions depuis des années, et je n'avais toujours pas le moindre commencement d'explication.

— Et si je pouvais enquêter ?

Sami releva les yeux.

— Pardon ?

— Je serai dans le château, proche du roi et de tous ses conseillers. Je serai on ne peut mieux placée pour découvrir ce que font les Ilaréens de nos perles et pourquoi ils en ont tant besoin. Les réponses à toutes nos interrogations seront à portée de main.

— Tu... Tu comptes espionner le roi ?

Je haussai les épaules.

— Peut-on vraiment parler d'espionnage si j'habite sur place ? S'il se trouve que je surprends telle ou telle discussion ?

Mais il secouait la tête.

— Ce n'est pas ce que je voulais dire, Nor.

— Alors, quoi ? On attend que tu deviennes gouverneur ? Qu'est-ce qui te fait penser que tu sauras tenir tête aux Ilaréens alors que ton père n'y parvient pas ?

Ses mâchoires se crispèrent soudain.

— Parce que tu crois que, toi, tu pourras ? C'était le sens de ma question. Tu as passé ta vie à t'inquiéter d'être belle, pas à étudier les rouages du pouvoir.

Une boule de colère se mit à enfler en moi, mais ma peur se chargea presque aussitôt de l'écraser. Les mots de Mère résonnaient dans mon esprit. *La beauté est un pouvoir.* À Varénia, d'accord, mais qui pouvait dire si c'était aussi vrai en Ilara ?

— Je ne sais pas si je ferai une bonne espionne, admis-je. Mais je dois au moins tenter quelque chose.

— C'est trop dangereux, Nor. Et si l'on te démasque... Cela pourrait avoir de terribles conséquences sur nous tous, ici.

Je pris les mains de Sami dans les miennes.

— Je sais que fouiner dans les affaires d'un roi est risqué. Je pourrais emprunter le chemin le plus aisé, oublier nos coutumes et adopter pour de bon le mode de vie ilaréen. Je pourrais même me convaincre que tout va bien à Varénia, que ma famille mange à sa faim et que Zadie peut prendre le temps de se rétablir plutôt que d'être obligée de plonger dès qu'elle pourra se lever. Mais au fond de moi, je saurais la vérité. Je saurais que chaque lever du soleil nous rapproche du jour où il ne restera plus une seule huître au fond de l'océan. Et que ferez-vous, alors ? Quand le roi d'Ilara coupera vos vivres en eau et en bois, quand il n'y aura plus aucun poisson dans les environs ? Espérer ne suffit plus. Il nous faut agir, et maintenant, ou vous allez tous mourir.

Sami faisait mine d'observer les nuages, mais je voyais les larmes qu'il s'efforçait de réprimer.

— Très bien. Essaie de trouver ce que tu peux, dit-il finalement avant de froncer les sourcils. Mais même si tu y arrives, comment te débrouilleras-tu pour me faire parvenir tes découvertes ? Aucune fiancée varéniane n'est jamais revenue au village.

— Il faudra que tu viennes à moi.

— Mais Nor…

Il s'interrompit pour suivre mon regard, fixé sur le marché flottant.

À Varénia, chaque visage m'était familier. Pourtant vus de la barque, les traits des badauds qui déambulaient parmi les étals me paraissaient tous semblables. Si Sami pouvait rallier un lieu dans ce genre, un endroit où il se fondrait dans la masse, alors peut-être que…

— Le port ! m'écriai-je en même temps que lui.

Il prit une profonde respiration.

— Ça pourrait marcher. Il reste plus de trois semaines avant la foire qui s'y tient une fois par mois. Ça devrait te laisser le temps de trouver le moyen de t'y rendre.

— Mais comment te retrouverai-je là-bas ? Tu m'as dit qu'elle était immense.

— Repère le vendeur de cerfs-volants. Ça ne sera pas difficile : il en attache toujours quelques-uns à son échoppe. On n'a qu'à s'y rejoindre à midi.

Je me renversai contre le bord du bateau, à la fois secouée et exaltée.

— Je ne réussirai peut-être pas du premier coup.

— Je sais.

— Mais continue de venir, chaque mois. Je ferai tout ce qui est en mon pouvoir pour être au rendez-vous.

— Moi aussi.

Sur cette promesse, nous nous dépêchâmes d'aller acheter ce dont nous avions besoin au marché, aucun de nous deux ne souhaitant perdre davantage du peu de temps qui nous restait.

Sami se remettait tout juste à ramer vers Varénia lorsque nous croisâmes une famille à la mine lugubre. Sans doute me considéraient-ils, eux aussi, comme la paria du village, mais ils n'en dirent rien. C'est alors que je remarquai le drap sombre au fond de leur embarcation, qui couvrait une longue forme bosselée.

Un corps.

Ces gens étaient là pour rendre les derniers honneurs à un défunt. Sami et moi baissâmes la tête au même instant, avant de poser la main sur le cœur – un geste de condoléances. Quand nous relevâmes les yeux, le père nous adressa un bref signe du menton, puis ils s'éloignèrent en silence.

Les obsèques vothéniennes étaient un rituel solennel et privé. Seule la famille proche y assistait. Ainsi, personne d'autre ne pourrait redouter de traverser telle ou telle zone marine par respect pour le mort qui y reposait. Pour ma part, je n'avais encore assisté qu'aux funérailles du père de mon père. Il avait été tué par une baleine des vents. L'immense nageoire dorsale de cette prédatrice à la peau blanche fonctionnait comme une voile et en faisait l'une des créatures les plus rapides de l'océan. Ma grand-mère était devenue veuve. Heureusement, la plupart de ses enfants étaient déjà adultes à l'époque, et elle était partie vivre chez une de mes tantes.

Je ne me rappelais pas les paroles prononcées par mon père lors de ces adieux, seulement la façon dont le linceul s'était plaqué sur le cadavre en pénétrant dans l'eau, épousant brièvement les traits de feu mon grand-père. Sa dépouille avait ensuite été lestée de sable et de cailloux, même si nous savions tous que les requins ne tarderaient pas à pointer le bout de leur nez.

Pourquoi ne brûlons-nous pas les corps de nos morts ? avais-je demandé à mon père, convaincue que, même déjà décédé, tout valait mieux que de finir dévoré.

Parce que tout ce que nous prenons à l'océan, nous devons le lui rendre, petite. Par l'entremise de Thalos, il nous offre notre pitance et les perles que nous récoltons. Il nous rend forts et bien portants. Quand nous mourons, nous devons retourner à lui, afin que lui aussi puisse être nourri. Car de notre cœur jaillira un nouveau pied de corail de sang, perpétuant le cycle à l'infini.

Je portai la main à ma cicatrice tandis que le souvenir s'estompait peu à peu dans ma mémoire. Les yeux brûlants de larmes retenues, je baissai à nouveau la tête.

— Tout le monde pense que j'ai voulu lui faire du mal, Sami… Que j'ai sans doute même essayé de la tuer. Et je crois que c'est ma propre mère qui a lancé cette rumeur.

— Peut-être, mais celle qui s'est assurée qu'elle se répande, c'est la mère d'Alys. Elle est furieuse que les anciens t'aient préférée à sa fille.

— Pas parce que je serais plus belle qu'elle. Simplement parce qu'ils n'avaient pas le choix.

Sami se pencha en avant pour serrer mes doigts entre les siens.

— Écoute-moi bien, Nor. Tu crois que tu vaux moins que les autres filles, mais ce n'est pas le cas. Ça ne l'a jamais été.

J'eus beau émettre un petit rire désabusé, il garda son sérieux.

— Je ne plaisante pas. Je n'imagine pas une seule d'entre elles prête à se porter volontaire pour espionner le roi, pas même Zadie. Ta mère t'a appris à penser que ta cicatrice te rendait laide, alors que c'est faux : elle t'a rendue courageuse.

— Courageuse ? répétai-je en envoyant un coup de pied dans notre sac de grain. Je suis terrifiée, Sami !

Il s'esclaffa. Si sa voix était désormais plus grave, son rire – celui que j'aimais depuis toute petite – n'avait pas changé.

— Qu'est-ce qu'il y a de si drôle ?

— Tu n'as peur de rien, Nor. Tu n'as jamais reculé devant quoi que ce soit.

Il se trompait. J'avais peur de quitter Zadie, Père et le seul foyer que j'avais jamais connu. J'avais peur de me retrouver seule au milieu d'étrangers, d'avoir à prétendre être une autre, et de devoir bientôt épouser un jeune homme que je n'avais jamais vu, sans plus de liberté que quand j'avais été fiancée à Sami. Et pire que tout, j'avais peur de celle que j'étais en train de devenir : une femme qui mentait à tout le monde, manquait de respect à ses parents, avait aidé sa sœur à se mutiler. Une femme qui s'apprêtait à espionner un roi. Et qui pourrait tout aussi bien lui voler sa couronne.

Il n'y eut pas de célébrations, ce soir-là. À cause de l'accident, les grands adieux prévus pour Zadie ainsi que l'annonce officielle de mes fiançailles avec Sami avaient été annulés. Le village demeurait aussi calme qu'à l'ordinaire et c'était pour le mieux. Je n'aurais pas supporté les chuchotis ni les regards insistants.

Je reverrais Sami une dernière fois au matin, puisqu'il m'accompagnerait jusqu'à la côte, mais en dehors de lui, les deux seules personnes qui acceptaient de m'approcher se trouvaient chez moi. Je n'avais donc aucune envie d'aller voir ailleurs, même si ma propre mère refusait toujours de me regarder en face.

— Tu as tout ce qu'il te faut ? me demanda Zadie.

On voyait qu'elle souffrait encore beaucoup, mais elle parvenait désormais à rester assise et avait repris un peu de couleurs. Je tapotai la malle remplie d'affaires qui auraient dû être à elle. Malgré les récriminations de Mère, Père avait insisté pour qu'elle me revienne.

— Oui, répondis-je. Je t'en prie, ne t'inquiète pas pour moi.

— S'il y en a bien une qui s'est toujours fait un devoir de s'inquiéter pour l'autre, c'est plutôt toi, c'est vrai, dit-elle en serrant ma main dans la sienne.

Ce n'était pas une accusation. Elle reconnaissait simplement les sacrifices auxquels j'avais consenti, non pas seulement durant les quelques jours précédents, mais tout au long de ces sept dernières années. Tout ce temps, j'avais ramé à la place de ma sœur pour épargner ses mains, je m'étais laissé blâmer pour chacune de nos mésaventures… J'étais même restée lui tenir compagnie à chaque fois que Sami nous avait proposé de partir en exploration et qu'elle avait refusé, craignant que sa beauté en pâtisse. Comme c'était ironique de découvrir à présent que ces précautions n'avaient servi à rien. Que c'était finalement moi, avec mes paumes calleuses et ma peau cuite au soleil, qui partirais à la place de ma jumelle.

J'avais dû me charger moi-même de mon dernier repas auprès de ma famille puisque Mère n'avait pas daigné le faire et que Zadie n'en était pas capable. (Quant à Père… Il aurait pu être sur le point de mourir de faim qu'il n'aurait pas su se préparer ne serait-ce qu'un bol de gruau.) Nous nous contenterions de poisson séché, accompagné du pain fait avec le grain que Sami nous avait acheté. S'il n'épousait pas Zadie, ma famille viendrait sans doute à manquer de nourriture encore plus tôt que ce que prédisait Néméa, et ce même en bénéficiant de la somme offerte à la famille de la fiancée du prince – que celui-ci n'enverrait probablement que s'il m'acceptait. C'était moi qui pêchais la majorité des perles que nous vendions au marché, et même si elle n'avait pas été blessée, Zadie n'aurait jamais réussi à plonger suffisamment pour compenser mon absence.

Durant le dîner, elle fit tout son possible pour détendre l'atmosphère.

— Imagine un peu, Nor : demain, tu vas enfin voir un cheval. Un vrai, et de près ! Qui sait ? Tu pourras peut-être même monter sur son dos.

— Tu crois ?

Elle hocha la tête et nous laissâmes toutes deux échapper le même petit cri surexcité. Pour la première fois depuis des jours, il me sembla avoir retrouvé notre insouciance d'antan.

— Tu te rends compte de tout ce que tu vas découvrir en seulement cinq jours de trajet sur la terre ferme ? Certainement bien plus qu'en cinq jours en mer ! ajouta ma sœur.

Étrange, comme les rôles s'étaient inversés : c'était exactement le genre de choses que j'avais pu lui dire par le passé. Essayait-elle de me remonter le moral en me le rappelant ou bien commençait-elle à regretter sa décision ?

— En tout cas, n'oublie pas tes manières en partant, intervint Père alors qu'il n'avait pratiquement pas dit un mot de la journée. Aussi loin d'ici que tu te trouves, tu continueras de représenter les tiens.

— Elle ne représentera jamais cette famille ! s'écria Mère. À nos yeux, elle est déjà comme morte !

Zadie posa une main sur son bras.

— Comment peux-tu dire de pareilles horreurs ? Notre Nor s'en va pour toujours et ce sont les paroles que tu souhaites lui laisser en souvenir ?

— J'aurais préféré qu'elle se rappelle les sacrifices que j'ai consentis pour lui assurer les meilleures perspectives de mariage en dépit de ses… défauts, rétorqua Mère. Mais puisqu'elle a décidé de gâcher tous mes efforts, qu'elle se souvienne de moi comme bon lui semble !

Et sur ces mots, elle se leva pour disparaître derrière le rideau de sa chambre sans avoir touché au contenu de son assiette. Je m'aperçus alors que personne n'avait avalé quoi que ce soit, pas même Père.

— Ne l'écoute pas, dit Zadie d'une petite voix.

Mais peut-être Mère n'avait-elle pas tort. Peut-être m'étais-je montrée ingrate. Après tout, elle aurait pu prévoir de me marier à n'importe quel garçon du village, mais elle avait choisi Sami. Je n'étais sans doute pas assez belle pour épouser le prince, mais elle m'avait quand même jugée digne du fils du gouverneur. Si j'avais été convaincue qu'elle avait agi par pur altruisme, peut-être aurais-je pu la comprendre. Malheureusement, vu ses antécédents, je ne pensais pas en être capable.

— Allez viens, il est temps de te rallonger, dis-je à ma sœur avant de la raccompagner jusqu'à notre lit.

Bien qu'elle ne puisse toujours pas prendre appui sur sa jambe, elle était déjà assez requinquée pour tenir debout quelques instants. C'était prometteur. Sans doute pourrait-elle me dire au revoir correctement le lendemain, même si ce n'était que depuis le balcon.

Après avoir défait ses tresses, je l'aidai à faire sa toilette à l'aide d'un linge trempé d'eau douce. Même faible et boiteuse, elle restait éblouissante, ses iris dorés irradiant l'amour et la compassion tandis que ses lèvres d'un rose tendre ébauchaient un sourire triste. Lorsqu'elle posa les doigts sur ma joue, je lâchai le tissu et couvris sa main de la mienne.

— Qu'y a-t-il ? demandai-je.

— Je n'arrive pas à croire que je ne te reverrai plus jamais.

— Oh, Zadie...

Elle avait raison, bien sûr, mais je ne pouvais me laisser aller à ce genre de pensées. Autrement, jamais je ne parviendrais à surmonter l'épreuve qui nous attendait.

— Quand j'étais terrifiée à l'idée de quitter Varénia, pas une fois il ne m'est venu à l'esprit que tu devais être terrifiée à l'idée de me voir m'en aller, continua-t-elle. J'étais tellement préoccupée par le fait d'être forcée à partir que je ne me suis pas demandé ce que ce serait de rester.

C'était là toute la différence entre elle et moi. Si j'avais imaginé le jour de son départ de mon point de vue, je l'avais aussi rêvé du sien des milliers de fois. Et il m'avait toujours semblé que, des deux options, rester était la pire.

— Tout ira bien, la rassurai-je. Tu auras Père et Mère avec toi. Et Sami.

Elle me serra les doigts.

— Mais je n'aurai plus celle que j'aime le plus. Il a peut-être mon cœur, mais toi, ma merveilleuse Nor, ma sœur chérie, tu es la jumelle de mon âme.

Je me mis alors à pleurer. Zadie aussi. Pour chacune des années que nous avions sacrifiées aux rêves fous de Mère, et pour chacun des fardeaux que nous avions portés pour l'autre – j'avais dû vivre dès mes dix ans avec la certitude de ne plus jamais pouvoir contenter nos parents, et ma sœur, contrainte à la perfection, avec le poids de devoir les satisfaire pour deux. Pourtant, même en larmes, sans fards et aussi vulnérables que les plaies sur la jambe de Zadie, nous étions belles, d'une façon que notre mère ne comprendrait jamais.

Je me rendais compte, désormais, qu'être jalouse des sentiments de ma jumelle envers Sami n'avait pas de sens. Aucun homme ne pourrait jamais me détrôner dans son cœur. Pendant dix-sept ans, nous avions passé presque chacun de nos instants ensemble. Qui pouvait égaler un tel amour ? Qui pouvait l'ébranler ? Personne. Ni Mère et ses ambitions, ni Thalos lui-même !

J'aurais dû me préparer pour le lendemain matin. Me laver les cheveux puis les natter avec soin comme l'aurait fait Zadie, sortir ma tenue la plus raffinée et, enfin, m'enduire d'huile et de parfum. Mais je tombai endormie dans les bras de ma jumelle vêtue de ma tunique de la journée, les joues maculées du sel de nos larmes tandis que nos cœurs battaient au même rythme.

Mère nous avait au moins offert un cadeau que ni le temps ni la distance, même infinis, n'auraient su effacer : notre gémellité.

Chapitre 10

Je me réveillai dans la lumière grise précédant l'aube, les doigts de Zadie sur ma tempe.

— Que se passe-t-il ? lui demandai-je en frottant mes yeux embués de sommeil.

— Je ne voulais pas que tu rates le dernier lever de soleil que nous aurons l'occasion d'admirer ensemble.

Quand je me redressai, elle éclata de rire.

— Quoi ?

— Tes cheveux ! On dirait le nid d'un oiseau turbulent.

Je me tâtai le crâne.

— D'un seul oiseau ? Dis plutôt de toute une famille ! m'écriai-je.

— Je te les démêlerai plus tard. Maintenant, dépêche-toi !

Nous nous installâmes sur le balcon, juste devant notre chambre, les jambes pendues dans le vide comme nous en avions l'habitude. J'espérais de tout mon cœur que ce dernier spectacle en compagnie de ma sœur serait rien de moins que grandiose, et le soleil accéda à ma prière. Au-dessus de la mer, l'horizon étincela d'abord d'une vive lueur orange, bientôt repoussée par la lente arrivée de l'éblouissant orbe jaune qui, dans la pénombre évanescente, étira peu à peu ses rayons sur les flots.

Zadie posa la tête sur mon épaule et j'appuyai ma joue contre le sommet de son crâne. Je m'efforçais de ne pas songer au fait que c'était l'une des dernières fois que j'entendais sa voix ou que je voyais son visage. Pour être honnête, je n'arrivais pas à me le représenter. Mon esprit ne le concevait pas. Le lendemain, je m'extirperais forcément du même lit et reviendrais sur ce même balcon, à l'arrière de la seule maison que j'avais jamais connue. Comment pouvais-je imaginer quoi que ce soit de différent alors que je n'avais encore jamais quitté Varénia ?

— Les filles, nous lança bientôt Père. Sami ne va plus tarder. Nor doit se préparer.

— Oui, Père, répondîmes-nous en chœur.

Fidèle à sa parole, Zadie entreprit de réparer les dégâts causés par la nuit sur ma chevelure. Je dus la rincer à l'eau douce rien que pour permettre à ma sœur de me peigner avant de pouvoir me coiffer. N'ayant aucune idée de quand je pourrais retirer mes tresses, je la priai, pour une fois, de ne pas trop les serrer.

— Que dois-je mettre, à ton avis ? demandai-je ensuite en parcourant ma petite pile de vêtements.

— Une tunique et des jupes, tout simplement. Une nouvelle tenue t'attendra dans le carrosse. Ainsi que des chaussures à semelle de cuir, m'a-t-on dit.

Je fixai le bout de mes orteils. Mère me forçait parfois à enfiler des mocassins pour les grandes occasions, mais au quotidien j'aimais autant me déplacer pieds nus.

— Je vais être obligée d'en porter ?

Mon intonation dépitée fit rire Zadie et quand elle renversa la tête, je me rendis compte que, pour la première fois depuis plusieurs jours, elle n'avait pas l'air de souffrir. Non seulement les plis d'inquiétude qui lui sillonnaient le front avaient disparu, mais elle ne grimaçait plus au moindre mouvement.

— Tu te sens mieux ?

— À vrai dire, oui, répondit-elle.

Lorsqu'elle défit les bandages qui lui couvraient la cuisse, je fus ravie de constater que ses blessures, bien que toujours roses et à vif, ne présentaient aucun signe d'infection. Tandis que je les inspectais, je me figurai tout à coup Sami en train de suivre amoureusement ces cicatrices du bout du doigt – ce qu'il ferait un jour –, et l'espace d'un instant je me sentis en paix. Tant que ma sœur et mon meilleur ami pouvaient compter l'un sur l'autre, je n'avais pas de souci à me faire pour elle. Elle adorait sa vie à Varénia. Depuis toujours.

Je revêtis la plus élégante de mes tuniques blanches, je l'assortis de jupes bleu ciel, puis Zadie m'aida à appliquer le fard de Néméa sur ma pommette. Sa redoutable efficacité l'émerveilla autant que moi. En attendant quelques minutes seulement, la couleur ne se détachait pas, même quand je frottais dessus.

Enfin prête, je me servis un minuscule bol de gruau agrémenté de figues séchées, mais n'en mangeai que quelques bouchées. J'avais peur d'être malade si je me remplissais trop l'estomac et, de toute manière, je n'avais pas très faim.

— C'est l'appréhension, commenta Père. C'est bien normal d'être anxieuse un jour comme celui-ci.

— Oui, ce doit être ça, répondis-je alors que la voix de Sami nous parvenait de l'extérieur de la maison.

— Il est l'heure, dit Père.

Je cherchai Mère des yeux. *Malgré notre dispute, elle ne voudrait pas manquer mon départ*, pensai-je. Pourtant, tel un poisson affamé, le doute commençait à mordiller les coins de mon esprit.

— Où est-elle ?

— Elle m'a dit qu'elle avait quelque chose à faire.

— Mais elle sera revenue à temps pour me dire au revoir, n'est-ce pas ?

Père secoua la tête.

— Elle n'a rien précisé.

Déterminée à empêcher mon menton de trembler, je contractai les mâchoires et soulevai ma malle.

— Tu veux bien aider Zadie à sortir ? Elle va mieux, ce matin, mais elle aurait quand même besoin d'un coup de main.

Je me dirigeai pour ma part vers Sami et le gouverneur Kristos, qui m'attendaient assis dans leur barque, tous deux très distingués dans leurs plus beaux habits. Si j'avais toujours été d'avis que mon ami était le portrait craché de sa mère, ce jour-là, la ressemblance avec son père me sembla plus évidente. Il tendit la main pour me délester de mon chargement.

— Parée ?

L'anguille dans mon ventre avait beau se tordre en tous sens, je hochai la tête.

— Je crois bien que oui.

— Ta mère n'est pas là ?

— Non.

Je haussai les épaules dans l'espoir de masquer à quel point cette absence m'affectait, mais ma réponse parut perturber même Kristos.

— Ce n'est pas grave, ajoutai-je. Laissez-moi juste le temps de faire mes adieux.

Je me retournai vers mon père, qui tenait Zadie dans ses bras, comme une enfant. Il la reposa doucement à côté de lui afin d'extraire de sa tunique un petit sac en soie rouge de forme allongée, orné de broderies rose pâle.

— Qu'est-ce que c'est ? demandai-je lorsqu'il me le remit.

L'objet à l'intérieur était effilé et dur au toucher.

— Un poignard. Taillé dans le corail de sang qui a failli te coûter la vie.

— Quoi ? m'écriai-je en manquant de laisser tomber la pochette.

Mon père sourit.

— Ne t'inquiète pas. Je l'ai protégé d'un fourreau.

Je fis glisser l'ouverture du petit sac de quelques centimètres, révélant un manche d'ivoire sculpté de fleurs des mers.

— Comment te l'es-tu procuré ?

— Durant ta maladie, quand nous pensions que nous allions te perdre, j'ai retrouvé le corail sur lequel tu t'étais coupée et, à coups de maillet, je l'ai réduit en miettes.

— Mais tu as perdu la tête ! m'exclamai-je. Tu aurais pu te tuer !

— J'ai été prudent. Enfin, relativement prudent.

Je sortis le poignard de son enveloppe de tissu. Le fourreau qui le préservait était en cuir de raie. Je tirai délicatement sur le pommeau, juste assez pour dévoiler le début de la lame.

— Toucher simplement le corail ne te fera aucun mal, maintenant qu'il est mort, m'expliqua Père. Mais s'il traverse la peau, la moindre estafilade sera fatale.

Je plongeai mon regard dans le sien.

— Pourquoi me faire un tel cadeau ?

— Retourne-le.

J'obéis et ne pus retenir un hoquet de stupeur. Même Kristos écarquilla les yeux à la vue de l'énorme perle enchâssée dans la garde. De la taille de l'ongle de mon pouce, elle était parfaitement sphérique, mais ce fut surtout sa teinte qui nous laissa bouche bée. Éclatante, flamboyante, elle était aussi rouge qu'un pied de corail de sang. Je ne savais même pas qu'une perle aussi foncée pouvait exister. Elle devait valoir autant que vingt de ses congénères roses !

— Où l'as-tu trouvée ?

Tandis que je caressais le joyau avec révérence, Père replaça une de mes mèches rebelles derrière mon oreille.

— Dans l'huître que Zadie et toi avez ramenée, ce jour-là.

— Pourquoi ne pas l'avoir vendue ? m'écriai-je en songeant à tous les vivres et à tout le matériel que nous aurions pu nous acheter grâce à elle.

— Parce qu'elle t'appartient. Depuis le début.

Je rangeai l'arme dans sa pochette pour étreindre mon père aussi fort que possible.

— Merci de me comprendre aussi bien. Tu vas me manquer.

— Toi aussi, répondit-il sans tenter de refouler ses larmes. Thalos a béni notre famille en vous y faisant naître. Toutes les deux.

— Prends soin de Mère, dis-je en laissant ma voix se briser sur ce dernier mot. Elle ne s'en rend pas encore compte, mais elle aussi va me regretter.

— C'est certain.

Je me tournai ensuite vers Zadie et ne pus retenir le flot de mes sanglots.

— Ne pleure pas, ma belle, me dit-elle alors qu'elle-même pleurait tout autant. Je t'aime tellement.

— Je t'aime tellement aussi.

Elle parvint à esquisser un sourire.

— Attention, ce coup-ci, c'est toi qui devrais éviter de finir aussi bouffie qu'un poisson-globe.

— Si tu savais comme je m'en moque, répliquai-je.

Malgré tout, elle s'appliqua à éponger mes larmes à l'aide de sa manche.

— Tu as tout sacrifié pour moi, et tant que je vivrai, jamais je ne l'oublierai.

— Tu aurais fait la même chose si je te l'avais demandé.

— Mais justement, toi, tu ne me l'as pas demandé.

Je l'enlaçai aussi fort que je l'osais, surprise, encore une fois, par la gracilité de sa carrure entre mes bras comparée à celle de Père. Tout à coup, une vague de terreur me submergea.

— Je ne suis pas sûre de pouvoir y arriver, murmurai-je à l'oreille de ma sœur.

Elle se décolla de moi pour me regarder droit dans les yeux.

— Mère pense que la beauté est un pouvoir. Elle est persuadée que la valeur d'une femme peut se mesurer et se peser comme celle d'une perle au marché. Pourtant, au cours de ces sept dernières années, depuis que ta joue s'est retrouvée marquée par ma faute, je t'ai vue devenir forte et indépendante. Ta curiosité t'amène à te poser des questions qui n'effleureraient même pas les autres filles ! Tu as toujours été belle, Nor. Et ta cicatrice ? La plupart des habitants du village ne la remarquent même pas. Ce n'est pas à cause d'elle que le choix des anciens s'est porté sur moi. S'ils m'ont élue, c'est parce qu'ils croyaient que je me conformerais à leurs plans, que je ferais une épouse docile et soumise pour le prince…

— Zadie…

— Mère se trompe, Nor, poursuivit-elle en plaçant ses mains sur mes épaules. Plus que quiconque, tu as le pouvoir de faire absolument tout ce dont tu rêves. Et c'est ce pouvoir-là, ce feu intérieur, qui fait de toi la plus belle fille de Varénia.

Je secouai la tête. En cet instant précis, j'étais loin de me considérer aussi invincible que ma sœur me décrivait. Au contraire, je me sentais triste, effrayée. Microscopique.

— Je t'aime.

Ce fut tout ce que je parvins à répondre.

— Nous nous reverrons, dans cette vie ou dans l'autre, conclut Zadie. Maintenant, va rejoindre ta destinée.

Et elle déposa un baiser sur mon front avant de reculer pour laisser Père m'aider à descendre dans la barque.

Dès que je fus assise, Sami m'enveloppa de son bras, non pas comme un frère ni comme un amoureux, mais comme un ami, et je me sentis plus reconnaissante que jamais de l'avoir à mes côtés. Le gouverneur s'empara lui-même des rames et nous mîmes le cap sur le continent.

Je m'obligeai à ne pas regarder en arrière. À garder le dos bien droit. De cette façon, la dernière image que Zadie aurait de moi exprimerait ce pouvoir et cette force qu'elle me prêtait avec tant de conviction. Elle ne verrait ni mes larmes, ni la manière dont j'enfonçais mes ongles dans mes paumes afin d'avoir une autre douleur sur laquelle me concentrer.

Lorsque les sanglots de ma sœur furent perdus dans le vent, je me mis à me répéter ses dernières paroles dans ma tête, espérant y trouver de quoi me ressaisir. Non, je n'abandonnais pas ceux que j'aimais : j'allais enfin rejoindre ma véritable destinée, exactement comme Zadie et moi l'avions souhaité.

Et tout à coup, je pris conscience de quelque chose qui me fit l'effet d'une claque en plein visage : je n'avais peut-être pas demandé à ma jumelle de se sacrifier pour moi, mais elle l'avait fait quand même ! Si elle ne m'avait pas parlé plus tôt de son intention de se mutiler, c'était parce qu'elle savait que jamais je n'aurais accepté de risquer sa vie si j'avais eu l'impression de pouvoir profiter de la situation d'une manière ou d'une autre. Mais Zadie était tout de même parvenue à arracher nos deux destins de l'emprise des anciens, de Mère et de Thalos lui-même, pour les remettre chacun sur la bonne trajectoire.

De nouvelles larmes, amères celles-ci, ruisselèrent sur mes joues. Comment avais-je jamais pu douter d'elle ? Je me retournai aussitôt, priant pour qu'il ne soit pas trop tard. Derrière moi, peintes en rose, en jaune, en rouge ou en orange, toutes les maisons de Varénia s'étiraient le long de l'horizon, tel un glorieux coucher de soleil. Devant la nôtre, qui rapetissait à chaque seconde, je distinguais à peine la silhouette de Zadie, minuscule dans le lointain. Malgré tout, je levai une main pour lui montrer que je comprenais ce qu'elle avait fait pour moi. Lorsqu'elle leva la sienne en retour, je ne pus retenir plus longtemps les sanglots désespérés que je retenais. Sami me serra plus fort contre lui et je pleurai tout mon soûl, jusqu'à m'endormir sur son épaule.

Je ne me réveillai qu'au bout de plusieurs heures, sous une chaleur accablante. Sami prit alors les rames à la place de son père, et ils se relayèrent ainsi tout le reste du trajet. Ils étaient aussi forts l'un que l'autre, nous étions partis à l'aube, et pourtant, dans le ciel, le soleil avait déjà bien entamé sa descente. Malgré mon chapeau, j'avais mal à la tête d'être restée si longtemps loin de l'ombre. Mes jupes comme ma tunique étaient trempées de sueur. J'aurais bien aimé porter le même pantalon – en lin et léger – que mes compagnons, mais ce luxe m'était interdit. Ils avaient beau avoir pensé à emporter de quoi boire et manger, je ne voyais pas comment ils trouveraient la force de refaire la traversée inverse le soir même.

Enfin, l'horizon changea. Depuis Varénia, nous avions mis le cap vers le sud-est et voilà que, devant moi, se déployait la terre dont j'avais rêvé ma vie entière : une immense étendue de sable qui ourlait la côte sur toute sa longueur et, derrière, la ligne verte et brumeuse de la forêt.

Quand le courant commença à nous entraîner, nous poussant toujours plus vite vers le rivage, de nouveaux détails m'apparurent. Face à la mer se tenaient dix à quinze hommes en rang, leur expression indiscernable à une telle distance. Ils avaient le torse couvert d'une espèce de plastron visiblement dur et rigide, semblable à la carapace d'une tortue. Leurs chevaux – des créatures massives qui paraissaient grossir à mesure que nous progressions – patientaient derrière eux.

Laissant les vagues travailler à sa place, Sami cessa de ramer quelques instants.

— Nor ?

Mes yeux retrouvèrent les siens.

— Oui ?

— Tu es prête ?

Je faillis rire. Évidemment que non. Je ne serais jamais prête. L'idée que Sami et son père puissent m'abandonner sur cette plage en compagnie d'une douzaine d'inconnus était tout bonnement absurde. Comment allais-je trouver le courage de quitter cette barque ?

Mais je ravalai ma frayeur. Il fallait que je me montre inébranlable. Ainsi, lorsque Zadie demanderait à Sami si j'avais eu peur, il pourrait lui dire que j'avais été courageuse.

— Je suis prête.

Il hocha la tête.

— Je vais jeter l'ancre au plus près de la rive, à quelques mètres seulement, et les gardes du roi viendront te chercher. Un des hommes récupérera ta malle. Le capitaine remettra sans doute un présent à mon père, il dira quelques mots, puis nous repartirons.

— Compris. Merci.

— Je te promets que je prendrai soin de Zadie, dit-il en m'attrapant les mains sans tenir compte du regard sévère que lui lançait Kristos. Essaie de ne pas t'inquiéter pour ça, je t'en prie.

Je me penchai en avant et déposai un discret baiser sur sa joue, disant ainsi au revoir au garçon qui, d'aussi loin que remontaient mes souvenirs, avait toujours été mon meilleur ami, mon fidèle complice.

— Je sais que je peux compter sur toi. Et tu as raison, on s'en serait sortis, murmurai-je en référence à la vie de couple que nous ne partagerions jamais. Mais tu feras de Zadie la plus heureuse des femmes de Varénia.

— Je passerai ma vie à essayer, en tout cas, souffla-t-il en retour tandis que je me redressais. Quant à toi, n'oublie pas : garde les yeux et les oreilles grands ouverts.

— Je n'y manquerai pas.

Le gouverneur s'avança alors et prit mon menton entre ses mains corpulentes, examinant ma pommette d'un œil attentif.

— Parfait, le fard tient bon, commenta-t-il avant de me relâcher.

— Je sais que les choses se sont mal terminées entre nos deux familles, mais…, commençai-je d'une voix étranglée.

— Ne t'en fais pas, Nor, répondit-il en m'attirant à lui pour m'étreindre avec affection. Tu as toujours été comme une nièce, pour moi. Sois prudente en Ilara. Je n'ai jamais rencontré le prince, mais il paraît qu'il peut s'avérer… difficile. Il ne s'accommodera peut-être pas de ton caractère impétueux aussi facilement que l'émissaire du roi.

— D'accord, répondis-je en me demandant malgré tout ce qu'il entendait par « difficile ».

— Je te promets de veiller sur ta famille, ajouta-t-il.

— Merci, dis-je avant de l'embrasser aussi sur la joue.

Sami avait jeté l'ancre par-dessus le rebord du bateau. Je reportais mon attention sur le groupe d'Ilaréens pour voir qui viendrait me chercher, quand deux d'entre eux sortirent de derrière leurs camarades. Pieds nus, ils étaient vêtus seulement d'une longue tunique blanche et de pantalons serrés assortis. Réprimant un gloussement, je me couvris la bouche de la main. Si le plus âgé des deux hommes arborait une barbe parfaitement taillée sous ses cheveux blonds, l'autre était aussi glabre que Sami. Sans leur carapace, ils paraissaient plus frêles, plus faibles et je m'efforçai de rester calme. Ils n'avaient rien de requins arpentant des eaux ensanglantées et s'apparentaient plutôt aux petits poissons accrochés au ventre de ces prédateurs. Il n'y avait rien à craindre.

Mais lorsqu'ils entrèrent dans l'eau et commencèrent à s'approcher, je me rendis compte qu'ils n'étaient pas si petits que ça. À vrai dire, ils étaient plus grands que tous les Varénians que je connaissais – Jovani compris. En outre, ils avaient les épaules aussi larges que celles du gouverneur, et leur bouche dessinait une ligne inflexible.

Ma main retomba sur mon genou. Mon sourire s'évanouit. Dans ma gorge, une bulle de panique gonfla. Une bande d'étrangers venait m'emmener. Je n'en avais jamais rencontré, du moins pas avant Talin, et le regard de ces deux-là ne recelait pas la moindre étincelle d'humour.

— Je ne peux pas les suivre, murmurai-je à Kristos.

Il garda néanmoins les yeux fixés sur les nouveaux venus, la mine aussi sombre que la leur.

— Salutations, leur lança-t-il lorsqu'ils atteignirent notre barque.

Ils avaient de l'eau jusqu'à la poitrine.

— Bien le bonsoir, gouverneur, répondit le barbu. Je suis Osius, capitaine de la garde du roi Xyrus.

Sous sa pilosité faciale, il avait la peau aussi hâlée que lisse. Son regard croisa brièvement le mien, mais plutôt que de le soutenir, il me détailla de bas en haut. Peut-être Talin avait-il décrit Zadie à ce capitaine, qui vérifiait que j'étais bien la fille promise au prince.

— Mademoiselle, dit-il finalement en me tendant sa paume ouverte. C'est un honneur de vous rencontrer.

Je le laissai me prendre la main, qu'il porta à ses lèvres. Sa moustache me chatouilla. Malgré mon embarras, je me forçai à ne pas détourner le regard.

— Merci, parvins-je à répondre.

— Grig, mon second, va s'occuper de vos effets personnels. L'étiquette exigeant que vous ne posiez pas le pied sur la terre ferme avant d'arriver sur le sol ilaréen, je vous porterai moi-même jusqu'au carrosse.

Je récupérai aussitôt ma main.

— Vous me porterez ?

— Oui, mademoiselle. Je ne vous laisserai pas tomber, je vous le promets, répondit-il tandis que de légers plis apparaissaient au coin de ses yeux.

Je me détendis quelque peu. En dépit de sa carrure et du sérieux de son expression, j'eus tout à coup l'intuition que je pouvais me fier à ce capitaine dont le nom commençait par la même lettre qu'« océan ». Il se tourna vers Kristos.

— Nous souhaiterions remettre ces premiers cadeaux à la famille de la demoiselle, dit-il en désignant un sac que Grig peinait à maintenir hors de l'eau. Le restant de la somme promise leur sera envoyé après que le prince Céren aura consenti au futur mariage.

En guise d'approbation, le gouverneur se contenta d'un grognement, et Grig déposa son fardeau au fond de la barque. Que contenait-il ? Mystère. Quelque chose d'utile, espérai-je, comme des vêtements ou de la nourriture.

Sami aida ensuite le second à hisser ma malle hors de l'embarcation.

— À présent, mademoiselle, dit Osius, si vous voulez bien me laisser vous assister...

J'acceptai la main qu'il me tendait en priant pour qu'il ne remarque pas à quel point elle tremblait, puis je me levai, les jambes flageolantes. Quand Sami attrapa mon bras libre pour me stabiliser, je fus à nouveau plus que reconnaissante de sa présence. Feignant un sourire, je lui jetai un regard, et pris place entre les bras ouverts du capitaine. Grig, qui avait calé ma malle sur sa tête, était déjà reparti vers la rive. Osius le suivit aussitôt.

Par-dessus l'épaule de mon porteur, je vis Sami lever une dernière fois la main en signe d'adieu avant de s'emparer des rames.

L'instant d'après, il avait disparu derrière la crête d'une vague.

Chapitre 11

ET VOILÀ. Il était désormais peu probable que je revoie un jour ceux que j'aimais. Une espèce de gouffre béant s'ouvrit dans mon estomac, comme si l'insaisissable anguille venait de s'y changer en pierre. Je laissai mon menton retomber contre la tunique humide du capitaine, qui continua d'avancer sans sourciller.

Quand je sentis l'océan s'effacer et mes jupes s'alourdir à mesure qu'elles sortaient de l'eau, je relevai les yeux. Les pas d'Osius creusaient sur la plage de délicates empreintes comme je n'en avais encore jamais vu – le seul sable que j'avais foulé jusque-là étant celui des fonds marins. Je mourais d'envie d'enfoncer mes propres orteils dans ce sol meuble, mais le capitaine avait bien dit que je n'avais pas le droit de toucher terre.

Un peu plus haut sur la plage, le sable se mit à crisser sous ses pieds, puis à émettre un son plus doux, semblable à celui du grain qu'on déverse d'un sac. J'avais passé tellement de temps à imaginer ce qui, sur terre, captiverait mon regard, que je n'avais pas songé un seul instant aux multiples bruits méconnus qui m'assailliraient les oreilles.

Et ne parlons pas des odeurs. Lorsque nous nous approchâmes de la rangée de gardes, une senteur âpre m'emplit les narines. Semblable à celle des oignons hachés, c'était manifestement celle que dégageait une douzaine d'hommes caparaçonnés de cuir épais après une journée entière sous un soleil de plomb. Et j'en distinguais également une autre, plus marquée encore, mais chaude et sucrée... Je comprendrais plus tard que c'était là l'odeur typique des chevaux.

Le capitaine Osius dépassa finalement ses hommes et leurs montures sans s'arrêter, et lorsque nous pénétrâmes sous le couvert de la forêt, je ne pus m'empêcher de renverser la tête, émerveillée. Les arbres avaient beau être immenses et se dresser plus haut que toutes les plantes que je connaissais, les feuilles qui bruissaient sur leurs branches restaient menues et fragiles. J'étendis le bras et en cueillis une au passage, que je frottai entre mes doigts. Elle était soyeuse, lustrée. Je la portai à mon nez pour la humer quand tout à coup, je sentis le torse du capitaine tressauter. Il se moquait de moi.

Je lâchai aussitôt mon trésor et me raidis dans les bras du soldat. Je devais paraître si ridicule face à quelqu'un comme lui qui en avait sûrement vu tellement plus que moi ! C'était son roi qui maintenait chacun des « enfants des vagues » dans l'ignorance, mais ça, il n'en avait probablement rien à faire. Quoi qu'il en soit, j'éviterais de trop manifester ma curiosité à l'avenir.

— Nous y voici, mademoiselle.

Le carrosse que j'avais devant moi était donc une imposante structure de bois, équipée de portes et de fenêtres – une maison sur roues, en somme. Quatre chevaux bais y étaient attelés. Il faisait presque nuit, à présent, mais à la lueur des lanternes accrochées aux flancs du véhicule, on devinait les gravures finement ouvragées qui le décoraient.

Une jeune femme en sortit alors.

— Mademoiselle, me salua-t-elle en effectuant une révérence.

L'espace d'un instant, j'oubliai mes manières et restai à la fixer avec des yeux ronds. Ses cheveux blonds étaient si clairs qu'ils en paraissaient quasiment blancs. Ils étaient tressés de part et d'autre de son visage au teint cireux, plus pâle encore qu'un oursin plat décoloré au soleil. Lorsqu'elle releva vers moi ses prunelles bleu ciel, je remarquai ses cernes violacés qui lui donnaient un air fatigué, presque malade.

Sa robe était faite d'une étoffe lourde et sombre, et son corsage serré mettait en valeur une poitrine peu développée ainsi que la taille la plus fine que j'avais jamais vue. Je baissai les yeux sur ma propre tenue détrempée. Je me donnais l'impression d'être le rat mort noyé que Mère avait un jour découvert dans un sac de grain, en revenant du marché flottant. Zadie et moi nous étions enfuies de la maison en hurlant. Je savais parfaitement ce que cette femme devait penser : *C'est à ça que ressemble la plus belle fille de Varénia ?*

— Bonsoir, lui répondis-je avec un signe de la tête que j'espérais approprié.

Elle sourit.

— Je m'appelle Ebb et je serai votre femme de chambre en Ilara. Et durant ce voyage, bien sûr. Vous devez être… À vrai dire, je n'ose imaginer comment vous devez vous sentir, mais le moins que nous puissions faire, c'est déjà vous débarrasser de ces vêtements mouillés.

— Nous partirons d'ici une heure, Ebb, la prévint Osius tout en me déposant dans le carrosse. Veillez à ce qu'elle prenne un bon thé bien chaud avant le départ.

L'intérieur de la voiture s'avéra plus spacieux que l'extérieur ne le laissait croire. Chaque côté de l'habitacle était garni d'une banquette rembourrée de velours pourpre. Les vitres étaient masquées de voiles blancs et pourvues de rideaux rouges plus épais, qu'Ebb ferma aussitôt qu'elle entra.

— Pour vous offrir un minimum d'intimité, commenta-t-elle. Nous n'y verrons pas grand-chose, mais nous nous en débrouillerons.

Il y avait bien une lanterne avec nous, mais elle ne contenait qu'une chandelle. Cependant, pliée en deux comme je l'étais, le plafond bas m'empêchant de me tenir droite, l'obscurité m'arrangeait. D'autant plus qu'une flaque commençait à se former sur le sol autour de moi. Au moindre de mes mouvements, mes pieds émettaient un bruit de succion sur le tapis gorgé d'eau. Ne laissait-on donc aucune surface nue en Ilara ?

Ebb posa alors une main dans mon dos et me fit tressaillir.

— N'ayez crainte, mademoiselle. Je veux seulement vous aider à vous déshabiller et à vous sécher un peu.

Les quelques minutes qui suivirent s'écoulèrent dans un silence gêné. Personne ne m'avait jamais vue dévêtue en dehors de ma famille. On avait beau être en plein été, je ne tardai pas à frissonner, et ma peau se couvrit de chair de poule. Ebb posa sur mes épaules une grosse couverture et m'encouragea à me frictionner jusqu'à être totalement sèche. Tandis que je m'exécutais, elle entrouvrit la porte du carrosse et, du bout du pied, expulsa ma tenue varéniane dans la poussière du chemin.

— Mais qu'est-ce qui vous prend ? bafouillai-je, horrifiée. Ces vêtements sont en parfait état !

Les os de ses mâchoires saillaient tellement sous sa peau que je les vis bouger lorsqu'elle me sourit à nouveau.

— Ne vous inquiétez pas, mademoiselle. Au château, des dizaines de robes n'attendent que vous. Voyez plutôt.

Elle souleva le coussin d'un des sièges pour en sortir une toilette confectionnée dans le même genre de tissu dense et empesé que la sienne, mais d'un gris encore plus foncé.

— Celle-ci n'est qu'une robe de voyage, bien entendu, ajouta-t-elle en voyant mes traits se froisser.

Ce n'était cependant pas la qualité du vêtement qui me déconcertait, simplement sa couleur : à Varénia, nous ne portions jamais rien d'aussi lugubre.

— Celles du quotidien sont-elles plus colorées, en Ilara ? demandai-je avec espoir.

— Pas à la cour, non. Les habits de deuil y sont d'usage, en l'honneur de la princesse disparue, répondit Ebb.

Sa voix, pourtant, ne trahissait aucune émotion, comme si ce qu'elle m'expliquait était aussi évident que le lever du soleil au matin ou son coucher le soir venu.

— Quoi qu'il en soit, reprit-elle, occupons-nous d'abord de vos dessous.

Décontenancée, je penchai la tête de côté et, bien qu'elle se soit couvert la bouche du bout des doigts, la jeune femme ne put réprimer son hilarité. Son rire avait toutefois quelque chose de bienveillant. Si Osius ou elle me trouvaient très candide, peut-être ne se moquaient-ils pas de moi, après tout. Ma naïveté devait simplement les désarçonner.

— Faites-moi confiance, me rassura Ebb avant de produire une espèce de gaine aux manches courtes qu'elle me passa par-dessus la tête.

Ce fourreau blanc – presque transparent tant il était fin, et plus raffiné que tout ce que j'avais jamais porté – m'arrivait juste en dessous des genoux. Ebb m'aida ensuite à enfiler une paire de longs bas de soie, puis un jupon plissé et, enfin, la robe. Celle-ci se fermait dans le dos à l'aide de minuscules agrafes que ma femme de chambre attacha remarquablement vite. Le décolleté carré me paraissait fort strict, et le corsage se révéla si serré que, les poumons comprimés, je dus me résigner à ne plus prendre que de courtes respirations. Je peinais à croire qu'il me faudrait subir cette torture chaque jour et je me rassis sur la banquette.

— On étouffe, dans ce carrosse, souffla Ebb. Ça suffira pour le moment.

— Pour le moment ?

Elle sourit pour la troisième fois.

— Essayez de ne pas vous tracasser. Avec le temps, vous finirez par vous habituer à cette tenue.

Loin d'être convaincue, j'acquiesçai malgré tout.

— Puis-je au moins prendre un peu l'air, s'il vous plaît ?

— Il ne vous est pas permis de quitter le carrosse, mais nous pouvons aérer un peu.

Assoiffée de fraîcheur et non sans bousculer mon interlocutrice, je me précipitai à la fenêtre dès qu'elle eut écarté les rideaux pour ouvrir le carreau. Le vent acerbe qui me frappa les joues m'enchanta. Sous toutes ces couches, je ne pouvais m'imaginer avoir à nouveau froid un jour. J'étais encore en train de me délecter de la brise lorsque le capitaine surgit de l'avant de l'attelage.

— Mademoiselle, dit-il en s'inclinant. Cette tenue vous sied à ravir. Êtes-vous prête à partir ?

Je regardai d'abord ma robe, qui m'allait aussi bien qu'une carapace de homard allait à un crabe, puis Ebb.

— Je... je crois.

— Très bien, répondit-il avant de hocher la tête et de disparaître comme il était venu.

— Vous feriez mieux de vous rasseoir, me conseilla ma femme de chambre. Le trajet sera sans doute quelque peu mouvementé par moments.

Mais avant que j'aie pu rejoindre ma banquette, le cocher lança un ordre à ses chevaux et le véhicule fit une brusque embardée. Je m'étalai en travers des coussins de velours. Quand je relevai les yeux, Ebb partit à nouveau d'un rire indulgent.

— Je vous assure que vous vous y ferez, mademoiselle, dit-elle en m'aidant à me redresser.

Pourtant, quelques minutes plus tard, les sens assiégés par plus d'images, de sons et d'odeurs qu'ils ne pouvaient en engranger d'un coup, je courais à la fenêtre, repoussais les rideaux et vidais le contenu de mon estomac sur la pauvre portière du carrosse.

Exactement comme l'avait prédit Néméa, la suite du voyage se révéla aussi interminable que pénible. D'après le capitaine, je souffrais de « mal de terre ». Et mal, je l'étais, encore plus que la fois où Zadie et moi avions acheté par mégarde de la viande avariée. Ebb dut me dorloter comme une enfant, m'aidant à changer de robe dès que nécessaire et me concoctant des infusions à base de gingembre, de valériane ou d'hellébore censées atténuer mes nausées. Si ces ingrédients, comme le reste, m'étaient inconnus, ils apaisèrent néanmoins mes entrailles – assez, en tout cas, pour qu'au bout de trois jours, je puisse enfin manger un peu.

À part ma femme de chambre et Grig ou Osius que j'apercevais de temps à autre par la fenêtre, je ne voyais personne. La nuit, Ebb et moi dormions à l'intérieur de la voiture. Mêlés à leurs rires étouffés, les effluves âcres qui émanaient du feu autour duquel se rassemblaient les hommes me rappelaient amèrement la maison. Plutôt que passagère d'un carrosse, je commençais à me sentir captive d'un filet. Pire, je me retrouvais à lutter contre une sensation que je n'avais encore jamais éprouvée, celle d'abriter en moi une créature qui me labourait de ses griffes, prête à tout pour s'échapper. Lorsque j'allais un peu mieux, je somnolais, mais j'avais beau m'efforcer de m'imaginer que le carrosse était un bateau et le chemin accidenté une mer agitée, ni mon esprit ni mon corps ne se laissaient berner.

Le matin du cinquième jour, juste avant que notre convoi ne se remette en route, le capitaine vint voir comment je me portais.

— Nous atteindrons la frontière dans quelques heures, me promit-il. Vous allez enfin pouvoir sortir et vous dégourdir un peu les jambes.

Quand Néméa m'avait dit que le voyage serait long, je n'avais pas compris que j'en passerais la majeure partie coincée dans un carrosse. Si le royaume ilaréen s'était jadis étendu d'un bout à l'autre du continent, les révoltes s'y étaient multipliées en l'espace de quelques générations, de sorte que pour rallier notre destination, nous devions traverser pas moins de deux territoires indépendants.

Le premier, la Méradine, se composait essentiellement de forêts touffues où ne se dressaient que quelques petits villages, disséminés le long du chemin. Il bordait la côte, raison pour laquelle il n'avait pas été difficile de le prendre au roi, celui-ci ne s'aventurant jamais bien loin de ses montagnes.

La deuxième région dissidente, où nous nous trouvions ce matin-là, était bien plus disputée. Il s'agissait du Pirot, et il ne s'y passait pas une semaine sans que les rebelles y revendiquent de nouvelles terres. Le dernier obstacle naturel préservant l'Ilara des envahisseurs était le large fleuve vers lequel nous nous dirigions, m'avait expliqué Ebb.

— Et quand parviendrons-nous au château ? demandai-je à Osius.

J'essayais de ne pas paraître trop impatiente, mais je ne savais pas combien de temps je pourrais encore tenir sans air frais ni soleil.

— Pas avant la tombée du jour, hélas. Mais ne vous inquiétez pas. Bientôt, la route ne sera plus qu'un lointain souvenir.

Il eut beau sourire, même lui semblait pressé d'arriver. Sa barbe se faisait de plus en plus indisciplinée et il avait les traits tirés.

Lorsque le carrosse s'immobilisa dans une secousse, quelques heures après le petit déjeuner, j'ignorai Ebb qui me suppliait de rester assise et me ruai pour la énième fois à la fenêtre. Nous étions arrêtés face à un énorme pont de bois, qui enjambait une étendue d'eau miroitante si vaste que je la pris d'abord pour l'océan lui-même.

— Vous avez devant vous le fleuve Ilara, annonça Ebb après m'avoir rejointe.

— Ce qui signifie que...

— Oui, mademoiselle. De l'autre côté se trouve votre nouvelle maison.

Je portai le regard aussi loin que possible. Ma maison. Même si je devais passer plus de cent ans en Ilara, cette expression m'évoquerait toujours Varénia. Osius s'entretenait avec un homme posté devant le pont. L'individu en question arborait le même genre de costume que le capitaine – Ebb m'avait appris que l'ensemble des épaisses pièces de cuir qui habillaient les gardes s'appelait une armure et que celle-ci les protégeait lorsqu'ils se battaient –, mais l'emblème peint sur son cœur représentait un bouclier noir et argent estampillé d'un arbre blanc.

— Qui gouverne le Pirot ? m'enquis-je.

— Le roi Xyrus arguerait qu'il en est toujours le souverain. Mais ces soldats portent les armoiries Clifton, répondit ma compagne avant de baisser d'un ton. Un simple manant qui s'est autoproclamé seigneur. C'est un de ses partisans que vous voyez là.

Sami avait fait mention d'une rumeur concernant un soulèvement dans le sud. Pourtant, nous nous trouvions à présent en plein centre du continent. Savait-il que les conflits sévissaient jusque-là ?

La conversation au-dehors devint tout à coup plus sonore, plus tumultueuse, et Ebb tira sur ma manche.

— Nous ferions mieux d'attendre à l'intérieur.

— Ce n'est pas comme si nous n'y étions pas déj...

Ce fut tout ce que j'eus le temps de répliquer avant qu'un visage inconnu n'apparaisse à la fenêtre. C'était justement l'homme avec qui parlait encore Osius quelques secondes auparavant. Plus trapue que celles des gardes ilaréens, sa silhouette me rappelait nos barriques d'eau, à Varénia. Il empestait l'alcool et me jaugeait avec tant d'insistance que je sentis ma cicatrice s'échauffer. J'avais pris soin de la garder en permanence maquillée, la recouvrant d'une nouvelle couche de fard à chaque fois qu'Ebb quittait le carrosse, mais je doutais de pouvoir jamais totalement oublier sa présence.

— Alors comme ça, c'est votre future reine ? lança l'homme au capitaine en s'humectant les lèvres. La plus belle fille de Varénia, hein ? Ah ça, je parie que votre commandant donnerait cher pour être né le premier !

— Nous empêcher de traverser équivaut à un acte de guerre, Riv ! fulmina Osius, qui s'approchait à grands pas.

— Tout doux, Os, répliqua l'autre.

Il me lorgna une dernière fois, puis s'en retourna à l'avant de l'attelage, hors de mon champ de vision.

— Laissez-les passer ! l'entendis-je ordonner.

— Tout va bien, mademoiselle ? me demanda Osius.

— Tout va bien, répondis-je avant de me rasseoir.

— Ne faites pas attention à ce rustre, intervint Ebb. Ce n'est qu'un malappris, un mercenaire. Comme la plupart des recrues de Clifton, il est venu du sud dans le seul but d'échapper à la femme-roi.

Je haussai un sourcil.

— La femme-roi ? Vous voulez dire la reine ?

— Non, non, elle se donne elle-même le titre de « roi ». Et on dit qu'elle assemble une armée. Ces hommes ont fui la conscription, préférant vendre leurs services au plus offrant. Mais ils ne sont pas d'ici et notre roi les refoulera hors du territoire dès qu'il sera rétabli.

— Le roi est malade ?

Ebb se mordit la lèvre, et me coula un regard oblique.

— Je me suis mal exprimée, mademoiselle. Il a attrapé un mauvais rhume dernièrement, mais il est en voie de guérison. Aussi vaillant que n'importe quel homme de quarante ans.

Quarante ans. Mon père en avait quarante-deux, et il était en meilleure forme encore que Sami. Les hommes entraient dans la fleur de l'âge à cinquante ans, à Varénia. Nous vivions plus longtemps que les Ilaréens, certes, mais même s'ils se considéraient vieux plus rapidement que nous, comment pouvait-on être en mauvaise santé à seulement quarante ans ? Qui plus est quand on était roi ?

Mais mon attention fut bientôt détournée de cette question par le spectacle à la fenêtre. Notre véhicule venait de s'engager sur les planches du pont, et même s'il cahotait plus que jamais, il m'était impossible de détacher mon attention du fleuve en contrebas. C'était le premier que je voyais de ma vie. Ses eaux, si claires que je distinguais chacun des rochers ou des galets qui en tapissaient le fond, déferlaient vers nous bien plus vite que les vagues marines. Sans prendre garde à ma femme de chambre, je me précipitai de l'autre côté du carrosse et ouvris le rideau. Plus loin en aval, les flots se couvraient d'écume laiteuse, tourbillonnant entre des rochers plus gros encore avant de cascader vers quelque destination invisible.

— Où va ce fleuve ? demandai-je en me retournant vers Ebb pour découvrir qu'elle avait fermé les yeux et gonflé ses joues d'ordinaire creuses comme si elle retenait son souffle. Tout va bien ?

Mais elle ne répondit pas. Je dus attendre la fin de la traversée et notre retour sur la terre du chemin pour qu'enfin elle cligne des paupières, puis relâche sa respiration dans un bruyant soupir. Je lui lançai un regard intrigué.

— Qu'est-ce que vous fabriquiez ?

— Je me protégeais des esprits de l'eau, mademoiselle, répondit-elle d'un air légèrement penaud.

— Pardon ?

— Ce n'est rien. Vous devriez vous reposer.

— Chez nous aussi, l'eau abrite des esprits, dis-je en songeant à l'océan. Mais nous n'essayons pas de nous en protéger.

Au contraire : il m'était même plusieurs fois arrivé de les prier à travers les fentes de notre plancher de me guider le lendemain vers les huîtres les plus belles.

Une fois la frontière passée, je dormis plusieurs heures, jusqu'à ce que la soudaine lumière du soleil sur mon visage me réveille. Alors qu'Ebb avait tenu à garder les rideaux clos durant presque tout le voyage – à cause de la poussière –, elle venait de les écarter, révélant le capitaine, qui chevauchait à nos côtés.

— Rien à signaler ? lui demanda-t-elle.

Elle s'était régulièrement inquiétée des « brigands et autres vandales » sur le trajet, mais maintenant que nous étions en territoire ilaréen, elle semblait plus détendue.

— Non, aucun danger en vue. Nous allons bientôt…

— Le château ! m'écriai-je soudain, non sans faire sursauter Ebb.

Par-dessus son épaule, je pointais du doigt l'impressionnant édifice de pierre qu'on apercevait au loin. Il était colossal et paraissait aussi vaste qu'au moins cent maisons. Ses tours s'élançaient vers les nuages, chacune fièrement surmontée de la bannière or et vermeil du royaume. Il était entouré de collines parsemées de fleurs jaunes et mauves, entre lesquelles ondoyait une petite rivière. À vrai dire, la beauté du tableau que j'avais sous les yeux surpassait tellement ce que j'avais pu imaginer que, l'espace d'un instant, toutes mes peurs s'envolèrent. Jusqu'à ce que...

— Navré, mademoiselle, s'excusa Osius, mais il ne s'agit que de Château-Vieux, l'ancienne demeure royale. Nous ne sommes pas encore arrivés à Château-Neuf.

Mon sourire, cependant, ne fit que s'élargir. Si c'était là l'ancienne forteresse, la nouvelle devait être plus somptueuse encore !

— Mais nous nous y arrêtons quand même, n'est-ce pas ? Dites oui, je vous en prie. Il faut que je le voie de plus près !

— J'ai bien peur que nous ne puissions nous permettre qu'une courte pause, répondit le capitaine. Nous avons encore de la route devant nous.

Sur ce, Ebb laissa retomber le rideau et m'invita à me rasseoir.

— Pourquoi avoir abandonné ce palais-ci ? m'étonnai-je. Il a pourtant l'air magnifique.

— Mais Château-Neuf est bien plus sûr. Aujourd'hui, la vieille citadelle n'abrite plus que la garde du roi.

Quel genre de lieu pouvait offrir davantage de sécurité qu'une gigantesque bâtisse de pierre ? Et que penserait Ebb de nos minuscules bicoques de bois vaténianes, si elle les voyait ?

— C'est donc là qu'habitent le capitaine et ses hommes ? poursuivis-je.

— Oui. Et le prince.

— Le prince ?

J'allais être présentée à mon futur époux... dans cette robe couleur de suie, défraîchie d'être restée cinq jours emprisonnée dans une cage ambulante ? Je m'empressai de me tâter les cheveux. Ils m'apparurent évidemment aussi sales et emmêlés que je le craignais.

— Mais je ne peux pas le rencontrer ainsi !

Cependant, avant qu'Ebb ait pu répondre quoi que ce soit, la portière du carrosse s'ouvrit sur Grig.

— Nous allons remplacer les chevaux de votre attelage, mademoiselle. Et maintenant que nous sommes en terre hospitalière, nous laisserons quelques-uns des hommes sur place quand nous repartirons. Le capitaine m'a dit que vous aimeriez sortir vous dégourdir un peu les jambes ?

La simple vue du ciel azur au-delà de l'encadrement de la porte me fit oublier toute préoccupation, tant capillaire que vestimentaire.

— Oui ! lâchai-je avec soulagement avant de me mettre debout.

— Vos souliers, mademoiselle, m'arrêta Ebb en me rattrapant par l'arrière de ma robe.

Je retombai sur la banquette. Ma femme de chambre dévoila une paire de pantoufles en soie noire ornées de jolis nœuds miniatures qui semblaient bien trop petites et délicates pour moi. Pourtant, elle me les enfila sans peine. Je pris alors sans attendre le bras que me tendait Osius pour m'aider à descendre, mais le paysage alentour me fascinait tant que j'en omis de regarder le sol. Avec un bruit de ventouse, mon pied atterrit au beau milieu d'une ornière boueuse. Je laissai échapper une exclamation de dépit. Mes chaussures neuves étaient couvertes de fange. J'avais à peine fait un pas sur terre que j'avais déjà tout gâché...

Le capitaine me tapota cependant la main comme pour me rassurer, puis me conduisit jusqu'au bord du chemin. L'herbe sous mes semelles se révéla plus souple que je ne l'aurais cru. Un peu comme une éponge. D'une certaine manière, j'avais l'impression d'avoir replongé dans l'océan, sauf qu'au lieu d'être bleu, tout autour de moi – des pâturages jusqu'à la voûte des arbres – était vert.

Petites, Zadie et moi avions passé des après-midi entiers à imaginer le château, mais nous n'avions jamais rien envisagé de pareil. Elle devait être aussi époustouflée que moi. Impatiente de découvrir sa réaction, je tournai la tête. Mon sourire s'effaça dès que mes yeux se posèrent sur Ebb et non sur ma sœur. Dans mon enthousiasme, j'avais un bref instant oublié où je me trouvais. J'avais toujours eu l'habitude de vivre chaque nouvelle expérience avec ma jumelle. Mais désormais, aussitôt que mon regard balayait le vide où elle aurait dû se tenir, mon cœur saignait, incapable d'accepter que nous ne partagerions plus jamais rien.

— N'ayez crainte, mademoiselle, me dit Ebb. Personne ne vous fera de mal.

Prenant sans doute mon chagrin pour de l'angoisse, elle s'était saisie de mon bras libre. Car venu du château, un petit groupe de gardes galopait à notre rencontre, suivi de deux individus à pied qui menaient quatre chevaux noirs – si imposants que les deux hommes paraissaient minuscules.

Quand les cavaliers furent suffisamment proches, je remarquai que le jeune homme ouvrant la voie portait une armure de métal. Elle brillait à la lumière du soleil déclinant. Pendant que l'une de ses mains tenait les rênes, l'autre reposait sur la garde de son épée. Son destrier, quant à lui, arborait une robe d'un gris argenté sous une crinière blanche qui ondulait jusqu'à son musculeux poitrail. Il s'arrêta bientôt devant nous, et quand son propriétaire descendit de selle, tous les gardes de mon escorte s'inclinèrent. Ebb, pour sa part, exécuta une profonde révérence.

Je me hâtai de l'imiter, la tête respectueusement baissée. Mais devant qui nous prosternions-nous, au juste ?

Sûrement pas le prince… Il me semblait inconcevable que ma femme de chambre me laisse le rencontrer dans un tel état.

Quand l'inconnu me prit la main, mon cœur se mit pourtant à battre la chamade. Je ne savais même pas comment m'adresser à lui ! Devais-je l'appeler « mon prince » ? « Sire » ? Alors qu'elle avait disposé de cinq jours entiers pour le faire, Ebb ne m'avait pas du tout préparée à ce premier face-à-face !

Mais quand je me redressai, je constatai avec surprise que les yeux turquoise soudain plantés dans les miens ne m'étaient pas étrangers. De même, les lèvres qui m'effleurèrent la peau n'étaient que trop familières, bien que leur expression sérieuse n'ait plus rien de commun avec le sourire amusé qu'elles affichaient à Varénia.

Talin soutint mon regard pendant dix bonnes secondes – qui me parurent tout à la fois interminables et bien trop courtes.

— Bienvenue en Ilara, mademoiselle, dit-il enfin. Nous nous sommes déjà rencontrés, il me semble.

Chapitre 12

L'espace d'un instant, je me demandai si j'allais m'évanouir comme Zadie après que Kristos eut levé son verre à mes fiançailles. Talin nous avait pourtant affirmé être un émissaire... Pourquoi courbaient-ils tous l'échine devant lui ? Et pour l'amour de Thalos, savait-il qui j'étais en réalité ?

— Talin, commençai-je avant d'entendre plusieurs hoquets de stupeur autour de moi. Pardonnez-moi... Seigneur Talin ?

— Votre Altesse, chuchota Ebb à mes côtés.

Je me tournai vers elle, sidérée.

Oh, dieux. Talin était-il mon fiancé ? Il serait donc venu au village déguisé en envoyé du roi, simplement pour voir sa promise de ses propres yeux ? Le gouverneur était-il au courant ? Et Mère ? Non, elle, c'était impossible : si elle s'était sue face à un membre de la famille royale, nul doute qu'elle aurait fait une attaque.

Les circonstances de ma première rencontre avec Talin me revinrent alors en mémoire, et je rougis si fort que je n'aurais pas été étonnée qu'il puisse lire mes pensées.

— Je suis le fils cadet du roi Xyrus, expliqua-t-il. Mon frère aîné, le prince Céren, vous attend à Château-Neuf.

J'aurais dû être soulagée, pourtant une étrange déception m'envahit. Je me rendis soudain compte que je n'avais pas cessé de fixer mon interlocuteur, et m'empressai d'incliner à nouveau la tête. Il ne m'avait visiblement pas reconnue – en tout cas, il n'en laissait rien paraître –, mais cela pourrait arriver à tout moment puisque, loin de n'être qu'un ambassadeur que je ne reverrais jamais, il deviendrait finalement rien de moins que mon beau-frère !

Je ne remarquai qu'il avait gardé ma main que lorsqu'il la relâcha, privant subitement mes doigts de la chaleur des siens. Il se tourna vers Osius.

— Repartez pour le château au plus vite, capitaine. Notre future reine est à l'évidence émue et épuisée par son périple.

Sans oser le regarder, je me fendis d'une nouvelle révérence, puis regagnai le carrosse à la suite d'Ebb.

— Je ne comprends pas, murmurai-je une fois assise.

— Je suis désolée, répondit ma compagne. C'est ma faute. J'aurais dû tout vous expliquer avant.

— Ce n'est pas grave, Ebb. Mais à présent, éclairez ma lanterne, je vous en prie.

— Le prince Talin est le demi-frère du prince Céren, mais il est aussi le commandant de la garde du roi. Raison pour laquelle il vit ici, à Château-Vieux. Sa mère nous a jadis été envoyée de Varénia, tout comme vous.

La dernière fiancée varéniane était la mère de Talin ?

— Et le prince héritier ?

— Lui est né de mère ilaréenne, mademoiselle. Mais il vous donnera plus de précisions quand nous arriverons, je vous le promets.

Je me renversai donc contre le dossier de la banquette, l'esprit assailli de questions encore sans réponse. Qu'était devenue la mère de Céren pour que Talin ait été mis au monde par une autre ? Se pouvait-il que cette deuxième femme soit… la maîtresse du roi ? Rien que d'y songer, j'étais horrifiée. Depuis des siècles, nous expédiions nos jeunes filles vers l'Ilara sans avoir la moindre idée de ce qui leur arrivait ensuite. À quoi pensaient donc nos anciens ?

Durant les quelques jours qui venaient de s'écouler, l'épuisement et le mal-être m'avaient tellement accaparée qu'il ne m'était plus resté beaucoup de place pour l'appréhension ou même la mélancolie. À présent, cependant, j'aurais tout donné pour être de retour dans notre maison, en compagnie de Zadie, à chanter des chansons pleines de mots inventés – ce qui exaspérait tant notre mère qu'elle finissait généralement par quitter les lieux en grommelant. J'aurais pu affronter le monde entier aux côtés de ma sœur et j'aurais fait n'importe quoi pour elle, mais assise seule sur ces coussins de velours, je ne me sentais plus intrépide du tout. Simplement malade, fatiguée, et très, très effrayée.

La lune croissante brillait déjà haut lorsque nous nous arrêtâmes enfin. Je descendis de carrosse face à l'ouest et à Varénia.

Puis je me retournai.

Devant moi se dressait un véritable mur d'obscurité, bien plus sombre que le firmament au contraire illuminé d'étoiles. Je levai la tête de plus en plus haut, jusqu'à ce que l'arrière de mon crâne menace de toucher mes cervicales… et, enfin, je retrouvai le ciel. Au nom de Thalos, que pouvait bien être cette immense masse noire ?

Ebb m'attrapa le bras pour me faire avancer.

— Bienvenue à Château-Neuf, dit-elle.

Stupéfaite, je reculai d'un pas.

— Quoi ? lâchai-je dans un quasi-murmure.

Le capitaine se posta à ma gauche et prit mon autre bras.

— C'est ici que nous nous séparons des chevaux, mademoiselle. Il va malheureusement nous falloir grimper un peu pour atteindre le sommet du mont Ayris. Mais si vous êtes trop fatiguée, nous pouvons attendre le lever du soleil. Il y a une auberge ici même, au pied du château. Je pourrais faire prévenir le roi.

Mais je ne voulais pas attendre davantage.

— Non, répondis-je. Je grimperai. Ça ne me fera pas de mal de solliciter mes jambes après ce long voyage.

Sortis comme par magie de la paroi, plusieurs hommes en uniformes ilaréens apparurent alors pour emmener les chevaux. D'autres tendirent des torches aux gardes qui m'entouraient. J'y vis ainsi plus clair, et tout s'expliqua. Le château était la montagne. Ou la montagne était le château. Sami avait beau m'avoir décrit ces reliefs comme d'immenses vagues de pierre, rien de ce que j'avais sous les yeux ne me rappelait l'océan. Tandis que mon esprit s'efforçait de s'ajuster à mon environnement, je repérai une multitude de fentes étroites, creusées à même la roche. Des lucarnes. Derrière certaines d'entre elles, on distinguait une faible lueur.

Il y avait des marches taillées dans le flanc rocailleux et nous commençâmes à les gravir les uns derrière les autres. Une corde avait été fixée dans la pierre à l'aide d'énormes pitons métalliques, et je fus bientôt obligée de m'en aider pour me tracter vers le haut. Les muscles de mes cuisses criaient au supplice. Alors que je m'étais toujours considérée endurante, je peinais à respirer, ma poitrine poussant contre mon corsage à chaque fois que mes poumons tentaient de se remplir. J'aurais voulu déchirer ma robe et jeter mes pantoufles inutiles au bas de la pente, mais je n'en avais même pas la force. Devant moi, Ebb aussi ahanait, même si elle ne se plaignait pas.

— C'est encore loin ? demandai-je d'une voix sifflante au bout de ce qui m'avait paru une petite éternité.

Sous mes pieds, l'irrégularité et la hauteur des marches me contraignaient à faire attention à chacun de mes pas.

Le vent avait si vite emporté ma question que je craignais que ma femme de chambre n'ait rien entendu.

— Nous avons fait la moitié du chemin, me lança-t-elle pourtant par-dessus son épaule.

À cette réponse, mes genoux manquèrent de se dérober sous moi et je serais tombée en arrière si la main de Grig n'était pas venue se loger dans le creux de mon dos.

— Attention, mademoiselle. Nous pouvons faire une pause si vous avez besoin de vous reposer.

Mais je secouai la tête.

— Tout va bien. Ce n'est que le vertige.

— Cette ascension est difficile pour tout le monde, au début. Mais elle ne vous posera bientôt plus de problème.

Je vacillai encore à deux reprises au cours de notre montée, mais il me stabilisa à chaque fois. Dès que je serais reine, il me faudrait veiller à ce qu'il reçoive une belle promotion !

Enfin, alors que mes jambes commençaient à trembler de fatigue, les escaliers s'aplanirent peu à peu et nous parvînmes à une vaste plateforme.

— Qui a construit tout ça ? demandai-je alors à Grig, qui avait au moins la décence d'avoir l'air essoufflé.

— Comme vous allez le voir, on entre dans le château par une caverne. C'est le roi Maldon, le frère de la princesse Ilara, qui a fait tailler les parois.

Une porte de fer aussi haute que cinq hommes s'élevait devant nous. D'un cri, l'un des gardes signala notre présence à quiconque était posté derrière et une petite poterne s'ouvrit dans le battant principal. Nous la franchîmes les uns après les autres.

La caverne de l'autre côté était gigantesque. La voûte culminait si loin au-dessus de nous que je me serais presque attendue à la voir voilée de nuages. Sa pierre, cependant, avait été polie jusqu'à paraître aussi lisse que l'intérieur d'un coquillage, puis peinte de scènes élaborées, dans des tons rouges, bleus, crème et dorés. On y avait même suspendu des lanternes, bien que l'espace bénéficie déjà de l'éclairage des multiples cheminées alignées le long de ses murs.

Sous mes semelles, le sol était, lui aussi, fait de la roche grise de la montagne, mais le lustre de sa surface aplanie reflétait les lueurs du feu. Tout au bout de cette entrée – si l'on pouvait appeler ainsi cet impressionnant vestibule – se trouvait le trône, taillé dans la même pierre sombre. À l'instar du reste de la salle, ses facettes ciselées reluisaient comme autant de gemmes noires. Il était si large qu'il aurait pu accueillir deux personnes à la fois. S'il m'était arrivé d'imaginer le trône du roi auparavant, jamais je ne me l'étais représenté ainsi, saillant de la montagne elle-même, aussi ténébreux et imposant qu'elle.

D'autant plus qu'il était vide.

Je me tournai vers Ebb.

— Où est le roi ?

— Nous lui rendrons visite dans ses appartements dès que vous aurez pu prendre un bain et vous changer.

Jamais la perspective de me laver ne m'avait autant enthousiasmée. Je suivis donc Ebb en avançant avec prudence, mes pantoufles n'offrant quasiment aucune adhérence sur le sol lisse, et nous traversâmes la pièce jusqu'à l'un des nombreux couloirs qui en partaient.

Dès que je m'y fus engouffrée, je compris à quel point les méandres du château étaient sombres. Bien sûr, il faisait pour l'instant nuit au-dehors, cela dit, je n'avais encore aperçu aucune vraie fenêtre. Les minces ouvertures que j'avais distinguées de l'extérieur ne devaient servir qu'aux guetteurs. Dans les corridors, la lumière ne venait que de quelques torches. Elles ne brûlaient pas, mais leur extrémité avait été enveloppée d'une espèce d'algue qui, tels les tentacules d'une jouvencelle, diffusait une lueur bleutée.

— Qu'est-ce que c'est ? demandai-je en m'arrêtant sous un des flambeaux pour observer le phénomène de plus près. Si l'étrange matière éclairait autant qu'une flamme bleue, elle ne produisait aucune chaleur.

— C'est de la mousse lunaire, récoltée dans la forêt, répondit Ebb. Elle rayonne dès que la lune se lève, et encore plus par une nuit comme celle-ci, quand l'astre est presque plein. Les domestiques sortent en ramasser tous les mois.

— Et comment faites-vous à la nouvelle lune ? Ou lorsqu'elle est cachée par les nuages ?

— On utilise alors un champignon appelé faux-feu. Mais il ne dégage pas autant de lumière.

La simple idée d'une obscurité plus grande encore me fit frissonner.

— Et en journée ? N'y a-t-il aucune fenêtre, nulle part ?

— Les lieux suffisamment ventilés tels que la salle du trône disposent de cheminées. Mais autrement, non, pas de fenêtres. Lorsqu'on s'enfonce dans la montagne, il fait effectivement un peu plus sombre, mais vos yeux s'habitueront.

Sans feu au bout des torches, il faisait non seulement noir, mais aussi froid. La fièvre de l'ascension déjà retombée, je me frottai les bras et me dépêchai de repartir à la suite d'Ebb.

— Ah, nous y voilà, annonça-t-elle bientôt.

Elle se dirigeait vers une porte devant laquelle était campé un garde. À notre approche, il ouvrit le battant sans un mot, puis s'effaça afin de nous laisser passer. Derrière, je découvris un deuxième couloir, plus étroit, jalonné de nouvelles portes. Ebb en poussa une pour nous mener dans une troisième coursive.

— Et voici votre chambre, déclara-t-elle avant de m'y faire entrer.

La pièce était vaste. Son plafond poli et peint imitait celui de la salle du trône, mais les murs et le sol étaient habillés de tapisseries et de tapis, ce qui rendait l'atmosphère un peu plus chaleureuse. Au centre se trouvait un large lit recouvert d'édredons et de couvertures en fourrure et, contre le mur, une grosse armoire de bois, aux portes gravées de curieux motifs tourbillonnants. C'était là les seuls meubles massifs. L'endroit avait beau être à peu près aussi grand que la demeure du gouverneur, il restait étonnamment dépouillé… sans doute justement parce que, loin d'être une maison, il ne s'agissait que d'une chambre à coucher.

Un bain avait été préparé dans un bassin de pierre découpé dans la paroi, avec, à côté, un paravent tendu de soie.

— Dépêchons-nous de vous nettoyer et de vous enfiler des vêtements propres, si vous le voulez bien, me dit Ebb. Je vais vous faire apporter un dîner léger que vous pourrez manger pendant que je vous coiffe. Il est très tard et le roi voudra sûrement se reposer.

Je ne le comprenais que trop bien. J'avais moi-même les paupières lourdes. La montée m'avait éreintée.

— Et le prince ? demandai-je. Le rencontrerai-je ce soir ?

— Je ne pense pas, non. Mais je suis certaine qu'il sera là demain.

Ce délai, au moins, me soulageait. Je me déshabillai derrière le paravent, puis me glissai dans la baignoire avant que la froideur de l'air ne puisse s'emparer de moi. C'était le premier bain chaud que je prenais de ma vie et, après des jours sans faire correctement ma toilette, je ne pouvais imaginer délice plus agréable. Mes muscles endoloris commencèrent aussitôt à se détendre. Ebb défit mes tresses, me lava les cheveux avec un savon parfumé qui libérait une mousse onctueuse, puis entreprit de les rincer – à l'eau chaude, encore une fois. Je craignis un instant que le fard sur ma joue ne s'efface, mais ma femme de chambre ne sembla pas remarquer quoi que ce soit d'anormal à cet égard.

J'aurais pu rester dans cette baignoire pour toujours si les mouvements empressés de la jeune femme ne me rappelaient pas sans cesse que nous devions nous dépêcher. Lorsque je sortis du bain, le froid qui m'assaillit me le fit instantanément regretter. Ebb me tendit une serviette, puis gagna l'armoire, pour en ouvrir grand les portes.

— Maintenant, mademoiselle, il va vous falloir choisir votre robe rapidement. Vu les circonstances, celle-ci me paraît appropriée, mais il y a aussi celle...

— Choisissez, la coupai-je en sentant l'urgence dans sa voix. Je vous fais confiance.

Comme promis, un sobre repas m'attendait sur une petite table, près du tabouret où je me perchai pour qu'Ebb puisse s'occuper de ma coiffure. Je grignotai un morceau d'une espèce de pain noir tartiné de fromage crémeux et accompagné de figues, mais j'étais trop nerveuse pour finir mon assiette.

Ebb s'était mise à enrouler mes mèches, à les entortiller et à les épingler ici et là avec une dextérité qui me surprit. En dépit de leur efficacité, ses gestes étaient bien plus doux que ceux de Zadie et elle laissa la moitié de ma chevelure lâchée, ce qui accorda à la peau tiraillée de mon crâne un répit bien mérité. Ensuite, elle m'aida à me couler dans une robe bleu nuit, brodée de fils d'or. Même si ça ne m'enchantait pas, je m'étais faite à l'idée de ne plus porter que des vêtements sombres. Pourtant, je ne pus m'empêcher d'admirer l'éclat de ces filaments scintillant à la lueur de la mousse lunaire des petites lampes nichées dans le mur de ma chambre.

Lorsque Ebb prit congé pour aller se changer à son tour, j'en profitai pour ouvrir ma malle varéniane, qu'un domestique avait apportée pendant que je m'habillais. J'en tirai le pot de fard destiné à ma cicatrice et m'approchai lentement de la grande psyché installée dans un coin. Dans le carrosse, j'avais pu observer mon visage dans mon petit miroir à main, mais pas mon reflet entier. À vrai dire, maintenant que j'y pensais, je ne m'étais encore jamais vue de pied en cap. De toute ma vie. Et je n'étais pas sûre d'être prête.

Mais avant que j'aie pu m'en empêcher, voilà que je me tenais devant la glace, à me regarder… ou, du moins, à observer une version de moi-même, différente de tout ce que j'avais pu imaginer. Qui était donc cette fille droite comme un I et coiffée avec tant de soin ? Je fis courir mes mains sur le plat de mon estomac, puis sur la courbure de mes hanches, accentuée par mon corset. Je n'avais encore jamais porté de robe à l'étoffe aussi raffinée.

Même mes traits me donnaient l'impression d'appartenir à une inconnue. Ce n'était sans doute que la pénombre de la chambre qui me jouait des tours, mais mes pommettes me semblaient plus prononcées. La façon dont Ebb avait relevé mes cheveux faisait paraître mon cou plus long, plus gracieux. À vrai dire, je ressemblais un peu à ma mère, avec ses prunelles cuivrées et sa bouche fière.

Ma cicatrice avait beau être toujours bien dissimulée par le fard, j'en appliquai tout de même une nouvelle couche. Sans cette marque sur ma joue, j'en venais presque à penser que j'étais vraiment Zadie.

— Et maintenant, qu'est-ce que je fais ? demandai-je à mon reflet comme s'il s'agissait de ma sœur.

Redresse les épaules, l'imaginai-je me répondre. *Garde la tête haute. Les anciens ne nous auraient pas choisies s'ils ne nous croyaient pas capables d'y arriver.*

J'entendis la porte s'ouvrir dans mon dos et je me retournai vers Ebb, le cœur battant soudain beaucoup plus vite. L'heure était venue. J'allais rencontrer le roi.

— Vous êtes ravissante, mademoiselle, me complimenta ma femme de chambre en me tendant la fourrure noire la plus douce qui soit. Il fait froid dans les couloirs. Cette pèlerine vous tiendra chaud. Êtes-vous prête ?

Je hochai la tête puis sortis dans le corridor, où je marchai devant elle, d'un pas affirmé, comme si j'étais née pour ça. Dans ma tête, Zadie marchait juste derrière moi, et m'assurait que c'était le cas.

Diverses personnes nous rejoignirent tandis que nous nous dirigions vers les appartements du roi, éloignés de la salle du trône. Du coin de l'œil, je vis Grig et le capitaine nous emboîter le pas, bientôt suivis par plusieurs domestiques qui semblaient sortir de nulle part. Habillés de vêtements quelconques aux couleurs sombres, tous étaient emmitouflés de châles et portaient des gants tricotés dans une fibre animale que je ne reconnaissais pas.

Bientôt, nous nous arrêtâmes devant deux grandes portes de pierre minutieusement sculptées de créatures à cornes et de roses qui me rappelèrent le petit bouton ramené par Sami. Zadie et lui avaient insisté pour que j'emporte la cape de voyage, puisque ma sœur n'en aurait pas besoin au village. Je n'avais pas osé la sortir de tout le trajet en carrosse : après avoir vu Ebb jeter mes jupes et ma tunique vaténianes comme s'il s'agissait d'ordures, j'avais compris que son bête bouton de laiton aurait bien peu de valeur aux yeux des Ilaréens. Pourtant, je n'osais me demander combien de perles avait sacrifiées Sami pour l'obtenir.

Au moment où les portes s'ouvrirent, un relent de maladie, aussi doucereux qu'écœurant, me prit à la gorge.

L'odeur m'évoquait celle des cagettes de fruits pourris au marché flottant. Quelqu'un avait tenté de la couvrir en allumant des bâtons d'encens parfumés partout dans la pièce, mais la combinaison des effluves s'avérait suffocante. Plusieurs des dames qui se tenaient près du lit du roi se pressaient d'ailleurs de petits sachets d'herbes aromatiques sous le nez.

Si j'avais trouvé mon lit trop grand, celui de Xyrus l'était deux fois plus, et paraissait plus large encore du fait de la maigreur de son occupant. Squelettique, calé contre une pile de coussins, l'homme était si blafard qu'il se fondait presque dans le blanc des draps qui l'entouraient. Sa longue barbe hirsute était, quant à elle, aussi grise que les quelques touffes de cheveux demeurant sur son crâne moucheté de taches brunes. Et il avait l'air si vieux ! Bien plus que le doyen des anciens de Varénia. Cet homme ne pouvait tout de même pas avoir le même âge que mon père !

Je m'avançai au bras d'Osius qui, une fois devant le roi, s'agenouilla. Imitant les dames alentour non sans regretter de ne pas m'être entraînée davantage au préalable, j'exécutai ma révérence en me penchant autant que je le pus sans basculer en avant.

— Votre Majesté, pardonnez-nous de vous déranger à une heure si tardive, mais notre hôte distinguée vient d'arriver de Varénia.

Au son de la voix du capitaine, les yeux embués du souverain papillonnèrent jusqu'à s'ouvrir. Avec l'aide d'un des seigneurs présents, il se redressa un peu, tout en faisant claquer ses lèvres comme un enfant qui se réveille d'une longue sieste.

— Ah, oui, Zadie. Bienvenue en Ilara, ma chère.

Entendre le nom de ma sœur dans une bouche ilaréenne me surprit. Déjà parce que *z* y sonnait presque comme un *s*, mais surtout parce que c'était la première fois qu'on s'adressait à moi ainsi. J'étais censée être ma jumelle et le rappel n'était pas de trop.

Je m'approchai du lit et pris la main que me tendait le roi en m'efforçant de ne pas respirer par le nez. Soudain, une violente quinte de toux ébranla son corps décati tout entier. Sans pouvoir m'empêcher de sursauter, je relâchai ses doigts osseux le plus délicatement possible. Comment cet homme pouvait-il être le tyran qui tenait les Varénians sous son joug ? Le gouverneur était-il au courant de son état ? Si oui, pourquoi ne se rebellait-il pas ? Et si non... je devais m'assurer que Sami lui transmette le message.

J'attendis patiemment que le malade ait bu une gorgée de son vin – dont une bonne partie finit en éclaboussures rouge sombre sur ses draps immaculés. Une fois qu'il eut terminé, plutôt que de reprendre la parole, il se renversa à nouveau parmi ses coussins et ferma les yeux.

L'homme qui l'avait assisté s'avança alors et me baisa la main avant de me saluer d'une courbette maniérée. À sa suite, un à un, tous les nobles de la cour firent de même, chacun m'offrant ses services et me souhaitant la bienvenue en Ilara. Dans leurs robes aux nuances toutes plus lugubres les unes que les autres mais parées de nœuds et de perles, les femmes s'extasiaient devant moi, étonnées que je puisse avoir bonne mine après un voyage si éprouvant. Les hommes, quant à eux, avaient beau être vêtus de la même façon que Talin lorsqu'il était venu à Varénia, aucun ne dégageait la même flamme, la même vitalité.

Enfin... le prince Talin. Le frère de mon futur mari.

Comme Ebb, certains des courtisans assemblés dans la salle étaient pâles. Probablement parce qu'ils passaient leur temps dans les tréfonds d'une montagne obscure, mais... Pourtant, même ceux qui avaient naturellement le teint plus coloré avaient l'air exsangue et fatigué. Je remarquai également que certains s'étaient délibérément couvert les cheveux d'une sorte de poudre blanche, pour les éclaircir. J'étais entourée d'étrangers aux mœurs singulières et jamais je ne m'étais sentie aussi seule qu'en cet instant.

Enfin, alors que j'étais à deux doigts de m'évanouir d'épuisement, Ebb vint me trouver pour me murmurer à l'oreille qu'il était temps de nous retirer. De retour dans ma chambre, elle m'aida à me déshabiller, puis à me préparer à me coucher. Cela faisait des jours que je n'avais pas profité d'une nuit digne de ce nom ! Le lit était si haut qu'un petit marchepied permettait de grimper sur le matelas. Une fois au milieu des couvertures en tous genres, je me sentis ridicule. Qui avait besoin d'autant de place pour dormir ?

Ebb avait regagné la porte. Elle m'adressa une révérence.

— À présent, je vous laisse, mademoiselle.

— Vous ne restez pas ?

Je balayai l'immense pièce du regard. Je n'y avais pas prêté attention avant, mais il n'y avait pas d'autre lit. Ebb parut un instant interdite, puis elle me sourit.

— Les domestiques ne dorment pas dans cette aile du château, mademoiselle. Ce ne serait pas convenable. Mais il y a une clochette sur votre table de chevet. Si vous avez besoin de quoi que ce soit, sonnez, et l'un de vos gardes viendra me prévenir.

J'aurais pu me douter qu'il n'était pas approprié pour une servante et une future princesse de partager la même chambre. Seulement, je n'avais jamais dormi seule auparavant et j'avais commencé à considérer Ebb comme une amie, quand j'aurais mieux fait de me souvenir qu'elle faisait son travail, et rien de plus. Malgré tout, je ne pouvais nier à quel point j'étais reconnaissante de l'avoir à mes côtés.

— Merci, Ebb. Merci pour tout.

Elle rougit, puis s'inclina à nouveau, avant de disparaître dans le couloir.

Il n'y avait pas de cheminée dans la chambre, sans doute parce que la fumée n'aurait eu nulle part où s'échapper. Ce qui expliquait la quantité de couvertures sur mon lit. Les lampes de mousse lunaire ne dispensaient qu'une infime lumière. Je m'enfouis sous mes draps avec la sensation d'être une anguille reculant dans l'ombre de son antre rocheux.

Je dus ensuite sombrer dans le sommeil sans en avoir conscience, car je me réveillai soudain en nage, persuadée d'être en train de me noyer. Je ruais des bras et des jambes comme si j'étais prisonnière d'un filet de pêche. Je ne parvins à me calmer qu'une fois que mes couvertures eurent fini en tas sur le sol. Sur le matelas de plumes géant, il n'y avait désormais plus que moi et ma chemise de nuit. Il ne fallut pas bien longtemps avant que je ne commence à grelotter.

Plus mal en point encore que je l'avais été dans le carrosse, je récupérai l'une des fourrures tombées par terre et m'en enveloppai. J'avais froid et pourtant j'étouffais. Mon matelas s'avérait bien trop moelleux. Sans la douce respiration de ma sœur ni le discret ronflement de mon père de l'autre côté de la maison, le silence qui régnait autour de moi avait quelque chose d'écrasant.

Ma petite malle avait été placée au pied du lit et je m'en rapprochai sans me défaire de ma fourrure. Dès que j'eus soulevé le couvercle, le parfum iodé de l'océan envahit la pièce. Une vague de nostalgie me submergea, si intense que mes yeux s'emplirent de larmes. Je me levai et rangeai mes quelques vêtements dans l'armoire. Mon poignard en corail ainsi que mon collier de perles varéniannes, eux, trouvèrent refuge dans ma table de chevet.

Comme je l'avais sentie exténuée, j'avais dispensé Ebb de défaire ma coiffure, mais je n'avais pas l'habitude de dormir ainsi. J'allai donc m'asseoir en tailleur face au miroir en pied. Dans ma chemise de nuit aux manches bouffantes et à l'encolure garnie de dentelle, je me trouvais ridicule. Je retirai une à une mes épingles, puis entrepris de me masser le crâne, comme l'aurait fait Zadie si elle avait été à mes côtés.

Avec mes cheveux qui me tombaient sur les épaules en folles ondulations et ma peau bleuie sous la faible lueur de la mousse lunaire, je ressemblais à la sorcière des mers des histoires que Sami nous racontait quand nous étions petits. D'après la légende, elle vivait au fin fond de l'océan, provoquant les ouragans qui coulaient les navires et noyaient les marins, qu'elle prenait ensuite pour amants. Les contes qui la mettaient en scène étaient trop violents pour être destinés aux enfants, ce qui les rendait évidemment encore plus fascinants à nos yeux. Mère aurait été horrifiée si elle nous avait surpris, elle pour qui seuls les dieux avaient le pouvoir de créer les tempêtes et d'engloutir les bateaux.

Rassemblant ma chevelure comme un voile autour de moi, je ralliai à quatre pattes l'amas de couvertures abandonnées sur le sol, où je me sentis presque comme sur mon matelas de paille varénian. Je me couvris alors d'une autre des fourrures égarées, puis je me laissai aller à pleurer, jusqu'à me rendormir.

Chapitre 13

Un cri perçant me réveilla. La seconde d'après, la porte s'ouvrit à la volée et un homme fit irruption dans la pièce.

— Mademoiselle, vous êtes blessée ?

Clignant encore des paupières dans la pénombre, je m'assis et me frottai les yeux. Ebb se tenait devant moi, une pile de draps fraîchement lessivés étalée à ses pieds, la main sur la bouche. Immobile derrière elle, les lèvres entrouvertes, le garde qui venait d'entrer tenait déjà le manche de son épée.

— Que se passe-t-il ?

— Je suis désolée, mademoiselle, dit Ebb. Vous découvrir ainsi m'a effrayée.

Je me retournai et me regardai dans le miroir. C'était pire que je ne l'avais craint. Mes cheveux, qui m'arrivaient à la taille, partaient dans tous les sens, et comme je m'étais emmêlée dans ma chemise de nuit, mes jambes étaient dénudées. Dès que je m'en aperçus, je rabattis le tissu sur mes cuisses avant de m'efforcer de discipliner ma tignasse.

— Vous pouvez sortir, dit la femme de chambre au garde toujours aussi éberlué.

Il se ressaisit aussitôt et se dépêcha de quitter la chambre, mais j'étais rouge de honte.

— Je suis navrée, Ebb, m'excusai-je. Le matelas était trop mou, j'avais trop de couvertures et mes épingles me labouraient le crâne. Je n'arrivais pas à dormir.

Au moins mes explications l'apaisèrent-elles en un clin d'œil.

— Je comprends, répondit-elle. La prochaine fois, je frapperai avant d'entrer.

— Cela vaudra probablement mieux pour tout le monde.

Lorsqu'elle se baissa pour ramasser son linge, je me rendis compte que la mousse lunaire ne brillait plus. Je ne compris d'où venait le jour qui éclairait la pièce qu'après avoir levé les yeux. Dans le plafond, loin au-dessus de ma tête, des dizaines de soupiraux avaient été creusés, protégés par des vitres d'où filtraient quelques minces rayons lumineux.

Ebb suivit mon regard.

— Seules les chambres les plus luxueuses sont équipées de ces puits de lumière.

Des puits de lumière… Le terme avait beau être charmant, leur présence ne me donnait pas spécialement l'impression d'être privilégiée. Allais-je vraiment passer le reste de mon existence dans cette semi-obscurité permanente ? J'étais un être de soleil et d'azur, pas un ver anémié capable de végéter toute sa vie caché sous un rocher au fond de l'océan ! Tout à coup, les murs autour de moi m'oppressèrent.

— J'ai besoin d'air.

— D'air, mademoiselle ?

— D'air *frais*. Je ne peux pas vivre comme ça !

Mon cœur s'était mis à tambouriner dans ma poitrine et j'avais déjà du mal à respirer. Couverte de sueur, ma peau m'irritait, me démangeait.

— S'il vous plaît, Ebb !

— Que voulez-vous que je fasse ? me demanda-t-elle avec gentillesse, bien que ma panique semble commencer à l'angoisser. Même si j'étais autorisée à vous laisser quitter le château, vous ne pourriez sortir habillée ainsi. Essayez d'inspirer profondément.

— C'est bien le problème : je n'y arrive pas !

Les mains crispées sur ma poitrine, je fouillais la pièce du regard. Il me fallait un souvenir de Varénia auquel me raccrocher, quelque chose qui me ramènerait à moi. Mes yeux se posèrent sur le bassin. Il n'avait pas été vidé la veille en raison de l'heure tardive, mais Ebb m'avait promis qu'on viendrait s'en occuper dans la matinée.

Sans réfléchir, je me débarrassai de ma chemise de nuit et me précipitai dans la baignoire, m'obligeant à enfoncer la tête sous l'eau. Elle était glacée, mais à vrai dire cela sembla me calmer. Pendant un long moment, je demeurai simplement assise là, les cheveux épandus en éventail autour de mon crâne, mon rythme cardiaque s'apaisant petit à petit. Je me mis à compter les battements. Un. Deux. Trois. Quatre. Et ainsi de suite, jusqu'à cent.

Je venais de reprendre de zéro lorsque retentirent au-dessus de moi des cris étouffés. Je soulevai les paupières. C'était Ebb. Je sortis la tête de l'eau, avant d'écarter ma chevelure ruisselante de mon visage.

— Qu'y a-t-il ? demandai-je, à peine essoufflée.

— Vous êtes restée sous l'eau si longtemps ! J'ai cru que vous étiez en train de vous noyer !

Me noyer, non, mais maintenant que j'avais repris pleine possession de mes sens, je me rendis compte que je grelottais.

— Pourriez-vous me passer une serviette ?

Elle m'en rapporta plusieurs, puis m'aida à m'extraire de la baignoire.

— Comment avez-vous fait pour tenir, mademoiselle ?

Tout en essorant mes cheveux au-dessus du bassin, je souris.

— Ce n'est pas difficile pour moi. À Varénia, nous plongeons dès notre plus jeune âge. Mais je suis désolée de vous avoir fait peur. J'avais simplement besoin de me calmer et je ne voyais pas d'autre moyen.

— Je comprends. Enfin, je pense que j'imagine ce que je ressentirais si l'on m'enlevait d'Ilara pour m'envoyer vivre chez vous. Toute cette eau à perte de vue... À partir de maintenant, je ferai en sorte qu'on vous prépare un bain chaud non seulement tous les soirs, mais aussi tous les matins, si vous le souhaitez.

Disposer d'autant d'eau douce avait beau me paraître inconcevable, m'y plonger quelques minutes m'avait fait un bien fou.

— Ce serait merveilleux, Ebb. Au moins jusqu'à ce que j'aie pris mes marques.

Elle m'aida ensuite à enfiler une robe dont les pans satinés flottaient dans mon sillage quand je me déplaçais. Elle était noire. Si tout le monde à la cour portait le deuil, c'était en mémoire de la princesse Ilara, m'avait dit ma femme de chambre. Cela faisait donc des centaines d'années que personne n'avait revêtu autre chose que des habits sombres ? Je repensai au rouge de ma tenue le soir du dîner chez le gouverneur, à l'effet qu'une couleur aussi vive avait dû avoir sur Talin. Ce simple détail avait dû lui faire un tel choc !

Comme la veille, armée de ses épingles, Ebb ne releva que la moitié supérieure de ma chevelure en une coiffure qui, décidément, ne me déplaisait pas. Elle me donnait l'air plus soigné que si je les avais simplement gardés lâchés, et au moins ma nuque n'était-elle pas exposée à la morsure du froid.

— Ce matin, on ne parle que de vous et de votre teint ravissant, mademoiselle. D'après l'un des maîtres queux, c'est le soleil qui donne si bonne mine aux Varénians. Et il est vrai que nous n'en profitons pas beaucoup, dans ce château.

— Je commence à m'en rendre compte, en effet.

J'avais presque honte d'avoir cru Ebb atteinte d'une quelconque maladie, la première fois que je l'avais vue. À présent, la délicatesse de son blond presque blanc et la pureté de son teint me paraissaient charmantes. À Varénia, elle aurait rôti en un rien de temps, mais dans cette montagne, sa physionomie cadrait parfaitement. Ce n'était pas sa faute si elle n'avait pas accès à la lumière ni à l'air frais.

Mon estomac se mit alors à gronder assez fort pour que nous l'entendions toutes les deux.

— Quelle heure est-il ? demandai-je.

Ebb me passa une longue chaîne en or autour du cou et un pendentif en obsidienne reposait désormais entre mes seins. J'avais beau le trouver froid et pesant, je ne voulais pas sembler ingrate. Et puis, je n'avais encore jamais porté de bijoux.

— Je crains que vous n'ayez manqué le petit déjeuner, mademoiselle. Mais vous aviez besoin de repos après votre long voyage et j'ai préféré vous laisser dormir. Il est bientôt midi.

Je lâchai un hoquet de stupeur et faillis renverser mon tabouret en me levant.

— Midi ! Mais la famille royale doit m'attendre, non ?

— Ne vous inquiétez pas. L'agitation d'hier soir a quelque peu fatigué le roi, qui a décidé de garder le lit pour la journée. Je vais vous conduire à la salle à manger pour le déjeuner et, ensuite, on vous fera visiter le château.

— Et le prince ? Sera-t-il là ? m'enquis-je non sans vérifier, en passant devant le miroir, que ma cicatrice était toujours entièrement dissimulée par le fard.

— Je n'en suis pas certaine.

Nous ressortîmes dans les couloirs et, tout en suivant Ebb, j'essayai de mémoriser notre itinéraire. Mon attention fut cependant bientôt attirée par d'étroites rainures, creusées dans les murs, le long desquelles coulaient de minces filets d'eau. Interloquée, je me tournai vers ma compagne.

— C'est de l'eau de pluie, qui vient de l'extérieur, m'expliqua-t-elle. On l'achemine via ces petits canaux jusqu'à différents réservoirs disséminés dans le château.

Astucieux, pensais-je tandis que nous dépassions la salle du trône. Nous descendîmes ensuite une volée de marches qui débouchaient sur une pièce plus modeste, où s'étirait une table tout en longueur occupant quasiment la moitié de l'espace.

— Voici la salle à manger, dit Ebb. Mais si vous préférez prendre vos repas dans votre chambre, c'est possible. Sauf si l'un des membres de la famille royale sollicite votre présence ici, bien sûr.

Elle me fit signe de m'asseoir à côté du fauteuil qui se trouvait en bout de table. Celui du prince, présumai-je, bien qu'en dehors de ma femme de chambre, il n'y ait que moi dans la pièce. Je m'installai et, aussitôt, des valets apparurent pour me présenter pas moins de six plats distincts. Certains, tels que les olives ou le raisin que nous consommions aussi à Varénia, se révélèrent aussi exquis qu'ils m'étaient familiers ; d'autres, comme les cubes de viande rouge et saignante qu'on m'apporta sur un plateau d'argent, me retournèrent l'estomac.

J'avais devant moi de quoi nourrir plusieurs familles. Et si l'idée de gaspiller ne serait-ce qu'une bouchée de ce festin me répugnait, je n'aurais pu en avaler autant même en une semaine.

— Ebb, murmurai-je dès que le dernier des domestiques eut quitté les lieux.

Elle revint vers moi en hâte.

— Tout va bien, mademoiselle ?

— Oui, mais cet après-midi, il nous faudra passer en revue une chose ou deux. Comme la façon dont je suis censée m'adresser aux gens, ou la fonction de chacune de ces trois fourchettes différentes. Et qu'est-ce donc que ces petites boules blanches qui tremblotaient quand on les a posées devant moi ?

— Des œufs de caille, mademoiselle.

— D'accord, eh bien, il faudra aussi que vous me montriez comment les manger. Si ça n'est pas mauvais, évidemment.

Elle sourit.

— Nous commencerons ces leçons dès aujourd'hui.

— Oh, et je me demandais quand je pourrais rencontrer la reine. Je serais ravie de pouvoir lui parler.

La porte du fond de la salle se referma alors avec fracas, et nous relevâmes toutes deux la tête en sursaut. Un jeune homme tout de noir vêtu s'approchait de nous. Je n'eus pas le temps de me lever qu'Ebb se prosternait déjà plus bas que terre.

— Vous devez être Zadie ! lança l'inconnu.

Jamais je n'avais vu peau plus blanche que la sienne. Elle était plus pâle encore que celle de ma femme de chambre ! Quant au blond de ses cheveux noués en catogan, il tirait davantage sur l'argenté que celui de la jeune femme. Sous ses élégants sourcils arqués, le nouveau venu avait des yeux gris plomb, et je ne parvenais pas à en détacher mon regard.

Ebb s'éclaircit discrètement la gorge.

— En… En effet, bégayai-je. Et vous êtes ?

Je crus entendre ma voisine émettre un imperceptible gémissement.

— Je suis le prince Céren, répondit-il avec un petit gloussement. Votre futur époux. Et il vous sera impossible de rencontrer la reine, j'en ai peur.

Cet homme était… le prince ? J'aurais pu m'imaginer tout le contraire de Talin que j'aurais encore été à mille lieues de me représenter correctement son frère aîné.

— Puis-je savoir pourquoi ? demandai-je d'une voix aussi tremblante que les petits œufs de caille.

— Eh bien, parce que la reine est morte, répondit-il sans que ses yeux quittent les miens.

Un rire nerveux m'échappa. Certaine que le prince plaisantait, je regardai Ebb, mais celle-ci se contenta de secouer la tête d'un air contrit. Je me retournai vers Céren.

— Veuillez excuser mon incompréhension. On m'a dit que tout me serait expliqué une fois que je serais installée. Votre mère est bien la souveraine, n'est-ce pas ?

— Elle l'était. Elle est décédée en me donnant la vie, m'apprit-il d'un ton qui ne trahissait pas la moindre émotion.

— Oh, je suis désolée.

Pourquoi Ebb ne m'avait-elle pas précisé tout cela ? Je ne savais même pas si la mère de Talin avait été mariée au roi.

— Et la dernière Varéniane envoyée ici ? demandai-je en espérant ne pas manquer de tact.

— La deuxième femme de mon père est, elle aussi, décédée. C'est regrettable, mais les reines ne font jamais long feu, par chez nous.

J'aurais voulu qu'Ebb me dise que Céren me jouait quelque tour malsain. Malheureusement, il semblait l'intimider autant que moi. Je me levai donc à contrecœur et effectuai à mon tour une révérence.

— Votre Altesse.

Lorsqu'il me prit la main, je dus me forcer à ne pas reculer. Sur ses longs doigts blancs comme le ventre d'une raie brillait un anneau de métal sombre, serti d'une petite pierre rouge. Quand ses lèvres effleurèrent ma peau, je ne pus m'empêcher de frissonner. Il émanait de lui quelque chose de… dérangeant. Ses traits étaient aussi séduisants que ceux de son frère : il avait un nez droit, une mâchoire bien dessinée, une bouche sensuelle… Pourtant, son sourire restait froid, et ses yeux clairs étaient dénués de toute sensibilité.

Malgré tout, après avoir récupéré ma main, je me contraignis à lui rendre son sourire. Il tira alors mon siège pour que je puisse m'y rasseoir, puis s'installa dans son fauteuil, juste à côté.

— Avez-vous bien dormi, mademoiselle ? La chambre était-elle à votre convenance ? Le lit assez large ?

Sa dernière question me fit soudain comprendre à quel point j'avais été stupide de penser qu'un lit si grand n'était fait pour n'accueillir qu'une seule personne. Aussitôt, mes joues s'empourprèrent.

— Oui, merci.

— Bien. J'ai pensé que nous pourrions visiter le château ensemble, cet après-midi, mon cher père n'étant pas en état de vous faire lui-même les honneurs de sa demeure.

Je lui lançai un regard timide.

— Oh, vous devez avoir mieux à faire que de me servir de guide, dis-je à voix basse.

— Balivernes. C'est le moins que je puisse faire. Vous êtes venue de si loin pour devenir ma femme.

À nouveau gênée, je ne pus me retenir de remuer sur mon siège. J'avais l'impression qu'il savait qu'il me mettait mal à l'aise et qu'il s'en délectait.

— Quel âge avez-vous ? demanda-t-il.

— Dix-sept ans.

— Ah, oui, exactement comme la reine Talia à son arrivée en Ilara, il y a vingt ans. Je n'étais qu'un nourrisson à l'époque, je ne peux pas me rappeler cet évènement, mais elle apparaît ensuite dans beaucoup de mes souvenirs d'enfance. Tout comme mon frère, Talin, né tout juste un an après les secondes noces dont je vous parlais. Père n'a pas perdu de temps.

Son rictus n'avait pas le charme mutin du sourire de son cadet et, sous ma robe, je sentis mes poils se hérisser.

— Quand la reine Talia est-elle décédée ? demandai-je. Personne à Varénia n'est au courant de sa disparition.

Ou, du moins, personne n'avait pris la peine de m'en informer.

— Il y a quatre ans, je dirais... Talin en avait à peine quinze. Il a été nommé commandant de la garde royale quelques mois après. À ma demande.

Quelque chose dans le manque d'empathie de sa voix me disait que Céren n'avait pas appuyé cette décision simplement par bonté d'âme envers son frère. Ceci étant, cette nomination était peut-être ce qui avait pu arriver de mieux à Talin. Je ne pouvais l'imaginer vivre dans un endroit tel que Château-Neuf.

— Puis-je savoir de quoi elle est morte ?

— Elle a été assassinée.

Je plaquai une main sur ma bouche pour étouffer une exclamation horrifiée. Le prince avait lâché cette réponse avec nonchalance, comme si le meurtre de la femme qui avait dû, dans une certaine mesure, lui tenir lieu de mère n'avait pas la moindre importance !

— Tuée par une domestique, poursuivit-il. On a retrouvé la chambre de cette servante couverte de sang. Les tapis en étaient imprégnés, mais impossible de mettre la main sur le cadavre. On pense qu'il a été caché dans l'un des nombreux recoins abandonnés du château. La coupable a été décapitée le jour suivant.

Je commençais à avoir très envie de rendre mon repas. Tout ce que j'avais appris depuis mon arrivée en Ilara s'était révélé bien pire que ce à quoi je m'étais préparée, mais découvrir que la dernière fiancée vareniane envoyée au futur roi avait été assassinée m'effrayait plus encore que je n'aurais su le décrire. Enfants, Zadie et moi nous étions souvent coiffées de couronnes de fleurs des mers pour faire semblant d'être reines d'Ilara, allant même jusqu'à nous draper des robes de Mère. Celle-ci, évidemment, n'avait jamais hésité à nous encourager, relevant notre port de tête du bout des doigts et nous aidant à perfectionner nos révérences. Ces moments que je prenais pour des jeux étaient en fait des séances d'apprentissage – je m'en rendais compte à présent, et je regrettais de ne pas avoir été plus attentive.

Céren leva la main pour venir placer son index et son majeur sous mon menton, tout comme Mère autrefois. Soudain plus consciente que jamais de ma cicatrice, je déglutis avec difficulté. S'il venait à observer ma joue de suffisamment près, il verrait le renflement de ma peau sous le fard. Mais il fit glisser ses doigts le long de mon cou, jusqu'à les poser dans le creux à la base de ma gorge. Malgré l'étrangeté de son geste, je m'obligeai à le regarder dans les yeux. Ses pupilles dilatées étaient aussi noires que la montagne qui nous entourait.

Ses doigts descendirent à nouveau pour s'arrêter finalement pile sur mon cœur, à côté du pendentif en obsidienne. Derrière moi, Ebb retenait son souffle.

— Oh, ne prenez pas cet air scandalisé ! D'ici quelque temps, elle sera mon épouse, après tout ! lui lança le prince par-dessus son épaule avant de braquer à nouveau son regard sur moi. Votre cœur me paraît solide, ses pulsations régulières. C'est bien.

Je ravalai un reflux de bile.

— Qu'éprouvez-vous à l'idée d'être bientôt reine de notre prestigieux royaume ? demanda-t-il à voix si basse que moi seule pouvais distinguer ses paroles. Je n'ai jamais vu votre village, mais je doute qu'il puisse rivaliser en beauté et en splendeur avec l'Ilara.

Ses doigts reposaient toujours sur mon cœur. Sentait-il à quel point il battait vite ? J'aurais dû me mordre la langue jusqu'au sang plutôt que d'ouvrir la bouche, et pourtant…

— Au contraire, Votre Altesse.

Une lueur inquiétante passa au fond de ses yeux, mais il afficha un sourire.

— Je vois. Eh bien, vous aurez tout le loisir de m'en parler au cours des prochains… jours ? mois ? Qui sait ? J'imagine que le laps de temps que vous passerez en notre compagnie reste un mystère.

Pétrifiée de terreur, je laissai ses doigts remonter jusqu'à mon menton. Il était tellement plus grand que moi. Il aurait sans doute été capable de me briser le cou à mains nues, s'il l'avait voulu.

Enfin, il abaissa sa main et se leva. Bien qu'il n'ait rien mangé, il s'essuya les lèvres avec une serviette.

— Je serai devant votre porte dans une heure, annonça-t-il. Après avoir visité le château, peut-être finirez-vous, tout compte fait, par vous y plaire.

Chapitre 14

De retour dans ma chambre, je me mis aussitôt à faire les cent pas sur les tapis épars, un tourbillon de pensées dans la tête. Céren était froid et cruel. Comment pourrais-je jamais épouser cet individu abject, qui parlait de meurtre avec tant de désinvolture et semblait se réjouir de l'embarras des autres ?

Une infime part de moi se demandait même si révéler mon identité ne me permettrait pas d'être renvoyée à Varénia. Mais, au fond, je savais que le prince héritier me ferait probablement exécuter s'il découvrait la vérité. Et, pire que tout, il punirait mon peuple entier. Je ne pouvais prendre un tel risque. Le seul bon côté, dans toute cette histoire, c'était qu'au moins Zadie n'était pas à ma place. Rien que d'imaginer cet horrible personnage toucher ma sœur me donnait envie de tout casser. Je me contentai cependant de marteler de coups de poing l'un de mes dix-huit oreillers.

— Mademoiselle, me dit Ebb en posant doucement sa main sur mon épaule quand ma rage fut retombée. Le prince sera bientôt là.

Je levai les yeux vers elle.

— Je ne peux pas me marier avec lui, Ebb.

Son expression n'était que douceur et compassion.

— Prenez garde, murmura-t-elle néanmoins avant de regarder autour d'elle comme si elle s'inquiétait qu'on puisse nous entendre. Les voix portent étrangement bien, dans cette montagne.

Elle pointa le doigt sur un petit trou percé dans le mur. Nul doute qu'il menait à une autre pièce, où n'importe qui pouvait tendre l'oreille.

Eh bien, qu'on écoute, pensai-je. Que pouvait-on me faire, de toute manière ? M'enfermer dans une grotte et me forcer à épouser l'homme le plus désagréable de toute l'histoire de l'humanité ? C'était déjà fait. Pour faire bonne mesure, je frappai un deuxième coussin.

— Comment avez-vous pu me cacher que la reine était morte ? m'exclamai-je en recommençant à arpenter la chambre. Vous ne pensiez pas que j'avais le droit de savoir ? Elle venait de mon village, Ebb. C'était la seule personne ici qui aurait pu me comprendre !

— Je suis désolée, mademoiselle, mais on m'avait expressément défendu de mentionner la défunte reine.

— Qui vous a donné cet ordre ? Le prince ?

— Le roi lui-même.

Je croisai les bras sur ma poitrine, non sans me remémorer l'aplomb avec lequel Céren l'avait parcourue – comme si son geste n'avait rien de déplacé –, et m'assis sur le lit.

— Il se doutait probablement que j'aurais fait demi-tour avant mon arrivée, si j'avais appris que la reine précédente avait été assassinée. Que s'est-il passé, au juste ?

— Avec tout le sang qu'on a retrouvé, on pense qu'elle a été poignardée. C'est en tout cas ce qu'on m'a dit. Je ne vivais pas encore au château, à l'époque.

Je tapotai les draps à côté de moi, invitant mon interlocutrice à venir me rejoindre. Hésitante, elle se mordit la lèvre, et finit par obtempérer avec une réticence évidente. Il n'était sans doute pas convenable pour une demoiselle et sa femme de chambre d'agir de la sorte, seulement, pour ma part, j'avais toujours eu l'habitude d'avoir une confidente auprès de qui me livrer. À cet instant, ce n'était pas d'une servante que j'avais besoin, mais d'une amie.

— Il est encore possible de faire dire au prince que vous vous sentez trop fatiguée pour la visite et de la reporter, proposa Ebb.

— Et à quoi me servirait-il de la repousser ? Au cas où vous l'auriez oublié, je suis censée l'épouser, ce prince, répondis-je en frissonnant au souvenir de sa main froide sur ma peau nue. Savez-vous pour quand est prévu le mariage ?

— J'imagine que Céren voudra le célébrer avant la mort du roi.

Je haussai un sourcil désabusé.

— Qui pourrait survenir dès demain.

— Pas forcément. Cela fait au moins six mois que son état reste stable, vous savez.

Afin d'obliger Ebb à me regarder dans les yeux, je me tournai résolument vers elle.

— Quand serai-je autorisée à quitter le château ?

— Je...

Mais un bruit de pas l'interrompit. Quelques secondes plus tard, trois coups pesants retentirent à la porte. Mon estomac me donna l'impression de se décrocher.

— Vous m'accompagnez, n'est-ce pas ? implorai-je la femme de chambre. S'il vous plaît ?

Cependant, avant qu'elle ait pu répondre, le battant s'ouvrit brusquement et nous sautâmes toutes les deux sur nos pieds. Céren avança d'un pas dans la pièce, mais il eut au moins la politesse de ne pas aller plus loin.

— Vous êtes prête, mademoiselle ?

Je hochai la tête, puis jetai un regard à Ebb, immobile derrière moi.

— Votre femme de chambre attendra ici. Je suis sûr qu'elle a suffisamment de travail pour s'occuper jusqu'à votre retour.

Ma bouche s'ouvrit puis se referma comme celle d'un poisson, mais après s'être inclinée en hâte, Ebb me tendait déjà ma pèlerine noire.

— Très bien, dis-je en m'enveloppant de la fourrure. Je vous suis.

— Oh, après vous, répondit Céren. J'insiste.

J'avais beau détester l'idée de lui offrir mon dos, je n'étais pas en mesure de protester. Je venais donc de m'engager dans le couloir, lorsqu'un garde aux traits juvéniles se présenta à mes côtés.

— Mademoiselle.

La vue de ce visage familier m'arracha un sourire.

— Grig ! Vous, ici ?

— Cela ne vous dérange pas, j'espère ?

— Bien au contraire !

Il m'offrit son bras, mais la présence de Céren derrière nous me mettait bien trop mal à l'aise pour que je l'accepte.

— Vous êtes l'un des hommes de mon frère, n'est-ce pas ? demanda le prince.

Grig se retourna pour s'incliner.

— En effet, Votre Altesse.

— Et vous n'avez pas quelque autre tâche à accomplir ? Château-Neuf compte déjà suffisamment de gardes.

— Le prince Talin tient à ce que l'un de ses soldats veille en permanence sur la demoiselle.

Céren le dévisagea d'un air circonspect.

— Je suis surpris qu'il puisse se passer du moindre d'entre vous. Il n'arrête pas de me répéter qu'il n'y a plus assez d'hommes à Château-Vieux ces jours-ci, et que cela en fait une cible facile, dit-il d'un ton sceptique.

Je repensai au mercenaire devant le pont, et à la femme-roi au sud du pays. Était-il si improbable que l'Ilara soit attaquée ?

— Préférez-vous que je vous laisse, Votre Altesse ? demanda Grig.

Mais le prince agita la main en signe d'objection.

— Non, non. Maintenant que vous êtes ici, autant que vous restiez. Il ne faudrait pas contrarier ce cher Talin, n'est-ce pas ?

Talin. À la simple mention de son nom, mon esprit me renvoya au moment où, la veille, il était descendu de cheval pour me baiser la main. Le souvenir de son regard planté dans le mien suffit à me faire rougir. Je ne pouvais imaginer Talin prendre un plaisir pervers à me tourmenter comme le faisait son aîné.

Évidemment, le commandant était aussi la seule personne dans toute l'Ilara à pouvoir deviner mon secret. J'aurais donc dû être contente qu'il vive loin et que les chances que nous nous croisions demeurent limitées.

J'aurais dû. Mais ce n'était pas le cas.

— Ah, je connais bien cette expression, dit alors Céren avant de m'attraper le bras et de pousser Grig à avancer devant nous. Mon frère jouit à la fois de traits avantageux et d'un agréable tempérament. Il est la coqueluche de la cour.

Dieux, mes pensées étaient-elles donc si manifestes ? L'amertume qui pointait dans la voix du prince sous-entendait une certaine jalousie. Pourtant, Céren était loin d'être laid, et de toute manière, ma mère était la preuve vivante que le charme pouvait n'être qu'une illusion.

— Ainsi, il a fait une apparition hier, lors de votre passage par Château-Vieux ? poursuivit-il.

— Oui. Mais, comme vous vous en souvenez certainement, nous nous étions déjà rencontrés à Varénia.

Je m'étais délibérément exprimée sans ambages. Je voulais savoir pourquoi Céren avait délégué ce déplacement à Talin plutôt que de l'effectuer lui-même.

— Ah oui, j'avais oublié. À son retour, il m'a certifié que vous étiez parfaite. « Aussi pure et immaculée qu'une perle varéniane », m'a-t-il dit. Ce que je déteste quand il a raison.

Le soir du dîner chez le gouverneur, je revoyais surtout Talin dire qu'il ne pouvait imaginer jeune fille plus charmante. Et j'avais cru que c'était moi qu'il regardait en prononçant ces mots. Mais s'il considérait vraiment la beauté comme l'absence d'imperfection, alors j'avais dû me méprendre. Sur mes joues brûlantes d'humiliation, ma cicatrice me picotait.

— « Prends garde au poisson-lion, petite », souffla soudain Céren.

— Pardon ?

— N'est-ce pas le début d'une de vos chansonsварéniane ? La reine Talia la chantait souvent à Talin quand il était petit. Vous, les enfants des vagues, vous aimez vos ritournelles...

Les paroles qu'il venait de réciter étaient en effet tirées d'une berceuse avec laquelle nous grandissions tous. Elle apprenait aux enfants à éviter certaines créatures marines hostiles, mais chaque mise en garde avait aussi un sens caché plus profond. Les poissons-lions, par exemple, avec leurs rayures envoûtantes, offraient un tel spectacle qu'on mourait d'envie de les caresser, et ce, malgré leurs épines venimeuses. Il fallait donc s'en tenir éloigné mais, plus largement, il fallait se méfier de tout être qui se mettait trop en avant, ou paraissait trop hautain. J'étais étonnée que Céren connaisse ce vers, et qu'il s'en serve pour décrire son propre frère.

— « Prends garde au poisson-lion, petite », murmurai-je. « Prends garde au poisson fait de pierre ».

— Vous dites ?

— C'est le vers suivant.

Le poisson-pierre était encore plus dangereux que le poisson-lion, non seulement parce qu'il avait un venin plus puissant, mais surtout parce qu'il était difficile à repérer. Il savait si bien se fondre dans les rochers qui l'entouraient qu'on ne se rendait compte de sa présence qu'une fois qu'on avait posé le pied ou la main dessus, quand il était déjà trop tard. Le message était clair : il fallait protéger son cœur et ne l'ouvrir qu'avec prudence, car les apparences pouvaient être trompeuses. Au moins le poisson-lion ne s'embusquait-il pas.

— Je ne m'en souvenais pas, admit Céren, mais vous me pardonnerez : cela faisait des années que je ne l'avais pas entendu.

J'inclinai la tête avec indulgence.

— Votre prénom signifie « perle », c'est bien ça ?

— Absolument.

Mes pensées s'étaient immédiatement tournées vers ma sœur. J'avais toujours été le corail, jamais la perle. Et voilà que j'étais censée incarner ce trésor convoité par tous, l'objet du désir d'un futur roi.

Adaptant mon allure à celle du prince, j'avais ralenti. Grig avait déjà presque disparu au bout du corridor. Céren ôta alors sa main de mon bras pour la glisser dans mon dos.

— Il y a quelque chose ici que j'aimerais vous montrer, dit-il, en ouvrant une porte noyée dans la pénombre du couloir.

Je voulus appeler Grig, mais le prince me fit passer le seuil avant que j'aie pu émettre le moindre son.

Nous étions dans une pièce du même gabarit que ma chambre ou presque et, l'espace d'un instant, je craignis que Céren ne m'ait amenée dans la sienne. Il gagna le mur du fond, embrasa une allumette à la flamme d'une petite lanterne, puis l'approcha du tas de bûches qui attendait dans la cheminée. Les environs s'illuminèrent à mesure que le bois prit feu.

Il s'avéra que nous nous trouvions en réalité dans une salle de travail. Les trois tables de tailles différentes qui occupaient les lieux étaient couvertes de flasques et de jattes de verre, ainsi que de divers accessoires que je n'aurais su nommer. Dans un coin, à même le sol, reposait ce qui ressemblait à une outre vide. Un long tuyau était enroulé à côté.

— Nous sommes dans mon étude. J'aime apprendre. J'étudie tout et n'importe quoi, expliqua Céren avant d'attraper un petit bol qui se révéla rempli de perles roses de toutes proportions. Mais l'un des mystères qui me fascinent le plus, c'est celui des perles vaténianes. Vous savez, j'en suis sûr, que les Ilaréens s'en servent sous forme de pommades et de baumes pour soigner toutes sortes d'affections. Rien que la semaine dernière, je me suis brûlé sur un tison, et…

D'un geste dramatique, il leva la main, me présentant sa paume.

— La cloque a disparu sans laisser de trace. Pas la moindre cicatrice. Un miracle.

Mon regard se posa sur les perles et je me sentis gagnée par la colère. Il y en aurait eu assez dans ce bol pour nourrir ma famille pendant une année entière ! Les habitants de mon village se tuaient à les récolter, elles étaient menacées d'extinction… Tout ça pour sauver ce prince d'une ampoule ?

— Votre peuple en sait bien plus que moi sur ces merveilles, cela ne fait aucun doute, admit Céren.

Son discours semblait parfaitement innocent. Au cours des quelques minutes écoulées, il n'avait rien proféré de sinistre ni d'effrayant. Et pourtant, dans ma poitrine, mon cœur battait à tout rompre. Il paraissait clairement éprouver une espèce de rancune à l'égard de la reine Talia, du fils de cette dernière et peut-être même de tous les Varénians. J'essuyai sur ma jupe mes mains moites de sueur. Même si mon esprit refusait de l'accepter, mon corps me disait que j'étais en danger.

Le prince se dirigea vers l'outre abandonnée, dont il souleva un des coins pour mieux me la montrer.

— Ceci sera bientôt ma plus grande invention à ce jour. C'est un appareil de respiration sous-marine. Grâce à ce dispositif, un homme pourra rester sous l'eau dix minutes au moins, peut-être davantage ! Malheureusement, il n'est pas encore prêt. L'essai que nous avons mené hier s'est avéré désastreux, j'en ai peur. Nous avons perdu un domestique dans la manœuvre.

Il attendit ma réaction tandis que je m'efforçais de dissimuler mon épouvante. Comment pouvait-on évoquer la mort avec tant d'indifférence ?

— Quel dommage, vraiment, continua-t-il. Il avait à peine un an de moins que vous, et le temps que…

— Mademoiselle ?

Je fis aussitôt volte-face.

— Grig !

— Toutes mes excuses. Je me trouvais déjà à la moitié du couloir d'après quand je me suis rendu compte que vous vous étiez arrêtés. Tout va bien ?

— Et pourquoi cela n'irait-il pas ? rétorqua Céren d'un ton sec. Depuis tout à l'heure, je ne l'ai pas quittée. Comment aurait-elle pu être davantage en sécurité qu'avec moi ?

J'aurais pu citer un bon millier de créatures ou de phénomènes en présence desquels je me serais sentie moins en danger qu'avec cet homme… Un requin-marteau, peut-être. Ou même un courant traître. Je m'accrochai au bras de Grig.

— Je suis désolée, Votre Altesse, mais je ne me sens pas très bien. Je pense que je ne suis pas encore tout à fait accoutumée à la terre. Je vais retourner dans ma chambre, prendre un bain, si ça ne vous dérange pas.

— Ah, oui, vos fameux bains. J'ai entendu dire que vous en aviez demandé deux par jour. Vous devez réellement vous sentir comme un poisson hors de l'eau, ici, non ?

Avait-il eu vent de cette information par le biais d'un domestique ou grâce aux conduits percés dans les murs ? Et si l'on m'écoutait, se pouvait-il aussi que l'on m'observe ? Je m'éclaircis la gorge.

— En effet, c'est exactement mon impression. Merci de m'avoir montré votre… atelier.

— Nous reprendrons la visite plus tard, dès que vous irez mieux. Oh, et… Grig ? ajouta Céren alors que j'avais presque atteint la sortie. N'hésitez pas à repartir pour Château-Vieux, mon brave. Nous nous passerons désormais de vos services.

Je demeurai étendue dans mon bain jusqu'à ce qu'il soit froid et que ma peau ait commencé à friper. J'avais pris soin de ne pas me laver le visage. Depuis mon départ de Varénia, je ne l'avais fait que lorsque Ebb n'était pas dans les parages et, même dans ces moments-là, je remaquillais aussitôt ma cicatrice. Je m'étais tellement habituée à me voir sans, que la seule fois du voyage où le fard s'était estompé – pendant que je dormais –, je n'avais pu m'empêcher de sursauter en me regardant ensuite dans mon petit miroir.

Quand je sortis enfin de la baignoire pour retrouver le sol glacé, ma femme de chambre m'enveloppa dans une serviette. Si le poids de la montagne alentour m'oppressait toujours, le pire était l'obscurité. Je n'avais passé qu'une seule journée sans soleil et je me languissais déjà de sa clarté, au point d'en ressentir le manque jusque dans mes os. Je levai les yeux vers les pathétiques ouvertures découpées dans le plafond et me renfrognai. La lumière qui filtrait par ces puits suffisait à peine à éclairer la chambre. Comment Talia avait-elle pu survivre aussi longtemps dans un tel lieu ?

Le roi prévoyant d'assister au dîner ce soir-là, Ebb m'habilla d'une nouvelle robe sombre, dont la jupe était cette fois ornée de losanges cousus chacun dans une étoffe différente afin de créer de saisissants contrastes. Le col montant me prenait le cou, mais un dernier losange avait été évidé dans le corsage, révélant ma peau nue à l'endroit où Céren avait posé ses doigts. À Varénia, je n'avais jamais rien porté qui expose autant ma poitrine.

— Pourquoi faut-il que tous vos vêtements soient si ternes et funestes ? marmonnai-je en lissant mon ample jupe du plat de la main.

Les yeux d'Ebb trouvèrent les miens dans le reflet du miroir.

— Parce que, comme je vous l'ai dit, mademoiselle, nous portons le deuil de la princesse Ilara, disparue en mer après avoir été enlevée par un prince de Kuven.

— Je croyais que Laef et Ilara s'étaient enfuis ensemble, répondis-je d'un air perplexe. C'est en tout cas ce qu'on raconte à Varénia.

Ebb fronça les sourcils.

— Vous avez dû mal comprendre.

Je secouai la tête. Nul doute qu'à Kuven, on tenait Ilara pour responsable de la mort du prince Laef.

— Mais comment un royaume entier peut-il encore pleurer la mort d'une princesse disparue il y a plusieurs centaines d'années ? repris-je.

— Eh bien, lorsque Ilara se noya, comme elle n'avait pas de sœurs, ce fut son frère cadet, Maldon, qui devint l'héritier du trône, expliqua ma femme de chambre. Il n'avait que dix ans à l'époque, et le décès de son aînée le marqua durablement. Pour commencer, il développa une peur panique de l'eau. C'est la raison pour laquelle la cour fut transférée ici, dans le mont Ayris, loin de l'océan, des fleuves et même des lacs. Ensuite, il imposa le port des vêtements de deuil à tous ses courtisans, et quiconque enfreignait cette loi était puni de mort. Ce décret n'a jamais été levé depuis.

— Mais pourquoi ?

— Je ne saurais trop vous dire, mademoiselle, répondit Ebb en rassemblant mes cheveux sur mon crâne pour les y fixer à l'aide d'épingles de jais qui chatoyaient parmi mes mèches ondulées. Je pense que c'est lié au fait que, depuis tout ce temps, nous attendons une nouvelle princesse. Une héritière qui redonnerait au reinaume d'antan sa grandeur, mettrait fin aux révoltes et unirait tous les territoires du continent sous une même bannière ilaréenne. Hélas, nos rois n'engendrent que des fils.

J'affichai une moue déçue. Je ne voyais toujours pas pourquoi nous nous infligions de si tristes tenues.

— Voulez-vous que je poudre votre chevelure, mademoiselle ? demanda Ebb après y avoir glissé la dernière épingle.

Je me retournai vers elle.

— Pour quoi faire ?

— Certains des nobles de la cour le font, dans l'espoir de s'attirer les faveurs du prince Céren.

Je refusai d'un signe de la tête, et elle termina d'arranger ma coiffure. Je m'imaginai répéter cette même routine, jour après jour, pendant près d'un siècle. Rien que d'y penser, les larmes me montèrent aux yeux. Je les ravalai en inspirant profondément. Je n'avais quitté mon village que depuis une semaine. Il m'en restait encore deux pour glaner autant de renseignements susceptibles d'intéresser Sami que possible – en dehors de l'assassinat de la dernière reine varéniane et du fait que son époux ne tarderait sans doute pas à la rejoindre dans l'au-delà.

Allez, du courage, m'exhortai-je. *Pour Zadie. Et pour Varénia.*

Chapitre 15

QUAND J'Y PÉNÉTRAI, la salle à manger était cette fois remplie de dames, de seigneurs et de dizaines de domestiques qui, tous, seraient témoins des maladresses que j'allais très certainement accumuler. Même si, avec Ebb, j'avais passé en revue l'usage des couverts ainsi que la manière dont il me faudrait m'adresser à mes différents interlocuteurs, je n'étais pas encore parvenue à tout mémoriser. Et malheureusement, ma femme de chambre ne pouvait rester à mes côtés durant le repas.

Immobile à l'entrée de la pièce, je fermai un instant les yeux et pensai à nouveau à Zadie, à ce qu'elle m'aurait dit si elle avait été avec moi. Mais j'avais beau chercher en mon for intérieur la force qui s'y trouvait selon elle, je me sentais vide et creuse. Je n'étais plus que l'ombre de la fille qui avait un jour cru être faite pour un monde plus vaste que celui qu'elle connaissait. Je regrettais amèrement de n'avoir rien emporté de ma sœur dans mes bagages. J'aurais aimé avoir ne serait-ce qu'un objet d'elle auquel me raccrocher, plus tangible que de simples souvenirs.

Un domestique me conduisit à ma place – la même, comme je l'avais craint, que celle où j'avais déjeuné.

Céren serait donc assis à côté de moi, et Thalos seul savait pour combien de temps. Suivant mon exemple, les autres convives s'approchèrent de la table, chacun me saluant au passage d'un hochement de tête solennel.

Quelques minutes plus tard, le prince héritier fit son apparition. Lâchés sur ses épaules, ses cheveux tombaient en rubans jusqu'au milieu de son dos. Bien que je la trouve étrange, je devais reconnaître que sa pâleur me fascinait. Il semblait taillé dans un bloc de pierre blanche. Et puis, quelque chose dans son expression, dans la finesse de son regard et la rigueur de sa posture, laissait supposer une redoutable intelligence.

Tout le monde se prosterna. Je ne fis pas exception, bien sûr, mais même inclinée je continuai de l'observer du coin de l'œil. Il paraissait insatisfait. Peut-être aurait-il préféré rester dans son étude, à fignoler son projet du moment. Mais quand ses yeux se posèrent sur moi, la lueur inquiétante que j'y avais aperçue plus tôt se réveilla instantanément. L'intensité de son intérêt ne me disait rien qui vaille. Il s'avança vers moi à grandes enjambées et me prit la main pour la porter à ses lèvres. Elles se révélèrent sèches et rêches contre ma peau.

— Vous êtes ravissante, mademoiselle, dit-il.

J'allais répondre, quand un soudain brouhaha autour de la table m'en dispensa. Quelqu'un d'autre arrivait. Xyrus en personne pénétra bientôt dans la salle d'un pas aussi lent que traînant, entouré de ses plus proches courtisans. Sous son imposant manteau royal, il paraissait pitoyablement frêle. Qu'il réussisse encore à mettre un pied devant l'autre relevait du miracle. La longue crosse d'or qu'il tenait à la main était sans doute censée n'être qu'ornementale, mais on voyait bien qu'il s'appuyait dessus. Heureusement, la distance à parcourir entre la porte et son siège demeurait relativement courte, et il s'écroula dans son fauteuil pile au moment où un deuxième individu entrait dans la pièce.

C'était Talin. Une terrible angoisse eut beau s'emparer de moi, je ne pus m'empêcher de tendre le cou pour mieux le regarder. Il n'était pas simplement beau. Parmi les nobles de la cour, il dénotait, aussi flamboyant qu'un poisson-perroquet parmi un banc de dorades grises. Il portait un pourpoint bleu nuit, dont le haut col frôlait presque les cheveux châtains qui bouclaient sur sa nuque. Je m'empressai de récupérer ma main, que Céren, jusque-là, n'avait pas lâchée. Je le sentis se raidir.

— Poisson-lion, me glissa-t-il à l'oreille.

Poisson-pierre, pensai-je en retour.

Lorsque Talin approcha de nous, je me redressai. Je n'avais aucune idée d'où devait s'asseoir le deuxième fils d'un monarque dès lors qu'une table n'avait que deux extrémités. La plupart des sièges étaient déjà occupés, à l'exception de celui directement à ma gauche. Une chance, puisque ma cicatrice se trouvait sur ma joue droite.

Quand le cadet du roi arriva devant moi, il s'inclina. Enfin un peu plus à l'aise avec ce protocole, je répondis par une révérence. Les deux frères se saluèrent ensuite froidement avant de s'asseoir, et tout le monde les imita. Ce ne fut qu'à ce moment-là que je me rendis compte que j'étais bien plus près de Talin que de Céren. En effet, si le souverain et son héritier occupaient chacun un bout de la tablée, les autres convives, nombreux, étaient obligés de se serrer pour tous tenir sur les côtés.

— Vous plaisez-vous en Ilara, jusqu'à présent ? me demanda Talin à voix basse.

Je lui jetai un regard en coin. Comment Zadie se seraitelle comportée dans une telle situation ? Une chose était certaine : jamais elle ne se serait permis de dénigrer la demeure de son interlocuteur.

— Château-Neuf est un endroit… fort intéressant, répondis-je donc. J'ai beaucoup à apprendre sur votre peuple et vos mœurs.

Je sentais que Céren tendait l'oreille dans l'espoir de comprendre ce que nous nous disions, mais le bruit des conversations alentour l'en empêchait.

— Ce peuple est aussi le vôtre, désormais, rectifia Talin.

J'avais beau me considérer aussi proche des Ilaréens que son aîné l'était des Varénians, je hochai la tête. J'aurais voulu évoquer son passage au village, lui demander pourquoi il ne nous avait pas révélé sa véritable identité. J'aurais voulu savoir s'il m'avait reconnue, s'il avait pensé à moi après son départ de Varénia ou si je n'avais finalement été qu'un détail insignifiant du rapport qu'il avait fait à Céren. Et surtout, aussi ridicule que cela puisse paraître, je mourais soudain d'envie d'écarter la mèche de cheveux qui était tombée devant ses yeux.

Mais c'était impossible. Il fallait qu'il croie que j'étais Zadie et, de toute manière, j'étais destinée à épouser son frère. Prise d'un frisson, je regrettai de ne pas être vêtue plus chaudement.

— Vous êtes magnifique, ajouta-t-il alors avec tant de douceur que je crus un instant rêver.

Aussi enchantée que je sois du compliment, je ne pouvais lui rendre son regard alors que Céren nous observait.

— Merci, me contentai-je de répondre.

— Et comment va votre famille ? s'enquit-il en se renversant légèrement contre son dossier tandis qu'un valet remplissait son verre de vin.

— À vrai dire, je n'en sais trop rien.

Zadie et Sami avaient-ils obtenu le droit de se marier ? Mère avait-elle pardonné à ma jumelle ? Et à moi ? Père attrapait-il suffisamment de poissons pour les nourrir ou bien en manquaient-ils ?

— Mais ils se portaient bien quand vous les avez quittés, n'est-ce pas ?

Je haussai les épaules.

— Aussi bien que possible.

— Nor a dû être très malheureuse de vous voir partir.

Involontairement, je tournai les yeux vers lui. Dans les siens, cependant, on ne lisait pas le moindre soupçon. Il n'avait pas deviné qui j'étais. Autrement, il aurait dit quelque chose.

— Elle était dévastée, répondis-je.

— J'en suis désolé. Je ne peux qu'imaginer l'immensité de son chagrin.

Au bord des larmes, je fermai un instant les paupières. C'était la première fois que quiconque en Ilara reconnaissait le sacrifice qu'impliquait ma venue.

— J'ai été très peinée d'apprendre le décès de votre mère, repris-je enfin. J'aurais aimé la connaître.

— Elle vous aurait traitée comme sa fille, assura-t-il d'une voix pleine de sollicitude.

Je ne me serais jamais attendue à ce qu'un Ilaréen fasse preuve d'une si profonde empathie. Il n'imaginait pas à quel point ses paroles me réconfortaient et m'attristaient tout à la fois.

— J'en aurais été très touchée, répondis-je malgré tout avant d'être interrompue par un certain remue-ménage à l'autre bout de la table.

Aidé par un robuste courtisan, le roi se mettait debout. Quand il leva sa coupe à « la délicieuse future reine d'Ilara », une bonne centaine de regards se braquèrent sur moi. À mon tour, je me mis debout puis brandis mon verre en murmurant un « merci » à peine audible. Lorsque je me rassis, ma paume moite glissa sur le bois de l'accoudoir et je faillis basculer sur le côté. Heureusement, Talin me rattrapa juste à temps.

— Je mettrais bien ce dérapage sur le compte du vin, mais vous n'avez pas encore touché au vôtre, dit-il en m'aidant à me remettre d'aplomb.

— Je suis nerveuse, rien de plus. Tout cela est tellement nouveau pour moi.

Mes yeux se posèrent sur sa main, qui ne semblait pas pressée de quitter mon bras. Afin que je l'entende par-dessus la rumeur des discussions, il se pencha vers moi, et je humai son parfum aussi discrètement que possible. Il embaumait littéralement le soleil, l'air frais, la vie même.

— Ma mère non plus n'était guère à l'aise dans ce genre de dîners, m'avoua-t-il. Elle ne parlait pas beaucoup de Varénia, mais je voyais bien que votre village occupait souvent ses pensées.

Mon village. Le terme paraissait trop simple pour contenir tout ce qu'il représentait : l'océan, ma maison, mes parents, Zadie... Pourquoi avais-je tant désiré m'en détacher ?

— A-t-elle fini par se considérer chez elle à Château-Neuf ? demandai-je en interrogeant mon interlocuteur du regard. À s'y sentir à sa place ?

Il fronça les sourcils.

— J'ai bien peur de ne pas avoir la réponse à cette question, dit-il avant de baisser d'un ton. Vous feriez mieux de converser un peu moins avec moi et plus avec mon frère. Il n'est pas très agréable lorsqu'il est jaloux.

Sur ces mots, il me lâcha le bras, ses doigts indolents laissant dans leur sillage une chaleur à mille lieues de l'aridité de ceux de Céren.

— Il lui arrive donc d'être agréable ? ironisai-je alors sans parvenir à retenir ces mots. Je suis désolée, ce n'est pas ce que je voulais dire.

Mais le coin des yeux de Talin s'était plissé d'amusement, ses lèvres esquissant le plus imperceptible des sourires.

— Eh bien… Voilà qui promet d'être intéressant, dit-il simplement avant de se redresser dans son fauteuil pour se tourner vers son autre voisine.

Je passai la suite du repas à écouter les multiples échanges autour de moi. Empêché de prendre part aux bavardages à cause de son isolement, Céren se bornait à manger ou à siroter son vin, mais il était évident qu'il n'y prenait aucun plaisir. Son regard froid dérivait au hasard dans la pièce, et je redoutais le moment où il finirait par revenir sur moi.

J'avais perdu depuis longtemps le compte des plats servis quand deux domestiques apparurent chargés d'un plateau qu'ils posèrent bientôt devant moi. Au centre trônait une immense tourte, aussi bombée que la carapace d'une tortue marine. Sous les yeux étonnés des convives, Céren quitta son siège pour se poster dans mon dos.

— J'ai fait préparer cette gourmandise rien que pour vous, me dit-il à l'oreille. Elle vous plaît ?

Sa joue droite me frôlait la tempe gauche, de sorte que je ne voyais plus Talin. Contre ma peau échauffée, celle du prince était aussi fraîche que lisse.

— Oui, répondis-je. Merci.

Céren se saisit alors des couverts de service à monogramme et, les bras tendus de part et d'autre de moi comme si j'étais une enfant, entreprit de découper une portion du dessert. Lorsqu'il eut terminé, plutôt que de me la servir, il se contenta toutefois d'en soulever lentement la croûte. Quelque chose remua dans les entrailles sombres de la tarte fourrée. Tout le monde à la table se pencha légèrement en avant. Moi, au contraire, j'aurais donné cher pour pouvoir reculer, mais avec Céren derrière moi, j'étais coincée.

— Patience, susurra-t-il.

Et soudain, avec un cri perçant, une créature noire transperça la pâte pour s'élancer vers le plafond à furieux coups d'ailes.

— Des oiseaux ! s'exclama quelqu'un au milieu de quelques timides applaudissements.

Mais des oiseaux, j'en avais vu beaucoup dans ma vie, et aucun ne volait comme cet animal aussi erratique qu'imprévisible. Un instant plus tard, un autre de ses congénères entreprit de s'extirper de sa prison de pâte à l'aide des petites griffes qui surmontaient ses ailes parcheminées.

— Non, ce sont des chauves-souris ! lança un seigneur.

À ces mots, tous les spectateurs furent pris du même hoquet de stupeur. Quelques femmes glapirent même de terreur. La deuxième bestiole avait à peine rejoint la première qu'une vingtaine d'autres au moins – un véritable essaim – émergea de l'intérieur de la pâtisserie, luttant pour s'en libérer. Plusieurs étaient couvertes de mélasse, ce qui entravait leur envol. Engluées, les pauvres bêtes ne tardèrent donc pas à s'écraser sur la table sous les hurlements de rire des courtisans, tandis que la plupart des dames s'enfuyaient à toutes jambes, renversant au passage bon nombre de verres de vin.

Face à ce chaos, Céren demeurait parfaitement immobile. De chaque côté de moi, ses bras m'emprisonnaient toujours sur mon siège.

Par on ne sait quel prodige, le roi avait réussi à s'endormir au milieu du tumulte. Les domestiques débarrassaient les assiettes et les coupes éparses en faisant de leur mieux pour esquiver les chauves-souris qui continuaient de voler dans tous les sens, lorsqu'une femme de chambre s'approcha de Céren pour lui murmurer quelques mots à l'oreille.

— Je dois m'absenter un instant, mais je reviens aussitôt que possible, me souffla-t-il. En attendant, profitez bien de votre dessert.

Sur ce, il partit.

Je me laissai retomber contre mon dossier, évacuant un peu de la tension qui m'accablait depuis le début de la soirée.

— Tout va bien ? me demanda Talin, non sans gentiment éloigner de son verre de vin l'une des lamentables créatures poisseuses.

— Je crois, oui, soupirai-je. Mais qu'est-ce que c'était que cette surprise ? La tourte à la chauve-souris est-elle une spécialité ilaréenne ?

Il eut un petit rire sans joie.

— Non. Nous vous paraissons sans doute étranges, mais je peux vous assurer que nous ne le sommes pas à ce point. Je pense que mon frère voulait simplement voir comment vous réagiriez.

— Pourquoi ?

— Il aime pousser les gens dans leurs retranchements. C'est une manière d'éprouver leur loyauté.

Interdite, je fixais la croûte affaissée de la pâtisserie.

— Ma loyauté ? Ce n'est pas comme si j'avais la possibilité de la lui refuser. Quoi qu'il advienne, je lui appartiens.

Talin vida son verre d'un trait, et pas parce qu'il se délectait de ce qu'il buvait, me sembla-t-il.

— Certes, eh bien… Si je peux vous donner un conseil : la prochaine fois qu'il vous présentera quoi que ce soit d'infâme ou de répugnant, essayez de paraître impressionnée, répondit-il. C'est le meilleur moyen de gagner rapidement son affection.

Affection qui ne m'intéressait pas le moins du monde, mais je n'allais, bien entendu, pas l'admettre devant le frère de l'intéressé. Et de toute façon, éviter de m'attirer les foudres de mon fiancé était sans doute, effectivement, l'option la plus sûre.

Au fond de la salle, un musicien s'était mis à jouer d'un instrument à cordes dont je ne pouvais comparer les vibrations qu'au chant des baleines. Quand Talin se pencha vers moi, je dus résister à la tentation de me rapprocher de lui.

— C'est une viole, m'apprit-il. C'était l'instrument préféré de ma mère.

— Nous en avons quelques-uns de semblables, chez nous, même s'ils ne sonnent pas du tout pareil.

Chaque fois que je faisais allusion à Varénia, les yeux de Talin s'illuminaient.

— Je ne me lasse jamais d'entendre décrire l'endroit d'où venait ma mère, confessa-t-il. Ses anecdotes à ce sujet me manquent. Elles me donnaient l'impression d'être relié à ce village dans lequel je n'avais pourtant jamais mis les pieds.

— Ça ne me dérange pas d'en parler, bien au contraire. Cela rend tout ce qui m'arrive plus réel, j'ai moins la sensation d'être dans un rêve.

Ou dans un cauchemar, ajoutai-je pour moi-même.

La viole jouait une mélodie plus rythmée à présent, et quelques dames et seigneurs se rassemblèrent pour danser. Talin me sourit.

— Je vous inviterais bien à faire de même, mais je crains que la situation ne vous embarrasse.

— Merci, répondis-je. Je pense que je vais simplement profiter du spectacle.

J'étais ravie, à la fois qu'il ait envisagé de danser avec moi et qu'il comprenne pourquoi je ne pouvais accepter. Je pris malgré tout le bras qu'il m'offrait, et nous nous dirigeâmes vers le violiste. Quelques nobles dames chuchotèrent derrière leurs éventails à notre passage, cancanant probablement à nos dépens. Fréquenter Talin s'avérerait visiblement risqué à plus d'un titre.

— Voyez, c'est avec un archet qu'il frotte les cordes, m'expliqua le prince. Bien sûr, si je m'y essayais, le son produit ressemblerait au miaulement d'un chat à l'agonie, mais un artiste chevronné saura vous interpréter les plus belles mélodies que vous ayez jamais entendues.

Devant nous, les danseurs avaient formé une ronde et, suivant la musique, ils tournoyaient toujours plus vite. À Varénia aussi, nous organisions de temps à autre des soirées dansantes dans la maison du Conseil. Mais comme Zadie, je n'avais jamais eu le droit d'y côtoyer les garçons.

— Aimeriez-vous essayer quand même, maintenant que vous avez pu vous faire une meilleure idée des pas ? me demanda Talin.

Je venais de me tourner vers lui quand mon regard croisa celui d'une femme, debout de l'autre côté de la pièce. Aussitôt, quelque chose en elle me parut à la fois familier et étranger. En dépit de sa toilette raffinée, de sa coiffure sophistiquée, elle détonnait autant que moi dans ce décor. Elle m'observa un instant, puis ses yeux se posèrent sur ma main toujours passée sous le bras du prince. Imperceptiblement, elle secoua la tête.

— Je ne suis pas sûre que cela soit très convenable, répondis-je enfin.

— Je ne sais pas pourquoi, mais vous ne me donnez pas l'impression d'être du genre à vous soucier des convenances.

Mon estomac se noua. Pour faire une telle remarque, Talin m'avait forcément entendue parler avec Sami, juste avant la réception chez le gouverneur, et malgré mes beaux habits, malgré mes manières feintes, il m'avait reconnue. Pourtant, il n'avait pas tort : je mourais d'envie de danser avec lui.

Sans me laisser le temps d'objecter, il m'entraîna vers la ronde. Un des nobles attrapa ma main libre et, tandis que la viole continuait de jouer, nous nous déplaçâmes lentement vers la droite. Mais j'avais beau m'efforcer d'imiter les autres danseurs, rien à faire : je ne parvenais pas à prendre le rythme. Heureusement, mes deux voisins portant quasiment tout mon poids, les mouvements de mes pieds importaient peu.

Lorsque le tempo accéléra de nouveau, nous adoptâmes cette nouvelle cadence. Au-dessus de nos têtes, les chauves-souris délaissaient peu à peu leurs perchoirs pour voltiger à travers la salle, éclairées par la mousse lunaire de l'énorme chandelier qui pendait du plafond. Je me rendis compte que la lune serait pleine, cette nuit-là. Ce qui expliquait pourquoi tout me semblait si lumineux.

Le vin que j'avais bu au dîner commençait à faire effet. Je tournai les yeux vers Talin. Il me regardait avec un sourire qui aurait pu faire perdre la tête à n'importe quelle fille, même la mieux éduquée, et tout à coup, je me sentis envahie d'une douce chaleur. Sous l'échancrure en losange de ma robe, mon cœur battait à tout rompre. Peut-être était-ce là la raison pour laquelle Mère nous avait toujours interdit de danser.

Nous allions à présent plus vite que jamais. Sans que je me l'explique, mes pieds avaient fini par assimiler les pas. Je rejetai la tête en arrière et éclatai de rire, si grisée que, même si je m'étais immobilisée, la salle aurait continué à tourner. Nous tourbillonnâmes, tourbillonnâmes, encore et encore, jusqu'à ce que, soudain, la musique s'arrête, si brusquement que je dus m'agripper au pourpoint de Talin pour ne pas tomber.

— Désolée, dis-je lorsque son visage redevint net face à moi.

— Ne vous excusez pas.

Les muscles de son torse se tendaient sous mes paumes tandis qu'il reprenait son souffle et, alors que je luttais pour faire de même à cause de mon corsage, je pris tout à coup conscience de ses mains sur ma taille. Elles me communiquaient un tel sentiment de sécurité, de stabilité, que j'en oubliai momentanément le monde qui m'entourait. Lentement, telle une marée mue par la lune, j'approchai mon visage du sien.

— Vous voyez, mademoiselle, murmura-t-il. Ce n'est pas qu'un rêve.

— Vraiment ? répondis-je, les joues embrasées par la flamme de son regard.

— Ah, ma perle, vous voilà !

La voix de Céren derrière mon épaule me fit revenir sur terre en un éclair. Faisant aussitôt volte-face, je me hâtai de me prosterner.

— Votre Altesse.

— Il se fait tard et vous semblez avoir un peu abusé du vin, dit-il avec un sourire forcé.

Il m'avait tendu le bras et semblait attendre que je le prenne. Je hochai la tête, puis adressai une brève révérence à mon cavalier.

— Bonne nuit.

Lorsque Talin s'inclina en retour, encore en nage, ses cheveux tombèrent en vagues légèrement humides autour de son visage, comme le soir où nous nous étions rencontrés.

— Bonne nuit, mademoiselle. Navré de vous voir partir si vite.

Et moi donc. L'espace d'un instant, je me surpris à souhaiter qu'il révèle à tous qui j'étais réellement, afin que son frère renonce à m'épouser. Mais le prince Céren me tirait par le bras avec insistance et je fus bientôt obligée de m'éloigner. La part de moi-même qui aurait voulu rester était justement celle qu'il me faudrait dorénavant à jamais ignorer.

Chapitre 16

Dès que nous atteignîmes le couloir qui menait à ma chambre, l'étau des doigts de Céren autour de mon bras se resserra.

— À quoi pensiez-vous, enfin ? pesta-t-il quand nous arrivâmes devant ma porte. Qu'est-ce qui vous a pris de danser avec mon frère devant tout le monde, avant même de m'avoir fait cet honneur ?

— Je suis désolée, bredouillai-je. Je ne savais pas. Il m'a dit…

— Je me fiche de ce qu'il vous a dit ! L'eau de mer vous aurait-elle saumuré le cerveau ? Vous avez bien dû vous rendre compte de la façon dont on vous regardait !

Le vin que j'avais bu commençait à me donner la migraine et, sous la poigne du prince, mon bras me lançait au point que je ne pus m'empêcher de grimacer. Quand il s'en rendit compte, il me relâcha et je reculai d'un pas. Même si je brûlais d'envie de lui faire mal à mon tour, je devais prétendre être Zadie et me comporter comme l'aurait escompté Mère. Autrement, je finirais par me faire tuer avant d'avoir accompli quoi que ce soit d'utile.

— Je vous demande pardon, répondis-je en courbant l'échine.

Il poussa un profond soupir.

— Ce n'est sans doute pas votre faute. Mais je vous avais prévenue, à propos de Talin.

Je hochai la tête.

— C'est vrai. Et je comprends à présent ce que vous vouliez dire. Je ferai plus attention, à l'avenir.

Il prit mes mains dans les siennes.

— Vous avez froid ? s'inquiéta-t-il. Vos doigts sont gelés.

Son changement de ton me déstabilisait. Plus que la température, c'était la peur qui m'avait ainsi glacé les mains. Mais je ne voulais pas qu'il puisse me penser faible.

— J'ai oublié ma pèlerine dans la salle à manger. Je vais demander à ma femme de chambre d'aller la récupérer.

— Très bien. Dans ce cas, je vais vous laisser. Bonne nuit, ma chère.

— Bonne nuit, Votre Altesse.

Sur ces mots, je me dépêchai de me réfugier dans ma chambre, où Ebb était en train de disposer ma chemise de nuit sur le lit.

— Tout va bien, mademoiselle ? demanda-t-elle lorsqu'elle avisa mon expression. Que vous est-il arrivé ?

— J'ai été imprudente et j'en ai payé le prix. La prochaine fois, je resterai sur mes gardes, répondis-je avant de me laisser tomber sur le tabouret de la coiffeuse.

La jeune femme vint aussitôt ôter les épingles de mes cheveux, et dès qu'elle se mit à me masser le crâne ma terreur commença à refluer. Après tout, Céren ne m'avait rien fait. Et je comprenais qu'il me reproche d'avoir dansé avec son frère pendant son absence.

— Pourquoi les princes ne s'entendent-ils pas ? demandai-je. Il s'est passé quelque chose entre eux ?

Ebb jeta un regard inquiet en direction du petit trou dans le mur. J'attrapai un mouchoir et allai le fourrer dans la minuscule ouverture.

— C'est mieux comme ça ?

Non sans un soupir, elle me fit signe de revenir m'asseoir.

— D'après ce qu'on raconte, le prince Céren a toujours été difficile, même enfant. Sa mère, la reine Séréna, puisse-t-elle reposer en paix, était une magnifique Ilaréenne dont Xyrus était tombé amoureux très jeune. Mais elle était de constitution fragile et le père de Xyrus, le roi Lazar, poussait son fils à se choisir plutôt une fiancée varéniane, bien que lui-même ait refusé celle qui lui avait été envoyée.

Ce roi Lazar devait être celui qui avait rejeté la fille désignée par nos anciens en remplacement de l'élue morte noyée – l'homme qui avait privé le village d'eau pendant un mois. Dans le miroir, je haussai un sourcil.

— Qu'est-il advenu de cette fille ?

Ebb baissa les yeux.

— Je ne pense pas que ce soit à moi de vous l'apprendre.

Je réprimai un haut-le-cœur. Les reines d'Ilara ne faisaient jamais long feu, m'avait avertie Céren. Je ne voyais pas comment une simple adolescente repoussée par un prince aurait pu connaître un sort plus favorable.

— Quoi qu'il en soit, reprit Ebb, le roi Xyrus défia la volonté de ses parents. Il épousa tout de même Séréna, mais elle mourut en couches. Un an plus tard, il se remaria donc à Talia, qui avait rejoint la cour quelque temps avant ses premières noces.

— Mais pourquoi, si Xyrus préférait Séréna ?

— Je crois que Lazar l'avait fait venir dans l'espoir de détourner son fils de son premier amour. Il pensait que Séréna ne serait pas assez robuste pour survivre à un accouchement et, malheureusement, il avait raison. Cependant, une fois que Xyrus eut épousé sa seconde femme et que son cadet fut venu au monde, tout sembla rentrer dans l'ordre. Même sa santé parut s'améliorer. Il faut dire que la nouvelle reine s'avéra particulièrement bonne et généreuse. Par exemple, elle se rendait souvent dans les villages les plus pauvres de la contrée pour apporter à ses sujets du pain ou des couvertures.

— Elle avait le droit de quitter Château-Neuf ? m'étonnai-je.

— Bien sûr, mademoiselle. Le roi l'aimait tellement qu'il l'aurait laissée aller n'importe où.

— Même à Varénia ? Elle aurait été libre d'y retourner ?

— Oh, non ! s'exclama Ebb en déposant les épingles dans une coupelle en porcelaine. Le roi se montre très superstitieux quand il est question de votre village. Comme tous les nobles du royaume, d'ailleurs. À l'exception du prince Talin.

C'était sûrement pour cela que Céren l'avait choisi pour effectuer le voyage. D'accord, mais…

— Superstitieux ?

— À cause de ce qui est arrivé à la princesse Ilara.

— C'est ridicule… Elle est morte il y a plusieurs centaines d'années ! m'exclamai-je avant de me rappeler la façon dont Ebb avait retenu sa respiration quand notre carrosse avait traversé le pont. Est-ce pour cela que vous avez peur de l'eau ? Parce que Ilara s'est noyée ?

— Je n'ai pas peur de l'eau, répliqua ma femme de chambre sans toutefois pouvoir s'empêcher de tressaillir. Pas en petite quantité du moins. Mais mieux vaut éviter les eaux profondes ou tumultueuses. Tout le monde le sait, par chez nous. L'une de mes petites cousines a un jour voulu rattraper une balle qui avait roulé dans un lac et elle en est morte.

— Et vous pensez que ce sont les esprits de l'eau qui l'ont emportée ?

— Bien sûr, mademoiselle. Que voulez-vous qu'il se soit passé d'autre ?

Que la petite ait coulé parce qu'elle ne savait pas nager, par exemple ? À Varénia, nous naissions littéralement dans l'océan. En avoir peur aurait été comme craindre l'air que nous respirions. Néanmoins, en dépit du passage des siècles, la légende de la princesse Ilara continuait d'influencer notre culture. Il était donc normal qu'il en aille de même dans le pays d'origine de sa défunte héroïne.

— Par qui Céren a-t-il été élevé, après la mort de Séréna ?

— Par ses nourrices, principalement, même si la reine lui consacrait un peu de son temps. En revanche, elle n'a laissé personne s'occuper de Talin à sa place. Toute son enfance, elle a été à ses côtés. Je n'ai jamais vu un fils davantage aimé par sa mère.

D'où la jalousie de l'aîné des deux frères. Il avait grandi à moitié orphelin alors que Talin, lui, avait eu Talia. J'éprouvai tout à coup une pointe de pitié à l'égard de Céren.

— Merci pour toutes ces explications, Ebb.

— À votre service, mademoiselle.

Elle termina de m'aider à enfiler ma chemise de nuit, puis me fit une tresse lâche.

— Puis-je faire autre chose pour vous ?

— Non, merci. Mais… J'ai aperçu une femme dans la salle à manger, tout à l'heure. Elle m'a semblé familière.

À la lueur de frayeur qui traversa le regard d'Ebb, je compris tout de suite que je venais d'aborder le sujet qu'elle aurait justement souhaité éviter.

— C'était la Varéniane rejetée, n'est-ce pas ?

Ebb soupira. Ses yeux se portèrent à nouveau sur le trou bouché dans le mur.

— Oui. Mélina.

C'était donc elle, la remplaçante, celle à cause de qui les Varénians avaient été punis deux générations plus tôt et tant d'enfants étaient morts de soif. Le grand-père de Céren avait refusé de la prendre pour épouse, et pourtant, quarante ans plus tard, elle vivait toujours au château.

— J'aimerais lui parler, dis-je prudemment. Pourriez-vous faire en sorte que nous nous rencontrions ?

Ebb parut dubitative.

— Je peux essayer, mais je dois vous prévenir… Le prince Céren ne l'a jamais appréciée.

— Pourquoi donc ?

— Il trouve sa présence à la cour… de mauvais goût.

— Parce qu'elle vient de Varénia ?

De colère, mes joues s'étaient empourprées. Mais Ebb secouait la tête. Elle s'agenouilla devant moi.

— Non, mademoiselle, répondit-elle avant de continuer dans un murmure. Parce qu'elle était la maîtresse de Lazar.

Ma fureur vira au dégoût. Lazar n'avait pas jugé Mélina digne de devenir reine, mais il n'avait pas vu d'inconvénient à la mettre dans son lit ?

— Eh bien, ce n'est pas elle la fautive, dans cette histoire. Je veux toujours la rencontrer. Et le plus tôt sera le mieux.

Ebb se mordilla la lèvre inférieure.

— Je vais voir ce que je peux faire. Mais ce sera difficile de l'approcher. Elle sait se rendre invisible. Parfois, elle apparaît derrière vous alors que vous n'aviez aucune idée qu'elle se trouvait dans la pièce.

Si Mélina demeurait dans l'ombre, peut-être était-ce justement là que je devais la retrouver.

— Nous pourrions nous rejoindre dans un endroit discret, proposai-je. Quand le prince sera occupé. Je vous promets que je serai prudente.

— Je suis heureuse de l'entendre. Je n'ai que votre intérêt à cœur.

— Et vous pensez qu'il est dans mon intérêt d'épouser Céren ? demandai-je, penchée en avant pour contraindre ma femme de chambre à me regarder dans les yeux.

Elle rougit.

— Je pense qu'il est dans votre intérêt de ne pas éveiller son courroux.

Et sur ce point, je ne pouvais la contredire.

Après qu'elle fut partie, je baissai les minuscules rideaux fixés devant les alcôves où brillait la mousse lunaire. Mais il ne faisait toujours pas assez sombre dans la chambre pour que je réussisse à dormir. L'éclat de l'étonnant végétal illuminait les singulières créatures représentées sur les tapisseries et sculptées dans le mobilier. Je récupérai l'une des petites lanternes et l'approchai de la scène ornant la tenture la plus proche de mon lit. Ce que j'avais d'abord pris pour une tache informe était en réalité un lac brodé à petits points bleus. Au bord de l'eau, une jeune femme se peignait les cheveux, juchée sur un roc, tandis que sous la surface ondulait une sorte de chimère, son corps noir semblable à celui d'un serpent. En dépit de sa tête humaine, la bête était dotée de crocs acérés.

Soudain, on frappa à la porte, et je faillis lâcher ma lampe. Non sans rire de ma propre nervosité, je reposai la lanterne dans sa niche avant d'aller ouvrir en souriant, certaine qu'Ebb avait simplement oublié quelque chose. Mais sur le seuil, le visage aussi pâle qu'un cierge contre les ténèbres du corridor, c'était Céren qui attendait.

— Votre Altesse, le saluai-je en m'inclinant. Que faites-vous ici ?

Sans un mot, il me passa devant et referma derrière lui.

— Votre pèlerine, dit-il enfin en me tendant le manteau que j'avais laissé dans la salle à manger.

— Merci.

Consciente de la quasi-transparence de ma chemise de nuit, je serrai aussitôt le vêtement de fourrure contre ma poitrine. Le prince releva alors l'un des rideaux que j'avais abaissés, et la pièce entière se retrouva baignée d'une inquiétante lueur bleutée.

— C'est la pleine lune, commenta-t-il distraitement. On dit que d'étranges phénomènes se produisent lors de nuits comme celle-ci.

— Vraiment ? fis-je sans bouger d'un pouce, toujours campée près de la porte.

En deux grandes enjambées, il revint tout à coup vers moi et je me plaquai contre le mur. Lorsqu'il prit mes doigts réticents entre les siens, ma pèlerine tomba à mes pieds.

— Je suis désolé de vous avoir traitée si durement, tout à l'heure, murmura-t-il. Mais vous devez comprendre qu'on nous observe à tout instant. Les nobles de la cour... Ils adorent jaser, ils colportent le moindre ragot. Si je veux pouvoir gouverner un jour, il faut qu'ils me respectent.

Dans le halo des lanternes, ses prunelles grises luisaient d'un reflet bleu.

— Bien sûr, répondis-je. Je comprends.

Il resta immobile à me regarder encore un moment, puis il me lâcha et recula. Le souffle que je retenais m'échappa aussitôt. Pressée de m'éloigner de lui, je me repliai vers mon lit. Il s'apprêtait à ressortir, quand soudain, sur le seuil, il se retourna vers moi, envoyant sa longue chevelure voler autour de ses épaules.

— La tourte !

— La... la tourte ?

— Vous ne m'avez pas dit si vous l'aviez appréciée.

Talin m'avait conseillé de paraître impressionnée si je voulais m'attirer les bonnes grâces de son aîné. La sympathie du prince ne me tentait pas plus qu'une autre tarte à la chauve-souris, mais j'avais très envie qu'il s'en aille.

— Oh, oui ! m'exclamai-je avec tout l'enthousiasme dont j'étais capable. Je l'ai vraiment trouvée… unique.

Visiblement ravi, Céren hocha la tête.

— Bien. Je dois vous avouer que réunir toutes ces bestioles m'a donné du fil à retordre. Et à vrai dire, nous en avons perdu plusieurs durant la cuisson.

Du dos de la main, je me cachai les lèvres pour ne pas lui laisser voir ma grimace. Je n'étais pas très sensible, mais je ne cautionnais pas qu'on puisse torturer d'innocents animaux simplement pour se divertir.

— La prochaine fois, vous devriez peut-être opter pour une garniture moins… vivante, dis-je en lui offrant mon sourire le plus aimable. Les autres femmes étaient au bord de la crise de nerfs.

— Mais pas vous. Vous êtes faite d'un tout autre bois, n'est-ce pas ? répondit le prince, l'air admiratif.

Sur ce, il porta ma main à ses lèvres et disparut dans le couloir, me laissant non seulement médusée, mais aussi franchement terrifiée.

Le jour suivant, à mon grand soulagement, Céren n'était pas au château. Une domestique avait dit à Ebb qu'il était parti chercher du matériel pour ses expérimentations. Je demandai donc à ma femme de chambre d'arranger sans tarder une entrevue avec Mélina. J'avais beau ne rien désirer de plus que de me cloîtrer dans ma chambre, loin des regards inquisiteurs des courtisans, je n'avais plus beaucoup de temps devant moi pour recueillir les renseignements sur lesquels comptait Sami. En outre, tant que cela me permettait d'éviter de penser à la perspective de mon mariage – probablement imminent – avec le prince héritier, toute distraction était la bienvenue.

Au début, Ebb hésita, mais je réussis tant bien que mal à la convaincre que, puisque le roi ne quittait pas ses appartements et que Céren était absent, nous ne courions aucun danger. Elle finit par accepter de me conduire jusqu'au lieu qu'elle jugeait le plus sûr pour ce type de rendez-vous : la bibliothèque.

Celle-ci se trouvait dans une caverne qu'on n'avait manifestement jamais fini d'aménager. Même si, d'après Ebb, elle servait rarement, je la trouvai splendide. La voûte, soutenue par de multiples piliers de pierre, avait été laissée à l'état brut. Dans la partie terminée de la grotte, on avait bien installé des escaliers en colimaçon de chaque côté, mais ils n'avaient pas grande utilité puisque les étagères les plus hautes étaient toutes vides. Afin d'éviter que les livres ne prennent l'humidité, l'endroit était équipé de plus de puits de lumière qu'aucune des pièces où je m'étais déjà rendue. En attendant Mélina, je me postai sous l'un d'eux, profitant de chaque seconde de ce maigre bain de soleil.

Elle arriva seule. Elle devait avoir près de soixante ans, mais sans les quelques rares mèches grises qui émaillaient ses cheveux noirs, je lui aurais donné l'âge de ma mère. Bien que les années passées à Château-Neuf aient jauni son teint, elle restait incontestablement magnifique.

— Bonjour, petite, dit-elle en m'invitant à m'asseoir à côté d'elle sur une banquette capitonnée.

Personne ne m'avait plus appelée « petite », depuis que j'avais quitté Varénia, et je fus surprise de découvrir que cela m'avait manqué. J'inclinai la tête.

— Mélina.

— Comment se passe ton installation ? T'adaptes-tu à la vie dans la montagne ?

Le regard rivé sur l'ourlet de dentelle de mes manches, je n'osais pas relever les yeux. Mélina n'était certes pas assez vieille pour mériter le titre d'ancienne, mais je lui devais malgré tout le respect.

— Oui, très bien, merci.

— Et comment trouves-tu ton futur époux ?

Elle essayait sans doute de me jauger, d'évaluer à qui elle avait affaire. Moi non plus, je ne savais pas si je pouvais me fier à elle. Seulement, elle était pour l'instant la seule en qui je pouvais espérer trouver une alliée.

— C'est un homme au caractère... peu ordinaire, répondis-je sans trop m'avancer. Je ne sais pas encore quoi penser de lui.

— J'imagine que tu auras tout le temps d'y réfléchir une fois mariée.

Mes lèvres se tordirent d'elles-mêmes à ce dernier mot, et je m'empressai de maîtriser mes traits.

— Certainement.

— Cela dit, murmura Mélina, si tu veux mon avis, ce garçon est pourri jusqu'à la moelle.

Je relevai enfin la tête.

— Le prince Céren ? soufflai-je.

Sa soudaine franchise m'étonnait. Ou bien elle avait dû voir ma réaction quand elle avait évoqué le mariage. Je fixai le sublime bleu-violet de ses iris, qui ressortait contre les nuances sombres de sa chevelure comme de sa tenue.

— Il est violent et imprévisible, reprit-elle. Ces idiots de courtisans sont persuadés d'être en sécurité parce qu'ils sont nombreux. Tels des poissons en banc, ils croient que le requin qui leur tourne autour ne peut les atteindre. Mais le prédateur finit toujours par attaquer, dévorant l'un avant même que les autres aient pu s'en rendre compte. Je l'ai vu faire à maintes reprises. Un seigneur tient des propos qui lui déplaisent, une dame l'offense de quelque façon, et en un clin d'œil, l'inconscient disparaît sans laisser de trace. Personne n'a jamais un mot plus haut que l'autre, ici, personne ne fait de vague… Et un jour, on se retrouve à son tour victime du squale.

Les déclarations de Mélina me stupéfiaient. Je lui étais reconnaissante de faire preuve d'autant d'honnêteté, mais ce qu'elle me décrivait se révélait tellement plus épouvantable que ce que j'avais imaginé.

— Il se contente sans doute de chasser les importuns du château, vous ne pensez pas ?

— Peut-être. C'est ce que les autres choisissent de croire. Mais pour ce garçon, les gens sont accessoires.

Ce garçon ? Clairement, Mélina méprisait Céren.

— Que vous est-il arrivé quand le roi Lazar a compris que vous n'étiez pas l'élue d'origine ?

Ses yeux d'améthyste s'écarquillèrent.

— On t'a raconté ?

J'aurais souhaité lui raconter ma propre histoire – après tout, je lui demandais de me dévoiler la sienne. Mais je venais à peine de la rencontrer. Il aurait été stupide de lui faire une confiance aveugle.

— On m'a simplement dit qu'après avoir découvert la vérité, il avait puni les nôtres.

Mélina se leva et commença à faire les cent pas sur le tapis disposé devant nous. Je remarquai alors ses pieds, qui dépassaient de sous la jupe de sa robe. Ils étaient nus. Ce détail me rappela tant Varénia que mon cœur se serra, même si je ne pus m'empêcher de me demander comme elle pouvait supporter la morsure glacée de la pierre de Château-Neuf.

— Quand Lazar a vu que je n'étais pas la fille représentée sur le portrait qu'il avait reçu, il est entré dans une colère noire, commença-t-elle d'un ton plein d'amertume. J'ai eu beau lui expliquer ce qui s'était passé, il n'a rien voulu entendre. Il a déclaré que me prendre pour femme aurait été un déshonneur, et il a préféré épouser une

Ilaréenne, couper l'approvisionnement de Varénia en eau douce, puis faire de moi sa maîtresse.

Son récit me donnait envie de vomir.

— Mais pourquoi ne vous a-t-il pas simplement renvoyée d'où vous veniez ?

— À mon avis, il ne voulait pas risquer de rompre le lien entre l'Ilara et Varénia, répondit-elle en secouant la tête. Et puis, même si sa fierté lui interdisait de m'épouser, je pense qu'il désirait malgré tout m'avoir pour lui seul.

— Je suis tellement désolée.

— Inutile de me plaindre, petite. Lazar ne s'est jamais montré personnellement cruel envers moi. Céren s'avère bien plus abject que son grand-père ne l'a jamais été. Crois-moi, il causera bientôt la perte de notre peuple entier.

— Comment ça ?

Elle haussa un sourcil.

— T'a-t-il déjà emmenée dans son étude ?

— Oui. Et ?

— Il ne vient pas de passer une année entière à perfectionner son petit appareil simplement pour pouvoir jouer avec les crustacés. Il pense que s'il en amasse suffisamment, les perles vérénianes le sauveront du mal mystérieux qui l'affecte. Et il sait qu'il ne pourra pas continuer de faire chuter leur prix bien longtemps avant que ceux qui les récoltent aujourd'hui ne meurent de faim, ou pire, ne se révoltent.

— Il semble pourtant en parfaite santé, m'étonnai-je sans chercher à cacher mon incompréhension.

— C'est cette montagne, répondit Mélina en levant les yeux vers la roche du plafond. Quelque chose en elle emporte les souverains ilaréens bien avant la vieillesse.

— Ce n'est probablement que le manque de soleil et d'air frais, non ?

Mais elle eut un soupir d'impatience.

— As-tu vu l'état du roi, petite ? Il a vingt ans de moins que moi et a l'air d'en avoir mille de plus. C'est bien plus qu'un simple problème d'environnement.

— Céren a donc peur de finir comme son père ?

Mélina hocha la tête.

— Et il pense pouvoir récolter les perles à notre place, rien qu'avec une outre et un tuyau ? poursuivis-je.

Face à mon incrédulité, mon interlocutrice s'esclaffa.

— Si tu ne me crois pas, va donc vérifier par toi-même. Il teste son dispositif la nuit. Mais prends garde, ses espions sont partout, dit-elle avant de se diriger vers la sortie d'un pas vif. Raison pour laquelle toi et moi ne devrions pas renouveler ce genre de rendez-vous.

Je me levai et la rattrapai en hâte.

— Mais vous êtes la seule personne ici à qui je puisse vraiment parler ! Ne pourrions-nous pas nous retrouver dans votre chambre ?

— T'inviter chez moi reviendrait à foncer dans la gueule du requin, répondit-elle sans ralentir.

— Rejoignons-nous dans la mienne, dans ce cas. Ou lors des repas.

— Céren préfère me croiser le moins possible, et je n'ai aucun scrupule à admettre que c'est réciproque. Mais, de ton côté, il faut que tu évites de le contrarier, ou du moins que tu essaies. Et ce n'est pas en étant vue avec moi que tu y arriveras. Trouve-toi d'autres personnes sur qui compter à la cour. Tu en auras besoin.

— Je vous en prie, dites-moi juste une chose ! suppliai-je sans parvenir à masquer ma détresse. Serai-je un jour autorisée à quitter Château-Neuf ? Dites-moi qu'il y a de l'espoir.

Elle s'arrêta alors pour planter son regard perçant dans le mien.

— De l'espoir ? Mais petite, ici, il n'y en a pour personne. Nous sommes tous piégés dans cette montagne comme autant de homards dans un casier de pêche, attendant simplement notre tour de mourir.

Chapitre 17

Je passai le jour suivant terrée dans mon lit. Les moments où je m'apitoyais lamentablement sur mon sort alternaient avec ceux où je planifiais ma fuite. Si je parvenais, d'une manière ou d'une autre, à me rendre à la foire du port, Sami pourrait me ramener à Varénia et nous rapporterions tout au gouverneur. Le simple fait que Mélina ait été contrainte de devenir la maîtresse du roi plutôt que sa reine devrait suffire à mettre fin au pacte ridicule qui nous unissait à l'Ilara.

Mais j'avais à peine envisagé ce scénario que je me rappelai à quel point le trajet jusqu'à Château-Neuf s'était révélé difficile, alors même que j'avais disposé d'un luxueux carrosse et d'une domestique dédiée à mon service. Jamais je ne réussirais à effectuer le chemin inverse toute seule. Mélina avait raison. J'avais besoin d'alliés. Et ce n'était pas en restant à me morfondre dans ma chambre que j'en trouverais. Comme personne ne semblait savoir quand reviendrait Céren, je finis par décider de tirer le meilleur parti de ce répit inopiné.

Le lendemain, dès le petit déjeuner, j'engageai la conversation avec l'une des femmes attablées près de moi. Bien que ses cheveux poudrés et le taffetas de sa robe au col montant la fassent paraître beaucoup plus âgée, dame Hyacinthe ne devait avoir qu'une vingtaine d'années. Ebb m'avait cependant assuré qu'il valait la peine de faire sa connaissance, car elle siégeait au conseil militaire du roi. Elle était donc très au fait des différentes insurrections qui grondaient à travers le territoire, en particulier à la frontière sud.

Lors de ce premier échange, nous nous étions cantonnées à quelques plaisanteries, mais l'après-midi même, j'étais conviée à prendre le thé dans sa chambre, en compagnie d'une poignée d'autres invités.

— Dieux, que vous êtes belle ! commenta l'une des dames à mon arrivée, avant de me faire signe de venir m'installer à ses côtés sur le brocart du canapé rembourré où elle était assise. Je me souviens être passée non loin de Varénia, une fois, en allant à Kuven. Mais nous n'étions pas assez près du village pour apercevoir quoi que ce soit. Et à l'évidence, c'était bien dommage.

Je rougis et Hyacinthe adressa à ses amis un sourire entendu.

— Je vous avais dit qu'elle était charmante. Bien plus charmante que cette odieuse Mélina.

— Oh, ne m'en parlez pas ! intervint un seigneur en feignant un frisson. C'est bien simple : cette bonne femme me terrifie.

Sur ce, les conversations reprirent mais, n'ouvrant la bouche qu'en cas d'absolue nécessité, je me contentai d'écouter, déterminée à recueillir autant d'informations utiles que possible.

Hélas, Hyacinthe et ses condisciples semblaient plus intéressés par les intrigues de la cour que par ce qui se tramait à l'extérieur. Tout en discutant, plusieurs des femmes présentes tricotaient. Il faisait en effet si froid dans la montagne qu'en dehors des repas où elles faisaient étalage de leurs somptueux habits, ces dames circulaient en permanence emmitouflées dans de grosses capes, le cou enveloppé de châles et les doigts protégés de gants. Malheureusement, ainsi que je m'en rendis très vite compte, confectionner ces accessoires indispensables s'avérait à peu près aussi réjouissant que de réparer un filet de pêche.

Quand Céren rentra, le jour suivant, je m'étais résolue à lui faire part de mon désir de sortir de Château-Neuf. Même si je ne parvenais pas à me rendre à la foire du mois, je ne pouvais pas passer ma vie à boire le thé chez Hyacinthe en cousant des moufles ! J'en serais devenue folle en quelques semaines à peine.

Avant le dîner, je demandai donc à Ebb de me choisir une tenue qui, selon elle, plairait au prince. Elle me regarda d'un drôle d'air, mais ne posa aucune question et sortit de l'armoire une robe de lourd satin prune. Sans manches, elle était en revanche dotée d'une cape qui, dès que j'avançais, voletait derrière moi comme les ailes d'une raie manta. Son corsage avait beau être échancré, le décolleté restait décent. Contrairement à celui des toilettes les plus vaporeuses de mon armoire, il ne me donnait pas la sensation d'être vulnérable, en tout cas.

Quelques minutes plus tard, Céren en personne se présenta à ma porte pour proposer de m'accompagner jusqu'à la salle à manger. D'emblée, ses joues me parurent légèrement plus roses qu'auparavant, comme si ces quelques jours passés hors du mont Ayris lui avaient fait du bien.

— Vous avez très bonne mine, aujourd'hui, me dit-il tandis que je marchais à son bras.

— Je pensais justement la même chose de vous, répondis-je en souriant.

Mais il demeura de marbre. J'eus même l'impression que ma flatterie l'avait froissé. Peut-être refusait-il d'y croire.

Le repas se déroula sans incident, même si, le temps qu'on en arrive à ce moment de flottement entre les plats et le dessert, Céren avait déjà vidé quelques coupes du vin capiteux que l'on servait en Ilara. Pour tout dire, je ne l'avais jamais vu boire autant. Pour ma part, depuis le soir où j'avais dansé avec Talin, j'évitais le vin, priant les serviteurs de ne me servir que de l'eau.

— Pardonnez-moi, Votre Altesse, tentai-je néanmoins en m'armant de courage. Je me demandais si je pourrais être autorisée à sortir pour visiter l'un des villages des environs, par exemple. Sur le trajet qui m'a menée ici, je n'ai pas vraiment pu profiter du paysage. Or, je suis sûre que l'Ilara ne se résume pas à cette montagne.

J'avais beau m'être efforcée de m'exprimer avec aplomb, mes mains tremblaient sur mes genoux. Le prince imprima un léger mouvement circulaire à son vin, manifestement absorbé par ses nuances. Mais derrière ses yeux de granit, je savais qu'il était en pleine réflexion. Quoi qu'il fasse, il n'agissait jamais sans calcul, sans peser le pour et le contre de la moindre de ses décisions.

— Non, lâcha-t-il enfin. Je ne pense pas que ce soit une bonne idée.

— Oh…, fis-je, déçue, mais pas vraiment surprise. Puis-je savoir pourquoi ?

Il renversa la tête en arrière, et termina son verre d'un trait.

— Parce que ce ne sont pas les villages qui illustrent le mieux notre culture. Peut-être qu'un jour, je vous emmènerai dans l'un des domaines de nos seigneurs, mais de toute manière, tout ce qui vaut d'être vu se trouve déjà ici, à Château-Neuf.

Pour cacher mon dépit, je me mordis la lèvre. Si je n'avais pas le droit de m'éloigner du mont Ayris ne serait-ce que de quelques lieues, comment allais-je bien pouvoir me rendre à la foire ? Le voyage jusqu'à la côte prendrait des jours et nécessiterait certainement une escorte. L'entreprise me parut soudain vouée à l'échec. J'imaginai Sami en train de me chercher, sa simple venue en terre ilaréenne le mettant en danger de mort. Je n'avais même pas la possibilité de le prévenir que je ne serais pas au rendez-vous !

La colère m'envahit d'un coup, aussi ardente que fulgurante. J'avais tant envié la liberté qui attendait supposément les filles choisies par les anciens ! Et voilà que je me rendais compte qu'elles s'étaient retrouvées bien plus enfermées en Ilara que je ne l'avais jamais été à Varénia. Mais j'avais supplié Thalos de m'envoyer dans ce pays de malheur, et maintenant il était trop tard.

J'aurais voulu rappeler à Céren que la dernière reine, elle, avait eu la permission de parcourir les villages – en tout cas, d'après Ebb. Toutefois, mentionner Talia me semblait risqué. Si le roi avait été présent, peut-être aurait-il pu convaincre son fils d'accéder à ma requête mais, une fois de plus, il se « reposait ». Comme c'était ce qu'il faisait visiblement la majorité du temps, je me demandais bien comment il se débrouillait pour gouverner.

— Cela dit, vous aurez peut-être bientôt l'occasion de prendre l'air, reprit alors le prince. Du moins, si mes expérimentations avancent comme je le souhaite. J'en saurai davantage dès cette nuit.

— Ah ? fis-je en gardant une expression des plus neutres bien que mon pouls se soit accéléré. Et que se passera-t-il, cette nuit ?

Céren recula son fauteuil dont les pieds crissèrent désagréablement sur les dalles.

— Rien qui vous concerne, ma chère. Profitez donc de la fin de votre repas.

Mais si Céren pensait être près de terminer la mise au point de son appareil, cela me concernait, au contraire, plus que quiconque dans ce château ! Je me dépêchai de terminer de dîner et quittai la salle à manger bien décidée à découvrir ce qu'il manigançait.

J'avais presque atteint ma chambre, quand quelqu'un m'interpella. Je me retournai pour découvrir que Hyacinthe m'avait suivie.

— Ah, justement, je vous cherchais ! dit-elle comme si nous nous étions rencontrées par hasard. J'espérais que vous accepteriez de vous joindre à nouveau à nous.

Les mains réunies devant elle afin de mieux me montrer ses mitaines en tricot, elle posa sur les miennes un regard lourd de sous-entendus.

— J'ai bien peur d'être trop fatiguée, ce soir, mentis-je.

Fréquenter les nobles de la cour ne me servait à rien sinon à me prouver à quel point je n'avais pas ma place parmi eux. Et puis, préoccupée comme je l'étais, je n'avais pas la tête aux travaux d'aiguille.

Hyacinthe tapota l'un contre l'autre le bout de ses ongles démesurés. Ebb m'avait expliqué que leur taille était révélatrice du rang qu'une femme occupait dans la société. Plus ils étaient longs, moins elle était susceptible d'avoir à accomplir la moindre besogne manuelle.

— Quel dommage, dit-elle. Nous aimerions tant vous connaître mieux.

Il m'avait suffi d'une seule de leurs petites sauteries pour comprendre qu'elles étaient essentiellement consacrées aux commérages, et ses amis et elle regrettaient sans doute de n'avoir rien de très intéressant à se mettre sous la dent me concernant. Pour être honnête, j'avais bien l'intention que cela ne change pas.

— Une prochaine fois, répondis-je avec un sourire forcé.

Et avant qu'elle ait pu protester, je me hâtai de repartir.

Mélina m'avait encouragée à vérifier par moi-même la véracité de ses allégations quant à l'appareil de Céren, et c'était exactement ce que je comptais faire. Je demandai à Ebb de me préparer un bain, puis, prétextant l'épuisement, je lui annonçai que j'irais me coucher sans tarder.

— C'est à cause de la montagne, dit-elle pendant qu'elle me brossait les cheveux. Ceux qui s'y installent sont en pleine forme quand ils arrivent, et en quelques semaines, ils finissent souffrants, fourbus en permanence. C'est pour cette raison que le roi est aujourd'hui dans cet état.

Ainsi, Mélina n'était pas la seule à penser que la maladie de Xyrus était due au mont Ayris. Céren était loin de paraître aussi mal en point que son père, mais il restait indéniablement efflanqué comparé à Talin. De la même façon, beaucoup des courtisans avaient constamment l'air faible et éreinté, même en début de journée.

— Dans ce cas, pourquoi les nobles viennent-ils vivre au château ? demandai-je.

— Certains cherchent à se voir accorder plus de terres, ou une position plus avantageuse. Les jeunes demoiselles sont généralement envoyées ici par leur père, pour tenter de ravir le cœur du prince Talin.

— Pas celui de Céren ?

— Lui a toujours tenu à épouser une Varéniane, expliqua Ebb à voix basse.

Étonnant, vu son antipathie à l'égard de la reine Talia. Mais mes pensées demeuraient accrochées à ce qu'avait dit Ebb juste avant.

— Et Talin ? m'enquis-je en essayant de ne paraître qu'à moitié intéressée. L'une de ses prétendantes lui plaît plus que les autres ?

— Pas à ma connaissance, non.

Elle me glissa cependant un regard en coin. Décidément, elle se révélait parfois un peu trop perspicace à mon goût.

— Vous avez des frères et sœurs, Ebb ? demandai-je pour changer de sujet.

Dans le miroir, je vis son visage s'éclairer.

— J'ai un frère aîné, mademoiselle.

— Où vit-il ?

Son sourire s'évapora, et je compris que je n'aurais pas dû poser cette question.

— Il est ici, au château, répondit-elle malgré tout avant de ranger la brosse. Y a-t-il quoi que ce soit d'autre que je puisse faire pour vous ?

Je la laissai prendre congé, mais sans réussir à me défaire de la sensation que quelque chose n'allait pas. Ce drôle de sentiment me taraudait encore au moment où, plus tard, je m'enveloppai dans un châle de grosse laine pour sortir à mon tour.

Même si je n'avais que peu exploré les méandres de Château-Neuf en solitaire, je parvenais déjà à m'y orienter sans trop de difficulté. À cette heure de la nuit, les couloirs froids étaient déserts. J'y croisais, de temps à autre, un domestique, qui me saluait poliment d'un signe de la tête ou d'une brève révérence, mais en dehors d'eux et des quelques gardes postés çà et là sur mon parcours, j'étais seule. Bien que les torches de mousse lunaire ne brillent guère, elles coloraient les parages d'un bleu sinistre. À errer dans cette obscurité quasi totale, j'avais l'impression d'être l'une de ces étranges créatures des abysses. On aurait pu se tenir à deux centimètres de moi que je n'en aurais rien su.

Après de longues minutes à sillonner les corridors, je commençais à perdre mon sang-froid, quand, enfin, j'aperçus une petite lumière pâle, brillant dans les ténèbres loin devant moi. Elle traversa prestement le passage où je me trouvais, avant de s'engouffrer dans un autre, plus étroit. Persuadée d'avoir affaire à un seigneur ou à une dame qui pourrait m'aider à retrouver le chemin de mon lit, j'essayai de la rattraper, jusqu'à ce que je me rende compte qu'il s'agissait en réalité de Céren. Tenant à la main une lanterne qui émettait une faible lueur verte, il tourna bientôt au coin d'un nouveau couloir, sa chevelure blond-blanc flottant dans son sillage.

Je n'hésitai qu'un instant. Si je me faisais prendre, je lui dirais simplement que je m'étais perdue en voulant rejoindre la chambre de Hyacinthe. Par chance, la semelle feutrée de mes pantoufles ne faisait aucun bruit sur la pierre. Ma chemise de nuit, elle, bruissait à peine. Céren bifurqua encore. Je pris le temps de jeter un œil discret dans la coursive qu'il venait d'emprunter puis m'y engageai à sa suite. Tels des ongles fébriles sur le bois d'une porte, les pans de son long manteau noir grattaient le sol à chacun de ses pas.

Je m'enfonçais plus profondément sous la montagne que je ne l'avais jamais fait. À mesure que je progressais, la pente devenait plus raide, les galeries plus exiguës. Rien qu'en écartant les bras, je pouvais à présent en toucher chacune des deux parois. Le crâne du prince frôlait le plafond. Cela faisait aussi un moment que je n'avais plus vu de garde.

Tout à coup, quelque chose s'agita sur ma tête et je lâchai un hoquet de surprise. Ce n'était qu'un papillon de nuit empêtré dans mes cheveux, mais Céren avait fait volte-face, sa lanterne de faux-feu brandie devant lui. Je me plaquai contre le mur, priant pour être invisible dans l'ombre. Aucune excuse logique ne pouvait plus expliquer ma présence dans cette partie du château – il comprendrait forcément que je l'avais suivi. Je prenais peu à peu conscience de l'extrême dangerosité de la situation dans laquelle je m'étais fourrée. Isolés comme nous l'étions, personne ne m'entendrait et Céren pourrait me faire ce qu'il voudrait. Nous aurions aussi bien pu nous trouver à des centaines de lieues de la civilisation. Soudain oppressée par la quantité de roche qui nous entourait, je sentis mon cœur s'affoler.

J'allais peut-être mourir dans ce tunnel et on ne retrouverait jamais mon cadavre.

Dès que Céren se retourna pour poursuivre enfin sa route, je me laissai glisser le long de la pierre. Inspirant lentement, je me forçai à me calmer. Il ne fallait pas que je tarde trop : le prince avait emporté avec lui la seule source de lumière alentour. Sans elle, je n'y voyais absolument rien. Je me hissai donc tant bien que mal sur mes jambes flageolantes, les mains tendues devant moi pour appréhender le tournant suivant. Mais le temps que je passe la tête au coin de ce nouveau couloir, il était déjà trop tard. Céren avait disparu.

Je clignai des yeux dans le noir complet. Il ne pouvait pas s'être volatilisé, me dis-je pour me rassurer. Il y avait probablement un autre embranchement un peu plus loin. Respirant à peine, je continuai d'avancer à tâtons quand, subitement, le mur s'effaça sous mes doigts. D'un seul coup, l'air autour de moi me parut plus frais, moins suffocant. Et devant moi, au niveau du sol, je décelai un léger scintillement… et le clapotis qui l'accompagnait toujours.

De l'eau !

Une fois un peu plus habituée à l'obscurité, je retrouvai la lueur de la lampe du prince, qui tressautait au loin. Avec d'infinies précautions, je fis un pas en avant. Je me trouvais dans une grotte gigantesque, face à un immense lac souterrain. Plus loin sur la berge, je distinguais d'autres petites lumières vertes, ainsi que les ombres qui passaient devant. Après ce que m'avait expliqué Ebb, j'aurais cru que ni Céren ni personne à Château-Neuf ne se serait approché de son plein gré d'une aussi vaste étendue d'eau. Pourtant, il y avait bien des gens près de la rive. *Pourquoi ?*

Tout en gardant une main contre la paroi de la caverne, à une cinquantaine de centimètres à peine du bord du lac, je me remis en marche. Plusieurs fois, l'eau glacée vint doucement laper la pierre de la grève, non sans tremper mes pantoufles au passage. Les lumières vertes me semblaient déjà moins lointaines, mais la conversation des silhouettes qui s'affairaient à côté ne me parvenait toujours pas. À pas de loup, je m'approchai autant que je l'osais, et quand je fus capable de deviner, dans la pénombre, les contours de ces mystérieux individus, je m'accroupis derrière une énorme stalagmite.

J'entendis bientôt Céren demander :

— Combien de temps as-tu tenu ?

— Sept minutes, peut-être huit, Votre Altesse.

Grêle, haut perchée et effrayée, cette voix-là était celle d'un enfant.

— Pitié, ajouta ce dernier, ne m'obligez pas à y retourner. Il fait si sombre dans l'eau, et si froid.

Céren le rabroua alors d'un ton brusque et exaspéré, mais sans que je comprenne ce qu'il disait.

— Dix minutes ? reprit le garçon. Mais mon frère...

— Quelle durée visez-vous, Votre Altesse ? le coupa un autre adulte. Avec une vessie plus grosse, on pourrait l'atteindre.

Afin de me faire une idée de ce dont il était question, je risquai un coup d'œil de l'autre côté de la colonne de pierre. Assortie de son tuyau, la drôle d'outre que j'avais déjà vue dans l'étude du prince reposait par terre, à peine visible. Seulement, cette fois, elle était remplie d'air.

— Bien plus que sept minutes, en tout cas, si je veux espérer ramasser suffisamment d'huîtres ! répondit Céren. En admettant que l'océan en contienne encore, évidemment. D'après les Varénians, elles sont de plus en plus difficiles à trouver et, bien sûr, sur une dizaine d'entre elles, une seule renfermera une perle. Il me faut davantage de temps.

— On s'y attelle tout de suite, Votre Altesse.

— Vous avez intérêt, dit le prince. J'ai déjà mis Talin au courant de l'essai auquel je compte procéder. Vous avez une semaine pour finir de mettre cet appareil au point.

— Oui, Votre Altesse, répondirent les deux autres à l'unisson.

Ainsi, Mélina avait vu juste. Assisté d'un équipement qui lui permettrait de respirer sous l'eau pendant dix minutes, Céren pourrait plonger bien plus efficacement que n'importe quel Varénian ! Quelques-uns des hommes du village avaient certes la réputation d'être capables de rester en apnée aussi longtemps, mais pas en cherchant des huîtres. Personnellement, je n'étais jamais restée sous la surface plus de cinq minutes – peut-être six, le jour où j'avais sauvé Zadie de la noyade. Et puis, pour peu que Céren fabrique plusieurs de ses dispositifs, il pourrait aisément envoyer ses propres troupes à la pêche aux perles. Non content de nous voler notre seul moyen de subsistance, il allait carrément nous rendre obsolètes. Comme Mélina l'avait prédit, il causerait la perte de notre peuple entier !

Je me repliai derrière ma stalagmite pile au moment où son manteau se remettait à fouetter le sol. Il n'était plus qu'à quelques pas lorsque soudain, l'eau frémit.

Céren se figea. Il se tenait si près de moi que je percevais sa respiration, remarquablement régulière et posée. Quoi qu'il soit en train de se passer, il n'était pas effrayé. Pourtant, trois secondes plus tard, je dus personnellement me mordre la lèvre pour me retenir de hurler. Une bestiole aussi blanche que visqueuse venait d'émerger des profondeurs et se traînait hors du lac. L'instant d'après, Céren se jeta dessus, si soudainement que je ne pus m'empêcher de sursauter.

— Vite, un couteau ! lança-t-il à ses sous-fifres. Celle-ci est assez grasse pour être servie au dîner !

Pourvue d'une longue queue et d'yeux minuscules, la créature, qui faisait presque la moitié de la taille du prince, se tortillait de toutes ses forces pour tenter de lui échapper.

— Mais qu'est-ce que c'est ? demanda le jeune garçon tandis que l'homme tendait sa lame à Céren.

— Tu n'as donc encore jamais vu de salamandre des grottes, morveux ? répondit le prince. La plupart des spécimens géants de cette espèce ont été exterminés depuis longtemps, hélas, mais il se peut très bien que certains t'aient frôlé quand tu étais dans l'eau, sans même que tu t'en sois rendu compte. Heureusement pour toi, ces bestioles sont aveugles.

Sur ce, il s'empara du couteau et, sans prendre la peine d'achever l'animal au préalable, il entreprit de le décapiter. J'avais moi-même tué et éviscéré mon lot de poissons, mais quand je vis Céren scier le cou de la misérable bête, sans aucun savoir-faire et sans se soucier le moins du monde d'abréger ses souffrances, je faillis tourner de l'œil.

Lorsqu'il eut fini, il lâcha son arme, puis ordonna aux deux domestiques de s'occuper du corps. Puis il s'accroupit au bord de l'eau, à quelques centimètres seulement de ma cachette. Je retins ma respiration, mais transie de terreur comme je l'étais, le cœur cognant à tout rompre, je savais que je ne tiendrais pas plus de deux minutes. À la lumière de sa lanterne, Céren rinçait tranquillement ses mains couvertes d'une quantité de sang impressionnante, et prenait son temps.

J'attendis jusqu'à la dernière seconde, mais quand je sentis mes poumons sur le point d'exploser, j'exhalai aussi silencieusement que possible. Lentement, le prince commença à tourner la tête. Tétanisée, je me recroquevillai un peu plus dans l'ombre, non sans me maudire de l'avoir suivi jusqu'à cet antre. *Tu vas mourir dans cette caverne, ma pauvre ! Dès demain matin, les salamandres se repaîtront de tes os !*

Les paupières serrées, je me préparais à être découverte d'un instant à l'autre quand, tout à coup, les frottements du manteau de Céren se firent à nouveau entendre. Je rouvris les yeux pour le voir s'éloigner en direction de la galerie par laquelle nous étions arrivés. Je manquai de m'évanouir de soulagement, mais il se mit alors à chantonner d'une voix étonnamment suave et harmonieuse.

— Prends garde au poisson-lion, petite. Prends garde au poisson fait de pierre. Prends garde aux mots doux hypocrites…

La suite se perdit quand il quitta la grotte.

Après que suffisamment de temps se fut écoulé, je repartis à mon tour à pas hésitants dans le noir. Quelle idiote j'avais été de penser que je pouvais jouer les espionnes en Ilara ! Céren s'avérait bien trop rusé, et moi bien trop naïve ! Il m'avait probablement repérée dès le moment où le papillon de nuit s'était pris dans mes cheveux et m'avait laissée le suivre simplement pour se jouer de moi. Peut-être même qu'il avait massacré la salamandre uniquement parce qu'il savait que je l'observais. Mêlé à la peur que j'avais ressentie à l'idée de me faire attraper, le souvenir du sang écarlate sur sa peau d'albâtre me submergea soudain, et je fus obligée de m'arrêter devant une alcôve pour y rendre les derniers vestiges de mon dîner.

Au moins faisait-il de moins en moins sombre à mesure que je remontais vers les hauteurs de Château-Neuf. Bientôt, je dépassai un garde et poussai un soupir de délivrance. Je n'étais plus seule. Quand, enfin, je retrouvai les couloirs qui m'étaient familiers, je courus jusqu'à ma chambre. Ebb m'y attendait, endormie sur la petite banquette installée dans un coin. Je la réveillai en douceur.

— Je suis désolée, je m'étais perdue, expliquai-je dès qu'elle se redressa en clignant des yeux.

— Mademoiselle ! s'écria-t-elle d'un air plus que soulagé. Je suis revenue vérifier que vous n'aviez besoin de rien et vous aviez disparu ! J'étais morte d'inquiétude ! Vous allez bien ?

J'avais envie de secouer la tête et de m'effondrer dans ses bras, mais je me forçai à sourire.

— Oui, ne vous en faites pas. C'est simplement que cette montagne devient un véritable labyrinthe, dans l'obscurité !

— Je comprends. Je vous dessinerai un plan, si vous voulez. Même moi, je n'aime pas me promener toute seule trop bas dans le château, alors que j'y habite depuis des années. Je sais bien que les rumeurs au sujet du mont Ayris ne sont que des légendes, mais parfois je commence presque à y croire et elles me terrifient.

— Quelles rumeurs ? demandai-je tandis qu'elle m'aidait à me mettre au lit.

Elle me coula un regard de biais, les lèvres tordues en une moue gênée.

— Ce ne sont que des histoires absurdes, mademoiselle, mais on raconte qu'il y a plusieurs millénaires de cela vivaient d'immenses géants, hommes et femmes, qui faisaient trembler la terre à chacun de leurs pas. Un soir, le dieu Théale, furieux de voir ses créations détruites par leur faute, patienta jusqu'à ce qu'ils s'endorment, puis les changea tous en pierre. Leurs veines finirent par geler, formant ainsi la pierre de sang qu'on extrayait autrefois de la montagne.

— La… pierre de sang ? bégayai-je.

À présent que je n'étais plus galvanisée par la peur, je me rendais compte à quel point j'étais exténuée. Bercées par la voix apaisante de ma femme de chambre, mes paupières se faisaient de plus en plus lourdes.

— Un magnifique joyau vermeil, doté de propriétés magiques, expliqua Ebb. Il rendait apparemment les reines qui s'en paraient si puissantes que, si tel avait été leur désir, elles auraient pu mener des armées entières à une mort certaine. Mais au fil du temps, la cupidité des habitants de cette contrée grandit et, bientôt, les filons furent quasiment épuisés. Les pierres restantes déclenchèrent d'innombrables guerres, chaque camp voulant se les approprier. Il fallut attendre qu'Ebbeela la Sanguinaire décide d'inonder les mines du mont Ayris pour que les conflits cessent une bonne fois pour toutes. C'est en son honneur qu'on m'a prénommée Ebb, vous savez. Enfin, plus précisément en l'honneur de sainte Ebbeela, comme on commença à l'appeler après sa mort.

— La Sanguinaire ? intervins-je, incrédule. Avec un tel sobriquet, comment a-t-elle bien pu devenir sainte ?

— L'Ilara a en réalité rarement connu souveraine plus sage et plus juste. Une fois les mines détruites par ses soins, elle remboursa la totalité des dettes du reinaume qui prospéra durant son règne. Elle a été surnommée ainsi après avoir fait tuer son propre fils. Mais l'histoire n'est pas tendre avec lui non plus : manifestement, tout ne tournait pas rond dans sa tête, raison pour laquelle sa mère redoutait de le voir devenir roi.

Les paroles d'Ebb me donnaient à présent l'impression de venir de très loin, comme si j'étais déjà à moitié dans un rêve.

— Et où sont passées toutes les pierres de sang ? demandai-je malgré tout.

— Envolées, mademoiselle. Dispersées aux quatre coins du monde. On dit que le sang des hommes était dépositaire d'un grand pouvoir autrefois, mais que, voyant qu'ils en abusaient, les dieux le leur ont retiré.

Dans mon esprit à demi assoupi, « pierre » et « corail » de sang avaient commencé à s'enchevêtrer. L'idée qu'après tout, les deux n'étaient peut-être qu'un seul et même élément m'effleura vaguement, et sur cette dernière réflexion, je m'endormis pour de bon.

Chapitre 18

CERTAINE QUE CÉREN m'avait vue dans la grotte, je m'attendais à devoir endurer sa colère dès le soir suivant. Mais quand j'arrivai dans la salle à manger pour le dîner, il se contenta de s'incliner brièvement, m'adressant le même salut hâtif que d'habitude. Déboutonné au niveau du cou, son pourpoint grenat révélait le début de son torse aussi blanc que lisse et il avait glissé un poignard sous sa ceinture de cuir noir.

— Je crois que je vous avais parlé d'une possible escapade hors de la montagne, dit-il après que nous eûmes commencé à manger.

Il s'interrompit pour porter à sa bouche le morceau de viande brun rougeâtre qui tremblotait au bout de sa fourchette.

— C'est du foie de bœuf, ma chère, commenta-t-il lorsqu'il avisa mon expression. Très bon pour la santé.

Je n'avais jamais beaucoup aimé la viande, mais la façon dont on la servait à Château-Neuf – crue et saignante – avait achevé de m'en dégoûter pour toujours. Le fait d'avoir été témoin des talents de boucher de Céren n'arrangeait rien. Pour ce que j'en savais, ç'aurait pu être du foie de salamandre qu'il avalait si goulûment.

— Seriez-vous souffrant ? demandai-je.

Ses yeux gris se braquèrent sur moi.

— Je vous parais souffrant ?

— Non, absolument pas. Peut-être juste un peu pâle.

— J'ai la carnation de ma mère. Elle aussi avait la peau claire. Talin, pour sa part, a eu la chance d'hériter de la physionomie et de la constitution de Talia.

Derrière le compliment qu'il faisait à son frère, son ton trahissait indubitablement sa jalousie. Cela faisait plusieurs jours que je n'avais pas aperçu le cadet des deux princes, et je m'apprêtais à demander de ses nouvelles quand Céren planta sa fourchette dans un second bout de viande qu'il agita sous mon nez.

— Tout s'est bien passé cette nuit, je dois dire. J'en suis ravi. Nous sommes fin prêts pour la prochaine phase de mon expérimentation.

— Félicitations, dis-je en gardant le regard fixé sur mon assiette.

— Puisque vous semblez tant vous intéresser à mon travail, j'ai pensé que vous aimeriez peut-être m'accompagner la semaine prochaine, quand j'irai enfin tester mon projet.

— Vous accompagner ?

Un frisson me parcourut l'échine pour me remonter jusqu'au sommet du crâne.

— Allons, un peu d'enthousiasme ! s'exclama Céren. Après tout, mes essais nécessitent ce que vous appréciez le plus au monde.

Je demeurai de marbre.

— C'est-à-dire, Votre Altesse ?

— L'eau, bien sûr ! répondit-il en s'esclaffant.

Même pour toutes les perles de la mer Alathiane, il était hors de question que j'approche à nouveau de ce lac souterrain ! Malgré tout, je souris, espérant que ma terreur passerait pour une certaine timidité.

— Vous faites erreur. Ce n'est pas l'eau que je préfère.

— Ah, non ? dit-il avant de se pencher un peu plus vers moi. Dans ce cas, je vous en prie, éclairez-moi : que chérissez-vous plus que tout ?

— Le soleil. C'est ce qui me manque le plus, en tout cas, depuis que j'ai quitté Varénia.

— Plus que les membres de votre famille ?

— Non, évidemment. Simplement, je ne les range pas dans la même catégorie.

Céren se gratta un moment le menton, puis…

— Eh bien, réjouissez-vous quand même, ma chère. Les essais impliqueront aussi une bonne dose de soleil. Du moins, si le temps se montre conciliant.

Je me tournai vers lui, bouche bée.

— Vous voulez dire que… ?

— Parfaitement, vous sortirez du château. Mais seulement si vous le voulez, bien sûr.

— Quand ? le coupai-je presque, en me retenant de sautiller d'impatience sur mon siège.

— Pour peu que votre emploi du temps surchargé le permette, mardi, répondit-il avec un petit rire.

Aussi incroyable que cela puisse paraître, cela ne faisait même pas deux semaines que j'étais partie de Varénia. La foire ne débuterait que trois jours après l'excursion prévue par Céren… Si, une fois dehors, je réussissais à confier un message à quelqu'un, il aurait encore le temps de rejoindre le port, même si je n'y parvenais pas moi-même.

— Cela devrait être possible, assurai-je.

— Dans ce cas, c'est entendu ! Venez, il y a quelque chose que j'aimerais vous montrer.

Céren m'entraîna à travers tout un dédale de couloirs, jusqu'à ce que nous arrivions dans une galerie où je n'étais jamais entrée auparavant. Les torches accrochées le long des murs y éclairaient chacune un tableau, mais il me fallut avancer un peu avant de saisir ce que j'avais sous les yeux. Il s'agissait des portraits des fiancées venues de Varénia avant moi. Et dieux qu'elles étaient belles, toutes aussi fraîches et radieuses qu'un bouquet de fleurs des mers. Maintenant que j'avais quitté mon village et passé quelque temps parmi les Ilaréens, il ne m'était pas difficile de comprendre ce qui, de leur point de vue, rendait les reines vavénianes si spéciales. Même en peinture, ces femmes semblaient plus vivantes que quiconque à Château-Neuf.

Lorsque nous atteignîmes l'extrémité du corridor, je ralentis encore. L'avant-dernier portrait était celui de la fille à la place de qui Mélina avait été envoyée en Ilara. « Zita, la Disparue » indiquait l'inscription gravée sur la plaque au bas du cadre.

À côté se trouvait le portrait de Talia. Elle avait une peau hâlée comme la mienne, des cheveux bouclés d'un brun aux reflets dorés et des yeux de la même forme que ceux de Talin, mais plus verts. On percevait dans son regard une douceur qui la faisait paraître aimable et bienveillante. Si l'artiste était resté fidèle à la réalité, alors la décision des anciens s'avérait justifiée. Et Mère n'aurait jamais idée de la chance qu'elle avait eue de ne pas avoir été l'élue.

Céren fit un pas vers l'œuvre suivante. Depuis que nous avions pénétré dans la galerie, il n'avait cessé de m'observer.

— Je me suis dit que vous aimeriez peut-être voir votre propre portrait.

Je le rejoignis, mais avant que j'aie pu vraiment regarder le tableau, le prince me fit me retourner, de manière à nous avoir, la toile et moi, face à lui.

— Très ressemblant, commenta-t-il avant de placer un de ses longs doigts diaphanes contre ma mâchoire pour faire pivoter ma tête vers la droite. Oui. J'ai été très satisfait quand j'ai découvert quel genre de femme les vôtres avaient désigné pour devenir mon épouse. Vous m'aviez l'air robuste et en bonne santé. Même si je dois dire que le peintre n'a pas réussi vos yeux. Il n'a pas su retranscrire le feu qu'on y lit.

Quand son index remonta lentement ma pommette pour s'arrêter juste en dessous du coin extérieur de mon œil, une peur indescriptible s'empara de moi. Je clignai des paupières, et une larme s'écoula sur ma joue. Céren la récupéra du bout de l'ongle, avant de l'inspecter un instant.

— Saviez-vous que les larmes présentent à peu près la même concentration en sel que le sang ?

Il posa son doigt sur ses lèvres d'un air absent, puis me retourna face au tableau.

— Qu'en pensez-vous, mademoiselle ? reprit-il. Diriez-vous qu'il vous a fait justice ? Ou devrais-je le faire décapiter et engager la prochaine fois un autre portraitiste ?

Mais dans ma tête, ses questions se retrouvaient comme refoulées au second plan, noyées par le vacarme du sang qui me battait aux tempes. Car pour la première fois depuis que j'étais partie de Varénia, j'avais devant moi ma sublime jumelle. Je contemplais Zadie.

— Vous semblez bouleversée, ma perle, s'inquiéta le prince. Tout va bien ?

Je me forçai à respirer profondément, bien que la tenue qu'Ebb m'avait choisie ce jour-là ne me facilite pas la tâche. Orné de plumes noires et iridescentes – déployées en éventail sur mon torse, mais qui me laissaient les épaules et le cou nus – son corset était en effet particulièrement ajusté. Je me donnais l'impression d'être un ridicule petit oiseau qui, après avoir volontairement foncé se percher dans une cage dorée, se rendait compte, en voulant s'échapper, qu'on lui avait entravé les ailes.

— Oui, ce n'est rien, répondis-je. J'imagine que j'ai simplement le mal du pays.

— Et c'est bien compréhensible. Il y a malgré tout un dernier portrait que je désire vous montrer.

Céren me fit traverser un autre couloir avant de me conduire cette fois dans une grande chambre. Là, il s'arrêta devant un portrait encadré de rosettes et de rinceaux dorés à la feuille. La femme représentée avait le teint pâle, une chevelure presque aussi opalescente que celle du prince, et une robe d'un blanc lumineux, décorée de dentelle et de perles tout aussi immaculées. Le rose de ses lèvres et de ses joues était à vrai dire la seule touche de couleur de tout le tableau. J'admirais la maîtrise de l'artiste qui avait su rendre tant de détails avec seulement des nuances d'ivoire, de crème ou d'albâtre.

— Ma mère, annonça le prince en confirmant ce dont je me doutais. Elle était belle, n'est-ce pas ?

Je hochai la tête.

— Je ne peux m'empêcher de remarquer qu'elle est vêtue de blanc.

— C'est son portrait de noces. Personne ne porte le deuil lors d'un mariage, pas même les têtes couronnées d'Ilara, expliqua-t-il avant de me jeter un coup d'œil. Père savait qu'il devait épouser une Varéniane, mais il était déjà épris de ma mère, dont la famille vivait à la cour depuis des générations. C'est une notion très romantique que de se marier par amour, vous ne trouvez pas ?

— J'imagine.

— Bien sûr, continua-t-il, cela ne leur a pas réussi. Mère mourut en couches et Père finit par épouser Talia, comme son propre père l'avait souhaité depuis le début. Je suppose toutefois qu'il me faut être reconnaissant qu'il ait d'abord écouté ses sentiments. Autrement, je ne serais jamais né.

Quelle chance j'ai, dis donc ! Feignant d'être fascinée par le contenu de la pièce, je la balayai du regard tout en essayant de trouver un nouveau sujet de conversation. Et alors que je survolais les toiles et les tapisseries, mes yeux finirent par se poser sur un petit plat de verre débordant de perles. Roses. Varénianes. Elles semblaient cependant de piètre qualité – trop minuscules ou de forme trop irrégulière. Ces spécimens-là, on ne les vendait pas bien cher, au marché flottant.

— Ah oui, mes perles, intervint Céren. J'en prends une par jour, pour ma santé. Ces petites merveilles sont si puissantes !

De stupeur, ma bouche s'entrouvrit d'elle-même.

— Vous en pre… Vous les avalez tout rond ?

— Cela m'arrive. Mais je préfère les réduire en poudre, pour pouvoir ensuite les diluer dans un verre d'eau. Leurs effets se font plus rapidement sentir quand je les ingère de cette façon. Enfin, vous êtes de Varénia, je suis sûr que je ne vous apprends rien.

Je faillis éclater de rire.

— Mais si, Votre Altesse ! À Varénia, nous ne mangeons pas les perles !

Je me souvenais évidemment du remède que Néméa avait donné à Zadie, mais je savais qu'on ne le préparait qu'en de très rares circonstances, puisqu'en dix-sept ans d'existence, jamais je n'avais vu les perles utilisées ainsi en dehors de ce moment-là.

— Oh, je vous en prie, ma chère, soyez honnête ! répondit le prince, l'air pincé. Vous pouvez tout m'avouer, vous savez. Je ne punirai pas votre peuple pour autant.

— Mais pourquoi voudriez-vous nous punir ?

— Parce que vous gardez une partie de vos perles pour les consommer vous-mêmes, voyons.

Interdite, je clignai plusieurs fois des yeux avant de réussir à répondre.

— Je vous assure qu'aucune des familles de mon village n'a les moyens de garder ses perles, et encore moins pour les manger.

— Ah, vraiment ? siffla Céren. Dans ce cas, pourquoi les Varénians vivent-ils plus d'un siècle quand mon père est déjà mourant à seulement quarante ans ?

Il y avait soudain dans son intonation quelque chose d'âpre, de tranchant, qui me signala immédiatement qu'il me fallait faire attention.

— J'ai bien peur de ne pas pouvoir l'expliquer, reconnus-je. Peut-être est-ce le manque de soleil qui l'affecte à ce point. La montagne…

— La montagne ne vous regarde pas.

La hargne dans sa voix me fit reculer d'un pas.

— Bien sûr, pardonnez-moi.

Mais il s'était déjà détourné de moi pour faire à nouveau face au portrait de sa mère.

— Vous savez, c'est Talia qui m'a fait découvrir vos perles, dit-il. C'est elle qui m'a tout expliqué de leurs vertus thérapeutiques. D'après elle, le docteur de votre village les intègre parfois dans la composition de baumes destinés à soigner les traumatismes les plus graves.

Certes, mais il restait difficile de savoir si la rapidité avec laquelle ma sœur avait cicatrisé était davantage due à la pommade de Néméa qu'aux capacités de guérison exceptionnelles dont jouissaient tous les Varénians.

— Oui, j'ai entendu parler de cette pratique, admis-je d'un ton que j'espérais nonchalant.

Céren, cependant, ne lâchait pas le tableau des yeux.

— La reine Talia essayait toujours de secourir son monde, continua-t-il. Moi, elle m'emmenait souvent au soleil en affirmant que cela me requinquerait. Mais à part me calciner la peau, ses rayons ne m'ont jamais rien fait.

La reine n'avait probablement eu que de bonnes intentions : prendre le soleil était, de fait, excellent pour la santé. Mais pour quelqu'un d'aussi pâle que Céren, je pouvais comprendre que s'exposer sans aucune protection ait occasionné de vilaines brûlures.

— Cela a dû être douloureux.

Il s'assit sur un petit canapé avoisinant, puis me fit signe de le rejoindre.

— C'était horrible. Mais il était évident que les perles me fortifiaient. Encore aujourd'hui, lorsque je suis blessé ou souffrant, j'en avale plusieurs d'affilée, et je me sens tout de suite mieux.

— Le roi en consomme-t-il aussi ?

— Non. Malheureusement, elles n'ont aucun effet sur lui, répondit le prince avec un regard évasif.

Xyrus avait-il seulement eu l'opportunité de profiter de leurs bienfaits, ou bien son fils les gardait-il toutes pour lui seul ? À l'évidence, ce n'était pas le souverain qui baissait constamment le prix des perles, mais Céren lui-même. Et il le faisait pour se revitaliser. S'il en ingurgitait au moins une par jour – autrement dit presque quatre cents par an –, cela correspondait à environ huit fois ce que ma famille avait récolté l'année précédente, quand les huîtres s'étaient révélées particulièrement dures à dénicher. Et il ne s'agissait là que de celles qu'il avalait. Je songeai au bol qui attendait dans son étude, aux crèmes et aux onguents qu'il devait se préparer... sans oublier le reste de la demande, partout dans le royaume. Une fois que le prince aurait mis son appareil à respirer sous l'eau en service, les perles disparaîtraient en quelques mois à peine !

La situation s'avérait tellement plus catastrophique que tout ce que Sami et moi aurions pu envisager ! Et il était peut-être déjà trop tard pour renverser le cours de ce que notre ennemi avait enclenché.

— On m'a dit que vous aviez fait la connaissance de Mélina, reprit soudain l'intéressé.

La question des perles s'évapora aussitôt de mon esprit. *Ses espions sont partout.*

— En effet, répondis-je avec prudence. Nous nous sommes brièvement croisées, dans la bibliothèque.

Céren émit un claquement de langue agacé.

— Une future reine ne devrait pas s'acoquiner avec une femme dans son genre. S'il ne tenait qu'à moi, je m'en serais débarrassé depuis des années.

— Débarrassé ? répétai-je, sceptique. Vous parlez d'un être humain ! Vous ne pouvez pas la mettre au rebut comme vous le feriez d'une paire de souliers usés.

Il m'adressa pourtant un bref sourire sadique.

— Je vous remercie de l'avoir formulé de manière si éloquente, ma chère. Car c'est exactement ce qu'est cette mégère. Usée. Défraîchie, si vous préférez. Souillée.

Mes joues s'enflammèrent.

— Si vous méprisez à ce point les Varénianes, pourquoi m'avoir fait venir ? Pourquoi ne pas épouser une Ilaréenne, comme votre père et votre grand-père avant vous ? Manifestement, ce choix les a tous les deux rendus très heureux ! grinçai-je.

Cette fois, j'étais allée trop loin – je m'en rendis tout de suite compte. Sous mes yeux, les traits du prince se durcirent peu à peu. Effrayée, je me levai et fis un pas en arrière, mais il ne lui fallut qu'une enjambée pour réduire la distance entre nous.

— Parce que vous croyez que je veux de vous ? Que je vous trouve désirable ? N'importe quelle femme en Ilara pourrait être mienne si je le souhaitais, cracha-t-il avant de m'attraper le menton pour le pincer entre son pouce et son index. Le roi a été fou de se marier par amour ! Ma mère avait beau être belle, elle était aussi fragile. Sa famille, comme celle de mon père, avait vécu bien trop longtemps à Château-Neuf. Leurs sentiments et cette maudite montagne ont mis notre pays en danger, mais rassurez-vous : pour moi, vous n'êtes que le ventre qui mettra au monde mon héritier !

Je tentai de me libérer, mais il me retenait avec une force implacable. Enfin, la vérité éclatait. Si j'avais été amenée en Ilara, c'était pour revigorer la lignée royale. Ma beauté n'avait jamais importé à Céren. Il ne voulait d'une fiancée varéniane que pour son excellente santé.

— Comme ce doit être horrible pour vous de devoir épouser quelqu'un que vous méprisez, sifflai-je à travers mes dents serrées.

L'étau de sa main avait glissé sur mon cou avant que j'aie pu crier. Dans son regard rougeoyait une haine tangible. Comment avais-je pu penser qu'il n'éprouvait pas la moindre émotion ? Quand il me souleva du sol, mes ongles s'accrochèrent d'instinct à son torse. Le bout de mes orteils raclait désespérément la pierre des dalles. Déjà, mes forces me quittaient. Rassemblant alors toute l'énergie qui me restait, je lui envoyai mon pied droit dans les rotules. Ses jambes se dérobèrent et il s'effondra.

Dès que mes pantoufles retrouvèrent la terre ferme, je bondis hors de sa portée. À moitié asphyxiée, la gorge en feu, je demeurai un instant les mains sur les genoux, puis je me dirigeai vers la sortie à reculons. Mon corps entier me hurlait de détaler, mais j'avais bien trop peur de lui tourner le dos pour m'y résoudre.

Lentement, il se releva.

— Si vous vous avisez de recommencer un jour, je vous jure que je vous ferai jeter du haut de cette montagne.

— Plutôt mourir que de vous épouser ! lançai-je en retour, avant de céder enfin, et de m'enfuir en courant.

Les marques sur mon cou eurent beau s'estomper rapidement, l'impitoyable pression des doigts de Céren sur ma chair continua longtemps de me hanter. Tard, cette nuit-là, en dépit des protestations d'Ebb et des intimidations du prince, je m'en allai retrouver Mélina. Il fallait que je parvienne à enrayer le projet du prince, au moins le temps d'avertir Sami.

Sa chambre était située plus bas dans la montagne. Il faisait encore plus froid à son étage qu'au mien. Apercevant un garde sur mon chemin, je pris soin de rabattre la capuche de ma cape sur ma tête et, bientôt, j'arrivai devant la porte que m'avait indiquée Ebb. Une femme vint ouvrir, les oreilles protégées d'un bonnet de laine.

— Ma maîtresse dort déjà, mademoiselle. Je ne peux la déranger à une heure pareille.

— C'est urgent, insistai-je avant de pénétrer sans y avoir été invitée dans le petit vestibule où se tenait la servante. Réveillez-la, s'il vous plaît.

Mais l'intéressée émergea de l'obscurité à ce moment-là, et je pus constater que sa domestique n'avait pas menti. La longue tresse de la Varéniane était à moitié défaite et ses joues encore chiffonnées de sommeil.

— Qu'y a-t-il, petite ? Il doit être près de minuit.

— Pourrions-nous discuter en privé ? demandai-je avec un regard en direction de sa femme de chambre.

— J'ai toute confiance en mes gens, répondit Mélina en balayant mon inquiétude d'un geste de la main. Je les paie suffisamment pour être assurée de leur loyauté.

— Est-ce pour cela que vous semblez tout savoir de ce qui se passe à Château-Neuf ?

Un infime sourire releva le coin de ses lèvres.

— Céren n'est pas le seul à avoir des espions.

Je m'assis sur la banquette installée contre le mur, et lui fis signe de s'approcher.

— Hier, j'ai suivi le prince jusqu'au lac souterrain, murmurai-je. J'ai vu son appareil au bord de l'eau. Je vous crois, à présent.

Elle hocha la tête, comme si elle s'y était attendue.

— Et tout à l'heure, poursuivis-je, après m'avoir bien fait comprendre à quel point il vous haïssait, il a menacé de me tuer.

— Je t'avais dit qu'il était dangereux.

— Il prévoit de tester son dispositif mardi prochain, à l'extérieur du château. Il m'a proposé de l'accompagner. J'ai l'impression qu'il compte plonger lui-même, cette fois-ci.

— Et en quoi cela me concerne-t-il ? demanda Mélina avec impatience, en changeant de position sur le petit banc.

Je baissai davantage la voix.

— Si je réussis, d'une manière ou d'une autre, à trafiquer son attirail, à garantir l'échec de ses essais, cela devrait suffire à repousser la mise à exécution de son plan, non ?

Elle haussa un sourcil.

— Et à liquider cette ordure par la même occasion ?

J'avais beau savoir que c'était probablement le meilleur moyen de mettre un terme à l'horrible machination de Céren, je secouai la tête.

— Je ne suis pas une meurtrière.

Dès que le prince s'apercevrait qu'il manquait d'air, il remonterait à la surface. Je doutais qu'aucun des lacs alentour soit suffisamment profond pour qu'il puisse lui arriver malheur.

Bien sûr, j'aurais aimé, j'aurais même adoré pouvoir tout simplement mettre son appareil en pièces. Mais si j'espérais avoir une chance de quitter le mont Ayris, il fallait que je me contente de le saboter sans que cela se voie.

— Savez-vous comment je pourrais faire parvenir un message à la foire du port avant vendredi ? repris-je.

Mélina me dévisagea de ses yeux perçants.

— Que mijotes-tu, petite ?

— Il faut informer les Varénians des projets de Céren. Même si je ne parviens pas à l'arrêter, j'ai bien l'intention de les prévenir.

— Dans n'importe quel village du pays, tu devrais pouvoir payer quelqu'un pour délivrer ta missive sur la côte. Mais je n'ai aucune idée de l'endroit où le prince veut se rendre mardi, et je suis prête à parier qu'il refusera de te faire visiter la moindre bourgade.

— Je dois quand même tenter ma chance.

— Ses menaces ne sont pas à prendre à la légère, Zadie. Es-tu vraiment prête à affronter les conséquences de tes actes ?

Je ravalai la boule qui m'obstruait soudain la gorge.

— Absolument.

— Bien. Dans ce cas, je ferai tout mon possible pour t'aider.

Chapitre 19

Afin de saboter l'appareil de Céren, il fallait d'abord que j'en apprenne un peu plus sur son fonctionnement. Je devais donc faire en sorte que le prince me l'explique. Mais après notre altercation devant le portrait de sa mère, je craignais qu'il ne veuille plus jamais m'adresser la parole.

Le lendemain matin, lorsqu'il s'assit à la table du petit déjeuner, ses yeux refusèrent de croiser les miens. Pourtant, à ma grande surprise, il me gratifia quand même d'un « bonjour, mademoiselle ».

— Bonjour, Votre Altesse.

— Vous avez bien dormi ?

Il allait donc prétendre qu'il ne s'était rien passé la veille ? Eh bien, soit. Je faillis décider de l'ignorer quand la voix de Mère s'imposa dans mes pensées, récitant l'une de ses multiples leçons au sujet de la gent masculine. Comme la plupart de ses conseils, celui-ci se fondait sur une bonne dose de manipulation. *La clé qui mène au cœur d'un homme, avant même sa panse, c'est sa fierté. Flattez-le, et il vous mangera dans la main en un rien de temps.*

Céren avait beau avoir affirmé qu'il ne me trouvait pas désirable, j'avais bien vu que j'avais blessé son orgueil.

Je grignotai un des morceaux de fruits au miel qui reposaient dans mon assiette, avant de me lancer.

— Je me demandais si vous accepteriez de me remontrer ce dispositif que vous avez conçu, suggérai-je timidement. Je serais très curieuse de comprendre comment il fonctionne. Vous m'avez seulement dit qu'il s'agissait d'un appareil de respiration sous-marine, mais je ne vois pas comment un tel prodige pourrait être réalisable. Sincèrement, cela me paraît tenir du miracle.

Il me jeta un bref regard par-dessous ses sourcils presque transparents.

— Vous verrez mardi.

Je pris une gorgée de mon verre, pour mieux dissimuler mon irritation. Si la flatterie ne marchait pas, peut-être qu'une nouvelle insulte aurait davantage d'effet.

— J'ai entendu dire que les Ilaréens avaient peur de l'eau. Vous allez donc tester votre équipement dans un petit bassin peu profond ?

Piqué au vif, il releva le menton.

— Je vous assure que mon invention peut être utilisée à de très grandes profondeurs.

— Mais comment est-ce possible ? Un tuba ne permet de plonger qu'à une cinquantaine de centimètres sous la surface, tout au plus.

Céren posa sa fourchette, puis se pencha vers moi, appuyé sur un bras.

— Alors comme ça, cela vous intéresse réellement.

— Oui, répondis-je en faisant abstraction de sa condescendance.

— Eh bien, si vous y tenez tant, je vais tout vous expliquer dès maintenant. Venez.

La perspective de me retrouver à nouveau seule avec lui ne m'enchantait pas du tout, mais je me devais de saisir la moindre opportunité. Je suivis donc le prince jusqu'à la porte de son étude, qu'il déverrouilla à l'aide d'une lourde clé en fer, tirée de quelque part sous sa tunique. Je ne savais pas s'il en existait un double, mais j'en aurais besoin pour me réintroduire dans la pièce plus tard.

— Nous y voilà, annonça Céren en désignant l'attirail d'un geste de la main. C'est relativement simple, à vrai dire : cette poche, qui se remplit d'air grâce à un soufflet, est reliée à un tuyau, qui conduit l'air jusqu'à la bouche du plongeur, qui peut ainsi respirer.

Tandis qu'il entrait dans les détails, j'inspectai ce fameux tuyau. Ce n'était rien de plus qu'un tube creux et flexible. Tout semblait dépendre de ce composant : il suffisait de le perforer ou même de le tordre pour priver l'utilisateur d'oxygène. Bien sûr, s'il ne se trouvait qu'à trois ou quatre mètres de profondeur, il n'aurait aucun mal à remonter à la surface. Mais à quinze mètres ou davantage, où la plupart des huîtres se tapissaient ? Un plongeur inexpérimenté pouvait tout à fait se retrouver en difficulté.

Je n'avais aucune idée de la fréquence à laquelle Céren vérifiait son appareil, mais si je revenais le lundi dans la nuit afin de percer ne serait-ce qu'un minuscule trou dans le tube, cela l'obligerait peut-être à suspendre ses essais. Il serait au moins contraint de remplacer la pièce défectueuse, ce qui me laisserait sans doute le temps de prévenir Sami de ses plans machiavéliques. Et à partir de là, le sort de Varénia serait entre les mains du gouverneur, qu'il décide ou non de réagir.

Le lundi, en fin de journée, je reçus une invitation : Hyacinthe me proposait de venir prendre le thé dans sa chambre après le dîner. Je n'avais pas encore réussi à me procurer un double de la clé que portait Céren et je n'étais vraiment pas d'humeur à écouter ces dames commérer en faisant du crochet. Pourtant, Ebb insista pour que j'y aille.

— À cette heure, « prendre le thé » est un euphémisme, m'expliqua-t-elle. Il y aura sûrement du vin et d'autres boissons fortes, qui pourraient vous aider à dormir. Et puis, vous devriez sortir plus souvent de votre chambre.

Sur ce, elle resserra mon corsage avec plus de force qu'on en aurait attendu de la part d'une jeune femme aussi frêle.

— Vous trouvez ? dis-je entre deux respirations hachées. En restant ici, j'ai pourtant moins de chances de tomber sur Céren.

— Peut-être, mais vous avez aussi moins de chances de tomber sur d'autres personnes.

— Ah oui ? Comme qui ?

Elle noua fermement les lacets de ma tenue puis me retourna face à elle afin de lisser ma jupe avec un petit sourire.

— Vous verrez…

Perplexe et un peu agacée, je partis pour la chambre de Hyacinthe. Je n'avais vraiment pas le temps pour le tricot… Il fallait que je trouve le moyen d'accéder à l'invention de Céren.

Une idée me vint cependant pendant que je marchais, et j'amorçai aussitôt un détour par un autre couloir. Feignant la distraction en fredonnant à mi-voix, je tirai une épingle de ma coiffure. Faute de mieux, je réussirais peut-être à forcer la serrure de l'étude.

Alors que je coupais par la galerie des portraits varénians, je m'arrêtai devant celui de Zadie juste le temps de dire une petite prière pour elle et Sami. Je me remis ensuite en route sous le regard de toutes ces femmes en me rappelant que si je m'exposais ainsi au danger, c'était pour elles ainsi que pour chacune des jeunes filles de Varénia qui avait passé sa vie à douter de sa beauté. L'histoire de la princesse Ilara, prétexte bien commode, ne servait qu'à sauver une dynastie mourante du déclin, et le dur labeur de notre village qu'à fournir un seul homme en perles qui ne pourraient jamais guérir son cœur corrompu.

Presque arrivée à destination, je tournais à l'angle du couloir de l'étude quand quelqu'un en sortit. Je battis aussitôt en retraite, mais pas assez vite, apparemment.

— Qui va là ? lança une voix masculine.

Je m'étais retournée, prête à prendre mes jambes à mon cou lorsqu'une main se referma sur mon épaule. Je faillis hurler.

— Zadie ?

Faisant à nouveau volte-face, je découvris une paire d'yeux bleu-vert plantés dans les miens.

— Votre Altesse !

Il relâcha la pression de ses doigts, mais sa main s'attarda sur mon châle. Même à travers sa laine, je sentais sa chaleur.

— Que faites-vous ici à une heure pareille ? demanda-t-il.

— Je me rends chez Hyacinthe. Pour prendre le thé.

— Prendre le thé ? Ne devriez-vous pas plutôt être en train de dormir ?

Je baissai les yeux, et sa main quitta mon bras, laissant comme une traînée incandescente dans son sillage.

— Ma femme de chambre trouve que je passe trop de temps seule et pas assez en société.

— Allons donc, fit-il. Je suis sûr que mon frère trouve de quoi vous occuper, non ?

— Votre frère et moi avons eu un léger différend.

Même si je n'espérais pas spécialement de compassion de la part de Talin – après tout, il me connaissait à peine alors que Céren était son frère –, je ne voulais pas non plus qu'il pense que le prince héritier et moi nous entendions bien.

— Je croyais pourtant vous avoir dit d'être prudente, me semonça-t-il d'une voix malgré tout empreinte d'inquiétude. Que s'est-il passé ?

— Rien de grave, murmurai-je.

Mais mon regard avait involontairement dévié vers la porte de l'étude. Talin jeta un coup d'œil derrière lui.

— Vous ne devriez pas être là, mademoiselle. Céren n'aime pas être dérangé quand il travaille.

Mon cœur manqua un battement. Céren était donc dans la pièce ? Dieux, que serait-il arrivé si j'avais tenté de crocheter la serrure ?

— Vous l'aidiez ? demandai-je.

— Non, non. Il n'aime pas non plus qu'on l'aide quand il s'agit de ses inventions. Je suis simplement venu l'informer que notre père souhaitait le voir. Et que demain, je l'accompagnerai comme prévu aux lacs de Linrose, où il veut tester son dernier projet. Le roi m'en a donné l'ordre. Céren a beau être mon aîné, il est avant tout l'héritier de la couronne.

— Êtes-vous aussi un inventeur, comme lui ?

— Ah, je ne peux pas me vanter d'avoir son talent en la matière. Il bricole depuis tout petit. Et selon lui, cette nouvelle création surpassera toutes les précédentes, déclara Talin avant d'afficher un sourire conspirateur. Mais je pense que ma préférée restera toujours l'espèce de cylindre rempli de miroirs et de verre teinté qu'il m'a offert pour mon dixième anniversaire. Il savait que je raffolais des couleurs et de la lumière dont manque cruellement Château-Neuf.

— Votre frère peut donc se montrer gentil quand il le veut, dis-je sans pouvoir m'empêcher de lui rendre son sourire.

Toute trace de joie s'effaça alors de ses traits.

— Bien sûr, mademoiselle.

— Oh, je suis désolée. Je ne voulais pas dire que… Il faut que j'y aille. Je ne voudrais pas faire attendre Hyacinthe. Je vous verrai demain, aux lacs.

Et sur cet au revoir hâtif, je voulus passer devant lui mais, l'air soudain soucieux, il posa une main sur mon avant-bras.

— Je sais ce que ça fait d'être séparé de la personne qu'on aime le plus au monde, dit-il à brûle-pourpoint. Je comprends ce que c'est que d'être forcé à quitter sa maison. Mais, je vous en prie, pour votre propre sécurité, faites profil bas.

Il se dégageait une telle sincérité de sa voix comme de son expression que je ne sus comment réagir.

— Ça n'a jamais été mon fort, admis-je avec une moue d'excuse. Mais je vous promets d'essayer.

Je m'attendais à ce qu'il me sourie de nouveau, mais il n'en fit rien. Avec une délicatesse extrême, il enroula ses doigts autour de mon poignet, porta ma main à son visage et la posa contre sa joue. Un instant plus tard, il déposa un baiser au creux de ma paume, puis s'inclina, avant de disparaître dans l'obscurité.

Adossée contre le mur, je restai de longues minutes immobile. Que venait-il de se passer ? Qu'est-ce que cela signifiait ? Même sans être certaine que Talin m'avait reconnue, il me paraissait impossible qu'il ait eu un tel geste en pensant que j'étais Zadie. Je fixais la porte de l'étude de Céren. J'aurais tellement voulu pouvoir faire irruption dans la salle et déchirer ce fichu tuyau sans me soucier un instant des conséquences. Mais si le prince me tuait en représailles, mon intervention n'aurait aucun intérêt. Détruire l'appareil à respirer ne suffirait pas à protéger les miens : il fallait aussi que je les avertisse de la menace qui pesait sur eux.

Je décidai finalement que Hyacinthe pouvait attendre et me dirigeai vers la chambre de Mélina. Si Céren était dans son étude, il n'en sortirait sans doute pas avant un moment. Bien sûr, ses espions le mettraient peut-être quand même au courant de mes déplacements, mais c'était un risque qu'il me fallait courir.

Cette fois, ce fut Mélina elle-même qui m'ouvrit, drapée dans une longue robe de chambre fuchsia.

— Mais qu'est-ce que vous portez là ? demandai-je d'emblée, admirant son vêtement.

Il me semblait que cela faisait des années que je n'avais plus vu quiconque habillé de couleurs vives.

— Ce que le roi ne sait pas ne peut pas lui faire de mal, répondit-elle en me laissant entrer. Qu'y a-t-il ?

— Impossible de m'introduire dans l'atelier de Céren.

— Je ne suis pas surprise.

Je poussai un soupir exaspéré.

— Si je ne peux pas entrer, je ne peux pas non plus trafiquer son invention. C'était un plan stupide. Je ne sais pas ce qui m'a pris de penser que je ferais une bonne espionne. Mon ami Sami avait raison. J'ai passé ma vie à essayer d'être belle et pendant ce temps, je n'ai rien appris d'utile.

Mélina m'indiqua un canapé.

— Assieds-toi. Je t'apporte à boire, me dit-elle avant de se diriger vers une petite table d'appoint pour y remplir un verre d'un drôle de liquide ambré. Tiens. Ça brûle un peu la gorge, mais ça va t'aider à te calmer. Et tu m'expliqueras ce qui s'est passé.

En effet, l'infect breuvage m'enflamma tant le gosier que je dus me retenir de le recracher. Malgré tout, tandis que je rapportais à Mélina l'échange que je venais d'avoir avec Talin, la tension dans mes muscles commença à se dissiper.

— Je ne sais plus comment arrêter Céren, confessai-je enfin en me renversant sur les coussins. Et je n'ai aucune envie de devenir sa femme.

Mélina s'assit à mes côtés.

— Le contraire m'aurait étonnée. Mais ce n'est pas pour ça que tu es ici, n'est-ce pas ?

— Que voulez-vous dire ? répondis-je, aussi engourdie et languide que si j'avais été sous l'eau.

— Tu n'es pas venue sur le continent simplement pour te marier. Je me souviens encore de mon émotion le jour où les anciens ont décidé de m'envoyer en Ilara. Je me sentais si honorée. Si arrogant qu'ait été Lazar, je l'aurais épousé avec joie s'il avait bien voulu de moi. Même être sa maîtresse ne me dérangeait pas, au début. Je pensais qu'en me pliant docilement à tout ce qu'il me demandait, je parviendrais à le faire changer d'avis à mon sujet, dit-elle avant de secouer la tête. Évidemment, le temps que la fiancée suivante arrive à son tour, je ne me faisais plus aucune illusion. Mais Talia était si jeune, si belle et si désireuse de plaire, comme je l'avais été avant elle, que je n'eus pas le courage de lui avouer à quoi ressemblait vraiment la vie dans ce château. Je l'ai laissée s'en rendre compte par elle-même. Un choix que je regrette, parfois.

Je posai la tête sur l'épaule hospitalière de Mélina, le satin de son déshabillé si doux sous ma joue.

— Mais moi, ne suis-je pas comme vous deux ?

Elle passa une main dans mes cheveux.

— Non, petite. Toi, tu es curieuse, perspicace et rusée. Et en même temps, même après que je t'ai décrit les horreurs qui t'attendaient entre ces murs, tu n'as jamais songé à baisser les bras. Je me trompe ?

— Oh, j'y ai peut-être pensé un instant, admis-je sans pouvoir réprimer un bâillement.

Un petit rire agita son épaule.

— Il est temps d'aller retrouver ton lit. Sabotage ou pas, tu es toujours de sortie demain. Et à ton retour, j'ai hâte d'entendre ce que tu auras à me raconter.

Chapitre 20

Sans trop savoir comment, je réussis à rejoindre ma chambre. Je m'en voulais de ne pas être parvenue à remplir la mission que je m'étais fixée, mais je savais aussi que j'avais eu de la chance. Sans Talin, j'aurais été surprise à essayer de fureter dans l'étude par Céren lui-même. Heureusement, il me restait toujours la possibilité de tenter de transmettre un message à Sami. Je griffonnai un résumé de la situation aussi condensé que possible sur un bout de papier, que je pliai pour le glisser dans un mouchoir de soie avant de m'écrouler sur mon matelas.

Quelques instants plus tard seulement – du moins ce fut mon impression –, un nouveau jour se levait et Ebb me tirait du sommeil.

— Je n'en reviens toujours pas que le prince vous permette de quitter la montagne ! s'exclama-t-elle après avoir rabattu mes couvertures vers le pied du lit.

Non sans me frotter les yeux, je me redressai en position assise.

— Vous êtes-vous déjà rendue aux lacs de Linrose ?

— On m'en a parlé, répondit-elle avec un bref

haussement d'épaules, mais je n'y suis jamais allée. Rassurez-moi, mademoiselle, vous ne comptez pas vous y baigner ?

— Non. Mais pas parce que les esprits de l'eau m'effraient. De toute façon, vous serez là pour garder un œil sur moi, n'est-ce pas ?

Elle secoua la tête.

— J'ai bien peur que non.

— Je sais que j'ai encore beaucoup à apprendre sur les mœurs ilaréennes, mais il me semblerait étrange que ma femme de chambre ne soit pas autorisée à m'accompagner.

Tout en m'aidant à descendre de mon lit, elle se pencha à mon oreille.

— Oh, pour être étrange, ça l'est. Mais d'après la gouvernante, le prince souhaite une certaine... discrétion. Il n'emmènera lui-même qu'un seul page. Le frère cadet de celui qui est mort il y a peu.

— Je vois.

Ce page serait-il le garçon que j'avais entendu dans la grotte ? Pas étonnant qu'il m'ait paru terrorisé si le domestique victime des premiers essais de Céren n'était autre que son aîné.

— Mais ne vous tracassez pas, mademoiselle. Pensez seulement au bien que vous fera ce bain de soleil après tout ce temps passé enfermée ici, dit Ebb avant de me lancer un regard furtif. Et puis, on m'a dit que le prince Talin se joindrait à vous.

— Vous saviez qu'il était au château hier, n'est-ce pas ? C'est pour cette raison que vous m'avez encouragée à accepter l'invitation de Hyacinthe ?

Elle esquissa un sourire malicieux, puis se dirigea vers l'armoire.

— On m'avait effectivement informée qu'il se rendrait à cette petite soirée.

Ce qui n'avait pas été le cas. À moins qu'il y soit allé après que nous nous fûmes parlé, mais j'en doutais.

— Eh bien, on vous a mal renseignée, répliquai-je. Et de toute manière, je ne vois pas ce qui vous a fait croire que j'aurais eu envie de le croiser. Je vous rappelle que je suis fiancée à son frère.

Mais sans même essayer de paraître contrite, Ebb se contenta de changer de sujet.

— Que voudriez-vous porter aujourd'hui ? S'il fait beau, il fera sans doute chaud.

Plutôt qu'une des lourdes toilettes de taffetas ou de velours dont elle me revêtait d'ordinaire, je la laissai cette fois me choisir une robe de crêpe vert sombre. Si le froid régnait en permanence dans les montagnes, les journées d'été dans le reste de l'Ilara s'avéraient longues et ensoleillées, selon ma femme de chambre.

— Quand nous étions enfants, mon frère et moi passions tout l'été à courir à travers champs sur les terres de notre père, se remémora-t-elle d'un air nostalgique.

— Tiens, je ne vous ai jamais demandé ce que faisait votre père, observai-je tandis qu'elle m'aidait à enfiler ma robe.

— Il était l'un des plus proches conseillers du roi Xyrus avant que celui-ci ne tombe malade et que les favoris de Céren ne prennent la place des siens. Depuis, mon père a perdu la majeure partie de son domaine. Je lui envoie le peu d'argent que je gagne ici.

— Avez-vous l'occasion de voir votre frère, au moins ?

Elle marqua une pause, puis me demanda en retour :

— Vous-même, avez-vous des frères et sœurs, mademoiselle ?

Il n'était peut-être pas prudent d'évoquer ma jumelle, mais je ne pouvais espérer qu'Ebb se confie à moi si je refusais d'en faire autant.

— J'ai une sœur.

— Et vous feriez n'importe quoi pour éviter qu'il lui arrive malheur, n'est-ce pas ? Dans ce cas, vous me comprendrez si je ne réponds pas à votre question.

Je hochai la tête et n'insistai pas. Même sans savoir de quoi Ebb cherchait à préserver son frère, je comprenais ce que c'était que de vouloir à tout prix protéger les siens.

Lorsque je pénétrai dans la salle à manger, Céren m'y attendait déjà, debout derrière son siège. La place de Talin était vide. Tout au bout de la table, j'aperçus Mélina. Elle s'entretenait avec l'un de ses voisins et ne tourna les yeux vers moi qu'une fois le prince occupé à choisir une viennoiserie sur le plateau que lui présentait un domestique.

— Bien dormi ? articula-t-elle en silence, la mine goguenarde.

J'étais un peu honteuse, mais pas assez pour ne pas sourire à mon tour. Pour être honnête, après le verre d'alcool qu'elle m'avait offert, j'avais passé une excellente nuit – peut-être la meilleure depuis mon arrivée en Ilara.

Lorsque nous eûmes terminé de manger, Céren me prit le bras et m'emmena vers les gigantesques portes de l'entrée du château.

— Prête, ma chère ?

— Tout à fait.

Dans ma poitrine, mon cœur bondissait d'impatience. À notre approche, l'une des sentinelles ouvrit la poterne aménagée dans l'un des immenses battants de fer, et un carré de lumière vint se découper contre les ténèbres du vestibule. Entraînée par Céren, je franchis le seuil les paupières à demi fermées, craignant qu'après tant de temps dans la pénombre, l'éclat du jour ne m'aveugle. Une fois dehors, cependant, je me retrouvai au beau milieu d'un épais nuage de brume grise tourbillonnante. S'il y faisait toujours moins sombre qu'à l'intérieur de Château-Neuf, on était malgré tout très loin du ciel d'azur que j'avais espéré.

En avisant mon expression, le prince s'esclaffa.

— N'ayez crainte, mademoiselle. Dès que nous serons un peu plus bas, vous retrouverez votre soleil adoré. Suivez-moi, je vous prie.

Je me rendis soudain compte que rejoindre le pied de la montagne signifierait devoir, le soir même, affronter à nouveau le terrible dénivelé qui conduisait au sommet. Mais j'étais tellement heureuse d'être enfin à l'extérieur, au grand air, que ça m'était égal. Et puis cette descente se révélait bien plus aisée que l'ascension.

Ainsi que l'avait promis Céren, nous émergeâmes sous la couche nuageuse au bout de quelques minutes seulement, et je m'arrêtai sur une marche pour mieux contempler la vallée sous mes yeux.

En contrebas s'étalait un millier de jolies collines vertes et dorées, leur dos rond semblable à celui des vagues de l'océan. Çà et là, on y discernait le chatoiement d'un lac ou d'un ruisseau. Le ciel, quant à lui, était d'un bleu parfait, parsemé de nuages duveteux. J'étais émerveillée, et pourtant un autre sentiment – plus sinistre – s'invita bientôt à la lisière de mon esprit. Paradoxalement, la splendeur du panorama me rappelait que, dès la fin de l'excursion, après quelques heures seulement de liberté, il me faudrait retourner me terrer dans un monde d'obscurité.

— Effacez donc cette triste mine, me lança alors Céren.

Il venait de se retourner pour m'observer, son visage entier noyé dans l'ombre de son couvre-chef noir à large bord. Malgré la température plus que clémente, il portait des gants.

— Vous devriez au contraire profiter de ce moment, continua-t-il. Après tout, qui sait quand vous reverrez ce magnifique paysage ?

Un bref instant, l'envie me prit de lui décocher rien qu'un minuscule coup de coude, histoire de le faire basculer dans le vide et de pouvoir admirer son expression à la seconde où il comprendrait que j'avais osé me rebeller.

— Allez, venez, conclut-il en rompant le fil de mes pensées traîtresses.

Lorsque nous atteignîmes le bas de l'escalier, un carrosse nous attendait, plus petit que celui qui m'avait transportée à mon arrivée. Les quelques gardes qui patientaient autour enfourchèrent leurs chevaux pendant que Céren m'aidait à y monter. Contrairement au carrosse que j'avais partagé avec Ebb, celui-ci ne disposait que d'une seule banquette. Je dus donc m'asseoir à côté du prince, non sans prier pour que le trajet soit court.

Le tissu de ma robe était suffisamment fin pour que je sente la chaleur de sa cuisse contre la mienne. J'avais pris soin de joindre les mains sur mes genoux pour qu'il ne soit pas tenté de les prendre, mais quand, en roulant sur une bosse, notre voiture fit une embardée, mes doigts se rattrapèrent instinctivement à la première chose qu'ils rencontrèrent : son avant-bras.

J'eus beau le lâcher aussitôt, même sans le regarder je le sentais qui souriait. Comme il aimait me voir mal à l'aise. Face à lui, j'avais la sensation d'être un ver au bout d'un hameçon.

— Je suis impressionné par la vitesse à laquelle vous vous êtes adaptée à la vie sur le continent, dit-il bientôt. Il paraît qu'avant de s'y habituer totalement, Talia est restée nauséeuse près de six mois. Mais vous êtes différente. Elle donnait l'impression de constamment contrôler l'image qu'elle renvoyait. Le moindre de ses gestes semblait calculé, comme si elle jouait un rôle en permanence. On aurait dit qu'elle passait son temps à s'inquiéter de la façon dont les autres la percevaient.

— Parce que c'était le cas.

Je n'avais pas pu me retenir.

— C'est exactement ce qu'elle a dû ressentir toute son existence, poursuivis-je. Vous n'avez pas idée des exigences auxquelles doivent répondre les jeunes Varénianes en termes de beauté, tout ça pour espérer être envoyées chez vous.

— Vous dites cela comme si c'était regrettable.

Du coin de l'œil, je lui jetai un regard mauvais.

— C'est surtout une incroyable perte de temps, rétorquai-je. Vous l'avez dit vous-même : du moment que j'avais l'air en mesure de vous donner des héritiers en bonne santé, vous vous fichiez bien de ce à quoi je ressemblais.

Un gloussement sourd lui secoua la poitrine.

— Eh bien, eh bien ! On semble particulièrement impulsive, ce matin… Bien sûr que votre beauté m'importe, voyons. Si je dois épouser une enfant des vagues, autant qu'elle soit jolie. Cela dit, vous n'avez pas tort : se préoccuper à ce point de son apparence me paraît insensé. Ma mère était magnifique, elle aussi, et à quoi cela lui a-t-il servi ? fit-il en secouant tristement la tête. Enfin, quoi qu'il en soit, vous n'avez rien de commun avec Talia.

Je haussai un sourcil interrogateur.

— Pour commencer, vous n'hésitez pas à dire ce que vous pensez, expliqua-t-il. Je n'ai jamais entendu ma belle-mère adresser à mon père la moindre parole moqueuse ou courroucée. Elle se comportait toujours en épouse irréprochable, aussi délicate qu'une fleur.

Pas si délicate que ça, estimai-je. Une fleur n'aurait jamais survécu au périple jusqu'en Ilara, sans parler de la vie dans cette horrible montagne.

— Non, vous ne me donnez pas l'impression de beaucoup vous soucier de votre allure, continua Céren. La preuve : la plupart des femmes dotées de pommettes comme les vôtres auraient cherché à les mettre en valeur en s'attachant les cheveux, alors que vous, vous avez décidé de les laisser lâchés. Je vous rassure, ils restent ravissants, mais un chignon aurait été plus flatteur. On voit à peine votre cou si gracile.

Je ravalai un grognement au souvenir de ses mains sur ma gorge. Malgré tout, il n'avait pas tort : je ne me demandais jamais si les coiffures réalisées par Ebb m'allaient ou me désavantageaient. Zadie, elle, l'aurait fait.

— Et même si je sais combien vous avez soif de couleurs, poursuivit-il, vous n'auriez pas dû choisir ce vert. Votre robe à plumes noires ou bien celle avec cette découpe en losange auraient mieux convenu, vous ne croyez pas ? Après tout, vous avez tellement peu d'occasions de faire profiter mon frère de vos courbes sensuelles.

Je détestais sa façon de tout rendre laid ou vulgaire.

— À Varénia, je me contentais de porter ce que ma famille pouvait m'offrir. Comme vous le savez sans doute, nos perles ne cessent d'être dévaluées.

— Voilà justement une des raisons pour lesquelles vous devriez vous réjouir d'avoir échappé à la pauvreté ! Je serais prêt à parier que vous avez aujourd'hui une cinquantaine de tenues dans votre armoire. Et si vous me le demandiez, je vous en commanderais cinquante de plus.

Je me tournai vers la fenêtre, ravie que les rideaux soient cette fois ouverts sur le paysage.

— Je n'ai pas besoin d'une centaine de robes. Même cinquante, c'est déjà trop.

— Elles ne vous plaisent pas ?

Je me retournai vers lui.

— Difficile de les apprécier quand je sais que ma famille n'a probablement pas assez à manger, surtout depuis que je ne suis plus là pour plonger ramasser des perles !

Emportée par ma colère, je faillis mentionner ma sœur grièvement blessée, mais je m'arrêtai juste à temps. Qu'importe à quel point Céren m'excédait, face à lui, il fallait que je me débrouille pour contrôler mes émotions.

Avant qu'il ait pu répondre, le carrosse s'immobilisa dans une secousse. La cabine oscilla quand le cocher sauta à terre et, quelques secondes plus tard, il vint nous ouvrir la portière.

— Nous y sommes, annonça Céren avant de me prendre la main et de la tendre au serviteur pour qu'il m'aide à descendre. Voici le lac Elwin, le plus grand des lacs de Linrose.

Au loin, j'aperçus Talin et ses hommes. En selle ou debout devant leurs destriers, les rênes à la main, ils devaient attendre notre arrivée. Monté sur son étalon gris pommelé, le cadet des deux princes m'apparaissait aussi majestueux que le jour où il était venu me saluer devant Château-Vieux.

Une part de moi espérait que s'il découvrait la menace que les projets de son aîné représentaient pour les Varénians, il choisirait de me soutenir. J'avais envie de croire qu'il m'avait délibérément aidée, la veille. Mais il m'avait aussi convaincue de danser avec lui en sachant certainement comment son frère allait réagir. Je ne pouvais m'empêcher de penser que Céren avait raison : tel le poisson-lion, beau mais dangereux, Talin me captivait alors que je savais que le simple fait de m'approcher de lui risquait de me coûter très cher.

Lorsqu'il nous vit nous diriger vers lui, il mit pied à terre et avança à notre rencontre. Quand il s'inclina pour me saluer, ses cheveux bruns lui tombèrent devant le front.

— Mademoiselle.

— Votre Altesse, répondis-je avec une révérence.

Toujours soucieuse de ma cicatrice en sa présence, je laissai ma propre chevelure masquer mes joues. Et après m'être redressée, je détournai rapidement la tête, feignant d'admirer les environs.

— Le voyage depuis la côte ne m'avait pas permis de pleinement apprécier la splendeur de l'Ilara, me justifiai-je en sentant ses yeux sur moi.

— J'ai moi-même longtemps cru que je ne verrais jamais rien de plus beau que mon pays… Et puis, je me suis rendu chez vous.

J'avais beau m'être promis de ne pas établir le moindre contact visuel avec lui de toute la journée, mes réflexes me trahirent et je lui jetai un bref regard. Son compliment visait-il Varénia ? Zadie ? Ou était-ce même possible qu'il parle de moi ?

Comme pour revendiquer son territoire, Céren posa alors lourdement la main sur mon épaule.

— Merci d'avoir pris le temps de venir jusqu'ici, Talin. Je sais que tu as beaucoup à faire, mais je pense que même toi tu resteras pantois face à ce que je m'apprête à accomplir.

— Vous êtes donc si difficile que ça à impressionner, Talin ? demandai-je.

Ma question lui arracha un petit sourire en coin, et quelque chose se serra dans ma poitrine.

— Seulement lorsque c'est moi qui essaie de l'éblouir, répondit Céren à sa place. N'est-ce pas, cher frère ?

Mais, ignorant sa remarque, l'intéressé m'entraînait vers la rive. Il lui avait suffi de me prendre le bras pour que mon pouls s'accélère.

— Je suis en tout cas très impressionné par votre future épouse ! lança-t-il par-dessus son épaule.

Le prince héritier s'empressa de nous rattraper et je sentis son exaspération. Sur la berge, ses gardes et le jeune page, munis d'un grand soufflet, étaient en train de remplir d'air la poche de l'appareil.

— Céren, je dois avouer que ce coup-ci tu t'es surpassé, reconnut Talin en se grattant le crâne. Je n'ai absolument aucune idée de ce que j'ai sous les yeux.

— Ne t'inquiète pas. Tu vas bientôt comprendre, répondit l'inventeur en se campant près de sa création pour enlever son manteau et le confier au garçon. En revanche, j'ai bien peur que cette présentation nécessite que je me déshabille. Mademoiselle, veuillez vous retourner, s'il vous plaît. Je ne voudrais pas vous gâcher la surprise de notre nuit de noces.

Non sans une grimace écœurée, j'obtempérai sans me faire prier. Quelques minutes plus tard, j'entendis quelques clapotis, puis le hoquet de Céren qui s'avançait manifestement dans l'eau glacée. Lorsque je fis à nouveau volte-face, seules sa tête et ses épaules nues dépassaient encore de la surface, ses longs cheveux étendus derrière lui.

— Est-il vraiment nécessaire que tu testes toi-même ton dispositif ? demanda son frère. Cela me paraît fort peu prudent et aucun de mes hommes ne pourra se dévêtir suffisamment vite pour te porter secours.

— Ma vie pourrait en dépendre que je ne mettrais pas un orteil dans ce lac, marmonna l'un des gardes.

— Laisse-moi au moins le temps de retirer mon armure avant de plonger, ajouta Talin.

Mais Céren balaya ses craintes d'un geste de la main.

— Je n'aurai pas besoin d'aide ! Petit, envoie-moi le tube et les lunettes !

Si j'étais habituée à garder les yeux ouverts dans les eaux limpides de mon village, celles où se trouvait le prince paraissaient en effet aussi troubles que sombres. Le petit page lança à son maître les accessoires demandés. Il avait l'air terrifié, mais on aurait eu du mal à dire si c'était le lac, Céren ou bien le curieux appareil qui l'effrayait tant. Les trois, sans doute.

Céren plaça l'extrémité du tuyau dans sa bouche, prit quelques respirations afin de vérifier son bon fonctionnement, puis, après avoir ordonné à ses hommes de le chronométrer, il disparut sous la surface.

L'un des gardes commença à égrener les secondes à haute voix et nous restâmes tous immobiles sur la rive.

— Avez-vous une idée de la profondeur ? demandai-je à Talin.

— Je n'en suis pas certain, mais je dirais trois mètres au point le plus bas. Céren s'est accroché des poids aux chevilles pour éviter de flotter, répondit-il avant de réfléchir un moment. J'ai comme l'impression que vous étiez déjà au courant de l'existence de cette invention.

— Votre frère me l'avait montrée, c'est vrai.

— Où ça ? Dans son étude ?

Je me mordis la lèvre. Se doutait-il de la raison pour laquelle je rôdais près de cette salle, la veille ?

— Oui, admis-je malgré tout.

Il me dévisagea avec attention. La couleur de ses iris me rappelait tant Varénia que mon cœur se serra.

— Vous l'avez également vue à l'œuvre dans la mine engloutie, n'est-ce pas ?

— Si vous voulez parler du lac sous la montagne, alors oui, avouai-je tout en notant vaguement que le garde qui comptait venait d'atteindre deux cents.

— Céren vous y a emmenée ?

À nouveau, j'hésitai. Je n'aimais pas mentir, mais je n'allais quand même pas reconnaître ouvertement que j'avais espionné le prince héritier d'Ilara – encore moins face à son frère. Je me bornai donc à hocher brièvement la tête.

— Savez-vous pourquoi il a créé cet équipement ? poursuivit Talin.

— Oui… Pour récolter lui-même les perles varénianes.

Ce qu'il avait déjà compris. Son impassibilité face à ma réponse ne laissait aucun doute là-dessus.

— Je suis étonné que mon frère vous ait parlé de ses projets, dit-il néanmoins. Il doit pourtant se douter que ses plans entraîneront la disparition de votre peuple.

— De *notre* peuple, rectifiai-je plus abruptement que je ne l'aurais voulu. Et, oui, il le sait. Mais je crois qu'il prend du plaisir à me faire du mal.

— Malheureusement, j'ai peur que vous ayez raison.

J'avais beau être consciente que les soldats de Céren nous regardaient, je me rapprochai d'un pas de Talin. Son odeur de soleil, de sueur et de crin de cheval m'enveloppa aussitôt.

— Cela ne vous affecte-t-il pas d'imaginer le terrible sort promis aux Varénians ? Maintenant que vous avez découvert notre village, mangé à la table de notre gouverneur, rencontré ma famille ? Vous ne pouvez plus vous contenter de faire comme si nous n'existions pas.

Dans l'espoir d'une réponse, je fixais son profil. Son expression restait imperturbable. Mais, soudain, alors que j'étais près de renoncer, son auriculaire trouva le mien dans les plis de ma jupe pour s'y accrocher fermement. Ce contact entre nous – cette réaction bien plus intime que ce à quoi je m'étais attendue – ne dura cependant qu'une fraction de seconde. Déjà, mon inconscient me criait « Poisson-lion ! » et ma main s'éloigna vivement de la sienne. Pourtant, je sentais bien que ce n'était pas la peur qui faisait battre à ce point mon cœur.

— Ça fait dix minutes ! lança tout à coup le garde.

Je regardai le page, qui savait aussi bien que moi qu'on était donc arrivés au bout du temps prévu par Céren.

— Il devrait refaire surface d'une seconde à l'autre, commentai-je.

Mais dans mon dos, l'homme s'était remis à compter.

Une inquiétude intolérable s'empara alors de moi et mes bras nus se couvrirent de chair de poule.

— Vous ne comprenez pas..., repris-je. Ses essais n'ont jamais dépassé dix minutes. Il aurait déjà dû remonter.

— Il veut probablement se donner en spectacle, voilà tout, répondit le garde qui avait juré de ne pas pénétrer dans l'eau.

Je reportai mon attention sur le page et, plus précisément, sur l'endroit où son pied reposait. À quelques centimètres seulement du tuyau. Je compris aussitôt ce qu'il avait fait.

Talin avait commencé à se débarrasser de son armure dès qu'il m'avait vue m'alarmer, mais il n'avait pas exagéré, un peu plus tôt : l'opération lui prendrait effectivement de longues minutes. Or, chaque seconde importait. Pourtant, incapable de décider quoi faire, je restai figée.

Ce qui était en train de se passer pouvait affranchir les Varénians de tous leurs problèmes. Si Céren mourait, ce serait son frère qui hériterait de la couronne. Même sans me fier entièrement à ce dernier, j'étais au moins convaincue qu'il ne chercherait jamais à nuire davantage au peuple de sa propre mère. Si Céren survivait, en revanche... L'incident lui laisserait peut-être des séquelles à vie. Après tout, qui savait combien de temps il avait été privé d'oxygène ? Je pensai au pauvre page. Il ne devait pas avoir plus de douze ans. Céren serait si furieux, il se sentirait si humilié... Tout le monde en pâtirait.

Seulement, à Varénia, si quelqu'un était en détresse et qu'intervenir ne nous mettait pas nous-mêmes en danger, il fallait lui porter assistance. Seuls les cas de bannissement échappaient à cette règle : les criminels les plus dangereux ne pouvaient être autorisés à rester au village, et au moins leur offrait-on une chance de s'en sortir. Mais la situation présente n'avait rien à voir. Comment pourrais-je supporter d'avoir regardé un homme se noyer en restant les bras croisés ? Même en sachant que lui ne serait jamais venu me sauver, c'était inconcevable !

— Par tous les dieux ! jura Talin, qui s'échinait sur l'une des dizaines de boucles de son armure. Que quelqu'un fasse quelque chose !

— Dégrafez-moi ma robe ! criai-je alors en lui présentant mon dos. Tout de suite !

S'il voulait revoir son frère en vie, il allait falloir oublier les convenances.

Chapitre 21

Après seulement un instant d'hésitation, Talin se mit à défaire les attaches de mon corsage aussi vite que possible. Tirant d'un coup sec sur mes manches, je quittai ma tenue pour ne garder que mes sous-vêtements et me déchaussai en deux coups de talon. Puis je pris mon élan et plongeai sous le regard médusé des gardes, bloquant ma respiration juste avant que mes bras tendus ne déchirent la surface.

L'eau se révéla plus froide que toutes celles que j'avais jamais affrontées, et mon corps entier se mit aussitôt à protester à grands cris. Le lac était sombre, limoneux, mais mes yeux s'habituèrent rapidement à cet environnement. Suivant le tuyau, je m'enfonçais dans les profondeurs. Elles avaient été largement sous-estimées, compris-je après avoir dépassé les trois mètres évoqués par Talin. Quelques secondes plus tard, j'aperçus la chevelure de Céren, qui ondulait dans le courant telle une anémone de mer.

Les yeux révulsés, le prince était inconscient. Je n'avais aucun moyen de savoir si cela ne faisait que quelques instants ou bien plus longtemps. Si l'un de ses pieds n'était plus lesté, ça n'était pas le cas de l'autre. La cordelette du poids qui y était attaché était tout emmêlée. Céren avait dû se rendre compte qu'il manquait d'oxygène et essayer de s'en libérer, mais sans succès. Rassemblant toutes mes forces, je tirai sur sa cheville jusqu'à ce que le nœud se défasse, puis je lui arrachai le tube de la bouche et commençai à l'entraîner vers le haut. Mes orteils étaient déjà tout engourdis. Je craignis un instant de ne pas avoir suffisamment d'énergie pour nous ramener tous les deux à l'air libre.

J'aurais pu le lâcher et revenir seule sur la berge, sans aucune difficulté. Après tout, je ne lui devais rien. Il était cruel, égoïste. Il était allé jusqu'à reconnaître que, pour lui, je n'étais qu'un corps voué à procréer, comme le pensait ma mère. Mais en vérité, cela ne faisait pas deux minutes que j'étais sous l'eau. J'étais encore loin d'être en danger. Et toute mon éducation me poussait à considérer que laisser quelqu'un mourir équivalait à le tuer soi-même.

Quand, enfin, je refis surface, j'aspirai une grande goulée d'air. Cependant, aussitôt que la tête de Céren eut émergé à mes côtés, je passai un bras autour de son thorax, puis nous propulsai vers le rivage. Avec plusieurs de ses hommes, Talin s'était avancé de quelques mètres dans l'eau peu profonde du bord du lac. Dès que les gardes eurent attrapé Céren pour le tirer jusqu'à la terre ferme, il m'arracha des flots et me transporta, ruisselante, sur l'herbe sèche de la grève.

— Ça va ? demanda-t-il en écartant mes cheveux mouillés de mon visage. Vous avez mis si longtemps à remonter !

— Tout va bien, haletai-je. Mais il faut que j'aide votre frère.

— L'aider ? répéta Talin, incrédule. C'est trop tard. Il est resté sous l'eau près de quatorze minutes.

Malgré tout, non sans maudire mes vêtements détrempés, je rampai jusqu'à l'endroit où était étendu le noyé et me penchai sur lui pour voir s'il respirait encore. Je n'entendais rien. Sa poitrine ne se soulevait plus. Je posai l'index et le majeur sur son cou. À nouveau, la possibilité de ne pas interférer me traversa l'esprit. Si Céren n'était pas encore mort, il le serait bientôt.

Je levai le regard vers le page. Épouvantés, ses yeux noisette ronds comme des soucoupes observaient mes moindres gestes. Lorsqu'il me vit le fixer, il secoua imperceptiblement la tête. À présent, j'en étais sûre, c'était lui qui avait coupé l'arrivée d'oxygène du prince en écrasant le tuyau avec son pied. Était-ce Mélina qui l'avait convaincu de le faire, ou bien avait-il simplement cherché à venger son grand frère ? Les deux, peut-être.

Et soudain, sous mes doigts, l'infime bégaiement d'une palpitation se fit sentir. Ce fut tout ce qu'il me fallut pour me décider à agir. Le teint de Céren avait beau avoir déjà viré au gris et ses lèvres au bleuâtre, je lui pinçai les narines et insufflai une bouffée d'air dans sa bouche. Plusieurs des gardes eurent un hoquet de stupeur. Ils n'avaient probablement jamais assisté à une réanimation de ce genre. C'était moi-même la première fois que j'avais à employer cette méthode en situation d'urgence, même si, comme tous les Varénians, on me l'avait enseignée dès mon plus jeune âge. Je l'avais cependant vu être pratiquée à plusieurs reprises : sur des pêcheurs pris de ces crampes aux articulations qui menaient parfois à la crise cardiaque, mais aussi sur un bébé qui, après être tombé d'une passerelle, avait failli se noyer. Tout en surveillant attentivement le torse du prince, je continuai donc à lui souffler dans la bouche toutes les cinq secondes.

Une minute entière s'était déjà écoulée et je commençais à perdre espoir quand, soudain, les muscles de Céren se contractèrent. L'instant d'après, ses paupières s'ouvrirent d'un coup et je me redressai juste avant qu'il ne se mette à vomir un mélange d'eau et de grumeaux – vestiges de son petit déjeuner. Je m'empressai de le basculer sur le flanc afin d'éviter qu'il ne s'étouffe. Lorsqu'il eut tout rendu, je lui essuyai le menton avec l'ourlet de mon jupon, puis le recouchai sur le dos.

Ses joues reprenaient déjà un semblant de couleur. Incapable de m'en empêcher, je souris. Quoi qu'il advienne par la suite, j'avais sauvé un homme de la mort.

— Apportez-lui une couverture ! criai-je à la cantonade.

Céren leva les yeux vers moi. Éclairées par le soleil, ses prunelles ne paraissaient plus grises, mais plutôt argentées, comme les écailles irisées des poissons-lunes. Il essaya de s'asseoir, mais je le repoussai doucement vers le sol.

— Vous devriez éviter de bouger pour l'instant.

Il baissa le regard sur son abdomen et je pris tout à coup conscience de la nudité de ses membres élancés. On voyait ses veines courir sous sa peau translucide. Il avait beau être musclé, il était aussi tellement mince que j'aurais pu compter chacune des côtes de sa cage thoracique, qui se soulevait encore avec difficulté.

Grig déploya alors l'une des fourrures du carrosse sur lui et, aussitôt, mes yeux remontèrent jusqu'à ceux du prince. En plus de la honte et de l'humiliation qu'on y lisait clairement, je fus étonnée d'y percevoir de la stupéfaction. Céren avait tendance à provoquer ceux qui l'entouraient pour juger de leur loyauté, m'avait expliqué son frère. Peut-être venais-je de lui prouver la mienne.

— Merci, dit-il finalement en me prenant la main. Je vous dois rien de moins que ma vie.

Pendant que le reste des gardes se remettait en selle, Osius aida un Céren à demi conscient seulement à s'installer dans le carrosse.

— Nous allons vous ramener à Château-Neuf. Mais vous devriez d'abord vous changer, me dit Talin en m'apportant une autre des fourrures.

Quand il m'en enveloppa les épaules, je remarquai qu'il faisait de son mieux pour ne pas porter le regard plus bas que mon cou.

— Ce n'est pas la peine, je vous assure. Je devrais surtout aller rejoindre Céren.

— Osius va rester avec lui. Le carrosse est trop petit pour accueillir plus de deux personnes et vous en avez fait bien assez pour mon frère, aujourd'hui.

— Mais dans ce cas, comment vais-je rentrer ?

— À cheval. Vous monterez derrière moi.

Je haussai un sourcil.

— Vous croyez vraiment que c'est une bonne idée ?

— Ne vous inquiétez pas, mademoiselle. Mes hommes tiendront leur langue. Ce que je crains, c'est surtout que vous n'attrapiez froid dans cette... tenue.

— Vous voyez des vêtements de rechange dans les parages ? demandai-je avec un sourire narquois.

— Peut-être que si vous retiriez simplement cette... Votre robe est toujours sèche, mademoiselle.

Son embarras me ravissait tant que lorsqu'il se proposa de tenir la fourrure comme un paravent devant moi, j'en oubliai de me sentir gênée. Quand j'eus troqué mes sous-vêtements mouillés contre ma toilette de crêpe, je rabattis ma chevelure par-dessus mon épaule et présentai une fois de plus mon dos à mon chevalier servant.

— Pouvez-vous la refermer, s'il vous plaît ?

Pas de réponse. Je jetai un coup d'œil derrière moi pour trouver un Talin aux joues plus roses qu'une crevette cuite.

— Ma femme de chambre n'a pas eu la permission de m'accompagner, insistai-je en réprimant un petit rire. Vous préférez que je m'adresse à l'un de vos hommes ?

Quand il expira enfin, la chaleur de son soupir sur ma peau nue me fit frissonner.

— Vous avez froid, dit-il comme si c'était le prétexte qu'il avait attendu pour enfin se résoudre à accéder à ma requête.

Je le sentis bientôt tâtonner tout en bas de mon dos, bataillant avec les minuscules agrafes de la robe, et j'éprouvai soudain une profonde gratitude pour chacune de ces horripilantes petites attaches. Après quelques tentatives laborieuses, il gagna cependant en dextérité, se rapprochant de moi à mesure qu'il remontait vers mes omoplates. Sans mes sous-vêtements, il n'y avait rien entre ma peau et ses mains, et le moindre effleurement de leur part me donnait l'impression qu'une flamme me léchait l'échine pour pénétrer jusqu'à mon cœur.

— Merci, dit-il d'une voix douce après en avoir terminé avec le dernier crochet.

Ses doigts n'avaient pas quitté ma nuque. Il me fallut toute ma volonté pour résister à la tentation de me renverser contre lui, mais je m'autorisai à incliner la tête, exposant ainsi davantage mon cou à la tiédeur de sa respiration, savourant la façon dont le fin duvet derrière mon oreille se hérissait sous son souffle. Je ne lui demandai pas pourquoi il me remerciait. Je ne voulais pas l'entendre prononcer le prénom de son frère. Je voulais simplement que cet instant dure éternellement.

— Nous devrions nous mettre en route, reprit-il enfin.

Il y avait malgré tout comme de l'envie dans sa voix. *Et une pointe de regret*, me dis-je tandis qu'il m'emmenait vers son étalon. Contrairement aux autres montures qui piaffaient et renâclaient, pressées de rentrer au bercail, la sienne patientait, presque immobile.

— Je ne suis encore jamais montée à cheval, prévins-je en levant les yeux vers l'imposante créature.

— Vous n'aurez rien d'autre à faire que de vous tenir à moi, me rassura Talin avec un sourire en coin. Je suis sûr que vous vous en sortirez très bien.

Après que le prince eut enfourché son cheval, Grig m'aida à me hisser derrière lui. Ma robe m'empêchait de m'asseoir autrement qu'en biais, mes cheveux étaient encore trempés et je n'arrivais pas à me départir de la sensation glacée que m'avait laissée le lac. Mais au contact de la monture comme de Talin lui-même, je commençai à me réchauffer. Lorsque, d'un discret bruit de bouche, il lança son destrier au trot, je m'accrochai un peu plus fermement à lui. À chaque foulée, je rebondissais contre le cuir inhospitalier de son armure. L'expérience se révélait moins plaisante que je me l'étais représentée !

— Vous seriez moins ballottée si j'allais au galop, me dit bientôt Talin par-dessus son épaule. Mais nous irions aussi bien plus vite. Cela vous inquiète ?

— Un peu.

Il eut un rire indulgent.

— Il n'y a aucune raison.

Il fit de nouveau claquer sa langue et aussitôt le cheval accéléra, les soubresauts cédant la place à un balancement bien plus tolérable. À condition de fermer les yeux, je pouvais presque m'imaginer de retour dans notre barque familiale, filant sur le dos des vagues plutôt que sur celui d'un animal.

— Ça va mieux ? demanda Talin.

— Bien mieux, merci !

— Cette solution ne présente qu'un seul inconvénient, dit-il d'un ton tout à coup très sérieux.

— Ah oui ? Lequel ?

— Nous arriverons à destination bien plus rapidement.

Je ne pus m'empêcher de rire. Peut-être était-ce dû au sentiment de puissance que m'avait conféré le fait d'avoir sauvé la vie de Céren, mais je n'avais plus peur, même si je savais que j'aurais dû. Plaquée contre Talin, je laissai la régularité des mouvements de l'étalon me bercer jusqu'à atteindre une tranquillité intérieure que j'avais pourtant cru ne plus jamais ressentir après mon départ de Varénia.

Lorsque nous approchâmes du mont Ayris, le prince ralentit, puis mit sa monture au pas. N'ayant plus l'excuse de la vitesse, je desserrai à contrecœur l'étau de mes bras autour de son torse. Le crêpe de ma robe était complètement froissé et mes cheveux défaits ondulaient librement sur mes épaules. Qu'allais-je bien pouvoir raconter à Ebb pour justifier mon apparence ? Au bout de quelques minutes, Talin tourna la tête vers moi.

— Qu'est-ce qui vous a décidée ?

— Pardon ?

— À sauver mon frère. Vous auriez pu le laisser mourir, mais vous ne l'avez pas fait. Vous avez même pris un gros risque pour le tirer de l'eau.

Je triturai l'une des boucles de son armure.

— C'est vrai.

— Pourquoi ?

Pourquoi ? Ce simple mot condensait la totalité des réflexions qui s'étaient imposées à moi dans les profondeurs du lac. *Tu aurais pu être libre !* semblait-il me dire.

— C'est un principe, à Varénia, expliquai-je. Si le dieu Thalos veut une vie, il doit se battre pour la prendre. Et puis, vous demandiez que quelqu'un réagisse, alors j'ai réagi.

— Thalos, murmura Talin. Il apparaît dans la légende relatant l'origine du peuple varénian, n'est-ce pas ? Ma mère me l'a contée.

— Cette histoire a dû vous paraître bien bête.

Il secoua la tête.

— La seule chose qui m'ait jamais paru bête, c'est que les Varénians soient condamnés à souffrir simplement parce que deux jeunes amants imprudents auraient un jour péri dans un naufrage.

Je souris pour moi-même. C'était la première fois que j'entendais quelqu'un faire ce constat de manière aussi franche.

— C'est ce que j'ai longtemps pensé aussi, répondis-je. Mais j'ai fini par comprendre que l'origine de nos problèmes se trouve moins dans cette légende que dans la soif de pouvoir de certains. Et dans leur volonté de s'enrichir sur nos ressources.

— Les perles. Céren pense qu'elles le rendent plus résistant.

— Peut-être est-ce le cas.

— Si ça l'était, notre père ne serait pas en train de mourir à quarante ans, répondit Talin d'une voix soudain triste.

Céren avait beau prétendre que les perles n'avaient pas amélioré l'état du roi, lui-même les amassait comme un trésor, persuadé qu'elles le préserveraient du mal mystérieux qui tuait son père. Il n'irait pas jusqu'à sacrifier des domestiques dans l'espoir d'en récolter toujours plus si elles n'avaient aucun effet, non ?

— Étiez-vous proche de votre père, enfant ? demandai-je à Talin.

— Très. Il ne doit pas être facile pour vous de l'imaginer autrement que faible et alité mais dans sa jeunesse, il était plus vaillant. Il ne respirait sans doute pas la santé, mais il n'était pas malade non plus. Il nous accompagnait souvent, ma mère et moi, quand nous nous rendions dans les villages.

— Et où était Céren, dans ces moments-là ?

— Il restait avec ses nourrices, répondit-il sans cesser de fixer le chemin. Il n'a jamais apprécié sortir de la montagne.

— Je le plains, parfois, admis-je. Il a dû vivre une enfance très solitaire.

Le prince hocha la tête.

— J'aimais ma mère de tout mon cœur, mais je n'ai jamais cautionné la manière dont elle le traitait. Je pense qu'elle lui en voulait d'être le premier héritier et que la couronne lui revienne plutôt qu'à moi.

— Mais Céren n'était qu'un enfant !

— Je sais bien. Mais je peux aussi imaginer ce qu'elle devait ressentir, elle qui avait tout quitté pour finalement ne devenir que la deuxième femme du roi. Je crois qu'elle se disait que si je montais sur le trône un jour, je pourrais mettre un terme à ce que subissait et subit toujours votre peuple.

Lorsque ses yeux retrouvèrent les miens, je sentis une vague d'espoir déferler en moi. Cela signifiait-il qu'il désapprouvait les projets de son aîné ?

— Si seulement c'était ce que Céren souhaitait aussi, hasardai-je.

Nous avions presque atteint le pied de la montagne, et j'entendais le carrosse bringuebaler derrière nous.

— Mon frère est terrorisé, dit Talin. Il voit mon père décliner et craint de connaître bientôt le même sort. Et en dépit de ses nombreux défauts, il aime son royaume. Il ferait n'importe quoi pour éviter qu'il ne tombe aux mains de nos ennemis.

— Quels ennemis, au juste ?

Il me jeta un nouveau regard par-dessus son épaule.

— Difficile à dire. En ce moment, nous en avons beaucoup. Pas seulement Clifton, mais aussi les Galethiens au nord. Sans oublier que la révolte gronde au sud.

— Et vous pensez que pour le bien de votre pays, Céren doit continuer d'exploiter les Varénians ?

Ses mâchoires se contractèrent.

— Non. Sur ce point, je partageais les opinions de ma mère bien avant de visiter votre village.

Le carrosse nous rattrapa à ce moment-là, et le cheval de Talin rejoignit celui du capitaine, qui avançait à côté de l'attelage. Je me surpris à espérer que la quasi-noyade de Céren puisse tout changer. J'étais certaine d'avoir aperçu comme une clarté dans ses yeux, comme un lambeau de l'humanité qu'il dissimulait la majorité du temps sous son masque de froideur. Quelque part, au fond de lui, il était resté ce petit garçon qui avait perdu sa mère et s'était toujours senti moins aimé qu'il aurait dû l'être. Il avait affirmé qu'il me devait la vie. Peut-être qu'en retour, il accepterait de rendre aux Varénians la leur.

Quand nous fûmes arrivés devant les escaliers qui conduisaient à Château-Neuf, Talin sauta à terre, puis m'attrapa par la taille et me souleva aussi aisément que si j'avais été une enfant. Sans jupon ni fourreau sous ma robe, la chaleur de ses mains passait à travers la fine étoffe et, les dieux me pardonnent, j'aurais voulu qu'elles montent plus haut sur mon corps, qu'elles descendent plus bas, qu'elles se posent partout. J'aurais voulu l'embrasser comme Zadie avait embrassé Sami – en secret, passionnément, jusqu'à perdre haleine.

Lorsque mes semelles touchèrent le sol, je levai le regard sans être sûre de ce que j'allais trouver dans le sien. Après tout, nous nous connaissions à peine. Pourtant, il me donnait l'impression d'être comme une pierre où poser le pied, le long du gué qui reliait ma vie ilaréenne à celle que j'avais laissée derrière moi, à Varénia. L'espace d'une seconde, je crus que je n'aurais finalement pas à le franchir seule.

Mais ensuite, ses yeux se fixèrent sur ma pommette droite, et mon estomac se noua.

Ma cicatrice.

Je n'étais pas restée très longtemps dans l'eau mais, durant tout le trajet, j'avais appuyé ma joue contre le dos du prince. J'eus beau réussir à me retenir de me toucher le visage, les traits de Talin se durcirent. Il recula d'un pas.

— Prenez soin de vous, mademoiselle, dit-il avant de s'incliner.

L'instant d'après, il était reparti.

Chapitre 22

De retour dans ma chambre, je me précipitai devant mon miroir. Vu le regard que Talin m'avait lancé, distinguer sur ma joue une petite zone de peau rose et exposée n'aurait pas dû me surprendre. Pourtant, même en ayant depuis longtemps accepté ma cicatrice comme faisant partie de moi, je m'étais habituée à me voir sans.

Mes yeux se posèrent sur l'ourlet déchiré de ma toilette couverte de boue, puis sur ma tignasse pleine de nœuds, et ils se remplirent de larmes. Je sentais encore l'eau du lac à plein nez, ce qui, hors contexte, n'avait rien d'agréable. Le pire, ce n'était pas que Talin ait découvert la vérité, mais qu'il m'ait regardée de la même façon que Mère après mon accident. Comme une étrangère.

— Mademoiselle ! Que vous est-il arrivé ? s'exclama Ebb avec un hoquet d'horreur lorsqu'elle s'avança derrière moi.

Je me retournai, aussi lasse qu'exténuée.

— Je vous expliquerai tout. Mais d'abord, un bain, s'il vous plaît.

Ses yeux bleus ronds d'étonnement, elle hocha malgré tout la tête et se hâta de ressortir chercher l'aide d'une autre domestique. Lorsque le petit bassin fut rempli et que nous fûmes à nouveau seules, je lui racontai ma journée. Quand j'en vins à la manière dont j'avais secouru Céren, elle s'assit lentement, pétrifiée, l'air effaré, la bouche entrouverte.

— Pour l'amour de Thalos, Ebb, vous voulez bien arrêter de faire cette tête ? grommelai-je une fois mon récit terminé, alors qu'elle n'avait toujours pas bougé.

— Je suis désolée, mademoiselle. C'est simplement que je n'ai jamais rien entendu de pareil. Vous l'avez sauvé des esprits de l'eau ! Vous l'avez ramené d'entre les morts !

Non sans lever les yeux au ciel, je lui fis signe de dégrafer ma robe. Quand ses doigts commencèrent à s'acquitter de cette tâche à la vitesse de l'éclair, je ne pus m'empêcher de repenser à Talin. Mon estomac s'en tordit aussi bien de désir que de douleur.

— Bien sûr que non, répondis-je. S'il avait déjà rendu l'âme, je n'aurais jamais pu le réanimer.

Mais j'imaginais déjà comment les serviteurs tourneraient cette histoire. Avant même le début de la soirée, ils feraient courir le bruit que j'avais tout bonnement ressuscité un cadavre.

— Vous ne devez en parler à personne, Ebb, d'accord ? Le prince héritier ne racontera ce qui lui est arrivé quc quand il sera prêt.

— Oui, mademoiselle.

— J'insiste. Si j'ai vent de la moindre rumeur à ce propos par votre faute, je n'hésiterai pas à vous faire vider les pots de chambre au quotidien.

Elle étouffa un gloussement.

— J'ai bien compris. Allons, ôtez ces vêtements trempés et plongez-vous dans votre bain.

Le temps de me récurer au savon à la lavande pour me débarrasser de l'odeur du lac, je restai dans la baignoire un bon moment. D'autant plus qu'il me fallait aussi démêler mes cheveux. Ebb avait déjà suggéré qu'on les raccourcisse pour faciliter le coiffage, mais je n'avais pas permis qu'elle coupe davantage que les pointes. Je savais que Zadie, elle, ne se séparerait jamais de ses longueurs et je voulais préserver notre ressemblance. Mon reflet dans le miroir était en effet le seul moyen que j'aurais jamais de voir ma sœur vieillir.

Lorsque le bain commença à refroidir, ma femme de chambre m'aida à en sortir, puis elle me tendit une serviette.

— Voulez-vous que je remaquille votre cicatrice, mademoiselle ? demanda-t-elle en me présentant ensuite mon petit pot en ivoire. Votre fard n'a pas résisté à l'eau.

Éberluée, je compris alors qu'elle avait sans doute repéré dès le premier jour ma balafre et la manière dont je la camouflais. Je me sentis honteuse. Comment avais-je pu penser réussir à duper quiconque ?

D'après Zadie, les gens à Varénia ne remarquaient quasiment pas ma cicatrice. Et Ebb non plus ne paraissait ni dégoûtée ni même triste pour moi. Pourtant, quand le regard âpre de Talin me revint encore une fois en mémoire, les larmes me montèrent à nouveau aux yeux.

— Vous voulez bien me laisser un moment, Ebb ?

— Bien sûr, répondit la jeune femme avec douceur. Si vous avez besoin de quoi que ce soit, sonnez.

Après qu'elle eut quitté la pièce, j'abandonnai ma serviette sur le sol et retournai devant le miroir. Sans tenue ni coiffure sophistiquées, je ressemblais tellement à ma jumelle que nos propres parents auraient eu du mal à nous différencier. Mais il y avait cette cicatrice.

Mère ne m'avait même pas remerciée d'avoir sauvé Zadie. Jamais. Au contraire, elle avait tout fait pour que je voie le stigmate dont j'avais hérité comme un déshonneur, une imperfection qui définirait le reste de mon existence. Cette marque m'avait pourtant toujours paru insignifiante par rapport à tout ce qu'elle m'avait permis d'accomplir. Sans elle, jamais je n'aurais été autorisée à sortir nager aussi souvent dans mon adolescence et jamais je n'aurais eu assez de force dans les bras pour remonter Céren du fond du lac Elwin. À ma place, Zadie n'aurait pas réussi. Mais ma mère, j'en étais sûre, aurait été plus furieuse que j'aie risqué d'exhiber ma cicatrice que fière de savoir que j'avais secouru le prince.

Je passai un doigt sur la peau légèrement bombée de ma pommette avant de le laisser glisser jusqu'à mon épaule, non sans me rappeler les mains de Talin – leur délicatesse le long de mon dos comme leur assurance autour de ma taille. Même s'il s'en doutait peut-être depuis longtemps, j'étais certaine qu'il avait dorénavant compris qui j'étais. Se sentirait-il obligé de tout avouer à son frère ? Céren m'avait exposé ses exigences sans aucune ambiguïté : tout ce qu'il souhaitait, c'était que je sois capable de produire un héritier en bonne santé, pas que je sois parfaite. Mais vu la conversation que nous avions eue sur le trajet du retour, Talin semblait clairement plus dévoué à son aîné que je ne l'avais cru. Je ne pouvais qu'espérer que Céren, s'il venait à découvrir la vérité me concernant, éprouverait plus de reconnaissance envers moi que de colère.

Je m'appliquai une nouvelle couche de fard sur la joue, et quand Ebb revint un peu plus tard pour m'aider à passer une autre des magnifiques tenues de ma garde-robe, je ne dis plus un mot à ce sujet. Tandis qu'elle me coiffait, je me souvins néanmoins du message destiné à Sami. Avec toutes ces émotions, non seulement j'avais complètement oublié ma mission, mais j'avais carrément perdu le mouchoir dans lequel était plié le bout de papier. Décidément, quelle espionne je faisais !

Une fois prête, j'eus beau me dépêcher, j'arrivai en retard au dîner. Et quand j'entrai dans la salle à manger, toutes les têtes se tournèrent vers moi. J'avais comme l'impression que les ragots sur ce qui s'était passé au lac n'avaient pas eu besoin d'Ebb pour commencer à circuler… Les murmures se mirent à fuser dès je me dirigeai vers ma place :

— Elle lui a sauvé la vie…

— … usant de quelque sortilège !

J'avais envie de leur hurler à tous que ce que j'avais fait n'avait rien de magique, que je m'étais bornée à insuffler de l'air au prince, mais je m'abstins et rejoignis mon siège en silence. Ni Talin ni Céren n'étaient présents à table, ce soir-là. Soucieuse de ne pas montrer mon émoi aux courtisans, je mangeai aussi lentement et posément que possible. À la fin du repas, Hyacinthe s'approcha et me prit le bras.

— Vous faites sensation ! déclara-t-elle sans préambule. Tout le monde ici ne parle que de votre exploit !

Du coin de l'œil, je lui coulai un regard méfiant. Quelle que soit ma réaction, je pouvais être sûre qu'elle ferait désormais le tour du château.

— Ah bon ?

Hyacinthe eut un grand sourire et me tapota la main.

— Et discrète avec ça ! Une qualité que j'apprécie beaucoup. Le prince se remettra-t-il ?

— Oui, je pense. Que vous a-t-on raconté, exactement ?

Elle m'emmena vers un banc, dans une alcôve où nous pourrions discuter en tête à tête.

— On nous a dit que Céren était en train de nager dans le lac quand, sous les traits d'un serpent géant, un esprit de l'eau l'a entraîné dans les profondeurs ! expliqua-t-elle. Vous avez alors plongé à la rescousse du prince et tué la bête à mains nues !

Je ne pus m'empêcher d'éclater de rire.

— Je vous en prie, dites-moi que vous ne croyez pas à ces sottises.

— Non, évidemment. Mais vous l'avez bien sauvé, n'est-ce pas ?

Si tout le monde était au courant, peut-être que même si Talin lui dévoilait ma véritable identité, Céren se sentirait forcé de se montrer clément.

— Oui, acquiesçai-je. Il se noyait, alors je l'ai sorti de l'eau et je lui ai soufflé de l'air dans les poumons, car il en manquait.

— Mais où avez-vous appris cela ? Personne en Ilara n'a jamais entendu parler de cette technique !

— Je vous rappelle que j'ai grandi dans un village perdu au milieu de l'océan. Chaque jour, les Varénians risquent leur vie à plonger pour récolter ces perles qui semblent fasciner votre pays entier, répondis-je d'un ton que je ne parvins pas à rendre affable.

D'un geste de la main, je désignai le pendentif rond et rose que Hyacinthe portait autour du cou. Les Ilaréens me traitaient comme une enfant, mais eux non plus ne connaissaient rien à rien au-delà des frontières de leur réalité. Je n'aurais pas été étonnée qu'ils ne sachent même pas d'où venaient les perles dont ils se paraient. Mais Hyacinthe ne sembla pas remarquer mon irritation.

— Une autre rumeur court..., reprit-elle en levant son éventail devant son visage.

Elle ne laissait deviner que ses prunelles, qui pétillaient soit d'hilarité, soit de malice. Difficile de déchiffrer son expression quand sa bouche était cachée. Comme je ne répondais pas, elle poursuivit, pas découragée pour un sou.

— J'ai entendu dire... que vous êtes montée à cheval derrière Talin, sans rien d'autre sur vous que vos sous-vêtements !

Je levai les yeux au ciel. Qui était à l'origine de ces commérages ? L'un des soldats qui nous accompagnaient ?

— Votre prince venait d'échapper à la mort. Il fallait un garde à ses côtés dans le carrosse, qui ne pouvait accueillir que deux personnes. Alors, oui, je suis revenue au château sur la monture de Talin. J'étais aussi trempée et j'empestais l'eau du lac. Et pour ce que ça vaut, je vous signale que je portais ma robe.

Hyacinthe eut un petit rire.

— Vous êtes très courageuse, vous savez. Ces instants ont dû être tellement effrayants à vivre, pour tout le monde.

— En effet, répondis-je simplement.

Je savais que personne ne comprendrait à quel point l'Ilara avait été proche de perdre son héritier, ce matin-là. Avais-je fait le bon choix en décidant de le réanimer ? Pas seulement pour moi, mais pour le royaume ? Céren gouvernerait-il avec sagesse et équité une fois roi, ou bien avais-je mis en péril des milliers de vies en secourant un futur tyran ?

Soudain, de nouveaux chuchotis s'élevèrent. Talin venait d'entrer dans la salle. Ignorant les regards curieux des dames et des seigneurs, il se dirigea droit vers moi. Je sentis Hyacinthe se redresser à mes côtés.

— Puis-je vous voir un instant ? me demanda le cadet des princes à voix basse, après s'être contenté d'un salut des plus brefs, presque inexistant.

Je me levai et effectuai une gracieuse révérence.

— Bien sûr, Votre Altesse.

Il ne m'avait pas offert son bras, il ne ralentit pas l'allure, et je dus presser le pas pour ne pas me laisser distancer tandis qu'il se hâtait le long des couloirs qui menaient aux appartements de son frère. Il avait les traits tirés et je ne l'avais jamais vu aussi nerveux. Était-il arrivé malheur à Céren depuis notre retour ? Allait-on m'en faire porter la responsabilité ?

Quand nous atteignîmes la porte de la chambre, les hommes qui la gardaient nous ouvrirent et Talin gagna aussitôt le chevet du malade. Celui-ci avait encore le teint blême, ses lèvres restaient légèrement bleuâtres, mais il était bien vivant.

— Qu'y a-t-il ? demandai-je, ne saisissant toujours pas la raison de l'apparente angoisse de Talin. Tout va bien ?

— Il ne veut s'adresser à personne d'autre que vous, expliqua le cadet des deux frères. Il a ordonné qu'on lui amène sa fiancée.

Manifestement, Talin n'avait pas encore révélé à son aîné qui j'étais. Quand Céren étendit la main, je me sentis obligée de la prendre.

— Ma chère Zadie. Merci d'être venue.

— Je suis heureuse de constater que vous allez mieux, répondis-je en m'inclinant.

Il me sourit, puis se tourna vers Talin et les gardes.

— Vous pouvez disposer. Je voudrais m'entretenir seul avec elle.

Les mâchoires de Talin se contractèrent, mais il fit malgré tout signe aux soldats de quitter les lieux. Après m'avoir jeté un dernier regard par-dessus son épaule, il sortit à son tour.

— Tout va bien ? répétai-je en m'efforçant de ne pas paraître trop anxieuse.

— Je voulais pouvoir vous demander ce qui s'était passé ce matin sans que vous vous sentiez menacée par mon frère ou ses hommes.

Je penchai la tête de côté, interloquée.

— Pourquoi me serais-je sentie menacée ?

— Vous êtes la seule à avoir tenté de me tirer de ce lac, alors même que vous auriez aisément pu m'y laisser mourir. Je ne peux me fier qu'à vous. Or, j'ai besoin de savoir… Qui était-ce ?

— Je ne comprends pas. Qui était-ce… ?

Il me tira si fort sur le bras que je me retrouvai le visage quasiment collé au sien.

— Qui a essayé de me tuer ? siffla-t-il.

Une frayeur indicible me saisit. Par Thalos… Il savait.

— Personne n'a essayé de vous tuer, répondis-je pourtant. Vous avez été victime d'un terrible accident. Sans doute le tuyau a-t-il vrillé quelque part, ce qui a coupé votre arrivée d'air. La température de l'eau n'a pas dû aider non plus. Elle était bien plus froide que vous n'auriez pu l'anticiper, et votre corps n'y était pas habitué.

— Pendant sept ou huit minutes, je n'ai eu aucun mal à respirer. Ce qui s'est produit n'a rien d'une erreur de calcul. Qui a touché mon appareil quand j'étais sous la surface ?

— Personne, je vous le jure.

— L'avez-vous tout le temps gardé à l'œil ?

Je baissai les yeux, me remémorant le court instant que j'avais partagé avec Talin, quand son petit doigt avait agrippé le mien.

— Presque tout le temps, admis-je. En dehors de votre frère et moi, seul votre page était à proximité.

Céren me lâcha enfin, fixant son regard au plafond.

— Je le savais.

— Mais il n'a pas pu toucher à votre dispositif, m'empressai-je d'ajouter quand je compris quelle affreuse erreur je venais de commettre. Nous l'aurions vu s'il avait tenté de le manipuler. Il ne s'en est pas approché une seconde.

— Si vous reconnaissez ne pas avoir surveillé mon invention en permanence, vous ne pouvez pas en être certaine. Ce garçon me juge responsable du décès de son frère. Il a sûrement voulu se venger.

— Ce n'est qu'un enfant. Il n'aurait pas pu.

Le prince me reprit la main pour se redresser, le nez à nouveau à quelques centimètres à peine du mien.

— Pourquoi m'avez-vous sauvé ?

Je le regardai, interdite.

— Pardon ?

— Pourquoi ne pas m'avoir laissé me noyer ? Tout le monde aurait été ravi, j'en suis sûr. Talin aurait pu hériter du trône. Vous auriez pu l'épouser, si vous le souhaitiez. Même mon propre père n'aurait probablement pas été affecté de me savoir mort. Alors pourquoi m'avoir secouru ?

J'aurais pu tenter d'expliquer à Céren le point de vue de mon peuple sur cette question, mais j'étais trop fatiguée et agacée. Je poussai un long soupir.

— Parce que moi, j'aurais été affectée, justement. Je ne pouvais simplement pas rester sans rien faire et attendre que vous mouriez.

J'avais beau ne pas pardonner ce qu'il faisait subir aux Varénians, il ne m'appartenait pas pour autant de mettre fin à sa vie. Il ferma les paupières un moment, et je finis par croire qu'il s'était endormi, quand il reprit soudain la parole.

— Je suis désolé de ne pas vous avoir mieux traitée. Que désireriez-vous ?

— Je crains de ne pas comprendre, avouai-je en fronçant les sourcils.

— De quoi avez-vous envie ? Qu'est-ce qui ferait enfin votre bonheur ici ?

Dans ma poitrine, mon cœur manqua un battement. Je n'avais pas réussi à envoyer mon message à Sami, et voilà que Céren lui-même m'offrait une seconde chance ?

— Ma liberté, répondis-je.

Ses yeux se rouvrirent d'un coup.

— Je ne peux pas vous laisser quitter l'Ilara.

— Je sais. Ce n'est pas ce que je demande. J'aimerais simplement être autorisée à sortir du château. Pas tous les jours, mais de temps en temps. J'ai besoin de soleil et d'air frais pour survivre, Céren.

C'était la première fois que je l'appelais par son prénom plutôt que par son titre, mais il ne sembla pas s'en formaliser. Au contraire, il leva la main avec douceur et écarta de mon front une mèche de cheveux échappée de ma coiffure.

— Comme une fleur, commenta-t-il. Très bien. Vous pourrez aller vous promener une fois par semaine. Mes gardes vous escorteront.

Une faveur dérisoire, que je n'aurais jamais dû avoir à quémander, et pourtant l'obtenir m'arracha un sourire de soulagement.

— Merci.

— Et où souhaiteriez-vous aller ?

Une fois, quand nous avions quatorze ans, Zadie, par pure paresse, avait prétendu ne pas être capable d'atteindre une huître qu'elle avait repérée. Il lui avait alors suffi de quelques battements de cils et d'une simple caresse sur le bras de Sami pour le convaincre de plonger la lui chercher. Ma sœur était revenue à la maison avec une belle grosse perle sans avoir eu à fournir le moindre effort, et je me souvenais en être restée bouche bée d'admiration. Sami, en revanche, avait baissé d'un cran dans mon estime.

— Eh bien… Petite, j'ai aperçu la foire du port, un après-midi, depuis la barque de ma famille, inventai-je en m'inspirant d'une des histoires de Sami. J'étais trop loin pour distinguer tous les détails, mais les toilettes raffinées des dames et les fiers soldats ilaréens dans leur armure de cuir m'ont tellement fascinée que je me suis promis qu'un jour, je m'y rendrais pour de vrai. Si mon vœu pouvait enfin devenir réalité, je serais comblée. Surtout si vous vouliez bien m'accompagner.

J'avais posé une main timide sur le bras de Céren. Quand je le vis réfléchir, je retins mon souffle. Mais il ne fallut qu'un court instant pour que sa bouche se torde en une grimace railleuse.

— Allons, vos flagorneries ne trompent personne.

Embarrassée qu'il ait vu clair dans mon jeu aussi rapidement, je rougis. Mais au moins n'avais-je plus à feindre d'apprécier sa compagnie.

— Toutefois, si vous tenez tant à voir la foire, je vous y emmènerai dans un mois, conclut-il.

— La prochaine ne doit-elle pas s'ouvrir ce vendredi ? demandai-je en masquant au mieux ma déception.

— Si, mais dans mon état actuel, je ne suis guère en mesure de voyager. Et depuis le temps que vous attendez, je suis sûr que vous n'êtes pas à quelques semaines près.

Ce n'était pas idéal, mais c'était largement mieux que ce dont j'aurais pu rêver ne serait-ce que quelques heures auparavant.

— Merci, dis-je avec reconnaissance. Vous n'avez pas idée de ce que cela signifie pour moi.

À ces mots, Céren m'adressa ce qui s'avérait, me semblait-il, le premier sourire authentique que je recevais de sa part.

— Je vous en prie. Maintenant, allez-vous-en avant que je change d'avis.

Chapitre 23

Malgré sa soudaine gentillesse à mon égard, j'aurais été folle de penser que le prince héritier était passé à autre chose. Il resta cloîtré dans ses appartements deux jours entiers. Officiellement, il était « en convalescence », mais Ebb m'apprit qu'il avait demandé à ce qu'on lui apporte son appareil de respiration sous-marine. Je savais qu'il n'aurait de cesse de l'examiner tant qu'il n'aurait pas trouvé son coupable.

Feignant l'épuisement, j'avais tenté, moi aussi, de me claquemurer dans ma chambre, mais Hyacinthe avait à nouveau insisté pour que je vienne prendre le thé. En arrivant, je constatai cependant avec surprise que j'étais cette fois la seule invitée. Tandis que nous attendions qu'on vienne nous servir, elle me posa deux ou trois questions supplémentaires au sujet de l'incident du lac Elwin. Je sentais bien, pourtant, que ce n'était pas pour cela qu'elle m'avait conviée.

Une domestique finit par apparaître pour remplir nos tasses, et après qu'elle s'en fut allée, Hyacinthe se tourna vers moi. Pour la première fois depuis que je la connaissais, ses cheveux arboraient leur teinte naturelle. Ses boucles auburn cascadaient dans son dos. Je n'en revenais toujours pas qu'on puisse vouloir altérer une si charmante couleur. Sans poudre ni maquillage, mon hôtesse paraissait enfin son âge.

— Je suis si contente que nous ayons enfin l'occasion de parler seule à seule, dit-elle en ajoutant du sucre dans mon thé sans prendre la peine de vérifier si j'en voulais. Dites-moi, à quoi ressemblait réellement votre quotidien à Varénia ?

Le sérieux de son ton ne manqua pas de me déconcerter. D'ordinaire joviale voire l'air un peu éméché, elle était constamment en train de rire et de cancaner, comme toutes les commères qu'elle aimait à recevoir.

— Je vous demande pardon ?

— Les gens souffrent-ils de la faim, ainsi que le prétend le prince Talin ? En rentrant de son séjour dans votre village, il nous a fait un rapport des plus étonnants, affirmant que vous meniez une existence fort modeste et ne possédiez pas de perles. Des allégations qui ont d'ailleurs fait enrager son frère au plus haut point. Pourtant, vous ne me paraissez pas famélique. Vous semblez pleine d'énergie et de vitalité.

Je n'avais aucune idée de comment répondre. Sans aller jusqu'à dire que je faisais confiance à Hyacinthe, je l'avais jusque-là considérée comme relativement inoffensive. Mais j'aurais dû me douter qu'une femme qui siégeait au conseil de guerre du roi ne passait pas son temps à boire et à jouer aux cartes avec ses amis.

— Nous sommes en bonne santé, pour la plupart, reconnus-je. Mais nos eaux ont été surexploitées, si bien que nous n'y trouvons plus suffisamment de poissons pour nous nourrir. Quant aux perles, elles ne valent plus autant qu'autrefois sur le marché.

Hyacinthe sirota une gorgée de son thé, puis se renversa contre les coussins de soie de son canapé.

— Mais dans ce cas, pourquoi ne pas consommer ces perles vous-mêmes ? Ou bien rejoindre la côte pour vous établir définitivement sur le continent ? Depuis tout ce temps, en dehors de ceux qui se sont installés au Galeth, aucun des membres de votre peuple n'a jamais tenté de braver le sort ? D'un point de vue purement stratégique, je trouve cela ahurissant.

Elle n'avait pas tort. Je m'étais moi-même posé toutes ces questions. Mais le fait était que la vie à Varénia demeurait plutôt paisible. À part dans le cadre de la cérémonie, l'Ilara y était rarement évoquée, et les huîtres avaient décliné si lentement, si insidieusement... Ce n'était pas comme si nous nous étions retrouvés à mourir de faim du jour au lendemain. À mesure que nos ressources s'étaient amenuisées, nous avions simplement appris à nous débrouiller avec moins.

— J'imagine que si nous ne cherchons pas à changer notre destinée, c'est parce que nous n'en imaginons pas d'autre, dis-je. Pour être honnête, j'espérais que venir en Ilara m'aiderait à comprendre un peu mieux pourquoi personne chez nous ne réagit, mais je ne me l'explique toujours pas. Je sais seulement que nous vivons dans la peur d'être capturés et exécutés si nous posons un pied sur terre.

— Mais vous vous rendez bien compte qu'en accostant par petits groupes de quelques individus seulement, vous pourriez certainement tous rejoindre le nord sans vous faire remarquer. Il y a tellement de réfugiés sur les routes ces temps-ci que vous n'auriez aucune difficulté à vous fondre dans la masse.

— Sans doute. Mais au-delà de ce que nous entendons sur le marché flottant, nous ne savons pas ce qui se passe en Ilara. Personne au village n'est au courant des révoltes qui secouent actuellement le pays.

Du bout d'un de ses ongles immenses, Hyacinthe se tapota les lèvres.

— Si vos soucis perdurent, c'est donc en grande partie parce que vous restez, presque volontairement, dans l'ignorance. Je vois.

Je n'aimais pas du tout la façon dont elle auscultait l'oppression des Varénians, comme s'il ne s'agissait que d'un sujet d'étude en matière de tactique. Mais peut-être avait-elle raison : peut-être nous enfermions-nous délibérément dans notre infortune. Certes, les hommes se consacraient corps et âme à la récolte des perles et n'avaient ni le temps ni l'énergie de chercher à se renseigner, mais les femmes ? Je repensai à Mère et à son obsession pour la cérémonie. Nous laisser choisir la fiancée de leur prince héritier et présenter cette mission comme un honneur permettait aux Ilaréens de s'assurer que nous ne pensions à rien d'autre, et surtout pas à nous rebeller. Mais qui était à l'origine de cette situation ? Eux ou nous ? Mystère. Tout ce dont j'étais sûre, c'était qu'en dix-sept ans, à part Sami et moi, je n'avais jamais entendu personne la remettre en cause.

— Pourquoi vous intéressez-vous tant à cette question ? demandai-je enfin.

Hyacinthe attrapa dans un panier une pelote de laine à moitié dévidée. Lentement, elle commença à l'enrouler autour de sa main.

— Voyons, Zadie, vous savez bien quelle est la première règle, dans l'art de la guerre...

Je secouai la tête. Quelque chose en moi me criait que je n'avais pas envie d'entendre la suite. Une lueur sournoise s'alluma au fond de ses yeux vert sombre, et Hyacinthe me sourit.

— Connaître son ennemi.

Ma discussion avec dame Hyacinthe continua de me hanter longtemps après que j'eus quitté sa chambre. Le fait qu'elle considère Varénia comme l'ennemi me semblait à la fois alarmant et illogique : nous étions totalement inféodés à l'Ilara, et trop peu nombreux pour envisager de revendiquer notre indépendance ! J'aurais voulu pouvoir demander à Mélina s'il en avait un jour été autrement à l'époque où elle vivait encore là-bas, mais elle ne répondit à aucun des messages que je lui envoyai.

Trois jours après ma conversation avec Céren, je fus convoquée dans la salle du trône. Je n'avais jamais vu le prince aîné assis sur le colossal fauteuil de pierre auparavant – à vrai dire, celui-ci m'était toujours apparu vide –, mais avec la couronne de métal foncé dont il avait coiffé ses cheveux lâchés et la cape de velours noir qui reposait sur ses épaules, il avait tout du souverain qu'il deviendrait un jour.

Quand je découvris qui, à part moi, avait été mandé, je sus tout de suite qu'il ne sortirait rien de bon de cette réunion. Il y avait là Talin, Grig, Osius, mais aussi le jeune page, plusieurs des gardes de Céren, quelques seigneurs et dames, et enfin – plus inquiétant encore – Mélina en personne.

— Merci à tous d'être venus, déclara Céren une fois que nous fûmes rassemblés devant lui. Ayant passé ces quelques derniers jours à examiner mon appareil de respiration sous-marine, je crois pouvoir affirmer sans crainte que quelqu'un l'a sciemment saboté. Bien que, grâce à ma future épouse, l'entreprise ait échoué, attenter à la vie d'un prince héritier demeure un crime odieux, qui ne peut rester impuni.

Il m'adressa d'abord un sourire qui ne réchauffa absolument pas son expression. Lorsque ses yeux se posèrent sur le page, mon estomac me donna l'impression de se décrocher. Je savais ce qu'il s'apprêtait à faire.

— Ce garçon, dit-il en pointant son index effilé sur l'enfant, était, aux dires de témoins, le seul à se tenir suffisamment près du dispositif pour pouvoir le trafiquer. Ainsi qu'il fallait s'y attendre, j'ai trouvé sur le tuyau de mon invention une marque de pliure des plus révélatrices. Une preuve qui me suffit amplement pour condamner ce traître à mort.

Quelques-unes des femmes étouffèrent un cri d'effroi. À côté de moi, Talin se raidit.

— À moins, bien sûr, que quelqu'un d'autre ne désire admettre sa culpabilité, poursuivit Céren. Je doute sincèrement qu'un garçon de onze ans ait projeté tout seul de tuer son futur roi.

Mon regard glissa vers Mélina et je compris tout à coup pourquoi elle avait été conviée. Céren ne l'aurait jamais fait venir s'il ne l'avait pas crue, d'une manière ou d'une autre, impliquée dans cette affaire. Peut-être était-ce d'ailleurs le cas. Elle savait que je n'avais pas réussi à récupérer la clé de l'étude du prince, la veille des essais au lac Elwin. Il était donc tout à fait possible qu'elle ait chargé le page d'intervenir. Mais le pire, c'était que même si Céren ne me soupçonnait pas une seconde, l'idée de saboter l'appareil venait de moi.

— Alors ? lança le prince héritier. Personne pour épargner la vie de cet enfant ? Très bien. Puisqu'il n'est finalement pas parvenu à m'assassiner, je pense que je vais changer mes habitudes. Dans ma grande générosité, je vais lui laisser la possibilité de se battre pour sa survie. Gardes, emmenez-le dans les mines.

Je me tournai vers Talin.

— Se battre ? Qu'est-ce que ça signifie ? Où vont-ils le conduire ?

— Il y a…, commença-t-il avant de s'interrompre pour déglutir. Il y a une créature, qui vit sous le château. Dans un autre lac souterrain que celui où vous vous êtes rendue. De temps à autre, plutôt que jeter ses prisonniers du haut de la montagne, mon frère les lui donne en pâture.

Mes yeux s'écarquillèrent d'horreur.

— Une créature ? Qui mange les humains ?

Nous venions d'emboîter le pas à Céren et à ses soldats. Talin prit mon bras. Mélina, qui parlait avec une des dames présentes, marchait juste derrière nous.

— Je n'ai moi-même jamais vu le monstre, murmura-t-il. Seuls Céren et certains de ses hommes ont déjà eu ce privilège. Il l'a baptisé Salandrin.

— Mais il faut l'arrêter ! répondis-je sans réussir à masquer ma panique. Ce pauvre garçon ne va quand même pas finir dévoré par une bête sauvage !

Oh, Thalos ! Qu'importe ce que dictait la morale varéniane, j'aurais dû laisser Céren se noyer ! En le sauvant, je n'avais fait que condamner un enfant innocent !

Lorsque les tunnels menant sous Château-Neuf devinrent trop étroits pour nous permettre d'avancer côte à côte, je m'effaçai derrière Talin. Dans l'obscurité, je ne voyais pas plus loin que son dos. Devant nous, le page sanglotait timidement. Les gardes lui avaient ordonné de se taire et les coups qu'ils lui flanquaient pour se faire obéir lui arrachaient de temps à autre un cri ou un grognement.

Le manque d'air et d'espace me donnant le tournis, je finis par m'appuyer d'une main contre le mur, et m'étonnai de le découvrir inégal et boueux. Il ne ressemblait pas aux parois lisses et planes des couloirs où j'avais suivi Céren. Et soudain, je compris que je n'étais pas dans une coursive faite par l'homme : quel qu'il soit, c'était l'animal qui rôdait en ces lieux qui avait creusé ce passage !

J'étais convaincue d'être à deux doigts de m'évanouir quand, enfin, nous atteignîmes notre destination : une immense caverne baignée d'une douce lueur bleutée. Je m'attendais à apercevoir plusieurs rangées de torches de mousse lunaire, aussi je ne pus retenir une exclamation quand je levai les yeux. Au-dessus de nos têtes, comme autant d'étoiles opalines, brillaient des milliers de petits points lumineux.

— Qu'est-ce que c'est ? demandai-je à Talin.

— Des vers luisants. Accrochés à la voûte de la grotte.

Malheureusement, la quiétude du spectacle fut vite rompue par un hurlement désespéré. Deux des gardes traînaient le page vers l'extrémité d'un promontoire rocheux, qui saillait à trois mètres au-dessus de l'eau. Car il y avait un lac devant nous. Et même s'il faisait sombre, la lumière des vers luisants qui perçait çà et là la surface permettait de constater qu'il était profond.

Tout à coup, une énorme forme blanche passa sous l'eau pour disparaître aussitôt dans les ténèbres. Je laissai échapper un cri effaré. Sans réfléchir, je me précipitai vers Céren et le retint par son manteau. Derrière moi, j'entendais les murmures réprobateurs des courtisans.

— Je vous en prie, suppliai-je, revenez sur votre décision. Ayez pitié. Ce n'est qu'un enfant.

— Sans vous, je serais mort, répliqua sèchement le prince. Ne pensez-vous pas que le châtiment doit être proportionnel au crime ?

À Varénia, notre justice s'avérait assez simple. Si l'on commettait une faute, on était soit tenu de la réparer – en rendant l'objet qu'on avait volé, en soignant la personne qu'on avait blessée, en se retirant de la cérémonie si l'on avait nuit aux chances d'une autre fille... –, soit banni si la transgression avait été suffisamment grave. Quel que soit le délit, la peine n'était jamais la mort, même si nous savions tous que bannir un criminel revenait à le condamner. Un an avant mon arrivée en Ilara, un villageois en avait fait les frais, après avoir tenté d'empoisonner son frère avec de la chair de poisson-globe. Heureusement, la victime avait survécu. On n'avait, en revanche, plus jamais revu le coupable.

— Vu son âge et le fait que l'un de vos essais a coûté la vie à son frère, vous devriez vous montrer plus clément qu'à l'accoutumée, suggérai-je. La plupart des Ilaréens sont terrifiés par l'eau. Obliger ces garçons à plonger dans les profondeurs obscures d'un bassin souterrain était cruel. Même les gardes avaient peur au bord du lac Elwin.

Les yeux soudain plissés, Céren me scrutait d'un air suspicieux, et je m'aperçus que je venais d'admettre l'avoir espionné.

— J'ai déjà donné à tout le monde ici l'occasion de défendre ce vaurien, riposta-t-il en jetant un regard en direction de Mélina.

Immobile au milieu des autres femmes, elle resta impassible. Une chose était certaine : elle ne se sacrifierait pas pour le page. D'un coup, ma bouche s'assécha et mon pouls s'accéléra, comme si mon corps avait compris avant mon cerveau ce que je m'apprêtais à faire.

— Dans ce cas, j'irai, lâchai-je à brûle-pourpoint.

Ce qui se cachait dans l'eau avait beau me terroriser, je savais en mon for intérieur que je n'avais pas le choix. Après tout, c'était moi qui avais voulu contrecarrer les plans du prince héritier. J'avais juré à Mélina que j'étais prête à affronter les conséquences de mes actes.

Les sourcils de Céren se froncèrent un peu plus.

— Comment ça, vous irez ?

— Dans le lac, défier le monstre. Vous avez dit que vous laisseriez au garçon la possibilité de se battre pour sa survie. Eh bien, laissez-moi le défendre maintenant, en me battant en son nom.

Le prince me dévisagea, sceptique.

— Ne soyez pas ridicule. Même avec une arme, personne ne pourrait vaincre Salandrin.

— Vous m'autoriseriez à prendre une arme ?

— Non ! Je n'ai aucune intention de vous laisser y aller, rétorqua-t-il avant de m'attraper par le coude pour m'éloigner du reste du groupe. Pourquoi couvrez-vous Mélina ? Je sais que c'est elle qui a tout orchestré.

— Et qu'est-ce qui vous le prouve ? Comment pouvez-vous être sûr que ce n'était pas un accident ?

— Cette femme m'a toujours détesté. Le jour de notre sortie, j'ai vérifié mon appareil juste avant de quitter le château. Le tuyau de respiration n'aurait jamais pu vriller seul.

— Donc vous n'avez aucune preuve tangible, mais vous êtes quand même prêt à tuer un enfant ? m'écriai-je. Vous êtes en vie, Céren ! C'est tout ce qui compte. Renvoyez le garçon dans sa famille. Ses parents ont déjà perdu un fils.

Il resta silencieux un moment. Dans ma poitrine, un infime espoir avait éclos…

Mais il secoua la tête.

— Je l'ai accusé publiquement. Je ne peux pas l'autoriser à partir sans me discréditer.

— Dans ce cas, je plonge à sa place ! répétai-je en arrachant mon bras à sa poigne. Exactement comme je n'ai pas pu me résoudre à vous laisser vous noyer sans rien faire, je ne laisserai pas ce garçon mourir !

— Vous seriez vraiment prête à tout risquer pour un insignifiant domestique ? s'étonna le prince, ses yeux sondant les miens comme pour y trouver la réponse à sa question. Sa vie ne vaut rien comparée à la vôtre !

— C'est ma vie qui ne vaudrait rien, si je croyais un seul instant à ce que vous venez de dire.

Il secoua à nouveau la tête, mais cette fois avec indolence.

— Vous avez du cran, c'est incontestable. Mais j'ai besoin de vous vivante. Désolé.

Et il tourna les talons.

— C'est moi qui ai tout organisé ! criai-je alors assez fort pour que tout le monde m'entende. C'est moi qui ai persuadé ce petit de bloquer votre arrivée d'air. C'est moi que vous devriez punir.

— Taisez-vous ! siffla Céren, qui avait aussitôt fait volte-face. Vous m'avez tiré du lac. Personne ne peut vous croire !

— Si je vous ai sauvé, c'est parce qu'au dernier moment, j'ai été prise de remords, affirmai-je en croisant les bras. Mais maintenant que j'ai avoué devant témoins, vous ne pouvez plus tenir votre page pour responsable.

Les quelques courtisans présents s'étaient déjà empressés de se rapprocher.

— J'ai toujours su qu'on ne pouvait pas lui faire confiance, assura un seigneur.

— Vous devriez épouser une Ilaréenne, renchérit un autre.

— Elle doit payer ! s'insurgea une dame.

Je sentais le regard de Mélina sur moi, mais elle s'abstint d'ouvrir la bouche. Manifestement, elle ne se sacrifierait pas non plus pour moi.

D'un pas raide, Céren rejoignit son frère. Si celui-ci n'avait pas émis un mot depuis le début de l'échange, ses yeux ne cessaient d'aller et venir entre son aîné et moi.

— Talin, dis-lui d'arrêter ses bêtises.

— Qu'est-ce qui te fait penser qu'elle m'écoutera ?

— Oh, je t'en prie ! grinça Céren, l'œil torve. Je ne suis pas idiot. Je vois bien la façon dont elle te regarde.

Après ce qui s'était passé à notre retour du lac Elwin, je craignais de ne pas supporter la réaction de Talin. Je gardais donc les yeux résolument fixés sur le page, qui continuait de pleurer en silence. Lui seul m'importait. J'entendis néanmoins le plus jeune des princes pousser un lourd soupir. L'instant d'après, sa main se posa sur mon épaule, pour m'entraîner à l'écart. Quand il se pencha vers moi, ses lèvres effleurèrent presque mon oreille.

— Vous pouvez encore renoncer, dit-il d'une voix légèrement étranglée. Je sais que vous voulez...

— Ce que je veux n'a pas d'importance, le coupai-je. Je ne peux simplement pas laisser cet enfant mourir. Je suis une excellente nageuse. Contrairement à lui, j'aurai une chance d'en réchapper.

Le regard de Talin se planta dans le mien, et je sentis qu'il me voyait – moi, Nor – telle que j'étais vraiment : aussi têtue qu'une bernacle, peut-être, mais surtout prête à me battre pour mes convictions.

L'espace d'une seconde, je crus qu'il allait insister pour plonger lui-même dans le lac. Mais il dut lire la détermination dans mes yeux, car il se contenta de hocher la tête, sans protester. Il tira néanmoins de son fourreau le poignard attaché à sa ceinture.

— Visez les yeux, conseilla-t-il en me tendant le manche de l'arme. Je vous aiderai de mon mieux.

Sa main demeurait cependant sur mon épaule. Laissant alors mes cheveux tomber vers l'avant pour dissimuler mon geste à la vue des autres, je posai mes doigts sur les siens. Je m'étais presque attendue à ce qu'il tressaille puis recule, mais il n'en fit rien. Immobile, il inspira contre ma tempe, si profondément qu'un frisson remonta le long de mon échine. Une sorte d'étincelle s'était allumée dans ma poitrine, et je savais que dans la sienne aussi.

— Je suis désolé de m'être montré froid envers vous, murmura-t-il. Vous ne le méritiez pas.

— Merci.

J'ôtai délicatement sa paume de mon épaule. Mais je ne détournai pas mon regard du sien. Peut-être se doutait-il, comme Céren, qu'il ne me laissait pas indifférente, mais si j'étais sur le point de mourir, il fallait qu'il sache que mes sentiments à son égard allaient au-delà.

— Votre bienveillance m'a fait l'effet d'un répit en pleine tempête, ajoutai-je.

Je comprenais à présent ce qu'il avait voulu dire, à Varénia. La vie à Château-Neuf était austère, angoissante, impitoyable. Sa présence l'avait rendue un peu plus supportable.

Il me tenait toujours le bras. Sa mâchoire se contracta.

— J'aurais aimé que les choses soient différentes…

— Moi aussi, l'interrompis-je avant qu'il n'aille plus loin.

Il me relâcha enfin lentement. Je voyais pourtant qu'il continuait de délibérer intérieurement sur ce qu'il comptait faire. Le plus discrètement possible, je secouai la tête, l'implorant en silence de ne pas plonger à ma suite, quoi qu'il arrive.

Les gardes attendaient toujours les ordres de Céren. Je gagnai le promontoire et pris le page par la main.

— Va-t'en tout de suite, chuchotai-je au garçon. Quitte le château et retourne dans ta famille avant qu'on se rende compte de ton absence.

L'air affolé, il acquiesça malgré tout et se dépêcha de détaler entre les rochers. Je posai mon poignard et enlevai ma robe, ce qui ne manqua pas de déclencher de nouveaux hoquets d'indignation parmi les courtisans. Ma camisole ne me descendait qu'aux genoux. C'était court, mais il fallait que je sois libre de mes mouvements.

Ignorant les murmures, j'observai le lac. L'eau serait froide. L'éclat des vers luisants m'aiderait à y voir clair, pour peu que j'essaie d'éviter les recoins les plus sombres. Je scrutais la surface sous l'avancée rocheuse quand la nageoire dorsale de la créature apparut à nouveau. L'animal devait faire près de cinq mètres de long – plus que les grands requins mangeurs d'hommes qui vivaient en haute mer.

Céren paraissait horrifié, mais Talin le retenait. J'étais moi-même aussi terrifiée que le jour où ma sœur avait failli se noyer. Mais la peur pouvait se révéler utile. On pouvait en faire une force. Ramassant mon arme, j'adressai à Talin un dernier signe de la tête, et après avoir empli mes poumons autant que possible, je sautai dans le vide.

Quand l'eau glacée se fut refermée sur moi, je rouvris les paupières et tentai de me repérer. Là où je me trouvais, le bassin était profond d'environ six mètres. D'après ce que j'avais aperçu du monstre, il s'apparentait davantage à un poisson qu'à un lézard, mais s'il avait creusé ces galeries autour de la grotte, il devait être capable de respirer hors de l'eau. Le dos plaqué contre le bord rocailleux de la dépression et mon poignard brandi devant moi, je cherchai la bête du regard.

Au bout de longues minutes sans rien déceler, je revins à la surface, lorsque quelque chose me frôla le pied.

— Attention ! cria Talin.

Je replongeai juste à temps pour voir une queue blanchâtre s'engouffrer dans une crevasse à l'autre extrémité du lac. Un instant plus tard, sortant d'une autre anfractuosité, la tête apparut. C'était donc là que Salandrin avait établi sa tanière. À première vue, avec son épaisse peau laiteuse et ses petites griffes, il ressemblait à la salamandre géante tuée par Céren. En revanche, son crâne, plus allongé, plus fuselé, évoquait davantage celui d'une murène. Sa bouche, quand il l'ouvrit, révéla des dizaines de crocs triangulaires, manifestement tranchants comme des rasoirs. Il passa à nouveau devant moi pour retourner se tapir dans l'ombre, et je comptai trois paires de pattes. Bien qu'elles soient toutes courtaudes, celles situées à l'arrière – probablement vestigiales – étaient carrément microscopiques. J'avais aussi remarqué qu'à l'instar de ceux de la salamandre, les yeux de Salandrin étaient petits et rouges. À mon avis, il était aveugle.

Ce qui ne l'avait pas empêché de détecter ma présence. Il m'avait sentie quand j'étais remontée respirer. Il devait percevoir les vibrations qui se propageaient dans son environnement. Je me risquai à me décoller de la paroi de quelques centimètres à peine. Aussitôt, le monstre resurgit des ténèbres, la gueule grande ouverte. Comme astreinte à une soudaine marée, l'eau autour de moi m'emporta vers l'avant. Salandrin m'aspirait.

Tendant le bras derrière moi, je me rattrapai aux rochers et enfouis mes doigts aussi fermement que possible dans leurs aspérités. Le monstre m'attirait avec une force phénoménale. Le visage à seulement deux doigts de la surface, je commençais à manquer d'air, mais je savais que si je lâchais prise, il m'avalerait.

Je coinçai donc mon poignard entre mes dents, me retournai pour agripper la roche à deux mains et sortis la tête du lac juste le temps de reprendre ma respiration. Quand je plongeai à nouveau, la créature était en train de me passer devant. D'un coup de couteau, je tranchai l'une de ses minuscules pattes postérieures. Fou de douleur, Salandrin se tordit dans tous les sens et un flot de sang noir obscurcit bientôt les alentours. Lorsqu'il se dissipa, le monstre avait disparu.

Il avait vraisemblablement regagné son antre, mais je n'avais aucune intention de le laisser jouer au chat et à la souris avec moi. Attendre ne servirait à rien. Plus je demeurais dans cette eau glacée, plus je risquais l'hypothermie. De toute manière, si mon heure était venue, je préférais en finir le plus rapidement possible. Après avoir pris une nouvelle inspiration, je me propulsai en avant, droit vers les crevasses de l'autre côté du bassin.

Je n'avais pas parcouru la moitié de la distance que la bête repointa le bout de son nez. Je piquai immédiatement vers le fond du lac où, telle une forêt sous-marine, se dressait un parterre de stalagmites. M'aidant de l'une d'elles, je me tractai à l'abri pile au moment où Salandrin essaya de m'attraper. Ses puissantes pattes avant se refermèrent sur la pierre des concrétions. Il s'éloigna mais, déjà, il faisait demi-tour, prêt à repasser à l'attaque.

Je n'avais plus beaucoup d'options. Vu mon agitation, il ne me restait que trois ou quatre minutes avant de manquer d'air. Or, à la seconde où je tenterais de rejoindre la surface, mon adversaire fondrait sur moi. Autant dire que j'étais morte.

« Visez les yeux », m'avait recommandé Talin. Il avait raison. La créature ne les utilisait peut-être pas pour me traquer, mais ils donnaient directement sur son cerveau. Si je réussissais à y planter mon poignard jusqu'à la garde, Salandrin mourrait.

Lorsqu'il repassa au-dessus de moi, je tendis le bras et m'accrochai à l'une de ses pattes du milieu. Ses griffes eurent beau s'enfoncer dans mon poignet, je me cramponnai de toutes mes forces. Folle de rage, la bête rua et se cabra, mais je tins bon. Elle essayait de me mordre, mais ma position sous son ventre me mettait hors de portée de ses crocs. Une fois à peu près assurée de ne pas la lâcher, je lui fichai ma lame dans le flanc, mêlant son sang au mien, puis j'ancrai mes doigts dans cette première entaille, avant de frapper à nouveau, cette fois un peu plus haut sur le corps de la créature. Une main après l'autre, lentement, je progressais en direction de sa tête.

Salandrin, cependant, se démenait de plus belle. Plusieurs fois, je faillis laisser échapper mon poignard. J'avais infligé tellement de coups au monstre que l'eau avait viré au pourpre. Je commençais sérieusement à avoir besoin d'air. Tout en continuant d'avancer le long de son dos, je m'efforçais de refouler l'élancement atroce qui me déchirait la poitrine quand, subitement, la bête cessa de frétiller.

Un bref instant, je me demandai si elle n'avait pas succombé à ses blessures. Mais tout à coup, elle bondit vers l'avant, si brusquement qu'elle serait parvenue à se débarrasser de moi si je ne m'étais pas retenue juste à temps aux pointes de sa nageoire dorsale.

Je levai les yeux et me rendis alors compte que le monstre se dirigeait droit vers sa tanière. Je n'avais aucune envie de finir avec lui dans cette cavité où le noir serait complet. Elle était peut-être beaucoup plus vaste qu'il n'y paraissait et si je m'y retrouvais piégée, je n'en ressortirais pas vivante.

J'avais presque atteint la tête de Salandrin : c'était le moment ou jamais de l'achever.

Rassemblant toute mon énergie, je pris mon élan et plongeai ma lame à la base de son crâne, à l'endroit le plus vulnérable. Ivre de souffrance, le monstre dévia pour aller s'écraser contre la paroi à côté de son trou, m'aplatissant par la même occasion contre la roche du bord du lac. Son corps entier se contracta et, soudain, ses côtes jaillirent à travers sa peau, me manquant de peu. Si horrible qu'il soit, ce mécanisme de défense se révélait efficace.

Je n'avais plus d'air. Et j'étais coincée. Entre deux des côtes de Salandrin, trois fois plus longues que des dagues et tout aussi affûtées. Pour couronner le tout, j'avais lâché mon couteau.

Pourtant, d'un seul coup, les os du monstre se rétractèrent et, avant que j'aie pu comprendre ce qui se passait, il fila dans son antre. Sans chercher à savoir si le répit durerait, je me catapultai vers la surface.

J'émergeai suffocante, assoiffée d'air, les poumons en feu. Mon regard paniqué trouva aussitôt celui de Talin. À quelques dizaines de centimètres de moi seulement, il me tendit la main, quand une douleur atroce me transperça la jambe. Happée par Salandrin, je disparus une fois de plus sous l'eau. Il avait fiché ses crocs dans mon mollet droit et j'étais prisonnière de ses mâchoires. Je m'attendais à ce qu'il m'avale d'une seconde à l'autre, mais il se mit à tourner en rond dans le lac, encore et encore, jusqu'à ce que je me retrouve de nouveau au bord de l'asphyxie et sur le point de m'évanouir d'avoir perdu tant de sang.

La bête remonta alors suffisamment pour me permettre de prendre une respiration, mais elle redescendit aussitôt vers le fond du bassin. Elle jouait avec moi. Elle me torturait. Plutôt que de me dévorer d'emblée, elle préférait me voir agoniser lentement.

Lorsqu'elle passa devant le petit groupe massé sur la berge, j'avais sorti la tête de l'eau pour inspirer ce que je pensais être mon ultime bouffée d'air, quand je vis la main de Talin, à nouveau tendue vers moi. Par réflexe, je tendis la mienne. Mais au lieu de ses doigts, ce fut un objet en métal que je sentis dans ma paume. Quand la créature replongea, je compris que je tenais un second poignard.

Sans hésiter, je me contorsionnai jusqu'à faire face au monstre, puis enfonçai ma lame dans l'un de ses globes oculaires. Mon bras eut beau se perdre jusqu'au coude dans une bouillie de sang et de cervelle, j'étais trop engourdie pour éprouver quoi que ce soit. Presque instantanément, l'étau de la mâchoire de Salandrin se desserra. Mes mains abandonnèrent le couteau. Propulsée par ma jambe valide, je me ruai vers la surface. Je n'eus que le temps de sentir qu'un bras puissant me saisissait, puis, d'un seul coup, ma terreur céda la place à l'obscurité.

Chapitre 24

Je revins à moi dans ma chambre. J'ignorais combien de temps s'était écoulé et qui avait pris soin de moi, mais les plaies de ma jambe comme de ma main étaient enveloppées de doux bandages blancs. Cela dit, mes blessures devaient déjà avoir presque disparu, car je ne ressentais pas la moindre douleur.

Quand je m'assis contre mes coussins pour attraper la cruche d'eau sur ma table de chevet, je découvris Céren, endormi dans un fauteuil qui avait dû être apporté là pendant que j'étais sans connaissance. Lorsque je reposai le pichet, ses yeux gris s'ouvrirent d'un coup et se posèrent aussitôt sur moi.

— Enfin, vous êtes réveillée, dit-il avant de se lever pour s'installer au bord du lit.

Il voulut me prendre la main, mais j'eus un mouvement de recul.

— Que faites-vous ici, Votre Altesse ? Où est Ebb ? demandai-je en me couvrant de mes draps.

— Votre femme de chambre a veillé sur vous toute la nuit, puis toute la journée. Elle était épuisée. Je l'ai envoyée se reposer un peu.

— Je suis restée inconsciente un jour entier ?

Je savais que j'avais été sérieusement blessée, mais je n'aurais pas pensé que c'était si grave.

— Un peu plus, répondit Céren. Je vais faire appeler le docteur pour qu'il vous change vos pansements.

Je secouai aussitôt la tête.

— Oh non, je vous en prie, dis-je en tentant de dissimuler ma panique.

Le prince fronça les sourcils.

— Et pourquoi donc ?

Parce que je ne veux pas que vous puissiez constater que j'ai déjà cicatrisé.

— Parce que je préférerais que vous me racontiez ce qui s'est passé.

Il se rapprocha de moi sur le matelas.

— Quand Talin vous a tirée de l'eau, votre mollet, comme nous l'avions craint, était en lambeaux. Le médecin du roi a pansé vos blessures, et je vous ai fait ingérer un peu de bouillon à base de perles réduites en poudre. C'est la raison pour laquelle vous souffrez apparemment si peu.

Je me gardai de le corriger. Qu'il pense donc que c'étaient les perles qui m'avaient guérie.

— Où est le prince Talin, à présent ?

Les traits de Céren perdirent aussitôt toute leur amabilité.

— À Château-Vieux, où est sa place.

— Bien sûr. Je souhaitais simplement le remercier. Sans son… sans ses poignards, je ne m'en serais pas sortie.

— Vous le reverrez bien assez tôt, j'en suis certain.

Il demeura silencieux un moment, puis eut un petit rire moqueur.

— C'est drôle… Vous avez nié m'avoir sauvé d'un esprit de l'eau au lac Elwin, tout ça pour choisir délibérément d'en affronter un ici même. Les courtisans sont persuadés que vous êtes une sorcière.

— Est-ce une bonne ou une mauvaise nouvelle ? demandai-je avec une grimace perplexe.

— Inutile de vous en soucier, assura Céren avec un geste dédaigneux de la main. Quand vous serez leur reine, ils n'oseront plus dire de mal de vous.

— Et ce monstre immonde ? Salandrin ? Qu'en pensent les nobles de la cour ? Ils le prennent pour l'un de ces prétendus esprits de l'eau, non ? Maintenant que certains l'ont vu, vous pourrez fabriquer autant d'appareils que vous le désirez, vous n'arriverez plus à convaincre personne dans ce pays de plonger vous chercher des perles.

S'ensuivit un nouveau silence. Mais quand les yeux du prince retrouvèrent les miens, la vérité que j'avais jusque-là refusé de voir m'apparut enfin.

— Vous n'avez jamais eu l'intention de confier cette tâche aux Ilaréens, c'est ça ?

Tout ce temps, j'avais eu peur que mon peuple ne meure de faim, dépossédé de son gagne-pain. Je n'avais même pas envisagé qu'il puisse être soumis au travail forcé.

— Que comptez-vous faire, au juste ? Contraindre les Varénians à plonger encore davantage ? Cela ne vous garantira pas plus de perles, vous savez ? Tout ce que vous obtiendrez, c'est de les voir s'éteindre plus rapidement. Les bancs d'huîtres ont été décimés. Vous pouvez déjà vous estimer chanceux qu'on parvienne à en pêcher autant tous les mois !

Céren éclata d'un rire sans joie.

— Chanceux ? Selon vous, c'est une chance de voir son père de quarante ans mourir d'avoir vécu trop longtemps dans cette montagne ? C'est une chance de savoir qu'on connaîtra probablement le même sort ?

— Dans ce cas, partez ! hurlai-je, sans plus m'inquiéter de la façon dont se serait comportée Zadie. Personne ne vous oblige à rester !

Il se pencha alors sur moi, ses longs cheveux tombant, tels deux rideaux, de part et d'autre de mon visage.

— Regardez-moi ! Vous croyez que je peux survivre à l'extérieur ? J'en suis aussi incapable qu'une salamandre des grottes ! Après toutes ces années dans le noir, je suis quasiment aveugle en plein jour, et il suffit de quelques minutes au soleil pour me brûler la peau ! explosa-t-il avant de se maîtriser peu à peu, puis de reculer. On peut m'attribuer bien des qualificatifs, mademoiselle, mais « chanceux » n'est pas l'un d'entre eux.

J'eus beau ressentir une pointe d'empathie pour lui, elle ne fut que passagère. Je n'avais devant moi qu'un seul homme, qu'une seule vie. S'imaginait-il vraiment qu'elle valait de condamner tout un village à l'esclavage ?

— Je ne défends pas seulement mes intérêts personnels, Zadie, reprit-il comme s'il avait lu dans mes pensées.

— Que voulez-vous dire ?

— Le roi est à l'agonie. S'il devait m'arriver malheur avant que j'aie pu produire un héritier bien portant, le royaume se retrouverait sans personne à sa tête. Notre fief s'est affaibli en même temps que mon père. Nous disposons certes d'une grande armée, mais l'entretenir nécessite des sommes colossales. Le long de nos frontières, mon frère a posté des régiments entiers qu'il faut bien nourrir. Et quand les habitants des villages ne sont pas en mesure de payer leurs taxes parce que leurs champs n'ont pas produit assez, qui pensez-vous qu'ils accusent ? Pas le mauvais temps, je peux vous l'assurer ! Pour vous, mon existence est sans doute dérisoire, mais des milliers de personnes dépendent de moi au quotidien. Et les Varénians ne font pas exception. Vous préféreriez vivre sous le joug de cette femme-roi qui terrorise le sud, peut-être ? J'ai entendu dire qu'elle capturait jusqu'aux femmes et aux enfants pour grossir ses troupes.

Je ne trouvai rien à rétorquer. Il avait raison. Je n'avais jamais réfléchi aux répercussions désastreuses que pouvait avoir l'absence d'un puissant dirigeant sur l'ensemble d'un territoire.

— Et votre frère, alors ?

— Que vient faire mon frère dans cette histoire ?

— Si vous n'aviez pas d'enfant, ne serait-ce pas à lui de succéder à votre père ?

— C'est ce que vous aimeriez ? répliqua Céren en inclinant la tête d'un air entendu, ses mèches d'argent glissant de ses épaules.

Je pris alors conscience de la manière dont il avait dû percevoir ma question.

— Bien sûr que non, m'écriai-je immédiatement. Ce n'est pas ce que j'ai voulu dire.

— Et pourquoi pas ? Je sais que, comme vous, nombreux sont ceux qui regrettent que Talin ne puisse devenir roi. C'était déjà le cas de ma belle-mère ; elle ne s'en est jamais cachée. Malheureusement pour elle, ce n'est pas ainsi que fonctionne la succession, en Ilara.

Je haussai un sourcil curieux. Le prince soupira.

— Cette contrée était un reinaume, autrefois. Depuis la mort d'Ilara, plus aucune princesse n'y a vu le jour, mais nos lois n'en stipulent pas moins que si le roi meurt sans héritier ou avant que celui-ci ne soit en âge de régner, sa couronne échoit à sa reine.

— Autrement dit, si vous décédiez avant que nous ayons des enfants...

— Absolument. Vous gouverneriez, termina-t-il avant que le coin de ses lèvres ne dessine une moue narquoise. Bien sûr, pour que cela ait une chance d'arriver, il faudra d'abord que vous deveniez ma femme.

Je le reconnaissais bien dans cette allusion appuyée. Il aimait provoquer ceux qu'il côtoyait, les mettre le plus mal à l'aise possible, simplement pour voir comment ils réagiraient et s'ils finiraient par le rejeter comme l'avait fait Talia. Je ne lui ferais cependant pas le plaisir de laisser paraître quoi que ce soit de ma gêne.

— Et quel âge doit avoir l'héritier pour pouvoir accéder au trône ? demandai-je.

— Vingt et un ans. Je fêterai les miens dans cinq mois. Espérons que mon père tiendra jusque-là.

Les menaces qui planaient sur l'Ilara n'étaient donc pas qu'extérieures. Je savais qu'il était probablement malavisé d'insister davantage, mais tant pis : il fallait que j'en aie le cœur net.

— Et si ce n'était pas le cas ? À qui reviendrait la couronne ?

— Il y aurait une guerre civile, répondit succinctement Céren en se relevant. Maintenant, si vous voulez bien m'excuser, mademoiselle, je vais vous laisser. Chassez de votre esprit tous ces ennuyeux problèmes de gouvernance et de succession. Quoi qu'il en soit, je suis ravi que vous alliez mieux. Dès que vous serez suffisamment remise, vous pourrez profiter de votre journée de liberté.

Je me redressai sur mon matelas.

— Ah oui ?

— Vous êtes étonnée que je tienne parole en dépit de votre arrogance et de vos agissements, qui ont failli nous mener à la catastrophe… Je me trompe ?

Sans parvenir à me retenir, je levai les yeux au ciel.

— Je ne l'aurais pas exactement formulé ainsi, mais oui.

— Que vous ayez pris part au complot dont j'ai été victime au lac Elwin ou non, vous m'avez sauvé la vie. Et vous vous êtes débrouillée pour triompher de Salandrin. Je vois mal comment je pourrais vous faire exécuter, à présent. Cela dit, je ne peux pas non plus faire abstraction de votre impertinence. La cour n'admettrait jamais que vous ne soyez pas punie pour les crimes que vous avez tant tenu à avouer.

La flamme d'espoir qui s'était allumée dans mon cœur quand il avait mentionné ma journée de liberté s'éteignit aussitôt.

— Qu'est-ce que ça signifie ? Votre page…

— Non, le gredin a disparu. Je vous soupçonne d'ailleurs d'y être pour quelque chose. Mais, voyez-vous, j'ai fini par comprendre que votre propre bien-être vous importait peu. Contrairement à celui des gens que vous aimez.

J'eus tout à coup l'impression que l'eau glacée du lac souterrain m'engloutissait à nouveau.

— Qu'avez-vous fait ? soufflai-je.

Céren me toisa.

— J'ai fait interdire le ravitaillement en eau douce des membres de votre famille pour une semaine. Personne au marché flottant ne leur fournira la moindre goutte.

— Quoi ?

Folle de rage, je voulus me jeter sur lui, mais il lui suffit d'une main pour me maintenir sur mon lit.

— Comment avez-vous pu ? Ils n'y sont pour rien !

À l'idée que Zadie et mes parents manquent d'eau, j'eus envie de pleurer de colère. Sami les aiderait-il ? Les autres Varénians auraient-ils pitié d'eux ou bien me considéraient-ils toujours comme une menteuse qui avait tenté d'assassiner sa propre sœur ?

— Vous noterez que j'ai fait preuve d'une extrême indulgence, répliqua Céren sans me lâcher. Ils survivront, cette fois-ci. Mais si vous osez vous conduire à nouveau de la sorte, votre village entier verra ce qu'il en coûte de vouloir se jouer de moi. Compris ?

Les joues zébrées de larmes, je hochai la tête à contrecœur, puis attendis qu'il ait quitté la pièce pour hurler dans mes oreillers.

Lorsque Ebb revint, elle me raconta plus en détail ce qui s'était passé après que j'eus tué le monstre. Apparemment, Talin m'avait portée jusqu'à ma chambre, où la jeune femme s'était empressée de remaquiller ma pommette avant que Céren ne voie ma cicatrice.

— Talin a-t-il dit quelque chose ? m'enquis-je.

— Non, mademoiselle. Il s'inquiétait bien trop pour votre jambe. Vous fait-elle souffrir ?

— Un peu, mentis-je. Mais c'est supportable.

— Parfait. Je vous ai fait boire l'infusion de pavot que prend souvent le roi lui-même. Je peux aller vous en chercher une autre tasse, si vous voulez.

Je secouai la tête. Incapable de m'empêcher d'imaginer les tourments qu'endurait ma famille, je détournai le regard. Zadie et mes parents, eux, ne pourraient se contenter de dormir en attendant que la douleur passe comme je l'avais manifestement fait. Même s'ils avaient eu le choix. À Varénia, nous avions beau souffrir au quotidien, personne ne noyait sa détresse dans les décoctions sédatives. Nous demandions aux dieux de nous venir en aide mais, jour après jour, même éreintés, nous continuions de sortir en mer pour trouver de quoi nous nourrir. Nous nous soutenions les uns les autres.

— Nous ne sommes pas nombreux, mais nous sommes résistants, murmurai-je.

— Pardon, mademoiselle ?

Soudain consciente de m'être exprimée à voix haute, je me retournai vers Ebb.

— Rien, désolée. Je crois que je vais me reposer, à présent, si cela ne vous dérange pas.

— Mais bien sûr, mademoiselle. Si vous avez besoin de moi, je serai au bout du couloir.

La semaine qui suivit, je ne mis quasiment pas les pieds hors de ma chambre. Il n'y avait personne à la cour que je souhaitais voir, et Céren moins que quiconque. Il revint pourtant me rendre visite au bout de quelque temps, mais je refusai de lui adresser la parole et il ne retenta pas sa chance. Chaque nuit, cependant, quand le reste du château sommeillait, je ralliais la galerie des portraits varénians pour y tenir des conversations imaginaires avec ma jumelle. Je lui demandais surtout pardon d'avoir été la cause de la punition qui était tombée sur notre famille, de n'avoir pas su les protéger, ni elle ni les autres. Seule la peur que j'éprouvais pour mon peuple domptait le désir impérieux que j'avais de retourner chez moi. Sans la crainte de représailles, j'aurais essayé de m'évader, quitte à en mourir.

Au moins m'étais-je complètement remise de mes blessures. Je conservai néanmoins mes bandages, pour ne pas éveiller les soupçons. Depuis mon échange avec Céren, j'en étais certaine : s'il venait à découvrir mes facultés de guérison et leur possible origine, il développerait pour les coraux de sang la même obsession que pour les perles. Et une fois qu'il apprendrait qu'ils naissaient des cadavres des Varénians, les habitants de mon village ne risqueraient plus seulement d'être réduits en esclavage. Ils seraient peut-être massacrés jusqu'au dernier.

Ce soir-là, après avoir embrassé mes doigts pour les poser brièvement sur les lèvres peintes de ma sœur, je venais de me tourner vers la sortie de la galerie quand j'étouffai un cri : une silhouette enveloppée dans un long manteau s'approchait de moi. Aussitôt, ma main glissa instinctivement vers le bas de ma robe. La lame de corail que m'avait donnée mon père était sanglée à ma cheville. Je la gardais sur moi en permanence, désormais. Juste au cas où.

— Du calme, petite. Ce n'est que moi.

Je poussai un soupir de soulagement.

— Mélina, que faites-vous ici ?

Avant de répondre, elle m'entraîna dans une alcôve peu profonde, découpée dans le mur.

— On m'a défendu de rentrer en contact avec toi. Mais il y a quelque chose que je voulais te révéler. Afin que, si jamais une nouvelle occasion se présente d'en finir avec le prince, tu ne gâches pas tout à nouveau.

— Je suis tellement désolée. Rien ne s'est passé comme je l'avais prévu.

— Peu importe, à présent. Ce qui est fait est fait. Mais il faut que tu saches que c'est Céren lui-même qui a tué Talia. Et je ne doute pas un instant qu'il supprimera n'importe quel autre obstacle se dressant entre lui et le trône.

Un frisson me glaça l'échine.

— Il m'a raconté qu'elle avait été assassinée par une domestique, murmurai-je.

— Il ment comme il respire. Tu as dû finir par t'en rendre compte.

— Mais si c'était vrai, quelqu'un aurait fait quelque chose, non ?

Ce n'était pas que je pensais Céren incapable de commettre un meurtre, mais tout de même… Il s'agissait de sa belle-mère, mère de son frère et épouse de son père !

— Il a su soigneusement brouiller les pistes, répondit Mélina. La jeune servante qu'il a inculpée était la douceur incarnée, elle n'aurait jamais fait de mal à une mouche. Seulement, elle n'avait ni argent ni pouvoir pour se défendre. Personne ne la croyait coupable, pas même le roi. Mais qu'aurait-on pu faire ? Talia avait disparu et il y avait du sang dans ses appartements. Il était clair qu'elle avait été assassinée, mais sans preuve, personne ne pouvait accuser le véritable tueur. Moi encore moins que les autres.

— Et impossible de mettre la main sur le corps de Talia, ajoutai-je en me rappelant ce que Céren m'avait raconté.

— En effet. Il ne restait de la reine que des traces de sang sur ses murs et ses tapis. On en a aussi retrouvé dans la chambre de la domestique, ainsi que sur ses habits. Mais quand Céren est allé l'appréhender au beau milieu de la nuit, elle dormait à poings fermés. Et une fois réveillée, elle semblait n'avoir absolument aucune idée de ce qui se passait.

Étrange, certes, mais…

— Vous ne pensez pas qu'elle ait pu faire semblant ?

— Impossible. Pour commencer, il aurait vraiment fallu qu'elle soit idiote pour aller se recoucher sans prendre la peine de laver ses vêtements du sang de sa victime. Ensuite, comme je l'ai déjà dit, c'était une jeune fille inoffensive qui n'avait aucun intérêt à commettre ce crime. Et pour finir, pourquoi Céren l'a-t-il immédiatement suspectée ? Ce n'était pas une femme de chambre, seulement une petite soubrette dont la mission consistait à vider les pots de chambre ou, avec un peu de chance, à remplir les baignoires d'eau chaude. Elle ne devait pas avoir plus de treize ans. Jamais elle n'aurait été autorisée à rester seule en présence de la reine. Et jamais elle n'aurait eu la force physique de maîtriser Talia. Ou de faire disparaître un cadavre, d'ailleurs.

Mélina n'avait pas tort : à moins d'avoir une très bonne raison, il paraissait insensé qu'une servante se livre à une telle atrocité. Mais qu'en était-il de Céren ? Qu'est-ce qui l'aurait poussé à éliminer la reine ? La réponse me vint immédiatement. La couronne, voilà ce qui l'avait motivé. Car si le roi mourait avant le vingt et unième anniversaire de son aîné, elle revenait à son épouse.

— Si Talia était montée sur le trône, que serait-il advenu de Céren ?

— Difficile à dire, admit Mélina. À ma connaissance, le cas ne s'est présenté qu'une seule fois dans l'histoire, il y a mille ans. La reine de l'époque refusa de léguer le pouvoir à son fils quand celui-ci atteignit ses vingt et un ans. Il essaya de la faire destituer et elle le fit exécuter.

Une régente qui avait fait tuer son propre fils… Ebbeela la Sanguinaire. Je me souvenais du portrait que m'avait brossé Ebb de cette souveraine surtout réputée pour sa sagesse. C'était sans doute elle qui avait inauguré la lignée des reines qui s'était éteinte à la mort de la mère de la princesse Ilara.

— Et vous croyez que Céren a eu peur de subir le même sort ?

— Je crois surtout que ce garçon ferait n'importe quoi pour devenir roi, même tuer sa propre belle-mère.

Je repensai au petit exposé que m'avait fait l'intéressé, quelques jours plus tôt. Sur le coup, ses explications m'avaient paru claires, sensées : le royaume avait besoin d'un dirigeant robuste et, sans les perles, l'héritier craignait de mourir trop jeune pour répondre à cette nécessité. Mais sans mon intervention, il n'aurait pas hésité à jeter un enfant en pâture à un monstre aquatique. Dès lors, il semblait plus que capable d'avoir supprimé une femme simplement parce qu'elle se tenait en travers de son chemin. Quelle imbécile j'avais été de croire le moindre mot sorti de sa bouche !

— Est-ce pour cela que vous êtes restée à Château-Neuf ? demandai-je soudain à Mélina. Pour essayer de l'empêcher d'arriver au pouvoir ?

Elle hocha la tête.

— Je ne sais pas quand nous pourrons nous revoir, petite, mais promets-moi une chose.

— Tout ce que vous voulez.

— Si tu as à nouveau l'opportunité de nous débarrasser du prince, cette fois, ne la laisse pas passer.

Chapitre 25

Céren était peut-être un menteur, mais il tint sa promesse envers moi, et j'eus bientôt le droit de sortir du château une journée par semaine. Il me surprit encore davantage lorsqu'il me donna la permission d'apprendre à monter à cheval. J'avais bien compris qu'avertir Sami de l'existence de l'appareil du prince ou même de son intention d'asservir les Varénians ne suffirait pas. Si j'en croyais Hyacinthe, l'Ilara considérait notre peuple comme un ennemi. Il nous faudrait donc tout bonnement empêcher l'héritier d'accéder au trône. Et si j'espérais gagner la côte un jour, je devais savoir tenir sur une selle. Même si Céren n'avait plus reparlé de m'accompagner à la foire du mois, j'étais déterminée à m'y rendre enfin, avec ou sans lui.

Mon apprentissage avait lieu à Château-Vieux, à plus d'une heure de route de Château-Neuf. Il y avait certes des écuries au pied du mont Ayris, mais les chevaux étaient élevés et dressés autour de l'ancienne place forte. Grig était mon instructeur et dès la fin de ma troisième leçon, j'étais déjà capable d'aller au petit galop sans supervision. Je m'étais même fait confectionner une culotte de cuir afin de pouvoir m'asseoir à califourchon sur ma monture.

Ebb avait beau trouver cette position fort inconvenante, elle se révélait beaucoup plus sûre que celle que j'avais dû adopter en rentrant du lac Elwin.

Bien que je refuse de me l'avouer, j'avais évidemment une deuxième raison d'être impatiente de rejoindre Château-Vieux chaque semaine. Talin ne s'étant plus montré à la cour depuis que j'avais tué Salandrin, je n'avais toujours pas eu l'occasion de le remercier de m'avoir sauvé la vie.

Malheureusement, les jours où je m'entraînais, il n'était jamais dans les parages. Ou du moins, ne venait-il pas me voir. Et après tout, je le comprenais. À l'évidence, son frère était conscient du lien entre lui et moi. En faire étalage n'aurait arrangé la situation pour aucun de nous deux. Bien sûr, le soleil sur ma peau et la liberté que j'éprouvais en chevauchant m'enchantaient – au point que je me retenais de pleurer de joie à chaque fois que je descendais la montagne. Pourtant, je savais que je désirais plus que ces moments passés au grand air.

Quand je rêvais de Talin – ce qui m'arrivait souvent –, je me réveillais toujours avec une sensation de vide dans la poitrine. Je repensais sans cesse à la manière dont il m'avait regardée, juste avant de me donner son poignard. J'avais eu l'impression d'être vue pour qui j'étais vraiment.

Et je voulais simplement retrouver ce sentiment.

Après ma quatrième leçon – des plus concluantes –, je m'en retournais vers la grange en compagnie de Grig. Quelques minutes plus tôt, ma jument avait failli me mettre à terre en ruant sans aucune raison apparente, et nous en riions encore quand soudain, un grondement sourd nous parvint.

— Mademoiselle ! cria une voix.

Je fis volte-face sur ma selle. À l'autre bout de la prairie, un jeune écuyer galopait vers nous. Mon compagnon et moi échangeâmes un regard inquiet, avant de nous élancer à sa rencontre. Le cavalier immobilisa son cheval dans un dérapage.

— C'est le roi, mademoiselle ! Il est au plus mal. Le prince Céren vous demande de rentrer au château sans tarder. Je dois aussi quérir son frère.

— Il n'est pas avec nous, répondis-je.

Mais Grig talonnait déjà les flancs de son destrier.

— Je vais le chercher ! lança-t-il. Partez !

Les gardes de Céren, qui m'escortaient à chacune de mes sorties, vinrent se ranger de part et d'autre de ma jument.

— Nous irons à cheval, mademoiselle, décréta l'un d'eux. Ce sera plus rapide qu'en carrosse.

— C'est nécessaire ? demandai-je à l'écuyer.

— Le prince semblait très préoccupé, répondit-il en hochant la tête. D'après le docteur, Sa Majesté pourrait ne pas passer la nuit.

Les soldats partirent aussitôt au galop, et ma monture les suivit sans attendre mes ordres.

— Quoi ? m'exclamai-je par-dessus mon épaule dès que j'eus repris mes esprits.

— Je vous assure ! me cria l'écuyer. Le prince a insisté pour que je vous prévienne. Le roi se meurt !

Certes, mais le roi se mourait depuis des années, me dis-je pour me rassurer, tandis que nous galopions vers le mont Ayris. Cela ne voulait rien dire. Je refusais d'y croire !

Mais si je voulais m'échapper, c'était l'occasion rêvée. Les gardes avaient depuis longtemps semé ma petite jument. L'attention de tout le monde, au château, serait concentrée sur le roi. Il s'écoulerait sans doute un bon moment avant que quiconque ne remarque mon absence. J'étais déjà à cheval. Qui allait m'arrêter ?

Comme pour répondre à ma question, Talin apparut alors derrière moi dans un fracas de sabots. Je compris tout de suite que si je tentais de fuir, son étalon gris ne mettrait pas dix secondes à me rattraper, le temps qu'il lui fallut d'ailleurs pour arriver à ma hauteur. Où s'était-il trouvé pour m'avoir rejointe aussi vite ? Pas très loin, soupçonnai-je. Il m'avait donc délibérément évitée cet après-midi-là – et les précédents aussi, probablement. J'aurais voulu lui demander pourquoi. Mais comment aurais-je pu, alors que son père était en train de rendre l'âme ?

Les dieux semblaient jouer avec nous un jeu sournois, nous réunissant seulement pour mieux nous séparer à nouveau, comme ils l'avaient fait avec Laef et son Ilara. Les deux amants de la légende avaient eu beau lutter de toutes leurs forces contre leur destinée, ils avaient quand même été arrachés l'un à l'autre. Peut-être aurait-il mieux valu pour eux renoncer dès le début.

Nous ralliâmes le pied du mont Ayris en moitié moins de temps que n'en aurait pris le carrosse. Si l'escalier de pierre se révélait un peu plus facile à gravir à chaque ascension, j'étais cette fois déjà fatiguée par le trajet à cheval avant même de commencer. Aux deux tiers de la montée, mes pieds firent halte tout seuls. À moins de me reposer quelques instants, je ne parviendrais pas au bout. J'étais sur le point de m'asseoir dans le passage quand le bras vigoureux de Talin s'enroula autour de ma taille.

— Laissez-moi vous aider, dit-il en me remettant d'aplomb.

Il me prit la main et me tira vers le haut des marches. Il ne m'adressa pas un seul regard, et pourtant la simple pression de ses doigts sur les miens suffisait à me couper le souffle, ce qui me mettait encore plus en difficulté.

Lorsque nous atteignîmes la plateforme devant l'entrée du château, je m'arrêtai à nouveau. J'aurais aimé pouvoir repasser par ma chambre pour y enfiler une robe. J'étais trempée de sueur d'avoir grimpé la montagne si vite, le vent de la galopade avait partiellement défait ma coiffure, et les courtisans risquaient fort de désapprouver ma tenue d'équitation. Mais s'ils m'avaient vue me soucier d'aller me changer plutôt que de courir au chevet du père agonisant de mon futur époux, les rumeurs seraient reparties de plus belle.

Avant que j'aie eu le loisir ne serait-ce que de m'épousseter, Talin m'entraîna vers les portes au pas de course. Passant sans ralentir devant les sentinelles, nous traversâmes la salle du trône, où dames et seigneurs s'étaient rassemblés en petits groupes, leurs murmures ponctués par les discrets sanglots des femmes les plus âgées, qui se tamponnaient les yeux de leur mouchoir. S'ils avaient été alertés, la situation devait être encore plus critique que je l'avais craint. Dans ma tête, les pensées fusaient en tous sens comme autant de petits poissons effrayés, mais je me concentrais sur la chaleur de la main de Talin. Il était tellement plus facile de me laisser guider, pour une fois.

— Mademoiselle ! Je commençais à m'inquiéter. Tout va bien ?

Ebb venait de surgir du coin d'un couloir pour se précipiter à mes côtés.

— Oui, ne vous en faites pas. Mais comment va le roi ? demandai-je avant de baisser d'un ton. Est-il vraiment à l'article de la mort ?

— C'est ce que tout le monde dit. Le prince Céren est venu vous chercher dans votre chambre, il y a quelques heures déjà. Il semblait si désemparé que je crois qu'il avait oublié que vous étiez sortie.

J'avais vu Céren dans bien des états, mais si j'avais dû le décrire, « désemparé » ne me serait jamais venu à l'esprit. Dépassant davantage de nobles angoissés, nous nous engageâmes dans le corridor des appartements royaux. Le garde posté à la porte de la chambre du souverain nous l'ouvrit sans dire un mot.

À l'intérieur, le médecin du roi était penché sur le lit. Céren, quant à lui, faisait les cent pas en se frottant le menton du bout du pouce. Talin me lâcha dès que nous franchîmes le seuil. Subitement, le froid de Château-Neuf se rappela à mon bon souvenir. Joignant les mains, je m'avançai avec prudence, de peur de déranger.

— Votre Altesse, dis-je timidement pour me signaler. Je suis navrée que nous ayons mis tant de temps à arriver. Nous avons accouru dès que nous avons su ce qui se passait.

En m'entendant, Céren avait relevé la tête.

— Enfin, vous voilà ! s'exclama-t-il.

Et il se précipita pour me serrer dans ses bras. Je me crispai aussitôt. Nous ne nous étions presque pas revus depuis qu'il m'avait annoncé ce qu'il avait fait à ma famille, et voilà qu'il venait chercher du réconfort auprès de moi ?

— Comment va Père ? demanda Talin.

Céren me libéra, et nous emmena vers le malade.

— Mal, je le crains. Encore ce matin, il n'avait rien. Mais tout à l'heure, il a eu une sorte de crise, une attaque, et tout a basculé. Le médecin multiplie les saignées depuis, mais sans grand résultat.

J'avisai alors le récipient rempli de liquide rouge sombre posé au pied du lit. Je ne pus m'empêcher de tressaillir. De telles pratiques n'avaient pas cours, à Varénia. Pour nous, le sang d'un individu était sa force vitale, l'élément qui lui conférait sa vigueur. Dès lors, l'en drainer paraissait absurde. Qu'on puisse penser que saigner un homme déjà exsangue aurait de quelconques effets bénéfiques m'échappait totalement, mais après tout, qui étais-je pour critiquer les médecins ilaréens ?

— Il ne lui reste probablement que quelques heures, m'a-t-on dit, poursuivit le prince héritier. J'ai essayé de lui faire ingérer une ou deux perles roses. Malheureusement, il est tellement faible que même moulues, il n'a pas réussi à les avaler.

Je jetai un regard à Talin. Il avait l'air triste, mais alors que son frère se tordait presque les mains de désespoir, lui demeurait stoïque.

— Puis-je faire quoi que ce soit qui vous aiderait ? demandai-je à Céren, bien que ma sollicitude ait été surtout destinée au cadet.

Il m'attrapa les doigts pour y déposer un baiser.

— J'ai bien peur qu'il n'y ait rien qu...

— Accepteriez-vous de lui chanter quelque chose ? intervint brusquement Talin.

Je m'écartai de Céren.

— Moi ? Au roi ?

— Oui. Il aimait beaucoup entendre ma mère, expliqua Talin. Même après les journées les plus difficiles, les refrains qu'elle entonnait l'apaisaient. Cela pourrait peut-être l'aider un peu.

— Je... Bien sûr.

Je m'approchai de la tête du lit et m'installai sur un petit tabouret. Le roi était incapable de tourner son visage vers moi, mais je savais qu'il sentait ma présence. Il était si chétif, si frêle, que lorsque je pris sa main, elle me parut aussi légère que celle d'un enfant.

— Que voudriez-vous que je lui chante ? demandai-je à Talin.

— La berceuse au poisson-lion, répondit Céren en venant se camper derrière moi. Je crois que vous la connaissez bien.

La première fois qu'il avait évoqué cette chanson, il avait semblé n'éprouver que mépris pour les enfants des vagues et leurs « ritournelles » – ainsi qu'il l'avait formulé. À présent, cependant, son intonation suggérait un sentiment différent, bien que non moins perturbant.

Je m'éclaircis discrètement la gorge. Ma voix n'était certainement pas la plus belle de Varénia, mais ce n'était pas la pire.

Prends garde au poisson-lion, petite,
Prends garde au poisson fait de pierre.
Prends garde aux mots doux hypocrites,
Et au cœur plus froid que l'hiver.
Prends garde au requin, à la raie,
Prends garde à la méduse bleue,
Aux langues tels des couperets
Et à l'amant au cœur spécieux.
Berce-toi du chant des baleines,
Contre Thalos, va te lover,
Mais, n'oublie pas, reprends haleine,
Prends garde aux charmes mensongers.
L'amour recouvre l'océan,
Le temps est plus long qu'on ne croit,
Oui, mais, sa destinée au vent,
Qui peut dire quand son heure viendra ?

Je n'avais plus rechanté ces paroles depuis une éternité. Maintenant que j'étais presque adulte, je fus frappée de constater à quel point elles étaient lugubres. À vrai dire, elles ne paraissaient guère appropriées au chevet d'un homme en train de rendre ses derniers soupirs.

Malgré tout, un léger sourire aux lèvres, le roi avait progressivement fermé les paupières, et j'espérais qu'il réussirait à récupérer un peu. Céren me posa une main sur l'épaule.

— C'était magnifique. Merci.

Je me retournai pour découvrir l'ivoire de ses joues luisant de larmes, même si son expression demeurait impassible. Chaque fois que je finissais par me persuader qu'il était incapable d'empathie ou d'émotion, il se débrouillait pour me surprendre. Comment ce jeune homme qui pleurait ainsi pour son père avait-il pu assassiner sa belle-mère ?

— Je vous en prie, répondis-je. Puis-je faire quelque chose pour vous, à présent ?

Il secoua la tête.

— Allez vous changer. Nous prendrons un dîner rapide dans la salle à manger, puis je reviendrai ici pour la nuit.

— Vous êtes sûr que vous ne voulez pas que je reste auprès du roi ? Cela ne me dérange pas.

— Non, vous devriez vous reposer. Après tout, qui sait de quoi seront faits les jours qui viennent ?

— Bien, Votre Altesse.

Sur ce, je me levai et me dirigeai vers la sortie. Pendant que je chantais, Talin s'était retranché près de la porte. Quand j'arrivai à sa hauteur, je croisai brièvement son regard. S'il était empreint d'une évidente gratitude, j'y devinai aussi autre chose. J'avais fait exprès d'omettre le dernier vers de la berceuse. S'en était-il rendu compte ? J'avais beau vouloir lui poser la question, je me contentai de lui adresser un signe de la tête, avant de quitter les lieux.

Quand Ebb me vit émerger des appartements royaux, elle se dépêcha de me précéder vers ma chambre. Le temps que j'y parvienne à mon tour, une robe m'attendait sur le lit. Aussi simple et peu révélatrice que l'exigeaient les circonstances, elle était néanmoins rehaussée d'une fine broderie argentée le long du col et des ourlets – un détail suffisant pour que l'ensemble ne paraisse pas non plus quelconque. C'était parfait. Je ne souhaitais évidemment rien de joyeux, mais une toilette trop austère aurait signifié que je n'avais aucun espoir que le roi en réchappe.

Ebb dénatta mes tresses hirsutes puis me brossa rapidement les cheveux avant de les regrouper en plusieurs petits chignons à l'arrière de mon crâne.

Lorsqu'elle eut fini, elle soupira.

— Cela fera l'affaire, lâcha-t-elle en guise de conclusion. Il vous aurait fallu un bon bain, mais j'imagine que le prince est si bouleversé qu'il ne remarquera rien.

— Tout va bien, Ebb ?

Je ne l'avais encore jamais vue si agitée.

— Je suis désolée, mademoiselle. C'est simplement que le sort du roi nous préoccupe tous, et...

Elle repositionna à plusieurs reprises la brosse qu'elle avait rangée sur la coiffeuse quelques secondes plus tôt, et je posai sur son bras tremblant une main rassurante.

— Ne vous inquiétez pas. Tout se passera bien.

— Oui, mais si le roi meurt...

— Eh bien, Céren prendra sa suite le jour de son vingt et unième anniversaire. Cela fait des mois qu'il gouverne quasiment à la place de son père, de toute façon.

Mais Ebb secoua la tête.

— Ce n'est pas seulement ça !

— Alors, qu'y a-t-il ? Dites-moi, je vous en prie, vous pouvez me faire confiance.

À contrecœur, elle leva vers moi ses prunelles bleu ciel embuées de larmes retenues.

— C'est que... C'est que vous devrez épouser le prince dans la semaine ! se lamenta-t-elle avant d'éclater en sanglots.

Prise au dépourvu par cette soudaine explosion de détresse, je n'eus même pas le temps de réfléchir à ce qu'elle venait de me dire. Je l'attirai aussitôt dans mes bras et la laissai pleurer tout son soûl. Mais j'étais complètement décontenancée. Pourquoi la perspective de me voir devenir la femme de Céren la consternait-elle soudain à ce point ? Ce mariage était pourtant prévu de longue date.

Après un moment, elle parvint à se ressaisir.

— Je peux ? demanda-t-elle en attrapant l'un de mes mouchoirs.

Je hochai la tête et elle s'essuya les yeux.

— Je suis vraiment navrée, mademoiselle. Je ne sais pas ce qui m'a pris.

— Ebb, inutile de vous tourmenter pour moi. Je savais depuis le début qu'il me faudrait épouser Céren.

Bien sûr, je n'avais pas imaginé que cela se ferait dans la semaine... L'inéluctable réalité de cette odieuse union me rattrapa brutalement, et j'eus besoin de m'asseoir à mon tour.

— Et vous n'avez pas peur ? s'étonna ma femme de chambre.

— Je ne peux pas dire qu'il aurait été mon premier choix, mais non, je n'ai pas peur de lui, mentis-je. Pourquoi les nobles sont-ils tous si ébranlés ?

— Ils s'inquiètent de ce qu'il va advenir du trône.

— Mais puisque Céren dirige déjà le royaume, qu'est-ce que la mort de son père changerait ?

— C'est plus compliqué que ça. Si le roi Xyrus décède avant que son premier-né puisse officiellement lui succéder, Talin aura lui aussi le droit de revendiquer le pouvoir.

C'était donc pour cela que Céren m'avait paru si paniqué, dans la chambre du souverain ? Parce qu'il redoutait de perdre la couronne au profit de son cadet ? Je savais bien qu'aucun des mots sortis de sa bouche ne m'avait semblé sincère ! Pourquoi continuais-je à le laisser me berner encore et toujours ?

— Et le cas échéant, comment les deux frères détermineront-ils qui deviendra roi ?

— Ils se battront en duel. Jusqu'à la mort, sauf si l'un d'eux renonce.

Talin était plus fort que son aîné. S'ils devaient s'affronter, il l'emporterait probablement. Ce qui n'avait sûrement pas échappé à Céren.

— Si Talin accédait au trône, pensez-vous que le peuple en serait mécontent ?

— Oh non, mademoiselle. Mais la rumeur court que la femme-roi convoite elle aussi la couronne ilaréenne. Ce que le peuple craint, c'est que la moindre division interne ne nous rende plus vulnérables en cas d'attaque.

Toutes ces nouvelles informations me donnaient le tournis : guerres, querelles de succession, couronne, pouvoir… Avant d'arriver à Château-Neuf, jamais je n'avais été confrontée à aucun de ces concepts. J'avais cru qu'il me suffirait d'espionner le roi, puis de transmettre mes renseignements à Sami pour sauver mon village. Mais en vérité, personne en dehors de Céren ne se préoccupait de Varénia, et même lui ne s'y intéressait que pour les perles. Le roi était mourant, le royaume se retrouvait menacé de l'extérieur comme de l'intérieur, et les Varénians n'avaient absolument pas conscience que, parce qu'elle dépendait de celle de l'Ilara, leur destinée aussi était en jeu.

Chapitre 26

Talin était sans doute plus fort que son aîné, mais Céren était rusé, songeai-je, inquiète, en m'asseyant entre les deux frères à la table du dîner. Ils s'adressèrent à peine la parole. Plongé dans ses réflexions, chacun pensait probablement à ce qui se passerait s'ils en venaient à se disputer le trône. De mon côté, j'avais l'impression d'avoir enfin devant moi toutes les pièces d'un puzzle que j'essayais, sans le savoir, d'assembler depuis quelque temps. Les agissements du prince héritier – des mauvais traitements infligés à mon peuple au meurtre de Talia, en passant par son entêtement à vouloir épouser une femme qu'il méprisait pourtant – s'expliquaient désormais de manière tristement limpide.

Lorsque les domestiques commencèrent à débarrasser nos assiettes en vue du dessert – même un dîner rapide nécessitait, semblait-il, cinq plats différents –, Céren rejeta ses cheveux derrière son épaule et se tourna vers moi.

— Peut-être que cela vous a échappé dans l'émoi de ces dernières heures, mais il ne reste plus que cinq jours avant l'ouverture de la foire du port de ce mois-ci.

Dubitative, je fronçai les sourcils.

— Le roi est malade. Je ne pensais pas que vous envisageriez de quitter son chevet en un moment pareil.

— En effet, je suis malheureusement dans l'impossibilité de m'éloigner du château. C'est pourquoi j'ai décidé que mon frère vous emmènerait à ma place.

Talin releva brusquement la tête.

— Quoi ?

— En carrosse, l'aller-retour prendrait dix jours, et je refuse d'être séparé de ma chère fiancée si longtemps. À cheval, en revanche, vous atteindrez la côte en deux jours et demi seulement. Vous serez de retour en moins d'une semaine.

La fourchette de Talin s'abattit contre son assiette dans un fracas métallique.

— Il est hors de question que je parte, Céren. Tu as entendu le docteur. Père pourrait mourir à tout instant. Je dois rester à Château-Neuf.

— Si je ne me trompe pas, tu devais à nouveau t'entretenir avec Clifton, non ? La femme-roi renforce son armée de jour en jour et je compte sur toi pour le convaincre de faire allégeance à notre couronne. Nous devons être assurés que, s'il le faut, ses mercenaires se battront à nos côtés. Vous pourriez convenir d'un rendez-vous sur le trajet de la foire. J'ai promis à Zadie qu'elle pourrait s'y rendre. Je n'ai pas l'intention de manquer à cette promesse.

Je regardai Talin. Il avait l'air prêt à bondir par-dessus la table pour se jeter à la gorge de son frère. Il avait parfaitement compris que Céren tentait de l'éloigner de leur père mourant afin de pouvoir, si celui-ci rendait son dernier soupir, s'emparer du trône sans rencontrer de résistance.

— Vraiment, cette expédition n'a rien d'indispensable, protestai-je d'une petite voix.

Mais l'expression de Céren ne laissait aucun doute : son insistance n'avait rien à voir avec moi et mon envie de déambuler dans les allées animées d'un marché.

— Je n'irai pas, déclara Talin d'un ton catégorique.

— Tant que Père reste inapte à quoi que ce soit, la régence me revient, répliqua froidement Céren. Ce qui signifie que ma parole fait loi. Tu iras, ou je te ferai jeter au cachot pour trahison.

Mes yeux passaient de l'un à l'autre des deux frères. Aussi différents que la lune l'était du soleil, ou l'océan de la montagne. La fureur de Talin irradiait, visible, alors que Céren demeurait aussi insondable qu'à son habitude. Même quand son cadet frappa du poing sur la table avant de se diriger vers la sortie d'un pas furieux, il tressaillit à peine, continuant à couper délicatement la poire qu'on lui avait servie.

— Voilà, dit-il. Je vous avais promis que vous verriez la foire, et vous la verrez.

— Merci, répondis-je.

Mais mon regard suivait Talin, qui disparut bientôt dans le couloir. J'avais enfin l'opportunité d'aller prévenir Sami de la menace qui planait sur Varénia, mais mon obstination à vouloir me rendre à la foire venait peut-être de barrer définitivement au jeune prince l'accès au trône. Or, il était sans doute le seul à pouvoir arrêter son aîné. Je n'avais plus qu'à prier pour que le roi survive encore une semaine.

Talin et moi partîmes donc accompagnés de Grig, d'Ebb, et de deux des hommes de Céren. Pendant notre absence, le commandement de la garde royale – et, au besoin, de la totalité des troupes ilaréennes – avait été confié au capitaine Osius. Je trouvais assez surprenant que, rien que pour éloigner son frère, Céren ait été prêt à risquer la sécurité de son pays en une période aussi critique, mais il fallait croire qu'à ses yeux, Talin était plus dangereux que la femme-roi.

Sans carrosse ni même charrette à notre disposition, nous étions obligés de voyager léger. Grig avait attaché mon petit balluchon de vêtements à la selle de ma monture, tandis que lui et les autres avaient chargé les leurs d'eau et de victuailles. Il était prévu qu'on dorme dans différentes auberges le long du chemin. À l'arrivée, le vendredi, je n'aurais que quelques heures pour profiter de la foire.

Grig m'avait hissée sur le dos de ma jument avant d'aider Ebb. Bien qu'elle m'ait affirmé avoir appris à monter étant petite, elle n'avait accepté qu'à contrecœur de revêtir une culotte et ne semblait pas particulièrement enchantée par la longue équipée qui nous attendait. Mais à vrai dire, personne dans le groupe ne paraissait très enthousiaste.

— Nous ferons halte pour parlementer avec Clifton dès cet après-midi, m'annonça Talin un peu après que nous nous fûmes mis en route.

L'un des soldats de Céren ouvrait la voie, le deuxième fermait la marche. Le prince et moi avancions côte à côte, Grig et Ebb juste derrière nous. Si nous n'étions donc pas tout à fait seuls, c'était malgré tout la première fois depuis notre retour mouvementé du lac Elwin que nous pouvions avoir l'impression de l'être.

— Cela ne devrait pas être long, ajouta-t-il, mais pour rattraper le temps perdu il nous faudra quand même nous arrêter plus tard, ce soir. J'espère que vous vous sentez d'attaque. Chevaucher cinq jours n'a rien de facile, même pour un cavalier aguerri, et les auberges où nous ferons étape ne nous offriront qu'un confort relatif.

— Vous oubliez à qui vous avez affaire, répondis-je d'un ton que je m'efforçai de garder léger. J'ai vécu pendant dix-sept ans dans une maison plus petite que ma chambre à Château-Neuf.

— Je n'ai pas oublié.

Son regard ne resta sur moi qu'un instant, puis il se tut. À partir de là, un silence tendu s'installa entre nous. Pourtant, je ne pouvais m'empêcher de l'observer régulièrement à la dérobée, espérant qu'il finirait par se tourner vers moi. Par moments, quand le passage se faisait plus étroit, nos chevaux étaient contraints de marcher si près l'un de l'autre que nos jambes se touchaient, mais il se contentait d'un mot d'excuse. *Regardez-moi !* avais-je envie de crier. Ce qu'il fit une ou deux fois, bien sûr, mais sans jamais sourire, et presque sans jamais parler. Quand il ouvrait la bouche, c'était simplement pour me demander si j'avais besoin de me reposer.

Nous fîmes une courte pause pour le déjeuner, puis nous continuâmes à progresser jusqu'à la fin de l'après-midi. Nous avions déjà franchi le fleuve et nous nous trouvions dans le Pirot, au cœur de la zone contrôlée par le rebelle qui s'était proclamé seigneur, quand ma curiosité finit par prendre le dessus.

— Pourquoi allez-vous rencontrer Clifton ? demandai-je à Talin. Je croyais qu'il essayait de prendre cette région à votre père.

Ses yeux ne se posèrent sur moi qu'une fraction de seconde avant de s'en retourner sur le chemin.

— C'est le cas. Officiellement, le Pirot fait toujours partie de l'Ilara. Pour l'instant en tout cas. Mais Père est malade et mon frère préfère concentrer son attention sur autre chose que l'avenir de ce territoire.

— Sur la femme-roi au sud du royaume, par exemple ?

— Vous en avez entendu parler ? s'étonna Talin, me dévisageant soudain plus longtemps qu'il ne l'avait fait de toute la journée.

— Un peu, seulement. Dame Hyacinthe m'invite régulièrement à prendre le thé.

Il eut un sourire ironique.

— Quelle chance vous avez. Et pour répondre à votre question, oui, Céren s'inquiète de la montée en puissance de la femme-roi, mais peut-être pas autant qu'il le devrait. Ses expérimentations semblent l'accaparer, ces derniers temps, expliqua-t-il non sans rapprocher sa monture de la mienne. Clifton n'est qu'un opportuniste sans expérience militaire. Pareil pour ses mercenaires, qui ne cherchent qu'à s'enrichir et à obtenir davantage de terres. La femme-roi est bien plus organisée, et je pense qu'elle leur fait peur.

Je haussai un sourcil.

— Et vous ? Vous la craignez ?

— La femme-roi ? Non, répondit-il avant de désigner un petit groupe de tentes en bordure du chemin. Nous y sommes.

Talin demanda à Grig et aux deux hommes de Céren d'attendre à l'orée du campement avec Ebb et moi. Ma désagréable rencontre avec le mercenaire posté au bord de l'Ilara encore gravée dans ma mémoire, j'en fus soulagée. Je m'installai à l'ombre d'un pommier, heureuse de pouvoir étendre mes jambes tout en croquant dans l'un des fruits savoureux de l'arbre.

— Je vous ai vue discuter avec le prince Talin, dit Ebb au bout d'un moment.

Elle jeta nonchalamment son trognon dans les buissons.

— Et ?

Je ne prenais même plus la peine de faire semblant. La jeune femme connaissait désormais la plupart de mes secrets.

— Oh, rien. Je suis simplement ravie de savoir que vous vous parlez à nouveau.

— Hmm hmm…

Lorsque Talin sortit enfin de la plus grande des tentes, ma femme de chambre sauta sur ses pieds et s'empressa de m'aider à me relever.

— Mes excuses, dit-il en enfourchant aussitôt son étalon. Nos pourparlers ont duré plus longtemps que je ne l'avais prévu.

— Est-ce que tout s'est bien passé, au moins ? demandai-je tandis que je me remettais en selle, toujours assistée de Grig.

— Clifton nous prêtera ses hommes si la guerre éclate, répondit le prince avec calme. Bien entendu, nous devrons lui céder une large portion des terres situées le long du fleuve en échange. Mais elles ne nous serviraient pas à grand-chose si le pays tombait aux mains de la femme-roi, de toute façon. La deuxième condition, c'est que nous laissions passer davantage des réfugiés qui se pressent à notre frontière sud.

Ses traits avaient beau rester sérieux, je devinais à sa voix que l'issue des négociations le satisfaisait.

— Je suis contente que tout se soit déroulé comme vous le souhaitiez. Et je suis désolée que Céren vous ait obligé à m'escorter. Je sais que vous préféreriez être auprès du roi.

— Ce n'est pas votre faute. Je devrais m'estimer heureux que Céren m'ait ordonné de veiller sur vous plutôt que de m'envoyer régler je ne sais quel différend, dit-il avant que son expression ne se teinte de tristesse. De toute manière, j'ai bien peur de ne plus pouvoir aider mon père, à présent. Son sort est entre les mains des dieux.

Lorsque nous atteignîmes l'auberge, ce soir-là, j'étais plus éreintée que je ne l'avouai à Talin. Les chambres, meublées chacune de deux petits lits jumeaux, de brocs en porcelaine ébréchés et de bassines pour se laver, étaient effectivement modestes, ainsi qu'il me l'avait annoncé. Je partageais la mienne avec Ebb et ne revis le prince que brièvement, au cours du dîner.

Sans que l'établissement soit complet, la salle principale accueillait toutefois un flot constant de voyageurs, que je ne pus me retenir d'observer avec intérêt. S'ils étaient tous habillés de simples tuniques pour les hommes et de jupons pour les femmes, aucun ne portait de vêtements de deuil. L'un des avantages de vivre dans le Pirot, supposai-je. À force de travailler à l'extérieur, tous avaient aussi le teint mat, mais les rides qui marquaient leur visage paraissaient moins dues à ce dur labeur qu'à leurs sourires incessants. Il y avait, en somme, plus de joie dans cette unique taverne que je n'en avais vu dans tout Château-Neuf.

Était-ce ce que Céren avait voulu me cacher en m'empêchant de sortir ? Que la vie semblait bien plus plaisante hors du mont Ayris ?

Cette nuit-là, je dormis mieux que jamais depuis mon arrivée en Ilara. Par la fenêtre, j'apercevais la lune et les étoiles. Dans la lanterne de notre chambre, plutôt qu'un amas de mousse bleuâtre, brillait une vraie flamme. Et il ne restait que deux jours avant que je puisse enfin retrouver Sami. Je ne savais pas encore comment j'allais me débrouiller pour semer Talin et les gardes, mais je n'étais pas arrivée si loin pour renoncer si près du but.

Le matin suivant, nous repartîmes aux aurores. Le prince vint à nouveau chevaucher à mes côtés. Pourtant, je dus attendre le milieu de la matinée avant qu'il ne se décide à m'adresser la parole.

— Vous êtes une cavalière-née, vous savez.

Je levai les yeux vers lui.

— Pardon ?

— Je vous assure. Qui aurait pensé qu'après avoir grandi au milieu de l'océan, vous seriez si à l'aise sur le dos d'un cheval ?

Ce compliment inattendu me fit rougir.

— J'ai passé de nombreuses heures en équilibre sur le rebord de notre barque familiale, au grand désespoir de ma mère, confessai-je. Et puis, les Galethiens, nos lointains cousins, sont des cavaliers réputés.

— On les voit régulièrement, au port. La façon dont leurs bêtes leur obéissent est incroyable. Ils n'ont même pas besoin de les attacher : quiconque essaierait de voler une de leurs montures se prendrait aussitôt un bon coup de sabot là où ça fait mal. On dit qu'un étalon galethien ne se laisse monter que par son maître et que, dans la bataille, il le protégera jusqu'à la mort.

— Je ne dirais pas que les Galethiens se considèrent comme les maîtres de leurs chevaux, objectai-je. Plutôt comme leurs partenaires.

— Et d'où en savez-vous autant sur eux ? Je croyais que Varénia n'avait pas de contact avec le Galeth.

— C'est vrai. Mais nous glanons souvent des informations lors de nos échanges avec les marchands ilaréens.

C'était un mensonge, mais il n'était pas bien gros : tout ce que je savais des Galethiens, c'était évidemment Sami qui me l'avait rapporté.

— Votre mère a-t-elle appris à monter à cheval ? demandai-je.

— Non, malheureusement. Elle a toujours eu peur des chevaux. D'après elle, un animal aussi imposant n'avait rien à faire sur terre et aurait été plus à sa place dans l'océan.

Je m'esclaffai.

— Mais alors, que faisait-elle pour se distraire ? Je ne l'imagine pas apprécier le tricot plus que moi.

— Et vous avez bien raison. Elle aimait marcher. Elle parcourait des lieues quand elle sortait. Malgré tout ce qu'on pourrait reprocher à mon père, il était fou d'elle et lui accordait une grande liberté.

— Dans ce cas, elle était plus chanceuse que moi.

Talin se retourna vers Grig et Ebb. Tous les deux semblaient s'entendre à merveille.

— Cela vous irait si l'on passait au trot ? leur lança-t-il. Nous pourrions essayer de gagner un peu de temps. D'autant plus qu'à mon avis, il va bientôt pleuvoir.

Ils approuvèrent et le prince éperonna son étalon. Ma petite jument baie suivit aussitôt. L'expérience se révéla légèrement moins chaotique que la première fois, mais, décidément, trotter n'était pas ma tasse de thé !

— Tout va bien ? s'enquit Talin lorsqu'il me sentit en difficulté.

— J'ai l'impression que quelque chose la gêne, expliquai-je en me courbant sur l'épaule de ma monture. Est-ce qu'elle boite ?

— Elle a effectivement l'air d'avoir un peu mal. Elle vient d'être ferrée et n'est pas habituée aux longues distances.

Je flattai le cou de l'animal en lui chuchotant quelques mots d'excuses.

— Que puis-je faire pour la soulager ?

— Elle a simplement besoin de se reposer, répondit le prince. Malheureusement, il nous reste encore un bon bout de chemin à couvrir. Mais pour la délester de votre poids, vous pourriez me rejoindre sur Xander.

— Ça ne plairait pas à votre frère.

Je songeai, frustrée, que même absent Céren continuait de me hanter. Talin afficha cependant le même petit sourire narquois que le soir où nous nous étions rencontrés.

— Ce que mon frère ne sait pas ne peut pas lui faire de mal.

La dernière fois que j'avais accepté une de ses propositions – danser avec lui – tout en sachant que c'était une erreur, j'avais déchaîné la colère de son aîné. Mais il n'avait pas tort. Céren n'était pas là. Et l'idée de me retrouver à nouveau serrée contre Talin me tentait trop pour que j'y résiste. Je jetai un regard aux gardes.

— Et que leur dira-t-on, à eux ?

— La vérité, répondit-il avant de faire signe à Grig d'approcher. Zadie va monter avec moi jusqu'à ce soir. Sa jument est fatiguée.

— À vos ordres.

Grig attacha le licol de ma jument à sa selle, puis m'aida à mettre pied à terre. Refoulant mon inquiétude, j'agrippai la main que Talin me tendait.

— Voulez-vous prendre les rênes, cette fois ? demanda-t-il.

Si je me sentais à l'aise sur ma monture, Xander, lui, était une bête immense dont le comportement n'avait rien de similaire. Mais Talin me regardait avec une telle confiance dans les yeux que je hochai la tête et le laissai me hisser devant lui. Une fois installée, j'étais à ce point collée contre son torse que je sentais la chaleur de son corps à travers le cuir de son armure. Lorsque je pris les rênes, il m'enlaça la taille. Je me demandai si j'étais aussi petite dans ses bras que j'en avais l'impression.

— Votre Altesse ! Où allez-vous ? s'exclama l'un des soldats derrière nous. Le prince Céren nous a formellement interdit de quitter mademoiselle Zadie des yeux !

— Heureusement que vous n'êtes pas Zadie, dans ce cas, murmura Talin à mon oreille.

Tout à coup, j'eus tour à tour très chaud, puis très froid. J'avais donc la confirmation qu'il savait qui j'étais. Mais depuis combien de temps, exactement ? Et se réjouissait-il que je ne sois pas ma sœur, ou bien allait-il me le faire payer d'une façon ou d'une autre ?

— Nous vous attendrons plus loin ! lança-t-il aux hommes de Céren.

Et sur ces mots, il fit claquer sa langue, enfonçant ses talons dans les flancs de Xander. L'étalon partit comme une flèche. J'avais beau penser être prête, je fus emportée vers l'arrière. Seul le solide buste de Talin me retint. Une fois remise de ma surprise, je réussis toutefois à me redresser et me concentrai sur le chemin qui s'ouvrait devant moi.

La fougue du cheval, la tension dans les rênes tandis qu'il cherchait à aller plus vite, le vent sur mon visage, le corps musclé de Talin dans mon dos… Tant de sensations m'assaillaient que j'en oubliai d'avoir peur. J'avais l'impression d'être de retour dans ma barque, à filer sur la houle.

— Excellent, me complimenta le prince. Si vous vous sentez prête, vous pouvez lui lâcher la bride.

J'acquiesçai et laissai légèrement glisser la longe entre mes doigts. L'étalon accéléra encore. Nous n'avions pas quitté la route, mais le vert des collines à l'horizon et l'immensité bleue du ciel alentour me remplissaient d'un tel sentiment de liberté ! Xander devait éprouver la même chose.

Je relâchai davantage ma prise sur ses rênes, jusqu'à le laisser foncer presque sans le réfréner. Même si aucun de nous deux n'était réellement libre, l'espace d'un moment, je me pris à croire que nous partions pour toujours, abandonnant définitivement l'ombre maléfique de la montagne derrière nous. J'imaginai ma sœur m'attendre dans notre petit bateau, non loin de la côte. Je nagerais jusqu'à elle, et nous n'aurions pas besoin de parler de ce qui s'était produit pendant notre séparation, car seul le temps passé ensemble comptait vraiment. Ce serait comme si rien n'était arrivé, comme si les semaines écoulées n'étaient qu'un de ces mauvais rêves oubliés dès que l'éclat du matin nous réchauffait les joues.

Je sus à cet instant que je serais incapable de passer le restant de mes jours sans revoir Zadie. Varénia, l'océan, et même mes parents… je pouvais vivre sans. Mais ma jumelle m'était aussi indispensable que la lumière du soleil ou que l'air dans mes poumons.

Un jour, je trouverais le moyen de nous réunir.

Quand Talin récupéra les rênes et remit son destrier au pas, j'avais les joues couvertes de larmes. Je ne m'en rendis pourtant compte que lorsque son pouce ganté les essuya délicatement. Pressant mes paupières l'une contre l'autre, je ravalai ma peine avant de me renverser contre lui, exténuée.

— Il ne va pas tarder à pleuvoir, annonça-t-il. Allons nous abriter.

Sur ce, il mit pied à terre pour mener sa monture jusqu'à un bosquet d'ormes, un peu à l'écart du chemin. Quand nous nous baissâmes pour passer sous leur ramure, il m'adressa un sourire et me tendit les mains afin de m'aider à descendre de selle.

— Attention, vous êtes plus haut que sur votre jument.

Je me laissai glisser dans ses bras. Pendant deux secondes, comme si je ne pesais pas plus qu'une plume, il me retint juste au-dessus du sol, puis il laissa mes pieds s'y poser en douceur. Non sans un soupir de soulagement, je m'effondrai sur l'herbe, où ne tombaient que les quelques gouttes de pluie qui parvenaient à franchir l'épais feuillage des arbres.

— Vous vous en êtes bien sortie, commenta Talin en s'adossant à un tronc. J'ai même eu peur que Xander ne s'épuise avant vous.

— J'aime bien galoper. Étrangement, ça m'évoque ce qu'on ressent en mer.

— Je comprends parfaitement. Je n'avais jamais pris le bateau avant de me rendre à Varénia, mais j'ai beaucoup apprécié la traversée.

— Évidemment, voguer n'est pas non plus toujours une partie de plaisir. Un jour, Zadie et moi, nous…

Je m'arrêtai net, mais trop tard. Même si ma bourde n'avait aucune importance puisque mon interlocuteur connaissait la vérité, je restais condamnée à ne jamais raconter mes souvenirs à quiconque. Pas même à lui. C'était trop risqué.

— J'ai soif, dis-je en me relevant tant bien que mal.

— Il y a de l'eau dans la sacoche de la selle.

Je mis quelques instants à réussir à desserrer la sangle qui la fermait. J'étais enfin seule avec Talin, il allait bien falloir que je lui révèle que je mentais depuis le début, me raisonnai-je tout en me désaltérant longuement. Je venais de ranger l'outre quand j'entendis une branche craquer derrière moi. Je fis volte-face. Le prince s'était approché. Il me fixait.

— Qu'y a-t-il ? demandai-je, le souffle court.

— Maintenant que vous et moi disposons d'un moment rien qu'à nous, je pense qu'il est temps que nous ayons une petite conversation.

Chapitre 27

Joignant les mains pour les empêcher de trembler, je m'en retournai plus près des arbres.

— Quand avez-vous compris ?

— J'ai commencé à avoir un doute dès l'instant où nous nous sommes salués à Château-Vieux, le soir de votre arrivée. Mais ce n'est que juste avant de vous inviter à danser que j'ai été convaincu d'avoir eu la bonne intuition.

— Pourquoi ?

Talin s'appuya contre le tronc le plus proche.

— Parce que vous avez plaisanté sur le fait que mon frère peut être désagréable. Je sais que je ne vous avais croisées que brièvement, Zadie et vous, mais d'après ce que j'avais relevé lors de ce dîner à Varénia, j'avais la très nette impression que jamais votre sœur n'aurait fait un commentaire pareil.

— Non, en effet, ça ne lui ressemble pas, répondis-je d'un ton dépité.

J'avais beau avoir décelé une note d'humour dans sa voix, je me sentais bête d'avoir cru pouvoir me faire passer pour elle.

— Ça n'était pas un reproche, me rassura-t-il. En insistant pour danser avec vous, c'est moi qui vous ai mise en danger vis-à-vis de mon frère. Je n'aurais pas dû, mais je ne parvenais pas à saisir pourquoi vous vous retrouviez en Ilara à la place de votre jumelle. Et pour être honnête, c'était aussi très égoïste de ma part. Moi qui pensais ne plus jamais vous revoir, voilà que, subitement, vous étiez devant moi. La tentation était trop grande. Je n'ai pas pu résister.

Je rougis, car je comprenais tout à fait. Alors que j'avais eu, moi aussi, parfaitement conscience du risque, je n'avais pas su repousser le prince cadet. Encore à présent, je rêvais de ses mains sur moi, même en sachant que les hommes de Céren pouvaient nous rejoindre à tout moment. Je déglutis péniblement et attendis qu'il poursuive.

— Le jour où vous avez sauvé Céren n'a fait que confirmer ce que je savais déjà.

— Vous avez vu ma cicatrice, n'est-ce pas ?

Il hocha la tête avant de planter son regard dans le mien.

— Et j'ai eu peur pour vous. Je craignais que Céren l'ait vue aussi et qu'il finisse par en déduire la vérité, ou même qu'il soit simplement furieux que vous lui ayez caché cette marque sur votre joue. Vous jouez un jeu extrêmement dangereux, vous en avez conscience ?

— Évidemment ! m'exclamai-je. Comment pourrais-je l'ignorer ?

— Mais alors, que faites-vous ici ? C'est votre gouverneur qui vous a envoyée m'espionner ?

— Quoi ?

La question m'avait tellement prise au dépourvu que j'avais failli en perdre l'équilibre.

— Répondez-moi, Nor. Plus de mensonges.

J'étais fatiguée de faire semblant. Et puis, pour quoi, désormais ? Il valait sûrement mieux tout avouer à Talin que de le laisser croire que j'étais une espionne. Enfin… une vraie.

— Si je suis venue, c'est uniquement pour Zadie.

— Il lui est arrivé malheur ? s'enquit-il, les sourcils froncés, son inquiétude sincère.

— Elle est tombée amoureuse. De Sami.

— Le jeune homme à qui vous étiez promise ? C'est donc cela que vous vouliez dire à Kristos, ce soir-là ?

J'acquiesçai.

— Et vous vous êtes finalement portée volontaire pour partir à la place de votre sœur ?

— C'est un peu plus compliqué que ça.

La pluie s'était muée en bruine. Malgré tout, quelques gouttes s'étaient frayé un chemin à travers les feuilles pour atterrir sur les cheveux châtains de Talin et faire étinceler leurs reflets dorés. Telles de parfaites pépites de cristal, ces minuscules billes d'humidité demeurèrent accrochées à ses mèches jusqu'à ce qu'il se tourne vers moi. Elles chatoyèrent alors une seconde, avant de disparaître pour de bon, ne laissant dans leur sillage que de multiples traînées brunes.

— Je mentirais si je vous disais qu'être envoyée en Ilara n'avait pas été mon rêve, admis-je. Varénia me paraissait trop étriqué, trop simple. Je voulais voir le monde, monter à cheval, et…

— Et quoi ?

Embarrassée par ma propre futilité, je détournai le regard.

— Et humer le parfum d'une rose. Mais je n'en ai pas encore eu l'occasion.

Talin me sourit avec douceur, mais son expression se fit vite perplexe.

— Si vous désiriez quitter le village et que Zadie préférait rester, pourquoi vos anciens ne vous ont-ils pas choisie d'emblée ?

— Ce n'est pas comme ça que l'élection fonctionne. Et de toute manière…

D'un geste, je désignai ma cicatrice. Cette explication se suffisait à elle-même.

— Je ne comprends toujours pas, insista pourtant le prince. Votre sœur ne voulait pas venir en Ilara, donc elle vous a demandé de prendre sa place ?

Je secouai la tête.

— Elle ne m'a pas demandé, Talin. Elle m'a forcée à l'aider.

— À l'aider à quoi ?

Cela faisait des semaines que je n'avais plus repensé à cette nuit. Rien que d'y songer, mon pouls s'accéléra. Si Thalos – ou peut-être la fortune elle-même – n'avait pas été avec nous en ces effroyables instants, Zadie aurait très bien pu y passer.

— À se mutiler, répondis-je.

Talin eut un mouvement de recul.

— Quoi ? Mais pourquoi ?

— Parce qu'elle savait que pour échapper à la décision des anciens, sa seule chance était d'être moins jolie. D'où l'idée terrible qui lui est venue de s'infliger la piqûre d'une méduse venimeuse. Elle voulait que je l'aide. J'ai d'abord refusé. Je n'avais pas envie qu'elle souffre et elle risquait de ne même pas être autorisée à épouser Sami. Mais elle était déterminée à passer à l'acte avec ou sans moi, alors...

Je tentai de refouler mes larmes, mais elles étaient trop nombreuses à se presser au coin de mes yeux.

— J'avais tellement peur qu'elle s'y prenne mal et que la blessure lui soit fatale que je... J'ai fini par accepter. Ensuite, Zadie et moi avons eu beau raconter à tout le monde que c'était un accident, personne ne nous a crues. Ils ont tous pensé que, par jalousie, j'avais essayé de l'assassiner. Même ma propre mère.

— Vous voulez dire que votre sœur ne leur a pas expliqué qu'elle avait voulu se blesser intentionnellement ?

— Non. Elle avait peur, et je ne lui en veux pas. Si elle avait avoué la vérité, jamais Sami et elle n'auraient eu le droit de se marier.

Talin s'éloigna du tronc pour se placer face à moi.

— Je suis tellement désolé. Je ne me serais jamais douté que les choses se passaient ainsi, à Varénia. Quand Mère me parlait de votre village, elle le présentait sous un jour si parfait. Elle disait que la violence et le crime n'y existaient pas. Je m'imaginais un petit paradis. Et quand j'ai enfin découvert les lieux, c'est ce que j'ai vu. Je vous ai vue, vous.

À ces mots, quelque chose dans ma poitrine se desserra, et je me rendis compte à quel point je m'étais sentie étouffée depuis que j'avais quitté la maison.

— Varénia est un endroit merveilleux à plus d'un titre et je donnerais n'importe quoi pour pouvoir y retourner, nuançai-je. Mais à cause des exigences de votre frère en matière de perles, nous manquons de tout. Et, oui, certains Varénians continuent de considérer que pour une jeune fille, être désignée comme fiancée du prince devrait être... eh bien, l'accomplissement ultime. Ma mère est de ceux-là.

— Mais pourquoi ? Serait-ce la somme remise à la famille de l'élue qui pousse les mères à vouloir que leurs filles s'en aillent loin de chez elles ?

— Peut-être en partie, mais c'est surtout une question d'honneur. Les Varénians voient dans la beauté la plus glorieuse des bénédictions. Enfin, du moins, les autres Varénians. Maintenant que je sais ce que me réserve l'avenir, cela m'apparaît plutôt comme une malédiction.

— Et vous ne pouviez pas refuser de rejoindre le continent ?

Je m'adossai mollement contre l'arbre.

— Avec Zadie, nous pensions que les anciens choisiraient une autre fille pour la remplacer. Ni elle ni moi ne connaissions l'histoire de Mélina et du châtiment qu'a subi le village quand votre grand-père a découvert qu'elle n'était pas la fille qu'on lui avait promise. Et le portrait de ma sœur avait déjà été offert à votre frère... Les anciens ont donc jugé qu'on ne pouvait envoyer personne d'autre que Zadie en Ilara. Autrement, vous vous seriez à nouveau cru trahis. Ce n'est que là que je me suis proposée de partir à sa place. Néméa, une de nos anciennes, m'a confectionné un fard pour me maquiller la joue, et je devais simplement passer le restant de mes jours à prétendre être ma jumelle, expliquai-je avant de lever vers Talin des yeux implorants. Nous n'imaginions pas que quiconque puisse s'en rendre compte. Pour nous, vous n'étiez qu'un émissaire. Il était peu probable que je vous recroise un jour... Vous n'étiez pas censé vous souvenir de moi.

J'avais prononcé cette dernière phrase d'une voix presque inaudible. Le prince baissa la tête, mais pas avant que j'aie pu voir le rouge lui monter aux joues.

— Il n'y avait aucune chance que je vous oublie, j'en ai bien peur.

— Personne ne m'a jamais regardée comme vous l'avez fait à Varénia, ajoutai-je dans un murmure.

— J'ai du mal à le croire.

— Les gens sont généralement trop occupés à admirer Zadie pour me prêter attention, répondis-je avant de planter mon regard dans le sien. Après tout, elle est, paraît-il, « aussi pure et immaculée qu'une perle vareniane ».

Il eut un sourire en coin, et mon ventre me parut soudain rempli d'un millier de poissons frétillants. Je me souvins de la façon dont Zadie, dans les derniers jours avant mon départ, ne pouvait se résigner à éviter Sami, malgré le risque que leur proximité représentait pour eux deux. Je me décollai de mon tronc pour me tourner timidement vers Talin.

— Pourquoi n'avez-vous pas révélé à Céren qui j'étais ?

— Jamais je ne vous trahirais de la sorte. Rien que d'imaginer ce qu'il pourrait vous faire..., commença-t-il en serrant les mâchoires avant de se rapprocher de moi. Jamais.

— Et si j'avais admis être une espionne ?

Il posa les mains de part et d'autre de moi sur le tronc qui se dressait dans mon dos.

— Je vous aurais dit que jamais encore je n'avais vu d'espionne aussi jolie.

— Ah, vraiment ? Pour reprendre vos mots, je ne suis pourtant pas la plus jolie de toutes les jeunes Varénianes qu'il vous a été donné de voir.

Son visage était si près du mien, à présent, que je sentais son souffle sur ma peau.

— À ce propos...

— Oui ?

— J'ai menti.

Il n'aurait suffi que d'un soupir de sa part ou de la mienne pour que nos bouches entrent en contact. La situation m'évoquait ce moment, juste avant de réussir à ouvrir une huître, où l'on hésitait presque à aller jusqu'au bout, où, l'espace d'un instant, tout était encore possible. Pleine d'espoir, je fermai les paupières, et...

Le grondement des sabots sur la terre du chemin vint briser la tension entre nous deux.

— Ils nous ont rejoints, commentai-je dans un murmure.

Talin se redressa. Il se mordait la lèvre, mais je n'aurais su dire ce qu'il regrettait : que nous nous soyons presque embrassés ou que nous ayons été interrompus.

— J'ai encore des questions, dit-il néanmoins quand il m'eut pris la main pour me ramener vers la route.

— Moi aussi.

Il me lâcha dès qu'il vit Grig débouler dans la clairière que nous traversions.

— Ah, vous voilà ! lança le garde lorsqu'il nous aperçut. Désolé de ne pas vous avoir retrouvés plus tôt : l'orage nous a forcés à nous arrêter.

Ses yeux passèrent de Talin à moi, puis de moi à Talin.

— Tout va bien ?

— Tout va bien, répondit le prince. Nous attendions seulement que la pluie cesse. Mais nous ferions mieux de nous dépêcher si nous voulons rallier la prochaine auberge avant la tombée de la nuit.

Les soldats de Céren, qui venaient d'apparaître derrière Grig, n'avaient pas l'air contents de s'être fait semer. Talin m'aida cependant à remonter sur Xander sans se soucier d'eux le moins du monde.

— Nous continuerons au galop pour rattraper ce temps perdu, annonça-t-il.

Mais le regard qu'il me lança ne laissait aucun doute : à ses yeux, les quelques minutes que nous venions de passer ensemble n'avaient absolument rien eu d'une perte de temps.

Ce soir-là, je m'écroulai de fatigue sur mon lit, mais le moment privilégié que j'avais partagé avec Talin – quand nous avions été si près de nous embrasser que j'aurais pu en décrire le goût de ses lèvres – tourna longtemps en boucle dans ma tête. Il me faisait confiance, désormais, même si je n'avais pas eu l'opportunité de lui parler de mon rendez-vous à la foire. Pour être honnête, je n'étais pas sûre d'être prête à le faire. Je craignais qu'il essaie de me dissuader de retrouver Sami, qu'il trouve trop dangereux de défier son frère de cette façon, surtout quand ses hommes me tenaient à l'œil. Et à ce stade, je ne pouvais envisager de renoncer à voir mon ami. Non, d'une manière ou d'une autre, il faudrait que je me débrouille pour échapper à mes compagnons de voyage, en priant pour que Talin me le pardonne par la suite.

Le lendemain, nous nous levâmes avant l'aube. Il le fallait bien si nous voulions arriver à destination en fin de matinée. Nous n'aurions pas plus de deux heures à passer à la foire avant de devoir rebrousser chemin, et Talin aussi avait à y faire : Céren l'avait chargé de récupérer sa livraison mensuelle de perles auprès des négociants qui se fournissaient au marché flottant. J'espérais que Thalos avait été favorable à mon peuple durant le mois écoulé. La mort prochaine du roi me mettait le moral au plus bas – pour ce que l'on en savait, peut-être était-il même déjà décédé –, et découvrir que la récolte des Varénians avait été catastrophique aurait achevé de me décourager.

Nous n'étions plus qu'à deux lieues du port lorsque Talin se tourna vers moi.

— Qu'y a-t-il ? chuchota-t-il.

— Rien.

— Vous avez les sourcils froncés depuis des heures et si vous continuez de vous mordiller la lèvre ainsi, j'ai peur qu'il n'en reste bientôt plus rien. Ce qui s'avérerait fort dommage, si vous voulez mon avis.

— Tout va bien, répondis-je avant de tirer sur mon corset pour respirer un peu.

Ebb l'avait lacé encore plus serré qu'à l'ordinaire ce matin-là. « Pour être à votre avantage, face au prince », avais-je cru l'entendre marmonner sans bien comprendre.

— En tout cas, une fois à la foire, faites bien attention aux voleurs à la tire, reprit Talin.

— Je n'ai rien sur moi qui puisse attirer leur attention.

— Croyez-moi, ça ne les empêchera pas d'être entreprenants, insista-t-il en balayant ma poitrine et ma culotte moulante d'un regard lourd de sous-entendus.

Je m'empourprai, non sans me rappeler mon apparence la première fois qu'il avait posé les yeux sur moi. Il avait vu bien davantage de mon corps que je n'en avais vu du sien. Mais ne pas savoir à quoi ressemblait quelqu'un sous ses vêtements avait aussi quelque chose de séduisant. Dans le cas de mon interlocuteur, je n'en revenais d'ailleurs pas qu'une simple armure de cuir puisse être aussi attrayante.

— Soyez simplement prudente, conclut-il.

Je dénotai une pointe de possessivité dans sa voix. Comme si je n'étais pas destinée à épouser son propre aîné.

Par Thalos ! Talin était le frère de mon futur mari, et moi, je l'avais presque embrassé ! Je secouai la tête, décidée à m'éclaircir les idées. Trouver Sami. Je devais me concentrer sur cette mission. Contrairement au jeune prince et aux gardes, qui sauraient s'orienter dans les méandres de la foire, je n'avais jamais vu les lieux autrement que dans mon imagination. *Cherche les cerfs-volants*, me répétai-je. *Et donc prie pour qu'il y ait du vent.*

Sur la route affluèrent bientôt d'autres cavaliers, ainsi qu'une multitude de charrettes pleines de marchandises à vendre. En dépit de ma nervosité, je ne pouvais m'empêcher de m'émerveiller de la diversité des badauds qui convergeaient vers le port. Parmi eux, il n'y avait pas que des Ilaréens, mais aussi des réfugiés venus des contrées au sud du royaume – leurs vêtements déchirés usés par des semaines de trajet –, des Galethiens menant des troupeaux de chevaux au poil lustré, et même des voyageurs originaires de l'autre côté de la mer Alathiane.

— Si vous ne fermez pas la bouche, les insectes vont finir par s'y loger, mademoiselle, me taquina Ebb.

— Vous étiez déjà venue, vous ? lui demandai-je.

— Une fois seulement, quand j'étais petite. C'est quelque chose, n'est-ce pas ?

C'était quelque chose, en effet ! Animée, sonore, odorante et bariolée de toutes les couleurs de l'arc-en-ciel, la foire du port se déployait enfin devant moi. Un homme chargé d'une demi-douzaine de cages remplies d'oiseaux jaune et vert venait de nous doubler en sifflant un air entraînant, tandis que, plus près de nous, une femme et son enfant transportaient chacun un boisseau de fleurs rouges. Des pavots, qu'on consommait en infusion ou qu'on fumait, m'expliqua Talin.

Certains des étals étaient surmontés de tentures bigarrées quand d'autres demeuraient à ciel ouvert. Déjà en quête du marchand de cerfs-volants, je gardais les yeux levés, mais nous venions du pied de la colline sur laquelle s'étalait la foire, et il m'était quasiment impossible de distinguer quoi que ce soit au-dessus des échoppes.

Quand nous arrivâmes devant l'entrée des lieux à proprement parler, Grig et Ebb acceptèrent de nous attendre en retrait avec les chevaux. Depuis la veille, ils passaient visiblement leur temps à discuter, et je me surpris à envier les regards enjôleurs qu'ils s'échangeaient. Eux pouvaient converser en public sans éveiller le moindre soupçon. Eux étaient libres de tomber amoureux et de se marier, si tel était leur désir. Même Zadie avait eu la possibilité de choisir son avenir. Moi, j'avais dû renoncer à cette chance en rejoignant l'Ilara. Mais il était hors de question que je me sois sacrifiée en vain.

Talin et moi pénétrâmes dans la foire ensemble. L'ampleur de la foule seule aurait suffi à me tétaniser, aussi m'efforçai-je d'ignorer les différents effluves de viande rôtie, de fruits trop mûrs et de corps malpropres. Soudain, un perroquet me hurla dans l'oreille gauche. Au même moment, un garçonnet me tira la main droite, son visage couvert de crasse tendu vers moi. Impuissante, je regardai Talin, qui donna une pièce au petit mendiant, puis m'entraîna plus avant dans le dédale du gigantesque marché.

— Qu'aimeriez-vous voir, au juste ? me demanda-t-il. Vous avez une idée particulière en tête ?

Même si lui mentir m'attristait, je m'empressai de secouer la tête.

— Non, pas spécialement. Je voulais juste pouvoir enfin déambuler moi-même dans cette foire si renommée.

Je venais de tourner au coin d'une nouvelle allée quand, tout à coup, je heurtai un présentoir, bousculée par un homme trapu mais costaud.

— Ça va ? demanda Talin alors que je me redressais.

— Oui, tout va bien.

— Vous devriez regarder où vous mettez les pieds, lança-t-il au malotru. Vous avez failli faire tomber cette demoiselle.

L'importun fit volte-face, et je reculai aussitôt. C'était Riv. Le mercenaire qui gardait le pont sur le fleuve Ilara, lors de mon premier trajet vers Château-Neuf. Il portait une armure de cuir et empestait l'alcool.

— Tiens, tiens, tiens, mais qu'avons-nous donc là ? s'exclama-t-il dès qu'il me vit. La petite princesse varéniane.

J'avais beau être en tenue d'équitation et avoir un peu pâli après tout ce temps passé sous la montagne, il m'avait reconnue sans aucune difficulté.

— Excusez-vous, Riv, lui ordonna Talin d'un ton sévère.

Mais l'intéressé l'ignora.

— Je suis surpris que votre frère ne l'ait pas épousée sur-le-champ, histoire de pouvoir la…

Je n'entendis pas la suite, car l'un des soldats de Céren m'avait poussée dans son dos. Le prince, lui, avait dégainé son épée. Le cœur battant, je fixai la scène pendant une fraction de seconde avant de me rendre compte que je tenais ma chance. Accaparés par ce rustre de Riv, aucun de mes chaperons ne faisait attention à moi. Lentement, je regagnai à reculons l'allée précédente, puis pris mes jambes à mon cou.

Chapitre 28

M'ENFONÇANT TOUJOURS PLUS dans le labyrinthe de la foire, je me faufilai entre les étals et les carrioles jusqu'à atteindre une zone dégagée, où les vendeuses de colliers et autres babioles décoratives avaient installé leur marchandise sur des couvertures à même le sol. Il n'y avait enfin plus aucun dais au-dessus de moi. Je levai le regard et souris : dans le ciel voltigeait un énorme cerf-volant jaune et orange en forme d'oiseau. La main en visière, j'essayai de repérer d'où partait le fil qui le retenait. Mais la luminosité était telle que c'était impossible.

— Vous savez où se trouve le stand de cerfs-volants ? demandai-je à l'une des femmes présentes.

Pour toute réponse, elle me tendit sa paume ouverte, sans même relever les yeux de sa couverture.

— Je suis désolée, m'excusai-je. Je n'ai pas d'argent sur moi. Je voudrais simplement savoir où se situe le vendeur de cerfs-volants.

Quand elle me regarda enfin, ce fut pour m'inspecter de pied en cap. Une fois certaine que je ne cachais pas de bourse, elle se renfrogna, mais pointa malgré tout du doigt l'autre extrémité de la placette. Je me dépêchai de replonger dans la masse des chalands et des échoppes.

J'avais peur de ne pas être assez rapide. Talin et les gardes pouvaient me retrouver à tout instant. Et surtout, je risquais de manquer Sami. À moins, bien sûr, qu'il n'ait pas réussi à honorer notre rendez-vous et que tous mes efforts n'aient servi à rien. À moitié persuadée de m'être perdue pour de bon, je continuais pourtant de parcourir les allées quand, soudain, l'abri du vendeur de cerfs-volants apparut face à moi.

Ce n'était qu'une petite cahute de bois branlante. Les plus modestes de ses articles étaient présentés sur une table en devanture, les autres étaient accrochés aux murs de l'échoppe. Voûté par les années, le maître des lieux était coiffé d'une casquette grise et plate, d'où dépassaient ses mèches d'argent. Il n'y avait aucun client dans les parages et l'homme me regardait avec espoir, pensant sans doute que la riche demoiselle que j'étais allait peut-être faire sa journée. Je regrettai de ne pas avoir demandé à Talin un peu de monnaie avant de lui fausser compagnie.

Le soleil était à son zénith, mais je ne voyais Sami nulle part. Je n'avais peut-être pas plus de quelques minutes devant moi avant que mon escorte ne débarque.

— Puis-je vous aider ? s'enquit le vieux vendeur en m'invitant d'un geste à m'approcher.

— Oh, je... Je ne fais que regarder, répondis-je. Vos cerfs-volants sont magnifiques.

— Et parfaits pour une escapade en bord de mer, ajouta-t-il en se tournant vers le fond de la sente dans laquelle se trouvait sa cahute.

Je suivis son regard et étouffai un hoquet de stupeur. Tout au bout de la percée, on devinait un mince rectangle turquoise qui brillait au soleil. L'océan.

Mes genoux se dérobaient sous moi lorsque je sentis un bras se glisser autour de ma taille. Une boule se forma dans ma gorge. Talin m'avait rattrapée. J'avais échoué. Je n'étais pas parvenue à prévenir Sami. Même si je me débrouillais pour revenir à la foire le mois suivant, Céren disposerait sans doute déjà d'une quantité d'appareils de respiration sous-marine. Pire encore, j'allais devoir l'épouser, probablement dans la semaine.

— Nor, souffla tout à coup à mon oreille une voix reconnaissable entre toutes.

— Sami ?

Le nœud dans ma gorge se transforma en un premier sanglot et dès que mon ami m'attira à lui pour m'étreindre, mes larmes coulèrent sans retenue. J'avais beau savoir que le temps nous était compté, j'étais tellement soulagée de croiser enfin un regard presque aussi familier que celui de Zadie ! Sami sentait l'eau salée, les épices dont les Varénians agrémentaient leur poisson, les fleurs que sa mère ramenait parfois du marché pour parfumer son intérieur jusqu'à ce qu'elles sèchent et qu'elle en fasse des tisanes... En un mot, il sentait la maison.

— Tu es venu, murmurai-je dans son cou.

— Je serais venu tous les mois pendant un siècle s'il l'avait fallu, déclara-t-il en caressant mes cheveux et en souriant. Mais je t'avoue que je suis content de te revoir sans avoir eu à attendre si longtemps !

J'éclatai de rire sans m'arrêter de pleurer, puis me redressai pour mieux l'observer. Il était vêtu d'une tunique rudimentaire et arborait le même genre de couvre-chef que le vendeur de cerfs-volants.

— Drôle de déguisement, commentai-je.

— Mais qui, jusqu'à maintenant, ne m'a jamais trahi. Ceci dit, les gens vont peut-être commencer à se poser des questions en me voyant avec toi.

Il m'entraîna vers l'arrière du cabanon, où se dressait une petite tente. À la manière dont il en écarta le rabat, je compris que c'était loin d'être la première fois qu'il y entrait.

— Qui est-ce, au juste ? lui demandai-je au sujet du vendeur, une fois sous le couvert de la toile.

— L'un des marchands avec qui je fais affaire. Mais ne t'inquiète pas, c'est un ami. On peut lui faire confiance, assura-t-il en s'asseyant sur un tabouret de bois. Et maintenant, par Thalos, à toi de m'expliquer ce que tu fais dans un accoutrement pareil !

Je baissai les yeux sur le cuir poussiéreux de ma tenue. J'étais désormais si habituée à me voir engoncée dans des toilettes au corsage sombre et trop ajusté que je n'avais pas pensé à quel point mon apparence devait paraître étrange aux yeux de Sami.

— Je suis venue de Château-Neuf à cheval, expliquai-je.

— Château-Neuf ?

— C'est le nom du palais royal construit dans la montagne. C'est une longue histoire, Sami, et nous n'avons pas beaucoup de temps. Comment va Zadie ? Le mariage a eu lieu ?

À en juger par son expression, il aurait préféré ne pas avoir à affronter cette question.

— Que s'est-il passé ? insistai-je avec une pointe d'agacement. Vous êtes au moins fiancés, non ?

— Depuis que tu es partie, j'ai à peine revu ta sœur, dit-il d'un air si aigri qu'il me rappela ma mère. Mon père m'a interdit de l'approcher.

— Quoi ? Mais pourquoi ?

— Parce que après ton départ, la mère d'Alys s'est arrangée pour que tout Varénia se ligue contre votre famille. Selon elle, c'est sa fille qui aurait dû être envoyée en Ilara, et pour réparer ce préjudice, elle exige que j'épouse Alys.

— Rassure-moi, tu n'as pas accepté ?

— Bien sûr que non ! s'indigna-t-il. Mais dans ces conditions, je ne vois pas comment épouser Zadie non plus. La situation est catastrophique, Nor. Je sais que ce n'est pas ce que tu souhaites entendre, mais c'est la vérité.

— Dis-moi au moins qu'elle est guérie.

Les traits de Sami s'adoucirent.

— Oui, elle va beaucoup mieux. Ses cicatrices ne sont pas aussi handicapantes qu'on l'avait craint, elle marche sans problème et elle plonge même de temps en temps. Mais votre père ne ramène pas suffisamment de poisson pour compenser la pénurie de perles, alors qu'il part pêcher de plus en plus loin, dans des eaux dangereusement profondes. Et la semaine dernière, les négociants ilaréens n'ont pas voulu lui vendre d'eau douce. Zadie, ta mère et lui étaient assoiffés en plus d'être affamés. Enfin, ça, on l'est tous.

Soulevant sa tunique, il révéla ses côtes plus que proéminentes.

— Par Thalos, Sami ! lâchai-je dans un souffle. Comment les choses ont-elles pu dégénérer aussi vite ?

— Mon père a décidé que toutes les perles récoltées devaient désormais lui être apportées. Les sommes qu'on en tire sont ensuite redistribuées de manière équitable parmi les villageois. Ce système est plus juste, mais les familles qui travaillaient d'arrache-pied ont fini par trouver inacceptable que toutes n'en fassent pas autant. Et pour protester, ce mois-ci, elles ont fait exprès de moins plonger. Résultat, tout le monde en pâtit. Je fais en sorte de donner à ta famille le petit supplément que me rapportent mes affaires ici, mais c'est tout. Comme je te l'ai dit, je n'ai pas le droit de voir Zadie... Même si on parvient parfois à se retrouver en secret, ajouta-t-il en rougissant.

— Tout est de ma faute. J'aurais pu tout empêcher.

— Ça n'aurait rien changé que tu restes. Le problème, c'est mon père. C'est lui qui devrait résister à l'Ilara et qui n'en fait rien.

— Non, tu ne comprends pas, répondis-je en secouant la tête. Ce n'est pas le roi qui nous opprime.

J'inspirai profondément, prête à déballer le plus rapidement possible tout ce que j'avais appris depuis mon arrivée sur le continent, mais Sami me posa une main sur le bras.

— Je sais déjà tout.

Tout l'air que je venais de loger dans mes poumons s'en échappa d'un coup.

— Pardon ?

— Je sais que c'est le prince Céren qui veut nos perles. Mon père m'a tout expliqué.

— Attends... Kristos ? Mais de quoi tu parles ?

Sami se leva et se mit à faire les cent pas sous la tente.

— Quand cet ambassadeur royal est venu visiter Varénia, il a essayé d'alerter mon père. Il lui a révélé que c'était le prince héritier qui dévaluait les perles, non seulement pour nous obliger à lui en fournir davantage, mais aussi parce que les caisses du royaume sont presque vides.

Alors comme ça, Talin tentait d'aider mon peuple depuis le début ? Et moi qui m'inquiétais de savoir si je pouvais me fier à lui !

— Cet homme n'était pas un simple émissaire, intervins-je. C'est le demi-frère de Céren. Et si un roi s'éteint avant le vingt et unième anniversaire de son aîné, alors ses autres enfants aussi peuvent revendiquer le trône. Xyrus n'a que quarante ans, mais il est déjà mourant, et Céren craint de finir un jour par connaître le même sort. Pour échapper à l'espèce d'emprise que la montagne a sur lui, il... il mange nos perles, Sami !

Il fronça les sourcils, incrédule.

— Comment ça, il les mange ? Je ne comprends pas la moitié de ce que tu me racontes, Nor.

— Contente-toi de m'écouter. Céren a mis au point un appareil qui permet à celui qui s'en équipe de respirer sous l'eau bien plus longtemps que nous le faisons. Et il projette de forcer tous les Varénians à plonger pour lui.

Cette fois, mon ami me dévisageait avec horreur.

— Tu es sûre ?

— J'ai vu le dispositif à l'œuvre. C'est Céren aussi qui a interdit aux marchands d'approvisionner ma famille en eau pendant une semaine, et il a menacé d'en priver tout Varénia si on ne lui obéissait pas ! Si ton père ne me croit pas, il finira bien assez tôt par découvrir que je n'invente rien !

— Par les dieux, Nor. C'est pire que je ne l'avais imaginé.

— Et ce n'est pas tout. La dernière Varéniane à avoir rejoint l'Ilara, il y a vingt ans... Elle est morte.

— Morte ? Mais elle était si jeune !

En effet, me rendis-je compte pour la première fois. Talia avait à peine l'âge de ma mère.

— Elle a été assassinée il y a quelques années, très probablement par Céren lui-même. Ce qui me fait penser qu'il ne reculera devant rien pour s'emparer du pouvoir. Et s'il y accède, il faut que les Varénians soient prêts à se défendre. Va voir Néméa. Elle se rangera de notre côté, je crois. Si tu réussis à la convaincre, peut-être qu'elle saura persuader le reste des anciens d'agir. Ton père ne pourra s'opposer à la volonté du Conseil entier.

— Je peux essayer, mais tu le connais. Il ne voudra rien entendre.

— Il faudra pourtant que tu l'obliges à t'écouter ! insistai-je en serrant les mains de Sami entre les miennes.

— Je ferai de mon mieux, je te le jure.

Il se rassit et reprit :

— Et toi ? Si le roi meurt avant l'anniversaire de Céren, que se passera-t-il ?

— Je ne sais pas. J'imagine que Talin défiera son frère.

— Non, Nor, que t'arrivera-t-il, à toi ?

J'essuyai mes paumes moites sur mes cuisses. Si Céren l'emportait, il voudrait sans doute quand même faire de moi sa femme pour renforcer sa lignée. Mais si c'était Talin qui gagnait… Effectivement, qu'adviendrait-il de moi ?

— Ne t'inquiète pas pour ça, répondis-je. Prends surtout soin de Zadie, je t'en prie. Et va parler aux anciens.

— C'est promis, dit-il avant de m'observer un moment. Tu as bonne mine, tu sais. À vrai dire, tu rayonnes.

Je levai les yeux vers les siens, noisette et chaleureux. Si, après la cérémonie, je m'étais parfois sentie gênée en sa présence, ce n'était plus le cas du tout. Au contraire, j'éprouvais à nouveau pour lui l'amour fraternel que je lui avais toujours porté, avant que notre monde ne s'écroule.

— Merci, Sami. Varénia me manque plus que je ne saurais l'exprimer, mais je survivrai. Embrasse Zadie pour moi, d'accord ? Dis-lui que je suis en bonne santé, et heureuse.

Il eut beau me dévisager d'un air sceptique, il opina du chef. Le rabat de la tente se souleva alors, et nous nous retournâmes. Le vendeur de cerfs-volants avait passé la tête à l'intérieur.

— Qu'y a-t-il ? demanda Sami.

— Des soldats, répondit l'homme. Ils cherchent la fille.

C'était sûrement cette maudite vendeuse de breloques qui les avait mis sur ma trace. Sami me lança un regard.

— Reste ici, lui ordonnai-je. Ne sors pas avant qu'ils soient partis.

— Je t'aime, Nor. Sois prudente.

— Je t'aime aussi, Sami, répondis-je d'une voix la moins tremblante possible. J'espère revenir dans un mois.

Alors que j'allais franchir l'ouverture, notre complice détacha de la paroi de toile un cerf-volant rouge orné de l'emblème ilaréen.

— Comme ça, on ne se demandera pas ce que vous faisiez ici, dit-il en me le tendant.

— Je suis désolée, mais je n'ai pas de quoi vous payer.

— Je vous l'offre.

Je lui posai une main sur le bras.

— Merci.

Et je me dépêchai de quitter la tente. Éblouie par l'éclat du soleil, je clignais encore des yeux quand une main masculine et gantée se referma autour de mon poignet pour me tirer vers le milieu de l'allée, où deux autres hommes attendaient.

— Alors comme ça, elle s'enfuit, la princesse ? siffla Riv, non sans m'exhaler son haleine putride au visage.

— Absolument pas, rétorquai-je en luttant pour me libérer de sa poigne. J'achetais un cerf-volant, rien de plus.

— Et on dirait que vous avez abandonné vos gardes du corps par la même occasion…

Les dents serrées, je lui décochai un regard noir.

— Je n'ai pas besoin de gardes du corps, et vous avez intérêt à me lâcher. Vous n'avez aucun droit de me toucher.

— C'est qu'elle est impertinente, la garce ! lança le mercenaire à ses acolytes hilares.

La lame de Talin vint se presser contre sa gorge avant qu'il ait pu ajouter quoi que ce soit.

— Vous oubliez que vous parlez à une demoiselle. Et à votre future reine.

L'étau des doigts de Riv se desserra immédiatement. Chancelante, je m'éloignai de quelques pas, me rapprochant des soldats de Céren.

— Tout va bien ? me demanda le prince, son poignard toujours appuyé sur le gosier de Riv.

— Je voulais simplement ramener ce souvenir à votre frère, dis-je en levant mon cerf-volant. Vous me cherchiez ?

Le regard perçant qu'il me lança me sembla aussi acéré que son arme. Il relâcha Riv sans ménagement.

— Venez avec moi, m'ordonna-t-il avant de me prendre par le bras.

Il m'entraîna plus loin dans l'allée, jusqu'à une tente en soie sans enseigne particulière. À l'intérieur se trouvaient deux hommes, l'un vendant à l'autre ce qui ressemblait fort à un lot de perles varénianes. Agitant son poignard, le prince leur fit signe de déguerpir.

— Qui vous a donné la permission d'entrer ? s'offusqua le marchand.

Il se tut sitôt qu'il aperçut l'écusson de la garde royale sur l'armure de Talin. Le port avait beau constituer un territoire neutre, les négociants qui revenaient du marché flottant n'étaient censés écouler leurs perles qu'auprès d'Ilaréens. Or, l'acheteur avait tout l'air d'un Galethien.

— Sortez sans faire d'histoire ou je vous dénonce au roi Xyrus en personne, menaça Talin. Ce que vous faites est illégal et vous le savez.

Hochant la tête, le fautif se dépêcha de rassembler ses affaires et de décamper à la suite du Galethien. Quand nous fûmes seuls, Talin se tourna vers moi.

— Qu'est-ce qui vous a pris de vous évanouir comme ça dans la nature ?

J'essayai de trouver un prétexte à ma disparition – une excuse plus plausible que l'envie de ramener un cerf-volant à quelqu'un qui vivait dans une montagne. En vain.

— Ne me le demandez pas, Talin, s'il vous plaît.

— Comment puis-je vous protéger quand je ne suis même pas certain de pouvoir vous faire confiance ?

— Oh, mais vous pouvez, je vous le jure, répondis-je en avançant d'un pas pour lui prendre la main avec prudence.

— Vraiment ? Dans ce cas, dites-moi la vérité : pourquoi sommes-nous venus à la foire, exactement ?

— Je...

— La vérité, Nor.

Je croisai les bras et m'assis sur un coussin rembourré.

— Sami vient parfois jusqu'au port, pour faire affaire avec les Galethiens. Il savait donc que les perles étaient toujours aussi prisées sur le continent et que quelqu'un nous escroquait délibérément. D'après les rumeurs qui lui étaient parvenues, nous pensions que c'était votre père. En quittant le village, j'espérais pouvoir faire entendre raison au roi, lui expliquer que s'il continuait, les Varénians finiraient par mourir de faim et qu'alors, il pourrait définitivement faire une croix sur les perles.

— Quel rapport avec la foire ?

— Je devais y rejoindre Sami. C'était le seul endroit qui nous paraissait à peu près sûr.

Talin vint s'asseoir à mes côtés.

— Et quand vous vous seriez retrouvés... ?

— Je devais lui rapporter tout ce que j'avais appris entre-temps.

Les sourcils du prince se soulevèrent.

— Donc vous êtes bien une espionne.

Je lâchai un petit rire désabusé.

— C'est beaucoup dire. La seule et unique fois où j'ai suivi Céren, la nuit où il est descendu au lac souterrain, il m'a repérée. Je n'ai jamais eu aussi peur de ma vie que durant cette filature. Et la veille de notre sortie au lac Elwin, c'est vous qui m'avez surprise, près de son étude.

— Je suppose qu'à l'heure qu'il est, vous avez parlé à Sami.

J'acquiesçai.

— Il m'a raconté ce qui s'était passé lors de votre séjour à Varénia. Je sais que vous avez tenté d'avertir le gouverneur Kristos. Malheureusement, il n'a pas voulu tenir compte de vos mises en garde.

— C'est pire que ça. Il m'a menacé de révéler à mon frère ma « trahison ». Céren et lui semblent avoir conclu une sorte d'accord. C'est pour cela que quand je vous ai vue arriver en Ilara, j'ai cru…

— Vous avez cru que Kristos m'avait envoyée vous dénoncer à Céren ?

— Par exemple. Je n'étais sûr de rien. Et quand vous vous êtes volatilisée tout à l'heure… Après ce qui s'est passé hier, j'ai pensé que vous vous étiez sauvée pour de bon. Je ne vous aurais pas reproché de souhaiter vous en aller, mais… je voulais au moins avoir l'occasion de vous dire au revoir.

Il y avait tant de sincérité dans sa voix, tant de désarroi dans ses yeux…

— Pardon de vous avoir inquiété. J'avais peur que vous tentiez de m'arrêter si je vous dévoilais mes plans. Mais si Kristos ne réagit pas, Céren pourrait réduire tous ceux que j'aime, y compris Zadie, en simples extensions de son appareil à respirer !

Il me suffit de me représenter ma sœur reliée à cet horrible tuyau tel un vulgaire animal pour que mes yeux se brouillent de larmes. Ce n'était pas parce que ce dispositif permettait de rester sous l'eau plus longtemps que c'était forcément une bonne idée ! Et combien de temps s'écoulerait avant que les huîtres ne disparaissent à jamais ? Peu, si Céren produisait suffisamment de ses engins !

— Ne baissez pas les bras, m'exhorta Talin. Je ne pense pas que le gouverneur envisage de se soumettre à Céren. Je crois qu'il craint simplement de voir votre village souffrir encore plus.

— C'est un couard.

— Il a toutes les raisons d'avoir peur, observa-t-il. Votre peuple est sans ressource, vous n'avez jamais été entraînés à vous battre, et vous n'avez même pas l'avantage du nombre.

— Merci, je me sens beaucoup mieux maintenant, répondis-je en levant les yeux au ciel.

— Pardonnez-moi, s'excusa-t-il avant de prendre une respiration qu'il relâcha presque aussitôt. Nor, si Kristos estimait pouvoir vaincre mon frère, pensez-vous qu'il se comporterait différemment ?

Le gouverneur ne s'était jamais montré cruel envers ma famille. Je savais que l'avenir de Varénia lui importait. Et connaissant Céren, j'étais forcée de reconnaître que Talin n'avait pas tort : Kristos avait raison de s'inquiéter. Mais quel genre de marché avait-il pu passer avec le prince héritier pour en venir à se fier à ce dernier plus qu'à son propre fils ?

— Je n'en ai aucune idée, admis-je enfin. Sans doute. Mais vous l'avez dit vous-même : les Varénians n'ont aucune chance face à l'armée ilaréenne.

— Seulement s'ils l'affrontent seuls.

— Que voulez-vous dire ?

— Il reste un espoir. Mais tant que nous ignorons si Kristos se rangera dans notre camp…

Mon cœur manqua un battement.

— Notre camp ?

Talin jeta un œil vers l'entrée de la tente. Les soldats de Céren étaient probablement postés juste derrière, à se demander ce que nous fabriquions.

— Quand nous revenions du lac Elwin, vous m'avez laissé entendre que si vous aviez secouru mon frère, c'était surtout par devoir.

— Effectivement.

Il attrapa une de mes mains.

— Alors, jurez-moi simplement que je ne me trompe pas, Nor. Dites-moi que vous n'avez pas développé de sentiments pour lui.

Rien que d'y songer, j'eus un mouvement de recul.

— Pour l'amour des dieux, Talin ! D'abord, vous me pensez capable de vous vendre à Céren, et maintenant vous croyez que je pourrais aimer quelqu'un qui tyrannise les miens simplement pour servir ses intérêts ? Franchement, je n'en reviens pas que vous puissiez sortir de telles bêt…

Mais avant que j'aie pu poursuivre, il avait réduit la distance entre nous, et sa bouche sur la mienne m'empêchait soudain de parler comme de penser.

Après avoir surpris Zadie avec Sami, je m'étais souvent demandé ce que je ressentirais en embrassant quelqu'un à mon tour. J'étais même allée jusqu'à m'imaginer embrasser Talin. Pourtant, rien n'aurait pu me préparer au contraste entre la douceur de ses lèvres et la rugosité de sa barbe de quelques jours, à la chaleur de sa peau contre la fraîcheur de la mienne, ou à la façon dont, malgré le pincement douloureux qui me serrait le bas-ventre, le reste de ma personne semblait se liquéfier.

Paupières closes, je me pressai contre lui. Mes paumes parcoururent son torse et ses épaules musclées, et mes doigts se perdirent dans ses mèches bouclées, juste au-dessus de son col. Enivrée par son odeur de cuir et de grand air, je raffermis ma prise sur sa nuque pour l'attirer encore davantage. Je l'entendis pousser un faible gémissement puis sa langue se glissa entre mes lèvres et notre baiser se fit encore plus passionné.

L'espace d'un instant, tous mes soucis concernant Céren ou Varénia, toutes les peurs et tous les complexes que j'entretenais depuis si longtemps s'évaporèrent, balayés par une vague de désir si puissante que j'eus bientôt l'impression de n'être plus qu'une flamme de sensations pures. Je me sentais tout à la fois affamée et repue, catapultée à mille lieues de moi-même et si fermement ancrée dans mon corps que la moindre de ses fibres me semblait vibrer. Je me noyais, tout simplement, mais sans avoir aucune envie de remonter à la surface.

Chapitre 29

Lorsque Talin rompit enfin notre baiser, je mis un moment à me rappeler où j'étais. Il effleura ma bouche enfiévrée. J'embrassai le bout de ses doigts, puis lui caressai la tempe, avant de replacer ses cheveux derrière son oreille. Mon geste le fit frissonner. Il s'en mordit même la lèvre inférieure, et je me demandai aussitôt ce que je pourrais faire d'autre pour qu'il frémisse ainsi à nouveau.

— Nor, murmura-t-il.

Son pouce se posa sur ma pommette. Quand il toucha ma cicatrice, je m'écartai en sursaut.

— Qu'y a-t-il ? demanda-t-il sans me lâcher, ses yeux questionnant les miens.

— Les soldats vont commencer à avoir des soupçons.

Doucement, je détachai sa main de mon visage. Il s'éclaircit la gorge, puis se releva, m'obligeant à faire de même.

— Vous avez raison. Je me suis laissé emporter.

J'aurais voulu lui dire que ses émotions étaient justement ce qui le rendait humain et si différent de Céren, insensible et calculateur en toutes circonstances. Mais encore incapable de formuler la moindre pensée cohérente, je n'aurais pas réussi à le complimenter à voix haute. Je me contentai donc de serrer affectueusement ses doigts entre les miens.

Dès que nous émergeâmes de la tente, le plus corpulent des deux hommes de Céren s'avança vers nous.

— Nous avons reçu l'ordre formel de ne pas perdre la demoiselle de vue un seul instant, dit-il. Si vous continuez à vous éclipser de la sorte, nous serons forcés d'en avertir le prince Céren.

— Ce ne sera pas nécessaire, le rassura Talin avant de m'entraîner à nouveau dans la cohue des allées de la foire.

Il demeura près de moi tout au long du trajet qui nous reconduisit à l'auberge. Ce soir-là, quand je me couchai sans rien raconter à Ebb de ma journée, elle me lança un regard interrogateur mais n'insista heureusement pas pour savoir pourquoi.

Le lendemain et le jour suivant, je continuai de chevaucher en compagnie du prince. Toutefois, les soldats de Céren me surveillaient plus étroitement qu'à l'aller. Talin leur avait expliqué que je n'avais fui qu'en raison de notre accrochage avec Riv, qui m'avait terrorisée. Ils avaient paru y croire. Malgré tout, lui et moi faisions attention à ne discuter que de sujets anodins. De toute manière, je ne trouvais pas déplaisant d'en apprendre plus sur son enfance, et lui parler de la mienne me permettait de ne pas trop penser à ce qui nous attendait à Château-Neuf.

La route longeait les berges du fleuve depuis un moment déjà, bien que nous ne soyons pas encore en terre ilaréenne. Notre petit équipage s'arrêta pour faire boire les chevaux, et lorsque Ebb, Grig et les deux autres s'éparpillèrent pour se vider la vessie, je me retrouvai brièvement seule avec Talin.

— Que va-t-il se passer à notre retour ? demandai-je tandis qu'il m'aidait à descendre de selle. Céren pourra-t-il vraiment m'épouser quand bon lui semblera ?

Je savais à présent que jamais je ne cesserais de comparer l'héritier du trône à son cadet, d'imaginer ce qu'aurait pu être ma vie si j'avais été libre de choisir.

— Aucune loi ne l'en empêche, répondit le prince.

— Pourquoi faut-il qu'il se montre si cruel ? La façon dont il traite les domestiques ou dont il s'applique à mettre tout le monde le plus mal à l'aise possible ! Ce qu'il a voulu faire subir à ce page ! pestai-je avant de m'interrompre, embarrassée, hésitant à poursuivre. Et ce qu'il a fait subir à votre mère...

À ces mots, Talin se raidit.

— Qui vous l'a dit ?

— Mélina. Mais j'aurais dû m'en douter depuis le début. Simplement, je ne pensais pas qu'on puisse commettre une telle atrocité.

— Moi non plus, admit-il.

La tristesse que réveillait ce douloureux souvenir se lisait sur ses traits.

— Pourquoi n'avoir rien fait, si vous saviez ?

— Parce que j'avais quinze ans et que j'étais terrifié. Je suspectais Céren, mais moi non plus je ne voulais pas le croire coupable. Malgré tout, quand il m'a donné l'opportunité de quitter Château-Neuf en me confiant le commandement de la garde royale, je n'ai pas hésité. Je me disais qu'il me serait plus facile de préparer ma vengeance de loin.

Je retins mon souffle.

— Votre vengeance ?

Il soupira.

— Comment l'avez-vous formulé l'autre jour, à propos de votre sœur ? « C'est un peu plus compliqué que ça » ?

C'était le moins qu'on puisse dire. Mais la possibilité d'accéder au trône à la place de son aîné était peut-être en train de lui filer entre les doigts, et il ne semblait pas s'en inquiéter outre mesure. Se pouvait-il qu'il ait déjà préparé quelque chose contre Céren ?

— Vous... Étiez-vous au courant de ce qui allait arriver, au lac Elwin ? vérifiai-je.

— Non. Mais le fait que quelqu'un essaie de tuer mon frère ne m'a pas surpris.

— Ce jour-là, vous avez supplié qu'on aille le sauver, dis-je lentement. Et j'avoue que je me suis demandé... Pourquoi ?

Il se passa une main dans les cheveux.

— Céren est ignoble, je le sais. Mais il reste mon frère.

— Pourtant, vous allez sans doute devoir vous battre contre lui pour la couronne.

— Ce n'est pas pareil que de le laisser se noyer. Je ne saurais dire exactement pourquoi, mais c'est différent.

— Vous êtes plus varénian que vous ne le pensez, conclus-je en lui souriant avec douceur.

Je le suivis en haut du talus qui bordait la rive, jusqu'à la prairie où les chevaux paissaient en attendant de reprendre la route.

— Vous vous entendez bien avec Mélina ? Talia et elle étaient-elles proches ?

Il réfléchit un instant.

— Au début, oui, finit-il par répondre. À l'arrivée de ma mère en Ilara, Mélina a fait preuve de beaucoup de gentillesse à son égard. Tout le monde savait déjà que mon père se marierait avec Séréna, et Mélina était convaincue qu'il ferait de Mère sa maîtresse, comme elle-même avait été celle de Lazar. Elle s'est donc fait un devoir de la prendre sous son aile, de lui faire découvrir la cour et ses habitudes. Évidemment, ce qu'elle en connaissait se limitait à son expérience de concubine. Mon grand-père l'avait toujours considérée comme une inférieure et, déjà à l'époque, cela l'avait rendue lasse et aigrie. Ma mère, au contraire, se voyait traitée comme vous l'êtes à présent, telle une demoiselle de haute lignée. Et quand Séréna est morte, avant même qu'elle ait eu le temps de comprendre ce qui se passait, voilà que mon père l'épousait en secondes noces. À partir de là, tout a changé. Mélina a même partiellement été renvoyée de la cour, tant sa jalousie était devenue flagrante. On lui a laissé le droit d'assister aux grands évènements, mais son comportement lors des repas et autres rassemblements quotidiens posait problème. Elle injuriait ma mère et n'hésitait pas à s'en prendre physiquement à elle, comme la fois où elle a tapissé le fond de ses chaussures de clous.

— Non…, soufflai-je, horrifiée.

— Et si. Elle était sans pitié.

— Et vous êtes amis, aujourd'hui ?

Talin afficha une moue mitigée.

— Mélina n'a pas d'amis. Mais nous sommes en quelque sorte alliés, dans le sens où nous visons le même objectif.

— Vous faire monter sur le trône ?

— Je ne v…

Avant qu'aucun de nous deux n'ait eu le temps de réagir, un homme avait jailli des buissons dans mon dos pour me plaquer un couteau sous la gorge.

— Crie et je t'étripe, l'entendis-je grincer à mon oreille.

Le prince avait tiré son épée, mais lorsque l'inconnu lui fit signe de la lâcher, il obtempéra prudemment.

— Je vous conseille de faire attention, dit malgré tout Talin. Vous avez affaire à la future reine d'Ilara.

Si je ne pouvais voir le visage de mon agresseur, sa main m'apparaissait crasseuse, tout comme la manche déchirée de son vêtement. Il pressa un peu plus la lame de son arme contre ma chair et je sentis un liquide chaud goutter sur mon col. Mon propre sang, vraisemblablement.

— Je n'obéis à aucune reine, répliqua l'homme. C'est la femme-roi qui m'envoie.

— Que voulez-vous ? demanda le prince en s'approchant doucement. Nous n'avons pas d'argent et nous voyageons avec deux soldats ilaréens qui ne vont pas tarder à revenir.

À peine eut-il fini sa phrase que je poussai un hurlement : un deuxième homme venait de sortir de derrière un arbre et lui fonçait dessus. Aussitôt, je flanquai un coup de coude dans les côtes de mon assaillant, avant de lui échapper sans me soucier de la douleur fulgurante qui me lacéra le cou quand son couteau m'entailla la peau pour de bon.

Le prince se débattait avec le second brigand. Quand le premier se jeta à nouveau sur moi, j'attrapai dans ma botte mon poignard de corail et tentai de le repousser. Malgré mes assauts répétés, il tenait sa position, refusant de reculer, lorsqu'un râle étranglé nous fit soudain tourner la tête. Haletant, Talin était étendu à côté de son attaquant. Celui-ci, baignant dans son sang, s'était empalé sur sa propre dague.

Avec un hoquet de stupeur, je me ruai vers le prince, paniquée à l'idée qu'il soit blessé, mais il se releva avant que je l'atteigne. Je me retournai juste à temps pour voir le survivant disparaître au milieu des arbres.

— Ne faudrait-il pas le poursuivre ? demandai-je.

Mais Talin avait les yeux fixés sur ma gorge.

— Nous nous occuperons de lui plus tard. Pour l'instant, c'est votre état qui m'inquiète.

Je tâtai ma blessure et grimaçai.

— Ce n'est rien, répondis-je néanmoins. Et vous, ça va ?

— Rien ? Nor, vous saignez.

Les hommes de Céren arrivèrent alors dans le pré, pile au moment où Ebb nous rejoignait de l'autre côté, précédée de Grig.

— Nous avons entendu des cris ! s'exclama ce dernier en se précipitant vers nous. Si je n'avais pas craint pour la sécurité de Mlle Ebb, j'aurais accouru plus vite.

— Et vous, où étiez-vous ? lança Talin aux soldats. N'êtes-vous pas censés protéger Zadie ?

— Toutes nos excuses, Votre Altesse, répondit l'un. Nous nous sommes perdus en revenant.

— Perdus ? Quel besoin aviez-vous de partir aussi loin ?

Je partageais son incrédulité : ils m'avaient tous deux habituée à rester sur mes talons, à tel point que je ne pouvais faire volte-face sans leur marcher sur les pieds.

— C'est du sang ? demanda l'autre, le doigt pointé sur mon égratignure.

— Évidemment, imbécile, gronda le prince. Que voulez-vous que ce soit ? Apportez-moi mon outre et prenez aussi un bandage, dans la sacoche de ma selle.

Lorsque le soldat revint avec ces deux éléments, Talin écarta délicatement les cheveux de mon cou.

— Je suis désolé, mais ça risque de piquer un peu.

— Je vais bien. Vraiment, le rassurai-je avec un sourire.

— Vous n'êtes pas obligée de vous montrer courageuse en permanence, vous savez. Arrêtez de bouger, s'il vous plaît.

Je me doutais de ce qu'il découvrirait une fois ma peau nettoyée. Mais il penchait déjà dessus l'outre pleine d'eau, et je ne pus que regarder son expression glisser, tel le sable des fonds marins, de l'inquiétude à l'étonnement, pour finir sur l'incompréhension.

— Il n'y a aucune trace de la blessure, souffla-t-il.

Il passa les doigts sur ma peau intacte.

— Je vous avais dit que je n'avais rien. C'est sans doute le sang de mon agresseur qui s'est retrouvé sur moi.

Je coulai un regard bref mais appuyé en direction des hommes de Céren.

— Sur votre cou ? s'étonna Talin.

Je reculai et tamponnai la zone en question avec ma manche.

— Les Varénians cicatrisent vite, murmurai-je. Vous avez bien dû le constater, quand votre mère se faisait mal.

— Elle cicatrisait plus rapidement que la moyenne, oui, mais pas en quelques minutes non plus, insista-t-il à mi-voix. Je n'avais encore jamais vu pareil prodige.

— Je vous assure que ce n'était qu'une coupure superficielle, insistai-je.

Je sentais les soldats se rapprocher derrière nous, mais le prince se retourna pour les rabrouer d'un geste.

— Mettez-vous en selle et partez en éclaireurs, leur ordonna-t-il. Nous vous suivrons dans un instant.

— Nous n'avons d'ordres à recevoir que du prince Céren, maugréa l'un des deux.

Haussant un sourcil, Talin croisa les bras.

— Et ne vous aurait-il pas ordonné, par hasard, de veiller sur Zadie ? Voulez-vous vraiment que je lui dise comment vous avez rempli votre mission ? demanda-t-il.

Il attendit que les deux gardes s'en retournent vers leurs montures en grommelant, puis il reprit d'un ton plus affable :

— Grig, remets-toi en route avec Ebb. Nous arrivons dans une minute.

Dès que le garde et la femme de chambre furent partis, je me tournai vers lui.

— Ne soyez pas fâché.

Je frémis quand il caressa à nouveau la peau tendre de mon cou.

— Je ne suis pas fâché. Seulement stupéfait.

— J'aimerais pouvoir vous donner une explication, mais je ne sais pas pourquoi mes plaies se referment aussi vite.

Il resta pensif un moment, puis sa main remonta le long de ma mâchoire, jusqu'à ma joue droite.

— Si vous guérissez si facilement, pourquoi avez-vous gardé cette cicatrice ?

La chaleur qui s'était répandue en moi au contact de ses doigts s'évapora aussitôt.

— Je l'ai héritée d'une mésaventure bien pire que ce qui vient de nous arriver. J'ai même eu de la chance de survivre.

Son index s'attardait sur la zone sensible de ma pommette. Personne ne l'avait jamais touchée de la sorte auparavant – avec révérence plutôt qu'inquiétude.

— Vous me racontez ?

— L'incident ?

— Oui. J'aimerais en savoir davantage sur votre passé.

Je triturai la longue tresse dont m'avait coiffée Ebb ce matin-là. Moi aussi, j'avais envie que Talin en sache plus sur ma vie, seulement... Je n'avais encore jamais raconté mon accident à personne. Je n'en avais jamais eu besoin, puisque à Varénia tout le monde savait ce qui m'était arrivé. Rien que d'y songer me rappelait immédiatement ces terribles instants où j'avais cru dur comme fer que ma dernière heure était venue.

— Ce n'est pas grave, reprit le prince lorsqu'il sentit mon hésitation.

Sur ces mots, il laissa doucement redescendre son doigt sous mon menton, pour me relever la tête jusqu'à ce que nos regards se croisent. Malgré ma crainte, je ne détournai pas les yeux. Je voulais imprimer ce moment dans mon esprit pour toujours, de peur qu'il ne se présente plus jamais. Talin approcha son visage du mien. Bientôt, ses lèvres frôlèrent ma joue, si délicatement que je les sentis à peine.

— Que faites-vous ? murmurai-je.

— Ce que je brûlais de faire depuis une éternité, répondit-il sans bouger. On dirait une petite étoile, qui signalerait que vous êtes extraordinaire à ceux qui seraient assez fous pour ne pas s'en apercevoir.

Je ne pouvais pas croire qu'on puisse vouloir embrasser cette cicatrice. Je m'étais souvent dit qu'à condition de quitter Varénia, je pourrais sans doute rencontrer quelqu'un qui s'en accommoderait, mais jamais je n'aurais osé penser qu'on puisse la trouver spéciale.

— Je la dois à un corail de sang, soufflai-je.

Talin se redressa.

— Pardon ?

— Ma cicatrice. Je la dois à un corail de sang que j'ai heurté alors que je sauvais ma sœur de la noyade. Son poison a failli me tuer. Pourtant, par on ne sait quel miracle, j'ai fini par me rétablir. Depuis, je guéris presque instantanément de mes blessures, expliquai-je avant de lui saisir la main pour la serrer avec angoisse. Mais votre frère ne doit pas l'apprendre. S'il le découvrait, je...

— Je n'en dirai rien à personne, m'assura-t-il en replaçant derrière mon oreille une mèche échappée de ma tresse. Quel âge aviez-vous ?

Je me détendis un peu. Son calme avait le don de m'apaiser.

— Dix ans, répondis-je. Nous étions en train de chercher des perles. Nos parents n'avaient jamais vraiment eu à nous le dire, et notre mère n'aurait de toute façon pas voulu l'admettre puisque cela allait à l'encontre des règles qu'elle nous imposait, mais nous savions que la récolte d'huîtres nous incombait. Nous n'avions pas de frères et Père passait la majeure partie de son temps loin du village, à tenter de ramener de plus grosses prises. Quant à Mère... Sa propre mère était déjà obsédée par la cérémonie et avait eu suffisamment de fils pour leur confier toutes les tâches physiques. En conséquence, Mère n'avait jamais vraiment appris à plonger. Et ce jour-là, Zadie et moi avions repéré une huître énorme, tout près d'un pied de corail de sang. Évidemment, nous savions à quel point il était dangereux de s'en approcher, mais la somme qu'aurait pu rapporter une perle de cette taille…

La main de Talin se referma sur mon épaule.

— Je suis désolé. Je n'avais aucune idée de la pauvreté dans laquelle vous viviez.

Je secouai la tête. Comment aurait-il pu savoir ?

— Nous avons toutes les deux foncé vers l'huître en même temps, mais les jupes de ma sœur se sont accrochées à un hameçon. J'ai réussi à la libérer, mais elle commençait à manquer d'air et, dans sa panique, elle m'a poussée droit dans les branches du corail.

Il toucha à nouveau ma cicatrice. Cette fois, cela ne me parut pas aussi étrange qu'avant.

— Vous aimez tant votre jumelle. Qui pourrait penser un seul instant que vous ayez voulu lui faire du mal ?

Sidérée, je le dévisageai quelques secondes, les yeux soudain remplis de larmes. Comment était-ce possible ? Comment un homme qui ne me connaissait que depuis quelques semaines pouvait-il me voir plus clairement que ceux avec qui j'avais grandi ? Toute mon existence, je n'avais eu qu'un souhait : que quelqu'un me regarde enfin telle que j'étais vraiment. Contre toute attente, j'avais peut-être enfin trouvé celui qui en était capable… et je devais en épouser un autre.

De ses pouces, il essuya mes joues.

— Je ferai tout ce qui est en mon pouvoir pour aider Varénia, Nor.

— Mais qu'en pensera votre frère ?

— Qu'importe.

Et il m'attira à lui avec une impatience que je n'avais pas ressentie lors de notre premier baiser, comme s'il savait qu'il n'y en aurait plus jamais d'autre, sa bouche à la fois ardente et fébrile contre la mienne. Plutôt que le cuir de son armure sur le lin de ma chemise, je mourais d'envie de sentir nos deux peaux l'une contre l'autre. Ses mains exploraient ma chevelure, glissaient sur ma taille, parcouraient mon visage, mon corps entier... Lui aussi semblait rester sur sa faim. Un millier de baisers n'aurait suffi à nous rassasier.

Nous avançâmes à bonne allure tout le restant du voyage, pour atteindre le mont Ayris au coucher du soleil. À mesure que nous gravissions la montagne, chaque pas me rapprochant de Château-Neuf sans que j'aie la moindre idée de ce qui m'y attendait, je sentais la chaleur des lèvres de Talin me quitter.

Il montait les marches derrière moi. En dépit de la situation, lui avoir enfin révélé toute la vérité à mon sujet m'avait débarrassée d'un poids. D'autant que je ne lui avais pas simplement dévoilé mon identité, mais aussi ma cicatrice, mes facultés de guérison et jusqu'à ma volonté d'aider mon peuple coûte que coûte. Désormais, il n'y avait plus aucun secret entre nous. Du moins, en ce qui me concernait. J'étais un peu vexée qu'il ne m'ait pas exposé ses plans. Mais je ne pouvais m'empêcher de croire que tout ce qu'il voulait était juste et louable.

Céren nous accueillit dans la salle du trône. Vêtu d'un long manteau plus noir qu'une nuit sans lune, il ne portait pas de couronne, et paraissait plus las encore qu'avant notre départ. À l'évidence, le roi était toujours en vie.

— Mademoiselle, me salua-t-il en se fendant d'une profonde révérence. Vous avez l'air en pleine forme. La foire vous a plu ? Vous y avez vu tout ce que vous espériez ?

— Oh, c'était merveilleux, merci. Et vos hommes ont fait un excellent travail. Ils n'ont pas cessé un seul instant de veiller sur moi.

J'adressai un sourire aimable aux intéressés. Jamais ils n'admettraient face à Céren avoir failli à leur devoir. Ils ne pourraient donc pas lui parler des moments que j'avais passés seule avec son frère.

— Je suis heureux de l'apprendre, répondit-il. Pour une demoiselle, la route peut être dangereuse sans escorte. Enfin... sans escorte digne de ce nom.

Talin lui jeta un regard appuyé mais fit abstraction de cette rebuffade à peine voilée.

— Comment se porte Père ? demanda-t-il simplement.

— Son état ne s'est ni amélioré ni aggravé. Il s'accroche, bien que je ne sache pas à quoi. Nous devrions aller le voir tout de suite. Il te demande.

— Je crois que, pour ma part, je vais d'abord aller prendre un bain et enfiler une autre tenue, si ça ne vous dérange pas, dis-je à Céren. Je suis couverte de la poussière du chemin.

Son regard se posa alors sur le col de la chemise que je portais sous mon corset, et sur les taches brunes qu'on y devinait.

— Seriez-vous blessée, mademoiselle ?

— Nous avons été attaqués par deux gredins vraisemblablement à la solde de la femme-roi, expliqua Talin. Ce n'est que le sang de l'un d'eux que tu vois là, pas celui de Zadie. Nous avons eu de la chance.

La bouche de Céren se tordit en un rictus mécontent.

— J'aimerais un rapport complet de cet incident. Mademoiselle, je vous en prie, vous pouvez disposer, dit-il avant de me faire signe de rejoindre Ebb.

Dans ma chambre, un bain bien chaud avait été préparé. C'était sans doute la seule chose qui m'avait manqué durant les cinq jours qui venaient de s'écouler.

Plus tard dans la soirée, après m'être changée et avoir avalé un léger repas, j'allai voir le roi. C'était peut-être un homme faible, mais il n'avait jamais été cruel envers moi, et sa mort imminente me désolait sincèrement. Quand je poussai sa porte, le médecin était à son chevet et lui prenait le pouls. Les saignées n'étaient visiblement plus à l'ordre du jour, ce qui me soulagea grandement. Les princes entrèrent dans la pièce quelques instants après moi.

— Père, Talin et moi sommes ici, en compagnie de Zadie, annonça Céren en se penchant sur le souverain. Nous venons vous souhaiter bonne nuit.

Les paupières de Xyrus papillonnèrent, puis s'entrouvrirent. D'une voix rauque, il souffla une réponse que je ne parvins pas à entendre.

— Non, Père, ce n'est pas ton épouse, reprit son fils aîné en grimaçant comme si ce dernier terme lui laissait un mauvais goût dans la bouche. Comme je viens de te le dire, c'est Zadie.

Non sans effort, le roi leva un bras maigre à faire peur, et me fit signe d'approcher. Hésitante, je regardai Céren.

— Allez-y, allez-y.

M'efforçant de ne pas trop toucher les draps qui empestaient la maladie, je m'assis tout au bord du matelas.

— Je suis là, Votre Majesté.

Je pris la main qu'il me tendait.

— Talia, murmura-t-il avec douceur.

Son regard bleu pâle semblait chercher un fantôme. Mes propres yeux s'embuèrent. Comment Céren avait-il pu être assez cruel pour priver ce pauvre homme de la femme qui faisait son bonheur ? Je me retournai vers les deux frères. Ils m'observaient, aussi immobiles qu'un couple de statues, l'une taillée dans le marbre et tout aussi glaciale, l'autre dans le bronze, allégorie même de la détresse.

J'embrassai doucement le front du roi, puis me relevai.

— Bonne nuit, Votre Majesté.

Quand je lui passai devant, Céren me retint.

— Voulez-vous que je vous raccompagne, mademoiselle ?

— Vous devriez rester avec votre père, répondis-je. Je connais le chemin.

Mais avant de regagner ma chambre, je m'arrêtai dans la galerie des Varénianes pour y admirer ma sœur. Sur son portrait qui me souriait, elle était encore celle que j'avais connue jusqu'à la cérémonie, ce moment fatidique où nos vies avaient basculé. L'imaginer malheureuse, après tout ce que nous avions traversé, creusait un gouffre béant dans ma poitrine. Pour la première fois depuis mon départ de Varénia, je me laissai submerger par le désespoir. Jusque-là, si terrifiante qu'ait été mon arrivée à Château-Neuf, dans ce froid et cette obscurité qui semblaient me ronger l'âme, si écœurant que se soit révélé le prince héritier, je m'étais cramponnée à un objectif. Sauver mon peuple et, par-dessus tout, sauver ma jumelle valait bien tous les sacrifices. Mais à présent que je savais que Kristos m'avait envoyée en Ilara en connaissance de cause, en dépit de ce que Talin lui avait dévoilé... Comment croire qu'il était possible de vaincre Céren ?

— Tu me manques, chuchotai-je à Zadie. Chaque jour et chaque minute. Si seulement les anciens avaient choisi Alys... Nous n'aurions pas eu à être séparées. Sami et toi auriez pu vous marier, j'aurais trouvé quelqu'un prêt à me supporter, et nous aurions élevé nos enfants ensemble. Des garçons, avec un peu de chance, pour qu'ils n'aient jamais à s'inquiéter de leur beauté.

Non, l'entendis-je alors répliquer. *Je veux des filles. Des jumelles, comme nous. Seulement, je leur apprendrai, à toutes les deux, à être aussi belles que toi, ma sœur chérie, belles de la seule manière qui importe.*

Je me figurais sa présence avec tant de force que j'aurais juré sentir sa main se poser sur ma joue.

Ne pleure pas, Nor, continua-t-elle. *Nous serons à nouveau réunies, un jour. Dans cette vie ou dans la suivante.*

Et sur cette promesse, elle se tut. Je restai seule dans le couloir, entourée seulement de fantômes.

Chapitre 30

Le lendemain, je reçus la visite de la couturière qui avait confectionné toutes mes tenues. Manifestement, Céren souhaitait que j'essaie ma robe de mariée au plus vite. De petite taille, ses cheveux noirs coiffés d'une simple tresse qui lui tombait dans le dos, elle devait venir d'un des villages alentour. Elle n'avait pas l'air d'être de sang noble, en tout cas, et ses joues semblaient trop rosées pour qu'elle ait vécu dans la montagne au quotidien.

— Mademoiselle, me salua-t-elle en s'inclinant. C'est un honneur que de vous rencontrer enfin en personne. J'espère que vous avez été satisfaite de mon travail, jusqu'ici.

Je lui souris avec une sincère gratitude.

— Toutes mes robes sont magnifiques, merci.

Ebb m'aida à ôter celle que je portais, puis à me glisser avec précaution dans le vêtement blanc apporté par la visiteuse. Aussi fragile que les ailes d'un papillon de nuit, son satin commençait à jaunir, comme s'il n'était plus de la première jeunesse.

— C'est la robe dans laquelle s'est mariée la reine Séréna, expliqua la couturière. Mais nous remplacerons les parties décolorées, si vous le voulez.

Je reconnus alors la toilette que j'avais déjà vue peinte dans les appartements de Céren. Son décolleté se révélait relativement plongeant, et les broderies cousues à la main qui l'ornaient ne suffisaient pas à me couvrir la poitrine.

— Vous avez un peu plus de formes que la défunte reine, mademoiselle. J'ajouterai de la dentelle.

Le corsage décoré de perles de verre était également trop serré, même s'il ne m'empêchait pas de respirer. Les manches se réduisaient à de petits voiles drapés sur les épaules. Les jupes, enfin, consistaient en un mélange de guipure, de tulle et de mousseline, semblable à une cascade d'écume parsemée, elle aussi, de délicats joyaux transparents.

C'était une très belle robe, mais vu l'occasion pour laquelle j'allais devoir la revêtir, les couleurs sombres du deuil m'auraient, pour une fois, paru plus appropriées.

— J'élargirai un peu les hanches, annonça la couturière, et je pense que ce sera tout. Je suis aussi en train de terminer une paire de gants assortie, que mademoiselle pourra porter si elle lui plaît.

Je hochai la tête et la remerciai.

— Je suis certaine que l'ensemble sera ravissant.

Elle me sourit à son tour, puis fit une nouvelle révérence avant de s'empresser de sortir, son mannequin de couture sous le bras. Ebb m'aida à me rhabiller, et je rejoignis la salle à manger pour le dîner.

N'étaient présents, ce soir-là, que quelques-uns des courtisans les plus importants, ainsi que Talin, évidemment. Tant que son père resterait dans un état critique, il séjournerait à Château-Neuf, au cas où le pire devait arriver. Il n'avait cependant pas cherché à me revoir depuis notre retour de la foire. Si, comme il me l'avait laissé entendre, il existait vraiment une raison de garder espoir quant à l'avenir, je ne voyais pas laquelle.

— Comment se sont passés vos essayages ? s'enquit bientôt Céren en sirotant son vin.

— Très bien. La robe de votre mère est encore plus belle en réalité que sur son portrait.

Il me prit la main, et je le laissai faire. Même sans être encore complètement résignée, j'étais fatiguée de me battre.

— Je sais que vous n'avez pas encore dix-huit ans et que Père se montre plus tenace que nous n'aurions osé l'espérer. Mais quoi qu'il en soit, il nous faut organiser nos noces au plus vite. Vous le comprenez, n'est-ce pas ?

J'acquiesçai. M'épouser ne lui servirait à rien si son frère le privait de la couronne, mais connaissant Céren, il avait sûrement un plan pour parer aussi à cette éventualité. Il se mit à découper consciencieusement le morceau de foie que contenait son assiette.

— Les mariages ilaréens sont sûrement assez différents des varénians. Il y aura une courte cérémonie dans la salle du trône et, une fois unis, nous descendrons le mont Ayris pour parader en carrosse dans les villages des environs. Vous verrez, les foules se presseront sur notre passage pour admirer leur nouvelle princesse. Ou leur nouvelle reine, comme ce sera peut-être le cas.

Il eut beau me sourire, quelque chose dans la façon dont il s'exprimait me perturbait au plus haut point.

— Ensuite, poursuivit-il, nous donnerons un grand festin ici même, puis il sera l'heure, bien entendu, de notre nuit de noces. Mais je ne pense pas avoir besoin d'entrer dans les détails à ce sujet... Si ?

— Non, merci.

Il s'était certainement attendu à ce que je rougisse ou tressaille, mais je n'en fis rien.

— Attendez, dit-il, laissez-moi vous couper votre viande. Je la trouve particulièrement coriace, aujourd'hui.

Et il vint se poster derrière moi, comme le soir où il m'avait présenté la tourte aux chauves-souris. Décidément, son comportement ne me rassurait pas le moins du monde. Du coin de l'œil, je jetai un regard à Talin, qui paraissait aussi désorienté que moi, quand tout à coup le couteau de Céren crissa sur la porcelaine. L'instant d'après, une douleur cuisante me lacéra le bras. Je baissai les yeux. Au-dessus de mon poignet, une profonde entaille se gorgeait déjà de sang. J'étais trop abasourdie pour émettre le moindre son, mais Talin, lui, avait bondi sur ses pieds.

— Qu'est-ce qui t'a pris ? s'écria-t-il en appuyant aussitôt une serviette sur ma blessure. Espèce d'emp…

— Du calme, l'interrompit son aîné avec froideur. Tu es en présence de dames, voyons. La lame a simplement glissé. Je vais emmener Zadie se faire panser le bras.

— Tu ne vas l'emmener nulle part, rétorqua le cadet en m'aidant à me lever.

Mais Céren s'interposa, ses iris gris foncé lançant des éclairs.

— Ne touche pas à ma femme.

— Vous n'êtes pas encore mariés, répliqua Talin.

Je ne l'avais jamais entendu plus glacial.

— Recule, ou je te fais jeter au cachot, menaça le prince héritier d'une voix si sourde qu'elle ressemblait à un grognement animal.

— Talin, dis-je doucement. Je vais bien.

Les yeux de Céren passèrent de son frère à moi. Ce qu'il discerna entre nous ne dut que l'excéder davantage. Sous les regards inquisiteurs des nobles assis à la table, il m'entraîna hors de la salle, une main plaquée dans mon dos, l'autre toujours serrée sur son couteau. Il me conduisit ainsi jusqu'à son étude, m'en fit franchir le seuil sans ménagement, puis verrouilla la porte derrière nous.

— Montrez-moi votre bras, ordonna-t-il aussitôt.

Et sans attendre que j'obtempère, il arracha la serviette ensanglantée qui me tenait lieu de garrot. La plaie était profonde et ne s'était pas encore complètement refermée. Mais elle ne saignait plus.

Il attrapa mon poignet et l'approcha de son visage. J'avais oublié qu'il avait une très mauvaise vue.

— Alors comme ça, ces canailles ne mentaient pas, souffla-t-il. Je me demandais comment vous aviez guéri si rapidement des morsures de Salandrin... Avez-vous mal ?

Je dégageai mon bras de ses griffes.

— Plus maintenant. Qui vous l'a dit ?

— Mes gardes. Ces idiots n'ont pas su vous protéger des hommes de la femme-roi, mais cela ne les a pas empêchés de repérer cette bizarrerie. Comment expliquez-vous ce phénomène ?

Il avait les yeux écarquillés et le regard fou. Cet enthousiasme malsain me terrifiait plus encore que sa froideur habituelle. Le sang me battait aux tempes. J'avais espéré réussir à cacher à Céren au moins ce secret, mais à présent la situation était encore plus critique...

— Je ne sais pas, admis-je. J'ai eu... un accident. Quand j'étais enfant. Et depuis, je cicatrise vite.

— Quel genre d'accident ?

J'hésitai un instant, mais il pointa son couteau sur moi.

— Ne nous faites pas le déshonneur de vos mensonges, mademoiselle.

Je me mordis la lèvre. Je pouvais toujours rester vague.

— Une coupure, répondis-je.

— Une coupure de ?

Il était tout bonnement impossible que je me sorte de cet interrogatoire indemne. J'y laisserais soit la vérité... soit la vie. Pourtant, je persistais à vouloir gagner du temps.

— De corail.

— Mais pas de corail ordinaire, n'est-ce pas ? répliqua Céren avant de pencher la tête de côté, comme s'il réfléchissait. J'ai déjà entendu dire que les perles tiraient leurs vertus thérapeutiques des coraux de sang.

J'eus beau m'efforcer de ne pas réagir, il semblait avoir déjà compris qu'il était sur la bonne voie.

— Quel genre de blessure pouvez-vous endurer ? En vous rétablissant complètement par la suite, bien sûr.

Mon sang se figea dans mes veines. Redoutant qu'il ne tente d'obtenir une réponse empirique à sa question, je reculai d'un pas.

— Je n'en ai aucune idée.

— Un miracle, donc, commenta-t-il pour lui-même sans cesser de fixer mon poignet. Je me demande si... Serait-il possible qu'un peu du corail ait pénétré dans votre organisme ? Et qu'à présent l'élément qui confère aux Varénians leur bonne santé et aux perles leur puissance... se retrouve en vous ?

Ç'avait été la théorie du docteur, à Varénia, même si personne n'avait su dire pourquoi j'avais survécu au poison du corail. La façon dont Céren me lorgnait – comme si j'étais l'une de ses inventions – me répugnait tant que, d'instinct, je cachai mes bras dans mon dos. En vain.

— Pour tester mon hypothèse, il va me falloir recueillir un peu de votre sang, déclara-t-il en se saisissant d'un récipient et d'un petit scalpel en argent.

Je m'étais élancée vers la porte, lorsqu'il leva les clés devant lui.

— Non, non, mademoiselle. Vous ne quitterez cette pièce que quand je vous le permettrai.

— Je vous en prie, Céren, ne faites pas ça ! le suppliai-je d'une voix étranglée, terrorisée quand j'aurais voulu me montrer courageuse.

En désespoir de cause, je voulus dégainer mon poignard de corail, dissimulé sous ma jupe. Mais avant que j'aie pu ne serait-ce que me baisser, le prince était déjà sur moi, armé de sa lame argentée. Et même si la montagne l'affaiblissait, je n'avais pas l'ombre d'un doute : il demeurait beaucoup plus fort que moi.

— Ne bougez surtout pas, susurra-t-il en m'attrapant la gorge. Ça risque de faire mal.

Céren remplit cinq bols de mon sang, ce soir-là. J'arrêtai cependant de hurler à la troisième incision. Le temps qu'il remballe son matériel, j'étais trop faible pour me débattre. Je n'arrivais même plus à parler.

Le prince et moi étions tous les deux couverts de mon sang lorsque Talin parvint enfin à enfoncer la porte. Tout au long de la procédure, je l'avais entendu vociférer en martelant le panneau. Sa voix m'avait toutefois paru aussi distante que mon village lui-même.

— Qu'est-ce que tu lui as fait ? s'écria-t-il alors que Céren, après m'avoir soulevée, lui passait devant pour rejoindre le couloir.

— J'avais besoin d'échantillons de son sang, et elle n'a pas voulu se tenir tranquille, expliqua le prince avant de faire claquer sa langue de désapprobation.

Talin avait eu le temps d'apercevoir les traînées rouges et les plaies à moitié refermées qui me zébraient le bras quand son frère l'avait dépassé, et il nous suivit jusqu'à ma chambre, où mon bourreau me déposa sur mon lit avec une douceur déconcertante.

— Allons-y, dit-il aussitôt. Ma promise doit se reposer.

Mais les yeux de Talin ne quittaient pas les miens.

— Je reste avec elle.

Céren pouffa d'un air méprisant.

— Il n'en est pas question.

Talin s'avança alors vers lui, jusqu'à ce que leurs deux torses soient presque en contact. Je ne les avais jamais vus si près l'un de l'autre. Le contraste était saisissant. Le cadet avait beau être légèrement plus petit, ses épaules étaient plus larges, ses muscles plus développés. Toute la force de l'aîné découlait de sa singulière dévotion au pouvoir et à lui seul. Céren n'avait pas d'autre faiblesse, rien qui compte davantage à ses yeux que sa quête de puissance.

Et Talin ? Qu'est-ce qui comptait, pour lui ? Les idées embrumées, je luttais pour ne pas m'évanouir, oscillant constamment entre inconscience et lucidité.

— Quoi qu'il se soit passé entre vous durant votre petit voyage, c'est terminé, entendis-je gronder le prince héritier. Zadie est à moi.

— Tu ne l'aimes pas, Céren.

— Qui te parle d'amour ? répliqua-t-il avec un rire désabusé, rejetant sa chevelure en arrière. Si le sang de cette fille se transmet à notre descendance, imagine ce que cela signifiera pour l'Ilara !

— Tu es un monstre, siffla Talin.

— Et toi, un idiot. Maintenant, sors d'ici. Elle a besoin de dormir et il me faudra probablement davantage de son sang demain.

Mais Talin se campa devant le lit, barrant la route à son rival.

— Je t'interdis de la retoucher.

— Garde ta colère pour plus tard, veux-tu ? ricana Céren. Elle te servira pour pourfendre l'homme qui a attaqué Zadie.

— De quoi parles-tu ?

— Cette odieuse tentative de meurtre commanditée par la femme-roi à l'encontre de notre future reine ne peut quand même pas demeurer impunie. Tu partiras dès ce soir.

Et ne reviens pas avant d'avoir retrouvé l'aspirant assassin. Toi, là ! lança-t-il alors au garde posté à ma porte, que je n'avais pas remarqué quand nous étions entrés. Veille à ce que ma fiancée ne quitte sa chambre sous aucun prétexte !

Je regardai Talin. Son visage marqué par la colère fut la dernière image qui s'imprima sur ma rétine avant que je ne capitule et m'abandonne aux ténèbres.

Je me réveillai au beau milieu de la nuit. Mes blessures avaient guéri et mon affreux mal de tête s'était évaporé, mais j'étais faible et j'avais soif. Lorsque j'entrepris de me changer, je dus régulièrement m'interrompre pour reprendre mon souffle. Une fois habillée de ma culotte d'équitation et de l'une de mes vieilles tuniques, je calai dans ma botte droite mon poignard de corail, glissai dans ma poche le plan rudimentaire que m'avait dessiné Ebb après que j'avais prétendu m'être perdue dans le château, puis passai autour de mon cou le collier de perles varénianes de ma mère. Enfin, je m'enveloppai dans la cape verte de Sami.

Si j'arrivais à rejoindre Château-Vieux, je pourrais y voler un cheval. Je me débrouillerais pour rallier la côte, où je trouverais un négociant du marché flottant. Je lui troquerais mon collier contre une place dans son bateau, et je retournerais ainsi à Varénia.

Mes chances d'y parvenir étaient infimes, j'en avais conscience. Mais rien ne pouvait être pire que ce que Céren ferait subir aux Varénians quand il comprendrait leur lien avec les coraux de sang. Que je réussisse ou non à atteindre mon village, mon évasion permettrait au moins de priver le prince héritier de mon sang pour ses expériences.

Je m'approchai de ma porte et l'entrouvris le plus discrètement possible. Le garde planté de l'autre côté était bien éveillé, probablement sur le qui-vive après l'ordre que lui avait donné Céren.

Je retournai m'emparer du lourd broc de porcelaine qui trônait sur mon meuble de toilette, puis revins me tapir près de l'entrée en le brandissant bien haut. Cachée derrière le battant, je commençai à sangloter. Le soldat se retourna.

— Mademoiselle ? Quelque chose ne va pas ?

— Je suis désolée de vous déranger, geignis-je, mais mon bras a recommencé à saigner et je ne parviens pas à stopper l'hémorragie.

— Je vais chercher le prince, dit-il en s'éloignant déjà dans le couloir.

— Non ! l'arrêtai-je avant de redoubler de pleurs. J'ai peur de m'évanouir d'une seconde à l'autre.

Clairement inquiet à l'idée de désobéir à Céren, il ne put s'empêcher de jeter un coup d'œil par-dessus son épaule. Malgré tout, il finit par revenir vers moi.

— Ne craignez rien, mademoiselle. Je vais vous aider.

Je n'avais encore jamais blessé personne délibérément, et encore moins quelqu'un prêt à me porter secours. Mais je ne pouvais pas laisser cet homme m'empêcher de retrouver mon village. Aussitôt qu'il eut franchi le seuil de ma chambre, je lui abattis le broc à l'arrière du crâne. Il s'effondra sur le sol avec un grognement. Pour faire bonne mesure, je lui assénai un second coup.

Quand je fus certaine qu'il était bel et bien inconscient, je lâchai mon arme et m'enfonçai dans le corridor.

Il y aurait d'autres gardes sur le chemin menant à l'accès réservé aux domestiques, dans la base même de la montagne. Je me répétais que, s'il le fallait, je n'hésiterais pas à me servir de mon poignard. Par chance, c'était la nouvelle lune, et les lanternes brillaient si faiblement qu'on y voyait à peine. Si j'étais prudente, je réussirais peut-être à ne pas me faire repérer.

Je n'avais pas le temps d'effectuer le moindre détour, mais le hasard avait voulu que les portraits se trouvent sur mon trajet. Dire au revoir à Zadie me paraissait important, au cas où j'échouerais à regagner Varénia – ce qui restait bien plus probable que je ne me l'avouais. Le soldat stationné à l'entrée de la galerie étant endormi, je le contournai sans encombre.

Devant le tableau de ma sœur, je m'arrêtai juste assez longtemps pour embrasser mes doigts et les poser sur les contours parfaits de ses lèvres peintes, puis je repartis. Le garde près de la sortie était complètement affalé contre le mur et un pichet gisait à ses pieds. Je remerciai les dieux pour la redoutable efficacité du vin ilaréen.

Cela ne m'empêcha pas d'avancer avec précaution, le dos plaqué contre la paroi opposée. Inutile d'utiliser mon poignard autrement qu'en dernier recours. La moindre coupure infligée par sa lame de corail serait fatale et, au fond de moi, je savais que je ne supporterais pas d'avoir une mort sur la conscience.

J'arrivais à hauteur de la sentinelle. Je m'efforçai de ralentir ma respiration et mon rythme cardiaque, comme je l'aurais fait avant une plongée. Ce n'était pas le moment de me déconcentrer. Je jetai un dernier regard au garde pour m'assurer qu'il était bien assoupi, puis je m'élançai.

Mes pieds touchant à peine terre, je dépassai l'ivrogne en une fraction de seconde, avant de ralentir au bout de quelques mètres. J'en aurais presque éclaté de rire tant j'étais soulagée.

— Où allez-vous comme ça, ma chère ?

Mon sang se figea dans mes veines et je m'arrêtai net. Transie de terreur, je me retournai lentement. Le garde s'était décollé du mur. Son capuchon avait glissé de sa tête, révélant son visage pâle. Sous son épais manteau rouge et noir, destiné à protéger les sentinelles du froid nocturne, il avait même été jusqu'à revêtir l'armure de cuir de leur uniforme.

— Céren ! soufflai-je, la gorge sèche. Que faites-vous ici ?

— Je vous connais mieux que vous ne le pensez, répondit-il. Je me doutais que vous n'alliez pas vous résigner à demeurer sagement dans votre chambre, sachant ce que je prévoyais. Et je sais aussi à quel point vous aimez venir admirer votre propre portrait.

Mon cœur était comme un animal en cage me lacérant farouchement la poitrine de ses griffes. Je songeai un instant à mentir, à prétexter que j'avais simplement eu besoin de me dégourdir les jambes. Mais Céren était trop malin pour me croire, et j'étais trop exténuée.

— Je ne peux plus rester ici. Pas dans ces conditions.

— Oh, mais j'ai bien peur que vous n'ayez pas le choix. À moins que vous ne vouliez que votre famille en paie le prix, bien sûr. Et la prochaine fois, je ne couperai pas seulement leur approvisionnement en eau douce. Je sais que vous n'êtes pas celle que vous prétendez.

Il s'était avancé vers moi, encore plus menaçant que d'habitude dans son armure, et je dus serrer les dents pour me retenir de trembler d'effroi.

— Je ne vois pas de quoi vous parlez.

D'un bond, il réduisit la distance entre nous. J'essayai de me dérober, mais il me retint d'une main. Sa langue affleurant subrepticement entre ses lèvres, il se lécha le bout du doigt avant de le frotter sur ma pommette droite en décrivant de petits cercles. Après quelques secondes, il le brandit devant mes yeux, maculé de fard.

— Votre gouverneur est stupide, mais il ne prendrait pas le risque de m'envoyer une fille endommagée à moins d'avoir une bonne raison.

Endommagée ? pensai-je. *Non : endurcie !*

— Ce n'est pas ce que vous croyez.

— Ah oui ? fit-il en feignant l'incompréhension, la tête penchée de côté. Vous ne seriez donc pas venue en Ilara à la place de votre jumelle blessée ? Étrange… C'est pourtant ce que m'a rapporté mon émissaire, à son retour de Varénia.

— Quel émissaire ?

Il ne pouvait quand même pas s'agir de son frère… Talin ne m'aurait jamais trahie de la sorte.

— Celui qui était chargé de remettre aux vôtres la somme due aux proches de mon épouse, répondit Céren. Quand vous m'avez exposé les difficultés que rencontrait votre famille, j'ai décidé de ne pas attendre le mariage pour la leur accorder. Imaginez un peu la surprise de cet homme lorsqu'il est arrivé dans votre maison pour y découvrir une jeune fille qui vous ressemblait comme deux gouttes d'eau et répondait à votre prénom. Vos parents ont tenté de vous couvrir, mais quand mon émissaire a promis l'argent qu'il apportait au premier de vos voisins qui lui dirait la vérité, ceux-ci se sont empressés de tout lui avouer. Un poisson éventré ne se serait pas vidé de ses boyaux plus rapidement.

Je ne pouvais pas en vouloir aux villageois d'avoir parlé. Ils étaient affamés et, à leurs yeux, c'était moi qui leur avais porté malheur.

— Qu'est-ce que ça change, pour vous ? demandai-je. Ce n'est pas une cicatrice qui vous empêchera d'obtenir de moi ce que vous voulez.

Le prince m'agrippa alors les bras et me tira violemment à lui.

— Je vous avais dit de ne pas approcher de mon frère !

— Quoi ? m'exclamai-je en me débattant, regrettant de ne pas avoir attrapé mon poignard quand j'en avais l'occasion. Que vient-il faire dans cette histoire ?

Mais alors même que je posais la question, la réponse m'apparut comme une évidence. Dans les iris gris de mon tortionnaire, on lisait une honte et une tristesse que j'avais déjà perçues chez lui après l'avoir réanimé, au bord du lac Elwin. Au fond, il ne désirait pas seulement que je lui donne une descendance. Non, en dépit de tout ce qu'il m'avait fait subir, il aurait aimé que je le choisisse, lui, plutôt que son cadet.

— Je suis désolée, murmurai-je.

Et je l'étais sincèrement. Je ne m'excusais pas pour ce que j'éprouvais à l'égard de Talin ni pour ma détermination à secourir mon peuple, mais parce que faire de la peine à Céren n'avait jamais été mon intention. Quelque part en lui se terrait un petit garçon qui ne demandait qu'à être aimé. Malheureusement, en s'acharnant à le convaincre qu'il était antipathique par nature, ceux qui auraient dû le chérir avaient fait en sorte qu'il le devienne pour de bon.

Il parut un instant surpris par ma réaction.

— Vous savez, je crois que vous le pensez réellement, dit-il. Néanmoins, je ne peux vous laisser partir sans que vous ayez répondu de vos crimes.

— De mes crimes ?

Son expression se fit tout à coup narquoise.

— En plus d'avoir trahi la couronne en vous faisant passer pour votre sœur, vous avez assassiné un garde.

— Quoi ?

Malgré ma panique, une vague de remords m'envahit. Ce soldat que j'avais assommé avec mon broc, l'avais-je tué sans le faire exprès ? Mais d'un geste désinvolte du menton, Céren désigna l'homme silencieux à l'autre extrémité de la galerie.

— Je lui ai tranché la gorge quelques minutes avant votre arrivée.

Mon estomac se révulsa. J'avais beau savoir que j'avais affaire à un meurtrier, l'entendre avouer son forfait si froidement me rendait malade.

— Et qu'est-ce que vous allez faire ? M'exécuter ?

Encore affaiblie par les multiples saignées qu'il m'avait imposées, j'étais à bout de force, mais je continuais de me débattre pour qu'il me lâche. Il fallait que je parvienne à attraper mon poignard !

— Oh, non, répondit-il avec un petit gloussement. Vous me serez beaucoup plus utile vivante. Mais j'ai désormais une bonne raison de vous faire enfermer. Tenez, je devrais presque vous remercier d'avoir tenté de vous échapper !

Il me tordit un bras dans le dos et me força à pivoter pour me lier une entrave dure et froide autour des poignets. Il enroula ensuite ma tresse autour de sa main et tira ma tête en arrière, si violemment qu'il m'arracha un cri. Son souffle brûlant dans mon cou, il pressa sa joue glabre contre ma tempe.

— Nor, susurra-t-il en roulant son *r* en une parfaite imitation de l'accent varénian. Je savais que vous étiez spéciale. Je l'ai pressenti dès ce moment, dans mes appartements, où vous m'avez tenu tête. Ou peut-être même dès l'instant où j'ai senti votre cœur battre sous mes doigts.

Comme le jour de notre rencontre, il posa sa main sur ma poitrine. J'étais peut-être spéciale, mais venant de lui, ce qualificatif ne résonnait pas comme un compliment.

— J'ai longtemps prié les dieux pour qu'ils nous envoient enfin la reine qui, en fortifiant notre sang, sauverait l'Ilara, murmura-t-il encore à mon oreille. Mais jamais, au grand jamais, je n'aurais osé imaginer que vous seriez aussi mon salut.

Chapitre 31

Lorsque la porte en fer de ma cellule se referma sur moi, le visage de Céren apparut fugacement entre les barreaux, sa peau nimbée d'un vert sinistre à la lueur des torches de faux-feu.

— Je reviendrai demain prélever davantage de votre sang. D'ici là, tâchez de vous reposer.

Les cachots du château avaient été établis dans les tréfonds de la montagne, non loin du lac où avait vécu le monstrueux Salandrin. Tandis qu'il me traînait vers ces oubliettes, le prince avait tenu à m'expliquer que si les couloirs y étaient exigus et bas de plafond, c'était parce qu'il s'agissait de ceux de l'ancienne mine de pierre de sang que la reine Ebbeela avait fait inonder pour mettre fin aux conflits. La crypte royale avait été creusée au bout d'une galerie avoisinante. Quand j'inspirais trop profondément, j'aurais pu jurer sentir la puanteur des corps en décomposition jusque dans ma geôle.

L'un des deux gardes en faction cette nuit-là m'avait soumise à une fouille en règle mais, visiblement très intéressé par ma poitrine et mes hanches, il n'avait pas songé à inspecter mes bottes et j'avais donc toujours mon poignard.

Je savais que je n'aurais qu'une seule tentative pour réussir à m'évader, et je priais pour qu'une occasion se présente rapidement.

Étendue sur la paille qui recouvrait le sol de ma nouvelle chambre, je ne dormis que d'un œil. Quand Céren m'avait conduite à ma cellule, les autres m'avaient paru vides même si j'avais cru percevoir quelques toussotements et gémissements dans l'obscurité.

Il revint me voir plusieurs heures plus tard – au matin, présumai-je, bien qu'il n'y ait à proximité ni source de lumière naturelle ni lanterne de mousse lunaire pour confirmer mon intuition. Si j'avais espéré qu'il me ferait remonter dans son étude pour me saigner, la sacoche qu'il tenait à la main dissipa tout de suite mes illusions : il ne me laisserait pas quitter les sous-sols du château.

Après s'être accroupi près de moi, il disposa soigneusement ses instruments devant lui.

— Je vais vous faire apporter un peu d'eau et de nourriture, dit-il. Ainsi qu'une tenue de rechange, si vous le souhaitez.

Son ton ne trahissait pas la moindre compassion.

Recroquevillée dans mon coin, je ne répondis rien. J'étais trop faible pour le repousser et si je voulais avoir une chance de m'enfuir, il me fallait ménager mes forces.

— Hier, je n'ai malheureusement rien découvert d'utile, continua-t-il. Mais je pense qu'un peu de sang frais me permettra d'avancer. Dès que possible, je me rendrai aussi en personne à Varénia, pour en ramener quelques pieds de corail. Et je pensais en profiter pour aller saluer votre sœur. Histoire de m'assurer que votre absence ne lui pèse pas trop.

Mon corps entier se raidit.

— Si vous touchez à un seul de ses cheveux…

Il sortit de sa sacoche son scalpel en argent.

— Oui ?

J'envisageai de le supplier, de lui promettre tout ce qu'il désirait contre la garantie qu'il ne s'en prendrait pas à Zadie... Mais qu'avais-je à lui offrir qu'il ne pouvait déjà me prendre sans que personne ne s'y oppose ? Ce n'était pas ses gardes qui allaient me protéger.

Lorsqu'il me saisit le bras, je ne me débattis pas. Mes plaies avaient guéri dans la nuit, elles guériraient à nouveau. Malgré tout, je me demandais combien de temps encore j'allais pouvoir supporter cette épreuve. Je devais attendre le bon moment pour frapper. Autrement, même si je parvenais à tuer Céren, les gardes m'attraperaient aussitôt. Mais je ne pouvais pas non plus me permettre de trop tarder ou je risquais de ne plus avoir suffisamment d'énergie ne serait-ce que pour récupérer.

Quand le prince eut terminé, j'étais trop épuisée pour me relever, alors même qu'il ne m'avait pas prélevé autant de sang que la première fois. Avec la même douceur que la veille, il m'allongea sur le sol.

— Je vais demander à mes hommes de vous apporter une ration de ragoût de foie, promit-il avant de glousser en me voyant tressaillir de dégoût. Et un peu de pain, puisque vous insistez.

Il caressa alors mes cheveux décoiffés, et je m'enfonçai peu à peu dans une torpeur proche de l'évanouissement.

Bientôt, une mélodie aussi douce que familière s'éleva dans la cellule. Ebb la fredonnait souvent pour elle-même, et je crus que j'étais en train de rêver. Je soulevai les paupières. Non, c'était Céren qui chantait. D'une voix étonnamment belle, comme la nuit où je l'avais suivi. Quelques larmes brûlantes débordèrent de mes yeux pour couler sur mes joues et s'abîmer dans la paille. J'aurais voulu attaquer le prince à cet instant, alors qu'il était vulnérable, mais je n'avais même pas la force d'atteindre ma botte. Pourquoi ne l'avais-je pas fait plus tôt ? Mélina m'avait pourtant conjurée de ne pas laisser passer une nouvelle opportunité ! Mes scrupules varénians finiraient par me coûter la vie...

Une fois sa berceuse finie, Céren se pencha sur moi. Ses mèches claires effleurèrent ma peau comme autant de plumes diaphanes, et il déposa un baiser sur mon front.

S'ensuivirent maintes et maintes saignées, si nombreuses que j'en perdis vite le compte. J'ignorais depuis combien de temps j'étais au cachot. En dehors des moments où Céren venait me torturer, mon unique repas quotidien constituait le seul évènement marquant de mes journées. Bien que l'odeur même du foie de bœuf suffise à me retourner l'estomac, je m'obligeais à finir mes assiettes. Il fallait que je tienne le coup. Un jour, j'aurais une opportunité de fuir, ne cessais-je de me répéter, tout en y croyant de moins en moins.

Comme je n'échappais à mes souffrances que dans mes songes, je dormais le plus possible. Et j'étais justement en train de rêver de Zadie quand je me réveillai soudain en sursaut. La voix de Mélina résonnait dans le couloir. L'un des gardes lui répondit d'un ton abrupt.

— Ôtez vos sales pattes de là ! protesta la Varéniane, son léger accent reconnaissable entre tous.

Même sans la voir, je l'imaginais parfaitement, révoltée, le menton levé tandis qu'on la poussait sans ménagement.

— Allez, rentre là-dedans, maugréa bientôt le garde.

L'instant d'après, la porte métallique de la cellule où avait été jetée Mélina se referma avec fracas. Elle n'était pas dans le cachot directement à côté du mien, mais elle ne devait pas se trouver très loin. Elle avait beau marmonner, je l'entendais distinctement pester contre la saleté de la paille et le manque d'aération.

Après que les pas de l'homme qui l'avait escortée se furent éloignés, je restai un instant silencieuse, aux aguets. Qu'avait-elle bien pu faire pour se retrouver, elle aussi, emprisonnée ?

— Petite ? Tu es là ? chuchota-t-elle tout à coup quand le soldat fut hors de portée d'oreille.

Je me traînai vers ma porte.

— Oui. Que s'est-il passé ? Pourquoi vous a-t-on arrêtée ?

— Parce que j'ai déclaré que Talin était l'héritier légitime du trône d'Ilara, et Céren un vil assassin responsable du meurtre de sa belle-mère.

— Quoi ? Mais quand ? m'exclamai-je, bouche bée.

— Tout à l'heure, au dîner, répondit Mélina sur un ton presque amusé. Comme tu t'en doutes, ça ne s'est pas bien passé.

Dieux tout-puissants, nous étions désormais toutes les deux coincées dans ces geôles humides !

— Qu'est-ce qui vous a pris ?

— Je ne voyais pas d'autre manière d'entrer en contact avec toi.

— Vous vous êtes fait emprisonner... pour moi ? soufflai-je en m'adossant contre ma porte, estomaquée.

Elle eut un petit rire rauque, à peine audible.

— Ne te donne pas trop d'importance, petite. Tout ce que je fais, c'est pour Varénia.

— J'ai du mal à vous suivre.

— L'un de mes espions m'a informée de tes impressionnantes facultés de guérison, dit-elle à voix si basse que je dus faire un effort pour la comprendre.

— Je suis désolée. Maintenant que Céren sait qu'elles me sont venues d'un corail de sang, notre peuple est sans doute plus en danger que jamais. Et il n'y a plus personne pour les prévenir.

J'en aurais versé des larmes de frustration, mais même pleurer me demandait trop d'énergie.

— Il existe une issue pour sortir de la montagne, chuchota alors Mélina. Même Céren ne la connaît pas. Si tu veux bien me faire confiance, je crois qu'on peut te sortir d'ici.

Vu mon état, j'en doutais. Même si les soldats m'avaient ouvert la porte et escortée au pied du mont Ayris, je n'aurais probablement pas réussi à m'enfuir.

— Et vous ?

— Ne t'inquiète pas de moi, va.

— Céren ne va-t-il pas vouloir vous tuer ?

— Silence ! rugit le garde, qui avait fini sa ronde. Le prince a interdit les discussions !

Mais il n'avait apparemment rien dit à propos des chants. Cette nuit-là, Mélina inventa une complainte des plus étranges, dont je m'appliquai à mémoriser les paroles jusqu'à les entendre dans mon sommeil, jusqu'à en faire ma nouvelle prière.

Au plus bas de la montagne
À l'endroit le plus profond,
Au-delà du grand bassin
Luisant de vers au plafond,
Apparaîtra le chemin
À tes yeux de Varéniane.
Suis le fil rouge du sang
Où la liberté t'attend

Finalement, alors que j'avais commencé à penser que je finirais ma vie en prison, Céren vint nous chercher. J'entendis les gardes se redresser à son approche.

— Préparez-les, leur ordonna-t-il.

— À vos ordres, Votre Altesse, répondit l'un des hommes.

Dans sa cellule, Mélina remua sur sa couche de paille. Sa porte grinça, puis il y eut un bruit sourd.

— Debout, souillon, ou je te roue de coups de pied jusqu'aux portes du château !

Le pas lourd du garde s'approcha ensuite de ma porte, qui s'ouvrit à son tour. Lorsqu'il m'attrapa d'une main pour me mettre debout, il ne put s'empêcher de se pincer les narines.

— Allez, du nerf ! grogna-t-il en me poussant dans le couloir.

Mélina s'y trouvait déjà, les poignets liés par une corde. Ses habits chiffonnés comptaient quelques taches mais ils étaient loin d'être dégoûtants. Contrairement à moi, elle avait dû profiter des vêtements propres qui lui avaient été apportés.

Si on m'en avait régulièrement proposé depuis mon emprisonnement, je ne m'étais changée qu'à deux reprises, quand j'avais estimé avoir suffisamment d'intimité pour le faire. Pas par pudeur – il y avait longtemps que je ne me souciais plus de ce détail – mais par crainte qu'on découvre mon poignard, mon plan ou mon collier. Heureusement, plutôt qu'une robe dans laquelle il m'aurait été difficile de cacher mes trésors, quelqu'un – probablement Ebb – s'était assuré qu'on mette toujours à ma disposition une culotte de cuir et une tunique.

Ma chevelure n'était plus qu'un piteux amas de nœuds. Malgré tout, je redressai fièrement les épaules et me mis en marche au côté de Mélina, à la suite du garde. Devant nous dans la galerie, j'apercevais la chevelure blanche de Céren qui nous menait vers les hauteurs de la montagne.

— Où allons-nous ? murmurai-je au bout d'un moment à ma voisine.

— Aucune idée. Mais reste sur tes gardes. Tu auras peut-être une occasion de fuir.

Entourée de soldats et les mains attachées, je ne voyais pas comment. Mais je n'en dis rien et me contentai d'ouvrir l'œil.

Une fois de retour dans les principaux couloirs du château, nous dépassâmes l'étude de Céren puis la salle à manger, avant de déboucher dans la salle du trône. Bien que, comme le jour de mon arrivée, le siège royal demeure inoccupé, la pièce était bondée comme je ne l'avais jamais vue. L'air grave, les courtisans agglutinés là nous regardèrent traverser les lieux en direction des immenses portes de fer. Quelques dames sanglotaient.

Soudain, une silhouette se glissa furtivement à ma gauche. Tournant la tête, je découvris ma femme de chambre, un mouchoir sous le nez.

— Ebb ! Que faites-vous là ? Que se passe-t-il ?

Elle avait les yeux rougis d'avoir pleuré. Ses iris n'en apparaissaient que plus bleus.

— Le roi est mort, mademoiselle.

Le sang se mit à me battre aux tempes, si bruyamment que j'aurais cru entendre le rugissement de l'océan.

— Quand ?

— Hier soir.

— Céren s'est-il déjà proclamé roi ?

Elle secoua la tête.

— Le duel est prévu pour demain, à l'aube. Si Talin revient à temps pour y participer. En attendant, Céren reste malgré tout régent.

— Qu'est-ce que ça signifie ? demandai-je alors que nous approchions de la sortie.

— Il va vous faire jeter toutes les deux du haut de la montagne.

— Quoi ?

Mais on nous faisait déjà franchir le seuil. Après tant de jours passés dans l'obscurité des cachots, la lumière extérieure s'avéra si aveuglante que je dus fermer les paupières. Quand je les rouvris, non sans difficulté, je découvris que, là encore, sur la large plateforme en surplomb qui s'étalait devant le château, la foule s'était rassemblée. Parmi les nobles qui, comme toujours, portaient le deuil, je distinguai une poignée de roturiers, le teint mat sous leurs vêtements bruns ou beiges tissés par leurs soins.

Ebb avait disparu. Les soldats nous emmenèrent au bord de la saillie et nous fûmes poussées sur une petite estrade. Mélina parvenait à garder un visage impassible, presque serein. Dos au vide, je sentais le vent me fouetter les cheveux.

Jamais encore je n'avais eu aussi peur, même quand Zadie m'avait annoncé qu'elle allait se mutiler. Céren m'avait pourtant bien fait comprendre qu'il avait besoin de moi vivante ! S'il s'était résolu à m'éliminer, cela ne pouvait vouloir dire qu'une chose : il avait fini par trouver dans mon sang ce qu'il cherchait et rien, désormais, ne pourrait l'empêcher de sacrifier les Varénians sur l'autel de ses ambitions.

Il ne tarda pas à faire son apparition devant l'estrade. Vêtu d'un élégant pourpoint noir et de chausses assorties, il avait noué ses cheveux en catogan. Un bandeau de métal sombre lui ceignait le front.

— Nobles seigneurs et gentes dames de la cour, lança-t-il d'une voix forte. Comme vous le savez, mon père bien-aimé, votre roi, nous a quittés la nuit dernière pour s'en aller prendre sa place parmi les étoiles, auprès de ses ancêtres. C'est donc à moi qu'il incombe aujourd'hui de faire justice contre ces deux scélérates.

Il se tourna vers nous, son expression aussi énigmatique qu'à l'accoutumée.

— Mélina, ici présente, et Zadie, ma fiancée, ont été jugées et reconnues coupables de trahison. Le châtiment pour un tel crime ne saurait être que la mort.

À ces mots, un murmure parcourut l'assemblée. J'aurais cependant été incapable de dire si les spectateurs approuvaient ou critiquaient la sentence.

— Par conséquent, poursuivit Céren, elles seront jetées du mont Ayris, ici même. Si leurs âmes sont innocentes, qu'elles volent. Dans le cas contraire, nous regarderons leurs corps s'écraser dans l'abîme.

Deux gardes s'avancèrent vers notre petit promontoire. Les yeux fermés, je reculai d'un pas vers Mélina.

— Ça va aller, petite, me dit-elle calmement.

Malgré tout, quand l'un des soldats attrapa mes bras immobilisés, je ne pus m'empêcher d'essayer de résister. En vain, bien entendu. Comparé à moi, l'homme était gigantesque et, en dépit de tout le foie de bœuf que je m'étais forcée à ingurgiter, j'étais affaiblie par les saignées et par le fait d'être restée confinée dans le noir. Le garde me traîna vers le précipice et je dus me mordre la lèvre pour me retenir de hurler. Mon regard affolé trouva celui de Céren. L'espace d'une seconde, je crus y voir passer l'ombre d'un doute. Mais cette infime lueur d'espoir s'évapora en un instant.

— Poussez-la, lâcha-t-il simplement.

— Non, attendez ! Arrêtez tout !

Ses yeux écarquillés de terreur cherchant désespérément son frère, Talin venait de jaillir de la foule. Mon estomac me donnait l'impression d'être déjà en chute libre.

— C'est moi qui assure la régence jusqu'à demain, répliqua l'héritier. Rien ne t'autorise à donner d'ordre à quiconque.

— Jamais Père n'aurait cautionné cela ! riposta son cadet, qui tremblait d'une rage à peine contenue.

Céren haussa un sourcil.

— Ah, tu parles pour les morts, maintenant ?

Talin s'approcha alors de lui pour lui murmurer quelques mots qu'il me fut impossible d'entendre. Céren regarda l'homme qui me tenait. Levant un doigt, il lui enjoignit d'attendre.

Les deux frères s'éloignèrent et discutèrent, tête baissée, tandis que je patientais à seulement quelques dizaines de centimètres du vide qui m'appelait déjà – comme déterminé à me convaincre qu'il serait tellement plus facile de m'abandonner à lui.

Au bout d'un moment, Céren se redressa et se dirigea vers moi. Je craignis qu'il n'ait décidé de me pousser lui-même du haut de la montagne, mais il se borna à chuchoter quelque chose à l'oreille de mon garde. Celui-ci m'entraîna vers les portes du château.

Et soudain, alors que je me débattais, je vis Mélina être entraînée en sens inverse. Vers la falaise.

— Non !

J'avais hurlé si fort que la moitié de l'auditoire s'était tournée vers moi. Toute mon attention, cependant, était concentrée sur Céren.

Après un moment de flottement, il hocha le menton en direction du garde.

— Longue vie à la reine ! cria Mélina.

L'instant d'après, elle n'était plus là.

Chapitre 32

SECOUÉE DE SANGLOTS INCONTRÔLABLES, je me laissai docilement raccompagner à travers les couloirs et enfermer dans ma cellule.

Jusqu'au bout, j'avais cru que nous pourrions nous en tirer. Toutes les deux. Mais tandis que les derniers souvenirs que j'avais de Mélina repassaient en boucle dans mon esprit, je me rappelai ce qu'elle m'avait dit, le jour où elle m'avait rejointe aux cachots : *tout ce que je fais, c'est pour Varénia... je crois qu'on peut te sortir d'ici.*

Déjà à ce moment-là, elle paraissait se douter qu'elle n'en réchapperait pas. Elle semblait penser qu'en me sauvant, nous pourrions sauver notre village. Malheureusement, si elle avait envisagé quoi que ce soit pour moi au-delà de mon évasion, elle n'avait pas eu l'occasion de m'en faire part.

Longue vie à la reine ! Comme moi, chacun des hommes, des femmes et des enfants qui avaient vu Mélina plonger vers sa mort devait entendre ces paroles résonner dans sa tête. Mais à qui faisaient-elles référence ? À moi ? Mélina n'avait quand même pas pu croire que Céren voudrait encore m'épouser après m'avoir condamnée pour trahison...

Les joues trempées de larmes, je m'étais recouchée sur ma paillasse nauséabonde. Je ne voyais pas d'autre façon d'échapper à ma détresse qu'en me rendormant au plus vite. Mais alors que j'avais presque sombré dans le sommeil, je perçus un bruit en provenance du couloir, bien différent du martèlement sourd des bottes des gardes. On aurait plutôt dit des pantoufles filant furtivement sur les dalles de pierre. Ou le bruissement des pans d'un long manteau. Persuadée que Céren revenait finalement me chercher, je me rassis, terrifiée. Cependant, derrière ma porte s'éleva soudain une voix bien plus douce que celle du prince.

— Mademoiselle ? Vous allez bien ?

— Ebb..., soufflai-je avant que la boule dans ma gorge ne me force à déglutir. Je n'arrive pas à croire qu'il ait tué Mélina.

— Je suis désolée. Je sais que vous étiez amies.

D'après Talin, Mélina n'avait pas d'amis. Pourtant, elle s'était montrée plus loyale envers moi que ma propre mère. J'essuyai mes pleurs du revers de la main et jetai un œil par la minuscule lucarne à barreaux découpée dans le battant.

— Pourquoi êtes-vous venue ? demandai-je à ma femme de chambre. Céren vous fera exécuter aussi s'il le découvre.

Elle secoua la tête.

— Les gardes affectés aux cachots me connaissent. Je viens de temps en temps rendre visite à mon frère.

— Votre frère ? Mais je croyais que...

— Je vous ai dit qu'il vivait au château, oui. Il travaillait pour le roi Xyrus jadis, mais quand Céren a commencé à gérer les affaires de son père, il a insinué qu'Aro complotait contre la couronne et l'a fait emprisonner. Sans réel procès.

— Mais dans ce cas, comment vous êtes-vous débrouillée pour vous faire engager dans le personnel ?

— J'ai simplement utilisé un faux nom de famille. Céren ne m'avait jamais vue. Il n'avait aucune raison de penser que j'étais la sœur d'Aro.

— Si vous avez rejoint Château-Neuf, c'était donc uniquement pour vous rapprocher de lui ?

Elle hocha la tête.

— Mais je n'aurais jamais imaginé avoir un jour la chance de servir une noble demoiselle aussi bienveillante que vous, dit-elle en posant les doigts sur le rebord de l'ouverture.

Je les recouvris des miens.

— Dès que j'ai entendu dire que Mélina avait accusé Céren d'avoir assassiné la reine, je suis allée chercher Grig, continua-t-elle. Au fond de moi, je savais que c'était la vérité et que quelqu'un devait aller avertir le prince Talin sans tarder. D'autant plus qu'il n'aurait jamais toléré de vous savoir enfermée.

— Merci, Ebb, murmurai-je. S'il n'était pas revenu juste à temps, je serais morte à l'heure qu'il est.

— Oh, je ne pense pas que Céren avait vraiment l'intention de vous tuer, mademoiselle, répondit-elle avec calme. Voyez-vous, ses guetteurs l'avaient prévenu de l'arrivée imminente de Talin. Comme le roi avait rendu l'âme, il lui fallait surtout un prétexte pour s'emparer du pouvoir au plus vite, sans avoir à combattre son frère.

— Et ce prétexte, il... il l'a trouvé ? demandais-je.

Mais je redoutais déjà la réponse. Ebb resta un instant silencieuse, puis...

— En échange de votre vie, Talin a accepté de renoncer au trône.

Un frisson me parcourut.

— Par Thalos, non...

Quelque part au loin, une porte claqua. Un brouhaha de voix masculines se répercuta jusqu'à nous.

— Je ferais mieux de m'en aller, chuchota ma femme de chambre. Talin viendra vous chercher demain matin. Tout va rentrer dans l'ordre, mademoiselle.

— Mais comment ?

— Faites-moi simplement confiance, dit-elle en serrant ma main entre les siennes.

— Merci, Ebb, répondis-je sans parvenir à empêcher ma voix de se briser. Merci pour tout. Sans votre amitié, jamais je n'aurais survécu.

J'avais les yeux remplis de larmes. La jeune femme sourit, puis elle m'embrassa les doigts.

— Moi non plus, m'assura-t-elle.

Je rêvais à nouveau de ma sœur, quand un étrange pressentiment me tira brusquement du sommeil. Scrutant les ténèbres, je me redressai aussitôt, la main déjà à moitié dans ma botte.

— Je suis ravi que vous ayez pu vous reposer un peu, lança alors une voix.

Celle de Céren, toute proche. Trop proche.

— Vous êtes si belle quand vous dormez.

Mais… Où était sa torche ? Comment avait-il pu me regarder dans une telle obscurité ?

— J'ai une très mauvaise vue à la lumière du jour, poursuivit-il. Mais je vois plutôt bien dans le noir.

Une fois de plus, il semblait glaner mes pensées sans que j'aie à les exprimer.

Craignant soudain de trahir la cachette de mon arme, je retirai lentement les doigts de ma botte.

— La pénombre décuple aussi mon ouïe, ajouta le prince. C'est d'ailleurs ce qui m'a très vite permis de comprendre que vous me suiviez, la nuit où je suis descendu au bord du lac souterrain pour superviser mes essais.

Et votre cœur bat si vite, tout à coup, ma chère ! Comme celui d'un oisillon. Auriez-vous peur de moi, Nor ?

Son souffle me frôla la joue et je me dérobai en tressaillant. Il était à l'intérieur de ma cellule. Comment avais-je pu ne pas l'entendre entrer ?

Les gardes avaient beau m'avoir délié les poignets avant de me remettre au cachot, j'aurais été folle d'essayer de poignarder Céren à l'aveuglette. Je risquais de me blesser moi-même. La simple idée qu'il puisse me voir sans que ce soit réciproque m'horrifiait.

Lorsque je sentis quelque chose de duveteux m'effleurer, je bondis vers l'endroit où je pensais que se trouvait la porte. Mais tel un piège à ours, les bras du prince me ceinturèrent aussi sec.

— Là, là, du calme, petit oiseau, murmura-t-il à mon oreille. Je vais vous délivrer.

— Qu'est-ce que vous racontez ?

— Pensiez-vous vraiment que j'allais vous jeter du haut de la montagne ? répondit-il en laissant courir son index sur ma joue. Que j'aurais bêtement gâché tant de beauté, tant de robustesse ? Quand j'ai appris que Talin reviendrait à temps pour me défier en duel, je n'ai simplement pas eu d'autre choix que de vous utiliser comme appât.

— Et maintenant ? sifflai-je entre mes dents serrées.

— Maintenant, je suis ici pour vous proposer un marché.

— Un marché ? raillai-je. N'en avez-vous pas déjà conclu un avec votre frère ?

Son gloussement m'arracha un frisson.

— Ah, mon cher frère. Les prédispositions héréditaires, les muscles, les femmes… Il a toujours tout eu pour lui. Sauf vous. Vous ne lui avez jamais été destinée.

Céren desserra alors sa prise sur ma taille et j'en profitai pour tenter de déloger mon poignard de ma botte.

Mais avant que j'y sois parvenue, la cellule s'illumina tout à coup, révélant l'environnement sordide dans lequel je vivais depuis des jours.

Le prince avait allumé une torche. Et comme en offrande, il me présentait une couronne.

Une couronne telle que je n'en avais jamais vu.

Une couronne faite de rameaux de corail de sang. Vermeils, bruts, tortueux, ils avaient été entrelacés pour former une coiffe, puis incrustés de perles vérénianes qui chatoyaient à la lueur du flambeau.

Le contraste entre les deux matériaux me surprit autant qu'il m'enchanta. Jamais je n'aurais cru qu'ils s'harmoniseraient si bien et j'en étais époustouflée.

J'avais toujours trouvé le rouge des coraux laid et sinistre. Pourtant, ainsi juxtaposé au rose des perles, il ne paraissait plus si menaçant. À vrai dire, il était même sublime et faisait ressortir à la perfection les petites sphères lisses.

Zadie et Nor. Perle et corail.

Deux éléments, chacun plus beau et plus puissant non pas en dépit de l'autre, mais grâce à lui.

Céren me tendit la couronne.

— Prenez-la, Nor. Elle vous revient.

— Quoi ? hoquetai-je, sous le choc. Mais où vous l'êtes-vous procurée ?

— C'est la mère de la princesse Ilara qui l'a fait façonner. À partir des branches du corail de sang éclos du cœur de sa fille. Elle n'a encore jamais été portée, car aucune femme, ilaréenne ou varéniane, n'en a jamais été jugée digne. Mais vous, mon aimée, vous êtes différente.

Je tournai le splendide diadème entre mes mains. Mort, le corail n'était plus dangereux au toucher, m'avait expliqué Père. Seul le fait de se couper avec pouvait être néfaste. Je fis glisser mes doigts sur les perles. J'en avais rarement contemplé d'aussi vives et brillantes. Je ne pus m'empêcher d'imaginer ce qu'auraient pensé les filles de Varénia face à ces merveilles.

— Pourquoi me l'offrez-vous ? demandai-je enfin.

— Ce que je vous offre, c'est la chance de devenir reine d'Ilara. Épousez-moi, et plus aucun mal ne sera fait à votre peuple. J'aurai tout ce qu'il me faut ici, à Château-Neuf. Ensemble, nous serons assez forts pour affronter la femme-roi et tous ceux qui oseront menacer notre royaume. Après moi, nos fils deviendront les souverains les plus vaillants, les plus puissants qui aient jamais régné. Unis, Nor, nous pourrons conquérir le monde.

Incrédule, je fixai Céren avec des yeux ronds.

— Vous voulez que je vous épouse… pour la couronne ?

Il sourit.

— Je ne suis pas assez idiot pour penser que vous le feriez par amour. Non, je sais que l'honneur de votre affection revient à mon frère, reconnut-il avec un infime soupçon de tristesse dans le regard. Et c'est bien normal. Il est aussi beau et bon que vous l'êtes. Mais si vous avez tenu à venir en Ilara, ce n'était pas vraiment pour épouser un prince, n'est-ce pas ? Vous vouliez surtout voir le monde. Eh bien, ce désir, je peux le combler, Nor. Et si vous devenez ma reine, je vous promets, en échange, de rendre sa liberté à votre peuple.

— Sa liberté…, répétai-je en posant sur la couronne un œil sceptique. Et qu'est-ce que cela signifierait, au juste ?

— Ils pourront quitter Varénia et accoster sur le continent s'ils le souhaitent, faire des affaires au port comme tout le monde et vendre leurs produits à leur juste valeur. Plus jamais leur approvisionnement en nourriture ou en eau ne sera interrompu. Votre village pourra même devenir indépendant.

À ces mots, mon pouls s'accéléra. Varénia, libre et indépendant ? Jamais je n'aurais osé en espérer autant.

— Et ils n'auront plus à récolter les perles exclusivement pour vous ? demandai-je prudemment.

Céren secoua la tête.

— Je n'en aurai plus besoin.

— Mais si vous vous passez d'elles, ne risquez-vous pas de vous affaiblir ? demandai-je, perplexe. Je pensais que vous vouliez rester fort et en bonne santé.

Il sourit à nouveau, mais cette fois de ce sourire sombre et sinistre qui m'avait toujours fait froid dans le dos.

— Absolument. Et je le resterai grâce à vous.

Mes entrailles se convulsèrent d'horreur. Mon sang. Il voulait me garder comme son réservoir.

— Qu'allez-vous faire de moi ? Me saigner quotidiennement pour le restant de mes jours ?

— Oh non, ma chère. Ce que je vous ai déjà prélevé me suffira.

De quoi parlait-il ? Qu'avait-il trouvé dans mon sang ? Je baissai les yeux sur la couronne. C'était en entrant dans mes veines que le poison du corail m'avait conféré mes étonnantes facultés de guérison. Était-il possible que mon sang les transmette désormais à Céren ? Le prince avait-il déjà tenté l'expérience ? Je l'observai à nouveau. Ses lèvres et ses pommettes semblaient effectivement plus colorées que dans mes souvenirs, les angles de son visage moins saillants. Comme s'il sentait que je le jaugeais, il redressa les épaules et releva le menton. Il avait l'air plus fort qu'avant, plus vigoureux. Prêt à conquérir le monde, comme il l'avait auguré.

— Mais comment ? soufflai-je.

— De la même façon que j'ai tiré parti des perles.

L'incommensurable dégoût mêlé d'effroi qui m'envahit alors dut se lire sur mes traits… car Céren en sourit de plus belle.

J'avais beau ne pas connaître l'étendue de mes pouvoirs, je savais depuis ma rencontre avec Salandrin qu'il en fallait beaucoup pour m'achever. Entre de mauvaises mains, un tel atout pourrait avoir des conséquences désastreuses.

Je compris à ce moment-là qu'acheter la libération des Varénians ne suffirait pas à les sauver. Tant qu'il vivrait, le prince continuerait d'exploiter quiconque pourrait lui permettre d'atteindre ses objectifs. Même le bannissement n'aurait pu arrêter un monstre tel que lui.

— Jamais je ne vous épouserai, Céren, déclarai-je froidement. La seule menace qui pèse sur le royaume, c'est vous.

Son sourire arrogant s'effaça aussitôt.

— Vous refuseriez mon offre avant même que je vous en expose les termes ?

Ma gorge se noua.

— Les termes ?

— Vous avez le choix, Nor : le mariage ou la mort.

Soudain prise de vertiges, je demeurai un instant pétrifiée. J'aurais dû me douter que Céren ne me laisserait pas le rejeter.

Mais il ne se rendait pas compte qu'il y avait une troisième possibilité. La seule pour laquelle je pouvais encore opter de mon plein gré.

Dans un regain d'énergie, je lui enfonçai la couronne dans le ventre, dégainai mon poignard en un éclair, et fendis le vide devant moi. Si je sentis ma lame déchirer son pourpoint, rien ne me garantissait que j'avais atteint sa chair. Il empoigna alors la dague qu'il portait à la ceinture. Plutôt que de tenter d'affronter quelqu'un qui avait des années d'entraînement au combat derrière lui, je pris mes jambes à mon cou.

Par chance, il n'avait pas verrouillé la porte de ma cellule après être entré. Scintillant au loin, une torche de faux-feu m'indiqua dans quelle direction fuir.

Je m'efforçais de ne pas céder à la panique, mais Céren était déjà à mes trousses et il voyait beaucoup mieux que moi où il allait. À chaque seconde, il gagnait du terrain.

— Nor ! cria-t-il dans mon dos. Où croyez-vous aller comme ça, petit oiseau ? Vous êtes coincée !

Malgré tout, je sortis des cachots et continuai à avancer jusqu'à me retrouver face à un tunnel qui se divisait en deux. Derrière moi, la respiration saccadée du prince se rapprochait. Je m'engouffrai sans délai dans la galerie de droite, en priant pour qu'elle me conduise à la grotte des vers luisants. Au bout de quelques secondes seulement, la qualité de l'air environnant changea. Un frisson de soulagement me parcourut l'échine. J'y étais, pensai-je… avant qu'une écœurante odeur de pourriture ne s'invite sur ma langue.

Mes yeux finirent par s'habituer à l'infime lueur dispensée par les minuscules lanternes de faux-feu accrochées aux murs.

J'étais dans la crypte.

Autour de moi, des centaines de milliers d'ossements s'entassaient, pêle-mêle, comme si les dépouilles des défunts avaient simplement été jetées là, les unes sur les autres. Mais à peine eus-je risqué un œil par-dessus mon épaule que la silhouette de Céren émergea de l'ombre à l'entrée de la cavité.

Sans réfléchir, je partis en courant vers l'espace réservé aux morts de la famille royale, à en juger par les autels de marbre sur lesquels étaient étendus les squelettes, encore drapés des restes moisis de leurs fastueux habits. Leurs orbites vides fixées sur moi, ils semblaient vouloir m'avertir du péril qui me guettait. Le tranchant de mon couteau de corail avait beau étinceler dans la pénombre, je n'arrivais toujours pas à déterminer s'il y avait du sang sur sa lame écarlate. Je tournai au coin d'une énième pile de restes humains, puis me baissai aussitôt derrière l'un des blocs de marbre.

Espérant que le prince ne me verrait pas, je tâtonnai d'une main sur le plateau de pierre couvert de toiles d'araignées poisseuses, jusqu'à sentir sous mes doigts un os plus imposant que les autres. Un fémur, vraisemblablement. Je le tirai sans bruit près de moi, et j'attendis.

Céren ne se pressait même plus. Il marchait. Quand il approcha de ma cachette, je retins mon souffle. Mais dès qu'il m'eut dépassée, je me relevai. Il fit aussitôt volte-face.

— Ah, vous voil...

Telle une massue, le fémur s'écrasa sur sa tempe gauche. Une gerbe de sang jaillit de son nez et il plaqua instinctivement ses mains dessus. J'avais déjà abandonné mon os et brandissais mon poignard.

— Laissez-moi partir, Céren, le suppliai-je en m'éloignant de lui à reculons. Vous avez obtenu de moi ce dont vous aviez besoin. Laissez-moi rentrer chez moi.

Mais écartant soudain les mains de son visage ensanglanté, il se jeta sur moi avec un grognement de bête sauvage. Par réflexe, je levai les bras pour me protéger, et ses yeux s'écarquillèrent de surprise. Les miens aussi.

Ma lame de corail s'était fichée dans sa poitrine.

Je lâchai mon arme. Des lèvres cramoisies du prince s'échappa un gémissement d'angoisse.

— Vous allez le regretter ! éructa-t-il en titubant vers moi. Je vous tuerai de mes propres mains !

— Non, répondis-je sans parvenir à masquer la tristesse qui affleurait dans ma voix. Vous ne ferez rien. Il y a une chose que vous n'avez jamais pensé à me demander au sujet du corail de sang, dont est fait ce poignard.

Il baissa les yeux sur le petit couteau qui saillait toujours de son torse, avant de tomber à genoux.

— Et qu'est-ce que c'est ? siffla-t-il.

— Sa blessure est fatale.

Céren releva vers moi le gris de ses iris. Le sang qui couvrait la partie inférieure de son visage pâle commençait à noircir. Même si celui qui s'écoulait de sa blessure se fondait, invisible, dans le tissu sombre de son vêtement, je savais que le poison pénétrait déjà dans son cœur. Il ouvrit la bouche et poussa un hurlement tel que je crus qu'il allait réveiller les morts. Puis il s'effondra. À mes pieds, son regard cruel planté dans le mien, il exhala un râle torturé.

J'inspirai profondément et reculai d'un pas mal assuré jusqu'à buter contre une tombe. Je portai mes mains tremblantes à mon visage et, tout à coup, à la vue de tant de sang, je me mis à pleurer sans pouvoir m'arrêter.

J'avais tué un homme. Et pas n'importe lequel. J'avais assassiné le prince héritier d'Ilara.

Chapitre 33

L'ÉCHO DE L'ULTIME CRI DE CÉREN me poursuivit encore longtemps dans le dédale de galeries où je fuyais. J'avais tellement peur que j'avais du mal à me rappeler la chanson de Mélina.

Au plus bas de la montagne
À l'endroit le plus profond,
Au-delà du grand bassin
Luisant de vers au plafond...

Je chantai ces paroles dans ma tête jusqu'à apercevoir une faible lumière bleue au bout d'un étroit passage. J'avais enfin atteint le lac de Salandrin et j'y plongeai aussitôt.

Les flots glacés, tels les doigts insensibles de Thalos, se refermèrent sur mon crâne. Je les imaginai purifier mon corps comme mon âme de la souillure du meurtre que j'avais commis. Je nageai droit devant moi, le plus vite possible. En dépit du froid et de ma terreur, me retrouver à nouveau dans l'eau me faisait un bien fou. Mes membres n'avaient rien oublié. Mes mains fendaient l'onde et je battais des jambes avec acharnement pour me propulser toujours plus loin. J'étais si concentrée sur ma respiration qu'il fallut que mes doigts éraflent le fond du lac pour que je comprenne que j'approchais déjà de l'autre rive, où l'eau était moins profonde.

Je me hissai sur les rochers glissants et me donnai quelques instants pour reprendre haleine. Mais rester inactive me laissait le temps de penser. *Céren est mort,* me répétais-je. Si une minuscule coupure comme la mienne avait failli me tuer, une lame de corail près du cœur l'avait certainement achevé en quelques minutes à peine. Pourtant, même forte de cette certitude, je ne parvenais pas à me défaire de la sensation d'être suivie.

Je gravis la berge. J'espérais me diriger vers la sortie, mais plus je m'éloignais des vers luisants, moins j'y voyais. Et en haut de la pente, je tombai à nouveau sur une fourche. Je m'obligeai à vider mon esprit de toute réflexion parasite, pour n'y conserver que les rimes de Mélina.

Apparaîtra le chemin à tes yeux de Varéniane. Qu'est-ce que cela signifiait ? J'avançai de quelques mètres dans le couloir de gauche. Il y faisait un noir d'encre. Si c'était là le chemin de la liberté, il n'avait rien de très engageant.

Suis le fil rouge du sang. Mais quel sang ? Je revins sur mes pas pour me placer à l'entrée du second tunnel. Je scrutais l'obscurité ambiante depuis une bonne minute déjà quand, soudain, un infime éclat vermillon m'apparut dans les ténèbres. Je courus jusqu'à lui. Là. Sur le mur. Un cristal incrusté dans la roche. Comme s'il était éclairé de l'intérieur, il miroitait d'une discrète lueur grenat. Et tout à coup, lorsque mes yeux se furent tout à fait habitués au manque de luminosité, je découvris d'autres cristaux qui le suivaient, traçant une longue traînée sinueuse comme un vaisseau sanguin dans la paroi du tunnel.

Que m'avait raconté Ebb à propos des géants de la légende ? *Leurs veines finirent par geler, formant ainsi la pierre de sang qu'on extrayait autrefois de la montagne.*

Je devais avoir devant moi un filon que personne n'avait jamais découvert ! Ce qui n'avait rien d'étonnant puisqu'il se cachait derrière un lac qu'aucun Ilaréen n'aurait osé traverser, même si Salandrin n'y avait pas habité.

Je m'enfonçai dans le passage à petites foulées. L'effort ne tarda pas à me réchauffer. Dans mon cœur, la flamme que la mort de Mélina avait presque éteinte s'était ravivée. Au loin, il me sembla distinguer un filet de lumière. J'accélérai. Mes muscles et mes poumons avaient beau demander grâce, la lueur et la perspective d'être bientôt au-dehors me donnaient des ailes.

Je ne m'arrêtai que lorsque je parvins devant la fissure ouverte dans la pierre. Si elle faisait quasiment un mètre de haut, elle n'était vraiment pas large. Par chance, mes vêtements encore trempés collaient à mon corps. En me tortillant, je parvins à me couler dans la crevasse. Aussitôt passée de l'autre côté, je me laissai rouler dans la terre avec un grognement de satisfaction.

Étendue sur le dos, je restai un moment à fixer le mince croissant de lune qu'on devinait dans le ciel.

Mais les gardes de la prison pouvaient trouver Céren à tout instant, et quand ce serait fait, tout le monde se lancerait à ma recherche. Il fallait que je me remette en route.

Terrifiant de bout en bout, le trajet vers Château-Vieux me rappela que j'étais encore loin d'être en sécurité. Bloquant les rares rayons de lune, l'épaisse voûte des arbres noyait le chemin dans l'obscurité. Je tremblais de faim et d'épuisement, et le cuir mouillé de ma culotte m'écorchait la peau à chaque pas. Hormis mon poignard, je n'avais rien pour me défendre en cas d'attaque. Le plan d'Ebb ne m'était plus d'aucune utilité. Quant à mon collier, que je dissimulais sous mon corsage, j'en aurais besoin au port pour trouver un marchand prêt à me ramener à Varénia.

L'idée de quitter l'Ilara sans dire au revoir à Talin était plus douloureuse encore que mes diverses blessures. Mais même si j'avais essayé de le retrouver, il y avait fort à parier que, dorénavant, il me haïrait.

J'avais assassiné son seul frère.

Je fus incapable de retenir mes sanglots quand je me rendis compte que ce serait sans doute l'unique souvenir qu'il garderait de moi, et j'implorai Thalos qu'il puisse un jour me pardonner.

Le temps que j'arrive en vue des lumières de Château-Vieux, je n'aurais su dire si mes pieds, au fond de mes bottes, nageaient encore dans l'eau du lac ou bien dans leur propre sang. Je m'approchai discrètement des écuries, où les lanternes étaient allumées. À l'intérieur, pourtant, en dehors du piétinement des bêtes, il n'y avait pas un bruit. Sur la pointe des orteils, je pénétrai dans la stalle de ma jument. Celle-ci leva aussitôt la tête et émit un petit hennissement.

— Doucement, ma belle, chuchotai-je.

Tout en lui flattant le cou, je cherchai des yeux de quoi la harnacher. J'avisai la porte qui, selon toute vraisemblance, menait à la sellerie et m'apprêtais à la rejoindre quand, tout à coup, on prononça mon nom – mon vrai nom.

— Nor ?

— Talin ! m'écriai-je en faisant volte-face.

— Que faites-vous ici ? Que s'est-il passé ? Par les dieux, êtes-vous blessée ?

Son regard s'était posé sur mes habits trempés, notamment ma tunique maculée de taches rosées.

Il se rua soudain vers moi pour me rattraper alors que mes jambes se dérobaient.

Le sang de Céren giclant sur mes joues, l'effroi que j'avais ressenti en traversant le lac puis les ténèbres de la forêt… Tout mon périple depuis l'instant où j'avais assassiné le prince me frappa de plein fouet. Et la gravité de mes actes me sidérait.

— Céren est venu me voir dans ma cellule, murmurai-je en grelottant de fatigue et de froid contre la poitrine de Talin. Il voulait me forcer à l'épouser. Il m'a promis la couronne, bien sûr, mais aussi la liberté pour les Varénians. Mais je n'ai pas pu. Je n'ai pas pu.

Il me serra un peu plus fort dans ses bras.

— Que vous a-t-il fait ?

— Il menaçait de me tuer si je refusais son offre, alors je me suis enfuie. Mais dans le noir, je me suis vite perdue et je me suis retrouvée dans la crypte. Il me poursuivait et je… Je lui ai fracassé le visage avec un fémur, avouai-je en frissonnant à nouveau à ce souvenir.

— Je suis désolé. C'est ma faute, répondit Talin d'une voix rauque. J'aurais dû me douter qu'il ne renoncerait pas à vous si facilement.

Je levai mes yeux vers les siens.

— Facilement ? Il vous a obligé à lui céder le trône !

— Si seulement j'étais arrivé plus tôt. J'aurais voulu sauver Mélina aussi, mais il…

Il se tut, comme interrompu par les larmes qu'il retenait.

— C'était toi ou rien, termina-t-il avant de m'embrasser le sommet du crâne.

Sa chaleur s'insinua aussitôt en moi, repoussant le froid. Il ne portait pas d'armure, rien qu'une chemise de lin. En dessous, il n'était que muscles. Pour la première fois depuis des semaines, je me sentais à l'abri de tout danger. J'aurais voulu appuyer ma tête contre son torse et me reposer. Mais je devais lui dire la vérité. Je m'écartai légèrement.

— Ce n'est pas tout, Talin. Après l'avoir frappé, j'ai... Je l'ai poignardé. Près du cœur. Avec une lame en corail de sang, ajoutai-je avant de ravaler ma salive. Tu... Tu te souviens de ce que je t'ai raconté, au retour de la foire ? Je t'ai expliqué que j'avais failli mourir d'une minuscule coupure infligée par ce même type de corail.

Ses bras glissèrent puis s'éloignèrent de moi, et il fit un pas en arrière.

— Qu'essaies-tu de me dire ? Céren est... mort ?

— Je suis désolée, soufflai-je d'une voix désespérée. C'était ton frère. Et tu viens à peine de perdre ton père.

Je ne tentai même pas d'implorer son pardon. Je ne m'en sentais pas le droit.

Il s'assit sur une botte de foin, puis laissa tomber sa tête entre ses mains.

— Céren est mort, répéta-t-il.

— Je... Je crois. Oui.

J'aurais tellement souhaité l'enlacer et le réconforter à mon tour, mais je gardai mes distances. J'avais détruit l'espoir que j'avais eu de nous voir un jour ensemble car même en imaginant que Talin me pardonne, je restais une meurtrière. On me condamnerait sûrement à mort pour ce que j'avais fait.

Enfin, le prince releva les yeux.

— Je comprends, Nor. Je sais que tu ne ferais de mal à personne à moins d'y être obligée. Et je sais les horreurs qu'aurait accomplies Céren s'il avait vécu.

Je me posai à côté de lui et pris une de ses mains dans les miennes.

— Alors tu ne me détestes pas ? demandai-je, incrédule.

M'attirant à lui, il enfouit son visage dans ma chevelure avant d'inspirer longuement, à plusieurs reprises. Il tâchait probablement de digérer ce que je venais de lui apprendre : que son frère était mort de mes mains. Certes,

Céren avait tué Talia, la personne que Talin aimait le plus au monde. Mais j'étais bien placée pour savoir que le lien fraternel était d'une force incomparable et résistait à toutes les blessures. Talin regrettait forcément que les choses n'aient pu se terminer autrement.

— Jamais je ne pourrais te détester, répondit-il malgré tout. Tu n'avais pas le choix.

Je restai dans ses bras aussi longtemps que possible. Mon corps n'aspirait à rien d'autre que demeurer lové au creux du sien. J'étais si exténuée qu'il me paraissait inconcevable de repartir et de courir à nouveau.

— Je dois m'en aller, annonçai-je pourtant au bout d'un instant en glissant les mains sur ses épaules. Les soldats de Château-Neuf doivent déjà être à ma recherche.

Talin redressa la tête, visiblement interloqué.

— Tu n'as plus rien à craindre, tu sais. Si Céren est réellement mort, la régence me revient.

Il hésita un instant puis ajouta :

— Du moins, jusqu'à l'arrivée de ma mère.

— Ta..., commençai-je en fronçant les sourcils.

J'étais certaine d'avoir mal entendu.

— Ma mère, oui, répéta-t-il. Je suis désolé de ne pas avoir pu te le dire, mais elle est toujours en vie. Et elle revient en Ilara.

J'étais si fatiguée. Ce que racontait Talin n'avait aucun sens.

— Je ne comprends pas. Je croyais que... Tout le monde m'a dit...

— Céren a tenté de l'éliminer parce qu'elle était enceinte, expliqua le prince avant de soupirer. Quand il l'a appris, il a commencé à craindre pour sa place dans l'ordre de succession. Bien sûr, il était le fils aîné du roi, mais si l'enfant à naître était une fille, alors...

— Alors le royaume redeviendrait reinaume, complétai-je

dans un souffle. Et le pacte qui unit Varénia à l'Ilara n'aurait plus lieu d'être.

Je bondis sur mes pieds et me mis à faire les cent pas devant le foin.

— Mais pourquoi Céren a-t-il pensé que Talia accoucherait d'une fille ? Après tout, aucune princesse n'est née en Ilara depuis des centaines d'années.

— C'est ce qui se dit, en effet, admit Talin d'un ton grave. Mais qu'est-ce qui est le plus probable ? Qu'aucun roi n'ait eu de fille depuis des générations ou qu'aucun n'ait voulu céder le pouvoir à une femme ?

Je m'arrêtai devant lui, les poings serrés.

— Tu veux dire que des héritières ont peut-être été assassinées au berceau ?

— J'aimerais pouvoir te dire qu'elles ont plutôt été envoyées vivre dans un village reculé, mais rien ne permet de savoir ce qu'elles sont devenues, répondit-il en écartant les mains en signe d'impuissance. En tout cas, Céren ne voulait prendre aucun risque. Après avoir lardé ma mère de coups de couteau, il l'a jetée dans le lac de Salandrin, pensant qu'elle était déjà morte et que le monstre s'occuperait de sa dépouille. Mais sa capacité à cicatriser rapidement l'avait maintenue en vie. Bien que grièvement blessée, elle a réussi à traverser le bassin, pour sortir ensuite de la montagne, de la même manière que toi, je présume.

Céren m'avait décrit la reine comme une femme aussi délicate qu'une fleur, mais elle se révélait beaucoup plus forte que je l'avais imaginé.

— C'est Mélina qui m'a dévoilé ce passage secret. Elle savait donc que Talia avait survécu ?

Talin hocha la tête.

— Quelques mois après cette tentative de meurtre, ma mère a réussi à reprendre contact avec moi. Malgré leur relation houleuse, elle m'a encouragé à faire de Mélina mon alliée. Elle savait que je ne pouvais faire confiance à personne d'autre, au château. Mon frère avait beau être jeune, il avait déjà une volonté de fer, bien supérieure à celle de mon père. Et si l'un de ses espions avait découvert que la reine était toujours vivante, il l'aurait certainement fait traquer pour la tuer pour de bon.

— Donc, quand Mélina a crié « Vive la reine »...

— Elle faisait référence à ma mère, l'héritière légitime du trône maintenant que le roi a rendu l'âme.

— Parce que Céren n'avait pas encore vingt et un ans, ajoutai-je.

Chaque énigme trouvait enfin sa réponse. Talin me sourit.

— Toutes ces années, ma mère est restée exilée à la frontière sud du pays. Elle y a peu à peu constitué une armée, prête à se rassembler dès l'annonce de la mort de mon père. Tu te rappelles lorsque nous nous sommes arrêtés pour que je puisse traiter avec Clifton, sur le chemin de la foire ? En réalité, je n'ai pas demandé à ses mercenaires de se battre pour l'Ilara, mais de joindre leurs forces à celles de ma mère et de lutter contre Céren, de rétablir le reinaume et de rendre à notre terre sa gloire d'antan. À l'heure où nous parlons, ils sont en marche.

— Mais pourquoi Mélina s'est-elle laissé emprisonner si elle se doutait que Céren n'avait pas l'intention de me tuer ?

— Pour t'expliquer par où t'échapper. Elle ne savait pas quand je reviendrais. Mon frère faisait tout son possible pour me tenir éloigné de Château-Neuf, au cas où Père mourrait. C'est lui qui a ordonné à ces hommes de nous attaquer, au retour de la foire. Et quand ils n'ont pas réussi à me tuer, il s'est servi de leur échec pour m'éloigner à nouveau. Sans Grig et ta femme de chambre, jamais je ne serais revenu à temps pour m'opposer à ton exécution. Si Mélina tenait tant à te sauver, c'est qu'à ses yeux tu étais celle qui saurait convaincre Varénians et Galethiens de rejoindre les troupes de ma mère le moment venu.

Évidemment, ce dont Mélina ne s'était pas doutée, c'était que mon propre peuple ne me faisait absolument pas confiance. Heureusement, ce détail n'avait plus la moindre importance.

— Maintenant que Céren est mort, plus personne ne disputera le trône à son héritière, non ? Il n'y aura pas de guerre. Et ta mère deviendra vraiment la femme-roi.

Talin sourit à nouveau.

— Pas exactement. Ma mère sera reine régente. La femme-roi, ce sera sa fille. Du moins, dès qu'elle aura vingt et un ans, nuança-t-il.

Face à mon expression choquée, il éclata de rire.

— Et oui, Nor, j'ai une petite sœur. Elle s'appelle Zoï. Je ne l'ai encore jamais rencontrée, mais elle sera bientôt là.

Imaginant une fillette dotée des mêmes yeux que le prince, je souris à mon tour.

— Je n'arrive pas à y croire.

Il m'attrapa les mains et m'attira sur ses genoux.

— Je sais qu'avoir pris la vie de Céren te fait du mal, mais tu en as épargné des milliers d'autres en le tuant, me dit-il calmement. Ce reinaume te doit tout, Nor. Voudras-tu bien rester ici ? Avec moi ?

Je le dévisageai un instant sans réagir. J'osais à peine accepter que tout ce qui m'avait été dévoilé depuis cinq minutes était bien réel. Les saignées à répétition, le fait d'avoir été si longtemps cloîtrée dans les cachots et le poids de la peur m'avaient abattue, meurtrie, affaiblie. Mais alors que Talin traçait le contour de ma mâchoire du bout du doigt, l'accablement et la culpabilité que j'éprouvais commencèrent à se dissiper.

Cette fois, ce fut moi qui l'embrassai.

Ses lèvres étaient toujours aussi douces et sensuelles contre les miennes. Ses mains semblaient apaiser les séquelles que m'avait laissées mon emprisonnement. Elles trouvèrent la peau nue sous ma tunique, et laissant comme des traînées incandescentes sur leur passage. Je dégageai sa chemise de sa ceinture, et laissai échapper un soupir en effleurant enfin les muscles puissants de sa poitrine, de son dos. Je m'assis à califourchon sur lui et enroulai mes jambes autour de sa taille pour me plaquer un peu plus contre lui. Il prit une brusque inspiration et, délicatement, attrapa ma lèvre inférieure entre ses dents.

— Nor, murmura-t-il.

J'ouvris les yeux et découvris qu'il me regardait. Il avait pris mon visage dans ses mains. Son pouce passa sur la zone sensible de ma joue droite et je me rendis compte que j'avais laissé mon fard dans ma chambre. Mais je savais, à présent, que plus jamais je ne voudrais m'en servir.

— J'aimerais rester avec toi, Talin. Seulement, je dois m'assurer que ma famille va bien. La situation était préoccupante quand je suis partie et d'après Sami, les choses n'ont fait qu'empirer. Et puis, qui leur apprendra le décès de Céren si je n'y vais pas ?

Le prince acquiesça.

— Je vais t'emmener jusqu'à la côte. La foire du port aura lieu dans deux jours.

Même si j'avais été enfermée pendant ce qui m'avait paru une éternité, apathique et inutile alors que les miens enduraient très certainement le pire, je n'arrivais pas à croire qu'il se soit écoulé tant de temps depuis que j'avais vu Sami.

L'idée de rejoindre le port sans craindre pour ma vie avec Talin à mes côtés, de passer peut-être la nuit avec lui sur le trajet… Tout cela me tentait beaucoup. Tellement que je faillis accepter. Mais le roi et son fils aîné venaient tous les deux de mourir, et la régente n'atteindrait pas le mont Ayris avant plusieurs jours. Entre-temps, les Ilaréens auraient besoin de leur prince, tout comme les Varénians avaient besoin de moi.

— Merci, dis-je doucement. Cela me touche énormément que tu sois prêt à t'éloigner de Château-Neuf maintenant. Mais ta place est là-bas, au moins jusqu'à ce que ta mère arrive.

Il m'attira un peu plus à lui.

— Je ne peux pas te laisser y aller seule, Nor. La route est trop dangereuse.

— Je prendrai une arme. Tu peux aussi me donner assez d'argent pour que je puisse changer de monture, si nécessaire. Et le moment venu, je sais que tu viendras me retrouver.

J'appréciais à la fois qu'il veuille me protéger et qu'il n'insiste pas face à mon refus. Il approcha à nouveau son visage du mien et se contenta de m'embrasser encore, longuement, tendrement, sans urgence, comme pour me promettre que, oui, il viendrait me chercher dès que possible et que nous serions à nouveau réunis.

— Tu es certaine de vouloir partir immédiatement ? demanda-t-il lorsque nos lèvres se séparèrent enfin. Mes gardes ne te feront aucun mal. Je ferai en sorte que tu ne sois pas tenue pour responsable de la mort de Céren. Tu pourrais attendre l'aube et parvenir quand même à temps à la foire. Il te faut du repos, pour guérir.

— Je suis déjà guérie, répondis-je avec douceur. Et je ne peux te décrire à quel point j'aimerais rester ici, dans tes bras. Mais ma sœur est là-bas, très probablement en train de souffrir, et c'est comme si elle ne cessait de m'appeler. Chaque jour séparée d'elle est un jour que je ne récupérerai jamais, Talin.

Il hocha la tête, puis me tendit une petite bourse de cuir remplie de pièces.

— Promets-moi d'être prudente.

— Je te le promets.

Je me retournai vers la stalle de ma jument, mais il m'arrêta d'une main.

— Tu n'iras pas bien loin sur cette bête. Prends Xander.

— Je ne peux pas, protestai-je. C'est ton cheval préféré.

— C'est aussi le plus rapide et le plus fidèle. Il veillera sur toi à ma place. J'ai besoin d'être sûr que tu arriveras au port saine et sauve. Il y aura toujours d'autres chevaux, mais il n'y en aura jamais une autre comme toi, Nor.

Toute mon existence, on m'avait fait comprendre qu'au contraire, il y en avait une autre comme moi, et qu'elle me surpassait dans chacun des domaines qui importaient. Mais dès l'instant où il m'avait rencontrée, sur le pas de la porte du gouverneur, alors que, trempée jusqu'à l'os, je me disputais avec Sami, Talin m'avait vue. Il m'avait vue, pas simplement comme la jumelle de Zadie, mais pour tout ce que j'étais : impétueuse, têtue, imprudente, compétitive, imparfaite, loyale, déterminée et, oui, belle, aussi.

— Merci, Talin. Pour tout.

Et sur ces mots, je l'embrassai, non sans m'imprégner de son odeur dans l'espoir de la garder en mémoire.

Pendant qu'il allait me chercher quelques provisions dans les réserves de Château-Vieux, je harnachai Xander. À son retour, Talin chargea les sacoches de la selle de pain, de fruits, de fromage à pâte dure et de deux outres d'eau. Enfin, il me remit un rouleau de parchemin.

— Une carte, au cas où tu ne te souviendrais plus du chemin. Si tu chevauches sans interruption jusqu'à demain soir, Xander t'emmènera jusqu'à la deuxième des auberges où nous avons dormi il y a quelques semaines. Dis au propriétaire que c'est moi qui t'envoie, et passe la nuit là-bas. Cela te laissera le temps d'arriver à la foire le lendemain dans l'après-midi. De mon côté, je te donnerai des nouvelles au plus vite.

— Merci, répétai-je avant de déposer sur ses lèvres un ultime baiser enflammé.

Talin vérifia une dernière fois les sangles de Xander, puis il m'aida à me hisser sur lui. Sans les bras du prince autour de moi pour me stabiliser, le cheval me sembla encore plus imposant qu'avant et, l'espace d'une seconde, la panique menaça de m'envahir. Je l'étouffai cependant de toutes les forces de ma volonté. Il n'était plus temps d'avoir peur, désormais, plus question de douter.

Des centaines de lieues et d'embûches potentielles me séparaient encore de Varénia. Mais au bout du périple, Zadie m'attendait. Pour la rejoindre, j'aurais traversé un océan de flammes s'il l'avait fallu.

Une fois hors des écuries, j'adressai un signe de la main à Talin, resté sur le bord de la route. L'instant d'après, Xander et moi foncions déjà à toute allure dans l'obscurité.

Nous galopions encore lorsque l'aurore se leva derrière nous, telle une vague d'or lancée à notre poursuite. Plus nous progressions et plus je me sentais délivrée.

Après tant de temps loin de mon village, il ne m'en paraîtrait que plus beau. Comme pour à peu près tout ce qui comptait dans la vie, les Varénians avaient un adage à ce sujet : « Nul Varénian n'est perdu en mer, car il en a fait son foyer. » Mais je me rendais compte, à présent, que le proverbe se trompait. Ce que je considérais comme mon foyer, ce n'était ni la mer, ni Varénia, ni même la maison où j'avais grandi. Non, mon chez-moi, c'étaient mes proches, ceux que j'aimais. L'amour que nous nous portions était comme un cocon, au creux duquel mon âme pourrait toujours venir se nicher, tel un oiseau marin cherchant à s'abriter de la tempête.

Les mollets pressés contre les flancs de Xander, je me penchai encore plus sur son encolure luisante de sueur. Que ce soit dû à la vitesse ou à ma liberté retrouvée, j'avais la sensation de voler.

Exténuée comme jamais, j'arrivai à l'auberge tard dans la nuit. Au moment de franchir le fleuve, j'avais été arrêtée par des mercenaires qu'il m'avait fallu soudoyer pour passer. Thalos merci, Riv ne se trouvait pas parmi eux, mais j'étais si sale, si amaigrie que même lui ne m'aurait sans doute pas reconnue. Je gardais mes cheveux en permanence dissimulés sous la capuche de ma cape toute simple et, avec mes guenilles, je ressemblais davantage à un pauvre petit mendiant qu'à l'ex-future reine d'Ilara.

Le lendemain matin, je compris dès que je pénétrai dans l'écurie que Xander ne pourrait pas m'emmener plus loin. La veille, il avait tenu bon alors même qu'il tremblait d'épuisement. Je ne voulais pas lui en demander plus. Après avoir payé l'aubergiste pour qu'il prenne soin de l'étalon jusqu'à pouvoir le rendre à Talin, je lui louai donc un modeste poney, brun et hirsute. Malheureusement, une fois sur la route, l'animal se révéla si paresseux que ce fut à peine si je réussis à le faire trotter.

À mesure que les heures passaient, mes chances d'atteindre la foire avant sa fermeture s'amenuisaient. Même si Sami repartait du port avant mon arrivée, je trouverais toujours le moyen de rallier Varénia, mais l'idée de manquer mon ami de quelques heures seulement, peut-être même de quelques minutes, me mettait dans tous mes états. J'éperonnais ma monture et la suppliais d'avancer plus vite.

Lorsque j'aperçus enfin les premières échoppes au loin, n'y tenant plus, je me laissai glisser de mon poney et me mis à courir. J'avais les pieds abîmés d'être restés si longtemps dans des bottes mouillées, si bien que je sentais leur peau se décoller à chaque foulée. Malgré tout, je persévérai, pour ne m'arrêter que devant l'entrée de la foire.

— Désolé, gamin ! me lança un des marchands qui démontaient leurs étals à proximité. On est en train de fermer.

Trop essoufflée pour répondre, je me bornai à secouer la tête avant de reprendre ma course. Mais partout, en effet, les négociants démâtaient leurs tentes ou bradaient leurs derniers invendus, pommes amochées et choux défraîchis partant au dixième de leur prix du matin. Je continuai néanmoins à m'enfoncer dans les allées. Le nez en l'air, je priais pour voir enfin danser un cerf-volant au-dessus des auvents encore debout. Mais le ciel restait désespérément vide.

Le temps que je parvienne au centre de la foire, il n'y avait plus personne dans les parages en dehors d'une poignée d'hommes troquant entre eux les produits qui leur restaient. Aucune trace du vendeur de cerfs-volants ni de Sami. Je l'avais raté.

Dépitée, je me laissai tomber sur un tas de cageots cassé, et enfouis mon visage entre mes mains. J'avais parcouru une telle distance, fourni un tel effort… Pourtant, à deux doigts du but, j'avais quand même échoué. Tout ce que j'aurais voulu, pour une fois, c'était que quelqu'un s'occupe de moi et me ramène à la maison. Était-ce trop demander ?

— Nor ?

J'aurais reconnu cette voix n'importe où : il n'existait pas son plus doux au monde. Et voilà que, dans mon désespoir, j'imaginais l'entendre ! Je restai prostrée. Mais soudain, une petite main hésitante se posa sur mon épaule.

— Nor… C'est toi ?

Lentement, très lentement, je levai les yeux. Devant moi, vêtue d'une simple tunique et d'un pantalon, mais d'une beauté toujours aussi rayonnante se tenait ma sœur.

— Zadie ? hoquetai-je.

Et tels deux miroirs entrant en collision, comme si nous plongions chacune à la rencontre de notre propre reflet dans l'eau, nous tombâmes dans les bras l'une de l'autre. Quelle folie d'avoir passé tant d'années à regretter nos différences plutôt que de célébrer notre ressemblance, pensai-je. J'avais oublié comme elle était frêle et délicate. J'avais oublié son odeur si familière – celle de mon chez-moi.

— Mais qu'est-ce que tu fais ici ? lui demandai-je enfin en souriant à travers mes larmes, sans cesser de toucher ses joues, ses lèvres, ses cheveux. Où est Sami ?

Zadie aussi pleurait, et ma question lui arracha de nouveaux sanglots. L'espace d'un terrible instant, je crus notre ami mort.

— Après t'avoir parlé, il a tenté de tenir tête à son père, répondit-elle. La plupart des anciens s'étaient même rangés de son côté. Mais un groupe de villageois s'est révolté et a exigé son bannissement pour avoir comploté avec une criminelle.

— Moi ? Ils pensent toujours que j'ai essayé de te tuer ?

— C'est à cause de la mère d'Alys. Elle n'a pas arrêté de déblatérer à ton sujet, jusqu'à retourner tout le monde contre notre famille.

Et moi qui trouvais notre mère impitoyable !

— Et Kristos a cédé ? Il a banni son propre fils ?

— Non, bien sûr. Mais une nuit, quelques hommes s'en sont chargés. Ils l'ont enlevé et l'ont emmené au large pour l'y abandonner sans rien ! m'expliqua Zadie avant de se remettre à pleurer contre mon épaule.

Je la serrai un peu plus fort contre moi, plus animée que jamais par ce besoin féroce de la protéger.

— Et tu es venue malgré tout ? m'étonnai-je, impressionnée qu'elle ait eu la force et le courage d'entreprendre ce voyage seule.

— Je n'avais pas le choix, répondit-elle d'une voix

étouffée. Je ne pouvais pas te laisser risquer ta vie à revenir ici tous les mois, en vain.

— Ne t'inquiète pas, dis-je en caressant sa chevelure. Sami est ingénieux. Il a dû trouver un moyen de survivre. Et dès que nous serons à Varénia, j'irai tout expliquer au gouverneur.

Elle refoula ses sanglots.

— Expliquer quoi ?

— Le prince Céren est mort, Zadie. Nos ennuis sont terminés.

S'efforçant sans doute de saisir la portée de mes mots, elle se contenta de me dévisager, les traits dénués d'expression. Ce ne fut qu'à cet instant que je remarquai une fleur à ses pieds. Elle avait dû la lâcher au moment de nos retrouvailles.

— Serait-ce…

— Une rose, confirma-t-elle en se baissant pour la ramasser.

Rouges comme un corail de sang, ses pétales étaient si nombreux que la tige ployait sous leur poids. Ma jumelle me la mit entre les mains.

— C'est le vendeur de cerfs-volants qui me l'a offerte.

Je la portai à mon nez, humant sa senteur subtile. À mes yeux, ce n'était pas qu'une simple plante. Cette rose symbolisait à la fois le rêve que j'avais eu pendant si longtemps et tout ce que j'avais sacrifié pour le réaliser. Je plantai mon regard dans le brun doré des iris de ma sœur.

— En fin de compte, je crois que je préfère les fleurs des mers.

Et là, exactement au même moment, nous éclatâmes de rire, gloussant jusqu'à en perdre haleine, jusqu'à changer nos larmes de détresse en larmes de bonheur, jusqu'à ce que, enfin, le monde tourne rond à nouveau.

Sur le chemin de la petite crique, non loin du port, où Zadie avait caché notre barque familiale, je lui avais raconté tout ce qui m'était arrivé.

Debout sur la plage, nous contemplions l'horizon. Face à nous, le soleil couchant mouchetait la mer Alathiane de gris et d'orangé. Quoi que j'aie pu en penser, jamais mon univers n'avait été insipide ni étriqué. Au contraire, tout comme mon amour pour Zadie, il s'étendait à l'infini, s'étirant devant moi aussi loin que portait mon regard et même au-delà. Peut-être avais-je eu besoin de m'en éloigner pour prendre conscience de sa véritable beauté.

Talin viendrait me retrouver. Ensemble, nous irions secourir Sami. Plus tard, je pourrais enfin découvrir le reste du vaste monde, comme j'en avais toujours eu envie. Mais jamais plus je ne dédaignerais mon village.

Les vagues à mes pieds avaient beau s'écraser sur le sable en un ballet incessant, derrière leur rugissement bruissait un son plus doux, comme le murmure d'une mère à son enfant. Je me remémorai alors le couplet de la berceuse que j'avais délibérément omis au chevet du roi. Une strophe censurée, chantée seulement par les jeunes et les optimistes. Ou ceux qui pensaient que ni Thalos ni le prince capricieux d'un royaume lointain n'avaient à décider de notre destin.

Entends-tu la mer, son refrain,
Et le sang bouillir dans nos veines ?
C'est l'enfant des vagues qui s'en vient
Nous libérer, briser nos chaînes !

Élevant la voix, je clamai ces paroles au vent. Leur ferveur, je le savais, saurait me ramener auprès des miens. Me ramener chez moi, à Varénia.

Remerciements

Même s'il s'agit là de mon premier livre publié, ce roman est loin d'être le premier que j'ai écrit, et je n'aurais jamais réussi à aller aussi loin sans l'amour et le soutien de mon propre village flottant.

Tout d'abord, à mon agent littéraire, Uwe Stender, qui a toujours défendu mon écriture et qui sait exactement comment faire taire mes démons intérieurs : merci pour tout, mais merci surtout d'être de ceux qui croient aux secondes chances. Merci aussi à Brent Taylor. Je n'aurais pu espérer meilleur responsable de cession de droits à l'étranger. Savoir que mes mots se retrouveront diffusés dans certains des pays où j'ai vécu ou que j'ai visités représente pour moi une des grandes joies du voyage. Je vous suis tellement reconnaissante de faire partie de l'équipe Triada.

À mon éditrice, Lauren Smulski, merci d'avoir su voir le potentiel de cette histoire. Ton éclairage a contribué à en faire le livre que j'avais toujours espéré qu'il devienne. Et à toute l'équipe d'Inkyard Press, merci d'avoir fait de mes rêves une réalité.

À mes critiques et à mes bêta-lecteurs, trop nombreux pour être tous nommés ici, et particulièrement aux premières d'entre eux, Elly Blake et Nikki Roberti Miller : merci pour votre engouement dès le premier jour concernant ce livre, merci pour toute la compassion dont vous avez fait preuve envers moi, et merci d'être deux écrivaines si inspirantes et inspirées.

À Joan He – l'élève qui a tout de suite surpassé le maître : tu es brillante, et bien plus mature que je ne le serai jamais. À Kristin Dwyer, merci pour ton humour et ta générosité.

À toute l'équipe des Pitch Wars, en particulier à Brenda Drake et à tout le groupe de confiance de 2014, dont plusieurs membres (parmi lesquels RuthAnne Snow, K.A. Reynolds et Rosalyn Eves) ont lu les premières ébauches de ce roman. J'ai plus appris de vous que d'aucune des autres ressources mises à disposition des aspirants auteurs. Je vous aime. À Jenn Leonhard, merci d'avoir été le relecteur gothique dont je ne pensais pas avoir besoin. À Kim Mestre, ma meilleure amie de toujours, merci d'être une véritable amie. À Lauren Bailey, ma groupie la plus fervente, merci de dévorer mes histoires et de ne jamais manquer de me crier ton enthousiasme *via* sms. Aux membres de Pronouns Matter, un autre de mes groupes de critiques, merci pour vos remarques perspicaces et nos fous rires. À ceux de Novel Nineteens, merci d'avoir été un tel soutien, dès le tout début. Et merci à tous ceux qui ont lu l'un de mes onze livres. Tous, vous m'avez encouragée à continuer, même quand cela me semblait impossible.

À mes parents, merci de m'avoir transmis la passion des voyages et de l'aventure. Merci de nous avoir élevés dans une maison pleine de livres et de rires. À mon frère, Aaron, le troisième mousquetaire, merci pour ton empathie et ton humour qui me font tant de bien, même de loin. À mes sœurs, Elizabeth, Amy et Jennifer, merci d'avoir lu les premiers de mes premiers jets et d'avoir quand même voulu en lire davantage. À Patti et Hap, merci d'avoir cru en moi, même quand je doutais.

À Karen Kilgariff et Georgia Hardstark. Votre podcast *My Favorite Murder* m'aide régulièrement à me distraire de mes nombreuses angoisses (éditoriales et autres). La façon si spontanée, si franche dont vous abordez le sujet de la santé mentale m'a poussée à chercher et trouver l'incroyable thérapeute qui me suit aujourd'hui.

À mon mari, John, merci d'être mon fidèle partenaire dans cette aventure qu'est la vie. Tu m'aimes et me supportes inconditionnellement – dans le bon, le mauvais et le fou – et je n'aurais pu envisager entreprendre ce périple avec personne d'autre que toi. Merci d'avoir construit avec moi une vie plus belle encore que celles que j'imagine dans mes romans.

À mon fils Jack qui, avant même de savoir lire, était déjà mon plus grand fan. Merci pour tous nos rendez-vous d'écritures pour tes dessins de couverture (et pour Salandrin !). Ton esprit unique et créatif m'inspire au quotidien. Reste atypique, fiston. À mon fils Will : tu ne peux pas encore lire cette dédicace, mais merci pour tes sourires, nos câlins (même ceux que tu m'accordes à contrecœur) et tes rires. Tu as des superpouvoirs, et j'ai hâte de voir ce que tu en feras. Et à Mishka, notre petite marionnette rouge, merci d'être la parfaite compagne d'écriture.

Et enfin, à ma sœur jumelle, Sarah, sans qui ce roman n'existerait tout simplement pas. Merci d'être la Karen de ma Georgia, d'être la meneuse quand je veux me contenter de suivre, et d'être mon autre moitié – littéralement. Depuis quinze ans que j'écris, tu ne m'as jamais laissée m'apitoyer sur mes difficultés, mais tu ne m'as jamais laissée tomber non plus. Je suis en admiration devant ta force, ton altruisme et ta persévérance. Nos vies respectives ont eu beau nous emmener chacune dans des endroits inattendus, tu ne me sembles jamais bien loin, car je te porte dans mon cœur.

Composition et mise en pages
Nord Compo à Villeneuve-d'Ascq

Achevé d'imprimer en novembre 2022
par Normandie Roto Impression s.a.s.
Dépôt légal : août 2022
N° 150094-2 (2205461)

Imprimé en France